MARK BARNES
Die Säulen aus Sand

MARK
BARNES

Die Säulen aus Sand

Roman

Aus dem Englischen
von Waltraud Horbas

blanvalet

Die amerikanische Originalausgabe erschien unter dem Titel
»The Echoes of Empire 3: The Pillars of Sand«
bei Amazon Digital Services, Las Vegas.

Verlagsgruppe Random House FSC® N001967
Das für dieses Buch verwendete FSC®-zertifizierte Papier
Holmen Book Cream liefert Holmen Paper, Hallstavik, Schweden.

1. Auflage
Deutsche Erstausgabe Oktober 2015 bei Blanvalet, einem Unternehmen
der Verlagsgruppe Random House GmbH, München

Umschlaggestaltung und -illustration: © Isabelle Hirtz, Inkcraft
Redaktion: Catherine Beck
ue · Herstellung: sam
Satz: Mediengestaltung Vornehm GmbH, München
Druck und Einband: GGP Media GmbH, Pößneck
ISBN: 978-3-7341-6005-9

Den Leuten, die mich lieben und
in meiner Leidenschaft unterstützen.
Ihr habt die Welt
zu einem besseren Ort gemacht.

Was zuvor geschah

»Es gibt drei große Flüsse: die Vergangenheit, die Gegenwart und die Zukunft. Weder die Zeitläufe noch wir selbst sind eine feste Größe. Unsere Wahrnehmung ist subjektiv, ebenso wie die Zeit, und man sieht uns durch so viele Linsen, wie es Betrachter gibt. Innerhalb der Zeit sind wir sowohl Urheber als auch Beobachter vorübergehender Ereignisse. Wir sind Segler auf einem Fluss, bestehend aus Ursache und Wirkung: Im gleichen Moment, in dem wir ein Ereignis verursachen oder Zeuge seiner Auswirkungen werden, reißt es uns schon mit sich fort. Zurück bleiben nur bruchstückhafte Erinnerungen an den kleinen Teil des Ganzen, den wir gesehen haben. Egal wie sehr wir uns bemühen, es gibt kein Zurück, und niemand ist imstande, alles zu sehen. Wir können nur raten, was die Zukunft uns bringt.«

Aus: Die drei Flüsse *von Ahwe, Gelehrter, Philosoph und Forscher (Erstes Jahr des Erwachten Imperiums)*

Die Entstehung der Shrīanischen Föderation liegt beinahe fünfhundert Jahre zurück: Dabei handelt es sich um eine Allianz der überlebenden sechs Hohen Häuser und der Hundert Familien der Avān, die beim Sturz des Erwachten Imperiums fliehen konnten und überlebten.

In Shrīan selbst, aber auch in den Nachbarländern stößt man überall auf die Trümmer versunkener Imperien. Das Land ist erfüllt vom Echo des Ruhms und dem Nachhall hoch entwickelter Kulturen, die dem Zahn der Zeit, mörderischen Kriegen und blindem Ehrgeiz zum Opfer fielen. Erbitterter

Gegner des Shrīanischen Imperialismus, der von einer Rückkehr zu den ruhmreichen Tagen der Avān träumt, ist das Eiserne Bündnis der Menschen. Dieses Bündnis besteht aus mehreren Nationen und will dafür sorgen, dass kein neues Imperium die Macht ergreift. Denn die Menschen – auch als die »Sternengeborenen« bekannt – erinnern sich noch gut an ihre Tage der Knechtschaft unter den Avān.

Rahn Erebus fa Corajidin, Führer des Hohen Hauses Erebus sowie der politischen Fraktion der Imperialisten, ist ein todgeweihter Mann, dessen Körper langsam von dem Gift in seiner Seele zerstört wird. Doch er erträgt den Gedanken nicht, dass er sterben könnte, bevor er zu den üblichen Höhen eines Führers des Hohen Hauses Erebus aufgestiegen ist. Daher zettelt er einen Bürgerkrieg an, um Zugriff auf alte Schätze und überliefertes Wissen zu bekommen, das sein Überleben sichern könnte.

Indris, ehemaliger Ritter der Sēq, stellt sich Corajidin entgegen. Als Vashne und Ariskander ihn darum bitten, Farad-din aufzuspüren und wieder zurückzubringen, wird er erneut in die politischen Konflikte Shrīans verwickelt: Er ist der Einzige, der Beweise für das Ausmaß von Corajidins Falschheit und Korruption liefern könnte. Bei seinem Kampf gegen Corajidin bekommt Indris eine unerwartete Verbündete.

Nachdem sie mit eigenen Augen mit ansehen musste, wozu ihr ehrgeiziger Vater imstande ist, gerät Mari, Corajidins Tochter, in einen tiefen Zwiespalt. Die Pflicht ihrer Familie gegenüber und die Liebe, die sie für sie empfindet, stehen für sie außer Zweifel. Doch auch die Pflicht ihrem Land und sich selbst gegenüber kann sie nicht ignorieren. Nachdem Corajidin Vashne ermordet und Ariskander entführt hat, erkennt Mari eine Dunkelheit in ihrem Vater, die sie zuvor nicht hatte wahrhaben wollen.

Als Corajidin seinen Machtkurs unverändert fortsetzt, stellen sich Mari und Indris ihm mit vereinten Kräften entgegen. Indris und seine Kameraden brechen in die von Ungeheuern bewohnten Marschen der Rōmarq auf, in denen die Ruinen versunkener Zivilisationen verborgen liegen, und versuchen, Ariskander zu befreien. Mari bleibt als Spionin im Hause ihres eigenen Vaters in Amnon zurück und kämpft mit ihren neu gewonnenen Verbündeten darum, die Ordnung aufrechtzuerhalten.

Indris und seine Gefährten stellen sich den vielen Gefahren des Marschlands, doch sie kommen zu spät: Ariskander wurde hingerichtet und seine Seele in einem Angothischen Seelenkäfig gefangen gesetzt. Indris gelingt es, den Käfig an sich zu nehmen, aber Corajidin entkommt und flieht nach Amnon, verfolgt von Indris und dessen Freunden.

Corajidin weigert sich, seine Niederlage zu akzeptieren, und entwirft einen Plan, um seine Gefolgsleute an anderer Stelle erneut zu sammeln. Bevor er Amnon verlassen kann, wird Corajidin jedoch von Thufan, seinem Assassinenmeister, verraten. Corajidin wird beinahe getötet, aber erst muss er noch mit eigenen Augen mit ansehen, wie Belamandris, sein Sohn, tödlich verwundet wird.

Obwohl Indris, Mari und ihre Verbündeten den Kampf gewinnen, zahlen sie einen hohen Preis dafür. Mari wird von ihrer Familie verstoßen, einer Familie, die aufgrund der gescheiterten Intrigen ihres Vaters nun einer unsicheren politischen Zukunft entgegensieht. Es gibt keinen eindeutigen Kandidaten, der das Land regieren könnte, und das Eiserne Bündnis hat ein geschwächtes Shrīan zum Nachbarn, das leicht zu erobern wäre. Die Hohen Häuser und die Hundert Familien wissen, dass der Kampf gerade erst begonnen hat.

Corajidin, der weit entfernt von Amnon sein Lager aufgeschlagen hat, wird der Botschafterin vorgestellt – es ist Anj-el-din, Indris' tot geglaubte Frau, die nun mächtigen und rätselhaften Meistern dient. Die Botschafterin hat Corajidin viel versprochen: Macht, Majestät und ein langes Leben. Aber der Preis wurde nicht genannt, und verzweifelt, wie Corajidin war, hatte er nicht danach gefragt.

Kurz nach den Ereignissen in Amnon wird in der shrīanischen Hauptstadt Avānweh das Neujahrsfest gefeiert. Zeitgleich findet die Antrittsabstimmung statt, und die neue Regierung wird gewählt. Gewalttaten, die den Streitkräften des Eisernen Bündnisses zugeschrieben werden, und die Rückkehr der Verbannten – politische Straftäter, die von dem verstorbenen Asrahn Vashne ins Exil geschickt worden waren – bedrohen den inneren Frieden. Die Verbannten unterstützten Corajidin bei seinen Machtspielen.

Indris, Mari und ihre Freunde sollen herausfinden, was Corajidin vorhat, und es verhindern. Der Frieden, den Indris und Mari hatten genießen wollen, ist nur von kurzer Dauer, dann wird er durch den Ruf der Pflicht und die Geister ihrer eigenen Vergangenheit gebrochen. Für Indris besteht die Bedrohung in den Sēq und deren fortgesetztem Interesse an seinen wachsenden Fähigkeiten, dazu aus dem Druck, den seine Cousine Roshana auf ihn ausübt. Denn sie will, dass er ihrem Haus dient und für dessen Aufstieg sorgt. Für Mari ist die größte Herausforderung die Gegenwart ihrer machtbesessenen Familie, ihr eigener Ehrgeiz und ihr Pflichtgefühl sowie die Ankunft eines alten Liebhabers, der eine Stellung im Hause ihres Vaters übernimmt: Ihr ist sofort klar, dass seine Gegenwart von Gefahr kündet.

Corajidin verlangt erhebliche Mengen von den Schätzen der Verbannten und fordert, dass sie ihm einen Treueeid leisten. Dafür macht er sie als Gegenleistung zu seinen Verbündeten und versucht erneut, zum Asrahn gewählt zu werden. Die Botschafterin verführt Corajidin dazu, ihre Hilfe anzunehmen, um seine Pläne zu verwirklichen – doch diese Unterstützung bekommt er nicht umsonst. Die Botschafterin behauptet, sie könne Corajidin das beschaffen, was er am meisten begehrt: die Rückkehr seines Sohnes Belamandris, seine Krönung zum Asrahn und die Wiederbelebung seiner toten Frau Yashamin, die ihn mit ihrer beharrlichen Forderung nach Rache bis in seine Träume verfolgt. Blind gemacht durch seinen Ehrgeiz, stimmt Corajidin zu. Belamandris wird aus seinem todesähnlichen Schlaf wiedererweckt, womit das erste Versprechen der Botschafterin erfüllt ist.

Indris, Mari und ihre Kameraden beobachten mit Sorge, dass Corajidins Streben nach dem höchsten Amt in Shrīan in den Bereich des Möglichen rückt. Sie versuchen, so viel wie möglich über seine Machenschaften herauszufinden, indem sie die Verbannten und Corajidins Verbündete heimlich überwachen. Schnell wird klar, dass die Verbannten bedeutende militärische Aktionen planen und dabei von Hexern, Nomaden und gebundenen Elementardämonen unterstützt werden.

In den Ruinen der Mahsojhin, wo die Botschafterin an der Befreiung der eingesperrten Hexer arbeitet, spitzen sich die Ereignisse zu, als Corajidin von einem Nomaden erfährt, dass es Selassin fe Vahineh war, die seine letzte Ehefrau ermordet hat.

Als Corajidin zum Asrahn gewählt und die manipulative Rosha anstelle von Nazarafine zur Führerin der Föderalisten ernannt wird, ist der Schock groß.

Nun bleiben ihnen nur noch wenige Möglichkeiten, um Corajidins Einfluss zu kontrollieren. Daher entschließen sich die Föderalisten dazu, Vahinehs Erwachen abzubrechen, um einen anderen föderalistischen Rahn im Oberhaus des Teshri einzusetzen. Doch während des Abbruchs mischt sich eine Gruppe von Sēq ins Geschehen, die von Meister Zadjinn angeführt wird. Indris, Femensetri und Vahineh werden gefangen genommen. Indris' Kameraden ahnen nichts von der Einmischung der Sēq und glauben, dass Corajidin die drei entführt hat. Corajidin hingegen – er hatte gefordert, dass Vahineh ausgeliefert und ihr der Prozess wegen Mordes gemacht wird – glaubt, dass die Föderalisten Vahineh verstecken, um sie vor seiner Rache zu schützen. Eine Unterredung, die die Wahrheit ans Licht bringen und den Frieden wiederherstellen soll, wird durch Roshana zunichtegemacht, die Meuchelmörder einschleust, um Corajidin töten zu lassen.

Corajidin wiederum nutzt den Verrat als Rechtfertigung für weitere aggressive Akte, um den Teshri unter seine Kontrolle zu bekommen.

In der Zwischenzeit wird Indris, der von den Sēq gefangen gehalten wird, gefoltert, um die Wahrheit über die ungeklärten Jahre seines Verschwindens herauszufinden. Indris ist außerstande, die gewünschten Antworten zu geben, denn er weiß selbst nicht mehr, was in den Jahren geschehen ist. Allerdings sind sich die Sēq, was Indris betrifft, ohnehin nicht einig: Die Dhar Gsenni, eine mächtige Gruppe innerhalb der Sēq, die von Zadjinn angeführt wird, wollen Indris in Wahrheit für ihre eigenen Zwecke haben. Indris gelingt es, sich und Vahineh zu befreien, und die beiden entkommen den Sēq. Zurück in der Außenwelt, trifft Indris wieder mit Mari und seinen Gefährten zusammen. Ihnen ist klar, dass es zu gefährlich ist, in Avānweh zu bleiben, und sie versuchen, die Stadt zu verlassen. Doch an jeder Straßenecke werden sie angegriffen. Der Himmelslord ist erzürnt über die Gewalttätigkeiten in seiner Stadt und fordert Roshana, Nazarafine und Siamak auf, Avānweh zu verlassen. Auch Indris und seine Gefährten werden verbannt.

Doch noch bevor sie die Stadt verlassen können, werden auf Corajidins Geheiß Elementardämonen entfesselt. Während die Stadt von den Mayhem abgelenkt wird, nutzt Corajidin den Kriegszustand als Rechtfertigung für die Umsetzung seiner eigenen Pläne. Er will zeigen, dass die Sēq ihre Macht längst verloren haben und ersetzbar geworden sind. Die Hexen der Mahsojhin werden zum Teil eingesetzt, um die Verwüstung zu beenden, die Corajidin begonnen hat; die anderen Hexen wurden geopfert, um die Sēq beschäftigt zu halten, sodass sie die Stadt nicht verteidigen können.

In dem entstandenen Chaos trifft Indris, der von Femensetri zur Unterstützung der Sēq herangezogen wurde, auf Anj-el-din. Es scheint, als wäre seine verschollene Ehefrau in Wahrheit zurückgekehrt, um den Sēq zu dienen. Obwohl Indris spürt, dass seiner zurückgekehrten Ehefrau etwas Seltsames anhaftet, hat er keine Zeit, seinem Verdacht auf den Grund zu gehen. Der Kampf fordert all seine Aufmerksamkeit.

Mari versucht, die Rahns an Bord der *Wanderer* aus Avānweh zu schaffen, doch sie werden verfolgt und zur Landung gezwungen. Belamandris, der Anführer ihrer Verfolger, bietet Roshana, Siamak und Nazarafine die Freiheit im Austausch gegen Mari und Vahineh, und Roshana stimmt den Bedingungen zu. Hayden und Omen werden im Kampf getötet, nachdem die Rahns geflohen sind. Ekko und Shar dagegen können entkommen. Sowohl Mari als auch Vahineh werden gefangen genommen und nach Tamerlan gebracht, an einen Ort des Schreckens, der von Maris rachsüchtiger Großmutter, der Asrahnwitwe, regiert wird.

Sein Sohn ist zu ihm zurückgekehrt, und er trägt die Krone – und nun bekommt Corajidin das letzte Geschenk der Botschafterin: die Wiederbelebung Yashamins. Zum

Lohn verlangt die Botschafterin, dass Corajidin Mari weiter in Tamerlan gefangen halten lässt.

Die Mahsojhin ist wieder geschlossen, die Hexen für den Moment bezwungen. Indris und Anj werden in Gewahrsam genommen, und Indris wird für weitere Befragungen nach Amarqa-im-Schnee gebracht.

Indris entschließt sich, mit den Sēq zu gehen, denn sie versprechen ihm, dass sie ihm die Wahrheit über seine Herkunft verraten werden.

Und jetzt …

Kapitel 1

»Wären wir vollkommen, so hätten wir es nicht nötig, an Auseinandersetzungen oder am Unglück zu wachsen. Es gäbe keine Transzendenz, keine Erleuchtung oder Aufklärung. Wir müssen unsere zahllosen Fehler akzeptieren und sie zu einem Teil von uns machen, um unsere eigenen Grenzen zu überwinden.«

Aus: Esoterische Doktrinen *von Sedefke, Erfinder, Entdecker und Philosoph (901. Jahr des Erwachten Imperiums)*

Spätherbst. 51. Tag im 496. Jahr der Shrianischen Föderation

Die Hitze versengte Indris, und seine Muskeln, Bänder, Sehnen und Knochen begannen unter der unerträglichen Anspannung zu sirren.

Er schrie, bis er heiser war. Die heiße Luft ließ sein Zahnfleisch verdorren, und die Zunge klebte ihm am Gaumen. Feuer brannte sich seinen Weg die Kehle hinab bis in die Lunge, und jeder Atemzug war eine Höllenqual.

Die Energieströme wanden sich um Indris' Rückgrat, schlangen sich um die sich entwickelnden Wirbel seiner Energiezentren und kämpften darum, Raum in seinem Geist und seiner Seele einzunehmen. *Mein Erwachen, das sich verzweifelt freikämpfen will.* Am durchdringendsten war der Schmerz in seinem linken Auge: ein gezacktes, schartiges Etwas, das sich in ihm festgesetzt und Wurzeln innerhalb seines Gehirns gebildet hatte und branntebranntebrannte …

»Genug!«, rief Femensetri. »Das reicht. Gleich wird er uns alle umbringen, verflucht noch mal.«

»Macht weiter. Er hält noch mehr aus«, drängte Er-Der-Sieht, der Inquisitor der Sēq.

»Er vielleicht schon«, erwiderte Ojin-mar, der Scharfrichter. »Aber wir nicht. Sein *Jhi*-Reflex hat schon einen Großteil des Raums zerstört, bis auf die Bereiche, wo wir eine Mehrfachabwehr errichtet haben. Femensetri, du hast gesagt, es gab noch sieben andere, die waren wie er?«

»Acht besondere Kinder wurden vom Großen Labor ausgewählt. Aber noch einen wie ihn?«, erwiderte Femensetri. »Nein, gab es nicht.«

Als die Sēqmeister aufhörten, seine Erinnerungen zu durchforsten, entspannte sich Indris. Es dauerte mehrere Minuten, bis der Schmerz abgeklungen war, während seine Herzen gegen die Rippen schlugen. Minuten, in denen selbst die sanfte Berührung der Luft Nadelstiche auf seiner Haut waren. Die Hitze in seinem Kopf ließ nach. Er hob die zitternden Hände und strich sich das schweißnasse Haar zurück, während sich Atmung und Puls wieder normalisierten. Indris sah Bilder aus flackerndem Feuer und Strahlenkränze vor seinen Augen tanzen. Als sich das Brennen in seinem linken Auge zu einem schwelenden Feuer reduziert hatte und sein Gehirn sich nicht mehr so anfühlte, als würde es in seinem Schädel kochen, öffnete Indris die Augen.

Der Obsidianstuhl, auf dem er saß, schien nicht in Mitleidenschaft gezogen worden zu sein. Indris blickte auf seinen nackten Körper hinab. Seine Kleidung war zu Asche verbrannt, und das tiefe Rot seiner Haut verlor sich langsam und verblasste zu seinem natürlichen hellen Olivton. Genau das Gleiche war auch die letzten dreiundzwanzig Male passiert, als die Sēqmeister versucht hatten, das Labyrinth der Erinnerung zu durchdringen, das die fehlenden Jahre von

Indris' Leben umgab. Der Rest des Labors – es war eine gewölbte Kammer aus kaltem Stein, die tief unter den Felsen und dem Schnee des Mar Silin lag – sah aus, als wäre es von unterschiedlichen Naturkatastrophen heimgesucht worden. Die Steinmöbel waren zu Schlacke verbrannt, und in den Steinwänden hatten sich Wellen gebildet, die sich konzentrisch von Indris' Sitzplatz aus wegbewegten. Kleine Silikatstückchen im Fels hatten sich in glitzernde Glassplitter verwandelt.

Dort, wo die Meister standen, war der Raum beinahe unverändert. Bei dem Gedanken, wie viele ihrer Abwehrzauber niedergebrannt waren und nur die dampfenden ziegelroten Fraktale ihrer inneren Regionen intakt gelassen hatten, unterdrückte Indris ein Lächeln.

Die Meister wirkten selbstsicher, doch Indris bemerkte, dass einigen von ihnen der Schweiß auf der Stirn stand. Eine kleine Gruppe mit bewaffneten Sēqrittern und Bibliothekaren, von denen Letztere die Sitzungen schriftlich festhalten sollten, standen hinter ihnen.

Ojin-mar löste den inneren Kreis des Schutzzaubers auf. Die Luft darin begann zu dampfen, während sie sich nun rasch erhitzte, und bildete kleine Wölkchen, die in Richtung Decke schwebten. Der Inquisitor der Sēq trat vor und wirkte deutlich entspannter als der Großteil seiner Kollegen. Ein Büschel blonder Haare und ein kurzer Bart – es waren kaum mehr als Stoppeln – umrahmten sein runzliges braunes Gesicht, und lange Narben zogen sich über sein rechtes Auge und die Wangenknochen bis zum Kiefer. An seiner Hand fehlten sowohl der kleine als auch der Ringfinger. Indris blickte zu Femensetri hinüber, die mit dem Daumennagel an einem Fleck auf ihrem Gelehrtenstab herumkratzte. Sie mied Indris' Blick, wie immer, seit er nach Amarqa-im-Schnee gebracht worden war. Er-Der-

Sieht wischte sich mit seinem leuchtend bunten *Taloub* den Schweiß von der Stirn.

»Habt ihr irgendwas da drin gefunden?« Indris tippte sich an die Schläfe und griff nach seiner abgetragenen braunschwarzen Kleidung. Die Soutane der Sēq, die sie ihm gebracht hatten, ließ er liegen.

»Wir können die Schichten des Labyrinths in deinem Kopf nicht durchdringen, ohne alle möglichen Arten von mystischen Fallen zu aktivieren«, sagte Ojin-mar. »Wer im Namen aller geheiligten Toten hat das mit dir angestellt?«

»Jemand, der wollte, dass etwas in Vergessenheit gerät.« Indris sah sich im Labor um. »Ihr solltet besser bald etwas herausfinden, bevor euch die Plätze ausgehen, die ich in die Luft jagen kann.«

»Das ist nicht witzig, Junge.« Femensetris scharfe Stimme durchschnitt die Luft. »Glaubst du nicht, wir hätten Besseres zu tun?«

»Ein bisschen witzig ist es schon«, widersprach Indris. Er klang ruhiger, als er sich fühlte oder als sie verdient hätte. »Ich habe Euch gesagt, dass ich nicht weiß, was mit mir passiert ist, aber das hat Euch nicht davon abgehalten, mich hier runterzuschleifen.«

»Du bist aus freien Stücken mitgekommen, schon vergessen?«

»Vermutlich steckt in der Bemerkung ein Körnchen Wahrheit. Ich kam im Austausch für Antworten, die Ihr noch immer zurückhaltet, und um zu verstehen, was mit mir passiert ist, während ich auf den Graten war. Und warum mich das, was ich dort gefunden habe, ausgerechnet nach Manté geführt hat. Wenigstens war einer von uns ehrlich, als er versprochen hat zu kooperieren. Wenn man bedenkt, dass Ihr Euren Teil des Handels mal wieder nicht eingehalten habt, werdet Ihr vermutlich nichts dagegen haben, mir Gestaltwandlerin zurückzugeben, damit ich gehen kann? Mir fallen eine Menge anderer Dinge ein, die ich mit meiner Zeit anstellen kann. Wie zum Beispiel, meine vermissten Freunde zu suchen. Und Mari. Vor allem Mari.«

»So einfach ist das nicht, Indris.« Er-Der-Sieht warf Femensetri einen raschen, besorgten Blick zu. Er machte Indris und den anderen ein Zeichen, ihm aus dem verwüsteten Labor zu folgen.

»Es ist viel passiert, seit du bei uns bist. Unsere Befehle, ebenso wie unsere Notwendigkeiten, haben sich geändert.«

»Was für eine Überraschung«, erwiderte Indris gedehnt. »Die Sēq haben ihre Meinung geändert, weil ihnen das besser in den Kram passt. Wenn ihr mir nicht helft …«

»Ich habe nicht gesagt, dass wir dir nicht helfen werden.«

»Dann gewährt mir Zugang zu den Schwarzen Archiven«, verlangte Indris. Er ballte die Fäuste. »Oder lasst mich gehen, damit ich tun kann, was ich tun sollte, während ihr euch hinter euren Mauern und Schutzzaubern einnistet.«

»Pass auf, was du sagst, Indris«, warnte ihn Ojin-mar. »Wir tolerieren vieles, wenn es um dich geht, aber es gibt Grenzen.«

Grenzen? Indris unterdrückte ein bitteres Lachen. *Niemand von uns weiß, wo meine Grenzen liegen. Obwohl ihr weiter und weiter gedrängt habt, fehlen euch noch immer die Antworten, die wir brauchen.*

Als sie nach draußen traten, beschirmte er die Augen zum Schutz gegen das grelle Sonnenlicht. Sie befanden sich hoch über Amarqa-im-Schnee mit seinen rauchfarbenen Türmen, dem wichtigsten und größten der Kapitelsäle der Sēq. Wolken jagten über ihnen dahin, und weiter unten im Tal machte Indris die funkelnden Umrisse von Windschiffen aus, die in Richtung Amarqa flogen.

»Wir können dich nicht gehen lassen; noch wissen wir

nicht genug.« Er-Der-Sieht stampfte mit den Füßen, um sich warm zu halten. »Und wir können es uns nicht leisten, das zu verlieren, was da in deinem Kopf sein könnte.«

»Spielt es wirklich eine Rolle, warum Sedefke euch verlassen hat?« Indris faltete die Hände in den Ärmeln seiner Robe. »Und warum im Namen all der geheiligten Toten glaubt ihr, dass er mir etwas erzählen würde, das er nicht einmal seinen eigenen Schülern erzählt hat?«

»Das ist eins der Dinge, die wir herausfinden wollen, Junge«, sagte Femensetri. »Und natürlich spielt es eine Rolle. Sedefke ist fort. Die Zeitmeister sind fort. Bis auf die Seethe sind alle anderen Elementarmeister aus unserer Welt verschwunden.«

Ojin-mars Schultern hingen mutlos herab. »Und wir müssen wissen, ob wir verlassen wurden, um allein …«

»*Avendi!*«, schnappte Femensetri auf Maladhoring. Genug! Sie wusste nicht, dass Indris sie verstehen konnte. *Aber wie kommt es, dass ich es kann?*

Indris schloss für einen Moment die Augen, um sich zu sammeln und das Gefühl wachsender Frustration niederzuringen. Er hatte gehofft, die Sēq hätten einen Weg durch das Labyrinth der Erinnerung gefunden und wenigstens ein paar Einzelheiten dessen enthüllt, was ihm während der drei fehlenden Jahre auf den Graten abhandengekommen war. Vielleicht konnte er herausfinden, was er und Anj besprochen hatten, bevor seine Erinnerungen weggesperrt worden waren: Wenn er die Technik des Baums der Möglichkeiten einsetzte, so sagte ihm beinahe jede Kombination, dass seine Frau ihm nicht die Wahrheit erzählen würde. Aber während seines Aufenthalts in Amarqa hatte es keinerlei Fortschritte gegeben. In einundfünfzig Tagen hatte er sieben Labore zerstört und einen Meister mit lebensbedrohlichen Verletzungen in die Ausgleichsbäder geschickt. Vier

Ritter und elf Bibliothekare hatten nicht einmal so viel Glück gehabt, dass sie es bis zu den Bädern geschafft hätten. Und noch immer waren sie dem Geheimnis, das in Indris' Geist eingeschlossen war, keinen Schritt näher gekommen und hatten auch nicht herausgefunden, wer es weggesperrt hatte oder warum.

Wenn Sedefke am Leben ist, und er hat sich tatsächlich die Zeit genommen, mir irgendetwas zu erzählen, warum sollte er sich dann die Mühe machen, es danach wegzusperren?

»Ich muss wissen, was mit meinen Freunden passiert ist«, sagte Indris.

Femensetri blinzelte im hellen Licht. »Du kannst Mari ebenso gut gleich vergessen.«

»Nein. Ich werde weder sie vergessen, noch, dass es dein Eingreifen war, *Sahai*, das den Tod meiner Freunde Hayden und Omen verursacht hat. Und das dazu geführt hat, dass sie Mari und Vahineh gefangen nehmen konnten. Wenn ich da gewesen wäre, hätte die Geschichte einen anderen Verlauf genommen. Ich habe meinen Teil geleistet. Jetzt seid Ihr dran.«

»Das klingt wie eine Drohung, Junge.« Die Stimme seiner einstigen *Sahai* war hart wie Stein.

Indris zuckte mit den Schultern. »Ich verlange nur das, was Ihr mir versprochen habt. Ich habe kooperiert, und mein *Jhi*-Reflex hat ein paar von euch umgebracht und viele andere verwundet. Das nächste Mal könnte die Sache anders ausgehen.«

»Lasst uns alle einen Schritt zurücktreten und die Sache mit etwas Abstand betrachten, in Ordnung?« Ojin-mar hob die Hand, um seine Augen zu beschatten. »Indris, sicher hast du selbst versucht nachzuforschen, oder? Ich wäre enttäuscht, wenn du es nicht getan hättest.«

»Wenn ich es wüsste, würde ich dann fragen?«

»Natürlich würdest du das.« Ojin-mar lächelte. »Sonst würdest du ja zugeben, dass ich recht hatte und du talentiert genug bist, um die Schichten unserer Abwehrzauber zu durchdringen. Was ich auch glaube. Wir respektieren dich, Indris, und sind in Bezug auf ein paar Tatsachen, die dich betreffen, nicht verblendet. Bitte sei so gut und begegne uns mit dem gleichen Respekt.«

»Wenn ihr mich so sehr respektiert, werdet ihr mir dann die Antworten geben, die ich suche? Oder die Mittel, um selbst an sie heranzukommen?«

Femensetri sah die anderen Meister an und sagte dann: »In Anbetracht der jüngsten Ereignisse … komm morgen früh, in der Stunde des Hirschs, zu uns in die Gründertiefe. Stell deine Fragen, und wir werden alles sagen, was wir dir gefahrlos erzählen können.«

»Gefahrlos für wen?«, fragte Indris.

»Für uns natürlich.« Ojin-mars Lippen verzogen sich zu etwas, das man beinahe als Lächeln hätte deuten können, während sich die Meister entfernten. Ihre Roben flatterten im kalten Herbstwind.

Es war ein frustrierender Nachmittag in der Bibliothek gewesen. Indris hatte sich durch zahllose Bücher und Schriftrollen gearbeitet, ohne auf irgendwelche Antworten zu stoßen. Die *Mah-Psésahen*, die hohen Geisteslehren, wurden erwähnt, aber nicht tiefer gehend diskutiert. Die *Deh-Psésahen*, die niedrigeren geistigen Disziplinen, wurden dagegen auf ausgiebige und ermüdende Weise untersucht, mit einem Aufgebot an theoretischen und praktischen Arbeiten, von denen keine Indris näher an sein Ziel brachte. Frustriert war er zur Manufaktur gegangen, um weiter an seinen Entwürfen zu arbeiten. In der Manufaktur war es stickig gewesen, und nach Stunden der Arbeit hatte Indris das Gebäude verschwitzt und schmutzig wieder verlassen. Als er endlich seine Tagebücher mit den neuen Entwürfen in sein Zimmer gebracht hatte, freute er sich auf ein ausgiebiges Bad in den heißen Quellen und eine Mahlzeit in der *Schwarzen Feder*.

»Hallo, mein Gemahl.«

Indris erstarrte, und seine Herzen setzten für einen Moment aus, als er Anj an der Wand lehnen sah, die langen Beine übereinandergeschlagen. Der Anblick ihrer Haltung erinnerte ihn an den Tag, als ihm zum ersten Mal bewusst geworden war, dass er sie liebte. Er atmete rasch ein und hielt dann den Atem an, um sich zu beruhigen, bevor er sich zu einem dünnen Lächeln zwang.

»Anj«, sagte Indris. *Wo warst du, und wer bist du jetzt?*

Er trat nicht näher zur Tür, aus Furcht, dass Anjs Gegenwart eine Einladung darstellen könnte, zu der er noch nicht bereit war.

»Bist du sicher, dass du nicht ein wenig Gesellschaft brauchen könntest, Fremder?«, fragte sie mit einem schelmischen Lächeln. Sie trat so nahe an ihn heran, dass er die Wärme ihrer Haut spüren konnte, ohne sie zu berühren. Ihre Saphiraugen leuchteten übernatürlich, und ihre Haut glühte unter dem düsteren Schwarz ihrer Soutane.

»Ich weiß nicht. Du siehst aus wie jemand, mit dem man sich einen Haufen Ärger einhandeln kann.«

»Nur wenn du Glück hast …«

Und da sind wir wieder. Die gleichen Worte wie damals, gesprochen an einem anderen Ort, zu einer anderen Zeit. Indris hatte nicht vergessen, wie es sich anfühlte, mit den Fingern durch diese seidigen Federn zu fahren. Sie an sich zu ziehen. Ihren Atem zu schmecken, Lippen, die sich beinahe berührten, Erwartung, die sich aufbaute, bis …

Er blinzelte und schüttelte den Kopf.

Sie lächelte. »Wie ungezogen.« Ihre Stimme war leise und kehlig, beinahe ein Schnurren. »Genau so, wie ich es mag.«

Indris lächelte und trat einen Schritt zur Seite, was sie zu einem Stirnrunzeln veranlasste.

»Was hast du vor, jetzt, da du zurück bist?«, fragte Anj.

»Ich bin hier, weil ich hier besser als irgendwo sonst herausfinden kann, was ich wissen will. Aber ich habe noch keinen richtigen Plan.« Als er an seine Freunde dachte, verfinsterte sich seine Miene. An Mari, die immer in seinen Gedanken war und deren sterblicher Reiz Anjs gespenstischer Faszination so entgegengesetzt war. *Es ist Jahre her. Ich dachte, du wärst tot, und habe mich von dir verabschiedet. Was eine schlechte Entscheidung war, wie es jetzt scheint . . .*

»Brauchst du Hilfe?«, fragte sie. »Ich habe Zeit, und man scheint mich hier nicht zu brauchen.«

»Danke, aber diese Dinge muss ich selbst regeln. Außerdem dachte ich, dass der Suret großes Interesse an dir hat.«

»Ha!« Ihr ganzer Oberkörper geriet bei dem Ausruf ins Schwingen, was ihn wie immer zum Lächeln brachte. »Sie sind genauso neugierig auf mich wie auf dich. Aber meine Schutzherren im Dhar Gsenni haben mir Freiheiten erkauft, die allerdings nicht auf dich ausgedehnt wurden.« Erneut runzelte sie die Stirn. »So faszinierend die Politik des Ordens auch sein mag, wir müssen uns über andere Dinge unterhalten, Indris.«

»Ich habe dich gesucht, um mit dir zu reden, aber du scheinst immer irgendwo anders zu sein.« Ein Verdacht stieg in ihm auf – nicht zum ersten Mal. »Sag mir, wo du gewesen bist.«

»Hier und dort. Meistens dort. Indris, ich weiß zum Teil, was geschehen ist, nachdem du gegangen bist. Nachdem ich ... Du hast nach mir gesucht, mein wunderbarer Mann. Jahrelang. Und ich habe von dieser Avānfrau gehört ...«

»Mari.«

Anjs Augen wurden gefährlich schmal und bekamen einen Ausdruck, an den er sich nur zu gut erinnerte. »Ja. Sie. Aber du hast gedacht, ich wäre tot. Jetzt weißt du, dass ich es nicht bin. Also müssen wir reden, du und ich.«

Du bist vielleicht nicht tot, aber du bist auch nicht mehr du selbst. Er öffnete sich dem *Ahmsah* und suchte nach ihrer disentropischen Färbung. Da war sie! Diese leichte Unschärfe ... da waren Schatten, die sich um sie wanden, als würden sie die Wahrheit verbergen wollen. Die gleiche Unschärfe nahm er in den Konturen ihres Gesichts wahr, als hätte jemand das Bild der Frau, die er gekannt hatte, über die Anj gelegt, zu der sie geworden war. Er fühlte diese ölige Beschaffenheit, die er mittlerweile mit unreiner Energie gleichsetzte. Beinahe im selben Moment, als er sie wahrnahm, war sie wieder verschwunden.

»Wir müssen wirklich reden, Anj. Aber es ist lange her, seit ... Ich war drei Jahre auf den Graten, und die Ahnen mögen wissen, was ich da getan habe. Danach war ich zwei Jahre als Sklave in Sorochel, dann habe ich zwei Jahre lang nach dir gesucht. Und später hatte ich genug Zeit, um zu versuchen, wieder etwas Glück im Leben zu finden. Sieben Jahre und mehr sind eine lange Trennungszeit. Zu lange, als dass man erwarten könnte, dass sich nichts geändert hat.«

Anj nickte langsam und mit ruhiger Miene, als würde sie seine Gedanken lesen. »Uns wurden viele Jahre gestohlen, Indris, und das war nicht unsere Schuld. Aber ich habe dich nie aufgegeben. Alles, worum ich dich bitte, ist, dass du uns eine Chance gibst. Wir waren glücklich, wenn ich mich richtig erinnere. Und wir waren gut füreinander, wenn auch sonst niemand gut für uns gewesen wäre.«

»Anj, bitte ...« Indris sah auf seine Stiefel hinab, um die Zweifel zu verbergen, von denen er wusste, dass sie ihm ins

Gesicht geschrieben standen. Sie kam ihm so nahe, dass sie sich beinahe berührten. Er trat zurück und stellte fest, dass er mit dem Rücken zur Wand stand.

»Bei den lachenden Winden aller wüsten Gelage, entspann dich! Wir haben sieben Jahre gewartet. Und dieses Jahr waren wir beide sehr beschäftigt; die Meister haben dich für sich beansprucht, und ich war die Hälfte der Zeit unterwegs. Was sind schon ein paar Tage mehr, um zu klären, wo genau wir stehen?«

»Danke.« *Ich muss erst das »Was«, »Wie« und »Warum« klären, bevor ich über das »Wo« nachdenke. Du hast die Antworten auf so viele Fragen … aber woher weiß ich, dass du mir die Wahrheit sagst? Wenn du doch offensichtlich das Bedürfnis hast, gewisse Dinge vor mir zu verbergen?* Er beugte sich vor, um ihre Wange zu küssen, aber als er ihr nahe kam, öffnete sie die Lippen und küsste ihn begierig. Ihre Zunge schmeckte nach Honig, aber er fühlte, dass auch das eine Illusion war, die über einer abstoßenden Wahrheit lag.

Als er ihre Hände nahm und sie beiseiteschob – langsamer, als er das hätte tun sollen; ihre Hände waren warm und weich und brachten eine Flut von Erinnerungen zurück –, trat Indris zurück und fühlte, wie ihm erneut die Herzen in seiner Brust brachen. Jetzt nicht mehr wegen des Verlusts seiner Frau, sondern wegen der Zweifel, die er fühlte.

»Es gibt da einiges, was ich erst in Erfahrung bringen muss, Anj. Über mich und über dich. Ich muss mich auf die Suche nach meinen Freunden machen …«

»Und nach deiner Avān?« Anj zischte es beinahe.

Indris runzelte die Stirn. »Auch nach Mari, ja. Aber erzähl mir, was du über meine Zeit auf den Graten weißt. Und danach reden wir beide über uns.«

»Also gut«, entgegnete sie schmollend und trat mit der Ferse gegen die Wand, die Arme verschränkt und den Kopf gesenkt, doch mit einem gefährlichen Lächeln auf den Lippen.

»Versprochen?«

»Würde ich dich je anlügen?«

»Nicht wenn du klug bist.«

»Dann haben wir beide ja Glück, nicht wahr?«

Dampf umwirbelte Indris' Gesicht, während er sich in den heißen Quellen entspannte. Er war so tief eingetaucht, dass nur noch sein Kopf aus dem Wasser ragte. Etliche andere Studenten und Einwohner waren ebenfalls hier, um das warme Wasser zu genießen. Sie führten seltsame Tänze auf, während sie sich in der Kälte auszogen, durch den Schnee hüpften und ins Wasser sprangen. Indris grüßte diejenigen, die er gut kannte, und lächelte den anderen zu. Aber sie alle hielten Abstand zu ihm, während sie sich am anderen Ende der Quelle zusammendrängten.

Indris veränderte seinen Atemrhythmus mit der Leichtigkeit jahrelanger Übung und öffnete seinen Geist. Die Gedanken der Badenden bildeten ein Stimmengewirr in seinem Kopf, doch er isolierte sie schnell und ließ sie verstummen. Entferntere Gedanken waren nicht mehr als ein Flüstern, das er nur hörte, wenn er sich konzentrierte, aber seine telepathischen Fähigkeiten waren nicht so gut abgestimmt, dass es ihm leichtfiel. Mit einem Teil seines Geistes identifizierte und isolierte er Geräusche: das Schwatzen der anderen Badenden, den Wind, der durch die Kiefernnadeln fuhr, das Geräusch des Schnees, der von schwer beladenen Zweigen fiel, die Spieler in der *Schwarzen Feder*, die das voll besetzte Haus unterhielten. Eines nach dem anderen identifizierte er die Geräusche und schob sie beiseite, bis nur noch …

»Chaiya?«

»Indris!« Ihre Antwort kam schnell. *»Deine Geiststimme wird von Tag zu Tag stärker.«*

»Ich habe sie weiter trainiert, um mit dir sprechen zu können. Gibt es irgendeine Spur von Mari, Shar und Ekko?«

»Von Mari nicht.« Chaiyas Stimme klang traurig. *»Aber ihre Seele ist nicht bei den Toten, also nehme ich an, dass sie von Mystikern gefangen gehalten wird. Wo auch immer sie ist, man will nicht, dass sie gefunden wird. Aber ich habe die Träume von Shar und Ekko gehört. Sie segeln südwärts mit Morne Falkenholz und den Unsterblichen Gefährten.«*

»Weißt du, warum?«

»Nein, tut mir leid.«

»Aber es geht ihnen gut?«

»Soweit ich das erkennen kann.« Chaiyas Gegenwart in seinem Geist war tröstlich. *»Ihre Träume sind sehr lebhaft und voller Erinnerungen, sowohl freudiger als auch herzzerreißender. Sie denken, du wärst tot, Indris.«*

»Das habe ich gehört«, erwiderte Indris. »Es scheint, die Sēq sind sehr locker mit der Neuigkeit über mein vorzeitiges Ableben umgegangen.«

»Soll ich in Shars und Ekkos Träume eindringen und ihnen erzählen, dass du am Leben bist?«

»Nein, aber danke für das Angebot. Es ist besser, sie nicht abzulenken oder sie dazu zu verleiten, dass sie nach mir suchen. Wenn sie mit Morne unterwegs sind, dann wahrscheinlich in gefährlicher Mission. Ziemlich sicher ist es irgendeine waghalsige Angelegenheit. Ich wünschte, ich wäre bei ihnen.«

»Vielleicht suchen sie nach Mari?«

Bei dem Gedanken lächelte Indris. *»Sie können mir hier nicht weiterhelfen, Chaiya, aber es gibt ein paar Dinge, die ich selbst noch tun muss, bevor ich gehe. Ich ziehe weiter, sobald ich herausgefunden habe, weswegen ich hergekommen bin. Ich werde noch ein paar Tage warten, bis ich meine Pläne fertig ausgearbeitet habe.«*

»Kann ich irgendetwas für dich tun?«

»Würdest du mir etwas vorsingen?«

»Natürlich, mein Freund.« Indris zählte die Herzschläge, bevor die leisen Chorstimmen der Toten in seinem Geist anschwollen, die komplizierten Instrumente der Seele, die über die endlose Weite der Seelenquelle zu ihm herüberdrangen.

»Danke dir, Chaiya«, sagte Indris und schloss die Augen.

Die Gründertiefe war in die Felsmauer am oberen Ende des Tals gebaut und blickte über die lange Ausdehnung von Amarqa-im-Schnee und die Gemeinde am Talausgang. Die Tiefe – ein Turm aus durchscheinendem Bergkristall – war beinahe so hell wie der Schnee, der sich in die zerklüfteten Spalten seiner Oberfläche schmiegte. Viele Treppen und glitzernde Brücken aus *Serill* im Zuckerbäckerstil verbanden die Tiefe mit den umliegenden Gebäuden, die hoch genug lagen, um die kalten Wasser des Anqoratflusses zu vermeiden, wenn auch nicht seine beißende Gischt. Knorrige Bäume klammerten sich an den Fels und sprenkelten den Bergkristall mit schwankenden Schatten.

Indris faltete die Hände in den Ärmeln seiner Robe, während er über eine von Raureif überzogene Brücke ging. Die *Ilhen*-Lampen, die die Brücke säumten, bildeten unbeständige Funken im hellen Licht des Herbstmorgens.

Entlang der Kammlinie Richtung Norden sah er die Umrisse ankernder Windschiffe, die wie Drachen in der Luft schwebten. Die Wachen, die bei ihnen standen, trugen Trachten, die Indris nicht kannte, und die Schiffe zeigten weder die Farben der Hohen Häuser oder der Hundert Familien noch eine der Farben des Konsortiums des Teshri. Es gab nur wenige, die freiwillig zu den Sēq nach Amarqa gekommen wären, und Indris fragte sich, wer verzweifelt genug war, um diese Reise zu unternehmen.

Am Eingang zur Gründertiefe standen zwei Iku-Wachen mit zerklüfteten Gesichtern und wachsamen runden Augen. Ihre Haut war mit bunten Wirbelmustern gefärbt, und sie hatten kurze schwarze Flügel. Ein zusammenklappbarer Fächer aus Federn und Stahlverstrebungen steckte in den Schärpen der Iku, und ihre klauenbewehrten Hände – die runzlig waren wie Hühnerfüße – ruhten auf den Griffen von brusthohen beschlagenen Keulen. Indris hatte schon erlebt, was diese *Kanbōjé* – die »fallenden Bäumchen«, wie die Waffen genannt wurden – in den Händen der richtigen Leute anrichten konnten. Der Legende nach hatten die Iku auf die Seq gewartet, als diese zum ersten Mal das bewaldete Tal erreichten, und ihnen die verborgenen Hallen und die geheimen Wege der Festung gezeigt, die später unter dem Namen Amarqa-im-Schnee bekannt werden sollte.

Die beiden Wachen nickten respektvoll, als Indris sich näherte, und er erwiderte den Gruß mit einem Lächeln und einem Nicken seinerseits.

»General Indris«, trällerte eine der Iku. Sie sah sich mit zufriedener Miene um und nahm den Anblick des klaren Himmels, der umgebenden Berge, der Bäume und des Schnees in sich auf. »Ein schöner Tag.«

»Sind sie das nicht alle, Wakanhe?«

»Wohl wahr.«

»Glaubst du, es wird so bleiben?«

»Für ein Weilchen.«

Indris trat über die Schwelle aus Bergkristall. Durch die durchscheinenden Mauern der Gründertiefe drang ein kühles, mattes Leuchten. Die Feuersteine in den schwarzen Eisenbecken tauchten die fünf großen Galerien mit ihren arabesken schwarzen Marmorsäulen und -böden in warmes Licht.

Die Tiefe war ein weitläufiges Gebäude mit hohem Kuppeldach und kiesbestreutem Boden, das von einer großen, auf unheimliche Weise naturgetreuen Statue des Gründers Sedefke dominiert wurde.

Als er noch ein Neuling gewesen war, hatte Indris Femensetri einmal gefragt, ob die Statue denn tatsächlich eine präzise Wiedergabe sei. Sie hatte mit einem Ausdruck an ihr hochgesehen, den der jüngere Indris für Liebe gehalten hatte – obwohl der ältere Indris eher gesagt hätte, es war Obsession –, und geantwortet, es wäre, als würde der Mann leibhaftig vor einem stehen, ins Riesenhafte vergrößert durch die Ausmaße seines Körpers, seines Geistes, seiner Seele. Die Statue lächelte leicht, als würde Sedefke über einen Witz nachdenken, während er darauf wartete, dass der Rest des Raums ihn ebenfalls verstand. Er trug den Schnallenleibrock der Sēq, die Kapuze zurückgeworfen, mit einem Waffengürtel, der über der Schärpe um seine Taille befestigt war. An dem Gürtel hing eine Waffe, oder zumindest der Griff und der Knauf einer Waffe, die so lang war wie der Vorderarm des Mannes. Der Knauf war in die Form eines stilisierten Drachen gemeißelt, oder eines Raubvogels, und der Griff war von etwas bedeckt, das Federn hätten sein können. Oder auch Schuppen. Doch es war keine Klinge zu sehen. Nichts, was die Waffe zur Waffe gemacht hätte.

Der weise Mann trägt niemals eine Waffe, die gegen ihn selbst gerichtet werden kann. Das waren Sedefkes berühmte Worte, nachdem er und die Gelehrten Näsarat fa Dionwe geholfen hatten, das Blütenimperium zu stürzen. Und der weiseste Mann muss gar keine Waffe mehr tragen. Diese Bemerkung hatte zur Herstellung der ersten *Psédari*, der Seelenklinge, geführt. Der Legende nach hatte Sedefke die Technik noch weiter perfektioniert und die *Kajari*, die

Geistklinge, geschaffen, eine Waffe, die die dreifache Natur des Seins reflektierte und nur als Manifestation des Willens ihres Besitzers existierte. Ihr Griff und Knauf stellte das *Nayu* dar. Die Form der Klinge wurde durch das *Psé* geschaffen, und die Klinge selbst erschien lediglich als Manifestation des *Kaj* – mit anderen Worten, es war eine Waffe, die nur mithilfe des Geistes, dem sie gehörte, zur Waffe wurde.

Am Fußende der Treppe standen Aumh, Ojin-mar und Er-Der-Sieht und warteten auf ihn. Da der Herbst unaufhaltsam voranschritt, flatterten keine Schmetterlinge mehr in Aumhs farnähnlichen Wedeln herum. Das üppige Grün, das auf ihrem Kopf und an ihren Schläfen spross, war kupferfarben geworden und mit Weiß bestäubt, da der Winter näher rückte. Die Blumen, die einst darauf gewachsen waren, waren verwelkt und hatten kleine braune Samenhülsen zurückgelassen. Er-Der-Sieht beobachtete still, wie Indris näher kam. Seine beinahe durchscheinenden Augen wirkten in dem dunklen Gesicht mit seinen Tätowierungen verstörend.

Indris wurde in einen kleinen Vorraum mit einer einzelnen Tür gebracht, die in die Meisterrunde führte. Durch die offene Tür konnte er die versammelten Meister in ihren schwarzen Soutanen sehen, die mit Knöpfen aus Edelmetallen und Juwelen verziert waren. Die Meister nahmen gerade auf Sitzen Platz, die sich in stufenweise ansteigenden runden Reihen von der Arena nach oben zogen.

»Was soll das?«, fragte Indris Ojin-mar. »Ich dachte, ich würde hierherkommen, damit man mir ein paar Fragen beantwortet?«

»In gewisser Weise, ja«, erklärte Aumh gelassen. Die kleine Y'arrow-Frau steckte den Kopf durch die Tür, dann gab sie ihren Begleitern ein Zeichen, ihr zu folgen. Sie wandte sich an Indris. »Zieh deine Kapuze über, und pass auf, dass unsere Gäste dich nicht sehen. Beobachte, hör zu und lerne. Aber unter gar keinen Umständen darfst du dich zu erkennen geben. Habe ich mich klar ausgedrückt?«

»Vollkommen klar.«

»Hmm«, murmelte Aumh. Sie machte Ojin-mar ein Zeichen, Indris zu Sitzen in einer ruhigeren Ecke zu führen, wo er nicht bemerkt werden würde.

Die Arena der Meister war eine abgestufte Senke aus schwarzem Marmor; jede der Stufen war mit hochlehnigen mitternachtsschwarzen Holzstühlen bestückt. Die gewölbte Decke zeigte ein Mosaik aus Blättern und Weinreben. Eine riesige *Ilhen*-Lampe in Form einer hängenden Stufenpyramide in Orange und Gelb war dort angebracht. Unter den versammelten Meistern erkannte Indris einige Gesichter, doch die meisten waren ihm fremd.

Auf der ersten Stufe der Runde befanden sich zehn Stühle mit schwarzen Seidenkissen auf den Sitzen. Von den neun Meistern, die dort saßen, erkannte Indris Femensetri, Aumh und Er-Der-Sieht. Der zehnte Stuhl war für Kemenchromis freigelassen worden, dem Erzgelehrten und Magnaten des Sēqordens, der bei der Schattenherrscherin in Pashrea weilte.

»Wo ist Zadjinn?«, fragte Indris. »Ich hatte erwartet, dass er an mir hängen würde wie irgendein billiges Kleidungsstück, aber ich habe ihn noch nicht gesehen.«

»Zadjinn und die Dhar Gsenni, die uns bekannt sind, sind nicht mitgekommen nach Amarqa, als der Orden ins Exil geschickt wurde«, erwiderte Ojin-mar. »Ich habe den Verdacht, dass sie in genau dem Moment auftauchen werden, wenn es am ungünstigsten für uns ist. Sie waren schon immer die weltlichste Fraktion innerhalb der Sēq, und unsere Isolation deckt sich nicht mit ihren Interessen.«

»Sie mögen ja fort sein, aber wer ist das?« Indris nickte in Richtung einer seltsamen Gestalt, die etwas abseits von der Versammlung stand. Nach allem, was Indris unter dem schillernden Mantel erkennen konnte, dessen Falten flügelgleich hinter ihm zu Boden hingen, war die Gestalt breitschultrig, aber hager. Sie trug eine kunstvolle Rüstung aus geflochtenen Bändern und scharf aussehenden Schuppen. Weder unter der Rüstung noch unter dem weiten Mantel oder der gehörnten und verspiegelten Maske, die sein Gesicht bedeckte, war auch nur ein Stück Haut zu erkennen.

Ojin-mar runzelte die Stirn. »Jemand, den du nicht hättest sehen sollen und besser gleich wieder vergisst, wenn du weißt, was gut für dich ist.«

»Ich kann nicht fassen, dass Ihr das gerade wirklich gesagt habt«, murmelte Indris. »Nehmen wir nun einfach mal zu Euren Gunsten an, ich habe mich verhört. Also, fangen wir noch einmal von vorn an …«

»Es überrascht mich, dass Femensetri nicht der Schlag getroffen hat, als sie deine *Sahai* war!« Ojin-mar verdrehte die Augen, als er Indris' Gesichtsausdruck sah. »Wir haben dir Unrecht getan, ich weiß. Aber sollte es jemals ans Licht kommen, dann hast du es nicht von mir gehört, ist das klar? Dieses … was auch immer es ist, nennt sich selbst der Herold. Dieses Wesen ist mit ein paar anderen vor beinahe sieben Jahren hierhergekommen. Es sagt nicht viel, aber wenn es spricht, dann hört ihm der Suret zu.«

»Der Herold von was?«

»Das ist eine verflucht gute Frage.«

Ein leiser Glockenschlag ertönte, und die Meister, die alles in allem etwa siebzig zählten – es gab noch immer ungefähr genauso viele leere Plätze –, verstummten. Die Doppeltüren aus *Serill* und Jade öffneten sich, und vier Sēqritter und ebenso viele Iku in Rüstung traten ein. Sie flankierten eine kleinere Gruppe von Shrīanern in seidenen Roben. Sie hatten ihre Kapuzen übergestreift, aber Indris konnte sehen, wie sich ihre Köpfe nach links und rechts drehten, nach oben und unten. Die Besucher wurden in die Mitte der Runde eskortiert, dann zogen sich die Wachen zurück.

Indris erkannte die Rahns und runzelte die Stirn. Was machten sie hier?

Ein Meister des Suret mit dem Gesicht eines Aasgeiers neigte den Kopf, um die Besucher zu begrüßen, und streckte die Hand aus. »Ich bin Sēqmagnat Bodekian. Ihr habt Euer Fasten unterbrochen und von unserem Wasser getrunken und seid daher sicher nach den Regeln und Gesetzen des *Sende*, solange Ihr in Amarqa-im-Schnee verweilt.«

»Sagt uns«, fragte ein korpulenter älterer Mann, »warum seid Ihr so weit gereist, um mit uns zu sprechen? Seit wir aus Shrīan verbannt wurden, haben wir kein Interesse mehr an Euren Angelegenheiten gezeigt.«

Einer der Besucher zog die Kapuze zurück, und ein kantiger Kiefer und hohe Wangenknochen kamen zum Vorschein. Rosha war dünner, als Indris sie in Erinnerung hatte, beinahe hager. Ihre Haut wirkte aschfahl. Sie machte ihren Gefährten ein Zeichen, und Nazarafine und Siamak, die ebenso erschöpft wirkten, nahmen die Kapuzen ab.

»Meister des Gelehrtenordens der Sēq«, begann Rosha mit rauer Stimme, »wir, die föderalistischen Rahns, sind zu Euch gekommen, weil wir Eure Hilfe brauchen.«

»Pah!«, rief Femensetri scharf. »Der Asrahn und der Teshri haben sehr deutlich gemacht, dass die Sēq in der Shrīanischen Föderation nicht mehr willkommen sind. Ich kann mich nicht erinnern, dass Ihr Euch für uns eingesetzt habt, damit sie ihre Meinung ändern, Mädchen!«

»Die Rahns sind unbedeutend«, sagte der Herold. Er

sprach mit einer Stimme, die wie eine Vielzahl unterschiedlicher Stimmen klang, jede das Echo einer anderen.

»Nur die Mahj und die Mahjirahns sind von Bedeutung.« Die düsteren Stimmen jagten Indris einen Schauer über den Rücken.

Rosha verzog den Mund, aber Nazarafine trat vor, bevor sie antworten konnte.

»Die Sayfs der Imperialisten kontrollieren das Unterhaus des Teshri.« Ihre Stimme war heiser. »Aber selbst sie beginnen sich zu fragen, ob es weise ist, blind einem Mann zu folgen, der alles verspricht, aber nur das liefert, was er möchte. Der Asrahn sollte der Hüter seines Volkes sein, statt sie auszunutzen, als wären sie Lasttiere. Es gibt Entführungen, Drohungen und Gewalt in unseren Städten. Cesare, der Volkssprecher, wurde umgebracht. Eure Abwesenheit hat zu einer großen Kluft geführt. Und was die Hexer …«

»Das ist nicht unsere Angelegenheit«, erklärte Sēqmagnat Bodekian.

»Könnte es aber wieder sein, wenn Ihr beschließt, sie zu Eurer zu machen.« Rosha starrte den alten Sēqmeister an. Dann krümmte sie sich unter einem heftigen Hustenanfall zusammen. Indris erhob sich leicht aus seinem Stuhl, wurde jedoch von Ojin-mar zurückgehalten, der den Kopf schüttelte.

»Wie das?«, fragte Femensetri und beugte sich vor wie ein Raubvogel, mit aufmerksamem Blick. »Und warum sollten wir uns um die Nöte einer undankbaren Nation kümmern?«

Indris' Lippen verzogen sich zu einem Lächeln. *Weil ihr eure Rolle als Puppenspieler vermisst und es gar nicht erwarten könnt, wieder die Fäden zu ziehen.*

»Corajidin und seine Gefolgsleute führen keinen konventionellen Krieg«, erklärte Siamak. »Dies sind die Vorboten eines *Ajamensût*, und wir alle wissen es. Aber statt eines Krieges Haus gegen Haus oder Familie gegen Familie wird es ein Bürgerkrieg unter Meuchelmördern werden, wie es ihn seit Jahrhunderten nicht mehr gegeben hat! Und da sind … Wesen in seinen Reihen, die uns verblüffen. Die Hexer haben seltsame, beunruhigende Verbündete mitgebracht. Corajidins Streitkräfte durchstreifen die Rōmarq, sie graben nach Waffen und verbotenem Wissen! Er hat meine Präfektur besetzt und ignoriert jede meiner Aufforderungen, sie wieder zu verlassen. Er versucht, eine gewalttätige Reaktion zu provozieren.«

»Wir werden von allen Seiten bedrängt, und wir sind in der Unterzahl.« Nazarafines einst so rötliche Gesichtshaut wirkte aschfahl, die runden Wangen waren eingefallen. »Jeden Tag verschwinden Mitglieder der Hohen Häuser und der Hundert Familien. Die Einschüchterung ist zur Regel geworden. Und in Eurer Abwesenheit haben eigennützige Gruppen das Land überschwemmt, wie die Alchemisten und die Erfinder. Diese Gruppierungen sind vom Bankiershaus gegründet und von der Händlergilde organisiert worden.«

»Ihr werdet schon noch von irgendwoher Eure Kraft beziehen.« Bodekian schob ihre Proteste mit einer wegwerfenden Geste beiseite. »All das haben wir in der Vergangenheit schon erlebt.«

»Nichts in dieser Art«, sagte der Herold. »Ihr seid nicht darauf vorbereitet.«

»Corajidin hat seine Verbrechen noch nie so offen begangen«, erwiderte Siamak und sah den Herold nervös an. »Der Asrahn hat seine Laken zurückgeschlagen und lädt jeden ein, zu ihm ins Bett zu steigen, der seine Forderungen erfüllt.«

»Und nun«, fügte Rosha hinzu, »bieten wir Euch an, einen womöglich schwerwiegenden Fehler wiedergutzumachen.«

»Fahrt fort«, drängte Er-Der-Sieht.

»Sayf Ajomandyan, der Himmelslord, ist bereit, ein Misstrauensvotum gegen den Asrahn zu stellen. Der Kanzleimarschall und der Wächter des Wandels sind beide einverstanden. Die Unzufriedenheit im Teshri wächst, und immer neue politische Parteien werden gegründet, die vielleicht eines Tages die Autorität unserer traditionellen Herrschaft infrage stellen.«

»Aber in all dem steckt kein bisschen Eigennutz, was, Mädchen?«

Femensetri saß mit weit gespreizten Beinen in ihrem Stuhl. Sie hatte die Ellbogen auf die Knie gestemmt, und ihr Kinn ruhte auf ihrer Faust.

»Doch, natürlich«, stimmte Rosha zu. »Trotzdem sollten wir Corajidin seine Macht so schnell wie möglich aberkennen. Ich will nicht zusehen, wie wir in einen Krieg schlittern, Femensetri.«

»Und wer würde Corajidin ersetzen?«, fragte Bodekian.

»Ich bin die Anführerin der Föderalistischen Partei«, erwiderte Rosha und verzichtete auf jeden Versuch von falscher Bescheidenheit. »Und ich würde die Sēq respektieren, so wie meine Vorfahren es getan haben. Waren nicht auch einst Näsarat in Euren Reihen? Mein Cousin, Indris – möge er Frieden finden bei der Seelenquelle –, war ein Held des Ordens, der für sein Volk gestorben ist. Können wir keine gemeinsame Basis finden?«

Indris wollte sich schon erheben, aber Ojin-mar packte ihn am Arm.

Femensetri lachte bellend, und Er-Der-Sieht warf ihr einen irritierten Blick zu. Die Meister begannen, sich leise zu beraten. Indris zog sich in den Schatten seiner Kapuze zurück, als er den gierigen Ausdruck auf den Gesichtern einiger Sēqmeister sah. Die Unterhaltungen in seiner Nähe wandten sich wieder den vertrauten Themen von Macht und Einfluss zu, wobei man sich kaum um die Konsequenzen kümmerte.

Indris wandte sich zu Ojin-mar, der besorgt dreinblickte.

»Wann sind wir vom Weg abgekommen?«, flüsterte Ojin-mar.

»Ich kenne sie gar nicht anders.« Indris zuckte die Schultern. »Für einen Orden, der eigentlich dienen, erziehen und beschützen sollte, sind ganz schön viele Eurer Kollegen eher daran interessiert, zu führen, zu kontrollieren und zu manipulieren.«

Rosha hustete erneut. Ihre Arme verkrampften sich vor ihrem Unterleib, und sie spuckte eine Mischung aus Blut und Schleim auf den Boden. Als sie endlich wieder sicher auf den Beinen stand, war die Runde still geworden.

»Aber das ist noch nicht alles, oder, Mädchen?« Femensetri schritt mit flatternder Soutane nach unten. Die Sturmbringerin umfasste Roshas Kinn und starrte ihr in die Augen. Sie drehte Roshas Kopf erst in die eine Richtung, dann in die andere und fühlte ihren Puls. Indris sah den Hautausschlag, als Femensetri Roshas Ärmel hochkrempelte. Der Seelenstein der alten Gelehrten brannte dunkel und wurde zu einem Wirbel, der Schatten auf Roshas Haut warf. »Du und die anderen, ihr seid am Sterben.«

»Ja«, sagte Rosha schlicht. Sie wies auf Siamak und Nazarafine.

»Wir alle wurden vor etwa einem Monat krank. Und es wird immer schlimmer. Wir brauchen Eure Hilfe, Gelehrtenmarschallin.«

Die Unterhaltungen brandeten wieder auf, als Femensetri den Sēqrittern und den Iku ein Zeichen machte, die Rahns in die Thaumaturgenhalle zu bringen, wo sie untersucht und behandelt werden konnten.

Die Meister fuhren fort, ihre Rolle in dem neuen Regime zu diskutieren, und klammerten sich an den Strohhalm, den Rosha ihnen hingehalten hatte. Selbst im Exil hielten die Sēq das Schicksal der Nation in den Händen, und Indris wusste nur zu gut, dass die Sēq nichts so leicht wieder losließen, was sie in ihren Klauen hatten.

Kapitel 2

»Geduld ist kein Zeichen von Schwäche. Für alles gibt es den richtigen Zeitpunkt. Beobachten, zuhören und lernen zu können, wenn die Zeit gekommen ist, gründet sich auf Stärke und Weisheit.«

Bensaharēn, Dichtermeister der Wehklage (493. Jahr der Shrīanischen Föderation)

53. Tag im 496. Jahr der Shrīanischen Föderation

»Bei Erebus' Zähnen!«, zischte Mari, als Qesha-rē die frisch zusammengefügten Knochen in Maris linker Hand prüfte. So wenig Mari es mochte, das Krankenzimmer aufzusuchen, so erleichtert war sie, dass die in Harz getränkten Verbände endlich entfernt wurden, die ihre Hand bewegungsunfähig gemacht hatten. Die Untersuchung durch die Wundärztin, eine alte Frau mit scharfen Gesichtszügen, war allerdings weniger erfreulich. »Zum … Versuchst du, mich mit deinen spitzen Fingern zu erdolchen? Versteht man das unter Ärztekunst, da, wo du herkommst?«

»Nein«, entgegnete die Wundärztin ruhig und ignorierte Maris Flüche, während sie deren Finger erst in die eine, dann in die andere Richtung bog, ihre Nägel untersuchte und sich mithilfe einer Nadel vergewisserte, dass Maris Fingerspitzen ihre Empfindsamkeit nicht verloren hatten. Qesha-rēs dünne Lippen verzogen sich leicht, während sie Maris Hand massierte.

»Warum glaubst du wohl, dass ich Pashrea verlassen

habe? Viele der Pashreaner sind Nomaden, und ihr Zustand liegt bereits jenseits der Heilermöglichkeiten, selbst für einen Wundarzt der Nilvedic. Du dagegen bist jemand, den ich gut behandeln kann, und Tamerlan ist ein derartig widerwärtiger und gewalttätiger Ort, dass mir die Arbeit niemals ausgeht. Ich wage zu behaupten, dass du mich auch in Zukunft noch beschäftigt halten wirst. Natürlich nur solange Nadir, Jhem oder die Asrahnwitwe nicht beschließen, dich ins Meer zu werfen.«

»Die Asrahnwitwe«, schnaubte Mari. Sie zog die Hand zurück und schüttelte sie, machte eine Faust und öffnete sie wieder und wieder. Die Finger waren steif und schmerzten noch ganz leicht. Beides würde vorübergehen. Die Blutergüsse waren nicht mehr zu sehen, doch die Hand war noch bleich und dünn, verglichen mit ihrem Gegenstück. »Dieser alte Hai lebt vom Ruhm vergangener Zeiten. Ich weiß nicht, warum mein Vater derart viel Rücksicht auf dieses bösartige alte Weib nimmt.«

Die Ärztin zog eine Braue in die Höhe. »Das mag sein, wie es will, meine Liebe. Aber dieser alte Haifisch hat seine Zähne in alles und jeden in Tamerlan geschlagen, und das solltest du besser nicht vergessen.«

»Vahineh mit eingeschlossen.« *Vor allem Vahineh.* »Ich vermute, sie ist immer noch in deiner Obhut?«

»Wenn du damit meinst: Ist sie immer noch in Tamerlan, und ist sie immer noch am Leben, dann lautet die Antwort Ja. Körperlich geht es ihr besser, aber so leid es mir tut, ich bezweifle, dass sie geistig jemals wiederhergestellt sein wird.«

»Kannst du mich zu …«

»Nein.«

»Bitte, nur …«

»Hör auf zu fragen«, sagte Qesha-rē rundheraus. »Die

Asrahnwitwe hat sehr deutlich gemacht, dass niemand außer Jhem, Nadir oder diejenigen, die für sie arbeiten, Vahineh sehen darf. Ich habe nur die Erlaubnis, dafür zu sorgen, dass sie am Leben bleibt. Weißt du, was sie mit ihr anstellen?«

Sie versuchen, ihr das Erbe zu stehlen. Sie wollen sie dazu bringen, dass sie Jhem Erwachen lässt, damit er, ebenso wie mein Vater, zu einem Schatten werden kann, der alles durchdringt, was er berührt.

»Ich bin nicht ganz sicher. Aber es kann nichts Gutes sein, was auch immer es ist. Ich kann ihr helfen, verstehst du. Ich kann ihr helfen zu entkommen.«

»So wie du dir selbst bei der Flucht geholfen hast? Mein ganz persönlicher Lieblingsfluchtversuch war übrigens der, als du diesem alten Perversling Xerji mit dem Nagel von deinem Bett das Auge ausgestochen hast. Es ist zu traurig, dass er an einer Infektion gestorben ist.«

»Nicht so traurig wie die Tatsache, dass Jhem nicht gestorben ist.«

»Nein. Aber so einfallsreich du auch sein magst, du bist auf einer Insel im eiskalten Südmeer, und die Asrahnwitwe kann dein Leben sogar noch unerfreulicher machen. Du bist vielleicht imstande, das zu überleben, was deine Großmutter dir antut. Aber glaubst du, Vahineh kann das auch?«

Ich würde die alte Hexe im Schlaf ersticken, wenn ich könnte, dachte Mari, *obwohl es mir mehr Spaß machen würde, sie mit der Klinge zu töten, damit sie auch weiß, dass ich es war.*

»Vahineh hat schon genug mitgemacht, aber ich habe ungefähr so viel Angst vor Großmutter wie du.«

»Ich habe entsetzliche Angst vor deiner Großmutter.«

Mari kaute auf ihrer Unterlippe und war in Versuchung, ihr vorgetäuschtes Draufgängertum beizubehalten. Doch die Wundärztin hatte Mari in ihren verwundbarsten Momenten erlebt; Lügen schienen nicht angebracht zu sein. »Ich auch. Aber das wird sie nie erfahren. Ich würde ihre kreischende Seele mit der Peitsche zur Seelenquelle treiben, wenn ich muss.«

»Lass uns hoffen, dass es nicht so weit kommt.« Die Wundärztin machte Mari ein Zeichen, sich auszuziehen.

Mari betrachtete sich selbst im Spiegel. An ihrem Körper, der immer durchtrainiert und schlank gewesen war, traten nun die Rippen und Hüftknochen hervor. Sie sah das Spiel der Muskeln unter ihrer Haut, die rosa war von der Hitze des Badewassers, aber auch verfärbt von alten Blutergüssen, von roten Striemen und den blasseren Streifen alter Narben. Ihre Wangenknochen zeichneten sich deutlich unter der Haut ab, und ihre Augen waren tief in die Höhlen gesunken.

Qesha-rē ging um Mari herum und nahm sie in Augenschein. Stupste sie an, schüttelte den Kopf. Dann murmelte sie leise und taxierte kritisch die vielen alten Verletzungen an Maris Körper. »Du kannst von Glück reden, dass du in so guter Verfassung bist, wenn man bedenkt, womit du dein Geld verdienst und wie du hier behandelt wirst.«

»Es hilft, dass ich mein Gewerbe beherrsche.« *Und dass ich einen Geliebten habe, der mir mystische Wiegenlieder singt und die Narben ausradiert, die das Leben mir zugefügt hat, um mich dann in den Armen zu halten, bis ich eingeschlafen bin. Haben Shar und Ekko dich gefunden, Indris? Ich könnte gerade ganz gut ein wenig Hilfe gebrauchen.*

Qesha-rē stand neben Mari und nahm sie beim Ellbogen. »Wenn du deiner Großmutter weiterhin die Stirn bietest, wird sie …«

»Ich weiß.« Mari trat ein paar Schritte näher an ihr Spiegelbild. Sie hatte nicht vor, auf diesem von den Ahnen verfluchten Felsenhaufen im Nirgendwo zu sterben. »Aber wenn ich hierbleibe, werde ich so oder so sterben. Ich sterbe lieber zu meinen eigenen Bedingungen, wenn ich die Asrahnwitwe damit ein bisschen zum Nachdenken bringen kann. Davon abgesehen könnte ich es durchaus schaffen, von diesem Misthaufen zu verschwinden.«

Diener kamen in das Behandlungszimmer gehastet. Sie trugen zusammengelegte Kleidung und eine kleine Kiste, die mit Glasgefäßen gefüllt war. Qesha-rē warf einen kurzen Blick in Richtung der Diener und schüttelte unmerklich den Kopf. Mari wusste nur zu gut, dass ihre Großmutter ihre Augen und Ohren überall hatte. Diese Lektion hatte sie auf die harte Tour lernen müssen, als ihr erster Fluchtversuch von einem Mitgefangenen, dem sie törichterweise vertraut hatte, verraten worden war. Nadir und seine Mannschaft hatten Mari erwischt, als sie versucht hatte, an Bord einer Windgaleere zu gelangen. Sie war zurückgeschleift worden, verschnürt wie ein Vogel, der gebraten werden sollte. Ihre eigene Großmutter hatte still und streng zugesehen, während Nadir die gefesselte Mari mit dem Schwanz eines Mantarochens blutig geschlagen hatte.

Mari hatte zurückgeschlagen, als sie sie wieder losgemacht hatten, und Nadirs Lippe gespalten, bevor sie sie bewusstlos geschlagen hatten. Das war an Maris viertem Tag auf Tamerlan gewesen. Die Finger ihrer Hand zu brechen war einfach nur die jüngste Lektion der Asrahnwitwe in Sachen Gehorsam.

»Heute Nacht gibt es ein Fest«, sagte Qesha-rē, als sie ihre Instrumente wieder in die Tasche packte.

Mari hielt still, während die Diener ihre Haut mit leichten Ölen einrieben und dann begannen, mit einem Schabeisen die Haare von ihrem Oberkörper und den Gliedmaßen zu entfernen. Sie arbeiteten mit gleichmäßigen, sicheren Handgriffen und hinterließen keine neuen Male auf Maris bereits geschädigter Haut. »Man hat mir gesagt, ich muss teilnehmen.«

»Ich glaube, ich werde den Abend zu Hause verbringen.« Die Ärztin schnallte ihre Tasche zu und schlang sie sich über ihre schmale Schulter. »Ein wenig Meditation und Lektüre wird mir guttun; ich habe ein Werk von dem Nilvedic-Gelehrten Amapursha über die Heilpraktiken der Y'arrowte-yi, das sehr fesselnd ist.«

»Kann ich gar nichts tun, um dich zu überreden?«

»Keine Chance. Davon abgesehen enden die Festlichkeiten der Asrahnwitwe meistens damit, dass irgendjemand mein Behandlungszimmer aufsuchen muss – sofern er überlebt –, also halte ich mich besser bereit. Versuche, nicht wieder verletzt zu werden, meine Liebe. Man kann nie wissen, vielleicht findest du es ja sogar einmal ganz reizvoll, keine gebrochenen Knochen oder Wunden von der Peitsche und Rute zu haben.«

»Oh, du kennst mich doch«, sagte Mari trocken. »Ich bin ein Freigeist.«

»Das ist nicht der rechte Ort dafür.«

»Da stimme ich dir vollauf zu.«

Mari saß an der Hohen Tafel, beobachtete und hörte zu.

Sie aß gierig, trank aber nur Wasser aus einem angeschlagenen Steingutbecher, der allem einen leicht morastigen Nachgeschmack verlieh.

Vor allem aber schwitzte sie. Sie fühlte, wie ihr der Schweiß auf der Kopfhaut kribbelte und ihr Rückgrat hinunterlief. An jeder der vier Wände brannten Feuer in Kaminen, die so groß waren, dass Mari darin hätte stehen können. Große Fenster aus rauem Glas schwitzten in der Hitze und schmolzen den Schnee draußen, der an den eisernen Fensterrahmen klebte. Hunderte Laternen aus meerfarbenem Glas hingen von der gewölbten Decke. Die Skelette gigantischer Haifische baumelten zwischen den Laternen, neben den versilberten und vergoldeten Schädeln gefallener Feinde. Die Mosaikwände schienen sich zu kräuseln und gaben Mari das Gefühl, sie wäre unter der Meeresoberfläche gefangen, gemeinsam mit den Ertrunkenen, die fortfuhren zu trinken, zu tanzen und zu kämpfen, ohne sich der Tatsache bewusst zu sein, dass sie bereits tot waren.

Die Gäste bei den Festlichkeiten der Asrahnwitwe bestanden meistens aus einer lärmenden Menge trinkfester Halsabschneider und Opportunisten, gemischt mit den Anführern der nahe gelegenen Fischerdörfer und Minenstädte. Tamerlan war eine Grenzfestung. Einst war sie zweifellos ruhmreich gewesen, diese uralte Konstruktion aus facettiertem Kristall, glänzendem Marmor, gemeißeltem Granit und bronzenen Kuppeln, die sich spiralförmig den Berg hinauf und um ihn herum zog. Doch mittlerweile zog Tamerlan vor allem jene an, die sonst nirgendwo mehr hingehen konnten: diejenigen, die der Welt müde waren, die entrechtet waren oder zu durchdrungen von Scheitern und Ehrlosigkeit, um sich irgendwo anders aufzuhalten. Selbst die Meereshexen, die der Asrahnwitwe ihren Treueeid geleistet hatten – bleiche Geschöpfe mit hungrigen Augen, die in strenge Kleider aus blauen und grünen und schwarzen Schichten gehüllt waren wie Schatten aus der Tiefsee –, schienen arm und grobschlächtig zu sein im Vergleich zu den Sēq oder den roten Hexen der Mahsojhin.

Mari sah mit kaum verhülltem Abscheu zu, während die Gefolgsleute der Asrahnwitwe nach dem vierten Duell des Abends ihre Anerkennung johlten, brüllten und stampften. Zwei Männer und eine Frau waren bereits tot, ihre Leichen wieder der Tiefe der See übergeben, wie es Brauch war in Tamerlan. Die Kapitäne und Oberstleutnants der Asrahnwitwe bewegten sich in der Menge und stachelten ihre Blutgier an.

Nach normalen Maßstäben waren sie nicht mehr als gewöhnliche Meuchelmörder, die in den zwielichtigen Seitengassen jeder Stadt in Shrīan für eine Handvoll Kupferringe und eine lauwarme Mahlzeit gekauft werden konnten.

Ihr Anführer war Jhem, die Schwarze Schlange, und seine Kohorte.

Die Wunden, die Mari Jhem zugefügt hatte, nachdem er und Nadir sie gefangen genommen hatten, hatten zu eitern begonnen und ihn fast umgebracht. Leider hatte Qesha-rē sein Leben gerettet, auf Kosten eines Teils seines Kiefers und einiger Zähne sowie eines Teils von Ober- und Unterlippe. In der Öffentlichkeit zeigte er sich nur mit seiner ledernen Halbmaske, die mit Nieten und Schuppen besetzt war, um seine Entstellung zu verbergen. Als Vergeltung für Jhems Verstümmelung und für Ravenets Tod – Jhems Tochter und Nadirs Schwester – setzten die beiden Untergebenen ihres Vaters nun alles daran, Mari das Leben schwer zu machen.

Nadir, der doppelt verletzt war durch Maris Weigerung, ihre verlorene Liebe wiederaufleben zu lassen, quälte sie, wann immer er konnte – aber sie ließ ihn dafür zahlen. Heute Nacht hing er auf einem Stuhl neben der Asrahnwitwe mit dem schmerzerfüllten Ausdruck eines Mannes, dem man kräftig in seine empfindlichsten Körperteile getreten hatte. Und genau das war auch passiert, als er früher am Abend in Maris Gemächer gekommen war, gemeinsam mit dreien seiner Meuchelmörder, um sie vor dem Fest noch ein wenig zu prügeln. Nadir hatte Glück gehabt: Er lebte noch. Mari würde sich noch bei Qesha-rē entschuldigen müssen, weil sie ihr Extraarbeit gemacht hatte.

Ich werde dir deine Mannschaft nehmen, einen nach dem anderen, dachte Mari. *Und während ich jeden von ihnen vernichte, solltest du daran denken, dass es wieder eine Person weniger ist, die zwischen mir und deinem endgültigen, erniedrigenden Tod steht. Der Tag wird kommen, an dem du allein und ohne Freunde bist und deine Ehre so vergessen wie alle, die dir einst gefolgt sind. Und dann werde ich dich aufschlitzen und deinen dampfenden Leichnam auf einem Müllhaufen liegen lassen. Direkt neben diesem Wurm, den du Vater nennst …*

Ein heiserer Schrei erregte Maris Aufmerksamkeit. Ein besiegter Krieger wurde in ein großes Loch im Boden geworfen, das von krummen alten Klingen gesäumt war wie die Zähne eines Eisenhais. Es wurde der Schlund des Savajiin genannt und war zum Teil Drohung, zum Teil Versprechen für diejenigen, die die Asrahnwitwe verärgert hatten. Auch das gehörte zur Unterhaltung auf Tamerlan. Heute drehte sich alles um Eladdin, den leiblichen Sohn der Asrahnwitwe, der von ihrem letzten, späten Ehemann stammte – ein junger Mann, der noch keine fünfundzwanzig war.

Eladdin feierte seine Ernennung zu einem der Verherrlichten Namen auf die einzige Weise, die Tamerlan kannte.

Eladdin, die Klapperschlange, wie er nun genannt wurde, hätte beinahe Belams Bruder sein können, doch während Belam golden war, schien Eladdin aus Bronze gemacht zu sein: ein wenig plumper, ein wenig stärker angelaufen. Sein langes rotblondes Haar war zu einem hohen Pferdeschwanz gebunden, und seine Augen wirkten wie Splitter aus Turmalin. Er stand neben dem Schlund, und Schweiß rann seinen Oberkörper hinab, schimmerte auf seinen Muskeln. Zwei Langmesser mit zusammengerollten Schlangen aus Silber an den Griffen steckten in seiner Schärpe. Er hatte an diesem Abend bereits drei Männer getötet und ihre blutenden Kadaver in den Schlund geworfen, um die Haie zu füttern, die unten ihre Kreise zogen.

Die Asrahnwitwe grinste ihrem Sohn von der Hohen Tafel aus zu. Sie warf eine Handvoll Silberringe in die Luft, ohne sich darum zu kümmern, wohin sie fielen, so berauscht war sie vom Alkohol und dem Sterben um sie herum. Der Hai von Tamerlan hatte ihren hundertsten Geburtstag schon vor Jahrzehnten gefeiert. Ihre Augen waren weit aufgerissen, ihr Mund stand offen und enthüllte eine Reihe spitz gefeilter Zähne. Sie griff nach ihrem goldenen Trinkbecher; es handelte sich um den vergoldeten Schädel eines geschätzten Feindes. Einst war sie eine Schönheit gewesen, doch die Zeit hatte sie hart gemacht. Vorstehende Wangenknochen, kieselharte Augen. Ein Diadem, das aus einem Haikiefer gefertigt und mit Saphiren und grauen Perlen besetzt war, thronte auf ihrem dünnen Haar. Selbst ihre Runzeln wirkten scharf, so als könnte man sich die Hand aufschlitzen, wenn man in der falschen Richtung darüberstrich. Ihre Verwandten saßen links und rechts von ihr und erstreckten sich in einer glitzernden Reihe bis zu den Enden der Hohen Tafel. Mari saß ganz am Ende der Tafel auf einem Stuhl, der bei jeder Bewegung knarzte. *Selbst ihre verfluchten Stühle verraten jede Bewegung, die ich mache!*

Die meisten der anderen Hausgenossen auf Tamerlan hielten Abstand zu Mari, zweifellos aus Angst vor Bestrafung.

Von Zeit zu Zeit warfen die Günstlinge der Asrahnwitwe Mari einen verstohlenen Blick zu. Als Tochter des Rahn Erebus hatte Mari ein privilegiertes Leben gelebt, mit Freiheiten, von denen die anderen nur träumen konnten. Offenbar spendete es ihrer versammelten Verwandtschaft einen gewissen Trost, dass sie in Ungnade gefallen war.

Die Asrahnwitwe rief Eladdin an die Hohe Tafel, dann nahm sie eine beringte Eisenkugel in die Hand – das Symbol ihrer Macht – und begann, sie auf das Holz zu schlagen. Die Gäste in der Herzenshalle nahmen den Rhythmus auf, stampften mit den Füßen, klatschten oder riefen im Sprechchor nach mehr. Mari konnte ihren Abscheu kaum unterdrücken, als sie sah, wie bereits angetrunkene Krieger den Raum mit mordlüsternen Blicken absuchten. Sie wusste, dass es nicht mehr lange dauern würde, bis noch mehr von ihnen ihre Waffen zogen und töteten oder getötet werden würden, um der Asrahnwitwe zu gefallen.

Ein großer, breitschultriger Mann trat mit raubtierhafter Anmut vor.

Er war relativ neu und kam seiner gebräunten Haut und den Strähnen in seinen Haaren und seinem Bart nach aus einem heißen Land. Mari beugte sich interessiert vor. Dieser Mann war nicht wie die anderen. Einst war er vielleicht sogar hübsch gewesen, aber die Jahre in der Sonne und die Narben, die sich über seine Wangen und die mehrfach gebrochene Nase zogen, hatten ihn seines guten Aussehens beraubt.

Der Nahdi sah sich im Kreise der Krieger um, die alle beinahe zitterten vor Kampflust, bevor er auf den größten Mann im Raum deutete. Es war ein bulliger Kerl, dessen quadratischer Kopf direkt auf seinen breiten Schultern zu sitzen schien. Er war der Hauptmann der Gesindelkompanie der Südfäuste, die zum Überwintern nach Tamerlan gekommen waren. Der Nahdi, der ihn herausgefordert hatte, sprach mit einem trällernden Akzent, den Mari nicht kannte.

»Ich werde auf dich warten. Aber nicht zu lange. Du wirst es bereuen, wenn ich kommen muss, um dich zu holen.«

Mari erstarrte, denn die Worte erinnerten sie an ihren Abschied von Shar, Ekko … und Hayden und Omen, die getötet worden waren. Schuldgefühle und Kummer drohten sie zu überwältigen. *Indris, wenn du nur wüsstest, wie leid es mir tut …*

Sein Gegner stieß ein gellendes Brüllen aus. Er erhob sich und leerte seinen Bierkrug in einem Zug, wobei ihm das meiste über das verdreckte und verschorfte Gesicht lief. Der Hauptmann brüllte erneut und zog eine Axt aus seinem Gürtel. Als der Mann vorwärtsstürmte, kreischte die Asrahnwitwe vor Vergnügen.

Der erste Waffengang war schnell und brutal, ein komplexes Geflecht aus Stahl und Fleisch. Waffen und Schweiß glitzerten im Laternenlicht. Das Publikum stampfte mit den Füßen und schrie und klatschte, ein paar von ihnen bliesen sogar in Hörner aus Messing, um den Tumult noch zu steigern. Keiner der Männer war ein Kriegsdichter oder zeigte die Stilrichtung eines der Sûks, die Mari kannte. Ihre Kampftechnik war brutal und wild, sie stammte von den echten Schlachtfeldern.

Wie Wellen, die gegen die Klippen schlugen, prallten die beiden Männer aufeinander, trennten sich wieder und griffen erneut an, wieder und wieder. Mari saß wie gebannt da und ignorierte die idiotischen Kommentare ihrer Familie.

Da war etwas an der Kampftechnik dieses neuen Nahdi, ein winziges Element seiner Beinarbeit oder der Winkel, in dem er von oben zustach …

Dann stürzte der Hauptmann vor, die Axt schwirrte durch die Luft, bewegte sich schneller, als seine Erschöpfung das hätte zulassen sollen. Doch statt zurückzuweichen, trat der Nahdi vor. Er ergriff das Handgelenk seines Gegners mit einer Hand, dann rammte er das Messer in den Unterarm des Mannes.

Mit einer Drehung ins Armrund des Hauptmanns, sodass er mit dem Rücken zu ihm stand, schlug der Nahdi mit dem Messer nach unten und bohrte es in den Oberschenkel seines Feindes. Dann warf er den Kopf zurück und traf den Hauptmann im Gesicht. Ruhig glitt er wieder nach vorn und wandte sich um, um den Hauptmann zu beobachten, der auf ein Knie herabsank, die Nase gebrochen und die Zähne zersplittert. Langsam erhob sich der Bulle auf die Füße und taumelte brüllend seitwärts. Seine Hand öffnete sich zuckend, und die Axt fiel auf den blutbefleckten Boden. Dann blieb er schwankend und blutüberströmt stehen und wartete darauf, abgeschlachtet zu werden.

Doch statt seinen Gegner zu töten, neigte der Nahdi den Kopf, wischte sein Messer sauber und trat zurück. Ein weiterer Mann stürzte mit erhobener Keule vor. Es war ein Leutnant der Südfäuste. Gerade wollte er damit seinem Hauptmann den Schädel einschlagen, um seine eigene Beförderung zu sichern, als der Nahdi den Leutnant an Handgelenk und Genick ergriff, ihn herumschleuderte und in den Schlund warf. Der Leutnant schrie, als er von den Eisenzähnen aufgeschlitzt wurde. Dann verwandelte sich der Schrei in ein Kreischen, während er in die Tiefe stürzte, Futter für die Haie.

»Feigling«, sagte der Nahdi verächtlich. Er schlenderte zum Rand, suchte sich vorsichtig einen Weg an den scharfen Schwertklingen um das Loch im Boden vorbei, beugte sich vor und spuckte in die Tiefe. Dann sagte er: »Wenn du zurückkommen und den Kampf beenden willst, warte ich auf dich. Ich lasse auch eine Kerze brennen.«

Mari fühlte, wie sich ihre Lippen zu einem Lächeln verzogen. Sie versuchte, den Blick des Nahdi aufzufangen, aber er war bereits zu seinen Gefährten zurückgekehrt, die deutlich disziplinierter und nüchterner wirkten als die anderen Meuchelmörder um sie herum. Vergeblich suchte sie nach einem vertrauten Gesicht in der hartgesotten wirkenden Mannschaft des Mannes. *Sie sind doch sicher geschickt worden, um mich zu suchen, oder? Sind Shar und Ekko hier? Oder Indris?* Sie erwärmte sich für den Gedanken. *Wie sonst hätte der Nahdi die letzten Worte an meine Freunde kennen sollen?*

Mitglieder der Südfäuste eilten hinzu, um ihrem verwirrten Hauptmann zu helfen. Die Herzenshalle hallte wider von hämischem Gelächter und Rufen. Die Asrahnwitwe schien mit der Vorstellung zufrieden zu sein. Sie leerte ihren

Weinbecher und füllte ihn dann wieder randvoll auf. Mari sah die Röte auf den Wangen der alten Frau. Der Hai beugte sich dichter zu Eladdin, einen Ausdruck trunkener Gier im Gesicht. Als sich ihre ausgemergelte Hand auf seine nackte Haut legte, verzogen sich die Lippen der Klapperschlange, dann setzte er hastig ein Lächeln auf. Danach starrte Eladdin zu Mari herüber, und das Lächeln vertiefte sich, sein Blick wurde schlüpfrig. Mari schauderte übertrieben deutlich, aber von Herzen.

Sie wandte sich Dhoury zu, einem Cousin mit Glupschaugen und einem weichen, teigigen Gesicht, das alle Anzeichen eines Säufers zeigte, und fragte: »Weißt du, wer der Mann war? Derjenige, der mit dem Hauptmann der Südfäuste gekämpft hat?«

»Hmmm?« Dhoury sah sie blinzelnd an und schielte leicht, als er versuchte, den Blick zu fokussieren. Von ihren Verwandten auf Tamerlan war er einer der am wenigsten Verhassten, der einem Freund noch am nächsten kam. Mari musste ihrem Cousin unters Kinn fassen und seinen Kopf in die Richtung des Mannes drehen, den sie meinte.

»Der da! Weißt du, wer das ist?«

Dhoury runzelte konzentriert die Stirn … und furzte. Bei dem Gestank begann Mari beinahe zu würgen. Sie lehnte sich zurück, um nur geringfügig bessere Luft zu atmen. Die Wolke zog weiter und brachte andere am Tisch zum Fluchen, Würgen oder beidem. Mit einem verträumten, selbstzufriedenen Lächeln sagte Dhoury: »Ich glaube, ich habe gehört, sein Name sei Falkenholz. Marn? Mern? Morne! Morne Falkenholz.«

Diener brachten den Gästen dampfende Tabletts mit gegrilltem Fisch und Oktopus. Eine größere Platte, getragen von vier angespannten Dienern, wurde vor der Asrahnwitwe abgestellt, die entzückt grinste. Mit einem schmeichlerischen

Lächeln hob Nadir den Deckel in Form eines Schildes von der Platte und enthüllte einen gebratenen Oberkörper und Kopf.

Mari drehte sich der Magen um. Sie hielt sich die Hand vor die Nase und hasste sich selbst dafür, dass der Geruch sie so sehr an Schweinebraten erinnerte – in Verbindung mit diesem Hauch von Apfel, Thymian und Knoblauch – und ihr das Wasser im Munde zusammenlaufen ließ. Als sie den Speichel in ihrem Mund schmeckte, hätte sie sich am liebsten übergeben.

Nadir nahm ein kleines Beil und grub es in die Brust des gebratenen Torsos. Fröhlich griff die Asrahnwitwe in die Höhlung und holte die dampfenden Herzen heraus, von denen sie eines auf Eladdins Teller fallen ließ. Das andere behielt sie selbst. Dann nahm die Asrahnwitwe ihre bevorzugten Fleischstücke, bevor Nadir Portionen für sich und die anderen Begünstigten in der Nähe abschneiden durfte. Schließlich wurde der Torso Männern mit Tranchiermessern übergeben, die Filetstücke abschnitten und die Hohe Tafel für die weniger begünstigten Familienmitglieder entlangreichten. Nur diejenigen, die am tiefsten in der Knechtschaft der Asrahnwitwe gefangen waren, begannen mit schlecht gespielter Begeisterung zu essen. Dhoury neben ihr starrte entsetzt auf seinen Teller, die Kiefer fest zusammengepresst.

»Du musst das nicht essen«, flüsterte Mari ihm zu. Der junge Mann nahm sein Messer und die Gabel mit zitternden Händen auf. »Dhoury, tu's nicht!«

»Damit ich werde wie du!« Er heulte beinahe vor Elend. Zögernd und mit starrem Blick schnitt er sein Fleisch. »Du rebellierst und rebellierst, und wir haben alle gesehen, was es dir einbringt! Man kann sich ihr nicht widersetzen, Mari! Entweder du schwimmst mit dem Hai von Tamerlan, oder er frisst dich.«

»Haifische sterben, wie alle anderen Lebewesen auch.«

Dhoury beugte sich zu ihr und zischte ihr ins Ohr: »Halt den Mund! Sie wird dich hören. Großmutter hört alles! Großmutter hasst mich sowieso schon! Ich brauche deine Hilfe nicht, um es noch schlimmer zu machen.«

»Wie kann es denn noch schlimmer werden?«

»Sie kann mich der Tiefe beim Meeresschrein übergeben!« Dhourys blutunterlaufene Augen weiteten sich, und er nahm einen großen Schluck von seinem Wein. »Sie hat mir schon damit gedroht, wenn ich mich nicht bessere. Die alte Vettel sagt, wenn ich nicht königliches Blut in mir hätte, wäre ich vollkommen wertlos.«

»Du bist ein ganz verfluchtes Stück besser als diese verkommenen Schwachköpfe.«

Mari wies mit dem Kopf in Richtung Tischende. »Wenn sie dich holen wollen, dann komm zu mir.«

»Ich bezweifle, dass sie mir die Gelegenheit geben werden abzuhauen, Mari. Und du? Hast du die Peitschenhiebe vergessen, die du eingesteckt hast, oder dass du in den Gezeitenkäfig gesperrt worden bist? Oder die gebrochenen Knochen? Mari, willst du denn sterben?«

»Irgendwann schon«, erwiderte sie.

Mari wollte Dhoury gerade seinen Teller wegnehmen und auf die Konsequenzen pfeifen, als sie bemerkte, dass die Unterhaltungen in der Herzenshalle plötzlich verstummten.

Jhem war angekommen. Er trug einen Mantel mit hohem Kragen und eine Robe aus schwarzer Schlangenhaut und schien durch die Menge zu gleiten. Während er sich der Hohen Tafel näherte, wandte sich sein maskiertes Gesicht weder nach links noch nach rechts. Neben ihm schritt eine große Frau, in die wirbelnde Gewitterwolke ihres Mantels gehüllt. Sie war angezogen wie eine Seethe, und ihre fransige Kleidung wurde von Stoffstreifen zusammengehalten. Die

Klinge an ihrer Hüfte steckte in einer Hülle aus jadefarbenem, rot gesprenkeltem *Serill*. Der Griff war mit Leder umwickelt, die Form des Knaufs erinnerte an einen geschwärzten Oktopus aus Jade. Als sich das Gesicht unter der Kapuze in ihre Richtung drehte, fröstelte Mari. Die Kälte ließ sofort nach, als die Frau wieder wegblickte. Die Gefolgsleute der Asrahnwitwe warfen der Frau abschätzende Blicke zu, manche brüllten sogar ein paar Bemerkungen, stießen sich mit den Ellbogen an und lachten.

»Sayf Tamerlan.« Die Maske ließ Jhems Lispeln düster klingen. Seine schlangenhaften Augen wirkten so leblos wie Steine. Der Assassinenmeister von Maris Vater wies auf die Frau an seiner Seite. »Dies ist die Botschafterin. Eine der engsten Ratgeberinnen von Asrahn Corajidin. Sie ist gekommen, um mit Euch zu sprechen.«

Die Asrahnwitwe hielt das gebratene Herz in der Hand, nahm einen großen Bissen und kaute mit offenem Mund. Sie schluckte, dann wischte sie sich mit dem Handrücken das Blut vom Mund. Die alte Frau stand nicht auf, als sie zu sprechen ansetzte. »Mein Sohn sucht jetzt Rat bei den Huren der Seethe? Wie tief können wir noch sinken, Jhem? Ich werde diese Tochter einer verkommenen Rasse nicht in meinem Hause dulden. Schaff mir dieses Wesen aus den Augen, und wirf es ins Meer. Vielleicht wird mein lächerlicher Sohn, der vorgibt, eine Nation zu regieren, das nächste Mal weiser wählen.«

»Khurshad von den Savajiin«, sagte die Botschafterin mit stählerner Stimme. »Ihr wäret gut beraten, Eure Zunge zu hüten und denjenigen, die mächtiger sind als Ihr, Euren Respekt zu erweisen. Wie kommt es, dass Ihr diejenigen vergessen habt, die Euch einst schützten, die Euch und Eure Familie all die Jahrhunderte geführt haben? Lasst mich Euer Gedächtnis auffrischen …«

Die Augen der Asrahnwitwe verdrehten sich, bis nur noch das Weiße zu sehen war, ihr Rücken bog sich durch. Sie zitterte, und Speichelblasen schäumten an ihren Mundwinkeln. Keuchend und nach Atem ringend, rollte ihr Kopf von einer Seite zur anderen.

Der Moment war so plötzlich vorüber, wie er begonnen hatte – viel zu schnell, als dass irgendjemand hätte reagieren können. Die Asrahnwitwe erhob sich taumelnd von ihrem Stuhl und schwankte von dem Podium, auf dem sich die Tafel befand. Die Röcke ihres bodenlangen Seidengewands breiteten sich hinter ihr in blauen und silbernen Falten aus, in Schwarz und Rot wie blutiger Meeresschaum. Mit unsicherem Schritt kam sie näher und warf sich mit dem Gesicht auf den Boden vor der verhüllten Frau nieder. Mit zitternden Händen griff sie nach dem schmutzigen Mantelsaum der Botschafterin, führte ihn an die Lippen und küsste ihn. Die Botschafterin trat zurück und zog den Stoff aus den Händen des alten Haifischs.

»Einige unter uns erinnern sich noch an die ältesten aller Sitten«, sagte die Asrahnwitwe ehrfurchtsvoll. »Wir begehen noch immer die geheimen Rituale und Feiern, und wir erinnern uns an die Träume, die uns Sie, die in den Tiefen haust, der Schwarze König aus den Wäldern und der Sturmreiter senden. Das Herz, das brennt in der Nacht …«

»Sie, und andere.« Die Botschafterin wandte den Kopf und inspizierte den Raum.

Mari fühlte wieder, wie der Blick auf ihr zu ruhen kam, ein kalter Blick, der ihre Haut, Muskeln und Knochen zu durchdringen schien, um die Seele darunter zu enthüllen. Dann war der Moment vorüber, obwohl diesmal die Wärme langsamer zurückkehrte. »Es ist gut, dass Ihr Euch erinnert. Es ist nötig, dass Ihr Euch erinnert, damit wir tun können, was getan werden muss. Wir werden eine Verschmelzung durchführen, Khurshad. Ihr habt die Mittel dafür unter Eurem Dach. Eine von Eurem Blut wird wieder zur Gründerin von etwas Neuem, das die Zeiten überdauert. Ich werde diese Person bald schon benötigen.«

»Alles, was ich habe, und sogar noch mehr. Bitte nehmt meine Entschuldigung an, und die Entschuldigung meiner gesamten Familie. Lange habe ich mir das gewünscht. Tamerlan gehört Euch, und wenn Ihr fertig seid, dann sagt mir, wie ich Euch am besten dienen kann, um zurückzuzahlen, was uns gegeben wurde.«

Alle waren still. Selbst die prasselnden Feuer schienen verstummt zu sein.

Die Botschafterin sah lange auf die Asrahnwitwe hinab, das Gesicht in den Schatten ihrer Kapuze verborgen. Endlich streckte sie die Hand aus und half der alten Frau auf die Füße, denn jetzt schien sie genau das zu sein und nicht mehr: eine gealterte, gebrechliche Frau, deren beste Jahre hinter ihr lagen. Die Herrscherin von Tamerlan rief ihren Leuten zu, sie sollten feiern, trinken und sich so vergnügen, wie es ihnen gefiel, ohne den bewundernden Blick von der Frau abzuwenden, die sich selbst die Botschafterin nannte.

Mari erhob sich, und ihre Haut kribbelte bei dem Gedanken, dass irgendjemand oder irgendetwas den Hai von Tamerlan in das verwandeln konnte, was sie gerade gesehen hatte.

Kapitel 3

»Hass und die nötigen finanziellen Mittel, um ihm Ausdruck geben zu können, sind zwei der tödlichsten Waffen, über die eine Person verfügen kann.«

Zamathuri, Direktor des Bankiershauses von Masripûr, 11. Chepherundi-Dynastie (494. Jahr der Shrīanischen Föderation)

54. Tag im 496. Jahr der Shrīanischen Föderation

»Es werden alle nur möglichen Anstrengungen unternommen, um diese Verbrecher zu finden!« Corajidins Stimme übertönte den Lärm im Tyr-Jahavān. »Ich rate euch zur Geduld, bis wir Beweise für …«

»Beweise?«, höhnte Hadi mit vor Zorn geröteten Wangen. Der alte Mann, ein getreuer Anhänger der imperialistischen Fraktion, deutete mit zitterndem Finger auf Corajidin. »Das Eiserne Bündnis greift uns seit Jahren aus dem Hinterhalt an. Sie haben uns beim Neujahrsfest terrorisiert. Dann haben sie es wieder versucht, bevor wir unseren neuen Asrahn wählen konnten. Ich sage, sie sind es, die unsere Angehörigen entführen! Reißt ihre Botschaften nieder!«

»Das würde euch nicht gut bekommen«, sagte Ziaire. »Die Botschafter des Eisernen Bündnisses, die Neutralen Nationen und Pashrea würden sich vorher allesamt aus dem Staub machen. Würdet ihr eure Rache nur auf einen bloßen Verdacht hin an einem Gebäude auslassen? Womöglich gegen Mauern in den Krieg ziehen?«

»Ihr aus der Friedensfraktion tätet gut daran, euch noch einmal in Erinnerung zu rufen, wer euch vor den Verwüstungen der Mantéaner beschützt hat!« Karim war Händler-Sayf und Besitzer mehrerer Lustschlösser, ein hübscher Mann und Liebhaber einer ganzen Reihe einflussreicher Männer und Frauen, bei denen er hoch in der Gunst stand. Nix in seiner anonymen Rolle als Führer der neu gebildeten Ban Kherife hatte Corajidin erzählt, dass Karim einen hohen Rang bei den Malefacti einnahm.

Das Syndikat der organisierten Verbrecher hatte sich als erstaunlich brauchbarer Verbündeter erwiesen und Aufgaben übernommen, mit denen Corajidin nicht in Verbindung gebracht werden wollte. Karim betrachtete Ziaire von oben herab. »Asrahn Corajidin hat uns alle gerettet!«

»Das ist ja alles schön und gut«, sagte einer der Sayfs mit bebender Stimme. »Aber ich will meine Schwester zurückhaben! Wo ist der General der Kherife? Sie sollte hier sein und unsere Fragen beantworten.«

»Sie ist schon seit einiger Zeit verschwunden«, sagte Ajomandyan. Der Himmelslord schlug mit seinem Stock auf den Boden. »Wir haben viele verloren, nicht zuletzt den Volkssprecher, dessen zerrissene und blutleere Leiche beim Hohen Wehr gefunden wurde. Und die ganze Zeit über haben diese sogenannten Ban Kherife, die Geheimpolizei des Asrahns, nichts unternommen, um …«

»Ich bin sicher, die Obrigkeit hat alles unternommen, was in ihrer Macht stand!«, sagte Nix und strich sich mit unkontrolliert zuckender Hand das fettige Haar aus den Augen. Die Sayfs in seiner unmittelbaren Nachbarschaft brachten unauffällig etwas Abstand zwischen sich und ihn. »Wir alle haben Angehörige verloren. Selbst der Asrahn vermisst Familienmitglieder – seine Tochter Mari ist seit Neujahr verschwunden. Ebenso unsere Freunde Jhem und Nadir. Aber die Ban

Kherife? Soweit ich weiß, unternehmen sie alles, wozu die gewöhnlichen Kherife-Korps nicht imstande waren.«

»Warum verhindern sie dann nicht die Morde, Nix?«, schrie einer der Ratgeber. »Blutleere Körper, manche von ihnen in Stücke gerissen. Wir haben von Leuten gehört, die in Fässern gefunden wurden, mit zerfetzten Körpern! Das sind die bösartigen Bräuche des Eisernen Bündnisses! Oder der Nomaden!«

»Nomaden kommen von anderen Orten, nicht aus Manté«, lallte der angetrunkene Martūm. Der Rahn-Erwählte wippte auf seiner Stuhlkante und wurde nur von seiner neuesten Kurtisane aufrecht gehalten. »Wir haben Pashrea viel zu lange ignoriert! Vielleicht müssten wir ja unseren Blick und unsere Speere südwärts richten?«

»Aber die zerfetzten Körper!«, schnappte Hadi. »Das ist der Stil der Mantéaner! Sie nennen es ›Häuten‹. Der Körper wird in ein Fass gesteckt, das innen mit Klingen bestückt und mit Rasiermessern, Nägeln und anderen scharfen Dingen gefüllt ist. Dann wird das Opfer einen Hügel oder Wasserfall hinuntergeworfen oder in einen Fluss mit schneller Strömung gekippt. Es ist keine shrīanische Art der Bestrafung.«

»Hadi hat recht«, sagte Nix. »Ich habe das in Manté mit eigenen Augen gesehen. Und jetzt macht es irgendjemand hier.«

Als die Berater mit lautstarker Stimme die Rückkehr ihrer Familienmitglieder und eine Untersuchung der Bedrohung durch das Eiserne Bündnis forderten, unterdrückte Corajidin ein zufriedenes Lächeln. Die Andeutung, dass Pashrea in die Sache verwickelt sein könnte … das war nicht die geschlossene Unterstützung, auf die er gehofft hatte, aber zumindest ging die Paranoia mancher Leute in die angestrebte Richtung. Ratgeber versammelten sich in Gruppen, blökende Schäfchen, die sich da niederließen, wo ihre politischen Ansichten geteilt wurden. Die Fraktionen mussten kontrolliert werden, bevor sie sich an ihre politischen Freiheiten gewöhnten.

Vor Corajidins Aufstieg zum Asrahn hatte es nur zwei Parteien gegeben: die Imperialisten und die Föderalisten. Es hatte immer auch ungebundene Sayfs gegeben, die bereit waren, sich für eine Sache starkzumachen, wenn es ihrem Eigeninteresse diente, aber die waren nie wirklich organisiert gewesen.

Seit Neujahr hatten sich mehr politische Parteien gebildet als jemals zuvor. Nun gab es die Freischaffenden, eine Gruppe wohlhabender Sayfs, die große Summen in die Nahdi-Kompanien investierten und von Bijan organisiert wurden. An der Spitze der Händlergilde stand dieser Blutsauger Teymoud. Er versuchte, alle Händler und Kaufleute zu vereinen und die Güter und Preise zu kontrollieren. Die Laternenpartei – gegründet von den Hexern, die Corajidin aus der Mahsojhin befreit hatte – wollte die ruhmreiche Stellung der Hexen in der Regierung wiederherstellen. Da es unter den Hexern keinen Sayf gab, stellten sie sich hinter die junge Estelya von Yadhas, die sich selbst für eine aussichtsreiche Mystikerin hielt. Es gab die Friedensfraktion. Den Einheitskreis, die Fackelscheingesellschaft … Gruppen von Sayfs, die von der Mittelklasse und deren neuem Geld und Plänen unterstützt wurden.

Die Rahns dienten als Anker, an denen sich die Parteien festhalten konnten, und hielten so die Illusion aufrecht, dass die Imperialisten und die Föderalisten noch immer für ein Kräftegleichgewicht sorgten. Doch die Rahns waren beunruhigenderweise nicht da. Corajidin traute Roshana und ihren Verbündeten nicht einmal, wenn er ihnen in die Augen sehen konnte, und noch viel weniger, wenn sie so offensichtlich mit ihrer Abwesenheit glänzten. Nur dieser Parasit Martūm, Vahinehs Amtsverweser, war da. Dieser verschwenderische Kerl war jedes Mal, wenn Corajidin ihn sah, mit noch teureren Kleidern und Juwelen ausgestattet und hatte immer eine neue Kurtisane im Schlepptau. Rahn Narseh war durch eine Krankheit ans Bett gefesselt. Durch die Abwesenheit der föderalistischen Rahns war Ajomandyan, Ziaire, Bensaharēn, Kiraj und Padishin die Rolle der Opposition zugefallen. Und die richtete sich gegen Corajidins Versuche, Shrīan in den Krieg zu führen.

Die Entführung einflussreicher Avān war zu einer allgemeinen Bedrohung geworden, wie Corajidin es vorhergesehen hatte. Die Ermordung des Volkssprechers war zweckmäßig gewesen: Eine gegnerische Stimme war damit ausgeschaltet und ein einflussreiches Amt frei gemacht worden, mit dem Corajidin vor der Nase derjenigen herumwedeln konnte, die sich bei ihm einschmeicheln wollten. Die Angst hatte die Ratgeber dazu verleitet, bei den Verhandlungen vor allem ihr Eigeninteresse im Auge zu behalten. Sie hatten begonnen, die Bande der Politik den Familienbanden unterzuordnen. Diese Angst lenkte den Teshri ab und hinderte ihn daran, die Ereignisse am Neujahrsfest und Corajidins Mittäterschaft genauer zu untersuchen. Aber manche redeten noch immer. Einige der Hexer waren enttäuscht von der neuen Welt und hetzten heimlich überall dort, wo sie Gehör fanden. Die *Huqdi,* die Straßenhunde, die man zur Unterstützung in dem Massaker gekauft und bezahlt hatte, hatten schon längst alle ihre Silberringe ausgegeben und wollten nun noch mehr für ihr Schweigen.

Corajidin musterte den betrunkenen Martūm, der kraftlos an der verlegenen Kurtisane herumtätschelte, mit kühlem Blick. Inzwischen war klar, dass Martūm ständig bezahlt werden musste, wenn man ihn daran hindern wollte, unbequeme Wahrheiten auszuplaudern. *Es ist höchste Zeit, dass ich dem Hohen Haus Selassin ein Ende mache,* dachte Corajidin. *Nix kann ihn ja als warnendes Beispiel für andere häuten lassen …*

Ajomandyan ergriff das Wort. Der Himmelslord wurde von seinen Enkelkindern Neva und Yago flankiert. Ajo hatte alle Eigenschaften, die ein Sayf haben sollte; er glich einem Adler unter Seemöwen.

»Seit seinem Aufstieg ins höchste Amt Shrīans hat Asrahn Corajidin nur wenig getan, um die Unruhe im Land zu beschwichtigen. Tatsache ist, dass wir mehr interne Kämpfe hatten als zu jeder anderen Zeit in unserer Geschichte.«

Ajo senkte seinen Greifenstab und deutete auf die Versammelten. »Ich fühle mit denjenigen unter euch, die sich um ihre Angehörigen sorgen, doch wir sollten uns von diesen Ereignissen nicht ablenken lassen. Wir sollten nicht zögern, die Wahrheit zu hinterfragen, die wir so unbekümmert akzeptiert haben. Einige von uns halten noch immer an dem Verdacht fest, dass der Asrahn in die Ereignisse des Neujahrsfestes verwickelt war …«

Rufe hallten durch den Saal, sowohl zustimmende als auch verneinende. Ajo wies die anderen mit einer Geste zur Ruhe, doch immer mehr Stimmen schalteten sich ein, und jeder neue Sprecher versuchte, seinen Vorgänger zu übertönen. Schließlich sorgte Padishin für Ruhe, indem er mit seinem *Dionesqa* auf den Marmorboden schlug.

Ajo fuhr unerschrocken fort. »Wir haben den Verdacht, dass der Asrahn und seine Ban Kherife in den gegenwärtigen Konflikt verwickelt sind.«

»Wir alle sind betroffen von den jüngsten Ereignissen«, sprach Padishin in die Stille. Wo Ajo flog, war der Kanzleimarschall nie weit. »Aber wir sollten nicht vergessen, dass wir hier sind, um für die Nation zu sprechen. Wenn wir einen Verdacht haben, dann ist hier das richtige Forum, um darüber zu reden.«

»Es sind nicht nur die Entführungen und die Morde an unseren Mitbürgern, sondern auch die politischen Rivalitäten, die uns schwächen.«

Alle Augen wandten sich Ziaire zu, die sich erhoben hatte, um zu sprechen. Corajidin beobachtete mit erbitterter Bewunderung, wie das Oberhaupt des Perlenhauses – und Führerin der Friedensfraktion – den Raum kontrollierte. Die berühmteste Kurtisane Shrīans stellte sich in einen Strahl des hereinströmenden Sonnenlichts, sodass ihre perlmutterfarbenen Gewänder und die grünen Augen schimmerten und mit der Obsidianschwärze ihrer Haare kontrastierten. »Wir brauchen eine Führung, die uns vereint, nicht spaltet.«

Corajidin hoffte, dass sein Lächeln nicht zu höhnisch wirkte, als die Ratgeber als Reaktion auf Ziaires Ansprache nickten oder klatschten.

Auch Ajo zeigte sich beeindruckt. Mit ernstem Gesicht und scharfer Stimme wandte er sich an den Teshri. »Sosehr es mich schmerzt, wir müssen über einen Misstrauensantrag gegen Asrahn Erebus fa Corajidin beratschlagen.« Ajos Worte bohrten sich wie Messer in Corajidins Rippen. »Wenn Corajidin uns nicht führen, uns nicht beschützen kann, dann schlage ich vor, wir suchen uns jemanden, der es kann.«

Corajidin versuchte mit aller Macht, seine Hände still zu halten, während sich rund um ihn Tumult erhob.

Das Webtor tief in den verlassenen Hallen des Qadir am Amaranjin verströmte ein kränkliches Licht. Es leuchtete nicht, sondern schien aus dem Webtor zu sickern und sich um die Gegenstände zu winden und an sie zu klammern. Das leise Heulen des Sturms drang durch die Sprünge in den

Fenstern. Die Schatten wurden verwegener, und dunkle Finger bewegten sich in Richtung Corajidin und …

Soldaten kamen aus dem Webtor gestürzt und stammelten Verwünschungen. Doch ihre Schreie verklangen und wurden zu einem Wimmern, als sie feststellten, dass sie sich nicht mehr an dem Ort befanden, an den sie gereist waren. Corajidin bemerkte den wilden Ausdruck in ihren Augen, die wächserne Haut. Eine der Soldatinnen fummelte an den Schließen ihres Helms herum, doch sie war nicht schnell genug. Plötzlich übergab sie sich durch den schmalen Schlitz in ihrer Gesichtsplatte. Die Frau sank auf die Knie und gab ihren Mageninhalt vollends von sich.

Es kamen viel zu wenige Soldaten durch das Webtor, und dieser letzte Rest wirkte geschlagen und verletzt. Dann endlich kamen Sanojé, Nima und Belamandris herausgerannt. Sanojé keuchte und blutete aus mehreren oberflächlichen Wunden. Sie sang den Schnellen Bann, der das Webtor hinter Belamandris schloss. Nima schleuderte sein zerbrochenes Schwert beiseite. Der Witwenmacher blickte auf die Überreste seiner Mannschaft, und ein verbissener Ausdruck lag auf seinem Gesicht, der überhaupt nicht zu ihm passte.

Corajidin zählte, wie viele der Anlūki zurückgekehrt waren. Von den dreißig, die vor drei Stunden aufgebrochen waren, waren nur noch zehn übrig.

»Was ist passiert?«, fragte Corajidin.

Belamandris starrte ihn einen Moment lang an, als würde er seinen eigenen Vater nicht erkennen. Die erschöpft aussehenden Anlūki überprüften gegenseitig ihre Verletzungen und kontrollierten, wer mit zurückgekommen war.

Einer der Anlūki stand etwas abseits von den anderen. Blut tropfte von seinen Händen. Sein Körper wand sich in Krämpfen, sein Kopf zuckte hin und her. Der Mund öffnete und schloss sich, als wäre er ein Fisch auf dem Trockenen, und plötzlich trat ein bösartiger Ausdruck auf das Gesicht des Kriegers. Corajidin wich einen Schritt zurück, und der Atem stockte ihm in der Kehle. Die Haut des Mannes kräuselte sich, als würde sich irgendetwas darunter bewegen.

Sanojé rief allen zu zurückzubleiben. Belamandris zog Schicksalsklinge, seine andere Hand umklammerte ein schweres Messer. Die versilberte Klinge war von schwarzen Adern durchzogen: salzgeschmiedeter Stahl.

Der Anlūki begann zu kreischen, und seine Hände wanderten zu seinem Kopf und trommelten gegen die Schläfen. Belamandris fegte leichtfüßig heran. Schicksalsklinge durchtrennte den Hals des Anlūki und schlug ihm den Kopf ab. Belamandris' Dolch durchdrang die bepanzerte Brust des Kriegers links und rechts und durchstieß beide Herzen. Nachdem Belamandris an ihm vorüber war, ertönte Sanojés Stimme. Sie knisterte wie ein brennendes Holzscheit. Der verwundete Anlūki wurde von innen entzündet, und das Feuer züngelte durch die Spalten in seiner Rüstung. Sein Körper wurde von den Flammenzungen vollständig eingehüllt, und er gab einen markerschütternden Schrei von sich.

Ein durchscheinendes Etwas, das teils Hummer, teils Skorpion, teils Albtraum zu sein schien, krabbelte aus dem Hals des Kriegers. Sein trüber Chitinpanzer war durch die Hitze gesprungen. Aus dem Mund, der mit nadelspitzen Fängen gespickt war, drang ein trillernder Laut. Sanojé sprang vor und umklammerte das Wesen mit ihren kleinen Händen. Sie murmelte einen weiteren Bannspruch, und das Ungeheuer wand sich, schlug aus und verbrannte zu übel riechender Asche.

»Was war das?«, fragte Corajidin wie betäubt.

»Die Art von Wesen, gegen die du mich und meine Mannschaft regelmäßig antreten lässt, sobald du uns durch dieses verdammte Webtor schickst!« Belamandris starrte seinen Vater finster an. »Ich verfluche den Tag, an dem Kasraman es dir gezeigt hat! Schlimmer noch, dass du die Warnungen vor den Gefahren ignoriert hast, nur damit du …«

»Es ist ein Nachzügler aus der Ödnis, mein Asrahn«, unterbrach ihn Wolfram.

Düster starrte er auf die Asche. »Ein Parasit, der sich, wie so viele andere Kreaturen von dort, von uns ernähren muss, um zu gedeihen.«

Belamandris rieb sich heftig über das Gesicht. »Zu was sind wir geworden, Vater? Bist du so von deinem Schicksal getrieben, dass wir alle Regeln des *Sende* oder des einfachen Anstands aufgeben? Du lässt mich und meine Männer Krieg führen, Unschuldige verschleppen …«

»Die Zeiten sind so, wie sie eben sind, Belamandris. Obwohl ich Asrahn bin, gibt es noch immer Leute, die sich meinen Plänen für die Nation widersetzen.«

Und mir das verwehren, was mir die Orakel versprachen! Ich muss das Vertrauen des Teshri wiedergewinnen, wenn ich Mahj werden will, wie es das Schicksal von mir verlangt.

»Und deshalb brauchen wir mächtige Verbündete, wie die Botschafterin sie uns beschaffen kann«, befand Wolfram bitter. »Aber wir sollten vielleicht unseren Kurs überdenken. Und die Entscheidung, an wen wir uns um Hilfe wenden.«

Belamandris kam an Sanojés Seite, und die beiden untersuchten sich gegenseitig mit einer Vertrautheit auf Wunden, die Corajidin die Stirn runzeln ließ.

»Wir sollten unsere nächsten Schritte besprechen«, schnappte Corajidin und gab seinem Sohn und Wolfram einen Wink.

»Gehört dazu auch, wie wir unsere Geiseln am besten benutzen?«, murmelte Belamandris.

»Hast du eine Meinung dazu?«, sagte Corajidin scharf. »Eine bessere Strategie vielleicht, wie wir unsere Position stärken können?«

Belamandris blieb an Sanojés Seite, während Corajidin Richtung Tür schritt. Er wandte sich ihr zu, um mit ihr zu reden, doch Corajidin fuhr dazwischen.

»Störe ich, Belamandris? Deine Hexe und die Anlūki können für sich selbst sorgen. Zeit ist ein Luxus, den wir im Moment nicht haben.«

»Sprich nicht in diesem Ton mit mir!«, warnte Corajidin, und seine Hand zitterte vor Zorn, als er auf seinen Sohn zeigte. Ein Feuer brannte im Kamin seines Wohnzimmers im Qadir Erebus. Die Fenster aus getöntem Glas verwandelten die Nachmittagssonne in dicke Strahlen aus blutigem Bernstein.

»In welchem Ton soll ich denn sonst reden, Vater?« Belamandris nippte an seinem dritten Becher mit schwarzem Lotuswein. »Willst du behaupten, ich hätte unrecht? Du willst einen Krieg der Assassinen? Dann setz auch Meuchelmörder ein! Die Anlūki sind …«

»Besser?«, fragte Kasraman mit keinerlei Anzeichen von Spott in der Stimme.

»Ja!« Belamandris' Stimme war hart. »In Amnon habe ich zugelassen, dass du mich für Vashnes Ermordung benutzt, weil du mich hast glauben lassen, es wäre ein notwendiger Schritt zu einem größeren Ziel.«

»Und nun?«, fragte Kasraman.

»Seht euch doch an, was wir getan haben und was wir gerade tun, um Erebus' willen! Einige der Anlūki sind Kriegsdichter. Der Rest besteht aus hochrangigen Schwertmeistern. Manche von ihnen haben sich einen Verherrlichten Namen verdient. Wir haben ein Maß, nach dem wir uns selbst beurteilen, Vater. Die Traditionen der *Daishäri* waren nie dazu gedacht, Leute aus ihren Betten zu stehlen, Reisende in einen Hinterhalt zu locken oder Kinder zu entführen, um sie als Druckmittel gegen ihre Eltern einzusetzen. Das *Sende* sagt, dass wir keinen Krieg gegen die Unschuldigen führen, und du verhöhnst diese Traditionen jedes Mal, wenn du mich durch das Webtor schickst.«

»Wer ist schon noch ein Unschuldiger in diesen Tagen, in diesem Zeitalter?«, konterte Corajidin. »Woher kommt dieser plötzliche Widerstand? Du warst sonst immer der gute …« *Sohn.* Als er sah, wie Kasramans Gesichtsausdruck hart wurde, verstummte er. Belamandris sah seinen älteren Bruder mit trauriger Zuneigung an, bevor er erneut das Wort ergriff.

»Jhem, dein Assassinenmeister, und Nadir sind in Tamerlan nutzlos. Wir brauchen sie hier, um zu tun, was getan werden muss. Dazu gehört, deinen nicht sanktionierten Krieg zu führen, und verflucht noch mal nicht, Mari gefangen zu halten – das ist übrigens noch so etwas, worüber wir reden müssen.«

»Die missliche Lage deiner Schwester hat sie sich selbst zuzuschreiben. Aber gibst du nun ernsthaft der Schwarzen Schlange und Nadir die Schuld an deinem Scheitern?«

»Der Anlūki, der am Webtor getötet wurde, war erst neunzehn Jahre alt, Vater. Hätten wir genauere Informationen gehabt, statt nur auf gut Glück durch die Ödnis zu stolpern …«

»Also machst du andere dafür verantwortlich.«

»Wir hatten zuverlässige Informationen«, erklärte Belamandris betont ruhig, »dass Sayf Yoseq von Kashmar, seine Frau und Kinder mit einer kleinen Leibwache auf der Faladinstraße zwischen Tyr und Näs-Sayyin reisten. Er sollte als neuer Präfekt der Stadt eingesetzt werden und hatte sich in den Dienst der Näsarat gestellt.«

»Und?«

»Als wir ankamen, entpuppte sich diese kleine Leibwache als eine Gruppe von dreißig Studenten der Gram, die von Bensaharēn persönlich angeführt wurden. Und ich vermute, sie wollten den alten Yoseq keinerlei Gefahr aussetzen, deshalb waren dort außerdem vier Kader der Löwengarde, Vater. Zwanzig von diesen riesigen Bastarden, alle bis zu den Zähnen bewaffnet und begierig darauf, uns in Stücke zu reißen. Wir hatten Glück, dass ein paar von uns überhaupt überlebt haben.«

»Tatsächlich? Ein alter Mann, dreißig seiner Schüler und ein paar Mischlinge aus der Taumārq haben den großen Witwenmacher und seine Anlūki vertrieben?«

Belamandris sah seinen Bruder hilfesuchend an. »Liegt es an mir, Kasra, oder kann man im Moment nicht mit ihm reden? Es scheint, Mari hat es schon früher erkannt.«

Corajidin wurde wütend. »Also hast du nicht nur versagt, du …«

»Ich wurde von einigen der besten Krieger Shrīans schachmatt gesetzt – und, nein, Vater, weder ich oder sogar Mari wären selbst an unserem besten Tag ein nennenswerter Gegner für Bensaharēn den Wassertänzer gewesen. Diese völlig wertlosen Informationen, die wir erhalten haben, haben diesen dampfenden Scheißhaufen, den wir zu besteigen hatten, nur noch höher gemacht. Wenn Sanojé nicht gewesen wäre, die uns einen Fluchtweg eröffnet hat, wären wir jetzt alle tot oder gefangen. Und das ist noch so ein Punkt. In dem Moment, in dem wir das Webtor passieren, riskieren wir noch mehr als während der Kämpfe. Sanojé sagt, je öfter wir dieses Tor benutzen, desto mehr wühlen wir die Ödnis auf und umso wahrscheinlicher wird es, dass uns die Wesen, die dort wohnen, bemerken. Mit jedem Mal, wenn wir durch das Webtor gehen, haben noch mehr meiner Männer verstörende

Visionen und Albträume. Sie können nicht mehr schlafen, und …«

»Vater.« Kasraman hielt die Hände in einer vermittelnden Geste hoch. »Belam hat in dem Punkt nicht unrecht. Die Botschafterin hat uns gewarnt, ebenso wie die Hexer. Und auch ich habe dir gesagt, dass das Webtor nicht leichtfertig benutzt werden darf. Wir haben andere Mittel zu unserer Verfügung. Und wie kannst du von Belam und den Anlūki erwarten, dass sie ihre Missionen erfüllen, wenn sie nicht über die notwendigen Informationen verfügen, nicht ausgeruht sind und von den Visionen geplagt werden, die ihnen auf ihren Reisen durch das Webtor mitgegeben werden? Du schickst sie jedes Mal von Neuem los, ohne dass sie wissen können, was sie erwartet.«

»Oder ob wir überhaupt ankommen oder gegen wen wir kämpfen werden. Oder gegen wie viele«, murmelte Belamandris. Er trank einen weiteren Schluck Wein, dann presste er den feuchten Kelch gegen seine Stirn.

»Es stimmt, Asrahn«, sagte Nix, der die Tischplatte mit seinem Messer traktierte.

Corajidin sah ärgerlich zu dem verrückten Meuchelmörder hinüber. *Ich werde den Tisch schon wieder schleifen und polieren lassen müssen.*

Nix' Augen wurden von seinem strähnigen Pony verdeckt, und er bohrte weiter auf der Tischplatte herum, während er fortfuhr: »Ich sage keinesfalls, dass wir es nicht tun sollten. Ich kann gut damit leben. Wenn ich eine Sache in Tanis gelernt habe, dann das: Politik ist immer ein blutiges Handwerk. Aber die Schwarze Schlange ist in Tamerlan praktisch nutzlos. Befreit mich von meinem Posten als Leiter der Geheimpolizei, damit ich …«

»Das wird nicht nötig sein!« Corajidin schenkte Nix ein falsches Lächeln, während er die Haut des Mannes betrachtete, die bleich war wie ein Fischbauch, seine zitternden Finger, die zuckenden Augenlider. Er wusste nur zu gut, wie gern Nix Chaos anrichtete. Der kleine Mann musterte Corajidin düster, hielt aber den Mund. »Bis Jhem zurückkehrt, müssen wir weiter Geiseln nehmen, um die Kontrolle über bestimmte Familien zu behalten. Du machst dich gut als Generalsritter der Ban Kherife, Nix, so anonym diese Rolle auch sein mag. Hab keine Sorge. Du wirst schon bald aus den Schatten treten und eine öffentlichere Rolle bekommen.«

»Aber dieses Häuten?« Belamandris schnitt eine Grimasse. »Ist das nicht zu grausig, selbst für jemanden wie dich? Und was ist mit den anderen Morden? Körper, denen das Blut ausgesaugt wurde und die irgendjemand in Stücke gerissen hat. Irgendwo müssen wir Grenzen setzen.«

»Es liegt an der Zeit, in der wir leben«, sagte Nix. »Wir müssen den Leuten so viel Angst machen, dass sie das Gefühl haben, sie können sich an niemanden sonst wenden. Entführungen, Morde, Diebstähle, Drohungen … alles ein ganz normaler Arbeitstag für meine Männer. Wenn der Zeitpunkt gekommen ist, müssen wir gar nicht erst mit dem Finger auf das Eiserne Bündnis zeigen; ich habe eine Beweisspur hinterlassen, die so offensichtlich ist, dass selbst ein Blinder ihr folgen könnte. Der Teshri wird uns anflehen, in den Krieg zu ziehen. Ich habe festgestellt, dass die Seelenhändler eine große Hilfe sind, und sie wären sehr an Eurer Bekanntschaft interessiert, Asrahn. Es ist ein grausiger Haufen, aber sowohl mein Vater als auch ich haben viele Jahre lang mit ihnen zu tun gehabt. Sie können überraschend hilfreich sein und verfügen über ein Vermögen, das weit jenseits unserer Mittel liegt.«

»Zuerst Pashrea«, sagte Corajidin. »Wir müssen als Erstes die Avān vereinen.« *Und die Botschafterin beschwichtigen.*

»Was die Seelenhändler angeht, Nix, ich möchte, dass du alle Verhandlungen mit ihnen beendest. Sie sind eine Abscheulichkeit, und ich werde mich ihnen nicht verpflichten. Sie fangen die Seelen der Toten für ihre eigensüchtigen Zwecke ein.«

Nix' Mund verzerrte sich, und er errötete. »Aber Asrahn …«

»Tu, was man dir sagt, Nix, wenn du weiter in meiner Gunst stehen willst.«

»Dann gibt es doch noch ein paar Grenzen, die du nicht überschreiten würdest? Das überrascht mich. Du verdammst uns alle damit, Vater.« Belamandris trank aus und erhob sich. Er stellte den Weinbecher mit einem lauten Knall ab. »Wir alle reiten hier in deinem selbstmörderischen Rennen mit. Es ist nur eine Frage der Zeit, bis wir ausrutschen und zertrampelt werden.«

»Hat der Witwenmacher Angst davor, seine Pflicht seinem Hohen Haus gegenüber zu erfüllen?« Corajidin bereute die Worte, sobald er sie ausgesprochen hatte. *Hast du mich auch im Stich gelassen, du, das eine Kind, das ich mehr als alle anderen liebe? Wirst du uns, ebenso wie deine verfluchte Schwester, an den Rand des Ruins führen?*

»Angst?« Belamandris schnaubte. »Ich hatte diesem Wort keine große Beachtung geschenkt, bevor du mich vom Rande der Seelenquelle zurückgeholt hast. Bevor du die Hexen freigelassen und diejenigen zu Bettgenossen gemacht hast, die du schmähen solltest. Und noch mehr, als du begonnen hast, dich auf die Ödnis einzulassen, und völlig aus den Augen verloren hast, was wir heilighalten sollten. Ja, ich schätze, ich habe Angst, Vater. Aber nicht vor meiner Pflicht, die ich immer erfüllen werde, sondern davor, wohin uns diese Pflichterfüllung führt.«

Belamandris wandte sich in Richtung Tür. Als Corajidin

wieder sprach, klang seine Stimme boshafter, als er beabsichtigt hatte. »Bist du auf dem Weg ins Bett dieses tanisischen Mädchens, dieser dreckigen Tochter eines Nomaden? Ich habe dich für bessere Gesellschaft großgezogen!«

Belamandris hielt inne, wandte sich jedoch nicht um. »Wenn du damit Sanojé meinst, dann nein. Ich werde mich vergewissern, dass die Anlūki so versorgt werden, wie sie es verdient haben, nachdem sie deine Kämpfe ausgefochten haben, während du hier in Sicherheit sitzt. Das ist es, was ein Führer normalerweise tut, Vater.« Corajidin holte Luft, um zu antworten, aber Belamandris schüttelte den Kopf und griff nach der Türklinke.

»Tu's nicht. Für eine Unterhaltung haben wir genug Worte gewechselt, die nicht mehr zurückgenommen werden können. Außerdem wäre es keine große Offenbarung, wie weit deine Scheinheiligkeit geht. Du brauchst einen anderen Spiegel, als ich ihn dir bieten kann, um zu erkennen, was aus dir geworden ist.«

Corajidin biss die Zähne zusammen, und seine Fäuste schlugen auf den Tisch, während sich die Tür hinter seinem Sohn schloss. Er sah die anderen im Raum an, aber sie alle wandten sich stumm von ihm ab.

Corajidin stand an den hohen Fenstern seiner Amtsstube. Schwere Regentropfen trommelten gegen das Glas und bildeten breite Rinnsale, die sich zu kleinen Pfützen auf der Fensterbank sammelten. Der Himmel war von einem eintönigen Grau, stumpf wie ein alter Schild, mit kleinen Lichtkratzern an den Stellen, wo die Sonne versuchte, durch die Wolken zu brechen. Sein Atem beschlug das Glas, trotz der Feuersteine, die den Raum wärmten. Der Nebel wand sich auch durch die grauen Straßen von Avānweh. Einzelne Nebelstränge vermischten sich mit der stillen Oberfläche der Himmelsseen und machten die Welt zu einer öden, weiten Fläche.

Der Inhalt der Berichte, die er in der Hand hielt, entsprach seinen Erwartungen. Müßig überflog Corajidin die Sendschreiben von Meister Baquio von der Hochschule der Erfinder und Meister Prahna von der Alchemistengesellschaft. Die Einrichtungen hatten Dutzende von Erfindungen, Tränken und anderen nützlichen Dingen neu produziert und zum Verkauf bereitgestellt. Lichtkugeln, Heilsalben, verbesserte metallurgische Techniken und Pläne für neue und noch erschreckendere Belagerungswaffen. Allerdings war ihr Fortschritt in den Bereichen, auf die es ankam, nicht gerade aufregend gewesen. Die gesamte Saison war beinahe vorüber, und die Torque-Spindeln standen noch immer still. Phrasen, die von *Durchbruch, laufenden Tests* und *vielversprechenden Ergebnissen* erzählten, ermutigten ihn längst nicht mehr. Auch das Bankiershaus wurde aufsässig. Sie wussten, dass Corajidin einen Krieg vorbereitete. Wussten, dass er zusätzliche Geldmittel brauchte. Die Händlergilde, ihre neu gegründeten politischen Gruppierungen unter Teymoud und das Handelskonsortium der Mittelschicht hatten sich zusammengetan, um Staat und Krone mit allen Mitteln auszupressen. So abstoßend ihre Geschäfte und Transaktionen auch waren, Corajidins Investition würde sich zur rechten Zeit bezahlt machen. In ganz Shrīan arbeitete die Waffenindustrie daran, einen Krieg vorzubereiten, der die Avān unter einem einzigen König vereinen würde. Und dann waren sie bereit für ihren Eroberungsfeldzug.

An einem anderen Tisch seiner Amtsstube saß Mēdēya vor einem Stapel Papiere und machte sich Notizen. Seine derzeitige Frau war in Seide gehüllt und runzelte die Stirn, während sie auf Reihen von Namen und Zahlen starrte und an ihrem Tuschpinsel kaute. Das Stirnrunzeln war kaum mehr als eine schwache Linie auf der ansonsten makellos glatten Haut. Ihre Augen waren beinahe schwarz, die langen Locken so dunkel, dass sie einen Stich ins Bläuliche hatten. In Pashrea hätte man sie Yashamin-Mēdēya genannt und sie als das willkommen geheißen, was sie war. Hier in Shrīan war sie Mēdēya, Corajidins skandalös junge vierte Frau. Es war nur wenig oder gar nichts übrig von der ursprünglichen Mēdēya, von ihrem Körper einmal abgesehen – nicht seit die Botschafterin im Maulbeerfeigenhain, der die Mahsojhin überblickte, eine Seele gegen eine andere eingetauscht hatte. Sie war jünger, auf andere Weise verführerisch und schien Yashamin zu sein. Und doch … irgendwie nicht. So gern Corajidin seine neue Frau in seinem Herzen willkommen geheißen hätte, er konnte es nicht. Zu viel an Mēdēya unterschied sich von Yashamin. Gefangen im Netz des Zweifels, brachte er es nicht über sich, sie bei diesem Namen zu rufen, denn er schien falsch zu sein. Sie sah auf, spürte, dass er sie beobachtete, und lächelte.

Corajidin ignorierte sein erwachendes Verlangen und setzte sich an seinen Schreibtisch. Er nahm einen Tuschepinsel zur Hand und begann, eine Antwort an die Erfinder und Alchemisten zu verfassen, als es an der Tür klopfte. Kasraman und Wolfram traten mit besorgten Mienen ein. Wolfram überreichte Corajidin eine Schriftrolle und trat dann einen Schritt zurück. Corajidin warf einen Blick auf das grüne und silberne Siegel des Hohen Hauses Kadarin, bevor er es brach.

Er klopfte mit dem Sendschreiben auf die Tischplatte. »Wann ist das angekommen?«

»Mahav, der Hexer, den das Hohe Haus Kadarin ernannt hat, ist vor etwa zehn Minuten aus Kadariat eingetroffen«, sagte Wolfram, der sich auf seinen erbarmungswürdigen alten Stab stützte.

Corajidin wünschte sich verzweifelt, etwas Stärkeres als seinen Tee zu trinken. »Dieser Brief stammt von Pah Kadarin fa Anankil. Er sagt, dass Rahn Narseh vor beinahe dreißig Tagen erkrankt ist und keine der Behandlungen Wirkung zeigt. Das erklärt zumindest ihre vagen Entschuldigungen, warum sie nicht hier ist, um uns gegen den Teshri zu unterstützen. Ich vermute, ihr werdet die Symptome interessant finden.«

Corajidin gab das Pergament weiter an Kasraman, und Wolfram und er studierten es.

»Wie ist das passiert?«, fragte Wolfram. »Ihr wart die erste Person, die von diesen Symptomen betroffen war!«

»Das stimmt nicht ganz«, entgegnete Kasraman. »Vater, erinnerst du dich – als du in Amnon warst, habe ich erwähnt, dass es vielleicht eine Möglichkeit gibt, wie du dein Erwachen wieder kontrollieren kannst?«

»Vage.« Corajidin hatte große Lücken in seiner Erinnerung, was die Zeit betraf, in der die Krankheit am schlimmsten gewesen war und seinen Geist verwüstet hatte.

»Es gab Hinweise auf etwas, das deiner Krankheit ähnelte, in einem der Tagebücher eines Geschichtenmeisters der Sēq, der unserem Haus vor den Gelehrtenkriegen die Treue geschworen hat.« Kasraman machte eine Pause und dachte offensichtlich sorgfältig über seine nächsten Worte nach. »Du warst darauf fixiert, Ariskander seine Geheimnisse zu entreißen, deshalb habe ich die Angelegenheit nicht weiter verfolgt. Doch vor Kurzem habe ich eine Erwähnung in Großvaters Tagebuch entdeckt.«

»Bei den Zähnen der Ahnen!«, fluchte Corajidin. »Mein Vater wusste etwas darüber?«

»Großvater ist daran gestorben«, sagte Kasraman rundheraus. »Er hat nicht so lange durchgehalten wie du, aber die frühen Symptome waren die gleichen. Wie du hat er sie vor der Welt geheim gehalten. Im Gegensatz zu dir hat er nicht rechtzeitig eine Lösung gefunden.«

»Niemand von uns hat es gewusst«, sagte Corajidin nachdenklich. »Vater hat uns weggeschickt, lange bevor offensichtlich wurde, dass er krank ist. Haben wir irgendwelche Informationen, ob die föderalistischen Rahns ebenfalls davon heimgesucht werden?«

»Nichts, Asrahn«, sagte Wolfram. »Unseren letzten Informationen nach haben sich die Föderalisten in Narsis niedergelassen. Wir waren kaum in der Lage, Agenten dort einzuschleusen, und wenn wir es doch geschafft haben, dann wurden sie entdeckt und schnell beseitigt.«

»Findet es heraus.« Corajidin lehnte sich in seinem Stuhl zurück und trommelte mit den Fingern auf der Tischplatte herum. Er fühlte das beruhigende Gewicht des Tranks in der Tasche seines bestickten Seidenmantels. »Und findet die verfluchte Botschafterin! Ich brauche ein paar Antworten.«

Kasraman und Wolfram nickten und überließen Corajidin seinen Gedanken.

Mēdēya stand am Fenster, ein dunkler Umriss, der sich gegen das helle Sonnenlicht abzeichnete. »Wenn es weiter verbreitet und nicht nur Narseh betroffen ist«, sagte sie, »so könnte der Tod der Rahns uns zugutekommen.«

Sie glitt hinüber zu Corajidin, und die Robe rutschte wie zufällig von ihren Schultern. Rasch bewegte sie die Finger, und ihre Hose glitt ebenfalls hinab, sodass sie in ihrer seidenen Tunika vor ihm stand: Sie enthüllte nichts, versprach jedoch alles. Rittlings setzte sie sich auf ihn, die Finger in seinem Haar vergraben. Sie duftete nach Aloe vera und Äpfeln. Er fühlte ihre Wärme, eine beinahe fiebrige Hitze, die sich durch seine Kleider brannte. Corajidins Lippen öffneten sich unwillkürlich, und seine Zunge legte sich gegen ihre Zähne. *Bei den Zähnen der Ahnen, sie ist wie die Urgewalt des Begeh-*

rens! Seine Herzen schlugen schneller, teils aus Leidenschaft, teils wegen der unterschwelligen Furcht vor dem, was sie war. *Das ist nicht die Frau, die ich geliebt und verloren habe. Da ist etwas, da ist … mehr an ihr, und zugleich weniger.* Wie alle anderen Abkommen mit der Botschafterin schien auch dieses mit etwas Dunklem behaftet zu sein. Der Sēqorden für Belamandris. Eine Fremde, um etwas zurückzubringen, von dem er gehofft hatte, es wäre Yashamin. Und in der Zukunft? Der Sturz fremder Herrscher, um seine eigene Herrschaft zu sichern.

»Du hast von den Rahns gesprochen«, flüsterte er dicht an ihrem Mund.

»Wir brauchen sie nicht, um dich zum Mahj zu machen.« Ihre Stimme vibrierte gegen seine Kehle, während sie sich dicht zu ihm beugte. »Du kannst auch ohne sie Vater des Imperiums werden. War das nicht die Weissagung, mein Liebster?«

Corajidin erlaubte sich, sich gehen zu lassen. Seine innere Stimme war nicht mehr als ein ferner Schrei aus einem anderen Zimmer. Ihre erfahrenen Hände streiften seinen Mantel von den Schultern. Mēdēya hatte recht. Die gleichen Hände griffen beharrlich nach den Schnallen seiner Hose. *Doch warum war Narseh krank?* Das scharfe Klickern von Rubin- und Goldknöpfen ertönte, als sie an seiner Tunika riss. *Und warum gerade jetzt?*

Ein tiefes Stöhnen entrang sich Mēdēyas Kehle, als Corajidin hastig einen Platz auf dem Tisch für sie frei machte. Berichte fielen achtlos zu Boden. Mēdēya nahm sein Ohrläppchen zwischen die Lippen und massierte es leicht mit ihrer Zunge. Seine Hände gingen auf Wanderschaft, seine Lippen folgten einer warmen Spur in ihrem Nacken, wanderten dann ihren Oberkörper entlang.

»Und Vahineh.« Mēdēya keuchte, die Muskeln in ihrem

Bauch zuckten. Er sah, wie sich Gänsehaut auf ihrem Körper bildete. »Ihr Leben muss durch meine Hand enden, so wie meines beinahe durch ihre Hand ein Ende gefunden hat. Gib sie mir, Liebster. Gib sie mir, und ich gebe dir dafür …«

Berauscht, wie er war, nickte er nur.

Kapitel 4

»Wahrheiten können sich verändern wie die Wolken am Himmel, wenn der Wind der Tatsachen sie in bedeutungsvollere Formen weht.«

Sprichwort der Zienni

55. Tag im 496. Jahr der Shrīanischen Föderation

Indris' gesamter Körper schmerzte, und er war schweißgebadet von der Arbeit in der Manufaktur. Da drei der Glühöfen und zwei der Athanors in Betrieb waren, kam man vor Hitze beinahe um. Er stand auf und streckte sich, ließ den Hammer auf den Amboss fallen und bewegte die müden Hände.

Seine Zeichnungen hingen schichtweise übereinander und bewegten sich träge in der heißen Luft. Sie waren hinterleuchtet und ermöglichten so einen mehrschichtigen dreidimensionalen Blick. Über ihm hing der fertige Rumpf der *Feldlerche* an Ketten und Greifzügen von den eisernen Trägern, die die Decke gitterartig durchzogen. Die Windbarke sah aus wie das riesige Glasskelett eines Falken, mit zusätzlichen Stützen an den Flügeln und dem Schwanz. Der Kardanrahmen des Piloten war montiert, ebenso die Halterungen für die Disentropiespulen und die Sturmräder. Es hatte länger als einen Monat gedauert, das Schiff in den wenigen Stunden, die ihm zur freien Verfügung standen, selbst zu bauen – und das, nachdem er mit den Meistern gearbeitet und offensichtlich nutzlose Stunden in der Bibliothek verbracht hatte.

Er beruhigte seinen Geist mit einer raschen Atemübung, dann setzte Indris seinen immer besser werdenden Weitblick ein, um den Inhalt des Athanors zu inspizieren. Es war ein besonderer Ofen, der die Verunreinigungen im thaumaturgischen Gold, Silber und Bronze entfernte, das er für die Leitungen seiner neuen Sturmräder benötigte. Als er die Schmiedefeuer begutachtete, erkannte er, dass die Außenhaut und die Holme aus *Serill* fast fertig waren: Es gab keine Drachen in Amarqa-im-Schnee, aber die mystischen Glühöfen erzeugten die nötige Hitze, um Drachenglas herzustellen. Indris deaktivierte seinen metaphysischen Blick wieder und nutzte Psychokinese, um die *Feldlerche* vorsichtig zu Boden zu bringen. Als sich das Skelett in das Gestell senkte, nahm Indris einige der Außenhautplatten aus *Serill* zur Hand, die er fertiggestellt hatte, und die Flügel aus legiertem thaumaturgischem Metall. Dann schwang er sie mithilfe seiner mentalen Fähigkeiten an Ort und Stelle. Diese Fähigkeiten funktionierten mittlerweile wie jeder andere Muskel oder jede andere Begabung. Je mehr er übte, desto stärker wurde er. Und seit er in Amarqa angekommen war, hatte Indris jede Gelegenheit genutzt, um zu üben.

»Das ist also das Geheimnis, das du vor uns verborgen hast, Junge?«

Indris wirbelte herum, entschlossen, eher zu fliehen, als zuzulassen, dass Femensetri seinen Geist nach seinen neu gewonnenen Fähigkeiten durchwühlte. Aber sie sah ihn gar nicht an; stattdessen richtete sie ihre Aufmerksamkeit auf die *Feldlerche,* während sie sich Luft zufächelte. Sie fluchte kurz, aber heftig, dann stimmte sie einen leisen Gesang an, der einen bleichen Nimbus um sie schuf. Die Röte in ihrem Gesicht ging zurück, ebenso der Schweißfilm auf ihrer Stirn.

»Es ist laut hier drin«, stellte sie fest. »Und verflucht heiß.«

»Ich habe keine Probleme mit dem Lärm, eher mit der Stille« – *denn sie erinnert mich an die Stimmen der Freunde, die ich nicht mehr hören kann* – »und die Hitze stört mich auch nicht. Was wollt Ihr?«

»Entspann dich, Junge. Ich war nur neugierig, was du hier treibst.«

Femensetri fuhr über die goldenen Flächen, die die gefiederten Flügel der *Feldlerche* bilden sollten. Das Licht brachte die unterschiedlichen Farben des *Serill* zum Schimmern und hob die elegante Form und das einzigartige Design des Fliegers hervor. Femensetri stand vor Indris' Grafiken und fuhr sie mit ihrem schmutzigen, zerbrochenen Fingernagel nach. »Es ist wunderschön. Du warst fleißig.«

»Ich habe sonst nicht sonderlich viel zu tun, während ich hier von Euch gefangen gehalten werde.«

»Fang nicht wieder damit an.« Seine einstige *Sahai* sah sich in der Manufaktur um und wies auf die anderen Projekte, an denen Indris gearbeitet hatte. »Zeig sie mir.«

Indris lehnte sich gegen den Amboss und machte ihr ein Zeichen, sich umzusehen, da er wusste, dass sie das so oder so tun würde. Femensetri inspizierte eingehend Indris' andere Projekte. Ein Schuppenpanzer aus *Serill*, der bis auf die letzten Gravuren einiger Bildzeichen fertig war. Ein Rundschild, der ebenfalls mit *Serill*-Schuppen plattiert und mit einem Zauber versehen war. Indris hatte keinen Zweifel, dass Femensetri die Schriftzeichen in Maladhoring an seinen Arbeiten bemerkte, und er war dankbar, dass sie nicht fragte, wer sie gemacht hatte. Vermutlich hatte sie schon den Verdacht, dass er selbst es getan hatte, und ersparte ihm so die Lüge.

Femensetri nahm einen langen Hexenfeuerstab auf. Der Stab änderte seine Farbe von Rot zu Blau und Lila, als sie ihn bewegte. Lichtpartikel schimmerten im Inneren der sechskantigen Klinge. Ihre Finger fuhren über die dichten, geordneten Reihen aus Maladhoringglyphen entlang der Klinge, über die Schriftzeichen auf Hochavān, Seethe und Hazhi'shi. Letztere entlockten ihr ein überraschtes Brummen. Sie warf Indris einen Seitenblick zu, sagte aber nichts. Er hatte auch eine neue Sturmpistole konstruiert, mit einer Acht-Bolzen-Kammer und einem größeren Durchmesser. Femensetri wog sie in der Hand und zielte beiläufig.

»Ein schweres Miststück, was?«, fragte sie und legte die Waffe auf den Tisch zurück, zwischen die Reihen von Bolzen, die Indris für sie geschmiedet hatte. »Ich war nie sonderlich gut im Umgang mit diesen verfluchten Dingern.«

»Nach Amnon und Avānweh hatte ich das Gefühl, ich brauchte eine größere Waffe.« Indris wies mit dem Kopf auf seine Werke. »Das wird für den Moment reichen.«

»Und die hier?« Sie deutete auf einige faustgroße Kugeln.

»Spottdrosseln«, sagte Indris. Er nahm eine der Kugeln zur Hand und drehte sie. Die Halbkugeln verschoben sich, und die Apparatur begann zu ticken. Sobald die beiden Hälften ihre ursprüngliche Position wieder erreicht hatten, gab die Spottdrossel einen lauten Heulton von sich, der auf Indris' disentropischer Färbung widerhallte. »Sie ist für Reisen durch die Ödnis gedacht. Sollte die Bewohner von mir fernhalten, bis ich da ankomme, wo ich hinwill.«

»Ich mag die Dinger!«, sagte Femensetri. »Sieht ganz so aus, als würdest du dich für eine Reise fertig machen. Es sieht dir ähnlich, dass du ein Gelehrtenlicht gebaut hast statt eines Stabs. Du könntest ein Meister werden.«

»Ich habe noch viel Arbeit, also wenn Ihr dann …«

»Mir gefällt die Distanz zwischen uns nicht, Indris«, sagte Femensetri. »Seit Avānweh stehen wir uns nicht mehr so nahe wie einst.«

»Und das überrascht Euch?«

Sie blickte ihn über die Schulter an, und ihre opalfarbenen Augen glühten im Licht. »Ich habe dich zu Besserem ausgebildet.«

»Wir stehen da, wo wir eben stehen. Jedes Mal wenn ich glaube, ich könnte mich auf Euch verlassen, erteilt Ihr mir eine Lektion in Sachen Vergeblichkeit. Euch zu kennen ist … lehrreich.«

»Komm drüber weg, Junge!« Femensetri stützte sich auf ihren Stab und blickte Indris mit hocherhobenem Kopf an. »Leute benutzen andere Leute, ebenso wie wir Wörter benutzen oder Waffen. Du wurdest dazu ausgebildet, zu führen, dich über andere zu erheben, auszuharren und siegreich zu sein! Und ich habe sichergestellt, dass du das verflucht noch mal besser machen wirst als jeder, der vor dir kam.«

»Und was ist, wenn ich mehr wollte?« Indris' Stimme war leise. »Was ist, wenn ich etwas … anderes sein wollte als das, was Ihr und die anderen für mich geplant hattet?«

»Besser?«, stichelte sie.

»Anders.«

»Du verstehst nicht!« Femensetri schüttelte den Kopf. »Du bist nicht wie die anderen. Nicht im Entferntesten, weder damals noch heute. Indris, uns wurde jemand versprochen, dem wir folgen könnten …« Sie brach ab. Vielleicht bildete sich Indris das nur ein, aber es sah aus, als würden ihre Hände zittern.

»Wer hat es versprochen?«

»Ich habe schon zu viel gesagt.«

»Warum bist du dann hier?«

»Ist es nicht immer so? Wir brauchen deine Hilfe, wenn wir die Rahns retten wollen.«

»Genau.« Indris ließ das Wort ein wenig in der Luft hängen. »Und das letzte Mal ist es ja auch sehr gut gelaufen, als

Ihr mich um Hilfe gebeten habt. Ich würde meinen, Ihr habt bereits all die Hilfe, die Ihr braucht.«

»Noch nicht einmal zur Hälfte. Du bist der einzige lebende Sēq, der vollständig Erwacht ist.«

»Ich bin nicht vollständig Erwacht.«

»Aber es war dicht genug dran«, konterte Femensetri. »Deine Erkenntnisse könnten Shrīans Anführer retten.«

»Jeder Sēq ist Erwacht«, sagte Indris. »Das ist schließlich die Weise, wie wir zu Gelehrten werden.«

»Ja, wir alle sind bis zu einem gewissen Grad Erwacht, aber es ist nicht das Gleiche wie bei einem Rahn. Wir haben uns nicht dem Verbundenheitsritual unterzogen, oder die Einheit …«

»Ich genauso wenig.«

»Aber die Seele eines Erwachten Rahns ist beinahe mit der deinen verschmolzen.« Femensetris Gesicht ließ ihre Verwunderung und ihre Irritation erkennen.

»Du weißt Dinge, von denen wir keine Ahnung haben. Keiner von uns verfügt über deine Erfahrungen!«

»Nein. Tut ihr nicht.« Indris wandte seine Aufmerksamkeit wieder der *Feldlerche* zu. »Sonst noch etwas?«

Femensetri umklammerte ihren Stab so fest, dass die Knöchel weiß hervortraten. »Wir behandeln die Rahns mit dem Wasser des Lebens, aber es ist nicht mehr als eine Beruhigungspille.«

»Ihr erlebt das nicht zum ersten Mal.«

»Komm einfach mit mir, Indris. Sonst werden wichtige Leute, die die Zukunft Shrīans verändern könnten, früher sterben als nötig. Deine Cousine eingeschlossen.«

Meine Cousine eingeschlossen. »Das ist nicht der überzeugendste aller Gründe, wenn ich an unser momentanes Verhältnis denke, aber ich werde mitkommen und sehen, was sich tun lässt.«

Das obere Tal Amarqas bestand aus einer vielseitigen, beinahe wilden Skulptur aus Kristalltürmen, die mit den gemeißelten Felswänden verschmolzen. *Ilhen*-Lampen glühten hinter getönten Glasfenstern. Die Flüsschen glitzerten im Mondlicht, und Bäume und Büsche neigten sich unter dem Gewicht des Schnees. Auf der anderen Seite des Tals zeigte ein zerklüfteter Kristallfinger in den funkelnden Himmel, ein unerbittlicher Schatten, der unter dem Sternenhimmel noch dunkler wirkte. Das *Eibon Hoje*, die Schwarzen Archive der Sēqmeister. An diesem Ort wurden die großen Geheimnisse verwahrt: Gedanken, die Nationen hatten aufsteigen lassen, Worte, die Könige von Thronen gestürzt hatten. Artefakte, die als zu gefährlich für die Welt galten, das Gekritzel von irren Orakeln und Propheten, die den Weltuntergang verkündeten, und die unbequemen Wahrheiten der Geschichte – sie alle wurden hier vor neugierigen Blicken verborgen gehalten. Wenn das Wissen über die verschollenen Geistesdisziplinen, das Indris suchte, irgendwo anders als bei den Säulen aus Sand zu finden war, dann in den Schwarzen Archiven.

Die beiden Gelehrten gingen eine schmale Wendeltreppe hoch, die in den Fels gehauen war und zum Teil am Felsen selbst entlang, zum Teil durch ihn hindurchging. Indris war froh über die kurzen Atempausen, die sie bekamen, wenn sie aus dem peitschenden Wind in die Tunnel traten. Sie passierten ein kunstvolles Eisentor, dessen Durchbrucharbeiten von schimmerndem Eis überzogen waren. Eine schmale Brücke führte zu einer Reihe von beleuchteten Türen, die von einem Kader Iku bewacht wurden. Als Femensetri an ihnen vorüberschritt, sprangen sie aus dem Weg, und nur einer blieb stehen, um ihr die Tür zu öffnen.

Der Turm verfügte nur über vielleicht ein halbes Dutzend Räume, die von Tau-se bewacht wurden. Farbige Glaslampen tauchten die pashreanischen Teppiche in mattes Licht.

Indris folgte seiner einstigen Lehrerin in eine drückend warme Zimmerflucht. Niedrige Schalen mit Feuersteinen säumten die Wände. Der Raum hatte eine spitz zulaufende Decke, die mit komplizierten, verschnörkelten Mustern in Blau und Gold verziert war, feurige Phönixe, die einander zu umkreisen schienen. Eiserne Sofas mit einer Vielfalt an Kissen und Decken umstanden einen kleinen Tisch, der von Büchern, Tintenfässchen, Pinseln und Heften übersät war. Eine abgegriffene Kopie der *Mannigfachen Pflichten*, des zweiten Bandes der Zienni-Doktrinen, lag mit dem Gesicht nach unten neben einem halb leeren Glas und einer leeren Karaffe. Eine mit vier Saiten bespannte Cielé aus Ygran lag in einem offenen Koffer, und Pergamente mit Musiknoten stapelten sich daneben.

Femensetri nickte Pah Näsarat fa Tajaddin kurz zu, als sie aneinander vorübergingen: Sie trat in die Schlafkammer, während er sie gerade verließ. »Verzeiht, aber meine Schwester ist … Indris?« Taj starrte Indris an.

Taj hatte unter seinen Geschwistern die vorteilhafteren der Gesichtszüge seiner Familie geerbt: Er war so hübsch wie Nehrun, aber mit den Ecken und Kanten von Roshas geschmeidiger Stärke.

Über der schlichten Jacke und Hose im Blau und Gold seines Hohen Hauses trug er eine Robe aus dem gewaltigen, reinen Grau der Zienni-Asketen, fransig am Kragen und den Ärmelaufschlägen und mit Reiseflecken am Saum. Der Griff eines Langmessers, der wie ein Phönixkopf aus Gold und Saphiren geformt war, ragte aus den Falten hervor. Tajs hellbraune Augen weiteten sich, als er seinen Cousin sah. »Du bist …«

»… nicht tot, nein.« Indris lächelte Taj an und war überrascht, als er fühlte, dass es ein aufrichtiges Lächeln war. »Tut mir leid, wenn ich dich enttäusche.«

»Oh, im Gegenteil!« Taj trat vor und warf die Arme um Indris, der die Geste schwerfällig erwiderte. »Ich bin froh, dass du hier bist! Bei Roshas Krankheit und all den Spannungen am Hof ist ein freundliches Gesicht mehr als willkommen. Aber man hat uns gesagt, du wärst tot! Deine Freunde haben dich gesucht …«

»Weißt du, wo Mari ist?« Die Worte sprudelten aus ihm heraus. »Shar? Ekko?«

»Ich weiß, wo sie waren. Die Seethe – Shar – und Ekko kamen ein paar Wochen nach Neujahr nach Narsis und forderten ein Treffen mit Rosha. Dichtermeister Bensaharēn und ich trafen uns mit ihnen, da Rosha ablehnte. Deine Freunde sind hartnäckig, Indris: Sie sind aus der Toten Ebene hinausspaziert und durch halb Shrīan gewandert, um dich zu finden. Als wir ihnen gesagt haben … als wir ihnen gesagt haben, du wärst …«

»Tot?«, fragte Indris rundheraus. Er sah zur Tür, wo Femensetri mit unbekümmertem Gesichtsausdruck stand. »Du hast ihnen einfach nur gesagt, was man dir selbst auch erzählt hat, Taj. Aber wohin sind sie gegangen?«

»Sie sind für ein paar Wochen in Narsis geblieben. Ich glaube, sie suchten nach einigen eurer alten Kameraden von den Unsterblichen Gefährten, damit sie auf die Suche gehen können nach …«

»… Mari«, beendete Indris den Satz für ihn. Er atmete tief ein. Seine Hände zitterten.

»Und den Namen vergisst du besser endlich, Junge.« Femensetri wies mit ihrem Kinn in Richtung Schlafkammer. »Erinnere dich daran, warum ich dich hierhergebracht habe.«

»Es ist unwahrscheinlich, dass ich die Umstände vergessen werde«, murmelte Indris. Er gesellte sich dennoch zu ihr, hielt in der Tür jedoch inne.

»Taj? Weißt du, ob sie irgendjemanden gefunden haben, der ihnen hilft?«

»Bensaharēn hat ihnen ein paar seiner Kriegsdichter aus der Abschlussklasse angeboten, aber Rosha hat es untersagt. Ich habe gehört, dass sie es geschafft haben, einen Nahdi namens Morne Falkenholz aufzuspüren. Offenbar kam er mit seiner Mannschaft aus den Krisenstädten, über Masripûr. Ich habe keine Ahnung, wo sie jetzt sind. Das Letzte, was ich von ihnen gehört habe, war, dass sie ein paar Kader Anlūki in Avānweh getötet haben, bevor sie ostwärts gezogen sind.«

Indris nickte, konnte ein Lächeln jedoch nur mit Mühe unterdrücken. *Morne!* Er lachte ein kurzes, kaltes Lachen. Femensetri sah ihn finster an.

»Was ist so lustig, Junge?«

»Das kommt darauf an, wer man ist und ob man es lustig findet oder nicht, Morne Falkenholz gegenüberzutreten.«

»Faszinierend. Und jetzt rein mit dir.«

Rosha saß lesend in einem gepolsterten Stuhl und war in mehrere Stoffschichten gewickelt. Ein Schafsfell lag über ihrem Schoß. Das Gesicht der Rahn war bleich und abgespannt. Als Indris den Raum durchschritt und zu ihr trat, sah sie auf, und ihr Unterkiefer klappte herunter, als sie ihn erblickte. Das Buch entglitt ihren schlaffen Fingern.

Hayden und Omen könnten noch hier sein, wenn du nicht gewesen wärst.

Mari … Indris' Gesicht fühlte sich hart an, und das Flackern hinter seinem linken Auge war mehr als nur ein bisschen warm. Er dämpfte seinen *Jhi*-Reflex.

Was er vor sich sah, war eine kranke Rahn, das Symptom einer gescheiterten Nation. Oder genau genommen war es umgekehrt. Was hatte der Herold gesagt, als Rosha und die anderen angekommen waren? Erwachte Rahns waren ohne Bedeutung. Nur die Mahj und die Mahjirahns waren wichtig.

»Nun?«, fragte Femensetri, während sich die beiden Cousins anstarrten.

»Nun was?«, fragte Indris.

»Reiz mich nicht, Junge! Wir brauchen die föderalistischen Rahns, damit sich irgendjemand Corajidin entgegenstellt!«

»Tatsächlich?«, sann Indris. »Das glaube ich nicht. Es wäre nicht das erste Mal, dass die Sēq angetreten sind, um eine Nation zu manipulieren oder den Lauf der Ereignisse. Ihr könntet in den Krieg gegen die Hexen ziehen.«

»Und wahrscheinlich verlieren!« Femensetri rammte ihren Stab in den Boden. Donner krachte. Die *Ilhen*-Lampen flackerten, große Sturmwolken aus Schatten brauten sich um sie zusammen, und Blitze zuckten in ihrem Haar. »Und jetzt kümmere dich um deine Cousine.«

Indris ging zu Rosha. Sie hatte kein Wort gesprochen, seit er eingetreten war, und ihre Furcht war offensichtlich. Er murmelte: »Ich sollte dich umbringen für das, was du getan hast.«

»Indris!«, schnappte Femensetri. »Öffne deinen Geist für mich, damit wir ...«

»Niemals.« Indris schüttelte den Kopf.

»Tu es!«

Er schenkte Rosha ein dünnes Lächeln. »Sieht so aus, als hättest du diesmal Pech, Cousine. Soweit ich gehört habe, können die Sēq nicht mehr für dich tun, als es dir gemütlich zu machen, während du darauf wartest, dass dein Körper unter Qualen verfällt und dein Geist sich selbst in Stücke reißt. Vielleicht finden sie ja noch eine Lösung, bis es so weit ist.« Er sah über die Schulter zu Femensetri.

»Oder vielleicht auch nicht.«

Indris ging zur Tür, aber Femensetri versperrte ihm den Weg mit ihrem Stab. »Was glaubst du, wohin du gehst?«

»Ich bin müde, und ich habe noch einen Haufen Arbeit.«

»Heile sie. Und die anderen auch.«

»Ich weiß nicht, ob ich es kann, und ich werde ganz bestimmt nichts tun, was es erforderlich macht, Euch in meinem Kopf zu haben. Ihr habt die Wahl, aber wir machen es auf meine Art oder gar nicht. Und Ihr habt einen Preis zu zahlen, bevor ich auch nur einen Finger krumm mache, um ihr oder den anderen Rahns zu helfen.«

»Das kann nicht dein Ernst sein!«

»So ernst wie der Bürgerkrieg, der sich zusammenbraut.«

»Also?«, fragte sie höhnisch. »Was ist diesmal der Preis für deinen Patriotismus?«

»Faruq yaha«, fluchte Indris, trat an Femensetri vorbei und ging zur Tür hinaus.

»Wage es nicht, mir einfach so den Rücken zu kehren, Junge!«, donnerte seine alte Lehrerin, während sie hinter ihm herstampfte.

Er fühlte, wie sich ihm die Härchen auf Armen und Kopf in der elektrostatischen Aufladung ihres *Jhi*-Reflexes sträubten. Sein Auge begann zu brennen und tauchte sein Sichtfeld in Flammen. Taj gab einen erstickten Fluch von sich, floh in Roshas Zimmer und schloss hastig die Tür hinter sich.

Die beiden Gelehrten standen einander gegenüber: Femensetris Gestalt war in stürmische Schatten und flackernde Blitze gehüllt; alles um Indris verdorrte, wurde braun, wellte sich und schwelte. Flammen umspielten seine Finger.

»Was ist mit dir passiert?«, fragte Femensetri.

Indris spürte die Fühler ihres Geistes, die versuchten, den seinen zu erfassen, aber sie verbrannten, bevor sie Halt finden konnten. Ihre Augen wurden gefährlich schmal.

»Ihr seid mir passiert!«, sagte er. »Die Sēq sind mir passiert. Die Grate. Sorochel. Anj … Mari … Aber vor allem Eure Lügen und gebrochenen Versprechen in letzter Zeit. Der Preis für meinen Patriotismus? Aufrichtigkeit wäre ein verflucht guter Anfang! Dass Ihr einmal Euren Teil einer Abmachung einhaltet, wäre auch ganz hilfreich.«

»Du würdest deine eigene Cousine sterben lassen? Der Indris, den ich ausgebildet habe, würde seiner Familie niemals den Rücken kehren. Liebe war von Anfang an Teil deines Problems.«

»Vielleicht haben einige der Lektionen ja doch Wirkung gezeigt, was? Man kann Vertrauen nur so und so oft missbrauchen, bis es aufgebraucht ist. Und Eures ist aufgebraucht, alte Lehrerin.«

»Ich könnte aus dir herauspressen, was ich von dir brauche!«

»Was?« Indris schnaubte. »Wie viel Erfolg hattet Ihr bisher damit? Keinen! Und das wird so weitergehen, weil Ihr, ebenso wie ich, keine ahnenverfluchte Idee habt, was mit mir geschehen ist!«

Die beiden starrten sich an. Funken flogen, Flammen begannen sich auszubreiten, und die Luft stand still. *Sie könnte mich töten.* Indris fühlte, wie seine neu gewonnenen Fähigkeiten in seinem Kopf zu brodeln und zu wachsen begannen. Ungefragt fingen Teller und Unterteller an zu klirren. Femensetri musterte den Raum mit überraschtem Blick. Innerhalb von Sekunden begannen die Möbel zu zittern, und die *Ilhen*-Lampen summten, als würden Fingerspitzen den Rand eines Weinglases zum Singen bringen. Sie starrte Indris an und schätzte ihn ab, dann trat sie einen Schritt zurück und verschloss ihren *Jhi*-Reflex. Indris hielt seinen noch einen Augenblick länger aufrecht und versuchte, die unterschiedlichen Bereiche seines Geistes zu verschließen, die all die angestaute Frustration, den Zorn … und das Leid freisetzen wollten.

Indris rang mit seinem Geist, um ihn wieder unter Kontrolle zu bringen. Er und Femensetri starrten sich aus kurzer Entfernung an, und die Leere füllte sich mit Worten, die, einmal ausgesprochen, nie mehr zurückgenommen werden konnten. Schließlich trat Indris zurück, und Femensetri brach das Schweigen.

»Was ist der Preis für deine Hilfe?«

»Bevor ich irgendetwas tue, um Euch zu helfen oder dem Suret, will ich Zugang zu den Schwarzen Archiven bekommen.«

»Hältst du mich für einen Trottel in allen Bereichen?«

»Nein, um die Wahrheit zu sagen, nur in einigen. Aber das ist mein Preis.«

»Und wer sagt mir, dass du dich nicht einfach verpisst, wenn du gefunden hast, wonach du suchst?«

»Ich schätze, diesmal ist es an Euch, mir zu vertrauen.«

Kapitel 5

»Was würdest du ändern, wenn ich dir sagte, das Unvermeidliche ist nicht unvermeidlich?«

Aus: Den Sand der Zeit zählen, *von Kobaqaru, Zienni-Magnat der Schlangenfürsten von Kaylish (490. Jahr der Shrīanischen Föderation)*

56. Tag im 496. Jahr der Shrīanischen Föderation

Die Wellen donnerten an die Klippen, und die Gischt strömte von den zerklüfteten Felsen, die wie Zähne aus dem aufgewühlten Wasser ragten. Hinter den gebogenen Armen der Wellenbrecher aus schwarzem Stein, die die Bucht umschlossen, schaukelten Schiffe in den Wellen. Der Himmel glich einem zerrissenen, von hinten beleuchteten Mantel in der Farbe von Eisen, Blei und Zinn. Es roch nach Regen und noch schlimmerem Wetter.

Mari trank ihren Becher in einem einzigen Zug aus, dann knallte sie den Kelch auf das Balkongeländer. Die Wärme des Alkohols breitete sich angenehm in ihrem Bauch aus.

»Dhoury, wir können uns gegenseitig helfen.« Mari beugte sich vor und legte die Hand auf die Schulter ihres Cousins. Als er zurückwich, fluchte sie stumm. »Wenn du mir meine Waffen beschaffen kannst, kann ich uns von hier wegbringen. Du hast es selbst gesagt: Unsere Großmutter hasst dich.«

»Aber dich hasst sie mehr.« Kläglich sah er zu ihr auf.

Seine ungesunde Blässe war von blauen Flecken durchzogen. Er rieb die weichen Hände aneinander, und seine Finger bewegten sich mit der Anmut dicker Würstchen. »Mari, du bist eine lebende, permanente Herausforderung ihrer Autorität. Niemand widerspricht der Asrahnwitwe oder Eladdin. Mit deinem Trotz bringst du uns alle in Gefahr.«

»Ich werde dich mitnehmen, Dhoury. Ich verspreche es. Aber unbewaffnet habe ich keine Chance, und ich ende beim Arzt oder Schlimmerem. Ich habe nicht viel Erfahrung mit dem Süden, aber ich gehe davon aus, dass nur wenige Schiffe, egal welcher Bauart, hier auf dem See- oder Luftweg verkehren, wenn erst einmal der Winter kommt. Und dann hängen wir hier fest.« Sie fasste Dhoury unter dem Kinn und hob sein Gesicht an, aber er wollte ihr nicht in die Augen sehen. Mari schlug ihm ins Gesicht, um ihn aufzurütteln. Es war kein harter Schlag, aber er erschreckte ihn. *Gut! Da ist sogar ein Funken Ärger in seinen Augen! Etwas, was ich zur Flamme entfachen könnte!* »Du willst überleben? Dann hilf mir, damit ich dir helfen kann.«

Die Türen des Balkons öffneten sich, und zwei *Savadai* der Asrahnwitwe, die Elitewache von Tamerlan in ihrer Rüstung aus Haifischleder und kurzen Dreizacken, machten Mari und Dhoury ein Zeichen hereinzukommen. Als Dhoury rasch hineineilte, teils wegen der drohenden Haltung der Wachen, teils zweifellos wegen der Wärme der Kaminfeuer drinnen, legte ihm Mari noch einmal fest die Hand auf die Schulter. Sie beugte sich dicht zu ihm und sagte so leise, dass nur er es hören konnte: »Uns läuft die Zeit davon. Ich kann dir zeigen, wie man ein besseres Leben führt.«

Sobald sie drinnen waren, ging jeder seiner eigenen Wege: Dhoury schlenderte einen der fackelerleuchteten Korridore hinab, die tiefer nach Tamerlan hineinführten, während die beiden *Savadai* Mari ein Zeichen machten, ihnen die verglasten Hallen entlang zu folgen, die zu den Gemächern der Asrahnwitwe führten. Wollene Teppichläufer waren auf den Böden verteilt, weiche Inseln in einer See aus hartem Stein. Die vier Kamine im Raum waren entzündet und spendeten genug Wärme, um der Kälte ihre Schärfe zu nehmen, aber nicht genug, damit man sich behaglich gefühlt hätte. Für eine Frau, die unter einer warmen Sonne aufgewachsen war, war jeder Tag in Tamerlan eine beständige Erinnerung daran, wie erbärmlich und grässlich dieser Ort war.

Musiker spielten in einer Ecke: Laute, Theorbe, Altflöte und Trommel, die einen trauervollen Grabgesang anstimmten, der perfekt zu Tamerlan passte. Auf der anderen Seite des Raums hatte sich eine bunte Mischung der Nichten, Neffen und Enkel der Asrahnwitwe versammelt, die dampfende Weinkelche in den Händen hielten und plauderten und lachten. Einige von ihnen sahen Mari lediglich desinteressiert an. Andere flüsterten, deuteten oder kicherten. Diener in dünnen Tuniken versorgten die Asrahnwitwe und ihre Gäste mit Speisen, die auf Tabletts aus Muschelschalen angerichtet waren, und Wein aus groben Kristallkaraffen.

»Mari.« Nadir erhob sich aus seinem Stuhl. Er hatte leichte Schlagseite. Mari registrierte den Weinkrug auf dem Tisch und den leeren Kelch. Nadir machte ihr ein Zeichen, sich an ihren Tisch gegenüber von Jhem, Nadir, Eladdin und der Asrahnwitwe zu setzen. Die Botschafterin war nicht mehr als eine Vertiefung in den Schatten zwischen zwei Fenstern. Ein Kader *Savadai* stand ganz in der Nähe Wache. Mari blieb stehen. Einer der *Savadai* näherte sich ihr, die Hand ausgestreckt, um sie in den Stuhl zu drücken, aber Maris Blick ließ ihn innehalten.

Die Asrahnwitwe grinste und entblößte ihre gefeilten, braun gefleckten Zähne. Der alte Haifisch spießte Streifen aus rohem Fleisch von einer Muschelschale. Mit ihren knochigen Fingern, deren spitz zugefeilte Nägel dunkelblau lackiert waren, warf sie sich die Fleischstücke in den Mund und kaute mit offensichtlichem Behagen.

»Was willst du?«, fragte Mari.

»Dir müssen dringend ein paar Manieren beigebracht werden, Cousine«, sagte Eladdin, die Klapperschlange.

»Du kannst es ja versuchen, wenn du willst«, lispelte Jhem. Er sah Eladdin mit ausdruckslosen Augen an, eine Schlange, die eine Ratte beäugte. »Aber du weißt ja, wie gut das den Leuten in der Vergangenheit bekommen ist, und dir wird es nicht viel besser ergehen.«

»Ich brauche einfach ein bisschen mehr Zeit als die anderen, das ist alles«, sagte Mari, als sie sich langsam auf ihrem Stuhl niederließ.

»Mutter!«, greinte Eladdin. Die Augenlider der Asrahnwitwe zuckten irritiert. Als Eladdin weitersprach, überstürzten sich seine Worte. »Lass mich unserer Cousine zeigen, wie die Dinge bei uns im Süden gehandhabt werden.«

»Sei still, Ela.« Die Asrahnwitwe gab ihrem Sohn einen Wink, sich wieder zu setzen. »Für irgendwelche Machtdemonstrationen ist noch Zeit genug. Die Botschafterin hat darum gebeten, Mariam besichtigen zu dürfen, und das kann sie genauso gut jetzt tun.«

»Besichtigen?« Mari gefiel der Ausdruck gar nicht. »Aber sonst geht's euch gut, was?«

»Du bist in Tamerlan, Mädchen. Wenn ich von dir verlange, dass du wie ein Stück Vieh durch die Herzenshalle marschierst, dann wirst du das auch ohne Widerspruch tun.«

»Du wirst nichts dergleichen machen«, sagte Mari. »Mein Vater würde …«

»*Würde was?*« Die Asrahnwitwe erhob sich und pirschte sich an Mari heran. Ihre meeresfarbene Robe schleifte hinter ihr her, und ihre langen Nägel klackten aneinander wie Scherenblätter.

»Corajidin ist ein Narr. Wäre er der Mann, zu den ich ihn hatte erziehen wollen, ein Mann, der sich den alten Sitten verschreibt, hättest du dich niemals deinen Pflichten entzogen oder Schande über dich gebracht, indem du mit unserem Feind ins Bett gehst! Du wirst tun, was immer man dir sagt. Sei dankbar, dass ich dich nicht ins Meer werfen lasse!«

Mari stand wieder auf und blickte auf den alten Haifisch hinab. Die Asrahnwitwe bleckte die spitzen Zähne, und Mari zuckte bei dem Gestank zusammen, der von ihrer Großmutter aufstieg.

Die alte Frau attackierte Mari mit ihren Klauen, diese schlug die spitzen Nägel jedoch einfach beiseite. Knurrend holte die Asrahnwitwe erneut aus, und Mari ergriff ihre Großmutter an den Handgelenken und drückte zu.

Die alte Frau kreischte: »Helft mir, ihr Schwachköpfe!«

Aus dem Augenwinkel bemerkte Mari eine Bewegung, und sie schubste ihre Großmutter zurück, die mit rudernden Armen und Beinen auf einen Tisch stürzte. Eladdin und Nadir näherten sich von links, die *Savadai* von rechts. Mari ergriff ihren Stuhl an den Beinen, wirbelte herum und schmetterte ihn in die Gesichter der *Savadai*. Der Stuhl zerbrach zu Kleinholz, und die *Savadai* gingen zu Boden, während sich Mari schon umdrehte, um sich Eladdin und Nadir zu stellen, das zersplitterte Ende des Stuhls noch immer in der Hand.

Eladdin zog seine Langmesser. Mari ließ zu, dass er mit einer der glitzernden Klingen zustieß, und wich aus. Er veränderte den Angriffswinkel. Mari fühlte den scharfen Stich der Klinge, als diese ihr die Haut oberhalb der Rippen aufritzte. Der Angriff brachte Eladdin dicht an sie heran. Sie schmetterte ihm das Stuhlbein hart über das Gesicht, brach ihm die Nase und spaltete seine Lippen. Als sich seine Finger vor Schmerz reflexartig öffneten, fing Mari das fallende Messer auf. Eladdin schmetterte ihr sein Bein entgegen und traf sie am Knie. Mari fluchte vor Schmerz. Sie achtete darauf, dass Eladdin zwischen ihr und Nadir blieb, und schlug ihm auf die Nase, woraufhin er ins Taumeln geriet und seine Hände zu seinem zerschmetterten Gesicht wanderten. Er brüllte eine ganze Reihe von Kraftausdrücken, während er zu Boden ging.

Jhem, reglos wie eine Schlange, bewachte die Asrahnwitwe. Mari fragte sich, wie gut er wohl noch kämpfen konnte, nachdem er dem Tod durch seine Blutvergiftung so nahe gekommen war. Doch stattdessen griff sein Sohn Mari an. Obwohl er betrunken war, schaffte es Nadir, dem fallenden Eladdin auszuweichen. Mari wich Nadirs Hieben tänzelnd aus und bewegte sich in Richtung der nächsten Tür. Nadir stach zu, und Mari schlug ihm heftig mit ihrem Stuhlbein auf die Fingerknöchel. Er fluchte. Mari lachte leise und pustete sich eine lose Haarsträhne aus den Augen. Sie riskierte einen raschen Blick auf ihre Umgebung, dann sprang sie noch näher zur Tür.

»Du kannst nicht entkommen, Mari.« Nadir ließ sie nicht aus den Augen. Die beiden tauschten Hiebe mit Waffen, Füßen, Knien und Ellbogen aus. Nadir hatte während seines Aufenthalts in Tanis ein paar neue Tricks gelernt. Sein Stil gründete sich zwar auf Kriegsdichterkunst, doch Mari nahm eine feine Verlogenheit wahr, die sie beunruhigend fand. Finte um Finte, eine konstante Irreführung, und offensichtliche Formfehler in seiner Technik lernte sie nach der ersten blutenden Wunde zu ignorieren. Sie musste an einen der Lehrsätze der *Daishäri* denken: Wenn wir kämpfen, geben wir unsere Seelen preis.

Nadirs Technik enthüllte ihn als den König der Lügner.

Mari und Nadir verpassten sich präzise gesetzte Wunden, von denen jede schmerzhaft war, und ihre Körper waren blutbefleckt. Die *Savadai* mischten sich ein, Dreizacke stachen nach ihr. Mari war gezwungen, um ihr Leben zu tanzen, und wurde von Minute zu Minute erschöpfter. Eladdin hatte sich wieder erhoben und taumelte in ihre Richtung.

Die Asrahnwitwe saß auf ihrem Stuhl und rieb sich die Handgelenke, während sie den Kampf aufmerksam verfolgte. Jhem hielt weiter Wache, doch sein Gesichtsausdruck blieb hinter der Maske verborgen. Mari wirbelte auf dem Absatz herum und stürzte vorwärts Richtung Tür, nur um in die Schilde der *Savadai* zu krachen. Sie ließ Schläge auf sie herabregnen und versuchte vergeblich, mit ihrem Messer und dem Stuhlbein über die Schilde zu kommen.

Mit einem Wutschrei stürzte sich Eladdin auf Mari, wobei er sein Messer diesmal mit etwas mehr Bedacht hielt. Doch sein Vorgehen war zu waghalsig, seine Schläge leicht vorherzusehen. Mari knüppelte ihm mit dem Stuhlbein so hart über den Kiefer, dass Eladdin einen Moment ganz still stand, Blut und einen Zahn ausspuckte und dann zu Boden stürzte. Nadir nutzte die Gelegenheit, um dazwischenzuspringen, und verpasste Mari einen heftigen Fußtritt in den Magen. Mari krümmte sich zusammen, rollte sich jedoch noch im Fallen ab. Sie wich Nadirs Fuß aus, der gerade ihre Hand zerquetschen wollte.

Mari kam auf die Füße und fegte Nadirs Messer mit dem Handrücken beiseite. Sie holte weit mit dem zersplitterten Stuhlbein aus, und es bohrte sich in Nadirs Schulter und durch sein Schlüsselbein. Nadir gab ein leises Keuchen von sich. Seine Augen verrieten den tödlichen Schmerz, als Mari an ihrer Waffe zerrte und Nadirs Schlüsselbein brach. Sie stand über ihm, und ihr schwerer Atem verwandelte sich in ein erleichtertes Lachen.

Die *Savadai* kamen mit erhobenem Dreizack näher, und die Asrahnwitwe lachte hämisch, als …

»Halt!« Die Stimme der Botschafterin durchschnitt den Raum.

Mari fühlte ihre Macht, die der von Indris so ähnlich war. Sie fiel auf die Knie, und ihre Hände öffneten sich unfreiwillig, um ihre Waffen freizugeben. Die *Savadai* blieben wie erstarrt stehen. Die Botschafterin legte ihre Hand, die in einem schäbigen Stulpenhandschuh steckte, an den Griff ihres Schwerts. »Mariam darf kein Schaden zugefügt werden.«

»Habt Ihr nicht gesehen, was sie getan hat?«, kreischte die Asrahnwitwe außer sich. Das alte Weib hastete hinüber zu Eladdin, der immer noch am Boden lag, während Jhem zu seinem Sohn ging. Die Asrahnwitwe spie aus und wies mit zitterndem Finger auf Mari. »Du …«

»Ich hab noch viel mehr auf Lager, wenn du's versuchen willst«, feuerte Mari zurück. *Ich könnte sie umbringen. Jetzt.* Sie bewegte sich langsam vorwärts.

»Bleib stehen.« Die Botschafterin durchquerte den Raum. Mari blieb stehen, wo sie war, obwohl sie am liebsten vor dem bedrohlichen und zwitschernden Flüstern, das unter dem Mantel der Botschafterin hervordrang, zurückgewichen wäre. Mari schluckte ihre Angst herunter und trat der Botschafterin entgegen, was ihr ein trockenes Kichern als Antwort einbrachte.

Mari lugte in die Schatten unter der Kapuze der Botschafterin. Marmorierte Haut, ein kantiges Kinn und schwarze Zähne. Mari betrachtete sie von oben bis unten mit dem festen Vorsatz, sich nicht einschüchtern zu lassen.

»Sie entspricht meinen Anforderungen«, bemerkte die Botschafterin und wirbelte zur Asrahnwitwe herum. »Hast du mich verstanden, altes Weib? Mariam darf nicht zu Schaden kommen.«

»Ich bestimme hier!«, schnappte die Asrahnwitwe. »Nach allem, was sie gerade …«

»Sie darf nicht zu Schaden kommen«, wiederholte die Botschafterin. Sie wies auf Eladdin. »Er ist mit Makeln behaftet und daher nicht geeignet für den Verschmelzungsprozess. Aber Mariam wird ihren Zweck erfüllen.«

Die Asrahnwitwe umklammerte den Ärmel der Botschafterin. Auf ein scharfes Zischen der Botschafterin hin ließ sie jedoch wieder los. Die alte Frau erhob sich und hüllte sich mit den letzten Resten ihrer Würde in ihre Robe. »Für die Verschmelzung muss Mari nicht heil und in einem Stück sein. Und sie muss bestraft werden.«

»Fordere mich nicht heraus. Meine Meister waren dir und den deinen gegenüber wohlgesinnt, aber das kann ich rasch beenden. Mariam wird nicht angerührt.«

»Tamerlan ist ein gefährlicher Ort«, murmelte die Asrahnwitwe.

»Dann wendest du besser jede nur mögliche Vorsichtsmaßnahme an, um sie vor Schaden zu bewahren. Die Verschmelzung wird Strafe genug sein. Gib dich damit zufrieden.«

»Aber sie ist nicht geeignet!« Die Asrahnwitwe rang die Hände.

»Sie ist eine Schande!« Sie schlug um sich und versuchte, Mari anzuspucken, doch der Speichel blieb an ihrer bebenden Lippe hängen und tropfte ihr aufs Kinn. Ärgerlich wischte sie ihn fort.

»Corajidin hat starke Kinder gezeugt, die besten, die das Hohe Haus Erebus seit Generationen hervorgebracht hat«, sagte die Botschafterin, als sie sich zur Türe wandte. »So war es geplant, vor langer, langer Zeit. Wenn der Krieg kommt, wirst du ihre Stärke erkennen. Falls du so lange am Leben bleibst.«

Und mit diesen Worten verließ die Botschafterin den Raum, in dem es ganz still geworden war. Mari fühlte, wie sie angestarrt wurde, aber die Miene ihrer Großmutter übertraf alle an Bösartigkeit.

»Was ist die Verschmelzung?«, fragte Mari.

Niemand antwortete. Die Menge kehrte zu ihrer Mahlzeit zurück, und die Musiker begannen wieder zu spielen.

Sie blickte zu Nadir, der von Jhem gestützt wurde und zweifellos auf dem Weg zur Krankenstube war. Eladdin, der von zwei *Savadai* getragen wurde, folgte. Mari wollte ihnen gerade ebenfalls folgen, als eine Hand sie am Haar packte und ihren Kopf zurückriss.

Mari entspannte sich und ließ sich fallen, während sie herumwirbelte. Sie ergriff ihre Großmutter am verletzten Handgelenk und drückte zu, bis die alte Frau keuchte und losließ. Die Asrahnwitwe fluchte, während sie ihre gefühllose Hand massierte.

»Ich darf nicht verletzt werden, schon vergessen?« Mari sah auf ihre Großmutter hinab. »Ich sollte dich zu einer Verbeugung zwingen, wie das *Sende* es vorschreibt, du widerwärtige alte Hexe, und sei es auch nur, um dich zu ärgern.«

»Du bist eine Schande für alle aus der Familie Erebus, egal ob lebend oder tot.«

»Zu denen du nicht wirklich gehörst, nicht wahr?« Mari lächelte ihre Großmutter an. »Du bist eine Savajiin – keine Erebus. Du stammst aus einer Familie, nicht aus einem Hohen Haus. Und doch klammerst du dich an diesen bedeutungslosen Titel, hier auf diesem dreckigen Felsen mitten im Nirgendwo, als würde das deine Taten rechtfertigen. Und du nennst mich eine Schande, du elende alte Blutsaugerin.«

»Leere Worte, Mädchen. Jeder steht dem Hai von Tamerlan Rede und Antwort.«

»Jetzt nicht mehr.«

»Hör dich nur an! Ich darf dich vielleicht nicht anfassen, aber ich kann dir immer noch Schaden zufügen. Ich muss deine hübsche, sonnenverwöhnte Haut mit keinem Finger berühren, um dich zu quälen.«

»Und wenn du es tust, werde ich dir ein Ende bereiten, bei dem die Leute noch in hundert Jahren erschaudern werden, wenn sie davon hören.«

Die Neuigkeit verbreitete sich schnell in Tamerlan. Am Nachmittag lächelten ihr Diener, einige der Gäste aus der Kriegerkaste und sogar eine Handvoll ihrer Cousins offen zu, während Mari in den Fluren an ihnen vorüberging.

Mari lag im heißen Wasser der Badewanne, lange nachdem ihre frisch gereinigte Haut zu schrumpeln begonnen hatte. Das ferne Dröhnen der Brandung, das durch Wände und Boden der Höhle drang, war entspannend. Die leisen Schwingungen erinnerten Mari an Indris' Stimme, wenn sie gegen ihre Haut vibrierte, eine Resonanz, die sie ebenso sehr fühlte wie hörte.

Erneut fragte sie sich, wo er wohl sein mochte. Sie sehnte sich nach seiner Berührung, konnte ihm jedoch nicht verübeln, dass er nicht bei ihr war. Sie beide kannten die Konsequenzen, die das Leben mit sich brachte, das sie für sich gewählt hatten. Wenn Indris nicht in Tamerlan war, dann war er anderswo, wo die Leute ihn brauchten.

Außerdem war Mari durchaus in der Lage, sich selbst zu retten.

Je schneller sie floh, umso besser. Mari war klar, dass diese Verschmelzung nichts war, woran sie Anteil haben wollte.

Das leichte Schlurfen eines Stiefels auf feuchtem Stein erregte ihre Aufmerksamkeit. Mari öffnete die Augen und sah, wie sich ihr Dhoury und Qesha-rē durch laternenbeleuchtete Dampfwolken näherten. Mari entspannte sich wieder und ließ sich noch tiefer ins milchige Badewasser sinken.

»Es scheint, du bist das Hauptgesprächsthema in Tamerlan, Mari«, sagte Qesha-rē. Die Ärztin trug ihren kleinen hölzernen Kasten mit Instrumenten und Medikamenten bei sich, den sie nun auf einer steinernen Bank absetzte. Dhoury drückte sich in der Nähe herum und rang die Hände. Selbst wenn die Bäder nicht so heiß gewesen wären, wäre Dhoury schweißgebadet gewesen. Qesha-rē stand am Rand des Beckens. »Denkst du, es ist weise, den alten Hai zu verärgern?«

»Vermutlich nicht«, gab Mari zu. »Aber für den Moment darf mir die alte Hexe kein Haar krümmen.«

»Was dir die Freiheit und die Zeit verschafft, die du brauchst.«

»Ich hoffe, ich bin nicht die Einzige, die Tamerlan verlassen wird.« Mari spritzte Wasser in Richtung Dhoury und grinste, als er zurückwich.

»Wie willst du von der Insel wegkommen, was sind deine Pläne?«, fragte Dhoury aus sicherer Entfernung.

Wenn ich recht habe, dann sind Morne Falkenholz und seine Mannschaft hierhergekommen, um mich zu holen, dachte Mari. *Aber kann man dir trauen, Dhoury?* »Ich arbeite noch an den Einzelheiten meines Plans.«

»Oh, bei den geheiligten Toten«, stöhnte Dhoury und schlug die Hände vors Gesicht. »Du wirst uns noch umbringen!«

»Nicht wenn ich es verhindern kann.« Mari sah zu Qesha-rē auf. »Was ist mit dir? Ich glaube, beinahe jeder andere Ort auf der Welt müsste erfüllender sein als dieser hier.«

Qesha-rē nickte kurz. »Und da sind noch andere, die

wir mit uns nehmen sollten, Leute, die auf Tamerlan nicht lange überleben werden, sobald du oder ich gegangen sind. Ohne einen fähigen Arzt wird Tamerlan bald zu einem Leichenhaus werden, in dem niemand bleiben sollte, der nicht besonderen Geschmack an Blut gefunden hat.«

»Ich werde Waffen brauchen«, entgegnete Mari. »Meine Sûnklinge, mein *Amenesqa* und alles andere, was ihr auftreiben könnt. Und eine Rüstung. Ja, wir brauchen alle Rüstungen, die wir in die Finger bekommen können. Vor allem Vahineh benötigt Hilfe.«

»Du wirst das hier brauchen.« Dhoury griff in die Falten seines Mantels und zog einen schweren, unregelmäßig geformten Schlüssel an einer Eisenkette heraus. Er schwang schwerfällig hin und her, als er ihn ihr entgegenstreckte. »Das ist ein Generalschlüssel für Tamerlan.« Dhoury legte ihn auf ihre zusammengefalteten Kleider.

Nun war es an Mari, überrascht zu sein. »Wo hast du den her?«

»Es ist Nadirs«, erklärte Dhoury.

Qesha-rē sah Dhoury leicht überrascht und ziemlich bewundernd an.

»Ich habe ihn gestohlen, während Qesha seine Wunden versorgt hat.«

»Also gut dann«, sagte Mari. »Sieht so aus, als wären wir unserer Flucht von diesem verfluchten Felsen einen Schritt näher gekommen.«

Dhoury und Qesha-rē lächelten sich an, und Mari fühlte sich plötzlich von Zielstrebigkeit erfüllt. *Dafür bin ich ausgebildet worden. Um die anderen zu beschützen.* Mari machte Dhoury ein Zeichen, sich umzudrehen, als sie aus dem Bad stieg, sich abtrocknete und ankleidete.

Qesha versorgte Maris Wunden, sang ihr Canto, damit sie sich schlossen und zu schwachen weißen Linien auf ihrer

Haut wurden. Mari bedankte sich leise. Als ihre Freunde schon gehen wollten, hielt Mari sie mit einer weiteren Frage zurück.

»Was könnt ihr mir über den Verschmelzungsprozess erzählen?«

Kapitel 6

»Im Allgemeinen gibt es zwei Gründe, weshalb man etwas tut: der Grund, den man den anderen erzählt, und der Grund, den man für sich behält.«

Aus: Das Mannigfaltige Leben, *von Teren-karem, Sēqmagnat (991. Jahr des Erwachten Imperiums)*

56. Tag im 496. Jahr der Shrīanischen Föderation

Der Wind war bitterkalt, und Corajidins Gesicht fühlte sich beinahe taub an. Die Muskeln an seinen Oberschenkeln, der Magen und der untere Rücken brannten. Und doch wollte er lachen vor Freude: Dies war kein weibischer Hirsch, auf dem er ritt, kein Wild mit Sattel. So sollte man reiten, auf dem Rücken eines Kriegspferds, Mann und Tier als Einheit. Asha trabte gleichmäßig und wühlte mit ihren Hufen den Schnee auf.

Morgennebel war vom Mar Jihara heruntergeströmt. Er hatte sich in den Hochebenen gesammelt, die Täler wie wässrige Milch gefüllt und war dann hinabgeflossen, um sich in den Straßen von Avānweh festzusetzen. Trotz oder vielleicht gerade wegen der Belastungen der letzten Tage hatte Corajidin die Gelegenheit ergriffen, um der Stadt zu entkommen. Zumindest für eine Weile. Der Teshri machte ohne ihn weiter, während die politischen Fraktionen in ihrer Unentschlossenheit Allianzen schmiedeten und wieder brachen. Corajidin hatte erfahren, dass Ajo beim Wächter des Wandels und dem Marschall der Kherife einen Antrag gestellt hatte, um die Ermittlungen wegen der Vorwürfe gegen ihn fortzusetzen. Diejenigen im Teshri, die Angehörige vermissten, hatten zugestimmt – unter der Bedingung, dass erst die Entführten gefunden und zurückgebracht wurden. Im Moment war der Misstrauensantrag noch in der Schwebe, aber nicht für lange.

Irgendwann würde der Zeitpunkt kommen, an dem sie einen Zeugen auftrieben oder irgendjemand sich nicht in Acht nahm, und Corajidin würde mit den Entführungen in Verbindung gebracht werden. Er musste schon vorher von seinen Gefangenen Gebrauch machen. Wie könnte er sie am wirksamsten einsetzen, um seine Pläne zur Vereinigung und zum Krieg gegen Pashrea voranzutreiben?

Die Welt, durch die er ritt, war rein. Nur Schnee, Bäume und Nebel leisteten ihnen Gesellschaft. Der umgebende Wald war still und hob sich düster gegen das Weiß ab. Corajidin warf einen Blick zurück. Er hatte seine Wache abgehängt; sie waren nicht mehr als flüchtige Umrisse, die hinter ihm hereilten, verschwommene Linien bis auf Wolfram, der in seinem Sattel herumgeschleudert wurde wie eine Vogelscheuche.

Corajidin zügelte Asha und stieg ab. Er nahm einen langen Schluck vom Trank der Botschafterin, den er in einem kleinen Flakon in seiner Robe bei sich trug. Begonnen hatte es damit, dass er nur alle paar Tage einige Schlucke genommen hatte, doch mittlerweile hatte es sich in ein geheimes Laster verwandelt. Er trank beinahe einen Liter täglich, nur um überhaupt weitermachen zu können.

Langsam ließen die Schmerzen in seinen Muskeln nach und wurden von einer angenehm kribbelnden Wärme verdrängt. Innerhalb weniger Augenblicke sah er einzelne Eiskristalle und auch, wie sich die Grashalme unter ihnen bogen. Er hörte das sanfte Rauschen des Windes, der durch die Kiefernnadeln fuhr, und das Ächzen der Zweige, die gegeneinanderschleiften. Die Luft war angefüllt mit dem Duft nach Kiefernnadeln und Pflanzensäften, nach Pferd und geöltem Leder.

Corajidin ließ sich in die Tiefe gleiten und genoss den Einblick, den ihm sein erneutes Erwachen seit dem Verbundenheitsritual gewährt hatte. Er fühlte den flüchtigen Kontakt mit den Samen, die schlummernd unter der Erde lagen. Kaum greifbar flammte der Hunger einer Eule auf, als sie vom Himmel herabstieß, um ein Eichhörnchen zu greifen. Neben ihm die Kraft von Ashas großem Herzen und der Lunge. Aber das alles war nicht echt, nichts Dauerhaftes. Der Trank der Botschafterin und das Wasser des Lebens zusammen hatten nicht ausgereicht, um Corajidin die Stärke zu garantieren, die er für die Einheit brauchte. Die Tiefe einer wirklichen Verbindung zu seinem Land wurde ihm versagt, und das wenige, das er erfahren durfte, verblasste von Tag zu Tag mehr.

Nach den Gesetzen meines eigenen Volkes bin ich als Herrscher unbrauchbar … In den langen, einsamen und geistlosen Stunden der Nacht saß er, gehüllt in seine Roben, vor der schwelenden Glut des Kamins, während Mēdēya neben ihm schlief. Er zitterte vor unausgesprochenen Ängsten und wünschte sich, er würde nicht ständig an alles erinnert werden, was er verloren hatte. *Ich muss mich der Tatsache stellen, dass das, was ich habe, vielleicht nicht mehr das ist, was ich einst wollte.*

»Dann gebt auf, aber mehr als das, was Ihr nun habt, werdet Ihr nicht erreichen.« Die krächzende Stimme der Botschafterin ertönte plötzlich an seiner Seite. *Braucht es nicht mehr als einen Gedanken, damit sie auftaucht?* »Legt Euch einfach hier in den Schnee nieder und sterbt. Vielleicht ist das leichter für Euch, als Euren Niedergang zu erleben. Dankt ab, und lasst Kasraman, den weisen und talentierten und mächtigen Kasraman, das tun, wozu Ihr offensichtlich nicht imstande seid.«

Corajidin ärgerte sich über ihren Ton. »Kasraman ist noch nicht so weit. Wenn wir Erfolg haben wollen, musst du erst Narseh helfen, damit sie überlebt. So wie du mir geholfen hast.«

»Ah. Ihr könnt alles aufschieben, was Ihr wollt, wenn es um Eure Verpflichtungen geht. Aber ich soll immer noch mehr von Euren Schulden zu meinen Meistern tragen?« Asha wieherte leise und nervös, und Corajidin hörte ein Flüstern aus den Mantelfalten der Botschafterin. »Ihr entpuppt Euch mehr und mehr als armselige Investition, Corajidin, was außerordentlich unklug ist. Ihr habt einen Krieg zu gewinnen und Herrscher zu stürzen und Gelehrte zu vernichten.«

»Ich nehme keine Befehle von dir entgegen, Botschafterin!«

»Vielleicht nicht. Aber Ihr seid bereits hoch verschuldet bei meinen Meistern, und hier steht Ihr und fragt erneut nach meiner Hilfe. Ich habe Euch Euren Sohn zurückgegeben, eine Krone, Eure Frau. Ihr habt mir im Gegenzug nichts gegeben. Eure Mutter kommt unseren Anforderungen weit besser nach. Vielleicht wäre sie ja die bessere Mahj?«

Corajidin hätte am liebsten ausgespuckt. *Meine Mutter? Was hat sie mit der Sache zu tun?* »Ich habe meine Tochter auf dein Verlangen hin verbannt. Ich habe die Hexen aus der Mahsojhin befreit und – ohne einen erkennbaren guten Grund – diese nutzlosen und verschwenderischen Alchemisten und Erfinder finanziert. Ich habe schon etwas gegeben! Aber ich kann ohne die Unterstützung des Teshri keinen Krieg gegen Pashrea führen! Der Asrahn kann ersetzt werden, wie du weißt, und ich habe keinen Zweifel, dass Roshana nur auf eine Gelegenheit lauert. Narseh ist meine einzige imperialistische Verbündete. Ich brauche sie lebend. Wenn ich keinen Einfluss habe, kann ich auch meine Schulden nicht zurückzahlen. Für euch bin ich wertvoller in der Position, in der ich jetzt bin.«

»Jeder ist ersetzbar, Corajidin.«

Er zwang sich zu einem Lächeln und hoffte, dass es nicht so schwach wirkte, wie er sich fühlte. »Ist das eine Drohung?«

»Ein Versprechen. Ihr, Narseh, Eure Tochter … alle werden der Vergangenheit angehören, wenn Ihr nicht wiedergutmacht, was Ihr schuldig seid. Ein Wandel kommt immer mit der Notwendigkeit, Corajidin. Und wenn Ihr die Leute nicht ändern könnt, dann ändert die Leute.«

»Was meinst du damit?«

»Ich habe noch andere Verbündete, die Euch helfen könnten, einen, sagen wir, stärkeren Griff auf die Macht zu gewährleisten und den Fortschritt zu erzielen, den Ihr so verzweifelt braucht. Diese Verbündeten werden dafür sorgen, dass keiner Eurer Leute Euch jemals betrügen oder auch nur mit Euch diskutieren wird. Ihr wäret imstande zu tun, was auch immer Ihr wollt. Ihr hättet die Macht eines Mahj, nur dass Euch der Titel fehlt. Für den Moment noch.«

»Und diese Verbündeten wären …?«

»Ich möchte, dass Ihr die Hilfe der Seelenhändler akzeptiert«, sagte sie.

Die Luft um sie her begann zu flirren, und plötzlich schwebte eine graue Gestalt, deren Beine in einer wallenden Aschewolke mündeten, neben ihr. Es war ein Mann, der aussah wie ein Beutel voller Knochen, umhüllt von ledriger Haut, die zu fest über die hervorstehenden Knochen gezurrt war. Die Überreste jahrhundertealten Schmucks baumelten an der Gestalt.

Corajidin fragte sich, ob dieser grässliche Nomade vielleicht schon so lange tot war, dass er vergessen hatte, wie er einst aussah. Die Kreatur lächelte und entblößte ihr zurückgebildetes Zahnfleisch. »Die Seelenhändler und ich reisen gemeinsam«, sagte die Botschafterin, »was bedeutet, dass Ihr nun ebenfalls an dieser Reise teilnehmt.«

»Das werde ich nicht tun!«

»O doch, Ihr werdet, und Ihr schluckt Eure Beschwerden einfach hinunter. Ihr seid nicht in der Position, Forderungen zu stellen oder irgendetwas zu verweigern. Ich schlage vor, Ihr benutzt die Wesen, die Ihr seltsamerweise die Moorpuppenspieler nennt oder auch Maleganger. Sie sind viel älter als diese Namen und mächtiger, als Ihr ahnt.«

»Als Nächstes wirst du mir noch erzählen, dass ich die Fenlinge rekrutieren soll oder die Riedweiber. Warum nicht gleich Dhole, wenn wir schon von Dingen reden, die niemals eintreten werden.«

»Wie Ihr wünscht.« Die Botschafterin hob die Hände, woraufhin Asha zusammenzuckte und nervös ein paar Schritte zurückwich. Das Geflüster aus den dunklen Umhangfalten der Botschafterin wurde für einen Moment lauter. Es waren Worte in einer gurgelnden Sprache, die Corajidin nicht verstand. Die Botschafterin schwieg noch einen Moment, dann sagte sie: »Aber Eure Schulden werden zurückbezahlt. Meine Meister verlieren die Geduld, und Shrīan ist nur ein Strang in einem viel größeren Gewebe. Alles muss zu seiner bestimmten Zeit geschehen, und die Eure läuft aus. Ihr werdet Pashrea den Krieg erklären, und Ihr werdet die Sēq bis zu ihrem letzten Mitglied jagen. Die Seelenhändler werden tun, was ihrer Natur entspricht. Sie werden Euch und Eurem Volk folgen und alle sich bietenden … Gelegenheiten zu ihrem Vorteil nutzen. Benutzt die Hexen, die Alchemisten und die Erfinder. Dazu sind sie da. Wenn Ihr nicht tut, was man Euch sagt, so werdet Ihr Platz machen müssen für jemanden, der es tut.«

»Was ist mit Narseh? Ohne sie kann ich nicht einmal die Hälfte von dem tun, was du von mir verlangst.«

»Dann verdoppelt Ihr besser Eure Anstrengungen, oder?«

Die Botschafterin wandte sich um und ging. Der Seelenhändler verblasste, eine Wolke, die vom Wind verweht wurde, aber Corajidin spürte noch immer seine Anwesenheit. Er wartete. Beobachtete.

Kasraman und Wolfram näherten sich, nachdem sie verschwunden war. Ihre Stiefel knirschten im Schnee.

»Ich mag die Botschafterin nicht, und ich traue ihr auch nicht, Vater«, sagte Kasraman, während er zusah, wie sie mit dem wirbelnden Weiß verschmolz. »Aber wird sie Rahn Narseh helfen?«

»Unsere Unterredung hat nicht zum gewünschten Ergebnis geführt«, sagte Corajidin. Er rieb die Hände gegeneinander und versuchte, etwas Wärme durch seine pelzgefütterten Stulpenhandschuhe zu pusten. »Die Botschafterin hat nicht Nein gesagt, aber sie hat auch nicht zugestimmt.«

»Was will sie für ihre Hilfe?«

»Oh, was wohl? Den Fall von Mediin und die Zerstörung der Sēq. Und das nur, um meine Schulden bei ihren Meistern abzugelten.«

»Dann wird Narseh vermutlich an ihrer Krankheit sterben?«, fragte Wolfram. »Ihr Sohn Anankil ist keineswegs ein bestätigter Imperialist. Wenn Narseh stirbt …«

»Ich bin mir der Folgen sehr wohl bewusst, mein Freund. Ich brauche Alternativen.«

»Wir könnten Narseh mit dem Trank der Botschafterin behandeln«, sagte Kasraman schulterzuckend. »Es ist keine perfekte Lösung, aber bei dir hat es gewirkt, und es wird uns etwas mehr Zeit verschaffen.«

Meine Vorräte hernehmen? Für Narseh? Corajidin schüttelte

den Kopf. »Ich brauche alles, was ich habe, selbst.« *Sogar mehr, als ich habe.*

»Kannst du keinen Kompromiss mit der Botschafterin schließen?«, fragte Kasraman geduldig. »Wenn eine Weigerung nicht infrage kommt, dann ist vielleicht eine teilweise Zusammenarbeit die richtige Lösung.«

Corajidin erzählte vom Vorschlag der Botschafterin, die Verbündeten auszuwechseln und die Moorpuppenspieler einzusetzen, um eine dauerhafte Zusammenarbeit zu erzwingen. Die beiden Hexer lauschten mit steinernen Mienen, doch Corajidin konnte die Rädchen in ihren Gehirnen beinahe rattern hören. Als Corajidin geendet hatte, wechselten Kasraman und Wolfram einen verschwörerischen Blick.

»Was ist?«, fragte Corajidin scharf. »Was habt ihr getan?«

Als Kasraman sprach, klang er nicht im Geringsten entschuldigend. »Ich habe Tahj Shaheh den Auftrag gegeben, bei ihrem letzten Streifzug durch die Rōmarq ein paar der Moorpuppenspieler mitzubringen, damit ich Experimente mit ihnen durchführen kann. Ich dachte, das könnte ein interessanter Weg sein, um unsere Feinde zu infiltrieren und möglicherweise einige unserer Geiseln als Meuchelmörder einzusetzen … Vater? Hast du gehört, was ich gesagt habe?«

Corajidin starrte Kasraman an. Er wurde von etwas geplagt, das einer Erinnerung sehr nahe kam. Eine Erinnerung an etwas, das er einst gesehen hatte. Als er versuchte, nach dem Bild zu greifen – ein tätowiertes Gesicht, Feuer, gekrümmte Hörner, Augen, als würde man ins Herz eines Sterns sehen –, zerfiel es zu einem flackernden Schmerz in seinen Augen.

»Das war falsch von euch«, erwiderte Corajidin, während er sich den schmerzenden Kopf rieb. Die Moorpuppenspieler waren eine groteske Perversion, Parasiten, die nichts als

Chaos brachten. »Zerstöre sie, Sohn. Wir werden einen anderen Weg finden.« Als er die Worte aussprach, war ihm, als würde ein Gewicht von seinen Schultern genommen. *Wenigstens sind mir noch ein paar moralische Prinzipien geblieben.*

»Welchen anderen Weg?«, fragte Kasraman ärgerlich. »Wir sollten unsere Gefangen für unsere eigenen Zwecke benutzen, bevor man sie entdeckt oder sie entkommen und reden. Die Maleganger verschaffen uns einen Vorteil, den wir …«

»Ich habe Nein gesagt!«, brüllte Corajidin, und seine Stimme durchschnitt den Nebel und erschreckte die Pferde. Er zwang sich wieder zur Ruhe und legte jedem der beiden Hexer eine Hand auf die Schulter. »Wir haben einen schmalen Pfad beschritten, und ich werde nicht unsere Zukunft verkaufen, nur weil wir heute überstürzt handeln. Nach all den Leichnamen, den Hexen und Elementardämonen in Avānweh, haben wir da nicht schon genug gehabt an Ungeheuern, zumindest für eine Weile?«

»Die Botschafterin ist ein Ungeheuer, Vater. Und doch hast du einen Handel mit ihr geschlossen.«

Die Botschafterin ist ein Ungeheuer … und ich habe wirklich genug von ihr.

Den Rest seines Morgenritts genoss Corajidin nicht mehr sonderlich. Asha spürte sein Unbehagen und war nervös. Was ein weiches Fließen von Muskeln und Sehnen während eines mühelosen Galopps hätte sein sollen, war ruckartig und schmerzhaft. Als Corajidin Asha in die Ställe brachte, eine palastartige Festung aus marmornen Kuppeln und gemusterten Bogengängen, kam er an einem Kader Stoßtruppen aus Iphyri vorbei. Gerüchte besagten, dass sich Satyrn in den Wäldern der Erebus-Präfektur herumtrieben, Urherren der Wälder mit Ziegenköpfen und -füßen. In seiner Jugend hatte Corajidin versucht, sie zu finden, trotz des

Geredes über ihre Leidenschaften und Perversionen. Jahrhunderte zuvor musste einer seiner Ahnen von der gleichen Faszination besessen gewesen sein; er hatte sie geehrt, indem er die Iphyri geschaffen hatte. Doch wo die Satyrn an Ziegen erinnerten, glichen die Iphyri Pferden. Einst waren es Männer gewesen, die man für immer verwandelt hatte, um das Totem des Erebus-Hengsts widerzuspiegeln: mit den Köpfen und Mähnen von Pferden, mit den gewaltigen Schenkeln von Schlachtrössern und Schweifen, die über den Boden fegten. Ein Iphyri hatte lange Arme und riesige Hände und konnte über weite Strecken auf allen vieren laufen, sich aber auch aufrecht hinstellen und als schwere Infanterie kämpfen. Sie waren stark, nahezu furchtlos und loyal, wenn auch nicht wahnsinnig klug. Sie waren gut im Töten und Sterben, und von beidem würde es noch viel geben, wenn erst der Winter vorüber war und der Frühling die Wärme und den Krieg brachte. Corajidin saß inmitten seiner Wache ab und erblickte die Jhé-Erebon – die Frauen der Hengste –, die ihre Iphyri striegelten, die Rüstung des Pferdevolks polierten und ihre schweren Waffen schärften. Der Kader der Jhé-Erebon bestand nur aus Frauen. Sie trugen leichtere Rüstung und ritten ihre Iphyri in die Schlacht, wo sie absaßen und Seite an Seite mit ihnen kämpften. Sie waren eine Elitekampftruppe, der sich nur wenige Soldaten stellen wollten. Mēdēya sah fasziniert zu. Sie war in eine Robe aus Zobelfell gehüllt und trug dicke Handschuhe, dazu einen rot-schwarz karierten *Taloub* um ihr schwarzes Haar. Sie kam zu Corajidin herüber, nahm seine Hand und zog ihn zu den muskulösen Iphyri, die gerade trainierten.

»Wer braucht schon die anderen Sayfs, wenn wir solche Krieger zur Verfügung haben?«, fragte sie schwer atmend und mit leuchtenden Augen. »Sie sind unglaublich! Eine derartig perfekte Verschmelzung von Muskeln, Kraft und

Gehorsam. Es muss … berauschend sein, auf einem zu reiten.«

»Die Iphyri haben ihren Platz in …«

»Ich habe gelesen, dass sie ursprünglich von einem darmatinischen Zherbahengst und Erebus fa Baibaron abstammen, dem größten Kriegsdichter seiner Zeit, der sich selbst für die Zukunft geopfert hat.« Sie atmete noch immer schwer. »Warum tun wir nicht das Gleiche und benutzen den größten lebenden Kriegsdichter der Erebus?«

»Belamandris?« Corajidin würgte. Der Gedanke war widerlich.

»Nein. So etwas würde ich niemals unterstützen. Vergiss es, und sprich niemals wieder davon.«

Mēdēya tätschelte Corajidins Arm, wie man es bei einem begriffsstutzigen Kind tun würde. »Doch nicht Belam. Mariam!«

Corajidin lachte laut auf. »Das ist ungefähr so wahrscheinlich, wie dass ich auf Rahn Roshana wie auf einem Pony reite.« Er wurde ernst. »Mariam ist meine Tochter und wird nicht für einen so abscheulichen Zweck missbraucht werden. Davon abgesehen haben wir keine Torque-Spindeln, um einen derartigen Gewaltakt durchzuführen. Sonst hätte ich längst die Armeen selbst hergestellt, die ich brauche.«

»Was wäre, wenn wir doch Torque-Spindeln zur Verfügung hätten?«, fragte Mēdēya und lächelte verschwörerisch, als sie Corajidin aus den palastartigen Ställen in die kühle Nachmittagsluft hinauszog. »Was, wenn es dieses Hindernis nicht gäbe?«

»Sprich!«

Mēdēya zog eine aufgerollte Schriftrolle aus ihrer Schärpe und legte sie in Corajidins Handfläche. Während er sie entrollte, schmiegte sie sich in seine Arme. Die Rolle stammte von Baquio, einem Meister aus der Akademie der Erfinder.

Er las die Schriftrolle, erst ein Mal, dann noch einmal, um sicherzugehen, dass er die Nachricht nicht falsch verstanden hatte. Ein Lächeln breitete sich auf seinem Gesicht aus, und er musste alle Selbstbeherrschung aufbieten, derer er mächtig war, um nicht vor Freude laut zu schreien. Mēdēya umarmte ihn und hob ihr Gesicht, sodass er sie leidenschaftlich küssen konnte. Als sich ihre Lippen wieder trennten, seufzte sie zufrieden. »Alles, was die Erfinder brauchen, sind mehr Torque-Spindeln, an denen sie arbeiten können, und dann kannst du deine Armeen machen, Jidi! Und deine Versprechen an die Botschafterin erfüllen.«

Corajidins Aufregung flaute beim Gedanken an die Agentin aus der Ödnis ab. Er sah Mēdēya in die Augen, die so dunkel waren, dass kein Licht von Yashamins Seele aus ihnen entkommen konnte, wenn auch ihre Eigenarten, die Erinnerungen und Vorlieben diejenigen der Frau waren, die er bis zum Wahnsinn geliebt hatte. *Wer bist du in Wahrheit?* Aber er verwandelte seine Zweifel in ein Lächeln, bevor sie an seinem Gesicht abzulesen waren. »Wir werden sehen, wo wir stehen, wenn die Erfinder unter Beweis gestellt haben, dass sie tatsächlich tun können, was sie behaupten.«

»Mariam wäre die perfekte …«

»Mēdēya, nein!« Sie versteifte sich in seinen Armen, und er schlug einen sanfteren Ton an. »Bitte mach keine Vorschläge mehr, die meine Kinder betreffen.«

»Aber es wäre der äußerste Dienst, den sie für ihr Haus leisten kann. Mariam und das großartige Hengsttotem der Erebus. Die Botschafterin sagt, es hängt von Mariam ab. Sie wird die Mutter von vielen in der Großen Verschmelzung unserer Zeit sein.«

Die Botschafterin sagt … Wie weit würde die Botschafterin gehen, um Mariam von Indris fernzuhalten? Mariam war bereits Gefangene der Asrahnwitwe, ein Schicksal, das Corajidin seiner eigensinnigen Tochter niemals auferlegt hätte, wären da nicht die Schulden, die er noch bei den Meistern der Ödnis hatte. Aber eine Verschmelzung? Seit Jahrhunderten hatte es keine mehr gegeben, auf jeden Fall nicht in dem Ausmaß, das die Botschafterin Mēdēya vorgeschlagen hatte.

Er entzog sich Mēdēyas Umarmung, ganz langsam, um sie nicht zu beunruhigen. Siedende Wut auf die Botschafterin stieg in ihm auf. Es war schlimm genug, dass sie ihn bedrohte, aber dass sie Mēdēyas Kopf mit ihren Vorschlägen füllte, war unerträglich! Yashamin wäre niemals so blind und fügsam gewesen. *Was sonst hat dir die Botschafterin noch mitgegeben, als sie dir ein neues Leben geschenkt hat?* Mēdēya sah Corajidin fragend an, sagte jedoch nichts, als er ihre Stirn küsste.

Zusammen schritten sie durch den verschneiten Innenhof mit seinen stillen Brunnen und gelangten in das Qadir, wo Nix auf sie wartete.

»Asrahn.« Nix' nächste Worte sprudelten nur so aus ihm hervor. »Ich hoffe, Euer Morgenritt war angenehm? Mit Eurer Erlaubnis, Feyd und Tahj Shaheh erwarten Euch bereits.«

»Ich bin bald bei euch, Nix. Finde Kasraman und Wolfram und warte im Observatorium auf mich. Mēdēya, würdest du bitte mit Nix gehen?«

Corajidin wartete, bis sie außer Sicht waren, bevor er in Richtung der Gemächer ging, die für die Hexer und ihre Arbeiten bestimmt waren. Im Korridor, der auf den Innenhof blickte, hielt er inne. Dort unten standen Kasraman und Wolfram eng beieinander.

Kasraman machte ärgerliche, abgehackte Gesten mit den Händen. *Was stört dich so, Sohn, dass du lieber mit Wolfram sprichst, statt zu mir zu kommen? Kann ich denn keinem meiner Kinder trauen? Teilt ihr alle Mariams rebellisches Herz?* Der

Angothe nickte oder schüttelte abwechselnd den Kopf, legte einmal seine Hand auf Kasramans Schulter oder machte beruhigende Gesten. Nix gesellte sich zu ihnen, und die drei verschwanden durch die Türen, die zum Qadir und dem entfernteren Turm des Observatoriums führten.

Da er wusste, dass die anderen auf ihn warten würden, machte sich Corajidin auf den Weg zu den Arbeitsräumen der Hexen. Bei jeder Biegung fielen Diener und Mitglieder der mittleren Kasten wie Künstler und Facharbeiter auf die Knie in der Dritten Verbeugung, Handflächen und Stirn auf den Boden gepresst. Dieses Benehmen hatte er als Rahn Erebus nicht erlebt: Als Asrahn befand er sich in einer ganz anderen Welt; *Sende* verlangte den äußersten Respekt für das höchste Amt in Shrīan.

Bald gelangte Corajidin zu den schwarz glasierten Türen der Hexengemächer, deren Türklinken zu rot-goldenen Pferdeköpfen geformt waren. Zwei Hexer in reich verzierten Roben standen vor den Türen. Als Rüstung trugen sie Schichten aus wattierter Seide, und sie hielten große Stäbe in den Händen. Als sich Corajidin näherte, sahen sie ihm wachsam entgegen.

»Tretet beiseite«, sagte Corajidin.

Eine kleine Pause entstand, bevor der Kleinere der beiden Hexer antwortete. »Wir stehen unter dem Befehl von Pah Kasraman und Geschichtenmeister Wolfram …«

»Die wiederum ihre Befehle von mir bekommen.« Corajidin richtete sich zu voller Größe auf und faltete die Hände in den Ärmeln seiner Robe. Er fühlte sich an Brede und ihre fanatische Loyalität Wolfram gegenüber erinnert, als sie in Amnon gewesen waren.

»Asrahn, wir …«

»Ihr werdet zur Seite treten.« Corajidin war erfreut über die Härte in seiner Stimme. Es war der schwache Widerhall dessen, was der Trank der Botschafterin aus ihm machte. Die beiden Hexer wanden sich unter seinem Blick. »Sofort. Und seid dankbar, dass nicht ich oder mein Sohn oder der Geschichtenmeister euch die Haut von den Knochen sengt für euren Ungehorsam.«

»Ja, Asrahn.«

Corajidin trat ein und verschaffte sich einen raschen Überblick über den Raum, in dem die Hexer an ihren Geheimnissen arbeiteten. Die Kammern waren überraschend hell, und in der Luft lag ein Hauch von Zimt und Vanille statt des Gestanks, mit dem er gerechnet hatte. Tische voller Metall- und Glasapparaturen säumten die Wände, und kleine Tiegel und Kessel brodelten über handgroßen Kohlenbecken mit Feuersteinen. Das brodelnde Geräusch klang seltsam fröhlich und erinnerte ihn an die Winter seiner Kindheit, die er lesend in der Nähe der Küchen von Erebesq verbracht hatte.

Er durchquerte den Raum, ging zu einer gegenüberliegenden Türe und öffnete sie. Die Luft hier drin war beklemmend und schwer vor Wärme und Feuchtigkeit. Es roch nach Salzlauge und verrottender Vegetation. Und nach verdorbenem Fleisch.

Corajidin legte seine Hand über Mund und Nase, aber er hatte den Geruch bereits in der Nase. Mehrere große Käfige mit trockenen Büschen, Steinen und Sand säumten die Wände. In den ersten, in die Corajidin sah, erblickte er Leichen in unterschiedlichen Verfallsstadien. Auf kleinen Tischen in der Nähe jedes Käfigs lagen Notizbücher, in denen die Beobachtungen der jeweils anwesenden Hexer verzeichnet waren, darunter auch einige in Kasramans und Wolframs Handschrift. In kleinen Kisten aus dickem Glas befanden sich Moorpuppenspieler. Einige waren festgenagelt, während andere zuckten und sich wanden oder sich auf der Suche nach einem Ausweg gegen die Wände ihres Gefängnisses warfen. Bei ihrem Anblick wurde Corajidin übel, und ihr Geruch war noch schlimmer.

Die Moorpuppenspieler glichen den Händen eines Würgers, die an den Daumen zusammengewachsen und von einem geschmeidigen schildkrötenartigen Panzer bedeckt waren. Ihre Schwänze waren kurz und flach und wie bei einem Hummer in unterschiedliche Segmente unterteilt. Ihre fingerdicken Gliedmaßen waren von einem feucht aussehenden Panzer umschlossen, mit harten schwarzen Spitzen an den Rändern. Ihre Hinterleiber spickten eine Vielzahl großer Poren, aus denen die Spitzen öliger, mit Stacheln versehener Fühler ragten.

»Ihr seid derjenige, den man Corajidin nennt«, ertönte eine krächzende Stimme aus den Schatten am anderen Ende des Raums.

Corajidins Herzen machten einen Satz, sein Kopf fuhr herum, und er blinzelte in die Düsternis. Eine Gestalt stand dort, deren bleiche Hände die Gitterstäbe ihres Käfigs umklammerten. Mit trockenem Mund schlich sich Corajidin auf leisen Sohlen näher.

Seine Vorsicht wurde von einem humorlosen Lachen quittiert, das beinahe wie ein Pfeifen klang. »Ich sehe dich, kleiner König mit den verblendeten Augen und Ohren, die die Stimme der Welt nicht hören können. Ich sehe dich, den zweifach Erwachten, der nun schlummernd und gebrochen ist.«

Als er näher kam, erkannte Corajidin, dass es sich um eine Frau mit hängenden, verfilzten Haaren handelte. Ihre lange, mit komplizierten Schnallen gebundene Robe war schlammbefleckt, die zarten Hände von Schmutzstriemen überzogen. Die Eisenstangen ihres Käfigs ächzten, als sie sie umklammerte.

Corajidin blieb auf Armeslänge entfernt stehen. »Wer bist du?«

»Mein Name ist so alt wie die Welt, die ich gekannt habe; älter sogar noch durch die Seelen, die ich vertilgt, und noch älter durch die Taten, die ich begangen habe. Denn das ist das Wesen der Namen, dort, wo die Worte eine Bedeutung haben.«

Die Hände schoben die wirren Haare beiseite und enthüllten ein Gesicht, das Corajidin kannte. Er trat einen Schritt zurück. »Aber ich war und bleibe im Spiegel meiner Seele die Frau, die Ihr als Delfineh fa Jhem fe Kimiya kanntet. Dieser Name ist so gut wie jeder andere.«

Obwohl er versucht war vorzutreten, blieb er wie angewurzelt stehen und erstickte beinahe in der übel riechenden Wolke ihres Atems. *Sie riecht wie irgendetwas Totes, das man aus dem Morast gezogen hat! Das also ist der Lohn der Hexen? Was will mein Sohn da auf die Welt loslassen?*

Er machte auf dem Absatz kehrt und floh so hastig aus dem Raum, wie seine Würde es erlaubte. Kimiyas bösartiges Gelächter beschleunigte seine Schritte.

Kapitel 7

»Erziehung lehrt uns zu denken, Intelligenz lässt uns Tatsachen hinterfragen, und unsere Moral zeigt uns, was wir mit unserem Wissen tun sollten. Nehmt euch also in Acht vor einer gebildeten, intelligenten und amoralischen Person, denn sie wird nur wissen, dass sie etwas tun kann, nicht aber, ob sie es auch tun sollte.«

Aus: Die Grundlagen des Lernens *von Yattoweh, Sēqmagnat, Lehrer und* Houreh *(2230. Jahr des Blütenimperiums)*

57. Tag im 496. Jahr der Shrīanischen Föderation

In seine Robe gehüllt, saß Indris auf dem Balkon seines Zimmers und lauschte dem mehrstimmigen Gesang, dem Klirren der Sonesette und dem kehligen Summen der Kahiflöten, die aus der *Schwarzen Feder* zu ihm aufstiegen. Amarqa-im-Schnee lag unter einer frischen Decke aus Weiß verborgen. Über ihm erstreckte sich der nebelhafte Streifen des Ahnenschleiers, als wollte er sie in die Falten seines Umhangs hüllen. Das Ahnenauge strahlte am hellsten, in flackerndem Saphirblau, auf Īa herab. Bald würde der blaugrün marmorierte Eln aufgehen und die Nacht noch heller leuchten lassen.

Wie immer in solchen Momenten bestand die Schönheit des Augenblicks in seiner Vergänglichkeit. Indris dachte an Hayden und Omen, die nun verschwunden waren, wie so viele andere, die er in seinem Leben gekannt hatte. Dann dachte er an Shar und Ekko und ihre Reise nach Süden auf der Suche nach Mari. Von seinen Freunden war Maris Gesicht dasjenige, nach dem sich Indris am meisten sehnte. Mari mit ihrem Lächeln, das ihn schwindlig machte. Auch von ihr gab es kein Lebenszeichen. Zu viele Freunde waren aus seinem Leben verschwunden und hatten nur Stille hinterlassen. Nur eine war zurückgekehrt. Doch Anjs Gegenwart war ebenso sehr ein Rätsel wie Maris Verschwinden: Seine neue Liebe war verschwunden, die vorige plötzlich nur noch auf Armeslänge von ihm entfernt. Anjs Rückkehr warf Fragen auf, die Indris nicht stellen wollte. Sein Instinkt warnte ihn, dass er für die Antworten nicht bereit war und dass er sie nie wieder vergessen würde. Und doch hätte seine lange verschollene Frau vermutlich Antworten für ihn, die die Sēq nicht hatten finden können. War er bereit, Anjs Preis für ihre Hilfe zu bezahlen? Und was war aus Anj geworden? Der Eindruck, dass sie nicht mehr als eine Erinnerung war, die man über eine abstoßende Gegenwart gepinselt hatte, verstärkte sich mit jedem Treffen.

Die Gegenwart war voller Ungewissheiten. Die Sēq, die einst so zuverlässig gewesen waren, befanden sich nun auf unsicherem Grund und blickten einer schwierigen Zukunft entgegen. Der Orden hatte sich auf seine Stärken zurückbesonnen: die Macht seines kollektiven Intellekts, gesammeltes Wissen und geheime Weisheit. Indris blickte in die Nacht. Da der Himmel frei war von dem Licht von Sonne und Mond, wirkten die disentropischen Ströme weicher als zu jeder anderen Zeit. Behutsam öffnete er sich dem *Ahmsah* für eine passive Suche. Die sternenübersäte Nacht war durchzogen von einem Netz aus lebendigen Farben, aus wirbelnden geometrischen Formen und Formeln, die wie fliegende Teppiche über den Himmel strichen: metaphysische Patrouillen, die die unterschiedlichen Schichten der Schutzzauber verstärken sollten. Analogien hatten sich dort hinaufgeschwungen:

Vögel, die in Flammen gehüllt waren, hohläugige Geister, bewehrte Phantome und eine fliegende Jagd von todgeweihten Rittern in funkelnden Rüstungen galoppierten auf Pferden über den Himmel. Seit der Ankunft der Rahns hatten die Sēq ihre besten Kriegsformelfinder eingesetzt. Sie sollten dafür sorgen, dass Amarqa der sicherste Ort der Welt war. Indris verschloss sich dem *Ahmsah* und blinzelte langsam, bis sich seine Augen wieder an die natürliche Dunkelheit der Nacht gewöhnt hatten.

Dann ging er in seine Gemächer, um seine Waffen zu holen, und fluchte leise. Die Macht der Gewohnheit … Gestaltwandlerin war nicht da. Sie war nicht mehr bei ihm, seit die Sēqmeister sie ihm in Avānweh weggenommen hatten. Gestaltwandlerin war eine Gefangene. Sie wollten sichergehen, dass er Amarqa-im-Schnee nicht verließ, bevor die Sēq mit ihm fertig waren. Nicht zum ersten Mal kochte sein Ärger hoch. Feuer begann in seinem linken Auge zu lodern, und selbst ohne dass er das *Ahmsah* benutzte, konnte Indris die wirbelnden Schatten seiner disentropischen Färbung sehen, die um seine geballten Fäuste flackerten. Energie knisterte wie ein Gewittersturm in den düsteren Wolken, die seine Hand umgaben. Gestaltwandlerin gehörte ihm! Die *Psédari* eines Sēq war so sehr Teil von ihm wie … sein eigener Geist.

Indris atmete heiße Luft ein. Seine Haut straffte sich, während sie immer trockener wurde. Der Läufer zu seinen Füßen und die Ränder des Fells auf seinem Bett begannen zu schwelen. Bald würde die Hitze einen Punkt erreichen, an dem sie den gesamten Raum in Brand setzte. Indris zwang sich zur Ruhe. Er atmete tief und gleichmäßig, jeder Atemzug ein wenig länger und kühler als der letzte, bis wieder beißend kalte Herbstluft seine Lunge füllte.

Indris schlang die Arme um seine Brust, bis sich der Schlag

seiner Herzen verlangsamte. Seit Jahren war Gestaltwandlerin eine Konstante in seinem Leben gewesen, und ihr Fehlen war schmerzhafter, als Indris erwartet hatte. *Ich hatte nicht vor, mir heute Nacht meinen Weg irgendwo hinein oder hinaus zu erkämpfen. Aber ich werde dich zurückbekommen, alte Freundin.*

Ein Klopfen ertönte an seiner Tür. Bevor er Gelegenheit hatte, Atem zu holen, um zu antworten, war Femensetri auch schon in einem Wirbel aus zerfleddertem Schwarz hereingeweht wie eine Krähe, die Schutz vor dem Sturm sucht. Sie stampfte mit ihren Stiefeln auf, ohne auf den Schlamm und die Schneeklumpen zu achten, die sie auf dem Teppich hinterließ. Indris' einstige Lehrerin zog sich die Kapuze vom Kopf und beäugte ihn düster.

»Du bekommst, was du willst, Junge«, sagte sie. »Aber sei nicht zu stolz darauf, dass du die Sēq erpresst. Weder ich noch der Suret werden das so schnell vergessen.«

»Das hat eine gewisse Ironie, wenn man bedenkt, wie viele Versprechen Ihr andererseits macht, die vergessen sind, sobald sie Euch nicht mehr in den Kram passen.«

»Pass auf, was du sagst!«

Indris ging direkt zur Tür, die Femensetri hatte offen stehen lassen. Er wies den Korridor hinab. »Nach Euch.«

Femensetri knirschte mit den Zähnen, dann stampfte sie so schnell aus dem Raum, wie sie hereingekommen war. Indris atmete langsam aus und war froh, dass sie seine Entschlossenheit nicht auf die Probe gestellt hatte. Ihre Konfrontation vor Roshas Gemächern hatte ihm für den Großteil des darauffolgenden Tages dröhnende Kopfschmerzen und den bitteren Nachgeschmack von Furcht beschert. Er konnte zwar so tun, als hätte er keine Angst davor, sich Femensetri – einer der erfahrensten und gefährlichsten Gelehrten – und ihrem Zorn zu stellen, aber die Wahrheit sah anders aus.

Solange sie nicht alles aus ihm herausgepresst hatten, was

sie wissen wollten, das Rätsel um seine vergessenen Jahre und die Nachricht oder das Wissen Sedefkes, war Indris sicher. Das wusste er. Sobald sie alles wussten, war er allerdings entbehrlich, wenn nicht sogar eine Bürde. Am besten, er brachte jetzt so viel in Erfahrung, wie er nur konnte.

Femensetri führte Indris alte Pfade entlang, über Brücken, die vom Eis verschmälerte Bäche kreuzten, und gewundene, vom Wind gepeitschte Stufen hinauf. Die ganze Zeit über hielt Indris den Blick auf das kalte Glühen gerichtet, das durch die Fenster der Schwarzen Archive drang.

Femensetri nahm einen Serpentinenpfad die Klippen hinauf und blieb vor einer massiven Tür stehen, die aus Hunderten von kleinen, alten Holzteilchen gefertigt war. Sie sah aus wie ein riesiges Puzzle. Zeichen in kantiger Maladhoringschrift waren dort eingeritzt und verteilten sich über einige der Holzstücke, nur um an anderer Stelle in unzusammenhängenden und sinnlosen Sätzen wieder aufzutauchen. Geschwärzte Statuen aus Stahl flankierten die Türen: Ritter in kunstvollen Rüstungen auf dem Rücken riesiger Stahlpferde mit einem langen Horn an der Stirn. Zwischen den Pferden waren große Wölfe mit gesträubtem Stahlfell zu sehen, das in einer langen Spur aus rasiermesserscharfen Spitzen von der Stirn bis zur Schwanzspitze verlief. Metallfüchse, Eichhörnchen und Krähen waren unter den Wurzeln und Baumstämmen verborgen, die die Türen zu den Schwarzen Archiven flankierten.

Das Kreischen von Metall ertönte, als die Statuen sich umwandten und Indris und Femensetri ansahen. Eines der bewehrten Pferde stampfte mit dem Huf auf, dass Funken sprühten.

Barmherzige Ahnen!, dachte Indris. »Ich wusste nicht, dass es hier Nomaden gibt.«

»Bis vor Kurzem war ihre Anwesenheit auch nicht nötig«,

sagte Femensetri. »Aber nun sind die Sēq nicht mehr unantastbar, und wir müssen beschützen, was uns gehört, gegen jeden, der närrischerweise glaubt, es an sich nehmen zu können.« Femensetri zog einen großen Glasschlüssel aus den Falten ihrer Robe. Sie steckte den Schlüssel ins Schloss und begann, die hölzernen Teile an der Tür zu berühren, Wörter an Ort und Stelle zu schieben, einigen der Satzfragmente einen Sinn zu geben.

Indris sah zu, aber Femensetri bewegte sich so, dass er nur wenig von der Botschaft selbst sehen konnte.

Mit ein paar letzten Gesten beendete Femensetri den Code, und die Einzelteile der Tür purzelten zu Boden, als wären sie ein Haufen Spielzeugklötze. Warme Luft strömte heraus, und Femensetri deutete in den Eingang zu den Schwarzen Archiven.

»Du warst schon früher hier, als Student, aber immer in Begleitung«, sagte sie. »Diesmal bist du allein. Der Suret wird deinen Forderungen nachkommen, indem er dir Zutritt gewährt. Sie werden dir nicht noch jemanden zur Seite stellen, der dir hilft.«

»Wie soll ich dann irgendetwas in Erfahrung bringen? Ich tue das für euch!«

»Halte mich nicht zum Narren, Indris«, murmelte sie. »Der Suret akzeptiert, dass du Fragen hast, und hat eingewilligt, dir auf halbem Wege entgegenzukommen. Das ist eine große Ehre. Nimm es nicht auf die leichte Schulter. Könige wurden gestürzt aufgrund der Informationen, die hier zu finden sind. Du darfst nichts mitnehmen bis auf das, was du dir einprägen kannst und was mit dir zu tun hat. Akzeptierst du die Bedingungen?«

»Das tue ich«, sagte Indris fest. »Danke.«

Ohne ein weiteres Wort ging sie fort und ließ ihn allein zurück.

Indris betrat die Schwarzen Archive. Die geometrische Anlage des Ortes versuchte, ihn vom Zentrum wegzulenken. Er passierte Ebenen, die aus sechseckigen Bibliotheken bestanden und in deren Wände wabenartige Nischen für Schriftrollen, Bücher und Relikte eingelassen waren. Facettierte *Ilhen*-Stalaktiten wuchsen aus der Decke, und in der Luft lag der Geruch nach lackiertem Holz, trockener Wolle und dem Leder und Papier Tausender uralter Bücher. Türen führten in andere Bibliotheken, die sowohl lebenden als auch toten Kulturen gewidmet waren. So gern er auch geblieben wäre, er ging mit großen Augen weiter, durch weite Kammern, in denen die Sēq Geschichten und Lehren unterschiedlicher Völker des Nachmittags gesammelt hatten: der Avān, der Menschen, der Tau-se, der Fenlinge und der Y'arrow-teyi. Es gab auch Bände über das Bambusvolk – Tiere, denen die Erdmeister ein Empfindungsvermögen anerzogen hatten: die Iku, die fuchsartigen Katsé, die bärenhaften Asash, die wölfischen Marou und andere. Noch großartiger waren allerdings die Bibliotheken, die sich den Völkern der Morgendämmerung widmeten: den Seethe, den Drachen, den Herū, den Feyhe und vor ihnen allen den Rōm.

Als er die Pfade entlangschritt, an die er sich noch gut erinnerte, hielt Indris bei einer Schlüssellochtür inne, die sich in nichts von den Dutzenden unterschied, an denen er bereits vorübergekommen war. Die getönten Glasscheiben strahlten in einem inneren Licht, und die Türgriffe in Form von Gelehrtenstäben glühten. Er atmete den Geruch von Bienenwachs ein und fühlte die Wärme, die die Tür abstrahlte, auf seinem Gesicht. Als er sein *Dhyna* öffnete, sah Indris die Schrift, die wie flüssiges Feuer in den Tiefen des Glases brannte: eine spiralförmige Nachricht, die von Glasscheibe zu Glasscheibe strömte. Von jedem Satz rechteckig gerahmter Bildzeichen gingen Fäden der Macht aus und bildeten in dem Netz, das an disentropischen Knotenpunkten verankert war, Formen, die sich ständig veränderten – ein weiterer Schaltkreis aus Alarmsystemen und Fallen. Die Sēqmeister wachten eifersüchtig über ihre Geheimnisse.

Die Worte waren auf Maladhoring, der Hochsprache der Mystiker unter den Elementarmeistern. Er las die Worte laut, während sie in dem Glas vor ihm wirbelten.

»Verisis aré on aula, ilé laryn on nao un sarastum on damanas.« Lerne aus der Vergangenheit, um die Gegenwart zu unterrichten und die Zukunft zu definieren.

Die Worte verblassten, und die Türen öffneten sich lautlos. Indris trat ein, und die Türen schlossen sich wieder hinter ihm. Er stand in einem Turm, der sich über zwanzig Stockwerke in die Höhe erstreckte und weitere zwanzig Etagen nach unten. Jedes Stockwerk in dem sechseckigen Turm war durch nach innen gerichtete Balkons begrenzt, die wiederum durch ein sorgfältig durchkonstruiertes Netzwerk aus Treppen und Wegen untereinander verknüpft waren. Die Treppen und Wege bewegten sich im Takt mit dem volltönenden Taktmesser einer Vorrichtung, die er nicht sehen konnte, sodass sich die Pfade alle paar Minuten veränderten. Er wusste nicht, ob er lachen oder weinen sollte. Hier gab es Tausende, nein Abertausende von Büchern, Schriftrollen, Kisten und Truhen. Einige der Nischen an den wabenartigen Wänden waren größer als er, und die meisten lagen hinter Türen mit Laubsägearbeiten aus *Serill* verborgen. Er hörte das Geknister von angestauter Disentropie, die so stark war, dass seine Haut zu kribbeln begann.

Wie soll ich hier drin irgendetwas finden? Was hatte Femensetri gesagt? Beobachte, hör zu und fühle.

Indris trat auf eine sich bewegende Treppe und ließ zu, dass sie ihn durch den Turm beförderte. Er wusste, dass er nicht viel Zeit hatte, und auch die Folgen seines möglichen

Scheiterns waren ihm bewusst. Daher hastete Indris die Stufen hinauf und las eilig die Namen der Autoren dieser vielen Bände. Langsam erkannte er ein Katalogisierungssystem. Versuchsweise begann er vorherzusagen, auf welche Themen er gleich stoßen würde, während die Treppen und Wege sich rings um ihn drehten: Es gab die Dialektik von Kayet Al Tham und Robaddin von den Hoje. Weiter oben befanden sich unterschiedliche Ausgaben der Maximen der Nilvedic. Eine Wand aus Büchern, die in schwarzes Leder gebunden waren, enthielt die Arbeiten der größten Geister unter den Sēq.

Auf der siebten Etage kamen die Stufen zum Halten und führten zur nächsten Reihe. Indris starrte ehrfürchtig auf die kunstvolle Skulptur, die von der Decke hing – ein umgedrehter Baum aus Bergkristall mit einem Laubdach aus schimmernden *Ilhen*-Blättern. Die Wände auf dieser Ebene waren mit großen sechseckigen Türen gesäumt, die Indris an die Tresorräume erinnerten, die er im Bankiershaus gesehen hatte. Diese hier waren allerdings aus buntem *Serill*, nicht aus Stahl. Jede der Kammern war mit einem Namensschild auf Maladhoring versehen, und darunter befand sich eines für jeden der Acht: Saroyyin und Taqrit. Majadis, Demandai, Lilay und Ravashem. Eines für Anj-el-din und eines für ihn selbst. Es gab noch andere Namen, die er erkannte, und andere, die ihm unbekannt waren. Keine der Kammern war mit einem Schloss, Griffen oder irgendeiner anderen offensichtlichen Öffnungsvorrichtung versehen. Unter dem *Ahmsah* wurden Indris' Sinne von einer komplexen Anordnung von Formeln bestürmt. Sie strömten wie Regen herab, lange Reihen von Zeichen, die miteinander verschmolzen. Worte erschienen und verschwanden wieder. Er wandte sich ab, da ihn ein leiser Schwindel erfasste.

Indris beugte sich vor, um den Baum genauer zu betrachten. Büschel mit farbig geäderten Blättern zogen sich die Zweige entlang, und ganz am Ende sah er zwölf Stämme, die aus unzähligen Wurzeln wuchsen, welche die Decke überzogen. In das Gebilde waren Zeichen eingraviert, die er mit bloßem Auge kaum sehen, geschweige denn entziffern konnte. Von den zwölf Stämmen waren sechs beleuchtet, und ihr Blätterdach schimmerte hell mit unzähligen leuchtenden Blättern. Schließlich konnte Indris erkennen, dass auf die Blätter Namen eingraviert waren.

Tausende von Namen, vereint im Laufe der Jahre durch Blut und Freundschaft und Hass. Es war die Geschichte der zwölf Hohen Häuser der Avān, von denen nur sechs überlebt hatten. Der rubinrote und schwarze Stamm mit seinen glänzenden Blutblättern zeigte die lange Linie des Hohen Hauses Erebus. Daneben befanden sich die Selassin mit ihrer Amethystfarbe, das Zitrin der Bey und der milchige Quarz der Sûn. Dazu das Smaragdgrün der Kadarin und die farblosen Blätter des Hohen Hauses Alif, das sie zerstört hatten. Die Chepherundi, die Damjah, die Aj-Tanēs und die Ilmalan, die sich alle nach Tanis zurückgezogen hatten und ihre Verbindung zu Īa verloren hatten. Ihre Erwachten Rahns waren nicht mehr als eine Erinnerung. Und die Khal-alēt, die gemeinsam mit den letzten Überlebenden der Zeitmeister verschwunden waren.

Am hellsten leuchtete jedoch das Erste Haus mit seinem Stamm und den Zweigen in prächtigem Saphirblau: das Hohe Haus Näsarat. Andere Namen waren dort noch zu sehen, deren Blätter von unterschiedlichen Bäumen herübergeweht worden waren, um sich im Blattwerk niederzulassen. Es waren die Namen der Hundert Familien, die Lichtgestalten der Gemeinschaft, und die Verherrlichten Namen, die für eine einzige Generation aufgestiegen und mit ihrem Tod wieder in die Dunkelheit zurückgefallen waren. Indris fluchte, während er das Ausmaß betrachtete. Tausende von Namen aus der Geschichte, die miteinander verknüpft waren, um Namen zu erzeugen, die er so gut kannte wie seinen eigenen. Einige der Namen und Abstammungslinien waren durch leuchtende Goldfäden verbunden. Die gezielte Vermischung der Blutlinien im Laufe der Jahrtausende …

Es hätte einfach nur die Geschichte der größten und einflussreichsten unter den Avān sein können, aber es war noch viel mehr. Indris hatte Gerüchte über den Ahnenbaum gehört, und jetzt konnte er sie nicht mehr anfechten: Diese Skulptur bot einen Überblick über die Abstammung der Acht, oder, wie Femensetri sie auch genannt hatte, die *Dionfar* oder die Große Arbeit. Bei jedem Namen stand der Geburts- und Todestag der Person. Er fand Ariskander auf dem Baum und dessen Schwester, Indris' Mutter Delaram. Und auch ihr einziges Kind …

Doch es war nicht Indris' Name, der da stand. Er rang nach Luft. In deutlichen Schriftzeichen war dort der Name Näsarat fa Kahrain eingraviert. Geboren in Mediin im Sommer 461 … und gestorben, bevor das Jahr vorüber war. Er verfolgte die Linie der Näsarats zurück, dann noch einmal. Doch nirgendwo zwischen all den arrangierten Hochzeiten und der gezielten Verbindung von Häusern und Familien und Verherrlichten Namen war Näsarat fa Amonindris zu finden. Andere Namen standen da, mit denen er nicht gerechnet hatte. Auch sie waren das Ergebnis der Großen Arbeit, wenn auch nicht aufgezogen von den Sēq: Erebus fa Kasraman und Nix von den Maladhi. Andere Mitglieder aus der Oberschicht Shrīans. Bensaharēn, Neva und Yago. Maris und Belamandris' Namen waren verzeichnet, ebenso wie Nehrun, Roshana und Tajaddin. Die Näsarat und die Erebus. Die anderen Häuser waren schon vor Generationen von der Großen Arbeit ausgesondert worden.

Ariskanders Worte hallten in seinem Kopf wider. *Dafür hat deine Mutter dich zu uns geschickt.*

»Geschickt?«, murmelte Indris. »Aber von wo hat sie mich geschickt?«

»Das ist nur ein Teil der Frage, die du stellen solltest.«

Beim Klang der vielschichtigen Stimme wirbelte Indris herum, während seine Hand nach der Waffe griff, die gar nicht da war. Nahe bei ihm stand der Herold mit seinen mantelähnlichen, gefalteten Flügeln. Er hatte den Kopf zur Seite geneigt, und über die Spiegelmaske zogen schimmernde, verzerrte Reflexionen.

»Wer bist du?«, fragte Indris, während er zurückwich.

»Sie nennen mich den Herold.«

»Das war nicht meine Frage.«

»Aber es ist dennoch meine Antwort. Ich will dir nichts Böses, Amonindris.«

Indris wählte seine Worte mit Bedacht. »Wieso kennst du mich?«

»Weil ich auf dich gewartet habe.«

»Wie lange bist du schon hier?«

Der Herold schwieg einen langen Moment. »Ich war schon immer hier.«

Indris runzelte die Stirn. Er war sich nicht sicher, ob der Herold sich über ihn lustig machte. Er trat vom Balkon zurück und in Richtung der Kammer, auf der sein Name stand. Dann streckte er die Hand aus und berührte beinahe die Türe aus *Serill*, bemerkte jedoch die rasche Bewegung des maskierten Kopfs des Herolds. *Warum stehe ich nicht auf dem Ahnenbaum?* »Wer bin ich?«, murmelte Indris.

»Auch das ist nur ein Teil der Frage.«

Indris ballte frustriert die Fäuste und biss die Zähne zusammen, um eine scharfe Antwort zu unterdrücken. *Der Herold redet nicht viel, aber wenn er spricht, hört der Suret zu.*

Er war nicht die Person, die Indris an einem solchen Ort gegen sich haben wollte, an dem er offensichtlich ohnehin nur wenig Freunde hatte. »Wirst du mir meine Fragen beantworten oder nicht?«

Der Herold drehte die Handflächen nach oben, vielleicht als Zeichen, dass es ihm egal war, oder um zu zeigen, dass seine Hände leer waren und es bei ihm nichts zu holen gab. »Alle Dinge geschehen zur gegebenen Zeit, Indris, und nicht vorher. Welchen Wert hat ein Wissen, das gegeben wird, wenn Weisheit doch nur aus gelerntem Wissen kommt? Aber du hast gewisse Dinge früher erfahren, als du solltest. Früher, als für dich oder auch andere gut ist. Mit dem Wissen kommt die Erwartung, und mit der Erwartung kommt das Handeln, aber das Handeln darf nur einsetzen, wenn es zur ...«

»... passendsten und nützlichsten Reaktion führt«, nickte Indris. »Das stammt aus dem sechsten Band der Vorschriften.«

Der Herold schlug sich mit der großen Hand auf die Oberschenkel. »Es gibt nur wenige Fragen, die du stellen kannst, zu denen du die Antworten noch nicht kennst. So wie die Zahl der Möglichkeiten schwindet, so schwinden auch die Möglichkeiten zum Handeln und Reagieren, die uns noch bleiben. Traurigerweise wurden manche Dinge in Stein gemeißelt, die doch besser in Sand geschrieben wären.«

»Wie zum Beispiel, wer ich bin?«

»Das ist Teil einer Frage, deren Beständigkeit sich noch erweisen wird. Und doch ist die Antwort auf eine derartige abgeleitete Frage abhängig davon, wann sie gestellt wird und unter welchen Umständen. Selten genügt es, uns nur aus einem Blickwinkel zu betrachten. Da sind auch die viel faszinierenderen Fragen, was, wann oder wo du bist. Oder wie und warum.« Die vielschichtigen Stimmen des Herolds hallten in dem gewölbten Archiv wider und vervielfältigten sich noch weiter. »So wenige Fragen werden gestellt, dabei gibt es doch tatsächlich so viele. Und unter diesen vielen Fragen finden wir schließlich nur wenige, die irgendeinen tatsächlichen Gegensatz bilden. Denn sie sind abhängig von den Grenzen dessen, was eine Person in einem einzigen Moment unter Millionen sehen kann.«

»Du bist ein frustrierender Mann, weißt du das?«

»Das sind beides subjektive Begriffe, die ich allerdings schon öfter gehört habe.«

Indris schnaubte, während er sich in dieser Schatztruhe des Wissens umsah. »Femensetri hat mir gesagt, dass mir keiner der Sēq helfen würde. Ich weiß noch nicht einmal, wo ich anfangen soll.«

»Natürlich weißt du das«, erwiderte der Herold. Für einen Moment war er still, als würde er über seine nächsten Worte nachdenken. »Und ich gehöre nicht zu den Sēq.«

»Dann wirst du mir helfen?«

»Ich werde dir Einblick in einige Fragen gewähren, ja.«

Indris stand kurz der Mund offen, und er wollte schon zu streiten beginnen. Doch dann begriff er, dass er die Antwort bekommen hatte, hinter der er her war. Er blickte in die gespiegelte Oberfläche der Maske, die sein Spiegelbild so veränderte, als würde er sich unter fließendem Wasser sehen. *Denn wie ich bin, hängt davon ab, wann ich bin, wo ich bin, was ich tue und wann ich es tue …*

Fragen, die zu der einen Frage zurückführten, von der er niemals gedacht hatte, dass er sie stellen sollte, da er selbst sein ganzes Leben lang Antworten auf sie gegeben hatte.

»Obwohl ich vor allem hier bin, um herauszufinden, was die Sēq über mich wissen, habe ich doch auch versprochen zu helfen, ein Heilmittel für die Rahns zu finden.«

»Das ist irrelevant.«

»Nicht wenn das Land gerettet werden soll.«

»Gerettet wovon, wofür und für wen?«, intonierte der Herold düster. »Hast du nicht in Erwägung gezogen, dass die Misere der Rahns – und ihr Niedergang – Teil eines größeren Plans ist?«

»Du wirst mir nicht helfen, den Prozess des Erwachens zu verstehen?«

»Du bist bereits zweimal Erwacht, was zweimal öfter ist als ich. Wie könnte ich eine Hilfe sein, wenn ich keine Erfahrung habe?«

»Aber du hilfst mir, mehr über mich selbst zu erfahren?«

»Es ist mir verboten, über einige Themen zu reden, um nicht eine Folge von Ereignissen in Gang zu setzen, auf die die Welt nicht vorbereitet ist. Aber ich werde nicht einschreiten, wenn du gewisse Fakten selbst entdeckst.«

Verboten? »Also gut.« Indris' Geist raste. Der Herold diente ganz offensichtlich irgendeiner Macht, die Indris nicht kannte, einer Macht, die die Sēq entweder respektierten oder fürchteten. Schon das war etwas, das einen nachdenklich stimmen sollte. »Warum bin ich?«

»Du bist sowohl die Ursache als auch die Wirkung von Fragen, Versprechen und Handlungen aus einer Zeit, an die sich nur noch wenige erinnern. Du bist, weil uns ein Licht versprochen wurde, das uns den Weg weisen wird.«

»Ich verstehe nicht.«

»Das ist ein guter Ausgangspunkt«, entgegnete der Herold. Dann deutete er auf die Kammer mit ihren Türen aus *Serill*, die Indris' Namen trug. »Aber ich würde sagen, dieser hier ist noch besser.«

Kapitel 8

»Sende gibt uns die sozialen Codes vor, die unser Leben strukturieren, aber den Kontext lernen wir von unseren Familien. Wenn aufeinanderfolgende Generationen ein falsches Beispiel geben, erleben wir die Unruhen sozialer Fehlordnung. Oft ist das der Anfang vom Ende einer Familie, da sie sich von der Gemeinschaft abwendet und fehlgeleitetem Ehrgeiz und Eigeninteresse anheimfällt.«

Aus: Die Unvergänglichkeit der Abstammung, *von Tamari fa Saroush, Philosoph des Erwachten Imperiums*

59. Tag im 496. Jahr der Shrīanischen Föderation

Mari stand aufrecht im eisigen Wind, während ihre Cousins die Zweite Verbeugung vor der Asrahnwitwe machten. Sie hielt den Blick fest auf die Flechten gerichtet, die auf den feuchten Marmorfliesen des Meeresschreins wuchsen. Mari und der alte Hai starrten sich über das Meer aus geneigten, leicht mit Schnee bestäubten Köpfen hinweg an. Sie senkte den Blick, niedergedrückt von Schuld und Scham. Ihre Fäuste waren fest geballt und kalt, die kurz geschnittenen Nägel gruben sich in ihre Handflächen, und die Muskeln in ihren Händen und Armen schmerzten von der Anspannung. Tränen sammelten sich in ihren Augenwinkeln, die leicht durch den beißenden Wind zu erklären waren und nichts mit den Konsequenzen ihres eigensinnigen Stolzes zu tun haben mussten.

Es war meine Aufgabe, für Dhourys Sicherheit zu sorgen. Aber es sind meine Handlungen, die ihn verdammt haben. Mari warf einen raschen Blick nach links und rechts und registrierte die Aufstellung der *Savadai*. Möglicherweise konnte sie sich schnell genug bewegen, um einem seine Waffe zu entreißen, Dhoury zu befreien und sich den Weg freizukämpfen.

Und was dann, Mari? Du wärst noch immer auf einer Insel mitten im eisigen Meer gefangen, und sie würden dich irgendwann finden, und Dhourys Leben wäre noch immer verwirkt. Lerne daraus. Nimm es auf. Mach es zu einem Teil von dir. Heute wird ein Mann deinetwegen sein Leben verlieren, und kein Training, keine Tapferkeit, kein Trotz wird etwas daran ändern.

Kalte Böen peitschten Maris Stirn und Wangen. Der Meeresschrein war auf offener See und schwankte unter dem heftigen Ansturm der Brandung gegen die Felsen. Sie atmete tief ein und rümpfte die Nase bei dem Geruch von Ebbe und Meer, das unterhalb der fernen Felsenmauer brodelte. Wenn erst die Flut kam, würden der gesamte Schrein, seine löchrigen Stufen und die umgebenden Felsen in den Wellen versinken.

Maris Cousins waren in der Reihenfolge ihrer Gunst bei der Asrahnwitwe platziert. Diejenigen, die sich dem Willen des Hais von Tamerlan unterworfen hatten, saßen vorn, dichter bei den von Korallen und Seepocken bedeckten Bogen, die wie die Tentakel eines Oktopus aus dem Meer ragten. Eladdin war kreidebleich und schien sich lediglich an der Pracht seiner glänzenden Rüstung festzuhalten. Sein Gesicht war noch geschwollen und verfärbt von Blutergüssen. Nadir saß neben ihm. Er wirkte bleich unter der Sonnenbräune und schien noch immer mit seiner verwundeten Schulter beschäftigt zu sein. Die Wundärztin hatte gute Arbeit geleistet, aber die beiden waren bei Weitem noch nicht wiederhergestellt. Mari stand weit hinten und hörte dem Geschwätz der alten Vettel zu. Sie redete von der kalten Umarmung des Ozeans und von den Schrecken, die in ihm hausten. Neben ihr stand die Botschafterin, das Gesicht in den Schatten ihrer Kapuze verborgen, und Jhem, dessen Entstellung unter der Halbmaske nur zu erahnen war.

Mari weigerte sich, in den schwachsinnigen Singsang mit einzustimmen, den die anderen angestimmt hatten. Als es an der Zeit war, sich zu verbeugen, stellte sich Mari noch aufrechter hin. Ihre Haltung erregte die Aufmerksamkeit der Botschafterin, die ihr die ganze Zeit über mehr Beachtung schenkte, als Mari lieb war. *Was auch immer deine Verschmelzung sein mag, sei versichert, dass du es ohne mich durchziehen wirst.*

Die Flut spritzte über die Felsmauer. Hinter Mari ertönte das Knarzen von Lederstiefeln, als ein Kader *Savadai* Dhoury heranschleppte. Er war nackt und sein Körper von Striemen und Blutergüssen überzogen.

Mari bewegte sich, um sich den *Savadai* in den Weg zu stellen, als die Stimme ihrer Großmutter die Luft durchschnitt. »Du wirst dich da nicht einmischen, Mädchen!«

»Für dich immer noch Pah Mariam.«

»Ich habe endgültig genug von deinem Getue«, knurrte die Asrahnwitwe. »Wenn du versuchst, unsere geheiligten Bräuche zu stören, werde ich dich auspeitschen lassen.«

»Nein, wirst du nicht«, erwiderte Mari und wippte auf ihren Fußballen.

»Und ich lasse dich prügeln.«

»Nein, das wirst du nicht«, zischte die Botschafterin mit ihrer heiseren Stimme.

»Kein Auspeitschen. Kein Prügeln.« Sie wandte sich Mari zu. »Aber das setzt voraus, dass du dich nicht einmischst. Wir werden dich wegschaffen lassen, falls nötig, und dich bis zum Verschmelzungsprozess einsperren. Willst du das, Mariam, oder würdest du lieber die Illusion deiner Freiheit aufrechterhalten?«

Mari konzentrierte sich auf ihre Atmung und machte sich bereit zum Angriff. Sie blickte in Dhourys panische Miene. Schluchzend streckte er die Hände nach ihr aus. Mari trat einen Schritt vor, und einer ihrer Cousins griff nach ihr. Mari schüttelte ihn ab. Ein anderer erhob sich und griff nach ihren Schultern, und Mari schlug ihn mit ihren Fäusten zu Boden. Sie gab erst nach, als die *Savadai* im Gefolge der Asrahnwitwe ihre Dreizacke angriffsbereit senkten. Dhoury kreischte. Es war eine hohe Totenklage, angefüllt mit Grauen.

Die *Savadai* zerrten den kämpfenden Dhoury zum Rand des Meeresschreins. Einer der Soldaten spähte ins Wasser und stieß mit dem stumpfen Ende seines Dreizacks nach unten, bevor er ein paar Stufen hinunter und ein paar Meter hinaus auf eine überspülte Felsbank ging. Er kauerte sich hin, den Blick auf die Oberfläche des Wassers geheftet, bis er fand, wonach er suchte. Der Soldat hievte ein paar Fesseln nach oben, die an dicken Ketten befestigt und von Tang und kleinen Korallensplittern bedeckt waren. Er zog die Fesseln in Richtung seiner Kameraden, die Dhoury ihrerseits auf die Felsbank hinauszerrten. Mit einer Geschwindigkeit, die aus langjähriger Übung resultierte und vermutlich mit einer gesunden Portion Angst vermischt war, fesselten die *Savadai* Hände und Füße ihres Gefangenen, dann sprangen sie wieder an Land.

Die Asrahnwitwe erhob sich und wankte die Stufen hinunter, auf die Felsbank zu Dhoury hinaus. Das Wasser schlug gegen ihre dünnen Schienbeine. Ihre zeremonielle Robe breitete sich fächerartig um sie aus, und die blaugrauen Röcke verschmolzen mit dem Meer. Sie zog einen Knüppel aus den Falten ihres Gewands. Es war ein hässliches Ding aus Treibholz, das mit Haifischzähnen besetzt war. Der Knüppel sauste nieder und geißelte Dhourys Haut, bis Fleischfetzen von seinem gekrümmten Körper hingen. Blut floss und vermengte sich mit dem Salzwasser, während er kreischte.

»Aus dem fernen Osten, über die Tiefen kamen wir!«, schrie der Hai von Tamerlan in den Ostwind. »Die Tiefen ernähren uns und machen uns stark. Und zu Ihr, die in den Tiefen haust, senden wir dieses Kind von königlichem Blut, damit auch sie ernährt werden möge und stark bleibe und unsere Hingabe erkennt.« Dhoury kämpfte sich auf die Füße und zerrte schreiend an seinen Ketten. Die Asrahnwitwe knüppelte ihn zurück auf die Knie, und ihr Gesicht leuchtete vor Verzückung. »Zeig nur einmal die Stärke deiner Abstammung! Dies ist eine Ehre, die du nicht verdient hast. Aber ich war trotzdem gnädig zu dir.«

Dhoury versuchte, seine Hände um die Kehle der Asrahnwitwe zu legen. Die alte Frau wich zurück und holte erneut mit dem Knüppel aus. Dhoury stürzte zu Boden und regte sich nicht mehr, während die Asrahnwitwe mit erhobenem Haupt zu ihrer Familie zurückschritt. Sie fing Maris hasserfüllten Blick auf und lächelte, als sie zu ihrem Sitz zurückkehrte.

»Beobachtet und werdet Zeuge!«, schrie die Asrahnwitwe. Sie starrte Mari an und bleckte die Zähne zu einem bösartigen Lächeln. »Erinnert euch daran für den Fall, dass irgendjemand von euch Pah Mariams Gesellschaft sucht! Das Meer ist immer hungrig.«

Sie warteten, während das Wasser immer höher stieg und es weiter schneite. Dhoury starrte Mari mit großen Augen an. Sie sah, wie er zitterte, dann geriet er aus ihrem Blickfeld, als sich ihre Cousins rund um die Asrahnwitwe erhoben. Sie folgten ihr, während sie den glitschigen Felsen entlangging und sich vor der rasch ansteigenden Flut in Sicherheit brachte.

Oben an den Stufen wandte sich Mari um, da sie Dhoury schreien hörte. Das Wasser stand ihm mittlerweile bis zur Kehle.

Mari fluchte und blieb wie angewurzelt stehen. Dicke Tentakel wanden sich aus dem Wasser. Sie bewegten sich wellenartig und erzeugten ihrerseits kleine Wellen. Dhourys Kopf schwang von einer Seite zur anderen, als die Tentakel sich um seinen Körper wanden. Die Zuschauer am Ufer blieben still, während Dhoury heulte. Er wurde unter Wasser gezogen, kam aber keuchend wieder hoch. Die Fesseln rissen aus ihrer Verankerung, und Dhoury wurde weiter aufs Meer hinausgezogen. Als er das dritte Mal unter Wasser geriet, kam er nicht mehr an die Oberfläche.

Mari sah bis zum Ende zu und blinzelte die Tränen des Zorns und der Frustration weg. *Ist das der Grund, warum mein Vater zu dem wurde, was er ist? Weil er von dieser Frau großgezogen wurde? Ist es das, wozu Generationen von Erebus verdammt wurden?*

Niemals wieder.

Der Morgen schritt langsam voran, und niemand in der Festung erwähnte Dhoury oder das Opfer am Meeresschrein. Es war nichts Außergewöhnliches, und die Leute hielten die Köpfe und Stimmen gesenkt, da niemand den Wunsch verspürte, als Nächster für diese Ehre auserwählt zu werden.

Mari wanderte teilnahmslos durch die Korridore, immer mit ihren Wachen im Schlepptau. Qesha-rē war weder im Behandlungszimmer noch in dem Raum, der so etwas wie eine Bibliothek darstellte mit seinen windschiefen Regalen und von Schimmelflecken überzogenen Büchern. Dhourys Tod. Die Feindseligkeit ihrer Familie. Die Botschafterin. Die Verschmelzung. Maris Gründe zur Flucht wurden immer zahlreicher, aber sie musste auch an Vahineh denken. Mari konnte sie nicht guten Gewissens hier zurücklassen, denn es war Maris Schuld gewesen, dass Vahinehs Vater und Brüder von den Erebus ermordet worden waren. Oder dass Vahineh unter Maris Obhut gestanden hatte, als sie gezwungen waren, in die Tote Ebene zu fliehen, und man sie dann gefangen genommen und nach Tamerlan gebracht hatte.

Bewacht von sechs *Savadai,* ließ sich Mari schließlich wieder in ihr Zimmer zurückbringen. Sie schubsten sie hinein und schlugen die Tür hinter ihr zu. Riegel ächzten in ihren verrosteten Halterungen.

Das Geräusch von Schlössern, die klickten, war neu. Die Schritte der meisten Wachen verloren sich in der Halle, aber Mari vermutete, dass zwei, vielleicht auch drei Wachen vor ihrer Tür postiert worden waren.

Leise, aber hastig durchquerte Mari den Raum. Unter der dürftigen Kleidung, die man ihr gegeben hatte, befand sich eine alte Robe, die etliche Nummern zu groß war. Sie roch muffig, Schimmelflecken färbten das Leder, und es war definitiv kein Kleidungsstück, mit dem Mari in der Öffentlichkeit gesehen werden wollte – aber es würde sich als sehr nützlich erweisen, wenn sie nicht gesehen werden wollte. Sie zog ihre ältesten und heruntergekommensten Kleider an und warf die Robe über. Jetzt sah sie in jeder Hinsicht aus wie ein ortsansässiger, vom Glück verlassener Nahdi. Diese Schicksale waren auf Tamerlan nichts Ungewöhnliches, und Mari hoffte, dass die Leute das sehen würden, was sie zu sehen erwarteten, statt zu erkennen, wer sie wirklich war.

Als sie das niedrige Fenster öffnete, schlug ihr ein eisiger Ostwind ins Gesicht, und ihr blieb beinahe die Luft weg. Behutsam schob sie zwei der Eisenstangen am Fenster zur Seite; es war das Resultat von mehr als vierzig Tagen Arbeit. Mari kletterte auf das Fensterbrett und bezwang den Schwindel, der sie zu erfassen drohte. Mehr als hundert Meter unter ihr brandete der Ozean gegen die Klippen, und sie sah die zerklüfteten Felsen, die im wirbelnden Wasser wirkten wie ein gigantisches Maul, das sich öffnete und schloss.

Ein langer schmaler Sims verband Maris Gemächer mit einem nicht mehr genutzten Balkon, der sowohl in Tamerlan selbst als auch in den Bergabhang hineingebaut worden war. Ein Teil des Bergs war eingestürzt, hatte Mauern und Fenster eingedrückt und den halben Balkon zur Seite geschoben. Der Bereich war von Unkraut und jungen Trieben überwuchert, aber man konnte noch die Überreste einer schmalen Treppe erkennen, die den Berg hinunter und ins Dorf führte. Dies war einer der zahlreichen Wege, die Mari für ihre Flucht in Betracht gezogen hatte.

Vorsichtig, indem sie sich mit den Händen in die tiefen Spalten zwischen den Steinen klammerte, bahnte sich Mari ihren Weg über den Sims. Der Wind wurde ihr Verbündeter, er wehte von Osten zu ihr herüber und presste sie wie eine riesige kalte Hand gegen die Wand. Tamerlan vibrierte unter ihren Fingern und Zehen, und ihr Atem kam nun in kurzen, heftigen Schluchzern, während ihr Geist ihr die ganze Zeit über zuflüsterte, sie solle nach unten sehen, nach unten nach unten nach unten, und sich den langen, einsamen Sturz vorstellen, der sie mit Sicherheit erwartete. Mari blieb stehen und starrte fest auf den dunklen Stein dicht vor ihr. Sie brachte ihre Atmung unter Kontrolle, zwang ihren Herzschlag, sich zu verlangsamen, und konzentrierte sich nur auf das gleitende Greifen-Schritt-Greifen ihres Fortkommens.

Sobald ihre Füße den sicheren breiten Boden des kaputten Balkons berührten, kauerte sich Mari hin und schlang erleichtert ihre Arme um die Knie, nicht sicher, ob sie lachen oder weinen sollte. Also tat sie beides.

Mari lag gut in der Zeit, als sie vorsichtig die vom Schnee glitschigen Stufen zur Stadt hinuntereilte, die meist im Schatten von zerklüfteten Felsen und Kiefern lagen. Die Gemeinde kauerte zu Tamerlans Füßen. Ihre Häuser bestanden aus glattem Granit und Schiefer, die von Weiß überpudert waren. Dampf und Rauch stiegen in die Luft. Mari hörte den fernen Lärm der Schwarzsteinsalzminen, der Gießereien und Schmieden, die einen Kontrapunkt zu den herzzerreißenden Schreien der Seemöwen hoch oben in der Luft bildeten. Es roch nach Fisch und Holzteer und den verrottenden Piers, an denen mehr Kriegsschiffe als Fischerboote vor Anker lagen.

Beim Geräusch knallender Peitschen wandte sie sich um. Die Aufseher waren vollauf beschäftigt, als eine weitere Bootsladung Arbeiter von Bord einer Galeere ging. Die Gefangenen waren schmutzig, doch einige von ihnen trugen einen Trotz zur Schau, der Mari sagte, dass sie gefangene Soldaten waren. Der Großteil von ihnen schien jedoch aus der Händlerkaste zu stammen: Kaufleute, Bauern und Handwerker, die Art von Leuten, die meistens in die Reihen der Leibeigenenkaste verkauft wurden, bis ihre Schulden abbezahlt waren. Mari bezweifelte, dass viele von ihnen Tamerlan lange genug überleben würden, um noch etwas von ihrer Freiheit zu haben. Die Bewohner von Tamerlan blieben unter sich: Sie saßen mit gesenktem Blick über ihrer Arbeit, während die Gefangenen an ihnen vorübergetrieben und zu den Minen gebracht wurden.

Im Hafen ging es laut zu. Wenn Mari Morne Falkenholz auftreiben konnte, hatte sie vielleicht eine Chance, diesem kalten Felsen zu entkommen.

Sie eilte auf den Schieferstrand zu, der südlicher lag als die Piers. Hier lagen die Schiffe dicht gedrängt in der Bucht. Als Neuankömmlinge auf Tamerlan hatten Morne und seine Mannschaft sicherlich nicht genug Einfluss, um sich einen Ankerplatz am Pier zu sichern. Die Boote, die im Hafen festgemacht hatten, waren zwar von unterschiedlicher Größe und Form, aber sie alle hatten das verschrammte Aussehen von Plünderern.

»Brauchen Sie Hilfe, Miss?«, fragte ein wettergegerbter Händler, während er einen dicken Mann in einer fleckigen Schürze im Auge behielt. Die beiden rochen nach geräuchertem und gepökeltem Fisch.

»Pardon?«, fragte sie. Als er ihre Stimme hörte, stellte sich der Händler aufrechter hin und versuchte gleichzeitig eine Verbeugung. Es hätte witzig sein können, wenn nicht die Menge um sie herum gewesen wäre. Sie verfluchte sich selbst für ihre Manieren und ihren Akzent. »Ich bin auf der Suche nach einer Kompanie von Nahdi, die ihr Lager in Tamerlan aufgeschlagen haben.«

»Davon hat's viele, Miss!« Der Mann lächelte und entblößte dabei Zahnlücken zwischen Zähnen, die die Farbe verbrannten Elfenbeins hatten. Mit seinen schmutzigen Nägeln kratzte er sich die salzverkrustete Wange. »Wie wär's mit einem Namen? Oder weißt du, welches Schiff?«

Mari tat, als würde sie überlegen, und kaute für ein oder zwei Sekunden auf ihrer Unterlippe herum. »Ich habe gehört, dass man bei Kapitän Falkenholz anheuern kann.« Sie blickte zu Boden und scharrte mit den Füßen. »Und ich hätte meinen Vertrag lieber, solange ich ihn noch bekommen kann, vor dem Winter.«

»Ich versteh schon. Ich schätze, du willst zur *Sucher*. Sie liegt am anderen Ende der Bucht vor Anker.« Mit seinem dicken Finger deutete er in Richtung eines Zweimasters, eines Piratenschiffs, das weder eine Galionsfigur noch die Flaggen irgendeiner Gefolgschaft trug. »Die Letzten beißen die Hunde. Sie werden harte Zeiten haben, wenn der Winter kommt und das Wetter noch rauer wird. Die Gasthöfe sind alle doppelt und dreifach gebucht, und die Asrahnwitwe ist nicht gerade dafür bekannt, dass sie Bastarde, die sie nicht kennt, in ihre Hundehütte lässt.«

»Besser irgendein sicherer Hafen als gar kein Hafen«,

sagte der Händler mit der Schürze, und sein Gefährte nickte weise. »Aber Falkenholz' Mannschaft hat wenigstens Manieren, und sie zahlen für das, was sie haben wollen. Das ist mal 'ne nette Abwechslung zu den meisten der streunenden Hunde, die auf Tamerlan absteigen. Man hört bis spät nachts Musik spielen, und sie singen.«

»Und da sind Lichter. Sie haben immer die Lichter an, da an Bord der *Sucher*.«

»Lichter?« Mari lächelte, und ihre Herzen schlugen ein wenig schneller.

»Den ganzen Tag und die ganze lange Nacht«, sagte der wettergegerbte Händler.

»Der hat sicher einen Haufen Schatten zu vertreiben«, fügte der Mann in der Schürze hinzu. »Ein Bursche wie der, hart wie ein Amboss, aber dafür hat er einen guten Kern.«

»Könnt ihr mich da rausbringen?«, fragte Mari.

»Wir müssen noch was ausliefern. Wenn es für dich in Ordnung geht, dass du dich zwischen die Ladung setzt, dann können wir dich mitnehmen.«

Sobald die Händler ihre Fracht geladen hatten, ging Mari die Planke hinauf und an Bord der Feluke. Dort machte sie es sich zwischen der Ladung so bequem, wie es ging. Die Händler stimmten ein tiefes Klagelied über das Meer an, über versunkene Schiffe, ferne Länder und verlorene Liebe. Ihre Stimmen wurden vom Summen des Windes begleitet, der durch die Seile fuhr, und vom Flattern der Segel. Sie fuhren von Schiff zu Schiff, bis sie sich schließlich der *Sucher* näherten. Je näher sie kamen, desto aufgeregter wurde Mari.

Sie hörte den metallischen, scharfen Ton einer Sonesette, und ihr traten die Tränen in die Augen. Shar! Und wo Shar war, da war auch Indris. Sie verkrampfte die Hände, ihr Gesicht war gerötet, und sie fühlte sich wie ein junges Mädchen und lachte über sich selbst und die Schmetterlinge in ihrem Bauch.

Als die Feluke längsseits zur *Sucher* ging, stellte sich Mari ans Dollbord. Es schien ewig zu dauern, bis die Strickleiter endlich heruntergelassen wurde. Mari sprang von der Feluke und kletterte die Leiter hoch und über die Reling, wo sie unvermittelt den kalten und misstrauischen Blicken der Mannschaft der *Sucher* gegenüberstand. Im gleichen Moment hörte Mari die Worte, die Shars Lied begleiteten, und bemerkte den tiefen, wütenden Klang der Melodie. Die Füße der Männer dröhnten auf dem Deck wie unzählige Trommeln.

Wir fallen wie gefrorne Steine
Tiefe Wunden und gebrochne Gebeine
Die Freunde sterben, wir bleiben allein zurück
Freudlos im schwindenden Licht und Glück.

Wenn die Leidenschaft uns verbrennt
Und niemand mehr Erbarmen kennt
Wenn Rache, Tod und bittrer Hass
Uns zu den Schwertern greifen lässt
Dann schmeckt das Salz der Tränen und gebt nicht auf –
Kopf hoch
Wir geben niemals auf.

Die wütenden Töne der Sonesette setzten ihr Lied fort, während einer der Männer, die Mari in der Herzenshalle von Tamerlan gesehen hatte, sich ihr näherte.

Aus der Nähe wirkte er kleiner, als sie erwartet hatte, untersetzt und mit feinem Haar, das er aus der hohen Stirn zurückgekämmt trug. Seine Augen waren von einem lebhaften Haselnussbraun, und in seinem Gesicht waren die Spuren alter Verletzungen und Runzeln zu sehen.

»Ich bin Pah Erebus …«

»Wir wissen, wer du bist, Pah Mariam«, sagte der Mann, während er in Richtung Hafen spähte. Er nahm sie am Ellbogen und führte sie durch die reglose Mannschaft. »Wir sind deinetwegen hier, und ich gehe davon aus, dass uns nicht viel Zeit bleibt, bis deine Abwesenheit entdeckt wird; wir sollten uns also beeilen.« Er gab leise Befehle, um die Mannschaft zusammenzutrommeln und alles für den Aufbruch aus Tamerlan bereit zu machen.

»Ich hoffe, du wurdest nicht verfolgt. Wir riskieren viel, wenn wir unangekündigt verschwinden. Wir sind weit im Süden und könnten im Eis eingeschlossen werden.«

»Ich habe Mornes Einladung gehört.« Mari schüttelte seine Hand ab. »Aber ich kann jetzt noch nicht gehen.«

»Warum hast du uns dann alle in Gefahr gebracht, indem du hierhergekommen bist?«, fragte der Krieger scharf.

»Das reicht, Kyril«, sagte Morne Falkenholz, der sich näherte. Im Gegensatz zu Kyril war Morne sogar noch größer, als Mari ihn in Erinnerung hatte. Er war beinahe so groß wie Ekko und trug mühelos das Gewicht seines Lederpanzers. Sein Korbmesser hing griffbereit an seiner Seite. Er schlang einen Arm um Kyrils Schultern und küsste ihn. »Ich habe die Worte ausgesprochen, Liebster, und Mariam hat geantwortet. Was hast du erwartet?«

»Wir müssen weg von hier, solange wir noch können. Wenn sie uns mit ihr hier erwischen, ist das unser Ende.«

»Wie denn?« Morne sah verblüfft drein. Er fuhr spielerisch mit den Fingern durch Kyrils Haar, was diesen zum Lächeln brachte. »Du würdest niemals zulassen, dass ich sterbe. Außerdem sind wir schon mit Schlimmerem fertiggeworden als diesen kläffenden Promenadenmischungen, die sich für den Winter hier verkrochen haben. Wir verschwinden abends bei Flut. Mari verstecken wir, und bis es irgendjemand bemerkt, sind wir längst über alle Berge.«

»Ihr versteht nicht. Ich komme nicht allein mit euch«, sagte Mari. »Die Rahn Selassin fe Vahineh wird ebenfalls gefangen gehalten, und ich habe geschworen, ihr bei der Flucht zu helfen, und ihrer Ärztin auch. Ich arbeite an einem Plan, wie ich uns alle aus der Festung herausbringen kann, aber ich wollte erst persönlich mit euch sprechen. Ich habe nicht viel Zeit, und ich will niemanden noch weiter in Gefahr bringen, aber mir sind nicht mehr viele andere Möglichkeiten geblieben. Ich fürchte, wenn ich nicht bald von hier wegkomme, dann komme ich gar nicht mehr weg. Meine Großmutter hat eine kolossale Abneigung gegen mich entwickelt, und man hat Pläne mit mir, bei denen ich keinesfalls mitmachen will.«

»Ich kann mir gar nicht vorstellen, wie du irgendjemanden gegen dich aufbringen kannst«, ertönte eine rauchige Stimme. Mari wirbelte herum und fand sich in Shars Armen wieder. Die orangefarbenen Augen der Seethe schimmerten vor ungeweinten Tränen, und die einzelnen Federn, die sie in ihr langes, feines Federkleid geflochten hatte, flatterten im Wind. Hinter ihr ragte Ekko auf, ein Hüne mit Fell, die Augen schmal vor Freude.

Shar umarmte Mari fest. »Ich hätte nie gedacht, dass ich dich wiedersehen würde!«

»Ich auch nicht!« Sie küsste Shar, umarmte Ekko, dann hielt sie nach dem Mann Ausschau, den sie vor allen anderen wiedersehen wollte. Der Moment zog sich in die Länge, und nichts geschah, bis sich Mari verwirrt Shar und Ekko zuwandte.

»Wo ist Indris? Ich dachte, er wäre auch hier.«

Shars Gesicht verdüsterte sich. Tränen traten ihr in die Augen und ließen sie in einem noch helleren Orange leuchten.

Mari fühlte, wie ihre Haut kribbelte, als ihr das Blut ins Gesicht schoss. Das Atmen fiel ihr schwer. Shar versuchte zu sprechen, aber die Worte blieben ihr in der Kehle stecken. Schließlich stammelte sie mit einem erstickten Schluchzen: »Oh, Mari! Du weißt es nicht? Es tut mir so leid, aber … Indris ist …«

Sprich es nicht aus sprich es nicht aus sprich es nicht aus. Das Dröhnen in ihren Ohren wurde so laut, dass sie nicht hörte, was Shar sagte.

Aber sie sah, wie die Lippen ihrer Freundin das Wort formten.

Tot.

Mari schleppte sich die Stufen des Bergs hinauf, den ganzen Weg zurück, den sie gekommen war, und nahm weder Wind noch Kälte wahr. Shar und Ekko waren am Leben, und ein Schiff wartete in der Bucht, um sie in Sicherheit zu bringen. Bald würde Mari ihr Leben wieder weiterleben können, doch zuerst hatte sie hier noch etwas zu erledigen.

»Es sind so viele gestorben, Mari«, hatte Shar über die Ereignisse in Avānweh gesagt. Der Schmerz der soeben wieder aufgebrochenen Wunde ließ ihre Stimme brüchig klingen. »Indris wurde von Femensetri in die Schlacht geholt, und er ist niemals … er ist nicht zurückgekehrt. Dann sind alle Sēq gegangen, und es war niemand mehr da, der uns hätte Antworten geben können oder um sich auch nur zu vergewissern, dass Indris angemessen bestattet wurde.«

»Und dann wurde Corajidin zum Asrahn gekrönt, und der Ärger ging erst richtig los«, hatte Morne hinzugefügt. »Wir haben von den Kämpfen in Amnon gehört, während wir die Krisenstädte verteidigten. Der Katechismus von Manté bewertet Corajidins Aufstieg als Zeichen, dass sie ihre Anstrengungen verdoppeln sollten, die Avān zu vernichten. Also habe ich mich entschlossen, die Unsterblichen Gefährten zu sammeln und sie nach Narsis zu bringen. Ich hatte gehofft, in Rahn Roshanas Dienste treten zu können, um eine Opposition gegen deinen Vater zu bilden. Das hat nicht sonderlich gut geklappt. Als dann Shar und Ekko ankamen, war es die einzig logische Wahl, mit ihnen auf Reisen zu gehen. Ich habe den Großteil unserer Streitkräfte in Narsis zurückgelassen und nur so viele mitgebracht, wie wir brauchen.«

»Und da Indris nicht mehr bei uns ist«, hatte Shar gesagt, »haben wir beschlossen, das zu tun, was er getan hätte. Wir sind losgezogen, um dich zu finden.«

Was Indris getan hätte. Indris würde diesen Misthaufen auseinandernehmen, Stein um Stein. Mari blickte zu der alten Festung hinauf, deren schwarzer Stein zerklüftet und krallengleich in den Himmel ragte. *Zeit zu gehen.*

Aber erst, wenn sie mit den Machthabern dieser Insel abgerechnet hatte.

Mit gestrafften Schultern begab sich Mari freiwillig in die Dunkelheit von Tamerlan.

Kapitel 9

»Ein Charakter, der stark genug zum Herrschen ist, wird nicht im Frieden, in der Stille oder einem einfachen Leben geschmiedet. Mäßigung erfährt derjenige, der eine Krone tragen kann, nur durch die Härte der Erfahrung, durch Leiden, durch das Treffen von Entscheidungen und die Akzeptanz der Folgen seines Handelns oder Nichthandelns.«

Aus: Der unversöhnliche Winter der Monarchie, *von König Voethe von Angoth, im dreizehnten Jahr seiner Herrschaft (493. Jahr der Shrīanischen Föderation)*

59. Tag im 496. Jahr der Shrīanischen Föderation

»Wie sollen wir Vertrauen zu etwas haben, das wir nicht begreifen können?« Corajidin wies auf Kimiya, die an Hals, Oberkörper und Gliedmaßen gefesselt in einem Rollstuhl saß. Die Morgensonne drang durch die Fenster des Wintergartens und umfloss ihre Gestalt. Als sie sie früher am Morgen aus Kasramans Labor heraufgebracht hatten, hatte sich Kimiya befreit und vier Anlūki getötet, bevor Wolfram, Elonie und Ikedion es geschafft hatten, sie durch Hexenkunst zu überwältigen. Die ganze Zeit über hatte diese blutbespritzte Kreatur, in die sich Kimiya verwandelt hatte, gelacht. Corajidin schüttelte den Kopf. »Kimiya ist fort. Alles, was noch übrig ist, ist der Moorpuppenspieler!«

»Ihr müsst etwas unternehmen, Corajidin.« Die Botschafterin lauerte auf der anderen Seite des Raums. »Die Zeit verstreicht, wie Ihr wisst, und die Maleganger bieten Euch eine einzigartige Lösung. Kimiya und alle anderen, die wir umwandeln, könnten zum Werkzeug Eures Willens werden.«

»Werkzeuge deiner Angriffsziele?«

»Unserer Angriffsziele. Und? Eine bezahlte Schuld ist eine bezahlte Schuld.«

»Ist sie nicht ein hübsches, verrücktes, mörderisches kleines Ding?«, fragte Nix mit zuckendem Augenlid. Er hatte sich in seinem Stuhl zusammengekauert und wirbelte ein schmales Messer zwischen den Fingern. »Könnt Ihr Euch das Gemetzel vorstellen, das sie anrichten würde? Ein Seelenhändler hätte uns bösartige Seelen gegeben, die wir hätten einsetzen können. Aber diejenigen, die ich gesehen habe, waren angeschlagen wie alte Tassen, und ich traue ihnen nicht über den Weg. Diese kleine Schönheit dagegen? Oh, ja …«

»Du hast wirklich keine Ahnung«, sagte die Botschafterin.

»Mit Malegangern hätten wir noch immer einen *Ajamensût*.« Kasraman fuhr mit den Fingern durch Kimiyas verfilztes Haar. Sie sah mit einem wilden, beinahe wahnsinnigen Ausdruck zu ihm auf. »Es wäre ein Krieg der Langen Messer, aber ohne die Notwendigkeit, Meuchelmörder oder Nahdi zu kaufen oder das Leben unserer Leute aufs Spiel zu setzen.«

»Es ist nicht richtig«, sagte Belamandris. Corajidin sah seinen Sohn an. Belam war letzte Nacht mit Sanojé nach Erebesq zurückgekehrt, hatte aber keine Erklärung abgegeben, wo er gewesen war. Belamandris' Abscheu war ihm deutlich vom Gesicht abzulesen. »Es ist schlimmer als die Entführungen.«

Nix hüpfte begeistert in seinem Stuhl auf und ab. »Stellt euch nur mal vor, wir würden in jedem der föderalistischen

Hohen Häuser oder den verdächtigen Familien jeweils eines von diesen Dingern loslassen. Im Namen aller Ahnen, wir könnten auf jeden Feind einen Maleganger ansetzen! Sie sind perfekt für unsere Zwecke geeignet, und sie würden die Verhaftungen meiner Ban Kherife rechtfertigen. Wir könnten tatsächlich Verräter aus den Verrätern machen.«

»Gar nicht zu reden von dem Schaden, den wir anrichten können, wenn wir die Moorpuppenspieler auf die Botschafter loslassen«, fügte Mēdēya hinzu. »Vorausgesetzt, die Moorpuppenspieler nehmen Befehle entgegen, könnten sie sehr wohl den Weg ebnen, den wir das ganze Jahr über schon beschreiten wollten.«

»Puppenspieler? Das sind die Fädenzieher. Was für ein lächerlicher Name für etwas so Altes«, krächzte Kimiya. »Wir haben Imperien aufsteigen und stürzen sehen und erinnern uns an die wahnsinnigen Symphonien unserer Schlafmacher. Ihr seid eitle Wesen, ihr giert nach Hüten und Stühlen aus Gold. Euer Glaube, dass wir für irgendetwas anderes als unsere eigenen Ziele benutzt werden könnten, ist der Gipfel der Arroganz.«

»Hört ihr das? Zu welchem Zweck wollen wir so eine Kreatur benutzen?«, fragte Belamandris. »Es wäre ein reines Massaker: die Art von Massaker, bei dem Unschuldige zu Schaden kommen. Was geben wir da für ein Beispiel, wenn wir nicht einmal selbst das *Sende* befolgen können? Hast du Shrīan gekauft, nur um es niederzureißen, Vater?« Er starrte Kimiya an, die Hand über dem Griff seiner Schicksalsklinge. »Es ist ein Ungeheuer, und wir sollten es vernichten.«

»Mein Asrahn«, sagte Wolfram und stützte sich auf seinen kaputten Stab. Das Leder und der Stahl seiner Beinschienen protestierten kreischend. »Vielleicht hat Belamandris recht. Wir sollten nicht übereilt handeln.«

»Siehst du!« Belamandris wies auf Wolfram. »Übereilt.«

»Belam, bitte!«, rief Kasraman.

Kimiya kicherte und stemmte sich gegen ihre Fesseln. Die Venen an ihrem Hals traten hervor, ihr Gesicht rötete sich, und ihre Augen begannen wild in den Höhlen zu rollen. »Wir müssen das Land vereinen, so oder so. Und das ist der schnellste Weg. Das Goldene Königreich von Manté und der Rest des Eisernen Bündnisses …«

»Und der Himmelslord hat uns im Verdacht, dass wir das auch eingefädelt haben«, fügte Sanojé hinzu.

Corajidin hob beschwichtigend die Hände. »Könnten wir uns bitte auf das Wesentliche konzentrieren?«

»Wir haben unsere Nation belogen, was Manté betrifft!«, schnappte Belamandris. »Die Menschen und ihr Eisernes Bündnis haben Avānweh niemals angegriffen. Ist euer Erinnerungsvermögen so gering, dass wir jetzt schon an unsere eigenen Lügen glauben?«

»Meine Leichname mussten versteckt werden, um sie vor Vergeltungsmaßnahmen zu schützen, und das nach allem, was sie getan haben, um die Stadt zu verteidigen«, sagte Sanojé. »Ihr habt den Hass auf Menschen und Nomaden geschürt.«

»Doch nur, um das Land zu vereinen und Pashrea den Krieg erklären zu können und danach dem Eisernen Bündnis«, erwiderte Kasraman.

»Aber das war nicht der beste Weg, um es zu erreichen.« Belamandris wechselte einen Blick mit Sanojé, die unsicher auf ihrem Finger herumkaute. »Bei Weitem nicht der beste Weg. Was ist aus uns geworden? Deinen Königsmord habe ich nachvollziehen können … bis zu einem gewissen Grad. Selbst dass du die Krone gekauft hast, konnte ich hinnehmen, weil ich damals noch geglaubt habe, dass du eine moralische Richtlinie hättest, die uns leitet. Aber das hier? Und die

Hexen freizulassen? Yashamin von den Toten zurückzuholen? Wo soll das alles enden, Vater? Erebus selbst muss auf uns spucken von der Seelenquelle aus.«

»Wie kannst du es wagen?«, donnerte Corajidin. Er nahm Mēdēya in den Arm und fühlte, wie der Zorn so mächtig in ihm anschwoll, dass er keine Worte mehr fand.

»Bruder, den Erebus wurde die Chance gegeben, wieder aufzusteigen«, sagte Kasraman, während Corajidin an seiner Wut würgte. Die anderen sahen alle Kasraman an, der hinter Kimiya stand. Er legte beide Hände auf ihre Schultern und hatte offensichtlich keine Angst. Groß, gut aussehend, der Held von Avānweh und Erbe eines der Hohen Häuser. Seine hellen Augen funkelten im Licht. Corajidin wollte ausspucken, um den bitteren Geschmack in seinem Mund loszuwerden, während die anderen an Kasramans Lippen hingen. »Uns wurde diese eine Gelegenheit gegeben. Die Geschichte wird zukünftige Generationen daran erinnern, dass wir es waren, die Shrīan in seine neue, lebendige Form geschmiedet haben. Dass wir es waren, die die Avān zu neuer Größe geführt haben!«

»Das reicht!« Corajidin fühlte einen stechenden Schmerz in den Schläfen. *Was hatte die Botschafterin gesagt? Dankt ab, und lasst Kasraman, den weisen und talentierten und mächtigen Kasraman, tun, wozu Ihr offensichtlich nicht imstande seid.*

»Ihr habt alle mehr als genug gesagt. Aber letztlich ist es meine Stimme, die zählt.«

»Und was habt Ihr uns zu sagen, Corajidin?«, fragte die Botschafterin in die entstandene Stille hinein.

Eine gute Frage, die eine bessere Antwort verdient als meine. Aber die habe ich nicht. Corajidin zwang sich zu einem Lächeln und ging hinüber zur Anrichte. Langsam goss er sich Wasser ein und schwenkte eine Schale mit grünem Lotustee. Es war ein beruhigendes Ritual, das ihm außerdem Zeit verschaffte, um nachzudenken, ohne schwach zu wirken.

Seit Jahresbeginn hatte sein Plan, einflussreiche Mitglieder der Avāngesellschaft zu entführen und als Geiseln zu halten, nur wenige greifbare Ergebnisse gebracht. Natürlich diente es als Hebel, um eine Einigung mit denjenigen zu erzwingen, die sich ihm sonst entgegenstellen könnten. Aber je länger er die Entführten gefangen hielt, desto höher wurde die Wahrscheinlichkeit, dass gerade seine Gegner, die er beeinflussen wollte, auf eigene Faust handelten. Seine Gäste wurden freundlich behandelt und waren in einer streng bewachten Villa in den Bergen über Nix' angestammtem Sitz der Maladhi untergebracht. Aber sie konnten dort nicht für immer festgehalten werden. Mariams Misere in Tamerlan wäre nichts, verglichen mit dem, was seine Gäste erwartete, wenn man sie dem Zugriff der Moorpuppenspieler aussetzte.

Wie Kasraman erklärt hatte, würgten diese widerwärtigen Kreaturen ihre Opfer beinahe zu Tode und hefteten sich an ihre Rücken. Dort verschmolzen sie mit ihnen, bis wenig mehr als zerfurchtes Narbengewebe von ihrer Gegenwart zeugte. Die Kreatur wusste alles, was sein Opfer auch wusste, wurde jedoch von der Böswilligkeit eines Puppenspielers angetrieben. Deshalb würde dieses Wesen versuchen, Zwietracht zu säen, wohin auch immer es kam. Kasraman hatte recht: Sie waren eine brillante Waffe. Eine Mördermaschine, mit der niemand rechnete. Und jede war auf Kosten eines Lebens gemacht.

Corajidin fühlte sich an das Ritual im Maulbeerfeigenhain erinnert, wo die Weberin es irgendwie geschafft hatte, Yashamins Seele in Mēdēyas Körper zu verpflanzen. Er blickte hinüber zu seiner Frau und schauderte bei der Erinnerung daran, was mit ihr geschehen war. Noch ein Handel mit der Ödnis, der eine bittere und unerwartete Wendung genommen hatte. *Und ich will, dass diese Leute Narseh helfen! Was werden sie mit ihr anstellen? Erebus, erlöse mich! Je schneller ich von der Ödnis und ihrer Botschafterin befreit bin, desto besser.*

»Kasraman? Wolfram? Könnt ihr und die anderen Hexen dieses Ding dazu bringen zu sprechen?« Corajidin wies auf Kimiya. »Es stammt aus der Rōmarq, und wie es selbst gesagt hat, verfügt es über Erinnerungen, die …«

»Was einer weiß, wissen alle«, sagte Kimiya.

»Dann weißt du, wonach ich suche, und du wirst es mir sagen, wenn ich es verlange.« Corajidin schlang seine Robe um sich, als könnte sie ihm als Schutzschild dienen, während er sich ihr näherte. Sie starrte ihn an, die Augen halb unter ihrem schmutzigen Pony verborgen, und entblößte zischend die Zähne, als er in Reichweite ihres Arms kam. »In der Rōmarq ruhen Geheimnisse, die ich haben will. Wissen und Waffen. Macht. Dinge, die im Bodensatz der Zeitalter verborgen liegen, außerhalb der Reichweite der Avān.«

»Ja.«

»Dinge, die für die Avān verloren sind«, sagte Corajidin und beugte sich dichter zu Kimiya, »aber nicht für euch. Die Sēq und ihre Schwarzen Archive sind für mich im Moment nicht greifbar, aber du … du schon.«

»Du willst mit mir verhandeln, o du schläfriger Rahn?« Kimiyas Körper schien vor Aufregung zu vibrieren. Sie warf der Botschafterin einen Blick zu. »Hast du noch immer nicht gelernt, dass wir, die Diener der alten Sitten, unberechenbar sind? Oft fordernd, sogar grausam?«

»Wenn du mir gibst, was ich verlange, dann gebe ich dir und deinem Volk, was ihr braucht. Aber du wirst auf Treu und Glauben mit mir verhandeln müssen.«

»Und du glaubst zu wissen …«

»Körper«, sagte Corajidin rundheraus. »Ich werde euch Körper verschaffen. Führer von Unternehmen, Händlersayfs … Leute mit Einfluss. Aber wir müssen eine Zeit lang zusammenarbeiten.«

Kimiya hörte auf, gegen ihre Fesseln zu kämpfen. Die einzige Bewegung war ein Kopfnicken, dann schenkte sie Corajidin ein groteskes Lächeln.

»Du wirst die Nation gegen uns aufbringen, wenn sie herausfinden, was du getan hast.« Belamandris' Tonfall war missbilligend.

»Wir werden überleben, so wie wir immer überlebt haben«, erwiderte Corajidin.

Er küsste Mēdēya, die an seine Brust gelehnt saß, auf den Kopf. Sie fühlte sich warm an in seinen Armen. Das Observatorium in Erebesq war ein kalter und freudloser Ort aus dunkel gemasertem Marmor und glänzenden schwarzen Bodenfliesen, mit funkelnden Metall- und Zahnrädern sowie Hebeln für das Teleskop und verschiebbaren Paneelen für das Kuppeldach. Corajidin sah zum Himmel empor. Es waren keine Sterne zu sehen, nur die blaugrüne Patina des Monds, durchzogen von Weiß.

»Also, Vater. Wirst du es wirklich tun?« Kasraman goss starken Kaffee in silberne Tassen und reichte sie an seine Familie und ihre engsten Mitarbeiter weiter. Corajidin hatte mit seinem Unmut zu kämpfen gehabt, als sich Sanojé zu ihnen gesellt hatte, aber es war das Opfer wert, wenn er dafür mit Belamandris' Gesellschaft belohnt wurde. Wolfram stand allein mitten im Raum, auf halbem Wege zwischen Corajidin und Kasraman. Seine grobknochigen Hände ruhten auf dem riesigen abgeschrägten Rohr des Teleskops. Der alte Hexer beugte sich vor, um durch das Okular zu spähen, doch welche Enthüllungen er sich von dem bewölkten Himmel erhoffte, blieb Corajidin ein Rätsel.

Werde ich es wirklich tun? Corajidin hatte sich selbst die gleiche Frage gestellt in den Stunden, die vergangen waren, seit er seine Berater entlassen hatte. Er bereute es schon, dass er so übereilt gesprochen hatte, aber die Gegenwart der Botschafterin war eine permanente Erinnerung daran, wie weit er es gebracht hatte, indem er ihre Behandlung akzeptiert hatte.

Es gab keine Heilung für seine Krankheit, dessen war er sich sicher. Die Botschafterin hatte Corajidin jede Sekunde seines Lebens geliehen seit der Schlacht von Amnon, und er hatte seine Zukunft verpfändet, ohne einen Gedanken an die Konsequenzen zu verschwenden. *Ich bin der Diener des Schicksals, und ich mache mein eigenes Schicksal. Ich bin Asrahn. Ich bin der Hüter meines Volkes.* Doch wenn Verlangen und Schicksal auf demselben Weg reisten, wurden nicht unbedingt die richtigen Entscheidungen getroffen. Wie Wolfram so gern sagte, die Zukunft war ein Teich, dessen Ufer nicht zu sehen war. Wenn wir anfangen, Steine zu werfen, so können wir nicht wissen, in welche Richtung sich die Wellen bewegen werden, wie weit sie sich erstrecken oder was sie auf dem Weg zu ihrem Ziel überschwemmen werden.

Belamandris saß Hüfte an Hüfte mit seiner tanisischen Geliebten: sie, die Nomaden in Corajidins Leben gebracht hatte mit ihrem Chepherundi-Behältnis und den Leichnamen darin! Wäre sie nicht gewesen, hätte Corajidin niemals die Nomaden nach irgendwelchen Antworten gefragt. Yashamin wäre eine Erinnerung geblieben, und er hätte sie betrauert, wie es sich gehörte. Und die Botschafterin! Mit ihrer Wanderausstellung von Geschenken und Verlockungen, die den Zirkussen der Seethe und ihren Jahrmärkten so sehr glichen. Sie durchstreiften die Welt und blendeten die Unvorsichtigen mit Dingen, die sie gar nicht anbieten durften. Sich mit den Seethe einzulassen, diesen alterslosen, praktisch unsterblichen und der Welt müde gewordenen Wesen, war in etwa so, als würde ein Kind Rum von trunksüchtigen Erwachsenen annehmen. Die Älteren sollten klüger sein, doch sie steckten so tief in ihrem eigenen Elend und waren so blind für die Konsequenzen, dass es sie schlicht nicht mehr kümmerte. Die Gaben der Botschafterin hatten Corajidin anfangs berauscht. Jetzt war er ernüchtert, und er hatte den Verdacht, dass die Ernüchterung zu spät gekommen war. Der Schaden war geschehen, die Kräuselungen breiteten sich immer weiter aus, und nur noch mehr und größere Wellen konnten die Dinge vielleicht wieder in Ordnung bringen.

Corajidin überblickte seine ausgedehnte Familie, darunter Sanojé, da Belamandris darauf bestand. Das war noch etwas, das Belamandris mit Mariam gemeinsam hatte: unklug zu lieben. Er tröstete sich mit der Tatsache, dass Indris tot und verschwunden war, die Sēq das Feld geräumt hatten und ihm nur noch wenige im Weg standen.

»Vater?«, fragte Kasraman, der noch immer auf eine Antwort wartete, während Corajidin in Gedanken versunken gewesen war.

Werde ich es tun?, fragte sich Corajidin erneut.

»Ich weiß es nicht«, antwortete Corajidin. Er umarmte Mēdēya und stellte sich einen Moment lang vor, sie wäre das Original, das er vergötterte, und nicht der Ersatz, dem er misstraute. »Es spricht ebenso viel dafür, die Moorpuppenspieler einzusetzen, wie dagegen.«

»Es spricht mehr dagegen«, murmelte Belamandris.

»Er hat recht, Asrahn«, sagte Sanojé. »Wir hatten in Tanis mit Malegangern zu tun und haben aus erster Hand erlebt, welches Chaos sie verursachen. Sie sind unvorhersehbar, unkontrollierbar und nicht vertrauenswürdig.«

»Aber habt ihr jemals einen Handel mit ihnen abgeschlossen?«, fragte Kasraman. »Habt ihr ihnen etwas geboten, das sie haben wollten, um ihr Eigeninteresse anzustacheln?«

»Nein«, gab die schöne kleine Tanisierin zu. »Haben wir nicht. Und uns ist auch gar nicht in den Sinn gekommen, dass so etwas möglich wäre. Sie und die Fenlinge sind keine Wesen, mit denen wir freiwillig verkehren.«

»Ihr verkehrt mit Nomaden, und eure Ahnen verwandeln sich in Leichname.« Kasraman lächelte herablassend. »Bedenke die Ironie, die darin liegt.«

»Ihr verehrt eure Ahnen«, erwiderte Sanojé. »Eure Rahns behalten sie in ihrem Geist und verkehren täglich mit ihnen. Wir hängen alle an denen, die wir geliebt haben.«

»Wir wählen alle selbst unseren Pfad, das ist wahr«, stimmte Kasraman zu. »Aber was ist, wenn wir keine Wahl mehr haben? Oder zumindest keine wirklich guten Alternativen. Was dann?«

»Müssen wir denn so schnell handeln?«, fragte Wolfram. »Belamandris hatte recht, wir haben angefangen, unsere eigenen Geschichten zu glauben, was Manté und das Eiserne Bündnis betrifft. Nichts treibt uns zur Eile. Mein Asrahn, Ihr seid erst seit Kurzem im Amt, und Ihr habt noch immer beinahe fünf Jahre Eurer derzeitigen Amtsdauer Zeit, um das Land zu vereinen. Ich rate zu einem vorsichtigeren Vorgehen, das nicht so leicht eine Katastrophe auslösen kann.«

»Aber man zwingt uns zur Eile«, sagte Corajidin. »Die Akademie der Erfinder hat gesagt, sie könnten die Torque-Spindeln zum Laufen bringen. Das wird nicht lange ein Geheimnis bleiben. Wenn das Eiserne Bündnis erst entdeckt, dass wir in kurzer Zeit große Armeen machen können, werden sie ihre Aufmerksamkeit und ihre sehr große militärische Schlagkraft auf uns richten.«

Die anderen blieben still und dachten über das Gesagte nach. Corajidin nutzte ihr Schweigen und fuhr fort: »Das Eiserne Bündnis ist sich im Klaren darüber, dass die Imperialistische Fraktion Shrīan für einen militärischen und wirtschaftlichen Feldzug vereinen wird. Das ist kein Geheimnis und war es auch nie. Die Händlergilde, das Bankiershaus und die anderen Vereinigungen der mittelständischen Kasten werden die Gelegenheit nutzen, ihre Ansprüche auszuweiten, die fremden Märkte mit shrīanischen Gütern zu überschwemmen und billige Arbeitskräfte aufzutreiben, um noch mehr herzustellen. Es wird ihren politischen Programmen eine praktische Orientierung geben. Uns droht sowohl ein militärischer als auch ein Handelskrieg; wir haben keine Zeit.«

»Du kannst die Händler und Bankleute kontrollieren, Vater«, sagte Belamandris.

»Kann ich das wirklich?«, fragte Corajidin nachdenklich. »Das Oberhaus des Teshri wird von den Hohen Häusern geleitet, aber das Unterhaus wird von den Hundert Familien kontrolliert. Und die meisten von denen sind fett geworden durch das Gold, das sie durch Handel und Steuern verdienen.« *Und meinen Bestechungsgeldern, diese Bastarde!* »Staat und Krone sind die Spitze des Baums. Aber die Wurzeln liegen tief in der dreckigen Erde und sind viel schwerer zu finden, gar nicht zu reden davon, sie zu entfernen.«

So ungern er sich das eingestand, die Moorpuppenspieler boten ihm eine elegante Lösung, und noch dazu eine, deren Spuren man nicht leicht zum Hohen Haus Erebus zurückverfolgen konnte.

»Aber von all dem einmal abgesehen«, bemerkte Corajidin behutsam, »verlangt die Botschafterin, dass wir handeln.

Und ich muss Rahn Narseh retten, wenn ich einen imperialistischen Verbündeten im Oberhaus des Teshri haben will. Was bedeutet, dass wir Shrīan unter einem gemeinsamen Ziel vereinen müssen, um unsere Ziele zu erreichen.«

»Und das zu unserem Vorteil nutzen, was wir bereits begonnen haben mit unseren Entführungen«, setzte Kasraman hinzu.

»Und was für Ziele wären das, Vater?« Belamandris sah nicht auf, während er sprach.

»Den nächsten Schritt zu machen, um die Avān zu vereinen.« Corajidin sprach die Worte, hatte jedoch ein Gefühl, als würde die Botschafterin aus ihm sprechen. »Es können nicht zwei Mahjs über ein Volk herrschen. Wir werden die Moorpuppenspieler benutzen, um Widerspruch zu ersticken und unsere Feinde zu zerstören. Im Gegenzug für die Körper werden sie die mächtigsten Waffen in der Rōmarq für uns aufspüren. Sobald die Moorpuppenspieler ihren Zweck erfüllt haben, werde ich die Waffen einsetzen, die wir mit ihrer Hilfe gefunden haben, und die Hexen, die wir aus der Mahsojhin befreit haben, um die Puppenspieler ein für alle Mal zu zerstören. Dann marschieren wir in Pashrea ein und zerstören die letzte Machtbasis der Sēq.«

»Und das ist alles?«, fragte Belamandris spöttisch.

»Dann werde ich der nächste Mahj und führe die Avān, um die ganze Welt zu erobern.«

Die Worte schmeckten nicht so süß, wie er erwartet hatte.

Corajidin schritt schwankend die leeren Korridore seines Qadir entlang. Der Saum seines Schlafgewands und der Robe schleiften hinter ihm über den Teppich, und das leise Schleifgeräusch beruhigte ihn. Seine Füße in den Hausschuhen verursachten keinen Laut, und die einzigen anderen Geräusche waren die gelegentlichen Schritte der

Wachen und das leise Knacken des Eises, das sich auf den Fensterscheiben bildete. Er hielt einen goldenen Becher in der Hand, und bei jedem Schritt schwappte dunkler Wein über den Rand. In der anderen Hand hielt er den Hals einer erlesenen Flasche mit rubinrotem Lotuswein umklammert. Corajidin leerte seinen Becher und schenkte ihn schwerfällig wieder voll.

»Du brauchst die anderen Rahns nicht, Liebster«, hatte Mēdēya gesagt, während sie rittlings auf ihm saß und sich seine Finger in ihren üppigen Haaren verloren. Er versank in ihren Augen und sog ihren keuchenden Atem ein. Während sie sich immer schneller auf ihm bewegte, hatte sie sich dicht zu ihm heruntergebeugt, drängend, erbarmungslos in ihrer Leidenschaft. »Kein Mahj teilt seine Macht! Töte sie alle, und herrsche allein. Das ist deine Bestimmung.«

In den geistlosen Stunden des Morgens hallten ihre Worte noch immer in seinem Kopf wider. Er konnte sein eigenes Spiegelbild in den Fensterscheiben nicht ansehen, aus Angst, er könnte sich selbst in den geheimen, hochmütigen Winkeln seines Geistes zuflüstern, dass sie recht hatte.

Corajidin irrte ziellos im Zwielicht umher, ein Geist inmitten seiner eigenen Erinnerungen. Manche waren gut, aber die meisten waren überschattet von der Dunkelheit seines Vaters Basyrandin und den Mächten, mit denen er und Corajidins Mutter verkehrt hatten, wenn sie glaubten, Corajidin würde schlafen. Was hatte die Botschafterin gesagt? *Meine Vorgänger hatten eine lange und einvernehmliche Beziehung mit Eurem Haus, Corajidin. Wie beispielsweise mit Eurer Mutter, der Asrahnwitwe … wir kennen euch von alters her. Und haben von euch profitiert.*

Plötzlich fand er sich in Mariams altem Schlafzimmer wieder. Es war ein großer und kalter Raum, die Feuer waren nicht entzündet. Das große Holzbett mit seinem kunstvollen Kopfende, in das das Seepferdchen mütterlicherseits und der Hengst väterlicherseits geschnitzt waren, war gemacht, als könnte sie jederzeit hineinfallen. Er berührte die leeren Waffen- und Rüstungsgestelle. Fuhr mit den Fingern über die vergoldeten Lederrücken ihrer alten Bücher. Aus einem Impuls heraus nahm er eines vom Regal und blätterte durch Seiten, die mit Skizzen bedeckt waren, die sie als Teenager gezeichnet hatte, bevor sie eigensinnig geworden war wie ihre Mutter.

Corajidin lächelte bei der Erinnerung. Im Wein lag die Wahrheit: Farha von den Dahrain war eine eindrucksvolle Frau gewesen, eine Frau, die sich geweigert hatte, Corajidins Possen zu tolerieren. Das war etwas gewesen, das er ebenso sehr an ihr geschätzt hatte, wie es ihn frustriert hatte. Und nicht nur Mariam, auch Belamandris hatte es geerbt.

Was habe ich dir angetan, meine Tochter? Von allen Orten auf dieser Welt, wie konnte ich dich ausgerechnet nach Tamerlan schicken?

»Was machst du hier, Vater?«, fragte Belamandris von der Tür aus. Corajidin wandte sich um und stolperte beinahe über seine Robe. Wein spritzte auf seine Kleider und befleckte den Läufer. Belamandris war vollständig angezogen, bewaffnet und in Rüstung. Sanojé stand in Pelze gehüllt neben ihm.

»Wohin gehst du mitten in der Nacht?« Corajidin sprach überdeutlich, mit dem Stolz des Betrunkenen. Vorsichtig stellte er Mariams Skizzenbuch wieder zurück ins Regal und war froh, dass er nur drei Anläufe dafür brauchte. »Ihr solltet in euren Betten sein. In getrennten Betten.«

»Vater, du hast schon lange aufgehört, irgendwelche Kommentare darüber zu machen, mit wem ich schlafe, seien es nun Frauen oder Männer oder eine Kombination aus beidem. Dein Schweigen in dieser Angelegenheit würde ich mehr schätzen als jede betrunkene Beleidigung, die du mir gleich entgegenschleudern wirst.«

Corajidin stolperte ihm mit ausgebreiteten Armen entgegen, blieb jedoch stehen, als er die Kälte in der Haltung seines Sohns bemerkte. »Was ist zwischen uns passiert? Wir standen uns so nahe, du und ich.«

»Das ist ein Thema, über das wir später reden sollten, in nüchternem Zustand. Was machst du in Mariams Zimmer?«

»Ich bereue. Größtenteils.« Er atmete tief ein, um sich zu beruhigen. »Ich habe Mariam Unrecht getan. Großes Unrecht. Hätte ich die Gelegenheit, die Vergangenheit zu ändern, dann würde ich vielleicht die Stärke zeigen, die ein Vater im Interesse seiner Kinder haben sollte.«

Belamandris und Sanojé wechselten einen Blick. Er flüsterte ihr etwas zu. Sie küssten sich, dann eilte sie davon. Belamandris sah seinen Vater von oben bis unten an, die Augen schmal vor Misstrauen. »Meinst du das ernst, Vater? Würdest du tatsächlich versuchen, einiges von dem Unrecht wiedergutzumachen, das du begangen hast?«

»Natürlich!«

Mit einer schnellen Bewegung nahm Belamandris Corajidin in die Arme und drückte ihn. Corajidin fühlte, wie sein Gesicht warm wurde, und Tränen traten ihm in die Augen. Er vergrub sein Gesicht in der weichen Robe seines Sohns und wischte die Tränen fort, aber sie flossen weiter.

»Dann werde ich ihr das sagen, wenn ich sie von Tamerlan und unserer Großmutter wegbringe.«

Mit diesen Worten war er verschwunden, ein flüchtiger Schemen, der zwischen Licht- und Schatteninseln den Korridor entlangflackerte.

Corajidin stolperte zurück und setzte sich auf Mariams Bett. Sein Sohn hatte ihm verziehen! Und seine Tochter würde gerettet werden.

Er leerte die Weinflasche in einem Zug, dann legte sich Corajidin zurück auf das Bett. Er zog ein Fell über sich, um sich vor der Kälte zu schützen, rollte sich wie ein Ball um seinen leeren Weinkelch und überließ sich endlich dem Schlaf.

Kapitel 10

»Wahrheit und Schönheit liegen im Auge des Betrachters.«
Karisa von den Ijalian, Troubadour und Dichter von Rahn Näsarat fe Roshana (496. Jahr der Shrīanischen Föderation)

60. Tag im 496. Jahr der Shrīanischen Föderation

Am Ende eines weiteren anstrengenden Tages kehrte Indris zu den Schwarzen Archiven zurück.

Drinnen wartete der Herold mit seiner reflektierenden Maske auf ihn und zeigte Indris ein verzerrtes Spiegelbild seiner selbst. Der Herold folgte Indris durch das Zentralarchiv und die sich verändernde Route, die an den Treppenstufen der Kammern entlangführte. Auf seinem Weg hinauf nahm Indris einige Schriftrollen und Protokolle mit, die in weiches schwarzes Leder gebunden waren und vielversprechend wirkten. Die offiziellen Zauberbücher waren eine Enttäuschung gewesen: Sedefke hatte seine Geheimnisse gut verborgen, und es gab nur wenig Hinweise auf das Erwachen in den spärlichen Überresten seiner Arbeiten.

Die größte Enttäuschung war das Fehlen jeglichen Hinweises auf die mentalen Disziplinen des *Mah-Psésahen*. Die Hohen Geisteslehren wurden in den gesammelten Arbeiten des Meisters nicht einmal erwähnt. Es war, als hätte die Methode niemals existiert.

Ähnlich erging es ihm mit Hinweisen zum Traumschlüssel, über die Taqrit Indris in Avānweh befragt hatte. Erwähnungen waren rar. Einige historische Arbeiten beschrieben ihn als einen greifbaren Gegenstand, andere als Person, und zwei Bücher diskutierten ihn als eine Form von Gedankenprozess, der Zugriff auf Traumschichten erlaubte, die als Waffen benutzt werden konnten, oder um die Struktur von Raum und Zeit zu verändern. Die Gründe für die Existenz des Traumschlüssels waren stark überarbeitet worden, in manchen Fällen hatte man sogar ganze Kapitel aus den Büchern herausgeschnitten. In einem Punkt stimmten alle Weisen überein: Der Traumschlüssel war ein Erbe der Drachen, eine wissenschaftliche Haltung, die nicht im Geringsten dafür sorgte, dass sich Indris ruhiger fühlte.

»Ist es gefährlich für mich, wenn ich diese Kammer hier öffne?«, fragte Indris den Herold, als sie in die höchste Etage kamen.

»Dir wird kein Unheil widerfahren.«

Indris lachte leise. »Das war nicht meine Frage.«

»Und doch ist dies meine Antwort.«

»Du hast gesagt, ich habe Dinge erfahren, die ich nicht hätte wissen sollen … oder noch nicht hätte wissen sollen. Ich muss den Baum der Möglichkeiten nicht anwenden, um mir auszumalen, dass sich jemand an meinen Erinnerungen zu schaffen gemacht hat, weil ich etwas herausgefunden habe. Wenn wieder irgendjemand in meinem Kopf herumstapfen wird, weil ich jetzt gerade hier bin, kann ich mir die Zeit auch genauso gut sparen.«

Der Herold schüttelte den Kopf, und die Reflexionen auf seiner Maske kamen in Bewegung und sandten unzählige tanzende Lichtpunkte durch den Raum. »Du wurdest zu den Graten geschickt, weil jemand einen Hinweis darauf gefunden hat, dass du gehen würdest, und überstürzt gehandelt hat. Statt es also selbst herauszufinden, als die Zeit dafür gekommen war, hast du Ereignisse früher in Gang gesetzt als gedacht. Diese Situation hier ist anders. Du erfährst die Dinge jetzt, in diesem Moment, weil du dich dazu entschlossen hast.«

»Du redest hier aber nicht von Prophezeiungen, oder?« Indris konnte den Spott in seiner Stimme kaum unterdrücken.

»Etwas Derartiges gibt es nicht. Es gibt nur die Beobachtung eines Sachverhalts und die Schlüsse, die man daraus ziehen kann – wie bei einer Hochrechnung.«

»Wie den Baum der Möglichkeiten.«

»Wenn du so willst.«

Indris nahm die Herablassung in der Stimme des Herolds wahr.

Der Herold nahm den Glaskrug mit Wasser auf, den Indris mitgebracht hatte, und die alte silberne Trinkschale. Er hielt den Krug in die Höhe und goss Wasser in die Schale. »So siehst du den Ablauf der Zeit. Ein Strom, der von einem Punkt zum nächsten fließt.«

»Du klingst wie Cennoväl in seinen Vorlesungen über Vergleichende Philosophie und Kausalität«, sagte Indris. »Er hat ungefähr das Gleiche behauptet. Ich gehe davon aus, dass es noch einen anderen Weg gibt, Zeit zu verstehen?«

Der Herold riss zwei Knöpfe von Indris' Robe und ließ sie in den Wasserkrug fallen. Er hielt den Krug hoch und schwenkte ihn, sodass schwache Regenbogen zu schimmern begannen und die Knöpfe durch unsichtbare Strömungen herumgewirbelt wurden. Das Wasser schwappte noch für ein paar Augenblicke weiter im Krug herum, bevor es sich wieder beruhigte. Die Knöpfe schwebten in sanften Kurven auf den Grund des Krugs und landeten an unterschiedlichen Stellen. »Wir können eine Strömung sehen, oder wir sehen von einer gewissen Entfernung aus, dass alle Dinge zur gleichen Zeit geschehen. Mit diesem Abstand nehmen wir die Richtung aller Dinge zu allen Zeiten wahr. Das Wasser bewegt sich, wenn es aufgewühlt wird, aber es verlässt das Behältnis nicht. Obwohl die Knöpfe gleichzeitig in das Behältnis geworfen wurden und ihrem eigenen Pfad zu ihrem Bestimmungsort gefolgt sind, haben wir sie von unserem Blickwinkel aus gesehen.«

»Das ist eine Betrachtung ohne die Notwendigkeit einer Hochrechnung.«

»Und was wäre, wenn ich meine Finger ins Wasser tauche und die Bewegungsrichtung des einen oder beider Knöpfe umlenke? Oder einen Knopf herausnehme und durch etwas anderes ersetze?«

Indris nickte. »Dann müsstest du die Variablen in einem konstant sich verändernden und oft sprunghaften Universum verstehen, das eine Unendlichkeit an Variationen bietet.« *Aber wer würde Zeit auf diese Weise betrachten?*

»Die Frage ist nicht, wer, Indris«, sagte der Herold. Indris' Augenbrauen schossen in die Höhe, als er merkte, dass man ihm seine Gedanken aus dem Kopf gezogen hatte. »Es kommt nur darauf an, dass es Leute gibt, die das tatsächlich können und die es auch tun. Es gibt Leute, die beobachten und hochrechnen, und sie wissen, wann sie tätig werden müssen, um sicherzugehen, dass der hüpfende Stein nicht zur Lawine wird, bevor die Zeit dafür nicht gekommen ist.«

»Meine Reise zu den Graten hatte zur Folge, dass du dich zeigen musstest, nicht wahr?« Indris ging weiter und stellte sich vor die Kammer, die seinen Namen trug. »Ojin-mar sagte, du wärst unangekündigt gekommen, um mit dem Suret zu arbeiten und ihn anzuleiten. Wäre es korrekt, wenn ich behaupte, dass du vor acht Jahren aufgetaucht bist – etwa zu der Zeit, als ich auf den Graten angekommen bin?«

»Ja. Und so wie wir Herolde gekommen sind, um gewisse Leute anzuleiten, so wurden andere zu denjenigen geschickt, die sich uns entgegenstellen. Ich bin nur einer von vielen Herolden, so wie die Botschafterin, die Corajidin berät, auch nur eine unter vielen ist.«

»Was ist eine Botschafterin, und warum berät sie Corajidin?«

»Aus dem gleichen Grund, aus dem ich und andere wie ich diejenigen unterstützen, die sich eines Tages versammeln werden für den größten Konflikt unseres Zeitalters: weil du gemacht wurdest und weil du zu früh zu den Graten geschickt wurdest und gewisse Dinge vorzeitig erfahren hast.«

Indris fühlte, wie ihm schwindlig wurde. *Was habe ich nur getan? Vielleicht ist es wirklich besser, wenn ich es nicht weiß!* Er sah an seinem Namensschild an der Kammer vorbei auf das Muster der Schriftzeichen in Maladhoring, die wie Rinnsale durch das gefärbte *Serill* tröpfelten, sich von Augenblick zu Augenblick veränderten und in unverständliches Kauderwelsch verwandelten.

Blick unter die Oberfläche, befahl sich Indris.

Er vertiefte seinen Blick, ließ ihn verschwimmen, damit er die Worte hinter den Worten erkennen konnte, und dann die Worte hinter diesen Worten.

Das mehrschichtige Durcheinander der Maladhoringschriftzeichen verwandelte sich in geordnete Fragen, und sie variierten in Komplexität und Inhalt. Es gab Fragen zu den Theorien der arkanen Formeln und zu Geschichte bis hin zu komplexen Berechnungen der Disentropie und Entropie. Je mehr er seinen Blick vertiefte, desto mehr Fragen enthüllten sich, von denen jede komplexer war als ihre Vorgängerin. Es war ein Ratioschloss.

Im Laufe der nächsten Stunden beantwortete Indris die Fragen, so gut er konnte. Wenn er auf Maladhoring antwortete, begann die Frage zu schimmern, dann verfestigte sie sich im Glas. Manche wurden zu den Speichen eines Rads. Andere krümmten sich, als wären sie Teil eines Zylinderschlosses. Jede beantwortete Frage grub sich in den Schließmechanismus der Tür. Der Herold sah stumm und aufmerksam zu. Indris fragte ihn nicht nach Antworten: Wie der Herold gesagt hatte – welchen Wert hat gegebenes Wissen, wenn die Weisheit erst durch das Lernen entsteht?

Mehrmals musste Indris die Kammertür verlassen, um in den alten Geschichtsbänden nach Antworten zu suchen. Es stellte sich heraus, dass einige der Fragen auf dem Wissensniveau eines Meisters lagen, wenn nicht sogar noch höher. Mit einigen der Themen war Indris überhaupt nicht vertraut. Jeden Band, den er öffnete, und jede Passage, die er las, vertiefte sein Verständnis der Esoterischen Doktrinen.

Indris schnitt eine Grimasse. Seine Augen brannten vor Müdigkeit. Bald würde der Morgen anbrechen, und es waren nur noch ein paar Fragen übrig: eine über das Wesen von Materie, Transformation und Gestaltwandlung, ein paar weitere über arkane Konstruktionsprinzipien in unterschiedlichen Medien, zwei über die Geschichte der Zeitmeister und den Aufstieg und das anschließende Verschwinden ihres Haiyt-Imperiums, eine über Methoden der Ortsveränderung, von denen er noch nie gehört hatte … und eine über das Erwachen, die er noch nicht einmal ansatzweise verstand.

»Bin ich bereit für das hier?«, fragte Indris die Luft um sich und vergaß die Anwesenheit des Herolds.

»Wenn du die Tür öffnen kannst, dann bist du zweifellos bereit.«

»Und wenn nicht?«

Der Herold zuckte die Schultern. »Dann wirst du die Tür nicht öffnen.«

»Das ist äußerst hilfreich, danke.«

»Gern geschehen.«

Indris schüttelte den Kopf, während er sich zu der einzigen Stelle schleppte, an der irgendetwas Nennenswertes über das Erwachen stehen konnte. Es war ein abgeschiedener Teil des Archivs, in dem normalerweise Gelehrte arbeiteten, die sich mit fragwürdigen Dingen befassten. Themen, die als zu gefährlich galten, um Teil des strenggläubigen Kanons zu sein. Und als am gefährlichsten unter diesen Bänden galten die Werke von Yattoweh dem Abtrünnigen.

Unter seinen Arbeiten – sowohl aus der Zeit, als er Sedefkes begabtester Schüler gewesen war, als auch aus seiner Zeit als Erzgelehrter und Großer Meistermagnat des Sēqordens – befanden sich auch die Formulierungen über die Grundlagen des Lernens für die ersten Gelehrten Isendars. Bei den Säulen aus Sand hatte Yattoweh vor seinem Fall Hunderte von Studenten unterrichtet. Als er schließlich in die Ödnis abgetaucht war, hatte er einige der besten und klügsten unter ihnen mit sich genommen. Obwohl er schließlich auf dunkleren Pfaden des Lernens gewandelt war, galt sein frühes Werk als brillant, es kam sogar den Arbeiten Sedefkes gleich. Yattoweh war die einzige andere Person, von der man behauptete, sie hätte tatsächlich verstanden, wie der Prozess des Erwachens funktionierte. Indris hatte ähnliche Dinge in Jiom, Atrea und Manté gesehen, wo Gelehrte, Erfinder und Hexen versucht hatten, die alten Relikte der Sternengeborenen zu verstehen und sie wieder zum Leben zu erwecken. Einige funktionierten noch, Tausende von Jahren nachdem die Menschen auf Īa gelandet waren, aber wenn sie einmal ausfielen, gab es niemanden, der sie reparieren konnte.

Die Energie von Indris' Erwachen, die sich durch und um die Energiezentren seines Körpers geschlungen hatte, veränderte sich und verwandelte sich in so etwas wie Erwartung.

Auf einem kleinen Podest standen acht Bücher, deren weiße Ledereinbände im Laufe der Jahre elfenbeinfarben geworden waren. Es handelte sich um Yattowehs größte literarische Arbeit: *Die Fundamente*. Sie waren in den Säulen aus Sand niedergeschrieben worden und bestanden teils aus Yattowehs Tagebuch, teils handelte es sich um Textpassagen und teils um ein außerordentlich verwirrendes Infragestellen der Dinge. Indris aber war nur an einem Teil des Buches interessiert.

Er blätterte sich durch die alten Schriften und fand schließlich in der Mitte des ersten Bandes, wonach er suchte. Er konzentrierte sich, verfolgte die verblassten Zeilen klarer Kalligrafie und öffnete sein Bewusstsein wie eine Blüte, um die Arbeit eines der größten Geister der Geschichte in sich aufzunehmen.

Es war schwierig zu lesen, die Information war ebenso sehr Allegorie wie Metapher. Indris war gezwungen, ganze Teile mehrfach zu lesen, da sie aufeinander verwiesen. Der Titel *Die Fundamente* war wortwörtlich zu nehmen, da man ohne das Verständnis der früheren Kapitel die nachfolgenden nicht begreifen konnte. Während die Stunden verstrichen, begann Indris langsam die wesentlichen Veränderungen zu begreifen, die das Erwachen bei einer Person bewirkte. Er verstand, wie es den Energiefluss nicht nur im Körper, sondern auch im Austausch zwischen körperlicher, seelischer und intellektueller Beschaffenheit umleitete. Er tippte mit dem Finger auf das bunt kolorierte Bild einer Person, deren Arme und Beine ausgestreckt waren und um deren Wirbelsäule sich eine Schlange wand. Sie führte durch die fünf körperlichen Energiewirbel, dann aufwärts zum Wirbel des Geistes und durch den Wirbel der Seele hinaus. Dort verband sie sich mit dem gewaltigen, außerhalb des Körpers existierenden Bewusstsein.

Eine Passage las Indris zwei Mal, dann ein drittes Mal, um sicherzugehen, dass er richtig verstanden hatte:

Erwachen ist in unserem derzeitigen Stadium der Erkenntnis, wer und was wir sind, ein unnatürlicher Zustand. Einfach formuliert sind weder unser Körper noch unser Geist oder unsere Seele imstande, die Art von Energie auszuhalten, die sie zu kanalisieren haben, sobald sie Erwacht sind.

Das Erwachen ist der Beginn einer langen Reise, die letztendlich in Selbstzerstörung und Wahnsinn endet. Eine regelmäßige Dosis vom Wasser des Lebens kann diese Folgen abschwächen, ebenso wie der sparsame Einsatz der Fähigkeiten, die das Erwachen gewährt. Trotzdem sind die entropischen Auswirkungen des Erwachens im Laufe der Zeit beträchtlich. Wir müssen einen besseren Weg finden, um uns auf derartig gewaltige Kräfte einzustellen. Aber bis wir uns mit Rassen wie den Inoqua, den Rōm oder anderen der Elementarmeister kreuzen – oder eine Generation überlegener Wesen als Teil einer großen Verschmelzung schaffen –, ist jeder Avān, der nicht angemessen in den Esoterischen Doktrinen ausgebildet wurde, dazu verurteilt, Auswirkungen wie den Ahm-*Schlag oder Geistesstürme und fortgeschrittenen entropischen Zerfall zu erleiden …*

Er spürte, wie sich ihm der Magen umdrehte, dann fühlte er Wut in sich aufsteigen. Beinahe hätte er das kostbare Buch gegen die Wand geschleudert.

Faruqen Suret! Die ganze Zeit über haben sie gewusst, dass das Erwachen ein Todesurteil ist, und doch haben sie es immer noch getan! Was haben sie uns sonst noch verschwiegen?

Indris sackte benommen in sich zusammen. Er war wütend und fühlte sich betrogen, wie er da saß mit Yattowehs Enthüllungen im Schoß. Obwohl ihm das, was er in dem Buch gelesen hatte, nicht die Antworten zu den Fragen gegeben hatte, die die Kammer öffneten, hatte es ihn doch auf andere Art aufgeklärt. Indris' Muskeln protestierten, als er sich streckte. Vorsichtig stellte er das Buch zurück an seinen Platz.

Oben schimmerte der Ahnenbaum, ein flimmerndes Licht in der Dunkelheit. Wie Tatsachen inmitten von Wahrheit, inmitten von Lügen.

Indris verbrachte den Morgen in der Manufaktur. Aber heute waren Hitze und Erschöpfung stärker, ebenso wie der Schmerz über seine Entdeckung in Yattowehs alten Texten. Müde rollte er sich auf den warmen Fliesen vor den Schmiedefeuern zum Schlafen zusammen.

Es war beinahe Mittag, die erste Stunde der Spinne, als sich Indris auf den Weg zur *Schwarzen Feder* machte. Mit einem Becher Tee auf dem Bauch saß er zusammengesunken in einem gepolsterten Stuhl vor dem Feuer. Der Lärm in der Taverne war erfrischend, viel besser als die gekünstelte Stille der Studienkammern und Bibliotheken. Hinter ihm veranstaltete eine Handvoll Sēqnovizen ein improvisiertes Konzert.

Der Lärm und die Betriebsamkeit der *Schwarzen Feder* füllte die Stille, die er zu hassen gelernt hatte: Es war die Stille, die ihn an seine fehlenden Freunde erinnerte. Schlimmer noch, er hörte Maris Stimme oder stellte sich vor, wie sie bei ihm saß oder bei ihm im Bett lag und leise atmete. Aber immer war es nur der Wind, beladen mit Geheimnissen, die nur diejenigen hörten, die zu lauschen verstanden. Und das half ihm nicht, die Leere zu überwinden, die er fühlte.

Die *Schwarze Feder* bannte seine Einsamkeit, das Gasthaus war randvoll mit Stadtbewohnern, Studenten und Gelehrten, die Ellbogen an Ellbogen saßen. Avān, Menschen und Seethe, dazwischen ein paar Iku und einige der rothaarigen Katsé, die Fuchsleute, die in den nahe gelegenen bewaldeten Tälern umherstreiften. Da das Gasthaus so voll war, wurde Indris sich des Abstands der anderen noch deutlicher bewusst: Die Tische neben ihm waren leer, und Stühle wurden an überfüllte, entfernter liegende Tische gerückt.

Indris wollte noch einen Schluck Tee nehmen und stellte stirnrunzelnd fest, dass er ihn bereits ausgetrunken hatte. Er erhob sich, um einem der Kellner ein Zeichen zu machen, als Ojin-mar geschickt mit einem beladenen Tablett in den Händen durch die Menge geschlüpft kam.

»Bitte sehr.« Der Scharfrichter der Sēq platzierte das Tablett mit unterschiedlichen Fleischsorten, gebratenem Fladenbrot und Soßen auf dem Tisch. Eine gusseiserne Kanne mit Tee und ein kleines Glas mit Honig waren auch dabei. Indris schob sein Tagebuch, Tuschpinsel und Tintenfass beiseite, um Platz für die großzügige Spende zu machen. Er lächelte dankend, als Ojin-mar sich auf den einzigen anderen Stuhl hockte, der noch in der Nähe von Indris' Tisch stand. Mit geschickten Fingern stellte sich Ojin-mar ein kleines Essenspäckchen zusammen und beförderte es in seinen Mund.

»Was gibt es Neues?«, fragte Indris mit vollem Mund.

»Corajidin hat alle Rahns und Sayfs aufgefordert, am Winterhof in Avānweh teilzunehmen«, erwiderte Ojin-mar kauend. Er schenkte für sie beide Tee ein. »Er redet von einer Aussöhnung zwischen den Fraktionen und von einem einheitlicheren Vorgehen, was seine Herrschaft in Shrīan betrifft. Er hat sogar die ausländischen Gesandten eingeladen, obwohl sie aus dem Land geflohen sind, ehe der Thron unter Corajidins Hinterteil warm werden konnte.«

»Er heckt irgendetwas aus. Ich habe große Zweifel, dass das gut ausgehen wird.«

Ojin-mar lächelte ironisch. »Wirklich? Das haben wir gar nicht bemerkt. Die Hälfte seiner Armee kampiert direkt vor Fandra. Siamaks ältester Sohn Harish und ihr Dichtermeister Indera sind heute Morgen mit der Windbarke in Amarqa angekommen, um die Verteidigung zu planen. Alle Erben der Rahns sind im Laufe der Nacht angekommen – diejenigen, die nicht sowieso schon hier waren. Und ihre Berater ebenso.«

»Corajidin will das haben, was in der Rōmarq versteckt ist«, murmelte Indris. *Und erneut werden die Sēq die Zukunft der Nation gestalten. Als sie Shrīans Anführer alleingelassen haben, sind die panischen Führer zu ihnen gekommen.* »Wir haben ihn schon einmal aufgehalten, und selbst als Asrahn braucht er die Erlaubnis von Siamak, um die Bey-Präfektur zu betreten. Aber er drängt trotzdem vor. Es wird zu Gewalttätigkeiten kommen, dessen kannst du sicher sein.«

Indris nippte an seinem Tee und fühlte, wie er beobachtet wurde. Als er aufblickte, sahen die Leute hastig weg. Ojin-mar bemerkte es und lachte leise.

»Was?«, fragte Indris grimmig.

»Du erschreckst die Leute zu Tode, Indris. Oh, der legendäre drachenäugige Indris ist zum Orden zurückgekehrt!« In gespielter Bewunderung riss Ojin-mar die Augen auf. »Der einzige Mann, der zu den Hazhi-shok gereist und zurückgekehrt ist.«

»Ich bin nicht der Einzige, der von den Graten zurückgekehrt ist. Cennoväl der Drachenlord hat es ebenfalls getan. Und Anj. Aber die Hazhi-shok? Die Drachenzähne? Wirklich, so nennen es die Leute jetzt? Ist das nicht ein bisschen dramatisch?«

»Ha! Drachen sollen nicht dramatisch sein? Niemand hier hat jemals einen gesehen, im Gegensatz zu dir.«

»Nicht dass ich mich daran erinnern würde.«

»Und lass uns nicht vergessen, dass du außerdem die Sklavenbergwerke in Sorochel überlebt hast. Und was du in Amnon vollbracht hast, die Geschichte, wie du Erwacht bist und es zurückgewiesen hast. Und Gestaltwandlerin nicht zu vergessen.« Ojin-mar fuhr fort, als hätte Indris gar nichts gesagt oder als würde er Indris' verärgerten Gesichtsausdruck nicht bemerken, während er von der konfiszierten Seelenklinge sprach. Bei der Erwähnung von Sorochel krampfte sich Indris' Magen zusammen, als er sich an seine Furcht erinnerte. Er nippte an seinem Tee, um sich zu beruhigen, während Ojin-mar fortfuhr.

»Wenn man bedenkt, dass wir in Zeiten leben, in denen ein Riese unter uns wandelt!«

Indris schnaubte. »Ich weiß alles über mich selbst.«

»Tatsächlich?«

»Nun, nein, vermutlich nicht. Ich weiß viel über mich, wie wär's damit? Und ich würde lieber darüber reden, was wir als Nächstes mit den Rahns tun werden. Ich werde Amarqa-im-Schnee in den nächsten Tagen verlassen. Ich war viel zu lange hier; es gibt andere Dinge, um die ich mich kümmern muss.«

Ojin-mar stützte die Ellbogen auf den Tisch. »Indris, wir können dich nicht einfach gehen lassen. Es gibt noch zu vieles, was wir nicht wissen.«

»Und wir sollten den Tatsachen ins Auge sehen: Ihr werdet sie auch in Zukunft nicht herausfinden!« Indris konnte die Erbitterung in seiner Stimme nicht unterdrücken. »Ihr habt keine Ahnung, was mit mir gemacht wurde oder wie man es wieder ungeschehen machen könnte. Aber da draußen kann ich richtig Gutes bewirken, wenn ihr mich lasst.«

»Kannst du die Rahns heilen?«

»Nein«, erwiderte Indris offen.

Ojin-mars Gesicht verfinsterte sich.

»Macht mir keine Vorwürfe für etwas, das Ihr selbst nicht tun könnt. Aber ich weiß – ebenso gut wie Ihr –, warum die Rahns sterben.«

Die Augen des Scharfrichters wurden schmal, und plötzlich war die leutselige Fassade verschwunden. Der Mann, der Indris nun gegenübersaß, dessen *Ahm* durch Narben entstellt war und dem mehrere Finger fehlten, war so hart und störrisch, wie ein Mitglied des Suret es nur sein konnte. Ojin-mar sagte: »Ich würde an deiner Stelle meine nächsten Worte sehr sorgfältig wählen, General Indris. Beinahe so, als würde mein Leben von ihnen abhängen.«

»Ihr droht mir? Wirklich? Wie langweilig. Liegt es daran, dass Ihr nicht wollt, dass die Wahrheit bekannt wird«, Indris senkte die Stimme, »oder weil Ihr tatsächlich nicht wusstet, dass das Erwachen eines Rahns sich zu zersetzen beginnt, sobald die Sēq ihm keine regelmäßige Dosen vom Wasser des Lebens mehr geben? Und dass das Erwachen dann langsam ihren Körper, Seele und Geist vergiftet? Wie haben die Sēq es angestellt, all die Jahrhunderte?«

Ojin-mar zuckte nicht einmal mit der Wimper. »Unsere Agenten in den Hohen Häusern haben das Wasser des Lebens in ihr Essen und ihren Wein geschmuggelt. Wie hast du …?«

»Darum geht es nicht.« Indris sah Ojin-mar in die Augen. »Die Sēq haben mit Corajidin das Gleiche gemacht, nicht wahr? Er wurde unbequem, also hat der Suret beschlossen, ihn durch Nichthandeln umzubringen. Aber die anderen Rahns wurden aus reiner Rachsucht verletzt. Wundert es Euch wirklich, dass ich nicht zum Orden zurückkehren will, wenn die Hirten ihrer Herde so etwas antun?«

»Sei realistisch, Indris!« Ojin-mar sank in sich zusammen. »Hirten. Wir hatten seit den Gelehrtenkriegen keine Herde mehr. Die Leute haben längst vergessen, was der Orden für sie getan hat.«

»Weil ihr euch unter Bergen versteckt oder in Tälern. Ihr mischt euch nur ein, um zu toben und zu drohen! Die Sēq waren einst ein Wunder. Sie waren das Licht, das in der Dunkelheit schien und die Unwissenheit bannte, Hoffnung gab und den Weg in die Zukunft leuchtete. Aber jetzt? Ihr würdet die Anführer umbringen, nur weil eure Gefühle verletzt wurden.«

»Pass auf, was du sagst, General«, warnte ihn Ojin-mar.

»Eine bittere Wahrheit tut weh, was? Aber es kümmert mich nicht, warum ihr getan habt, was ihr getan habt, und ich weiß, dass es nicht die Entscheidung einer einzelnen Person war. Es wird nicht ausreichen, die Rahns mit dem Wasser des Lebens zu behandeln. Aber das wisst Ihr bereits. Der Schaden, der durch den Entzug entstanden ist, kann nicht rückgängig gemacht werden. Wir brauchen etwas Stärkeres, einen flüssigen Extrakt vom *Ahmtesh* selbst, aber selbst das wird nicht für immer reichen. Sie werden im Laufe der Zeit mehr und mehr brauchen, bis sie gar nicht mehr in der Lage sind, so viel zu trinken, dass sie sich am Leben erhalten können. Die einzige Alternative wäre ein Abbruch ihres Erwachens, oder wir finden eine Möglichkeit, sie erneut Erwachen zu lassen und ihre Verbindung mit Ia wiederherzustellen.«

»Würde das Verbundenheitsritual helfen?«

»Es ist auch nicht besser, als das Wasser zu trinken. Die Möglichkeiten sind ein Abbruch, ein erneutes Erwachen oder der Tod.«

»Kannst du sie erneut Erwachen lassen?«

Indris fühlte, wie sich ein schweres Gewicht auf seine Schultern legte. »Ich kann es nicht, aber ich kann versuchen, es zu lernen.«

Anj wartete in seinen Gemächern auf Indris. Sie hatte sich ihrer Robe und ihrer Soutane entledigt und trug nur ihre Weste, Kniehosen und hohe Stiefel. Ihre Federn hatte sie gelöst, sodass sie eine sturmfarbene Masse um ihren Kopf bildeten. Auf ihrer Haut flackerte das Begehren, und ein Licht schwelte in ihren Saphiraugen. Sie hielt einen Weinbecher in der Hand: dem Geruch nach schwarzer Lotus, stechend und leicht betäubend.

»Komm rein, und mach es dir bequem«, sagte Indris und machte eine Geste in Richtung Tür. »Oh, Moment, zu spät. Hast du ja schon.«

»Ich bin deine Frau.« Anj legte sich mit ausgestreckten Beinen einladend auf der Couch zurück. »Wir sollten zusammenleben und nicht in getrennten Kammern.«

»Hmmm.« Indris ging zu seinem Schrank und holte eine saubere Tunika, Hosen und eine Soutane heraus. Er zog sich aus, wusch sich und zog sich an, so schnell er konnte. Anj zog eine Schnute, die ihn beinahe zum Lachen gebracht hätte, aber er wollte sie nicht weiter ermutigen. »Warum bist du hier, Anj?«

»Es ist längst an der Zeit, dass wir reden, mein Gemahl. Du weißt, wie ungemütlich ich werden kann, wenn man mich warten lässt.«

»Wo bist du gewesen?«

»Wie ich schon sagte, meine Geschäfte führen mich hierhin und dahin. Es genügt zu sagen, dass ich andernorts beschäftigt war. Aber ich bezweifle, dass du viel Zeit damit verloren hast, mich ausfindig zu machen.«

»Ich hatte zu tun, Anj. Du hast vielleicht gehört, dass die Rahns unpassenderweise gerade im Sterben liegen?« Ihre gelangweilte Miene sprach Bände. »Ich habe den Sēq geholfen, ein Heilmittel zu finden.«

»Und?« Trotz ihres launischen Tonfalls sah er, wie Interesse in ihrem Blick aufflackerte. »Hast du eins gefunden? Ich habe gesehen, wie Femensetri dich jede Nacht zum *Eibon Hoje* gebracht und dich im Morgengrauen wieder abgeholt hat.«

»Du folgst mir?«

»Eine Frau will nun einmal wissen, warum ihr Mann morgens in der Manufaktur, an den Nachmittagen mit dem Suret und in den Nächten in der Bibliothek arbeitet.« Sie schnürte ihre Weste auf. »Statt seine prachtvolle Frau im Bett zu wärmen, das er mit ihr teilen sollte.«

»Anj … lass mir ein bisschen Zeit, bitte.« Ihr Gesichtsausdruck veränderte sich, und Indris hob beschwichtigend die Hände. »Du hast recht, wir müssen reden. Lass uns bei der Frage anfangen, was auf den Graten mit mir passiert ist.«

Sie erhob sich von der Couch, und ihre Kleidung drohte an ihr herunterzurutschen. Sie schlenderte zu ihm herüber, schlang ihm einen Arm um die Schultern und starrte ihm in die Augen. »Lass uns einen Handel abschließen. Du willst deine Vergangenheit von mir, und ich will deine Gegenwart von dir.« Ihr Gesicht kam dem seinen sehr nahe, ihre blauen Lippen öffneten sich leicht, und ihre Zunge war in einer Andeutung von Rosa hinter den weißen Zähnen zu sehen. Verlangen stieg in ihm auf, wurde jedoch von seinen Gefühlen für Mari bekämpft und von dem schwachen Eindruck einer öligen Präsenz, die Anjs Nähe ihm nun gab und die ihm leichte Übelkeit bereitete. Für einen Moment nahm er den Geruch nach verrottetem Tang und Salzlauge an ihr wahr. »Und über die Zukunft können wir uns dann gemeinsam klar werden.«

»Was ist auf den Graten mit mir passiert, Anj? Der Suret hat unser Zusammensein nie gebilligt, warum sollte er also ausgerechnet dich ausschicken, um mich zu finden?«

»Kannst du die Rahns retten, und ihr Erwachen, Indris?«, konterte sie. »Oder wirst du einen Abbruch vornehmen müssen, weil sie sonst nicht überleben?«

Indris fühlte, wie ihm kalt wurde. »Woher weißt du das?«

»Wir beide haben Fragen, auf die wir Antworten haben

wollen, Indris.« Anj leerte ihren Weinbecher und ließ sich aufs Bett fallen. Als Indris beharrlich stehen blieb, verschwand ihr Lächeln. »Komm hier runter, mein Gemahl. Du willst Antworten, ich will Antworten. Und jetzt scheint der perfekte Zeitpunkt zu sein.«

»Ich muss arbeiten, Anj. Meine Neugier wird noch ein bisschen warten müssen.«

»Bis keine Leben mehr von dir abhängen?«, fragte sie in scharfem Ton. Anjs freundliche Fassade geriet ins Wanken und enthüllte eine Spur der darunterliegenden Dunkelheit. Indris fühlte den schlüpfrigen Nachhall, der über seine disentropische Färbung streifte, und ihre Gestalt verschwamm für eine Sekunde, bevor sie sich wieder stabilisierte. *Will ich wirklich nicht wissen, was du da verbirgst? Ist es mir so wichtig zu erfahren, was du weißt?* »Und wann wird dieser Tag kommen, mein Gemahl? Wird der Tag jemals kommen, an dem du nicht davonstürzt, um irgendjemanden zu retten, obwohl es Leute gibt, die dir so viel näher stehen und die dich ebenfalls brauchen?«

»Sie brauchen meine Hilfe, Anj. Soll ich sie im Stich lassen?«

»Manchmal muss man Leute ihrem Schicksal überlassen, Indris. Damit sie wieder aufsteigen oder ertrinken können. Das ist der Lauf der Dinge.«

»Und manchmal muss man den Leuten zeigen, wie man schwimmt. Das wäre eigentlich die Aufgabe der Sēq. Sie lehren, und sie beschützen.«

»Aber so sind sie nicht mehr.«

»Einige von uns, von ihnen, versuchen es aber.«

»Weil sie schwach sind?«

Indris hielt die Tür auf und machte ihr ein Zeichen zu gehen. Als sie keinerlei Anstalten dazu machte, ging er hinaus und schloss die Tür hinter sich.

Kapitel 11

»Von den wenigen bedauerlichen Momenten in meinem Leben, in denen ich nicht im Interesse von anderen und nach meinem Gewissen gehandelt habe, kann ich sagen, dass sie alle von der Kurzsichtigkeit der Rache geschürt wurden.

Niemand kann klar sehen mit Blut in den Augen.«

Aus: Im Dienst am Volk, *von Palatin Navaar von Oragon, im zweiten Jahr seiner Herrschaft (490. Jahr der Shrīanischen Föderation)*

60. Tag im 496. Jahr der Shrīanischen Föderation

Mari warf die Staffelei um, und das kostbare Papier und die Kohlestifte verstreuten sich auf dem Boden der verglasten Sonnenveranda. *Nicht dass hier an diesem verfluchten Ort die Sonne scheinen würde! Alles, was es hier gibt, sind verdammter Regen und Schnee.* Die Welt hinter dem schmutzigen Fenster wirkte wie ein unvollendetes Aquarell in Schwarz-Weiß, das der Daumen des Künstlers verschmiert hatte, sodass die grauen Spuren von Morgenrauch, Nebel und Regen über Stadt und Meer zu sehen waren. Die Welt sah so klein aus, dass sie das Gefühl hatte, sie könnte das Fenster öffnen und ihre Ränder berühren. Beschämt hob sie ihre Papiere und die Kohlestifte wieder auf und glättete die Ecke eines der Blätter, das sie geknickt hatte. Es war schwierig genug gewesen, an das Material zu kommen; es war das Geschenk von jemandem, der neue Hoffnung in Maris Widerstand gegen die Asrahnwitwe sah.

Tränen traten ihr in die Augen und wurden ärgerlich weggewischt. Die Neuigkeiten von Indris' Tod lagen ihr wie Steine im Magen. Eine Schwere tief in ihren Knochen, wo die Liebe sie einst so leicht gemacht hatte. Liebe. Das Wort hallte in ihrem Kopf wider und war süßer und zugleich bitterer, da sie es nie laut ausgesprochen hatte. Mari ging zu der kleinen Anrichte hinüber und goss sich ein Glas voll Whisky ein, das sie in einem Zug leerte. Dann schenkte sie sich noch einmal ein. Sie hielt das Glas fester, als sie merkte, dass ihre Hände zitterten und ihr wieder die Tränen in die Augen stiegen.

»Störe ich?«, fragte Qesha-rē von der Tür her. Die Wundärztin trug ihren Kasten mit Instrumenten und Salben bei sich.

Mari wischte sich die Augen trocken und machte der Ärztin ein Zeichen einzutreten. *Bei den Ahnen, ich habe niemanden sonst, der meine Gesellschaft sucht.*

Qesha-rē kam durchs Zimmer auf sie zu, und ihre Besorgnis war ihr deutlich anzusehen.

»Es ist nur eine Bagatelle, mach dir keine Sorgen.« *Der Mann, den ich liebe, ist tot.* Mari atmete tief und stockend ein, und der Atemzug verwandelte sich beinahe in ein Schluchzen, aber sie lächelte nichtsdestotrotz. »Was verschafft mir das Vergnügen?«

»Ich muss los und die Routineuntersuchungen bei einigen deiner Cousins durchführen, ich habe also nicht viel Zeit. Wir müssen uns vorsehen und sollten nicht zu viel Zeit miteinander verbringen, Mari. Aber du hast mich gefragt, ob ich irgendetwas über den Verschmelzungsprozess wüsste. Heute Morgen habe ich gehört, wie Nadir und Eladdin darüber geredet haben. Offensichtlich ist Eladdin überglücklich, dass nicht er ausgewählt wurde, und er war entsetzt, dass seine Mutter es überhaupt in Erwägung gezogen hat. Um ehrlich zu sein, ich glaube nicht, dass irgendjemand wirklich weiß, was es ist, außer dass die Person, die dem Prozess der Verschmelzung ausgesetzt wird, nicht als dieselbe wieder herauskommt … sofern sie überhaupt wieder herauskommt. Offensichtlich wird es mithilfe eines Apparats vorgenommen, den dein Vater vor einiger Zeit in Betrieb zu nehmen versucht hat. Und es sieht so aus, als hätte die Akademie der Erfinder in Avānweh die Lösung für seine Probleme gefunden. Die Botschafterin spricht für ihn, sagen sie.«

»Ein Apparat?« Mari zermarterte sich das Hirn. Die Beschreibung half nicht viel weiter: Es gab viele Apparaturen aus den Zeiten alter Imperien, die ihr Vater begehrte. Sie fröstelte. *Vater. Es ist mittlerweile kaum mehr als ein Wort. Auf jeden Fall weniger als der Mann, der mich einst aufgezogen hat.* Sehr behutsam fragte sie: »Was ist eine Torque-Spindel?«

»Das haben sie nicht gesagt.«

Mari fluchte in sich hinein. »Ist Vahineh gesund genug, um zu reisen?«

»Nicht schnell und nicht weit, aber wir haben keine große Wahl«, sagte die Ärztin und nickte zu dem Weiß vor den Fenstern. »Mari, es könnte sie umbringen, wenn wir sie mitnehmen.«

»Diese Leute werden sie töten, Qesha. So oder so wird Vahineh durch ihre Hände sterben. Ich schätze deine Standesethik und die Schwüre, die du als Heilerin geleistet hast, aber wenn sie hierbleibt, wird sie sterben.«

Die Wundärztin fuhr sich mit den Fingern durchs Haar. »Also gut. Was ist mit Nadirs Soldaten oder den Hexen, die sie bewachen?«

»Ich werde mich um sie kümmern. Sorg du bitte dafür, dass sowohl du als auch Vahineh heute Nacht bereit zum Aufbruch seid.«

»Wie werden wir entkommen?«

Mari sah in die Dunkelheit hinaus. In der Bucht wirbelten sanfte weiße Schneeflocken, und von der *Sucher* war nichts zu sehen. »Ich muss ein paar Freunde sprechen, aber ich gehe davon aus, dass wir sehr schnell aufbrechen müssen. Ich bezweifle, dass in diesem kalten Stein, den meine Großmutter statt eines Herzens hat, Platz für Vergebung ist für das, was ich tun werde.«

»Du hast Freunde in Tamerlan?«

Mari gestattete sich ein leises Lachen, und zum ersten Mal seit langer Zeit kam es von Herzen. »Und was für welche.«

»Was wollte die Wundärztin?«, fragte Nadir wenige Minuten nachdem Qesha gegangen war, um sich um andere Patienten zu kümmern.

Mari starrte Nadir mit gerunzelten Brauen an. »Sie ist gekommen, um sich meine Wunden anzusehen. Warum sonst?«

»Das frage ich dich.« Nadir glitt weiter ins Zimmer. Zwei seiner Verbannten blieben wachsam an der Tür stehen, die Hände auf den Griffen ihrer Langmesser. Nadir schenkte Mari einen bewundernden Blick.

»Du siehst gut aus. Viel besser, als man erwarten würde, wenn man bedenkt, was du hier für Zeiten durchlebt hast.«

»Die Zeiten unter der Gnade von dir und der Schwarzen Schlange, meinst du?« Mari lachte bitter. »Oder unter den Händen der Asrahnwitwe? Ihr seid einer so schlimm wie der andere, und ihr werdet alle gemeinsam stürzen. Glaub mir.«

»Du bist nicht in der Welt, die dich liebt, Mari.« Nadir sprach drängend. Er streckte eine Hand aus, ließ sie jedoch sinken, als er die Wildheit in Maris Blick bemerkte. »Du bist weit entfernt von ihr. Aber du kannst immer noch gerettet werden.«

»Vor dieser Verschmelzung, von der ihr ständig redet? Was ist es, Nadir? Was genau haben mein Vater und die Botschafterin mit mir geplant?«

»Die Botschafterin hasst dich, Mari. Sie hat deinem Vater gedroht und ihm gesagt, er dürfe Indris nichts zuleide tun.«

»Warum? Ich habe ihr nichts getan! Und was hat Indris mit der ganzen Sache zu tun?« *Indris ist tot, Nadir. Da gibt es nur noch wenig, was mein Vater ihm jetzt noch antun könnte.*

»Aber dir kann noch viel angetan werden, Mari. Selbst du wirst am Ende zerbrechen, wie alle. Akzeptiere es.«

»Das werden wir dann sehen.« Mari verzog den Mund. »Ich mag auf diesem Felsen hier mit dir festsitzen, Nadir. Aber du sitzt genauso in der Falle wie ich. Und bevor mein Ende kommt, werde ich deine Leiche in den Garten der Steine bringen, um dich brennen zu sehen. Das schwöre ich.«

»Ich würde auf sie hören, Nadir«, erklang eine vertraute Stimme von der Tür her. »Meine Schwester pflegt keine leeren Drohungen zu machen.«

»Belam?« Mari stockte der Atem. Ihr Bruder stand in der Tür. Seine rubinfarbene Rüstung glitzerte unter der dunklen Kleidung, und die Kapuze seiner Robe hatte er zurückgeworfen, sodass sein goldenes Haar zu sehen war. Neben ihm stand eine kleine tanisische Frau. Zu Maris Überraschung starrten Nadirs Verbannte die Tanisierin mit einem Ausdruck an, der an Grauen grenzte, und wichen zurück. Belam schenkte Mari ein kleines, zögerndes Lächeln, das er beibehielt, während er Nadir abschätzend betrachtete.

»Belamandris!«, keuchte Nadir mit bleichem Gesicht. Seine Hände fuhren zu den Griffen seiner Messer, doch Belam gab nur einen leisen, missbilligenden Laut von sich. Nadir erstarrte.

»Würdest du uns allein lassen, Nadir?«, fragte Belam. »Ich möchte mit meiner Schwester reden. Allein.«

»Aber mein Vater und die Asrahnwitwe …«

»Mach mir keinen Kummer, Nadir.« Belam glättete die Falten seiner Robe, sodass der Griff seiner Schicksalsklinge sichtbar wurde. »Geh, solange ich es dir noch gestatte.«

Nadir errötete vor Zorn, forderte sein Glück jedoch nicht weiter heraus. Der ehemalige Verbannte stürmte aus dem Raum und achtete darauf, dass er einen weiten Bogen um den Witwenmacher und seine tanisische Gefährtin machte. Als er fort war, gab Belam seiner Begleiterin ein Zeichen, einzutreten und die Tür zu schließen.

Der Zorn explodierte in Mari wie ein Geschwür. Sie trat vor und rammte Belam den Ellbogen in den Kiefer. Ihr Bruder fiel auf die Knie, und Tränen traten Mari in die Augen. Als die Tanisierin ein Canto anstimmte, hob Belam die Hand, um sie zu stoppen. Unsicher kam er wieder auf die Füße, und Mari rammte ihm die Faust in den Magen. Jetzt hatten ihre Tränen zu fließen begonnen. Belam krümmte sich, richtete sich jedoch wieder auf. Mari schlug härter zu, und ihr Bruder landete flach auf dem Rücken. Als er wieder aufstand und sich das Blut von den Lippen wischte, schluchzte sie. Ihre nächsten Schläge waren eine unwirksame Mischung aus Gram, Einsamkeit und Kummer. Belam steckte alle Schläge ein, ohne sich zu wehren. Die Hexe beobachtete die Szene mit großen Augen.

»Was machst du hier?«, fragte Mari schluchzend. »Du hast zugelassen, dass sie mich hierherbringen, Belam! Mein eigener Bruder hat mich bei dieser …«

»Es tut mir leid, Mari.« Belam breitete die Arme aus, aber Mari war noch nicht bereit, sich von ihm trösten zu lassen. »Es gibt nichts, was ich sagen könnte, um das Geschehene ungeschehen zu machen. Ich hatte keine Ahnung, dass Jhem und Nadir dich hierherbringen würden. Vater hat mich zurückbefohlen und dich in ihrer Obhut zurückgelassen.«

»Obhut!« Mari wollte schreien. Knurrend entblößte sie die Zähne und ballte die Fäuste. »Hast du auch nur eine Ahnung, was sie mir angetan haben?«

»Nein.« Belams Stimme war wie Eis, ebenso wie sein Gesichtsausdruck. Seine Haltung hatte etwas Erschreckendes an sich, das Mari frösteln ließ. »Was haben sie dir angetan, Mari?«

Sie richtete sich auf. »Nichts, was ich nicht selbst regeln könnte. Nicht das, was du vielleicht denkst, Belam – es gibt da noch ein paar Grenzen, die sie nicht zu überschreiten wagen. Bist du hier, um Vaters neueste Forderung zu erfüllen, diese Verschmelzung, die die Botschafterin durchführen will?«

Die Tanisierin unterdrückte ein bitteres Lachen und sagte etwas in dem Singsang des tanisischen Avān, das Mari nicht verstand.

Die Frau wiederholte ihre Worte in shrīanischem Avān. »Dein Vater hat eine fragwürdige Entscheidung zu viel getroffen, Pah Mariam. Belam und ich sind der Meinung, dass es besser ist, erst einige Tatsachen herauszufinden und zu prüfen, ehe wir so tun, als würden wir die Wahrheit kennen.«

»Wer ist deine Freundin?«, fragte Mari ihren Bruder spitz.

Belam machte der Frau neben sich ein Zeichen. Sie taxierte die viel größere Mari und reckte das Kinn vor.

Belam nahm die Tanisierin bei der Hand und sagte: »Mari, dies ist Pah Avān Chepherundi op Sanojé, ursprünglich aus Tanis, nun von wo auch immer wir uns gerade aufhalten.«

»Wir können dir helfen«, sagte Sanojé leise. »Wir kennen die Pläne deines Vaters, und wir kennen die dunklen und verschlungenen Pfade, auf denen sich sein Geist bewegt. Wir wissen von seinem Handel mit der Botschafterin …«

»Die Botschafterin?« Maris Gesicht verfinsterte sich. »Irgendjemand muss diese Frau stoppen.«

»Sie hat Vater gerettet, und sie hält noch immer sein Leben in Händen«, sagte Belam. »Für jede Wohltat, die er von ihr verlangt, fordert sie noch mehr von ihm – sie war es, die ihn dazu gezwungen hat, dich hierher an diesen verfluchten Ort zu verbannen.«

»Ich habe gehört, dass sie mir nicht gerade wohlgesinnt ist. Aber was bin ich für sie, dass sie mir das antun will?« Vom anderen Ende des Korridors her erklangen ein Horn und das laute Klirren von Metall. »Wenn ihr nicht hier seid, um mich zu töten, warum dann?«

»Es ist eine Befreiungsmission«, sagte Belam. »Eine längst überfällige. Eine, die mir helfen wird, meine Ehre wiederherzustellen und deine Freundschaft zurückzugewinnen. Irgendwann einmal vielleicht sogar deine Liebe und deinen Respekt.«

»Belam«, sagte Mari zögernd. »Ich kann nicht einfach vergessen, was ich hier erlebt habe.«

»Das erwarte ich auch nicht. Ich bin dein Bruder, und durch mein Nichthandeln ist dir Unrecht widerfahren. Durch mein Handeln ist anderen Unrecht widerfahren. Sanojé und ich, wir wissen, dass wir viel tun müssen, um unsere Taten wiedergutzumachen. Aber kann unser Versuch, dir zu helfen, nicht ein Anfang sein?«

Mari sah Belam fest in die Augen. »Ich könnte Hilfe gebrauchen. Tatsächlich habe ich Pläne, bei deren Umsetzung du mit deinen Fähigkeiten ideal wärst. Du bist mein Bruder, und du hast mich noch nie belogen. Aber halte mich nicht zum Narren, Belam. Du willst mich nicht zur Feindin haben, glaub mir.«

»Das tue ich nicht.«

»Dann hilfst du mir?«

»Wobei?«, fragte Belam.

»Bei meiner Flucht.«

Die Mittagssonne war hinter Wolken verborgen und die Herzenshalle von Tamerlan zum Bersten gefüllt. Die Feuer brannten so heiß, dass die meisten Leute sich bis auf ihre Tuniken und Hosen ausgezogen hatten. Die groben Fenster und gefliesten Wände schwitzten, und das Wasser tropfte von der Decke. Ein Diener spülte mit einem Eimer Wasser Blut vom Boden, während ein anderer mit einem groben Besen den Unrat in Richtung des großen Schlunds schob.

Die Familie der Asrahnwitwe hatte sich um sie versammelt, die Gesichter ebenso sehr von Furcht wie von Stolz gezeichnet. Eladdin stand blutüberströmt und mit nackter Brust da, die Arme weit ausgestreckt, während das Blut von seinen Messern tropfte und die Kriecher im Sprechchor seinen Namen riefen.

Mari bahnte sich ihren Weg zu einem Tisch, der mit Tabletts voller Fisch und Meeresfrüchten beladen war, mit Reis und gegrilltem Seegras und Bierkrügen und Hörnern mit Honigwein, die in Bottichen mit schmelzendem Schnee kühl gehalten wurden. Ein Blick von ihren Cousins reichte aus, um ihr zu signalisieren, dass sie an der Hohen Tafel nicht willkommen war. Belam und Sanojé spielten ihre Rolle und hatten es sich unter den Familienmitgliedern gemütlich gemacht. Maris Blick wanderte zu den leeren Stühlen an dem einen Tischende, wo sie und Dhoury gesessen hatten. Ihre Finger verkrampften sich vor Zorn, während sie sich vorstellte, wie sie sie um den dürren Hals ihrer Großmutter legte.

Solange ich lebe, wird diese alte Hexe niemanden mehr dem Meer übergeben.

Mit einem Bierkrug und einem kleinen Teller mit Essen

in der Hand schlenderte Mari durch die Menge. Gelegentlich vergewisserte sie sich, ob irgendjemand von Bedeutung ihr zu viel Aufmerksamkeit schenkte. Die Soldaten, die der Asrahnwitwe ihren Eid geleistet hatten, behielten Mari im Blick; zwei folgten ihr mit etwas Abstand, kamen aber nicht näher. Sie schlug die gierigen Hände einiger schwankender, schwitzender Trunkenbolde beiseite. Eladdin warf ihr finstere Blicke zu, das Gesicht rot von Alkohol und Blutgier – bis auf die Stellen, wo sich noch die Verfärbungen der Schläge von ihrer letzten Begegnung abzeichneten. Die Klapperschlange wandte sich an seine Männer und sagte etwas. Sie blickten in Maris Richtung und lachten.

Mari lächelte zurück, zeigte auf ihre Nase und tat so, als ob sie weinen müsste. Seine Clique versuchte ihn aufzustacheln, aber Eladdin wandte den Blick ab und blieb auf Abstand.

»Es ist gefährlich, noch lange zu warten, Pah Mariam«, sagte Kyril, als er an ihr vorüberging. Er blieb stehen, um zwei jungen Männern beim Ringen zuzusehen. »Das Wetter wechselt, und die Zeit wird knapp. Wenn wir überhaupt noch von hier wegkommen wollen, müssen wir bald los.« Er nippte an seinem Bier, schnitt eine Grimasse und spuckte es wieder in den Krug. »Wie können die Leute nur dieses Gesöff trinken? Der Gedanke, hier überwintern zu müssen und nichts zu trinken zu haben außer dieser Pisse, ist offen gestanden mehr, als ich ertragen kann. Also, liebste Prinzessin, lass uns dich und deine kranke Freundin von hier fortschaffen, in Ordnung?«

Mari nickte. »Ist heute Nacht schnell genug? Eine Sache muss ich noch erledigen, bevor wir fahren.«

Der Nahdi sah sie mit erhobenen Augenbrauen fragend an.

»Ich muss noch meine Großmutter töten.«

Kyril schnaubte, doch dann wurde ihm klar, dass es ihr ernst war. »Wir haben keine Zeit für Rachefeldzüge, Pah Mariam! Deine Freunde – und mein Mann – haben viel riskiert, als sie hierhergekommen sind, um nach dir zu suchen. Morne ist ein Mann von Ehre, worunter manchmal die Vernunft leidet. Deswegen hat er mich: damit ich es ihm sage, wenn ein Auftrag keine weise Investition mehr ist. Um der Liebe willen, die Morne für Indris hegte, und um der Liebe willen, die deine Freunde für dich empfinden, heb dir deine Vergeltung für ein andermal auf.«

Mari trat zur Seite, um der Menge Raum zu geben, die sich um die ringenden Männer bildete. Sie machte Kyril ein Zeichen, ihr zu folgen, und die beiden schlüpften in der wachsenden Menge davon und entzogen sich den Soldaten, die ihnen zu folgen versuchten. Der Korridor war düster und kalt, und ihr Atem dampfte im grauen Licht, als sie noch mehr Abstand zwischen sich und die Vorübergehenden brachten.

»Wir können unauffällig von hier verschwinden, Mari.« Kyril sprach leise. »Es ist nicht nötig, mit einem Stock im Wespennest herumzustochern.«

»Ist Morne hier?«

»Nein.« Kyril sah sie misstrauisch an.

»Ich muss mit ihm reden.«

»Du wirst beobachtet, oder ist dir das noch nicht aufgefallen?«

»Doch, es ist mir aufgefallen. Kannst du Morne hierherbringen?«

»Nicht vor heute Nacht, nein. Und ich werde sein Leben nicht für dich aufs Spiel setzen, wenn ich nicht muss.«

»Dann muss ich zu ihm. Jetzt.«

»Das stellt uns mehr oder weniger vor dasselbe Problem«, erklärte Kyril trocken.

»Ich kann kommen und gehen, ohne gesehen zu werden, wenn es auch nicht ganz ungefährlich ist.«

Kyril murmelte vor sich hin, machte Mari jedoch ein Zeichen zu gehen. »Ich treffe dich in einer Stunde bei der alten Sonnenuhr auf dem kleineren der Plätze in der Stadt. Ist das Zeit genug?«

Mari nickte, während sie sich entfernte. Doch plötzlich stand sie der Gesamtheit ihrer Wache gegenüber.

»Mit wem hast du gesprochen?«, knurrte einer von ihnen.

Mari gab sich gelangweilt. »Ich gehe jetzt auf mein Zimmer.« Sie verdrehte die Augen. »Das, was ihr hier Unterhaltung nennt, hat mich schlicht überwältigt. Ich muss mich dringend von der Aufregung erholen.«

Der *Savadai* streckte die Hand aus. »*Wer war …*«

»Irgendein verfluchter Nahdi, der unbedingt dem alten Hai vorgestellt werden wollte.« Sie lachte bissig. »Beruhigt euch, Jungs. Ich habe ihn weitergeschickt. Und jetzt wäre ich gern allein, wenn's recht ist.«

Die Wachen schenkten Mari noch ein paar erboste Blicke, während sie kichernd an ihnen vorüberging. Aber sie stellten keine Fragen mehr und schritten hinter ihr her, als sie zu ihrem Zimmer ging. Als sich die Tür hinter ihr schloss und das Einrasten der Schlösser ertönte, wechselte Mari hastig die Kleider und nahm ihren Mut zusammen für eine weitere nervenaufreibende Überquerung des Simses.

Kyril wartete am verabredeten Treffpunkt inmitten einer Menge aus Händlern und Kunden, die sich auf dem Platz drängten. Er rieb sich gerade die behandschuhten Hände über einem Kohlebecken, als sie sich näherte.

»Es scheint, meine Liebe, als wären wir beide Kinder des Sommers.« Die Atemwölkchen lösten sich im Grau auf, und die Gebäude und Passanten waren kaum mehr als verschwommene Umrisse. Die Kohlebecken auf der Straße tauchten die Gesichter der Umstehenden in ein gespenstisches Orange. Auch die Geräusche waren gedämpft: das Knarzen von Schiffsspanten, das Ächzen von Wagenrädern und die Stimmen der Leute, die das Pech hatten, draußen sein zu müssen. Er machte ihr ein Zeichen, ihm zu folgen.

»Woher kommst du, Kyril?«, fragte Mari, als er sie durch die schattigen Winkel der Stadt führte. »Ursprünglich, meine ich.«

»Ich wurde in Darmatia geboren«, sagte der Krieger wehmütig. »Es ist ein wundervolles Land. Mit wogenden Feldern aus smaragdgrünem Gras und einem Himmel, der so hoch und weit ist, dass du glaubst, du könntest direkt in ihn reinfallen und er würde niemals aufhören. Und Pferde gibt es da! Hast du unsere Pferde gesehen, Pah Mariam?«

»Nenn mich einfach Mari«, sagte sie. »Und nein, ich bin nie aus Shrīan herausgekommen.«

»Du solltest nach Darmatia kommen, und sei es nur, um ein Zherba zu sehen. Sie sind ein Wunder der Natur, Mari. Stark und intelligent. Sie wählen sich ihre Reiter selbst aus, nicht umgekehrt. Der Legende nach sind sie die Essenz der Welt, die Gestalt gewordene Sehnsucht Īas nach Freiheit und Ungebundenheit.«

Sie tauchten in die Schatten einer engen Gasse ein. Lichtschein drang aus den Ritzen der Fensterläden, und Laternen hingen wie Glühwürmchen über den Türen. Lederer, Glasbläser, das Stampfen und Klirren einer Schmiede, Tischler und Kaufmannsläden: Es gab keine Tee- oder Kaffeehäuser, keine Galerien oder Bibliotheken. Kyril blieb stehen und hielt eine windschiefe Tür und den Ledervorhang dahinter auf. Rasch traten sie ein und genossen die plötzliche Wärme. Mari wartete, während Kyril den Vorhang wieder an Ort und Stelle rückte.

Die Taverne bestand aus einem beengten Raum mit rauchgeschwärzten Balken über einem gepflasterten Boden und niedrigen Bänken und Tischen, die unter schmutzig gelbem Lampenlicht verstreut standen. Undeutliche Gestalten saßen über ihre Mahlzeiten und Getränke gebeugt. In der Luft hing der schwere Geruch nach Fisch und Gewürzkräutern und nach Holz, das sich über die Jahrzehnte mit Wein und Bier vollgesogen hatte. Es war ein stiller Ort, angefüllt mit einer ebenso stillen Drohung.

»Und wo hast du Morne getroffen?«, fragte sie leise.

Kyrils Augen funkelten, und sein Lächeln war so ansteckend, dass Mari es reflexartig erwiderte. *Er vergöttert ihn wirklich,* dachte Mari.

»Morne Falkenholz. Wir haben uns bei den Unsterblichen Gefährten kennengelernt, als wir in den Krisenstädten an der Grenze zwischen Tanis und Manté gekämpft haben. Das war vor etwa zehn Jahren, schätze ich. Er war so schön, bevor die Welt ihren Zoll von ihm gefordert hat. Sie hat ihm Schicht um Schicht abgeschlagen und darunter einen sogar noch schöneren Mann enthüllt. Morne, seine Schwestern und Brüder sowie eine beachtliche Zahl der Unsterblichen Gefährten stammen von den Flüchtlingen von Ivoré ab. Wir …«

»Ivoré? Ich habe noch nie davon gehört.«

»Das haben nur wenige«, sagte Morne, dessen großer Umriss plötzlich zwischen den schwachen Lichthöfen der Lampen aufragte. Er küsste seinen Mann, dann beugte er sich herab und küsste Mari auf die Wange. »Weil es nicht mehr existiert, und nur wenige außer uns erinnern sich an den Namen. Wir sind ein Volk ohne Land, und unsere Zahl schrumpft von Generation zu Generation. Aber wir Sucher halten Ausschau nach den besseren Tagen, die kommen werden.«

Morne nahm Kyrils Hand und führte die beiden in den

hinteren Teil der Taverne. Mari kam an ein paar Gesichtern vorüber, die sie auf Deck der *Sucher* gesehen hatte und wiedererkannte. Nahdi, die von der tanisischen Sonne gebräunt, mit Edelmetallen bewaffnet und mit glitzernden Steinen geschmückt waren. Sie erinnerten sie an die Verbannten und das Vermögen, das sie aus den Krisenstädten zurückgebracht hatten. Ein Vermögen, das ihr Vater benutzt hatte, um sich die Asrahnkrone zu kaufen. Um einen Tisch saßen Leute, die Mari für Mornes Offiziere hielt, außerdem zwei Gestalten, die jetzt ihre Kapuzen zurückzogen: Shar und Ekko.

»Man ist euch nicht gefolgt?«, fragte Morne, als er sich setzte.

»In dieser Brühe?«, erwiderte Kyril. Er streifte seinen großen Umhang ab und faltete ihn sorgfältig.

Morne schenkte Wein in zwei angeschlagene Gläser und reichte eines seinem Mann und eines Mari. Kyril wies mit dem Kopf auf Mari. »Mari wird beobachtet, aber sie hat gesagt, sie muss mit dir reden, und wir haben keine Zeit mehr für Verzögerungen.«

»Kann ich offen reden?«, fragte Mari und wies auf die anderen am Tisch.

»Meinen Offizieren kann man trauen«, sagte Morne.

Morne sah Kyril an, der die Schultern zuckte, bevor er sprach. »Mari will ganz offensichtlich alle auf Tamerlan umbringen.«

»Nicht alle, nein«, sagte Mari. »Nur diejenigen, die sich an das Beispiel halten, das die Asrahnwitwe setzt. Die Avān müssen zu Besserem imstande sein. Vahineh rauszuschaffen wird nicht ganz leicht werden, aber ich kann keine Rahn hier zurücklassen, die die Asrahnwitwe, Jhem, Nadir oder diese Botschafterin benutzen können, um ihre eigene Position zu stärken. Ich habe die Asrahnwitwe gut genug kennengelernt, um zu wissen, dass die Welt sich ein wenig leichter drehen würde, wenn sie ihr Gewicht nicht mehr tragen muss.«

»Mari hat recht«, sagte Shar. »Corajidin will wieder ein Imperium der Avān errichten, und er hat bewiesen, dass er vor nichts haltmacht, um zu bekommen, was er will.«

»Diese Botschafterin macht mir ebenfalls Sorgen«, fügte Morne hinzu. »Ich habe andere ihrer Sorte in Eidelbon, der großartigen Stadt der Masken, in Manté gesehen. Die Botschafterin dort war mit geschwärzter Jade maskiert. Man wusste, dass sie den Katechismus berät, der Manté regiert – und wohin Manté deutet, dahin marschiert das Eiserne Bündnis.«

»Nun, diese Botschafterin hier dient meinem Vater«, erwiderte Mari. »Und wenn wir sie vernichten könnten, dann wären wir einen Schritt weiter. Aber, Morne, du und deine Gefährten müssten für Ablenkung sorgen, damit ich Vahineh in der Verwirrung rausschaffen kann.«

»Willst du eine große, eine größere oder die größte?«

Mari streckte die Hand aus und tätschelte Mornes Wange, womit sie den vernarbten Mann zum Lächeln brachte. Sie nickte Kyril zu und sagte: »Ich verstehe schon, warum du ihn liebst. Du solltest ihn behalten.« Mari wandte sich wieder an Morne. »Wie wäre es mit der größten? Irgendetwas, das niemand, der auf Tamerlan zurückbleibt, so schnell vergessen wird. Ich habe noch einen weiteren Verbündeten: meinen Bruder. Er ist gerade angekommen.«

»Der Witwenmacher!«, zischte Shar.

Ekkos Pupillen weiteten sich gefährlich.

»Wir haben geredet«, erklärte Mari. »Belam ist hier, um mir zu helfen. Also, Morne. Die größte?«

»Das kriegen wir hin«, sagte Morne zuversichtlich.

»Dann wird heute Nacht in der Herzenshalle die Herrschaft der Asrahnwitwe zu Ende gehen.« Kyril schlang seine langen Finger um sein Glas billigen Wein und hob es hoch in die Luft. Sie alle leerten ihre Becher bis auf den letzten Tropfen.

Mari stellte ihr Glas umgedreht auf den Tisch.

»Heute Nacht stirbt die Asrahnwitwe.«

Und auch die anderen schlugen ihre Gläser umgedreht auf den Tisch.

Kapitel 12

»Unser Schicksal gründet sich auf die Entscheidungen, die wir treffen, nicht auf Glück.«
Penoquin von Kaylish, Zienni-Gelehrter und Philosoph

60. Tag im 496. Jahr der Shrīanischen Föderation

Corajidin hörte das leise plätschernde Echo der Stimmen aus der Tiefe der Ödnis. Er fühlte ihre Blicke, die Berührung ihrer Tentakel, die sich um seine Glieder schlangen, und er sah das Aufblitzen des meergrünen Lichts hinter den fest geschlossenen Augenlidern. Die Kälte der Tiefe drang in seine Gliedmaßen und zog ihn hinab. Er öffnete den Mund, um zu schreien, aber es kam kein Laut. Seine Füße berührten etwas, das der Realität ähnlich zu sein schien, und seine Hände und Arme tasteten durch die Dunkelheit, bis schließlich irgendwann nur noch Schwindel und Übelkeit und …

Er schmeckte Erbrochenes in seinem Mund. Es war mehr sein Stolz, nicht sein Wille, der ihn dazu trieb, einen unsicheren Schritt nach dem anderen zu machen, um in einer Ecke diskret ausspucken zu können. Er musste all seine Kraft zusammennehmen, um nicht zitternd auf die Knie zu sinken und sich zu übergeben und in großen, keuchenden Zügen Luft zu holen. Doch er blieb aufrecht stehen und war froh um die Schatten, die den Ausdruck des Grauens in seinem Gesicht verhüllten. Die Anlūki, die mehr Erfahrung im Durchqueren der Ödnis hatten, nahmen um ihn herum Aufstellung.

Das gelbweiße Glühen der Sonnenlichtlaternen machte die Schatten etwas weicher, schaffte es jedoch auch nicht, den Ort freundlicher wirken zu lassen. Die Sphären waren ein Geschenk der Alchemisten. Sie verbreiteten ein warmes Leuchten und enthüllten so eine kugelförmige Kammer, die nach Feuchtigkeit und Schimmel roch. Vorhänge aus faserigen Wurzeln hingen von der Decke, und Flechten klammerten sich an Steinwände, die seit ewigen Zeiten verborgen lagen. Es war ein beklemmender Ort, und die Leute standen dicht gedrängt zwischen den Mauern. Corajidin blickte über die Schulter auf den kunstvollen Bogen des Webtors, das Ende dieses verstörenden Wegs, der sie von Avānweh hierhergeführt hatte. Die Oberflächen waren mit runden Schriftzeichen bedeckt und durch Bogen und Linien verbunden, deren Geometrien nur ihre lange verschwundenen Schreiber verstanden hatten. Sosehr sie sich auch bemühten, Kasraman, Wolfram und die anderen Hexer waren mit der Übersetzung der Sprache der Zeitmeister nicht weit gekommen.

»Hier lang, Vater.« Kasraman öffnete seine Faust und sandte ein Irrlicht den Korridor vor ihnen entlang. Corajidin hob den Saum seiner Robe aus dem schlammigen Wasser und folgte ihm. Nach etlichen Biegungen konnte er vor sich das Tageslicht sehen, und schließlich öffneten sich die Mauern zu einer runden Halle, die von den skelettartigen Überresten einer Glaskuppel gekrönt wurde. Er blinzelte im grauen Gleißen des Nachmittagshimmels und spürte den Wind, der ihm leichte Regentropfen ins Gesicht trieb. Sie waren so kalt, dass sie ihm auf der Haut schmerzten. Die schwarzen Steinmauern waren alle von leuchtend grünen Kletterpflanzen und Weinreben bedeckt, und die Ablagerungen von Jahrhunderten füllten die Unmengen an Zeichen, die in den spiegelglatten Stein gehauen waren. Ein goldener Sternhöhenmesser hing von den Überresten der Decke herab, ein stillgelegtes Pendel, umgeben von Zeichen, die eher Kugeln als Kreisen glichen: als hätten die Zeitmeister dreidimensional geschrieben, oder sogar noch mehrdimensionaler.

Corajidin trat umgeben von seinen Wachen beiseite, als Wolfram, Elonie und Ikedion die gefesselte Kimiya ins Freie hinausführten. Kimiya hob das Gesicht und schnüffelte, dann gab sie einen unmenschlichen Laut aus tiefer Kehle von sich, der teils ein Schnurren, teils das Klicken von Chitin war. Kimiya rollte mit dem Kopf und blickte in Corajidins Richtung. »Ihr steht in den Ruinen von Feiglingen und Verrätern, Corajidin. Es wäre besser, Ihr folgt nicht ihrem Beispiel; mein Volk ist nicht für seine Toleranz bekannt.«

»Nein«, sagte Wolfram, als er mit seinem Stab auf den Boden schlug. Er beugte sich ein wenig, um seine Beine an der Stelle zu reiben, wo sie in die Beinschienen übergingen. Unter seinen wirren Haaren hervor sah er zu Kimiya auf. »Dein Volk besteht aus Mördern und Anarchisten, die sich von dem Terror ernähren, den sie säen.«

»Und doch helft ihr uns.«

»Das tun wir, Kimiya.« Kasraman stand nahe bei ihr. Er sah sie mit so viel Staunen im Blick an, dass Corajidin unruhig wurde. »Und ihr werdet uns alle Schätze der Rōmarq zeigen und unsere Verbündeten sein, solange die Erebus leben.«

»Wie du sagst, Meister. Und nicht zum ersten Mal.« Kimiya antwortete Kasraman, schenkte jedoch Wolfram ein Lächeln, das irgendwann einmal verführerisch hätte wirken können. Wolfram schlug erneut so heftig mit dem Stab auf den Boden, dass sich Splitter und verrostete Nägel lösten. Kimiyas Augen weiteten sich, und ihre Unterlippe begann zu zittern, was ihr für eine Sekunde eine verstörend unschuldige Aura verlieh. Dann lächelte sie, doch die Wirkung wurde durch ihren vom Wahnsinn verzerrten Mund zunichtegemacht. Wolfram machte eine scharfe Geste, und Kimiya wurde von Elonie und Ikedion weggeführt.

Nicht zum ersten Mal? Corajidin unterdrückte einen Schauder. *Erst die Botschafterin, und jetzt der Moorpuppenspieler. Was haben meine Vorfahren getan? Aber ihr werdet mir nicht antworten, nicht wahr? Jetzt, wo ich eure Führung am meisten brauche, schweigt ihr.*

Corajidin, Kasraman und Wolfram schritten durch zylindrische Korridore und kugelartige Kammern, die manchmal völlig abgeschlossen und manchmal den Elementen ausgesetzt waren. Sie traten auf einen runden Platz hinaus, auf dem Unkraut und Baumstümpfe zwischen den Pflastersteinen hervorragten. Der Rauch von Holzfeuern und kochendem Geflügel war ihm vertraut und ließ Corajidin das Wasser im Mund zusammenlaufen. Er hörte keinen der üblichen Laute der Rōmarq, da sie von der Geräuschkulisse seiner Armee überlagert wurden. Kommandozelte sprenkelten den Platz. Er sah Feyd, Tahj Shaheh und Nix, die über Karten gebeugt standen. Ein Teil ihrer Flotte schwebte über ihnen, die Torque-Spindeln flackerten in einem perlmutternen Licht. Tahj Shahehs Flaggschiff war dort oben, der hagere und hungrige *Himmelswolf*, und daneben das Schwesterschiff, die *Meerhexe*. Corajidins massive *Kunst der Vergeltung* und der Zerstörer, der *Windhengst*, ragten daneben auf. Martūm hatte Schiffe der Selassin hinzubefohlen, daher lagen auch der *Dämmerungskönig* und der *Sonnenspeer* vor Anker, mit ihren löwenartigen Galionsfiguren, die düster glühten. Und doch verblassten sie alle im Vergleich zur gewaltigen *Schicksalsfügung*. Der Bootsrumpf des Großkampfschiffs brannte beinahe bei der Vielzahl von Spindeln, die nötig waren, um es in der Luft zu halten. Es war mit den vorstehenden Zylindern von Sturmkanonen übersät und den wirbelnden Platten ihrer Sturmräder. Kleinere Barken und Kutter waren emporgestiegen, um zu patrouillieren, oder ankerten bei ihren größeren Geschwistern.

An der Seite der Flotte lauerte ein schattenhafter und klappriger Umriss aus zersplittertem Holz und angelaufenen Beschlägen, dessen Galionsfigur aus zwei skelettartigen Händen bestand, die ein Stundenglas hielten. Die Lichter des Schiffs waren rot getönt. Beim Anblick des Seelenhändlerschiffs schnitt Corajidin eine angewiderte Grimasse. Er stellte sich vor, wie die in Lumpen gehüllte Mannschaft aus Nomaden und lebenden Händlern an Bord gierig auf die Welt unter sich starrte und auf ihre Ernte lauerte, die im kommenden Chaos der Rōmarq nicht lange auf sich warten lassen würde.

Durch einen halbkreisförmigen Bogen in einer Mauer erhaschte Corajidin einen Blick auf Zelte, die in konzentrischen Kreisen rund um die erhöhte Fläche aufgestellt waren, auf der sich die Kommandopavillons befanden. Das Rot und Schwarz der Erebus, hier und da ein wenig vom Grün und Gold der Selassin – was nicht überraschte, wenn man bedachte, dass die Zukunft ihrer Führerschaft noch offen war – und sogar ein paar vom Grün und Grau der Kadarin.

Mit jedem Augenblick wurde ein Geräusch in Corajidins Kopf stärker. Es war besänftigend und auf süße Weise vertraut und erinnerte ihn an Wellen, die ans sandige Ufer von Erebesq schlugen. Die Farben wurden leuchtender, sein Sehvermögen schärfer, und die Umrisse der Welt traten klarer hervor. Er atmete tief ein, und die Luft kribbelte auf seiner Zunge und wärmte seine Brust. Er wandte sich zu Kasraman und Wolfram, die ihm mit einem Nicken signalisierten, dass sie bemerkten, was mit Corajidin vorging.

Feyd und Tahj Shaheh verneigten sich, als sich Corajidin und die beiden Hexer näherten. »Sind eure Streitkräfte vollständig versammelt?«, fragte Corajidin.

»Wir sind genug, um Fandra einzunehmen. Und der Rest ist schon unterwegs. Wir werden zwei Lager behalten, Asrahn: einen Kommandoplatz und einen Soldatenbezirk hier und eine Garnison bei Fandra in etwa drei Kilometern Entfernung.« Feyds Mahagonigesicht war von der Zeit und Sorgen gezeichnet, und sein eisenfarbenes Haar und der Bart passten perfekt zu seiner viel benutzten Rüstung und der blutbefleckten Stammeskleidung. Er wirkte so rau wie ein alter Baum. Tahj Shaheh neben ihm wirkte verwegen, ihre Kleidung, die Rüstung und Waffen waren eine heruntergekommene Mischung aus den Nationen, die am Marmormeer lagen: tanisische Seide, ygranisches Leder und Plattenpanzer mit Verzierungen und Prägungen, ein shrīanisches *Shamshir* und Messer an ihrem Gürtel. Nix' mit Bronze beschlagener Stahl, Leder und Wolle waren von der Farbe des Marschlands. An seinen Oberschenkeln hingen Messer, und der Knauf eines *Shamshir* ragte hinter seiner Schulter auf. Hager und schmutzig, die flinken Finger immer in Bewegung, beobachtete Nix alles mit zuckenden Augenlidern.

»Mein Asrahn!«, kicherte Baquio. Schlamm befleckte den Saum seines Damasts, den er sich durch Corajidins Investition in die Akademie der Erfinder hatte leisten können. Eine komplizierte Apparatur mit vielen Linsen schmückte seine Stirn, und in einem weiten Gürtel steckten aufwendig wirkende Werkzeuge, deren Funktion Corajidin nicht einmal erriet. »Ich habe Euren Waffenmeister und Eure Himmelsmeisterin bereits über die wunderbaren Maschinen informiert, die ich Euch mitgebracht habe! Eine neu entworfene Sturmkanone, Brandsätze, Waffen und Rüstungen, die mit neuen metallurgischen Techniken geschmiedet wurden …«

»Das klingt faszinierend, Meister Erfinder«, unterbrach ihn Corajidin. »Aber, wie du dir vorstellen kannst, habe ich sehr viel zu tun. Ich bin sicher, meine Befehlshaber können dir später noch einen Termin geben.«

»Natürlich, natürlich!« Baquios Lächeln war ebenso schmeichlerisch, wie Corajidins unaufrichtig war. »Ich werde zu meinen Kollegen zurückgehen. Zweifellos brennen Prahna und ihre Alchemisten ebenso darauf, Euch ihre Schöpfungen vorzuführen! Salben, Tränke, Feuerwasser …«

»Würdest du uns freundlicherweise entschuldigen?«, fragte Corajidin.

Baquio verneigte sich, während er sich rückwärts entfernte und nutzloserweise den Saum seiner zu langen Robe aus dem Schlamm hob. Mit einem Nicken wandte er sich schließlich um und überquerte den morastigen Boden, während er versuchte, alles zu vermeiden, was seine Kleidung noch mehr beschmutzen könnte.

Corajidin blickte ihm stirnrunzelnd nach. »Wenigstens haben die Sēq und die Hexen einfach ihre Arbeit gemacht, ohne dass man ihnen ständig auf die Schulter klopfen musste.«

»Wie wahr, Asrahn«, sagte Nix. »Aber Baquios und Prahnas Leute haben mit ihren Waren ein kleines Vermögen gemacht. Die Steuern auf ihre Einnahmen haben die Schatztruhen der Krone ganz hübsch aufgefüllt. Und wenigstens wollen Euch die Erfinder und die Alchemisten gefallen. Die Gelehrten und Hexer dagegen? Eher nicht.«

Corajidin grunzte. »Feyd, du hast gerade von unserem Fortschritt berichtet?«

Der Waffenmeister wies mit dem Finger auf die Karte. »Wir können Fandra für den Moment halten. Hier war keine große Streitmacht stationiert, es waren in der Hauptsache Stadtbewohner. Sie kämpfen wie die Dämonen, wenn man sie bedrängt, und wenn das die Art ist, wie die Händler der Rōmarq kämpfen können, warten harte Zeiten auf uns. Als klar wurde, dass sie sich nicht halten können, sind die paar Marschlandritter und die Stadtbewohner, die wir noch nicht ergriffen hatten, in die Sümpfe geflohen. Ich bin mir sicher, dass wir mit den Marschlandrittern immer wieder Ärger haben werden, solange wir hierbleiben.« Der alte Stammesangehörige schüttelte den Kopf. »Asrahn, indem Ihr in die Rōmarq eingefallen seid, habt Ihr einen nicht genehmigten Krieg gegen ein Hohes Haus begonnen. Und auf Euer Geheiß hin haben wir die Regeln des *Sende* gebrochen. Die Leute werden es nicht freundlich aufnehmen, dass Ihr Zivilisten mit Krieg überzieht.«

»Was?« Corajidin sah Feyd geringschätzig an. »Ich war nicht davon ausgegangen, dass ein Mann, der so skrupellos ist wie du, wegen solcher Dinge Gewissensbisse haben könnte. Davon abgesehen bin ich Asrahn. Ich werde das, was wir hier tun, legalisieren.«

»Legalisieren?« Feyd hob die Augenbrauen und wies himmelwärts. »Ich kenne den Ruf der Seelenhändler: was sie tun und warum sie hier sind. Können Moral und Tugend ebenso leicht geändert werden wie die Gesetze?«

»Ebenso leicht, wie du als Waffenmeister ersetzt werden kannst, Feyd.« Kasramans Blick war hart. »Die Seelenhändler werden ihren Wert unter Beweis stellen, oder wir entledigen uns ihrer. Sie werden sich nicht einmischen. Wenn du nicht bereit bist zu tun, was für unsere Unternehmung erforderlich ist, dann sollten wir jemanden finden, der es ist.«

»Was auch immer wir tun, es wird nicht immer eitel Sonnenschein sein, Asrahn.« Tahj Shaheh nippte an ihrem Kaffee und wärmte sich die Hände an dem dampfenden Becher. »Einige Eurer Soldaten waren dumm genug, die Rōmarqim zu verfolgen, obwohl sie Befehl hatten, ihre Stellungen zu halten. Allein bei diesem kleinen Debakel haben wir beinahe dreihundert Soldaten verloren.«

»Dreihundert, und etwa vierzig, die wir in einer Reihe von Nahkampfscharmützeln verloren haben, wo unsere Überzahl praktisch nichts wert war.« Feyds Tonfall war nun deutlich respektvoller. »Wir sollten die Marschlandritter nicht unterschätzen. Sie leben in der rauesten Lebenswelt Shrīans; sie sind sogar rauer als meine Jiharim. Die Marmûn, die von Bey fa Harish angeführt werden, sind alle Kriegsdichter, die sich in der Rōmarq bewährt haben. Vielleicht werden unsere Streitkräfte von diesem warnenden Beispiel noch etwas lernen.«

»Was haben wir sonst noch für Verluste?«, fragte Kasraman. Seine Augen leuchteten fieberhell, wie die von Wolfram auch. Die Haut beider Männer war gerötet.

»Wir haben etwa weitere zweihundert bei Angriffen durch die Fenlinge verloren«, berichtete Nix. »Und ungefähr dreißig oder vierzig an Maleganger, die wiederum etwa hundert Leute umgebracht haben, bevor uns klar wurde, was los ist. Riedweiber holen sich nachts unsere Wachposten, und ungefähr zehn Kilometer von hier wurde ein großer Dhol gesichtet. Glücklicherweise bietet uns der feuchte Grund hier etwas Schutz.«

»Bei Erebus' Blut! Ein Dhol?« Corajidins Neugier rang mit seiner Furcht. Die Würmer mit ihren Tentakelköpfen konnten bis zu hundert Meter lang werden. Sie hatten dicke Körper, und ihre Schlünde, Tentakel und die Lücken zwischen ihren Körperabschnitten sonderten eine Säure ab, die ihnen das Kämpfen und Graben erleichterte. »Sonst noch etwas?«

»Die Hexen«, sagte Feyd düster. Er beäugte Kasraman und Wolfram, dann warf er einen Blick zu Elonie und Ikedion hinüber. Corajidin folgte seinem Blick zu den Hexen der Mahsojhin, die einen beinahe schon verzückten Eindruck machten. Der Ton des Waffenmeisters war missbilligend. »Die Hexen drehen hier durch. Es beginnt so wie bei denen, die mit euch hergekommen sind. Sie sind voller Energie und Begeisterung. Und bald darauf wirkt es, als wären sie trunken von ihrer Begierde, die Leidenschaften sind entfacht, und ihre Grausamkeit manifestiert sich. Und dann? Nun ja, sie zeigen ihr wahres Gesicht und müssen entweder gefesselt oder erledigt werden, bevor sie die Gestalt ihrer Erscheinung annehmen und im Marschland verschwinden.«

»Erledigt?«, fragte Kasraman mit einem gefährlichen Unterton.

Wolfram richtete sich zu voller Größe auf und starrte Feyd feindselig an.

»Später.« Corajidin gebot Kasraman mit einem Wink zu schweigen. »Wie lange dauert es, bis wir tiefer in die Rōmarq vordringen können?«

»Es gibt nicht viele Städte einzunehmen, Asrahn.« Nix kaute auf einem verstümmelten Nagel herum. »Die Rōmarq war schon immer problematisch. Warum wollt Ihr Euch eigentlich die Mühe machen, dort einzufallen, wenn alles, was dort lebt, Euch in Stücke reißen will?«

»Weil dieser widerwärtige Sumpf die größte Sammlung antiker Relikte in Shrīan birgt und die Sēq nicht alles in ihren Krallen haben. Davon abgesehen haben wir erst kürzlich einen Führer angeheuert, der uns helfen wird, den Weg zu diesen Orten zu finden, und hoffentlich unsere Verluste etwas reduzieren wird.«

»Hoffentlich?« Feyds Gesicht verfinsterte sich. »Krieger unnötig zu verlieren ist …«

»Meine Angelegenheit, Waffenmeister.« Corajidin blickte auf die Karte, dann starrte er in die Landschaft, um den fleckigen braunen Spiegel der Marschen mit den Augen abzusuchen. Einst war es eine grüne und blühende Ebene gewesen, mit uralten Städten und Stätten der Kultur und des Lernens. Bis die Näsarats und die Sēq das Machtzentrum der Seethe in den Wellen versinken ließen, das Marmormeer schufen und die Rōmarq fluteten. Jetzt war es eine Stätte der Ruinen, der Wunder und Schrecken, die unter den Ablagerungen der Zeitalter verborgen lagen. Wenn es jeden zweiten seiner Krieger das Leben kostete, diesen Ort einzunehmen und zu halten, so wäre es das wert. Corajidin war schon einmal aus der Rōmarq vertrieben worden; er würde sich nicht wieder von hier verdrängen lassen.

Sedefkes Schriften liegen hier verborgen! Seine Studien über das Erwachen, Antworten auf die Fragen, die ich brauche, um mich der Botschafterin zu entledigen, ihrer Drohungen und ihrer Meister aus der Ödnis. Waffen, Macht, verlorenes Wissen: die Echos der Imperien, die deutlicher zu hören sein werden, wenn ich sie mit meiner Stimme vortrage.

»Es wird Zeit, dass Kimiya uns zeigt, was sie wert ist.« Corajidin wandte sich zu Kasraman. »Bring mir einige der Gefangenen von Fandra. Geben wir den Malegangern ein paar Körper als Zeichen des guten Willens. Dann kann sie uns die Schätze zeigen, deretwegen wir hergekommen sind.«

Tahj Shaheh steuerte den Windkutter selbst und landete auf einem Felsvorsprung, der von Becken, Bächen und blühenden Gräsern umgeben war. Die Anlūki nahmen Aufstellung und erkundeten die Umgebung, dann gaben sie Zeichen, dass es für die anderen Passagiere sicher war, von Bord zu gehen. Corajidin streckte die Hand aus und berührte die Gräser, die aus dem Wasser sprossen. Sie waren so grün und kräftig, dass sie wie Farnwedel aus leuchtendem Smaragd wirkten. Auch das Wasser leuchtete. Alles, was er berührte, schenkte ihm eine köstliche, kribbelnde Empfindung, und trotz des kalten Windes war ihm warm. Das Gewicht seiner Rüstung und seines *Shamshir* schien geringer zu sein, als er es aus der Schlacht von Avānweh in Erinnerung hatte. Stimmen hallten in seinem Kopf wider, zu leise, als dass er sie hätte verstehen können, aber es war mehr als das Hintergrundzischen, das so lange sein Begleiter gewesen war.

Vater? Großvater? Könnt ihr mich hören? Es wurde lauter, aber nicht deutlicher. Corajidin sah sich um, blickte auf die Sümpfe der Rōmarq – die Teiche, die den Himmel widerspiegelten, Pflanzen, die in der Brise schwankten, die Geräusche der Tiere –, aber alles war in lebendige, unwirkliche Farben gebrannt. *Was hat dieser Ort nur an sich, dass ich mich so wiederhergestellt fühlte? Nein! Nicht wiederhergestellt. Wie neu, wieder ein Ganzes …*

»Fühlt Ihr es auch, Asrahn?«, fragte Wolfram.

Corajidin sah den Angothischen Hexer an, der wie verzaubert wirkte.

»Als wir vor der Schlacht von Amnon hierherkamen, fühlte ich die Macht, die diesem Ort innewohnt. Kasraman und Brede haben beide darüber gesprochen. Es kam sogar so weit, dass Brede gar nicht mehr wegwollte.«

»Wie ist das möglich?«

»Dieser Ort hat ein starkes *Ahm*«, sagte Kimiya.

Corajidin wandte sich um und blickte die Frau an. Sie hatte gebadet oder war gebadet worden und sah wieder hübsch und gepflegt aus. Sie trug Soldatenkleidung. »Hier gibt es viele Falten in Raum und Zeit, und das *Ahmtesh* durchdringt hier unsere Welt, so wie an einigen anderen Orten auf Īa auch.«

»Wie beim Weltenblutberg«, befand Kasraman.

Kimiya nickte. »Das ist ein mächtiger Ort, und ein reiner. Und dieser hier ist auch mächtig.« Sie verstummte und ging hinüber zu der Stelle, wo zehn Stadtbewohner aus Fandra aneinandergefesselt waren. Kimiya hatte geholfen, sie auszuwählen: Alle waren kräftig, jung und attraktiv. Sie wandte sich wieder zu Corajidin um und sagte: »Diese hier reichen für den Moment. Um zu tun, was Ihr verlangt, und die mutwillige Zerstörung herbeizuführen, die Ihr haben wollt, brauchen wir allerdings die Körper von einflussreichen Leuten.«

»Die bekommt ihr«, sagte Corajidin. »Aber lass uns unsere Vereinbarung mit etwas weniger Wertvollem beginnen, in Ordnung? Diese zehn für die Lokalisierung einer Ruine in der Nähe, die nicht im Laufe der Jahre eingesunken ist. Etwas, das mir nützt.«

Kimiya lachte rasselnd. Ohne Rücksicht auf ihre sauberen Kleider stieg sie ins Wasser, bis es ihr bis zur Hüfte ging und ihre Robe um sie zu treiben begann wie die Blütenblätter einer Seerose. Sie neigte den Kopf, lauschte, dann ging sie tiefer in die Hocke, bis ihr Mund unter der Wasseroberfläche war. Corajidin hörte die schwachen, klickenden Geräusche, die sie machte, ein schneller Rhythmus ganz hinten in ihrer Kehle. Es hörte auf, dann begann es wieder, wurde schneller, war jedoch eindeutig eine Wiederholung, eine Nachricht. Oder eine Einladung.

Sie erhob sich wieder aus dem Wasser und sagte: »Besser, wenn der Rest von euch Abstand hält. Mein Clan kommt, und vielleicht können sie nicht zwischen dem einen Fleischsack und dem anderen unterscheiden. Wenn es zum Schlimmsten kommt, dann sei hiermit gewarnt.« Kimiya nahm die Kette, die die Gefangenen miteinander verband, und zog mit überraschender Kraft daran. Sie zerrte die Stadtbewohner, die sich nun zu wehren begannen, in Richtung Wasser.

Die Anlūki begannen im gleichen Moment, ihre Reihen rund um Corajidin und Wolfram zu schließen, und führten sie zurück in die Sicherheit des Kutters. Kasraman weigerte sich, sich einschüchtern zu lassen, und ging stattdessen näher zum Wasser, offensichtlich fasziniert von den Vorgängen. Tahj Shaheh nahm ihren Platz bei der Steuerung ein, und die Disentropiespulen und Sturmräder begannen sich vorsorglich zu drehen.

Das Weideland wurde übernatürlich still. Licht flammte auf und verschwand wieder, während Wolken über die Sonne glitten und die Reflexionen in Silberblitzen über die Wasseroberfläche leckten. Eine der Gefangenen schrie: »Da ist etwas an meinem Bein!« Sie versuchte zurückzuweichen, dann schrie sie wieder. Ihr Körper zuckte vor Ekel, und sie versuchte, hinunterzugreifen und etwas von sich herunterzuziehen. Ein Moorpuppenspieler brach durch die Wasseroberfläche. Die Gefangene schlug mit ihren gefesselten Händen um sich und versuchte vergeblich, die Kreatur herunterzuzerren. Der Moorpuppenspieler kletterte mit der Gewandtheit einer Spinne an ihr hinauf und erreichte ihren Nacken, dann schlang er die Glieder um die Kehle der Frau. Ihre Schreie verstummten, als der Moorpuppenspieler sie zu würgen begann. Die Kreatur gab ein feuchtes, rasselndes Schnurren von sich, als die Gegenwehr der Frau schwächer wurde. Sie fiel auf die Knie, und die Augen verdrehten sich, sodass nur noch das Weiße zu sehen war. Ihre Haut verfärbte sich bläulich. Sie bewegte sich nur noch schwach, als der Moorpuppenspieler losließ und unter ihr Hemd kroch. Die Frau keuchte matt, aber alles, was Corajidin sehen konnte, waren die wilden Bewegungen des Moorpuppenspielers am Rücken der Frau, unter ihrer Kleidung. Blut begann zu fließen, und der Klumpen, der das Monster sein musste, wurde immer flacher.

Ein Gefangener nach dem anderen folgte. Einige brachen im Wasser zusammen, und ihre Schreie verwandelten sich in ein Gurgeln, als ihre Münder sich mit Wasser füllten. Kimiya stand mittendrin, und ihr wunderschönes Gesicht war von einem wahnsinnigen Lächeln verzerrt.

Eine Handvoll Puppenspieler stürzte aus dem Wasser in Richtung Kasraman. Bevor Corajidin eine Warnung rufen konnte, sprang einer von ihnen, die Gliedmaßen weit ausgebreitet, um Kasraman für sich zu beanspruchen …

Und wurde von Kasraman mit einer Hand gefangen. Die Kreatur zappelte und versuchte zu entkommen. Eine weitere richtete sich auf. Andere rückten vor.

Kasraman zeigte auf sie, und sie erstarrten oder wichen zurück. Das Wesen in seiner Hand wurde ganz still, als er es ansah. Seine eisigen Augen leuchteten so hell, dass beinahe keine Farbe mehr zu erkennen war. Andere Moorpuppenspieler kamen langsam aus dem Wasser.

Sie warfen sich nieder. Auch Kimiya neigte den Kopf.

»Kasraman …?«, flüsterte Corajidin. Er wandte sich an Wolfram. »Was ist er?«

»Diese Frage hätten wir uns vermutlich schon früher stellen sollen«, murmelte Wolfram. Seine Hände waren so fest um seinen altersschwachen Stab geklammert, dass die Knöchel weiß hervortraten.

»Aber mir macht mehr Sorgen, zu was er werden könnte.«

Kasraman setzte den Moorpuppenspieler wieder auf den Boden und machte ihnen allen ein Zeichen zu gehen. Einige kehrten ins Wasser zurück, andere ins hohe Gras, aber sie alle verschwanden auf seinen Befehl hin. Bis auf Kimiya und die Gefangenen. Obwohl die Gefangenen noch immer genauso aussahen wie zuvor, haftete ihnen nun in ihrer Haltung und Mimik etwas an, das wahnsinnig und raubtierhaft zugleich wirkte.

»Mein Volk dankt Euch, Corajidin«, sagte Kimiya. »Und Pah Kasraman. Ihr habt Wort gehalten. Zum Dank für diese und kommende Gaben sind wir übereingekommen, dass wir Euch an einen Ort führen, der Euren Bedürfnissen perfekt entspricht.«

Corajidin nickte kurz und war kaum imstande, seine Begeisterung zu zügeln. »Und was ist das für ein Ort?«

»In unserer Sprache würde es zu lange dauern, es auszusprechen. Aber zu seiner Zeit war es die Heimat eines Helden Eures Volkes. Sein Name war Sedefke, einer von vielen Namen, die er hatte, und nicht alle wurden mit Verehrung ausgesprochen. Dieser Ort war ein kleiner Palast, ehe er in der Erinnerung anderer verloren ging.«

»Sedefke?«, wiederholte Wolfram. »Wir haben so lange nach seinen Zufluchten gesucht. Dass wir jetzt endlich doch noch Zugang zu einer bekommen …«

Corajidin lachte aufgeregt. »Bring uns dorthin.«

»Morgen«, sagte Kimiya fest. »Meine Leute müssen sich an ihre neuen Körper anpassen, und ich muss sichergehen, dass sie kein Gemetzel in Euren Reihen anrichten.«

»Aber …«

»Morgen, Corajidin. Wir werden Euch nicht betrügen. Was ist ein Tag mehr im Vergleich zu den Jahrhunderten, in denen dieser Ort für Euer Volk verloren war?«

Ein Tag mehr. Es kann viel passieren an einem Tag.

»Morgen dann.« Aber die Worte hatten einen bitteren Nachgeschmack.

Kapitel 13

»Wenn man eine Lüge oft genug erzählt, wenn man sie gar glaubt, macht sie das noch lange nicht zur Wahrheit.«

Nimjé, Gnostischer Assassine von den Ishahayan und Leiter des Geheimdienstes im Hohen Haus Näsarat (371. Jahr der Shrīanischen Föderation)

60. Tag im 496. Jahr der Shrīanischen Föderation

Helle Streifen der Nachmittagssonne fielen quer durchs Tal und zeichneten die Schatten der Bäume, Statuen und Gebäude in den Schnee. Indris war in Roshas Gemächern und beobachtete seine Atemwölkchen, die gegen die Scheibe trieben. Er musste die Spiegelbilder gar nicht sehen, um zu wissen, dass Femensetri ihn anstarrte.

»Was?« Indris wandte sich um und stellte sich ihr und den anderen anwesenden Mitgliedern des Suret. »Habt ihr wirklich geglaubt, dass niemand jemals herausfinden würde, wie abhängig die Rahns von den Sēq sind? Dass das Erwachen nicht auf ewig einfach so funktioniert?«

»Was ist es, das du zu wissen glaubst?«, fragte Femensetri.

Ojin-mar stand nahe der Tür, während Aumh und Er-Der-Sieht mit steinernen Mienen links und rechts von der Sturmbringerin saßen. Die Rahns, ihre Familien und ihre Untergebenen waren in die Thaumaturgenhalle gebracht worden, wo die kranken Rahns durch mystische Wundärzte mit dem Wasser des Lebens behandelt wurden.

»Die Bände in den Schwarzen Archiven sind beeindruckend präzise, was das betrifft. Das Erwachen einer Person, die nicht über die nötige mentale Disziplin der *Ilhennim* verfügt, verursacht eine langfristige Schädigung von Körper, Geist und Seele. Eine regelmäßige Gabe vom Wasser des Lebens verhindert die Beschleunigung der Entropie, aber hat man einmal damit angefangen, muss es bei der betroffenen Person für den Rest des Lebens fortgesetzt werden. Unterbricht man die Behandlung, führt das zu einer fortschreitenden und unheilbaren Degeneration des …«

»Ich denke, es ist ziemlich offensichtlich, was er weiß«, sagte Ojin-mar.

»Da ist noch mehr«, erklärte Indris. »Viel mehr.«

»Hast du vor, irgendjemandem sonst davon zu erzählen?«, fragte Er-Der-Sieht.

»Wozu?«, gab Indris zurück. »Ich habe kein Interesse daran, dass die Sēq zu Geächteten werden. Wir wissen, dass das Wasser des Lebens die Rahns nicht retten wird. Um ihr Leben zu retten, müssen wir ihr Erwachen abbrechen, oder sie müssen neu Erwachen.«

»Wir können den Abbruch mehr oder weniger erfolgreich durchführen«, erklärte Ojin-mar. »Es ist eine sehr spezialisierte Fähigkeit, die am besten von Heilern ausgeübt wird. Aber keiner von uns weiß, wie man eine Person erneut Erwachen lässt. Wir können die Rituale bei einem neuen Rahn durchführen und dafür sorgen, dass das Erwachen seinen Lauf nimmt. Aber neue, unbekannte Pfade auf Körper, Geist und Seele einzuprägen? Es gab nur wenige, die das konnten, und sie sind schon lange nicht mehr unter uns.«

»Kannst du es tun, Indris?« Es war offensichtlich, dass Aumh nicht die Einzige war, die sich für Indris' Antwort interessierte.

»Ich habe nur Andeutungen der Rituale gesehen, die ihr

einsetzt, seit Sedefke verschwunden ist. Und diese Rituale wurden bisher nur an Personen vorgenommen, die nie zuvor Erwacht sind.«

»Wenn du keine Lösung weißt, warum sind wir dann hier?«, fragte Femensetri bitter.

»Weil wir herausfinden müssen, wie jemand angemessen Erwacht, und weil wir die Rahns retten müssen. Sie müssen überleben und bleiben, denn sie sind die politische Präsenz in Shrīan, die verhindern kann, dass es zu einem verfluchten Kriegsschauplatz wird.«

»Ich dachte, die Gesamtsituation kümmert dich nicht, Junge?«

Femensetri klang selbstgefällig.

»Ich kümmere mich um meine Freunde und die Familie, die leiden werden, wenn wir nichts ändern.« Indris versuchte, Femensetri niederzustarren, aber sie senkte den Blick nicht. Er wurde lauter, als er fortfuhr, und der Ärger überwog die Vernunft. »Als die Sēq ihre Türen verschlossen haben, wussten sie, dass sie damit in Wirklichkeit die Rahns von Shrīan ermorden würden. Bei Näsarats Knochen, ihr wart es, die Corajidin auf seinen Pfad des Wahnsinns geführt haben, als ihr aufgehört habt, ihn mit dem Wasser des Lebens zu versorgen. Wären die Sēq nicht gewesen, wären wir jetzt nicht hier!«

»Faruq ayo, yaha an tehv vanha!« Femensetri schüttelte reumütig den Kopf, und die anderen Meister starrten sie an. Sie starrte abwehrend zurück. »Was? Er ist das, wozu ich ihn ausgebildet habe, mehr oder weniger.«

»Eher etwas mehr, denke ich«, sagte Ojin-mar.

»Das geschieht zum ungünstigsten Zeitpunkt«, murmelte Aumh.

»Wie wir befürchtet haben, sind die Seelenhändler nun in Shrīan, und zwar viele von ihnen.«

»Warum?«, fragte Indris.

»Wenn wir das nur wüssten«, erwiderte Femensetri. »Sie kommen in Zeiten großen Unfriedens, ernten Seelen, die sie foltern, verkaufen oder auf andere Weise ausbeuten können. Je mächtiger die Seele ist, umso mehr werden sie sie begehren. Die Toten vergessen nichts, was sie im Leben gewusst haben, also gibt es Seelen, von denen die Händler einige außerordentlich wertvolle Dinge erfahren können.«

»Ob sie hinter den Rahns her sind und ihren Geheimnissen des Erwachens?«

»Möglicherweise.« Sie sah Indris bedeutungsvoll an. »Aber es gibt noch andere mächtige Seelen, die sie vermutlich mehr interessieren. Der Kampf bei der Mahsojhin müsste ein Fest für sie gewesen sein. Und was Corajidin vorhat, wird viele einflussreiche Leute das Leben kosten. Aber ich denke, sie suchen nach jemand Bestimmten.«

»Dann ist es sogar noch wichtiger, dass ich einen Weg finde, die Rahns zu retten.«

Indris wartete, während die Meister in schnellem Maladhoring zu sprechen begannen. Sein Verständnis der Sprache war noch nicht so weit fortgeschritten, dass er die subtileren Nuancen hätte erfassen können. Aber sie waren nicht glücklich, so viel erkannte er. »Ich werde auf Ursachensuche gehen, um herauszufinden, wie wir die Rahns retten können. Aber ich muss wissen, wie lange ihr sie am Leben halten könnt. Meine Reise baut darauf auf, wie viel Zeit ihr mir geben könnt.« *Und ich hoffe, dass diese Ursachensuche erfolgreicher sein wird als diejenige, die ich zu den Graten unternommen habe.*

Die Meister berieten sich, die Stimmen wurden lauter und wieder leiser, Hände vollführten beschwichtigende Gesten, Stäbe wurden geschwenkt oder auf den Boden geklopft, um irgendetwas Nachdruck zu verleihen. Indris ging zu dem

Tischchen und schenkte sich eine Tasse Tee ein. Er blickte nach draußen und überlegte, dass es vermutlich nur noch drei Stunden bis Sonnenuntergang waren. *Ich brauche noch eine weitere Nacht in den Archiven, und ich brauche Zeit, um meine Angelegenheiten mit Rosha zu regeln, für den Fall, dass ich später nicht mehr die Chance dazu habe.*

Dann war da noch Anj. Er musste mit ihr reden, bevor er aufbrach, sonst würden die Probleme kein Ende nehmen, wenn sie sich das nächste Mal wiedersahen. Vieles an ihr störte ihn immer noch. Das war einer der Gründe, weshalb er das Gelehrtenlicht gebaut hatte: um die Wahrheit über sie sehen zu können und seine Zweifel entweder zum Schweigen zu bringen oder sie in Stein gemeißelt zu sehen. *Und doch zögere ich, es zu benutzen, aus Angst, noch eine Wahrheit zu erfahren, die ich weder vergessen noch ignorieren kann.*

»Indris?« Femensetris Stimme durchbrach seine Gedanken. »Wir glauben, wir können die Rahns noch für ein paar Monate am Leben erhalten … Sie waren nicht lange ohne das Wasser, der Schaden war also nicht allzu groß, ehe sie hierherkamen. Aber je mehr Zeit verstreicht, desto schlechter wird es ihnen gehen.«

»Glaubst du, du kannst finden, was wir brauchen?«, fragte Er-Der-Sieht drängend.

Indris antwortete: »Alles, was ich tun kann, ist, nach den Antworten zu suchen …«

»Ich hoffe, du stellst dich besser an als bei deinem Versuch, Ariskander zu retten«, sagte Femensetri.

»… die Ihr niemals hattet«, beendete Indris seinen Satz. Er sah die anderen Meister an, und sein Gesicht fühlte sich heiß an, als er an Ariskanders Tod dachte. Es war einer der Gründe, warum es Rosha nun schlecht ging. Und er ärgerte sich über die Jahrtausende alte Doppelzüngigkeit. »Ich werde die heutige Nacht in den Archiven verbringen und dann noch ein paar Stunden in der Manufaktur, um meine Projekte zu beenden, bevor ich gehe. Ich brauche auch ein paar Gefäße mit dem Wasser des Lebens. Außerdem will ich Gestaltwandlerin und meine anderen Habseligkeiten zurück.«

»Und wenn wir Nein sagen?«, fragte Aumh.

Indris lächelte die zarte Meisterin mit ihrem Farnhaar an. »Ihr habt bereits Ja gesagt.«

Rosha kehrte beinahe eine Stunde später in ihre Gemächer zurück. Sie sah kräftiger aus, aber es war noch immer nichts, verglichen mit ihrer einstigen Lebenskraft. Sie wurde von Taj gestützt und von Mauntro und der Löwengarde begleitet. Rosha lächelte Indris zu, als sie in ihr Schlafzimmer ging.

»Wie geht es ihr?«, fragte Indris seinen Cousin.

Taj ging zum Tisch, nahm sich ein paar Happen Essen und schenkte sich einen kleinen, starken schwarzen Kaffee ein. Dann bot er Indris eine Tasse an, die dieser jedoch ablehnte. Taj setzte sich neben ihn, und die Müdigkeit in seinen Gliedern war offensichtlich, als er in den Stuhl sank.

»Besser, nach der Behandlung«, gab Taj zu. Der Pah nippte an seinem Kaffee. »Aber sie muss sich ausruhen. Im Moment bekommt sie jeden zweiten Tag Berichte über den Zustand der Föderation, und es belastet sie und macht sie wütend, dass sie nichts tun kann. Maselane, Danyūn und Bensaharēn kümmern sich um die Tagesgeschäfte der Näsarat-Präfektur. Rahn Nazarafine und Rahn Siamak haben ebenfalls Sorgen. Ziaire bemüht sich nach Kräften, die politischen Parteien zu beeinflussen, damit sie ruhig bleiben angesichts von Asrahn Corajidins Aggressionen, während Sayf Ajomandyan den Asrahn bei jeder Gelegenheit herausfordert.«

»Ist es so schlimm geworden, dass die Hohen Häuser und die Hundert Familien ihre Langmesser bereits offen zeigen?«

Ajamensût, der Krieg der Langen Messer, war die klassische Art, wie Streit zwischen den Häusern und den Familien geregelt wurde. Nur selten würde ein Rahn oder ein Sayf mit einer Armee ins Feld ziehen, wenn sie nicht gerade auf Eroberung aus waren; normalerweise zogen sie einen subtileren und stilleren Sieg über ihre Feinde vor. *Ajamensût* löste viele Probleme ohne die Nebenschäden und Kosten, die bei einem *Aj* oder einem *Ajam* entstanden – militärische Aktionen in einer ganz anderen Größenordnung.

»Ja. Einige Imperialisten zweifeln an Corajidins Eignung zum Führer, was nicht überrascht, wenn man seine schamlose Missachtung des *Sende* bedenkt und seine Einschränkung der Freiheiten, die unter dem Schutz unserer Gesetze stehen.«

»Dann ist ein Krieg der Meuchelmörder unvermeidlich geworden?«

Ihre Unterhaltung wurde unterbrochen, als sich die Tür zu Roshas Schlafzimmer öffnete und Rosha wieder auftauchte, um sich zu ihnen zu gesellen.

Indris vermied die offensichtlichen Fragen, da er vermutete, dass Rosha es müde war, sie wieder und wieder zu hören. Taj erhob sich, um seiner Schwester etwas Essen und Wein zu bringen, und Indris setzte zum Sprechen an. »Rosha, ich muss …«

»Indris, warte. Bevor du anfängst, will ich mich entschuldigen für die Art, wie ich mit dir umgesprungen bin.« Rosha spielte nervös mit den Falten ihrer Robe und vermied es, ihm in die Augen zu sehen. »Erst als Vaters Stimme in meinem Geist langsam immer schwächer wurde, ist mir klar geworden, wie wenig ich auf die Vernunft gehört habe. In Wahrheit denke ich, ich wurde immer mehr wie er, aber ohne jegliche Selbstkontrolle. Die Qual meines – seines – Todes hat mich verzehrt. Was ich alles gesagt habe … getan habe …«

»Es war ursprünglich Nehruns Bürde, nicht deine. Du hast für dein Haus und die Föderation getan, was du konntest.«

Rosha lachte hell auf. Ihre Tränen begannen zu fließen, und sie wischte sie mit fester Hand fort. »Ich habe dich schlecht behandelt, dabei hast du immer nur den anderen zu helfen versucht. Du hast Besseres verdient. Und Mari? Im Namen aller Näsarats, die vor mir waren, ich hätte nie geglaubt, dass ich eines Tages zugeben würde, dass es einen Erebus gibt, den ich tatsächlich mag.«

»Aber?«

Sie schüttelte den Kopf. »Kein Aber. Ihr zwei seid perfekt füreinander. Selbst Vater fand das, aber der Zorn, der Verrat, der Anblick unseres Landes, das in Stücke zerfällt: Ich war so erfüllt von einem blinden, rücksichtslosen, verzehrenden Zorn …«

»Ich verstehe schon, Rosha.« Indris nahm ihre Hände in seine. Sie waren fieberheiß, und die Haut fühlte sich trocken an wie altes Papier. »Das heißt, du würdest meiner Beziehung zu Mari nicht im Weg stehen?«

»Nein. Ich wäre sogar stolz, sie meine Cousine nennen zu dürfen.« Rosha neigte sich vor, um ihre Stirn gegen Indris' zu legen.

Taj gesellte sich zu ihnen. »Ich bin froh, dass ihr beide hier seid«, sagte sie. »Und ich habe nach Nehrun geschickt, dass er vom Schrein der Eitelkeiten zurückkehrt. Er war einmal ein guter Bruder und ein guter Näsarat. Ich möchte so viele von meiner Familie hier haben, wie ich nur kann. Jetzt ist der Moment, um zu verzeihen, solange wir noch die Möglichkeit dazu haben.«

»Danke für deine Worte, Rosha.« Indris fühlte die Schuld schwer auf seinen Schultern. *Was ist los mit mir? Ich hätte dich beinahe sterben lassen …* »Ich habe schlecht von dir gedacht, ohne zu berücksichtigen, welche Bürde du trägst. Ich kann hier nicht mehr tun, um dir zu helfen, Rosha – oder Siamak oder Nazarafine. Diese Krankheit könnte euch umbringen. Die Thaumaturgen können euch behandeln, aber nicht heilen. Es gibt kein Heilmittel, von dem wir wüssten. Aber ich habe eine Idee; deshalb breche ich morgen auf. Ich suche nach einer Möglichkeit, um dich und die anderen zu retten, wenn das überhaupt möglich ist.«

Rosha sagte nichts, sondern umarmte Indris und Taj nur fester, während sie sich vor und zurück wiegte, leise weinte und wieder und wieder Entschuldigungen flüsterte.

Indris wartete nicht bis zum Sonnenuntergang, ehe er die Schwarzen Archive betrat. Diesmal bot Femensetri an, ihm Gesellschaft zu leisten, aber Indris lehnte ab. Seine einstige Lehrerin schien eher verstimmt als ärgerlich zu sein, und es war klar, dass sie ihm noch ein paar Dinge unter vier Augen hatte sagen wollen. Er stand an der Tür und spürte ihre Gegenwart, fühlte sich zurückversetzt in seine Zeiten als Student, als sie immer da gewesen war und ihm geholfen hatte mit seiner Furcht, dem Schmerz, der Isolation.

Jetzt ist der Moment, um uns zu verzeihen, solange wir noch die Möglichkeit dazu haben, hatte Rosha gesagt. Aber als er Femensetri anblickte, ihre hageren, raubtierhaften und zugleich schönen Gesichtszüge sah, ihre alte Soutane, die von Lederstreifen und Schnüren zusammengehalten wurde, und den Seelenstein, der ein Loch in ihre Stirn bohrte wie ein drittes Auge, konnte er sich nicht dazu überwinden. Also nickte er nur höflich, dann schloss er die Tür fest hinter sich.

Als Indris das Zentralarchiv erreichte, wartete der Herold bereits auf ihn. Die maskierte Gestalt sah zu, wie Indris ins unterste Geschoss herunterkam und die Bereiche betrat, die die verbotenen Arbeiten enthielten.

Er wusste, dass es sinnlos war, und hatte das Gefühl, dass

er gefangen war im Wirbel der Ereignisse, die sich seiner Kontrolle entzogen – ein Verbindungspunkt, an den ihn alle seine Entscheidungen führten, und von hier aus in weniger Richtungen, als er sich erhofft hatte. Aber Indris suchte trotzdem erneut nach den Informationen, die er brauchte, um die Frage nach seinen wachsenden Fähigkeiten beantworten zu können. Doch egal wo er suchte, er fand nichts Wichtiges über das *Mah-Psésahen* geschrieben. Sicher, es gab Bezüge. Hinweise, dass es hier und da studiert worden war und dass es ein Relikt aus dem Haiyt-Imperium der Zeitmeister war. Dass die Drachen es neben ihrer Traummystik praktiziert hatten. Dass es der Höhepunkt der Lehren von Khenempûr gewesen war. Dass es ein beinahe heiliges Studiengebiet der Meister von Isenandar gewesen war. Aber in allen Fällen war die Botschaft eindeutig: Die Gelehrten der unterschiedlichen Orden hatten sich davon abgewandt, aus Gründen, die niemand begriff.

Der letzte Ort, an dem es unterrichtet worden war, war Isenandar gewesen. Die Geheimnisse des Erwachens, die verlorenen Geschichten über die großen Geisteslehren, die größte Schule der Sēq und all ihre Geheimnisse waren verloren in der Zeit.

Alles wies Indris in Richtung der Säulen aus Sand und auf einen Mann mit dem Namen Ruf-Der-Gefahr, der vielleicht die Antworten hatte, nach denen Indris suchte.

Mit bleiernen Füßen stieg Indris wieder die Stufen zur Kammer und dem Ahnenbaum hinauf. Erneut suchte er nach seinem Namen, selbst unter den trüben Blättern der Toten. Er suchte nach Hinweisen in dem Gekrakel um die ketzerischen Linien, die engstirnige Meister aus der Geschichte hatten entfernen wollen. Indris berührte eine Linie, die ins Leere lief: die aschfarbenen Kristallblätter von Näsarat fe Malderan, ihren Männer, ihren Kinder, die sie alle verlassen hatten in ihrer Großen Häresie, als das Imperium stürzte. Jetzt war eine andere Näsarat-Linie an der Macht, Rahns, die von Malde-rans Bruder und Cousinen abstammten.

Indris wandte sich zu der Kammer mit seinem Namen darauf. Nur ein paar der unzähligen Fragen auf ihrem Schloss waren noch ungelöst. Die Schriftzeichen in Maladhoring liefen wie konstanter Regen über das Glas. Von diesen Fragen gab es nur eine, von der er wusste, dass er die Antwort hier nicht finden würde: Was ist das Erwachen, wie bereitet man den Geist darauf vor, damit es wirksam ist, und welche Mittel benötigt man, um einen derartigen Geist Erwachen zu lassen?

»Es gibt Momente, da würde ich gern in der Zeit zurückreisen und ein paar Leute schlagen«, sann Indris.

»Ich bezweifle, dass du mit diesem Gefühl allein bist«, erwiderte der Herold.

»Hmmm. Nun, wie es aussieht, werde ich wohl andernorts suchen müssen, wenn ich eine Antwort auf diese Frage haben will.« Indris schnalzte mit dem Finger gegen die Tür.

»Du verlässt Amarqa-im-Schnee?«, fragte der Herold unvermittelt.

»Ich werde versuchen herauszufinden, wie die Rahns erneut Erwachen könnten.« *Und wie man diese verdammte Kammer öffnet.*

»Erwachte Rahns sind …«

»… irrelevant. Ja, das habe ich schon gehört. Aber nicht für mich. Einer dieser Rahns ist meine Cousine, und ich habe nur noch wenige wirkliche Verbindungen zu Familie oder Freunden. Ich habe nicht vor, noch jemanden zu verlieren, wenn ich es verhindern kann.«

»Nur die Mahj und die Mahjirahns sind von Bedeutung«, intonierte der Herold.

»Inwiefern?« Als Ariskander versucht hatte, Indris in

Amnon Erwachen zu lassen, hatte er gesagt, Femensetri und die anderen Rahns hätten alle zugestimmt, dass Indris sein Erbe sein sollte, obwohl Ariskander drei eigene Kinder gehabt hätte, unter denen er hätte wählen können. Indris erinnerte sich an die Sehnsucht, Ia und alles, was darauf war, zu umarmen. Das Gefühl einer tiefen und beständigen Stärke, die niemals schwand, solange die Sonne vom Himmel brannte. Mit einer derartigen Macht könnte Indris viele Dinge vollbringen, und nicht alle davon waren gut. Seine eigenen Ahnen hatten das bewiesen: Näsarat fa Dionwe, der erste Mahj des Erwachten Imperiums, hatte den Obersten Gerichtshof der Seethe im Marmormeer versenkt. Malde-ran, die Schattenherrscherin, hatte Tausende aus ihrem Volk in Nomaden verwandelt und den Toten befohlen, von der Seelenquelle zurückzukehren und das Imperium zu verteidigen. Es gab Hunderte von Geschichten mit einem glücklicheren Ausgang, es gab Jahrhunderte der gütigen Herrschaft unter den Dynastien der Näsarat, aber im Extremfall hatten die Näsarats bewiesen, dass sie imstande waren, ihre Macht zu missbrauchen. Indris trat näher zu dem Herold, als könnte er durch sein eigenes verzerrtes Spiegelbild hindurchblicken auf das Gesicht der Person darunter.

Wer bist du? Eine reine Frage, verdorben durch Perspektive und Beobachtung. Aber so ist es auch mit dem Warum, Wie, Was, Wo und Wann. Wir alle sind verschieden, abhängig von den Umständen, in denen wir uns gerade befinden: Wir sind abwechselnd gütig und grausam, manchmal Tyrannen, manchmal Retter, Lehrer und Schüler, leidenschaftliche Liebhaber oder getrieben von Zorn und unseren dunkleren Gefühlen, und wir verletzen, da wir Haltungen verteidigen, die in einer Woche vielleicht schon bedeutungslos sind.

»Warum sind du und die anderen, die sind wie du, so fixiert darauf, den Gelehrten eine Macht zu geben, von der ihr wisst, dass sie sie vielleicht missbrauchen werden?«, fragte Indris.

Der Herold streckte seine behandschuhte Hand mit den Fingerspitzen aus, glänzend schwarz und scharf wie Krallen, und tippte Indris auf die Stirn. »Du weißt es. Du hast es gesehen.«

Und habe es mir wieder nehmen lassen! »Klär mich auf. Erspar mir die Mühe, noch einmal zu lernen, was ich bereits weiß.«

»Ihr Kinder des Nachmittags habt nicht die Geduld, zu warten und zu beobachten, denn ihr lebt nicht lange genug, um zu lernen, was Geduld bedeutet. Euer Leben ist nicht mehr als ein Flimmern in der Geschichte.«

»Aber uns bedeutet es alles.«

»Und das ist richtig so!«, sagte der Herold überzeugt. »Jedes Leben ist kostbar, und das Leben, das du nicht richtig lebst, ist so verloren, als hättest du nie gelebt. Aber deine Leidenschaften, die während deiner Lebensspanne gerecht und wahr erscheinen mögen, können von einem anderen Blickwinkel aus betrachtet als unbesonnen und verschwenderisch beurteilt werden.«

Das Ertränken der Seethe im Marmormeer … das Zusammentreiben der Nomaden am Ende des Imperiums … »Ich verstehe. Aber es liegt in unserer Natur zu handeln, wenn wir das Gefühl haben, dass wir es tun müssen. Was kann so schrecklich, so dramatisch gewesen sein, dass es mir genommen werden musste?«

»Was wäre, wenn du herausgefunden hättest, dass dein gesamtes Leben eine Lüge war?«, fragte der Herold. »Was, wenn die Welt nicht bereit war, bestimmte Wahrheiten zu akzeptieren?«

»Ich habe nicht …« Indris fühlte, wie eine schreckliche Befürchtung in ihm zu keimen begann. *Was würde ich tun? Was habe ich getan?*

»Dies ist der Grund, weshalb du deine Erinnerungen in den Windungen eines Labyrinths der Erinnerung verborgen hattest. Du hast zu früh einige Dinge erfahren, auf die weder du noch der Rest der Welt vorbereitet war. Du hättest gehandelt, und viele wären sinnlos gestorben, wo doch ihr Tod eine Bedeutung hätte haben können, zum richtigen Zeitpunkt und am richtigen Ort.«

»Was ist mit ihren Leben?«, fragte Indris entgeistert. »Ihre Leben sind es, die eine Bedeutung haben. Sterben ist einfach. Für etwas zu leben ist sehr viel schwerer.«

»Alle Dinge sterben zu ihrer Zeit. Es beginnt in dem Moment, in dem man uns das Leben schenkt, und beschleunigt sich von dem Augenblick an, an dem uns bewusst wird, was der Tod bedeutet. Ein gutes Leben bedeutet viel, aber ein guter Tod inspiriert andere viel mehr.«

»Auch meiner?«

»Wenn die Zeit gekommen ist, vor allem deiner.«

Indris verbrachte die nächste Stunde in der Manufaktur, da er die Schriftzeichen auf seinem Gelehrtenlicht fertig eingravierte und die letzten Zeichen auf seiner Rüstung und dem Schild mit den disentropischen Strömungen der Welt um ihn herum verankerte. Femensetri stieß die Tür zur Manufaktur in dem Moment auf, als Indris gerade die Formeln flüsterte, um seine Schöpfungen zu aktivieren.

Die Schriftzeichen auf seinem Licht flackerten, dann verblassten sie zu einem jadegrünen Glühen und waren schließlich nicht mehr als ein schwaches blaugrünes Schimmern. Am Laternenkopf aus *Serill* flackerte im Zentrum ein Licht, nicht heller als eine Kerze. Indris verstärkte das Glühen zu einem leuchtenden Weiß, das so hell war, dass es die Farben seiner Umgebung verdrängte und die Schatten zu wenig mehr als Messerschnitten aus Dunkelheit machte.

»Oh …«, flüsterte Femensetri. »Es ist lange her, seit ich eines von denen gesehen habe. Das waren bessere Zeiten für alle von uns.« Sie blickte auf ihren Gelehrtenstab, und ihre Mundwinkel verzogen sich übellaunig. Die Sturmbringerin rief, und zwei Bibliothekare der Sēq kamen mit großen Augen in den Raum. Zwischen sich trugen sie eine lange Kiste aus poliertem Ebenholz, die sie zu Indris' Füßen absetzten, dann verneigten sie sich und zogen sich hastig wieder zurück. Sobald sich die Tür hinter ihnen geschlossen hatte, beugte sich Femensetri auf ihrem Stab vor und nickte in Richtung der Kiste. »Das ist das, worum du gebeten hattest.«

Indris stellte sein Licht auf die Werkbank neben seinen Panzermantel und seinen Schild. Er öffnete die Kiste und seufzte erleichtert auf, als seine Finger Gestaltwandlerins sanft geschwungene Form berührten. Sie summte leise, als er sie aufnahm, und schnurrte, als er sie für einen langen Moment einfach in der Hand hielt. Seine Büchertasche und das Tagebuch und die Sturmpistole waren ebenfalls dabei.

»Danke«, sagte Indris. Jetzt, da Gestaltwandlerin bei ihm war, waren seine Sinne wieder schärfer, und innerhalb von Sekunden fühlte er sich stärker, da sie Disentropie in ihn hineinströmen ließ. Er hatte vergessen, wie sehr er sich an das Gefühl gewöhnt hatte oder wie gut es sich anfühlte. Er schlüpfte in sein Schuppenpanzerhemd und sprang ein paarmal auf und ab, um das Gewicht zu verteilen.

Femensetri trat hinzu und half ihm, die Schnallen zu schließen und die Schnüre zu justieren, sodass sie seine Bewegungen nicht behinderten. Sie half ihm in seine abgetragene Robe und strich sie über seinen Schultern und Rücken glatt. Indris schlang sich die Waffen und den Schild um und nahm seinen Stab und die Tasche auf, die zwei Behälter mit dem Wasser des Lebens enthielt.

Die beiden schlenderten in neutralem Schweigen durch das Tal, an der *Schwarzen Feder* vorbei mit seiner dampfenden heißen Quelle und über die alte Steinbrücke mit ihren verborgenen Schutzzaubern. Sie blieben stehen, Schulter an Schulter und nur einen Schritt von der Grenze des Sēqtals entfernt.

Femensetri sah ihn lange und mit wehmütigem Ausdruck an.

»Indris …« Sie räusperte sich, und als sie sprach, war in ihrer Stimme nichts mehr von der ungewohnten Weichheit, die eben noch in diesem einen Wort gelegen hatte.

Sie legte ihm die Hand auf die Schulter. »Die Dinge hier sind nicht so, wie sie scheinen. Irgendwann wirst du das verstehen.«

»Vielleicht«, erwiderte Indris leise. Er trat in die äußere Welt hinaus und begann, rhythmisch zu atmen, steigerte sein Bewusstsein bis zu dem Punkt, an dem er Kontakt mit dem *Ahmtesh* aufnehmen konnte. *Chaiya? Sind Shar und Ekko noch in Tamerlan?*

Es dauerte einen Moment, ehe seine Freundin antwortete. Indris kontrollierte erneut seine Atmung, und sein Bewusstsein glitt zurück in das kühle Tal und zu seiner alten Lehrerin.

»Ich habe mein Leben zu lange aufgeschoben, *Sahai*, und ich hätte schon längst losziehen sollen. Wenn es eine Antwort auf die Frage gibt, was die Rahns krank macht, so werde ich sie finden. Aber Ihr müsst die Rahns nach Avānweh zurückbringen. Hier könnt Ihr nichts für sie tun, und sie müssen zurück und das Land regieren.«

»Wir haben bereits Vorkehrungen getroffen«, erwiderte Femensetri. »Wir werden morgen früh über die Webtore reisen.«

Indris nahm eine Spottdrossel aus seiner Tasche und drehte die beiden Halbkugeln.

Der Uhrwerkmechanismus begann zu ticken, und die Zeichen, die er eingraviert hatte, setzten sich langsam zusammen, während sich die Stücke ausrichteten. »Ich muss mit Anj sprechen, bevor ich gehe. Wisst Ihr, wo sie ist?«

»Sie ist fortgegangen, aber wir wissen nicht, wohin.« Femensetris Stimme hatte wieder die gewohnte Schärfe. »Sie ist nicht mehr, wofür du sie hältst, Indris. Aber was auch immer sie sein mag, du weißt, dass sie nicht länger deine Frau ist. Du kannst diese Frau nicht mehr sehen. Du kannst sie nicht mehr lieben.«

»Ich werde sie so lange lieben, bis sie etwas tut, das dieses Gefühl zunichtemacht … aber ich bin nicht verliebt in sie. Ich bin es seit Jahren nicht mehr. Ich weiß nicht, was sie ist, aber wie Ihr habe ich einen Verdacht, den ich nicht laut aussprechen will.« *Wer weiß, wer uns hören kann?* »Sie wird mir folgen, sobald sie erfährt, dass ich gegangen bin. Zweifellos finden wir dann die richtigen Worte.«

Indris brachte seinen Stab zum Glühen, und dann tat er etwas, was er seit vielen Jahren nicht mehr versucht hatte, und auch dann nur, wenn es sich nicht hatte vermeiden lassen: Er öffnete ein Portal in die Ödnis. Das kalte blaugrüne Licht ließ den Rand seines Sichtfelds verschwimmen, und das tiefe Bassstöhnen, das Stakkatozwitschern und Schnattern, das aus den Tiefen kam, drang durch den fließenden Raum nach oben. Zwischen den tieferen Schatten, in den Sedimenten verlorener, vergessener Hoffnungen und des Wahnsinns, sah Indris, wie sich langsam riesige Tentakel herausbildeten und Schlünde mit Zähnen öffneten, die von ganzen Trauben schläfriger Augen umgeben waren. Etwas Landähnliches bildete sich um seine Füße, ein Marschland mit seufzendem Schilf, übel riechendem Wasser und einer

Luft, die nach feuchter Asche schmeckte. Er warf die Spottdrossel hinein. Sie zischte laut ratternd davon, ein Opfer für Indris' Sicherheit.

Das Letzte, was Indris sah, war Femensetri, die den Mund öffnete, um etwas zu sagen. Doch ihre Worte verloren sich, als die Welt um ihn in Fragmente zersplitterte und ihn die Ödnis verschluckte.

Kapitel 14

»Nur das zu wissen, was einem erzählt wurde, ist eine kleingeistige Art zu leben.«

Nasri von den Elay-At, shrīanischer Dramaturg (495. Jahr der Shrīanischen Föderation)

60. Tag im 496. Jahr der Shrīanischen Föderation

Der Nachtnebel und die Kälte hatten den Großteil der Nahdi in Tamerlan in die Herzenshalle getrieben. Mari vermied das hektische Gedränge der schwitzenden Körper, während die Asrahnwitwe in der Hitze, dem Geschrei und den sich immer weiter erhitzenden Gemütern schwelgte. Nadir, Jhem und die Botschafterin saßen bei ihr, die Köpfe zusammengesteckt. Belam und Sanojé saßen auf Ehrenplätzen und musterten ihre Umgebung mit starrem Lächeln.

Eladdin warf die Arme hoch. Er war blutbespritzt, nachdem er einen Mann ausgeweidet hatte. Mari verzog das Gesicht beim Anblick der blutenden Wunden im Bauch des jungen Nahdi. Statt ihn endgültig zu töten, sah Eladdin mit geweitetem Blick und wahnsinnigem Lachen zu, wie der andere starb. Der Mann – nein, es war nur ein Junge, kaum älter als sechzehn – versuchte, seine Eingeweide drinnen zu behalten. Er stolperte und rutschte in seinem eigenen Blut aus. Die Asrahnwitwe warf Münzen von ihrem Platz an der Hohen Tafel ins Kampfgeschehen, wo sie klirrend durch die Blutlachen rollten.

Ihr Cousin stolzierte um den Schlund von Savajiin herum und blieb von Zeit zu Zeit stehen, um sich von den anderen hochleben zu lassen. Mari verschränkte angewidert die Arme. *Wir kämpfen nicht für uns selbst,* hatte Bensaharēn ihr während ihres Trainings an der Gram beigebracht. *Die Kriegsdichter, die Traditionen der* Daishäri, *gründen sich auf unsere heilige Berufung, jene zu verteidigen, die sich nicht selbst verteidigen können. Wir sind diejenigen, die sterben, damit andere leben können. Man erinnert sich an unsere Namen, weil wir uns tapfer für das Allgemeinwohl geopfert haben.* Hätte ihr Lehrer Eladdin gesehen, so hätte er ihren Cousin niedergestreckt, seine Waffen vor seinen Augen zerbrochen und seinen Verherrlichten Namen ausgelöscht, dessen war sich Mari sicher.

Aufgestachelt von der Menge und den Ermunterungen seiner Mutter, sprang Eladdin vor und schlug dem verletzten Jungen so hart ins Gesicht, dass dieser zu Boden ging. Die Wunden des jungen Mannes öffneten sich weiter. Eladdin packte seinen Gegner bei den Haaren und zerrte ihn in Richtung Schlund. Er stieß ihn hinein, und der Junge schrie, während er in die Tiefe stürzte. Die Menge raste, obwohl eine beträchtliche Menge von ihnen mehr der Form halber denn aus wirklicher Begeisterung zu jubeln schien.

Genieß das Spektakel, du kleiner Gockel. Heute Nacht ist es vorbei mit dir und der alten Vettel, die du Mutter nennst.

Mari durchsuchte die Menge mit ihrem Blick, bis sie Morne, Kyril und ihre Mannschaft der Unsterblichen Gefährten durch einen Schleier aus Hitze, Rauch und schwitzender Körper erspähte. Die Gefährten waren nicht stärker bewaffnet als sonst, um niemanden zu alarmieren. Alles in allem waren es vierzig, und jeder von ihnen trug eine Brosche mit dem Zeichen einer Schlange, die ihren eigenen Schwanz verschlang. Es war das erste Mal, dass Mari so viele der Unsterblichen Gefährten in der Herzenshalle sah, und sie war dankbar, dass die Leute so angetrunken waren. Wären die anderen Krieger in der Halle nüchterner gewesen, hätte sie die Anwesenheit so vieler Raubtiere vielleicht nachdenklich gemacht. Aber die Nacht war kalt, und die Herzenshalle zum Bersten voll.

»Hey, hübsche Lady«, ertönte eine rauchige Stimme neben ihr.

»Kann ich dir was zu trinken holen und dich zu einer Dummheit überreden?«

Grinsend wandte sich Mari um und gab Shar einen Kuss. Die Kriegssängerin hatte trotz der Hitze ihre Kapuze übergestreift. Wären das Schwert aus *Serill* und die Messer nicht gewesen, so hätte niemand erraten können, dass sie eine Seethe war.

Ekko stand direkt hinter ihr. Unter dem Schatten seines Mantels konnte sie kaum mehr als seine gelben Augen erkennen. Eine seiner riesigen Hände ruhte auf dem Griff seines *Khopesh,* und er öffnete die Klappe einer Tasche, um ihr einen Kurzbogen und einen Köcher mit fingerdicken Pfeilen zu zeigen. Mari umarmte Ekko, und der mächtige Tau-se schnurrte zur Antwort.

»Ich bin so froh, dass ihr beide hier seid.« *Es gibt niemanden, mit dem ich das hier lieber tun würde … Nein, das stimmt nicht. Hayden … Omen … Indris. Alle fort.* Sie blinzelte. *Aber niemals vergessen.*

»Die Unsterblichen Gefährten sind bereit, für die nötige Ablenkung zu sorgen, Mariam«, brummte Ekko. »Shar und ich werden bei dir bleiben, um deine Erfolgschancen zu erhöhen. Wir sind nicht begeistert von der Gegenwart des Witwenmachers. Da steht noch eine Blutschuld für unsere Toten zwischen uns.«

»Jetzt ist nicht der richtige Moment, und hier ist nicht der richtige Ort«, warnte Mari. »Unser Ziel ist Vahineh.«

»Ekko könnte Vahineh unter einem Arm tragen und immer noch kämpfen, wenn es sein muss«, erklärte Shar mit einem dreisten Grinsen.

»Ist dir deine Sonesette bei einem Kampf nicht im Weg?«, fragte Mari und beäugte das massive Saiteninstrument, das an Shars Rücken hing.

»Wir werden sie heute Nacht noch brauchen. Ich werde das Trinkgelage mit ein bisschen Musik untermalen, in ein paar Liedern einige Dinge vorschlagen, dafür sorgen, dass ein wenig Gewalt entfesselt wird, und die Geister des Lachenden Windes loslassen. Ich bezweifle, dass viele von diesen Schwachköpfen hier schon einmal mit jemandem aus einer Seethe-Truppe zu tun hatten. Ich könnte beinahe Mitleid mit ihnen haben, wenn sie nicht im Dienst dieses bösartigen alten Weibs stehen würden. Sie werden bekommen, was sie verdienen.«

»Du wolltest ein Ablenkungsmanöver«, fügte Ekko hinzu.

»Und du weißt, was die Leute immer sagen? Dass weniger mehr wäre?«, fragte Shar.

Mari nickte, und Shar grinste verschlagen. »Das sind Idioten. Sie haben keine Ahnung. Mehr ist immer mehr. Vor allem wenn es um Ablenkungsmanöver geht.«

Mari musste lachen und umarmte ihre beiden Freunde fest. »Ich habe euch beide so vermisst. Es klingt vielleicht seltsam, aber ich freue mich fast auf das, was wir gleich tun werden.«

»Man sollte es immer genießen, wenn man die Welt von Schurken befreit, Mariam.« Ekko stand stolz da, ein bewehrter Berg aus Fell und Muskeln.

»Und es erscheint nur passend, wenn wir das im Gedenken an die tun, die wir verloren haben«, fügte Shar hinzu.

»Sollen wir dann loslegen?«, fragte Mari.

»Oh, aber ja!«, erwiderte Shar.

Mari wandte ihre Aufmerksamkeit in die Mitte des Raums, wo Eladdin mit einem anderen Opfer spielte und den Mann so aufschlitzte, dass er heftig blutete, ohne ihn jedoch zu töten. Die Wachen, die auf Mari aufpassen sollten, waren durch das Blutbad abgelenkt. Die Asrahnwitwe schmetterte ihren Weinbecher, einen vergoldeten Schädel mit Saphiren anstelle von Augen, auf den Tisch. Wein, so dick und dunkel wie Blut, schwappte über den Rand und lief ihre Hand hinab. Er verfärbte ihre Lippen und tönte ihre gefeilten Zähne rot. Einige von Maris Cousins gesellten sich zu der Asrahnwitwe, doch die meisten hatten ihre Stühle ein Stück weit weggerückt.

Mari ließ Shar und Ekko zurück und umrundete den Raum. Sie ging von einem kleinen Grüppchen zum nächsten und lächelte zurück, wenn jemand freundlich genug war, ihr in die Augen zu sehen oder ihre Hand zu schütteln. Sie merkte sich diejenigen, die es vorzogen, zur Decke zu sehen oder auf den blut- und weingetränkten Boden. Als Mari neben Morne und Kyril ankam, zeigte sie ihnen diskret diejenigen, von denen sie glaubte, dass sie sich nicht einmischen würden, und diejenigen, die unter der Fuchtel der Asrahnwitwe standen. »Die meisten der Nahdi sind hier, weil sie nirgendwo sonst hinkönnen. Vom Glück verlassen oder bei irgendeinem Feldzug irgendwo besiegt und zur Flucht gezwungen. Sie sitzen hier ihre Zeit ab. Aber manche sehen auch eine echte Zukunft mit meiner Großmutter, und die muss man niederschlagen.«

»Und mit dem da fangen wir an.« Morne nickte in Richtung Eladdin, der sich jetzt einen Krieger herausgepickt hatte, der viel schwächer war als er. »Es wird einen Aufruhr geben, wenn er stirbt. Deine Großmutter wird sicher versuchen, mich auf der Stelle töten zu lassen.«

»Zweifellos«, sagte Mari. »Deine Leute haben ihre Positionen eingenommen?«

»Wir werden sie zwischen denen aufstellen, die der Asrahnwitwe am wahrscheinlichsten helfen werden«, bestätigte Kyril. »Unsere Krieger werden die Anführer dieser Gruppen als Erstes erledigen.«

»Und die Hexen?«, fragte Mari. »Könnt ihr sie schnell zu Fall bringen?«

Morne lachte leise in sich hinein. »Es ist alles unter Kontrolle. Ich habe drei *Daimahjin* in meiner Mannschaft, und einige meiner Leute können auf ein paar bittere Erfahrungen in den Kämpfen um die Krisenstädte zurückgreifen. Sie kennen die Vorzüge von salzgeschmiedetem Stahl.«

Kyril sprach mit den nahe stehenden Unsterblichen Gefährten, die ihre Kader mitnahmen und sich in der Menge verteilten. Als sie in Position waren, wandte sich Mari an Morne.

»Wie werdet ihr es machen?«, fragte Mari und wies mit dem Kinn auf Eladdin. Sie zuckte zusammen, als sie sah, wie ihr Cousin hinter seinen Gegner tänzelte, dessen Kopf an den langen Haaren zurückriss und ihm die Kehle durchschnitt. Blut sprudelte über die Brust des Mannes, und Eladdin zerrte ihn zum Schlund und warf ihn hinunter. Der Applaus war ohrenbetäubend, als die Menge mit ihren Bechern und Krügen gegen Schilde, Tische und Stühle schlug. Nachdem er Arme, Rücken und Beine gestreckt hatte, beugte sich Morne vor, um Kyril zu küssen. Er lächelte, und sein einst hübsches Gesicht legte sich in Lachfältchen. »Du fragst wie? So.«

Morne trat in die Kampfrunde. Jeder Schritt war räuberischer als der vorhergehende, und seine Hand ruhte auf dem Griff seines Messers. Die anderen Nahdi im Raum nickten, und einige jubelten, denn Morne war ganz offensichtlich kein Mann, mit dem zu spaßen war. Eladdin sah gelangweilt aus, als er zu seinen Kriecherfreunden zurückging. Er schnaubte und riss Witze.

»Wo denkst du, dass du hingehst, Junge?«, fragte Morne zu Eladdins Rücken. Eladdin blieb stehen, wandte sich um und warf Morne einen ungläubigen Blick zu. »Ja. Du, Junge.«

»Forderst du mich heraus, alter Mann?«, fragte Eladdin mit einem grausamen Lächeln. Mari trat rasch von Kyrils Seite weg und nutzte die Menge als Deckung, während sie sich ihren Weg zu Shar und Ekko bahnte. Shar begann, auf ihrer Sonesette zu zupfen – metallische, diskordante Noten, die an Maris Nerven zerrten.

»Klingt ganz so, *sau héj*.« Eladdins Augen traten bei der Beleidigung fast aus den Höhlen. Kleiner Mann: schwach, seicht und unerfüllt. Morne umfasste mit einer ausholenden Geste den gesamten Raum. »Außer du hast andere Gegner, bei denen du dich eher traust.«

»Eladdin!« Die Stimme der Asrahnwitwe durchschnitt das anschwellende Gemurmel der Menge. Sie starrte Morne an, und der alte Hai erkannte den Tiger unter den Hunden in ihrem Garten. »Es wird Zeit, einem anderen zu erlauben, dass er …«

Die Klapperschlange gebot seiner Mutter mit einem Wink zu schweigen. Er zog seine Messer und bewegte sich lautlos, beinahe gleitend vorwärts. Seine Klingen woben schimmernde, ineinander verwobene Muster in die Luft. Eladdins Gesicht war dunkel vor Zorn. »Halt dich da raus, Mutter! Die Haie sind noch hungrig, und dieser Narr scheint sie unbedingt füttern zu wollen.«

Der Klang von Shars Sonesette klirrte durch die Herzenshalle, durchsetzt mit ihrer kehligen Stimme, die ein Lied angestimmt hatte. Mari verstand die Worte nicht, fühlte jedoch, wie ihr Mut bei den Tönen wuchs. Andere um sie herum schienen in sich zusammenzuschrumpfen. Sie sahen sich unsicher und ängstlich um. Mari erinnerte sich an ihr Gefühl drohenden Unheils bei der Schlacht von Amnon, als die Kriegssänger der Seethe gesungen hatten und ihre Krieger die Schlacht entfalteten, wie von ihren Dramaturgen vorgeschrieben. Sie musste gegen alle ihre Instinkte ankämpfen, um die Klinge weiter in der Hand zu halten, statt loszurennen und sich in Sicherheit zu bringen. Als sie jetzt jedoch Shars Lied hörte, fühlte sich Mari unbezwingbar.

»Eladdin, nein!«, kreischte die Asrahnwitwe. »Junge, tu's nicht!«

Morne zog seinen Dolch und setzte seinen gepanzerten Ärmel und raffinierte Fußarbeit ein, um Eladdins Schlägen auszuweichen. Eladdins Gesichtsausdruck war unverändert, offensichtlich unbeeinflusst von der Musik. So wenig ausgeprägt seine moralische Gesinnung war, Eladdin war zum Kriegsdichter ausgebildet worden, und die *Daishäri* brachen nicht zusammen und rannten nicht davon. Stahl klirrte und sang. Beide Männer kämpften, ohne zu sprechen, und konzentrierten sich auf das Wechselspiel von Muskeln und Metall. Ein leiser Sprühnebel aus Blut, und beide Männer sprangen zurück, Eladdin offensichtlich bestürzt darüber, dass seine kostbare Haut angeritzt worden war. Blut tröpfelte seinen Unterleib hinab. Morne wischte sich über den Kratzer an seinem Hals.

Beide Männer glitten wieder vor. Ein Wirbelwind aus Schnitten, Stößen, Schlägen folgte. Eladdin schien eine unerschöpfliche Energiequelle zu sein, seine Bewegungen waren explosionsartig, die Schläge wie die Bisse einer Giftschlange. Mornes Technik bestand eher in einem langsamen und gleichmäßigen Rösten, heiß wie ein Schmiedefeuer, unbeugsam wie ein Amboss, und seine Schläge waren sachlich und verheerend. Morne machte eine Finte und versenkte dann die bewehrte Faust in Eladdins Magen. Ein heftiger Schlag mit dem Dolchgriff folgte. Eladdin schlug mit dem Gesicht voran auf dem blutigen Boden auf, und eines seiner Messer rutschte davon. Maris Cousin rollte weg und kam wieder auf die Füße. Schüttelte den Kopf. Seine Lippen waren aufgeplatzt, und er spuckte Blut und ein Stück von einem Zahn aus.

Morne machte Eladdin ein Zeichen, dass er sein Messer zurückholen sollte. Der jüngere Mann fluchte, streckte die Hand aus und befahl, dass man ihm sein Schwert bringe. Einer von Eladdins Spießgesellen stürzte unter dem Murren der Menge vor und überreichte der Klapperschlange ein *Shamshir* mit langem Griff, dessen Klinge in einer Scheide aus Haifischhaut steckte. Eladdin küsste den Schlangenknauf seiner Waffe. Dann stand er aufrecht da, schlank wie sein Schwert, wieder erfüllt mit neuem Selbstvertrauen.

»Du hast dir das selbst zuzuschreiben, alter Mann«, sagte Eladdin.

»Davon war ich ausgegangen.« Morne steckte sein Messer wieder weg und rief über die Schulter den lächelnden Kyril. »Mein Lieber? Stahl, wenn du so freundlich wärst.« Kyril entfaltete das Tuch, das eine lange Schlachtaxt mit einer meißelförmigen Klinge umhüllt hatte. Eladdin erblasste bei dem Anblick. Shars Lied übertönte beinahe das trauervolle Heulen der Asrahnwitwe. Morne hob die Axt auf. »Sollen wir?«

Maris Mund wurde trocken, als die beiden Männer übereinander herfielen. Der Kampf hatte sich verändert, er hatte sich vom Schauplatz eines Duells in ein Schlachtfeld verwandelt. Schwert und Axt glitzerten im Laternenlicht, während sich die Krieger einen Schlagabtausch lieferten. Schweiß strömte über ihre erhitzten Gesichter. Aber es war der jüngere Eladdin, der sich schneller und schneller bewegte, mit präziser Beinarbeit und genau platzierten Hieben. Morne bewegte sich langsamer, bedächtiger, während er Richtung Schlund zurückgetrieben wurde. Die Asrahnwitwe und ihr Gefolge jubelten laut und riefen Eladdins Namen. Das Grinsen des Kriegsdichters wurde breiter.

Morne strauchelte, mit dem Rücken zum Schlund. Er fiel auf ein Knie, den Kopf gesenkt, das Haar getränkt von Schweiß, sein gepanzerter Ärmel zerkratzt und verbeult.

Eladdin glitt vom linken Fuß auf den rechten und hielt das *Shamshir* quer, in der fatalen Technik von *Des Büßers Tod*. Für einen Moment schwebte es hell schimmernd in der Luft, bevor die Klinge herabstieß, auf die Stelle zwischen Mornes Kopf und Hals zu.

Die Menge brüllte.

Mari fluchte.

Kyril lächelte.

Morne war nicht an der Stelle, wo die Klinge landete. Er erhob sich, sein Körper wirbelte herum, und die Axt war nicht mehr als ein verschwommener Umriss über seinem Kopf. In einer schrecklichen und blutigen Sichelmondbewegung schwang sie herab. Die Axt grub sich in Eladdins Nacken, schnitt durch Fleisch und Knochen. Sein Körper spaltete sich in zwei Teile und stürzte in den Schlund von Savajiin.

Die Asrahnwitwe kreischte, und ihre Venen traten an ihrem Nacken und den Schläfen hervor. Sie schleuderte ihren Weinbecher nach Morne, doch er fiel in weiter Entfernung zu ihm auf den Boden. Der goldene Schädel klapperte über den blutigen Boden, ohne Schaden anzurichten. Ihre Schreie waren unzusammenhängend, trostlos, und sie zerkratzte sich Gesicht und Brust mit ihren scharfen Nägeln. Schließlich kamen wieder Worte, heiser, geboren aus Wahnsinn und Trauer.

»Tötet ihn! Tausend Goldringe für den, der mir Kopf und Männlichkeit dieses Mörders bringt. Tötet ihn! Tötet ihn! TÖTET IHN FÜR MICH, MEINE HUNDE!«

Die *Savadai* und diejenigen Nahdi, die der Asrahnwitwe gegenüber loyal waren, griffen zu den Waffen. Belam zog Schicksalsklinge, und er und Sanojé richteten rote Verwüstung unter den Soldaten der Asrahnwitwe an. Nadir, Jhem und die Botschafterin durchsuchten die Menge mit Blicken. Sehr wahrscheinlich suchten sie nach Mari, die hinter eine Säule schlüpfte. Shar und Ekko waren an ihrer Seite. Mari hörte, wie die Asrahnwitwe aus voller Lunge ihren Namen kreischte.

Inmitten der Streitkräfte der Asrahnwitwe machten sich die Unsterblichen Gefährten mit der schonungslosen Effizienz jahrelanger Schlachtfelderfahrung ans Werk. Von ihrem Aussichtspunkt aus konnte Mari das Chaos sehen, das sie säten. Belam war eine Bedrohung mit blutgetränkten Händen, schlimmer als alles, was die Hunde von Tamerlan je gesehen hatten, und die Krieger flohen vor ihm oder starben. Sanojé stellte sich den Meerhexen entgegen und schleuderte Bannsprüche, während sie ihre arkanen Schutzzauber für sich und Belam aufrechterhielt. Die Ablenkungsmanöver waren alle gut, aber dieses war das größte.

»Es wird Zeit, dass wir unsere Arbeit tun«, sagte Mari zu Shar und Ekko. Sie schenkte der Asrahnwitwe einen letzten raschen Blick, während sie mit ihren Freunden die Herzenshalle verließ.

Trauere, solange du kannst, Großmutter. Du wirst deinen Sohn bald wiedersehen.

Mari führte ihre Freunde zum Trophäenraum. Die Bediensteten sahen sie kommen und verschwanden. Die wenigen Wachen, die sie auf dem Weg trafen, wurden mit schonungsloser Effizienz ausgeschaltet, die Körper blutend zurückgelassen. Endlich erreichten Mari, Shar und Ekko die eisenbeschlagenen Türen. Vier Wachen standen davor. Sie stützten sich auf ihre Dreizacke und sahen gelangweilt aus. Sie brauchten einen Moment, um zu begreifen, wer da vor ihnen stand. Dann nahmen sie hastig eine Abwehrhaltung an, sahen aber erst Mari, Shar und Ekko, dann wieder ihre Gruppe unsicher an.

»So wie ich das sehe«, sagte Mari, während sie vortrat, unbewaffnet und ohne Rüstung, aber ohne langsamer zu werden oder ihnen Zeit zum Nachdenken zu geben, »könnt ihr mir aus dem Weg gehen, und ich hole mir das, was rechtmäßig mir gehört. Oder ihr könnt den nicht sehr langlebigen Fehler machen und versuchen, mich aufzuhalten. Ihr habt Zeit, bis ich bei der Tür bin.«

Mit einem letzten Blick auf Mari, Shar mit ihrem Schwert aus *Serill* und Ekko mit seinem *Khopesh* schmolzen die Wachen wie Schnee im Frühling.

Mari öffnete die Türen mit Dhourys Schlüssel und betrat den Trophäenraum, der kein richtiger Raum, sondern eher eine ganze Reihe untereinander verbundener Kammern war. Die gestohlenen Relikte von Jahrhunderten hingen an den Wänden und setzten in der feuchten Luft Staub und Rost an. In der Mitte des größten Raums, dessen Decke sich in einer von Spinnweben durchzogenen Dunkelheit verlor, standen mehrere Sofas und kleine Tische mit Gläsern und Flaschen mit Wein und Schnaps herum. Waffen, Rüstungen, Schilde, Kronen, Juwelen, Bücher, Gemälde: Die Regale ächzten unter dem Gewicht. Mari raste von Zimmer zu Zimmer, bis sie ihre Sûnklinge fand und ihr *Amenesqa*, das sie in Amnon verloren hatte und das ihr ihr Vater restauriert und wiederbeschafft hatte.

»Hallo Ladys!« Mari fühlte tiefe Erleichterung, als sie die

Waffen aufnahm und ihren Waffengürtel mit der Sûnklinge um ihre Taille schnallte.

Kampfgeräusche drangen den Korridor herab, als sich Mari wieder zu Shar und Ekko gesellte. »Jetzt können wir Vahineh holen, Morne treffen und das beenden, was wir angefangen haben.«

Es war mehr Tumult in den Korridoren, als sie sich auf den Weg zum Behandlungszimmer der Wundärztin machten. Der Großteil der Wachen mied sie, und nur wenige verwickelten sie in einen Kampf: Der Anblick einer bewaffneten Mari und ihrer beiden Freunde war völlig ausreichend. Wenn es doch zum Kampf kam, war er kurz und gnadenlos. Mari und ihre Gefährten stürzten weiter, sobald der Gegner zu Boden ging. Shar stimmte auf Seethe Trauerlieder für die Toten an, einer Sprache, die immer den Eindruck erweckte, als würde man rückwärts sprechen. Als sie das Zimmer der Ärztin erreichten, fanden sie die Türen unbewacht vor.

»Qesha-rē?«, rief Mari. Die Wände und der Boden schimmerten im Licht der Laterne. Operationswerkzeuge funkelten auf Tabletts, und Regenbogenmuster tanzten auf den Flaschen mit Salben, Medizin und seltenen Zutaten. Mari rief erneut, und Qesha kam aus den Genesungsräumen und trocknete sich die Hände.

»Ist es so weit?«, fragte die Wundärztin der Nilvedic. Sie sah Shar und Ekko interessiert an, und Mari stellte die beiden vor. Qesha rief Vahinehs Namen, und die junge Frau streckte schüchtern den Kopf durch die Tür. Ihre Augen weiteten sich, als sie Mari und ihre Freunde sah.

Die Rahn Selassin – wenn dieser Titel noch auf sie passte – kam herausgestürzt und schlang ihre Arme um Mari. Mari war seltsam berührt und ließ sich für einen langen Augenblick von Vahineh umarmen, dann befreite sie sich und nickte Qesha zu. Es war wirklich Zeit zu gehen.

»Shar? Ekko?«, fragte Mari, als sie den großen Innenhof betraten, in dem leichtes Schneegestöber herrschte. »Bitte sorgt dafür, dass Vahineh nichts passiert.«

»Ich muss ihn töten«, sagte Vahineh mit beinahe kindlicher Offenheit und blickte Mari traurig an. »Deinen Vater, meine ich. Ich habe seine Frau umgebracht, und ich muss beenden, was ich …«

Bei Vahinehs Worten blieb Mari wie angewurzelt stehen. Das Gesicht der jungen Frau war ohne Arglist, der Blick ihrer Augen voll Unschuld. Mari bemerkte die Blicke ihrer Freunde, während sie ihre Gedanken ordnete. »Vahineh, wir können später darüber reden, was wir tun werden. Wir müssen dich von hier wegbringen, fort von meiner Familie, damit du den anderen Rahns im Kampf gegen meinen Vater helfen kannst.«

»Ich kann ihnen tatsächlich im Kampf gegen deinen Vater helfen.« Vahinehs Stimme war eiskalt.

»Von der Partei der Föderalisten ist nicht mehr viel übrig, Mari«, sagte Shar.

»Seit du weg bist, hat sich Shrīan sehr verändert. Dein Vater … die Hexen …«

»Lasst uns lieber über das nachdenken, was wir jetzt tun können, in Ordnung?«

Als sie Schritte hinter sich hörte, wirbelte Mari herum. Ekko knurrte und Shar fluchte. Beide nahmen Kampfhaltung ein, als Belam und Sanojé sich zu ihnen gesellten. Ihr Bruder und die Hexe keuchten, und ihre Kleider waren blutbefleckt. Allerdings bezweifelte Mari, dass es ihr eigenes Blut war. Belam schenkte Mari ein vorsichtiges Grinsen, das schwand, als er Shar und Ekko taxierte, die zusammengerückt waren. Der Witwenmacher hielt Schicksalsklinges Spitze nach unten, streckte die andere Hand aus und öffnete sie.

»Wir haben den Weg zwischen hier und dem Himmelsdock frei gemacht«, sagte Belam leise. Shar und Ekko traten auf Belam zu, und er richtete Schicksalsklinge leicht in die Höhe. »Ich bin hier, um zu helfen. Mari? Sag es ihnen bitte.«

»Mariam?«, fragte Ekko. »Erlaube mir, dass ich deinen Bruder aus dem Weg schaffe, damit wir Tamerlan verlassen können.«

Belam sah irritiert drein. »Du könntest es versuchen, ja. Oder du nimmst dein Schwert runter und lebst ein langes und glückliches Leben. Zwischen uns gibt es keine Vendetta, Tau-se, warum sollte ich also dein Blut vergießen?«

»Keine Vendetta?«, knurrte Ekko. »Hayden … Omen … Wir müssen abrechnen!«

Mari legte ihre Hand auf Ekkos Arm und schüttelte den Kopf. *Ich will keine weiteren Freunde mehr verlieren.* »Ich – wir – halten dich für verantwortlich für den Tod meiner Freunde, Belam. Wir können das nicht einfach so vergessen.«

»Und dein toter Liebhaber hat zum Tod meines Ahnen beigetragen!«, zischte Sanojé. »Aber wir kriegen nicht alles, was wir haben möchten.«

»Seid friedlich, bitte!« Belam atmete tief ein. »Ich bitte dich nicht, zu vergessen, Mari. Und ich verlange auch nicht, dass du mir vergibst. Alles, was ich will, ist die Chance, einiges von dem wiedergutzumachen, was ich getan habe.«

Mari nickte Shar und Ekko zu. Der Tau-se richtete sich zu seiner vollen und beeindruckenden Höhe auf. »Ich behalte dich im Auge, Witwenmacher. Wenn du uns verrätst, wird meine Rache furchtbar sein.«

»Tu dir keinen Zwang an.« Belams Ton war weniger frivol, als Mari erwartet hätte. Und es lag nicht die Spur von Furcht darin.

Ein blutbefleckter Morne, Kyril und ein Kader der Unsterblichen Gefährten kamen mit gezogenen Waffen aus den

Toren auf der anderen Seite des Innenhofs getorkelt. Als sie Mari und ihre Begleitung sahen, blieben sie stehen. Eine der Gefährten, eine gedrungene Frau in rotbrauner Rüstung, die einen schweren Degen mit verbeultem Griff trug, begann deftig und mit schwerem ygranischem Akzent zu fluchen. Sie endete mit einem: »Wir haben sie verloren.«

»Was ist passiert?«, fragte Mari.

»Die Asrahnwitwe ist entkommen«, sagte Morne bitter. Nun begann Mari ihrerseits heftig zu fluchen, doch Morne machte ihr ein Zeichen, sich zu beruhigen. »Den Wein kannst du nicht wieder in die Flasche zurückschütten, Mari. Tamerlan gehört uns, aber die Asrahnwitwe und ihr engster Kreis sind fort. Nadir und sein Vater – die ich beide mit Freuden tot sehen würde – und auch die Botschafterin sind verschwunden. Mitsamt ihren Hexen und einigen Soldaten.«

»Wie sind sie entkommen?«, fragte Shar. »Es gibt nicht so viele Fluchtmöglichkeiten von dieser Insel.«

»Die Hexen?«, fragte Sanojé. »Die aus der Mahsojhin, die dem Asrahn dienen. Sie kennen keine Furcht, und sie haben wenig Skrupel, Portale durch die Ödnis zu öffnen. Sie sind ein anderer Schlag als die Hexen und Gelehrten, die ich kenne.«

»Weil ihnen die Erfahrung der letzten dreihundert Jahre fehlt«, erklärte Belamandris. »Aber wie General Falkenholz sagte, was geschehen ist, ist geschehen. Wir müssen uns beeilen. Vaters Pläne werden nicht auf uns warten.«

»Noch nicht«, erwiderte Mari. »Wir haben hier noch ein paar Aufräumarbeiten zu erledigen. Die Asrahnwitwe würde Tamerlan nicht einfach so aufgeben. Sie ist noch hier und lauert irgendwo. Sagt euren Leuten, sie sollen vorsichtig sein, und niemand soll allein unterwegs sein.«

Der Himmel über ihnen bekam einen Riss; ein leuchtend heller Blitz flackerte hinter den Wolken auf. Die Luft um sie herum ächzte, stöhnte, knurrte, während sie aufriss. Leuchtende Kräuselungen erschienen, als hätte man einen Stein in den Wolkenteich geworfen. Ein silberweißer Strahl schoss nach unten und traf mit einem gigantischen Dröhnen auf den Innenhof. Eine leuchtende Gestalt kam blitzartig nach unten geschossen und zog eine Spur flüssigen Lichts hinter sich her.

Das Licht verblasste und enthüllte einen Mann, der in der Mitte des Innenhofs kauerte. Die Kapuze seiner Robe verhüllte seinen Kopf. Er hielt einen großen Stab in der Hand, der schwach glühte, und ein *Amenesqa* mit einem Knauf in Form eines Drachenkopfs hing an seinem Rücken, außerdem ein runder Schild, der schwarz war wie die Nacht. Als er sich erhob, erstarrten alle Anwesenden. Der noch immer von der Kapuze verhüllte Kopf wandte sich erst in die eine, dann in die andere Richtung.

Mit einer beiläufigen Geste zog der Mann seine Kapuze zurück und enthüllte hübsche Gesichtszüge und ein Büschel unzähmbarer Haare. Mari wurde schwindlig. Ihre Brust tat weh, ihr Atem schmerzte, und ihre Augen brannten, als die Tränen zu fließen begannen.

Indris schenkte Mari und den anderen ein kurzes Lächeln. »Tut mir leid, dass ich so spät dran bin.« Er sah auf die blutbefleckten Krieger und Hexen. »Was habe ich alles verpasst?«

Kapitel 15

»Hass und Vorurteile sind erlernt, geboren aus der Furcht vor allem, was unbequem und nicht vertraut ist und sich unserer Kontrolle entzieht.«

Aus den Maximen der Nilvedic

60. Tag im 496. Jahr der Shrīanischen Föderation

Corajidin lag in seinem Pavillon, wie verzaubert von den Empfindungen und Eindrücken, die über ihn hinwegströmten. Er fühlte die einzelnen Seidenfäden in seinem Schlafgewand, roch den Duft der Gewürznelken in seiner Bettdecke, die in den wärmeren Monaten weggepackt und nicht lange genug gelüftet worden war, und den trockenen Geruch nach Staub. Er sah zu, wie sich die Lichtstrahlen langsam zu den schattigen Bogen des Pavillons vortasteten. Der Schlag seiner Herzen, die Käfer, die auf dem Boden des Pavillons herumkrabbelten, die einsamen Schreie der Moorteufel, das Rauschen des Flusses und das nervöse Geflüster seiner Gefolgsleute. Wenn er die Augen schloss, konnte er beinahe die einzelnen Worte verstehen und die Gesichter der Sprechenden erkennen. Sie saßen dicht gedrängt um Lagerfeuer, die in der scheinbar endlosen und beklemmenden Dunkelheit der Rōmarq verschwindend klein wirkten.

Īa pulsierte vor Energie, die ihn wiederaufleben ließ. Seit er heute hier angekommen war, hatte er weder Hunger noch Durst noch Müdigkeit verspürt.

So ungefähr hat sich die Einheit angefühlt. So fühlt es sich an, wenn ich vollständig Erwacht bin und in Kontakt mit der Welt, die mich umgibt. Ich habe vergessen, wie schön, wie friedlich und wie Ehrfurcht gebietend das alles war. Aber die Rōmarq ist intensiver, freigiebiger als die Erebus-Präfektur. Sie quillt über vor Energie. Kein Wunder, dass es hier so viele Echos der Imperien gibt.

Ich bin zum dritten Mal Erwacht. Bin ich der Dreifach Erwachte, der alles, was er geplant hat, sowohl umsetzen als auch wieder zerstören wird? Liegt es an meinen Taten, dass ich alles haben werde und meine Kinder nichts?

Corajidin erhob sich von seinem Lager und schlüpfte in seine Robe. Er fühlte sich an die Geschichten der Bühnendichter erinnert, in denen sich die Rahns verkleidet unter ihre Soldaten mischten, um zu hören, was das gemeine Volk dachte. Die Tatsache, dass die Ansichten anderer nicht mehr seine moralische Richtschnur waren, machte ihn ebenso glücklich wie traurig. *Macht mich das schwächer oder stärker oder einfach nur älter und entschlossener in meinem Handeln?* Er verließ seinen Pavillon und schritt durchs Lager. Seine Anlūki folgten ihm, schwarze und scharlachrote Schatten in der Dunkelheit.

Draußen leuchtete das Firmament im Licht der tausend Sterne, die wie Juwelen in der samtenen Nacht funkelten. Der Nebel des Ahnenschleiers zog sich über den Himmel, farbiger und heller leuchtend, als Corajidin ihn jemals zuvor gesehen hatte. Er blinzelte ein paarmal, um einen klareren Blick zu bekommen, und jedes Mal wenn er die Augen wieder öffnete, sah er mehr von der Welt, die ihn umgab. Alles schimmerte vor Leben. Die Bäume, die Gräser und Blumen des Marschlands waren von einem sanften Leuchten umgeben. Wirbel aus Licht im Wasser, und die Leute! Die Leute leuchteten, ihre Seelen waren in einen Glanz getaucht wie von Hunderten von Kerzen. Es dauerte nicht lange, bis Corajidin die Dunkelheit mit den Augen durchdringen konnte, als wäre Abenddämmerung statt tiefster Nacht. Er wurde vom Duft der Lebewesen überwältigt, vom Geruch nach Stahl, Öl und Leder und dem Rauch der Lagerfeuer, nach Pferd und dem Moschus der Iphyri – und unter all dem lag als Grundierung der Gestank des brackigen Wassers, der verrottenden Vegetation und der Kadaver, die im Schlamm verwesten. Vor ihm in der Ferne glühte der Horizont, als würde der Geist der Dämmerung jeden Augenblick von allen Seiten über sie hereinbrechen.

Soldaten verneigten sich, als er vorüberging, worauf er allerdings kaum reagierte, so versteinert war er von all den Eindrücken. Er fühlte, wie sich seine Lippen zu einem ersten unbeschwerten Lächeln seit ... viel zu langer Zeit verzogen. Am Rand des Lagers patrouillierten Iphyriwachen; ihre Pferdeköpfe schwangen von links nach rechts, und ihre Nüstern und Augen waren geweitet. Die massiven Gestalten waren in Stahl und Leder gekleidet, sodass ihre Hufe im Schlamm versanken. Eine Einheit der Iphyri verstaute gerade ihre Waffen und fiel auf alle viere, dann trabten sie hinaus auf einen schwach beleuchteten Pfad, um die Wache zu übernehmen.

Corajidin stand am Flussufer. Plötzlich hatte er keine Angst mehr vor dem, was er nun klar sehen konnte. Fische schienen zu schweben, sie glühten in den Tiefen wie die Widerspiegelung von Papierdrachen am Himmel. Am anderen Ufer knackten einige riesige Moorratten, die so groß waren wie Corajidins Arm, mit kleinen Steinen Schneckenhäuser auf. Riedweiber mit ledrigen Flügeln schwebten über ihm. Er konnte sogar Kimiya hören, als sie sich ihm näherte, obwohl ihr Schritt so leicht war wie die Nachtbrise.

»Ihr seht es, nicht wahr?«, fragte sie.

»Ich sehe was?«

»Alles.« Sie stand neben ihm, das schmutzige blonde

Haar in Mond- und Sternenlicht getaucht. Ihr Gesicht war wunderschön, so entspannt und friedlich. Lippen und Kinn waren mit Blut befleckt, ebenso die Hände. Sie schloss die Augen und atmete tief ein. »Ihr seht … nein Ihr fühlt, warum dieser Ort so vielen Lebewesen lange Zeit so wichtig war.«

»Aber warum ausgerechnet hier?«

»Weil hier die Wände zwischen den Welten am dünnsten sind. Es gibt noch andere Orte, aber nur wenige wie diesen. Hier sprudelt das Wasser des Lebens aus dem Boden, erneuert und erneuernd, und lässt seine Lebenskraft in alles fließen, was hier lebt, im …«, sie rezitierte etwas Unverständliches, das aus einer langen Reihe kehliger Laute bestand. »Das ist der Grund, weshalb so viele, die früher hierherkamen, geblieben sind. Deshalb sind ihre Diener noch hier und warten.«

»Worauf?« Er hatte es kaum ausgesprochen, als Corajidin seine Frage auch schon bereute.

»Auf den richtigen Zeitpunkt.« Ihr Lächeln war eiskalt. »Wir beobachten, und wir warten. Wir hören sie in unseren Träumen; sie versprechen uns eine Rückkehr zu den Tagen, nach denen wir uns sehnen. Ihr habt sie gesehen. Und Ihr habt sie gehört. Ich kann es in Euren Augen sehen.«

Corajidin gab sein Bestes, um seine Grimasse in ein Lächeln zu verwandeln, doch er sah an ihrem amüsierten Gesichtsausdruck, dass er wenig Erfolg damit hatte.

»Ärgert Euch nicht, großer Corajidin!« Kimiya sah Richtung Norden, über die große schimmernde Ebene der Rōmarq, in der vereinzelt spektrale Energiefontänen in die Höhe schossen, die als glitzernder Diamantregen wieder auf die Erde fielen. »Jene, die vor uns kamen, wissen, wer ihnen treu war. Wenn die Zeit gekommen ist, werdet Ihr für Eure Beteiligung an ihrer Wiederbelebung belohnt werden.«

»Ich habe mit ihrer Wiederbelebung nichts zu tun!«, sagte

Corajidin hastig und sah sich verstohlen um. »Gar nichts. Meine Sorge gilt allein meinen Leuten. Ich will, dass sie sein dürfen, was sie sind. Ich will ihnen wieder zu ihrer rechtmäßigen Größe verhelfen.«

»Und wer sagt, dass das eine das andere nicht erst ermöglicht? Außerdem tragt Ihr noch mehr Sorgen mit Euch herum, Corajidin. Ich kann das Gewicht Eurer Bürde in Eurer Seele geschrieben sehen, ich sehe die Zweifel, die Ängste. Ihr seid wie ein Ertrinkender, der zu entscheiden versucht, welchen Goldsack er loslassen und welchen er behalten soll, obwohl er untergehen wird, wenn er auch nur einen davon behält.« Kimiya streckte die Hand aus und berührte Corajidin am Arm. Er fühlte, wie die Wärme ihrer Hand durch seinen Ärmel drang. »Und Ihr habt recht, ihn zu fürchten. Er ist genau so, wie er immer hatte sein sollen, und auch das wird belohnt werden.«

Wen fürchten? »Ich werde die Welt regieren, Mädchen«, erklärte Corajidin deutlich draufgängerischer, als er sich fühlte. »Ich bin von mächtigen Helden und Mystikern umgeben, und bald werde ich die Macht der Zeitalter in Händen halten.«

»Nein, das werdet Ihr nicht«, erwiderte Kimiya feierlich. »Aber Ihr ebnet den Weg für jemanden, der es tun könnte.«

»Und wer wäre das?« *Ein toter Mann.*

»Kasraman natürlich.« Kimiya kauerte sich ans Flussufer und fuhr mit den Händen durch das schimmernde Wasser. »Oder ein anderer, dessen Gesicht nur verschwommen wahrnehmbar ist, verborgen in dem Zeitraum zwischen jetzt und einst, dort und hier. Es ist lange her, seit die Rōm auf unsere Welten geblickt haben, aber wir waren niemals ihre Freunde. Wenn Ihr weise seid, dann nehmt Ihr, was das Leben Euch bietet. Findet einen Ort, um Euer Leben zu Ende zu leben, und vergesst die von Euch angestrebten Höhen, aus denen

Ihr zweifellos abstürzen werdet.« Sie sah ihn an, als wäre er ein widerspenstiges Kind. »Aber Ihr seid nicht weise, oder, Corajidin? Nein, Ihr seid überhaupt nicht weise. Ihr habt Eure Weisheit dem Stolz geopfert. Die Moral der Befriedigung. Und die Ehre dem Eigennutz. Aber Ihr habt getan, was notwendig war, und die alten Mächte sind zufrieden.«

»Die alten Mächte?«

Kimiya warf Corajidin einen Seitenblick zu. »Wie wenig Ihr doch über Eure eigene Welt wisst. Imperium wurde auf Imperium gebaut, Wissen gestohlen, geborgt und vorausgesetzt. Ihr Kinder des Nachmittags habt nur selten selbst etwas aufgebaut. Ihr vergesst Dinge, an die Ihr Euch besser erinnern solltet, und lasst zu, dass Tatsachen zu reinem Glauben werden und schließlich zur Legende verblassen, bis sie sich verflüchtigen wie Rauch im Wind. Sprecht mit Wolfram. Er hat viele liebe, tröstliche Angewohnheiten, an denen die alte Kimiya hing, von ihr gelöst, er hat sie entblößt, gebrochen und neu geformt. Er hat uns neu geformt. Die Gelehrten wissen es. Die Hexen wissen es. Aber diejenigen, die auf ihren Thronen sitzen und deren Haupt niedergedrückt wird vom Gewicht ihrer Kronen, wissen nichts von den Dingen, die groß und mächtig und alt und verschwunden waren, lange bevor die Elementarmeister das Bambusvolk oder euch Kinder des Nachmittags schufen. Das alles spielt jetzt allerdings kaum mehr eine Rolle.«

Corajidin hatte die Worte noch nicht ausgesprochen, als Kimiya seine Frage auch schon beantwortete.

»Weil die Schatten länger werden, der Nachmittag fortschreitet und die Nacht unausweichlich hereinbrechen wird.«

Corajidin entließ seine Wachen am Eingang zu Wolframs Pavillon. Dieser war groß, abgenutzt und roch nach Moschus und den Rückständen alten Räucherwerks. Eine Messingglocke hing an einem Pfosten aus versengtem Holz, der von einem Paar Ziegenhörnern gekrönt war. Mit seinem neuen Sehvermögen konnte Corajidin Hunderte Figuren erkennen, die in den geschwärzten Pfosten geschnitzt waren: Eichhörnchen und Eulen, Spinnen und Skorpione, Löwen, Wölfe, Pferde, alle zwischen eingerollten Blättern miteinander verwoben. Weit oben sah er Adler und einen Phönix, aber ganz an der Spitze und am Fuß waren schwarze Ziegen mit harten Augen eingeschnitzt.

Er wollte gerade die Zeltklappe öffnen, überlegte es sich jedoch anders. Corajidin wusste mittlerweile aus Erfahrung, dass es Dinge gab, die er über Wolfram lieber nicht wissen wollte. Es war besser, nicht unangekündigt einzutreten.

»Wolfram?«, rief er. *Ich werde nicht diese verdammte Glocke läuten, als wäre ich irgendein Bittsteller.* »Wolfram? Bist du da?«

»Ja, mein Asrahn«, erklang die volltönende Stimme des Hexers. »Bitte, tretet ein.«

Corajidin betrat den Pavillon und begann beinahe zu würgen, als er die dicke, beißende Luft einatmete. Bilderteppiche waren so aufgehängt, dass sie ein Labyrinth bildeten, und dicke Teppiche bedeckten den Boden. Ein Licht loderte zwischen zwei Wandteppichen, auf denen ziegenköpfige Männer und Frauen abgebildet waren. Der Hexer trug lediglich seine geflickte Lederhose und die rostigen Beinschienen. Seine schmale Brust war teils von dichtem Haar, teils von uralten Tätowierungen bedeckt.

Es war vielleicht das erste Mal, dass Corajidin den Mann selbst sah – wirklich sah. Ausgemergelt, langgliedrig, mit lebhaften Wolfsaugen und wirrem Haar. Und doch brannte seine Aura wie eine schwarze Sonne, durchwoben von dem konstanten Flackern unzähliger kleiner Energiequellen. Sie wölbten sich nach außen und fielen wieder in sich zusammen, wenn sie gegen die Haut des Hexers prallten. Aber das beunruhigte Corajidin weniger als die Präsenz, die ihn umgab, ein Bild, das halb Erinnerung, halb Traum war: ein riesiges Ungetüm mit gehörntem Ziegenkopf, das alles Licht seiner Umgebung zu verschlingen schien. Es füllte das Zelt vollkommen aus und ließ den Angothen zwergenhaft erscheinen. Corajidin wandte sich ab und blinzelte hastig.

Als er sich wieder umsah, war die Schattenbestie noch immer da, mit geweiteten Nüstern, flackernd, finster, mit krallenbewehrten Händen, die auf Wolframs Schultern ruhten, die Geste eines eifersüchtigen Liebhabers. Corajidin konzentrierte sich auf Wolframs physische Präsenz, bis der Schatten des Dämons verblasste und schließlich ganz verschwand.

Wolfram machte Corajidin ein Zeichen, näher zu kommen. Lagerstühle, Kisten und Kästen standen überall verstreut herum. In den offenen waren Phiolen und Krüge zu erkennen. Auf einem kleinen Tisch befand sich alchemistisches Zubehör, und der übrige Platz war mit Büchern und Pergamenten bedeckt. Der Hexer schenkte Wein und Wasser in zwei irdene Schalen und reichte Corajidin eine davon, während er ihn mit einem Nicken einlud, Platz zu nehmen.

Corajidin verlor keine Zeit, sondern berichtete Wolfram sofort von allem, was er gesehen hatte. Er erzählte von den Veränderungen, die in ihm vorgingen, seit sie in der Rōmarq angekommen waren. Alles berichtete er, bis auf das, was er von Wolframs dämonischer Erscheinung wahrgenommen hatte. Als Corajidin geendet hatte, stellte Wolfram seine Weinschale ab und massierte sich die Beine, wobei er vor Schmerz zusammenzuckte.

»Das letzte Mal, als Ihr hier wart, ist Euch das nicht passiert?«, fragte Wolfram.

»Nein. Ich habe mich hier genauso gefühlt wie sonst auch.

Aber jetzt … ich habe weder gegessen, noch habe ich auch nur einen Tropfen vom Trank der Botschafterin getrunken, und doch kann ich Dinge sehen …«

»Die Rōmarq verfügt bekanntermaßen über starke Strömungen der Disentropie, und Ihr habt viel von dem Trank der Botschafterin zu Euch genommen.« Wolfram schob Corajidins Widerspruch mit einer Handbewegung beiseite. »Ich habe gesehen, wie viel fehlt, mein Freund. Aber es ist nicht an mir, das zu verurteilen oder zu kommentieren. Mein Dienst für das Haus Erebus dauert nun schon lange genug; daher weiß ich, dass Ihr alles tun werdet, was nötig ist, um zu bestehen.«

Corajidin trank seinen Wein aus und machte Wolfram ein Zeichen, ihm mehr einzuschenken, allerdings ohne Wasser. Nach einem tiefen Schluck starrte Corajidin düster in sein Spiegelbild, das in der blutroten Flüssigkeit schaukelte. Ohne aufzusehen, fragte er: »Und dazu gehört auch, Kasraman zu dienen? In dem Wissen, dass auch er alles tun wird, was nötig ist, um zu bestehen?«

»Es betrifft alle Eure Kinder.« Wolfram klang zögerlich.

»Aber vor allem Kasraman. Er ist Euer Erbe, und er ist die Zukunft Eures Hohen Hauses.«

»Kann er mir gefährlich werden?« Die Worte von Kimiya und der Botschafterin summten in seinem Kopf wie Wespen, die versuchten, ihrem Nest zu entkommen.

Wolfram lehnte sich in seinem Stuhl zurück und atmete langsam aus. Eine Windböe fegte über die Wände des Pavillons, und der Stoff über seinem Kopf begann sich zu kräuseln. Der Stoff schien leise zu stöhnen, und das Labyrinth aus Wandteppichen bewegte sich widerwillig. In der Stille hörte Corajidin das Geräusch der Würmer, die sich in der Erde bewegten, und die langsamen und stetigen Schläge von Wolframs Herzen. *Dieser Ort verändert mich … Oder erinnert er mich einfach nur daran, was ich hätte sein können? Oder, noch schlimmer, was Kasraman bereits ist? Mein drittes Erwachen hat mich lebendiger gemacht als jemals zuvor.*

»Erinnert Ihr Euch an die Nacht, als Kasraman gezeugt wurde?«, fragte Wolfram. Sein Kinn ruhte auf seiner Brust, die Beine hatte er weit ausgestreckt.

»Nicht genau, nein. Die Heiler und die Sterndeuter haben das Datum irgendwo im Monat des Amentehv-Festes platziert. Laleh und ich nahmen gemeinsam mit meinem Vater am Königlichen Einzug teil. Warum?«

»Erinnert Ihr Euch, wo er gezeugt wurde?«

»Es war im einzig bewohnbaren Teil von Memnon.« Corajidin leerte seine Weinschale mit einem Zug, erhob sich und schenkte sich nach. »Es war tiefer Winter, und die Türme und Mauern waren in Laternenlicht getaucht. Sie brannten von der Abenddämmerung bis zum Morgen, weil es die längsten Nächte des Jahres waren.«

»Ich erinnere mich an die Stürme in jenen Nächten …«

»Und die Dunkle Liebe«, fügte Corajidin hinzu und nahm einen weiteren Schluck von seinem Wein. Das leise Singen der Hexen im Sturm, ihre Aufforderung an die Geister, sie alle zu nehmen und die Freuden des Fleisches zu kosten: maskierte Gesichter, lodernde Leidenschaft, die Augen glühend im Alkohol- und Drogenrausch. Körper, die sich in den flackernden Schatten wanden, während sich die Welt in einen wogenden Ozean aus nacktem Fleisch verwandelte. Das Mordamren war ein uraltes Fest, das in die Zeiten der von Begierde gesteuerten Exzesse der Avān zurückreichte, als Zivilisation wenig mehr gewesen war als eine schäbige Robe, die man sich notdürftig übergeworfen hatte: leicht zu verlieren und ebenso leicht zu ersetzen.

Corajidin konnte sich nicht mehr erinnern, wie viele Geliebte er in jener Nacht gehabt hatte. Er hatte sich gefühlt, als wäre er mit der Lebenskraft all seiner Vorfahren erfüllt, er hatte für sich selbst und für sie alle geliebt, während Asrahn Basyrandin, Corajidins eigener störrischer Vater, auf die Feiernden hinabgeblickt hatte und seine Augen im Lichte von Begierden und Perversionen gebrannt hatten, die es nur gerüchtehalber gab und von denen niemals innerhalb seiner Familie gesprochen wurde.

So viele Leute, die sowohl wortwörtlich als auch im übertragenen Sinne Masken getragen hatten, hatten die Helden und Schurken, die Mythen und Legenden der Avān gefeiert. Unmöglich zu sagen, wer in jener Nacht wer gewesen war …

»Wolfram, willst du mir sagen, dass Kasraman nicht mein Sohn ist?« Corajidin hielt den Atem an, unsicher, welche Antwort er hören wollte. Wenn Kasraman nicht königlichen Blutes war, würde Corajidin ihm keinesfalls erlauben, Rahn zu werden. Alles würde an seinen goldenen Sohn gehen …

»Nein.« Wolfram erhob sich mühsam auf die Füße und humpelte zu Corajidin hinüber. »Ich sage, dass er nicht nur Euer Sohn ist, sondern auch der Sohn des Geistes, der in jener Nacht von Euch Besitz ergriffen hat. Ich habe Euch gesehen und andere. Ihr wart das Behältnis für einen Elementargeist, daran besteht kein Zweifel. Kasraman ist Avān, Erebus und mehr.«

»Warum hast du mir das nicht schon früher gesagt?« *Süßer, gnädiger Erebus! Was für eine Kreatur habe ich da darauf vorbereitet, die Macht zu übernehmen? Soll ich ihn aufhalten oder zulassen, dass Kasraman die nächste Generation der Erebus führt, die erste nach beinahe einem Jahrtausend, die die Stellung eines Mahj einnimmt?* »Wolfram, wie lange weißt du es schon?«

»Wissen?« Der Hexer warf die Hände in die Luft. »Ich weiß gar nichts. Aber seit Avānweh habe ich meine Bedenken.« Wolfram wies auf die Bücherstapel auf Tisch und Boden. »Neben meinem Bett liegen noch mehr. Astrologische

Aufstellungen, Ulreichs *Graues Zauberbuch*, so viele Bände, wie ich nur finden konnte, von Amradiins *Jafir Morden*, sogar die verbotenen Arbeiten von Yattoweh – er war Sēq, das ist wahr, aber ein Mann, der viel über die dunklen Orte der Welt wusste. Doch das alles sind nur Vermutungen. Kasras ungeheure Kräfte könnten auch von seiner Mutter stammen. Ihre Familie hat schon immer mächtige Mystiker hervorgebracht.«

»Warum habe ich nur das Gefühl, dass jetzt gleich ein ›Aber‹ kommt?«

»Ein Wunderkind wie Kasraman?« Wolfram schüttelte den Kopf. »Ich würde vermuten, dass sich eine Geburt wie die seine eher auf sorgfältige Planung gründet denn auf Zufall. Und so etwas gab es noch nie. Die Avān entstanden durch ein spezielles Züchtungsprogramm, und die Hohen Häuser und Familien wählen ihre Partner noch immer sehr sorgfältig aus, damit ihr Geschlecht stark bleibt. Obwohl Ihr vermutlich lieber tot umfallen würdet, als das zuzugeben, wisst Ihr im Grunde, dass Mari einen der besten lebenden männlichen Avān gewählt hat, als sie sich mit Drachenauge Indris einließ. Ihre Nachkommen werden die Welt in ihren Grundfesten erschüttern. Wer kann schon sagen, wer Ihr in jener Nacht in Memnon sein musstet, damit Kasraman geboren werden konnte?«

Corajidin taumelte zum nächsten Stuhl und sank darauf nieder. Die Weinschale entglitt seinen schlaffen Fingern und rollte über den abgenutzten Teppich. Mit knarzenden Beinschienen humpelte Wolfram zu seinem eigenen Stuhl zurück und setzte sich steif hin, schwer atmend vor Anstrengung. Corajidin starrte den Hexer an, der der Familie Erebus nun schon seit Jahrhunderten diente, und fragte sich, welchen Blick auf die Welt einem eine derartige Lebensspanne wohl geben mochte. Diese Kleinigkeiten, die Corajidin so unmittelbar und drängend erschienen, die Dinge, die jetzt aus Zeitmangel getan werden mussten, waren für jemanden wie Wolfram vielleicht nur zweitrangig. Und Wolfram war nach den Standards der *Ilhennim* noch nicht einmal alt.

Femensetri die Sturmbringerin war eine *Avāndhim*, eine der wenigen Überlebenden der ersten Generation der Avān, die in den Torque-Spindeln des verlorenen Ostens erschaffen worden waren. Wie nahm so jemand die Welt um sich herum wahr? Was veranlasste sie zum Handeln, oder welche Erfahrung brachte sie dazu abzuwarten?

Kasraman. Das Wunderkind. Ein Wunder. Der Erstgeborene von Corajidin und der ernsten Laleh und … wem noch? Irgendeinem Dämon von den fernen Ufern der Seelenquelle? Stammte er von einem Feuergeist oder von etwas Kaltem aus Gewässern, die dunkler und tiefer waren, als Corajidin es sich auch nur vorstellen wollte? Bei der Erinnerung an seine Träume zitterte er, erschauderte bei dem Gedanken, welche Wesen an diesen Orten lauerten. Und dass er ihnen etwas schuldete, wenn es denn diese Wesen waren, denen die Botschafterin diente.

»Wird er ein großer Mann werden, was denkst du?«, murmelte Corajidin.

»Kasra?« Wolfram nickte. »Er ist es schon, dank Eurer Führung und Aufsicht. Euer Sohn wurde dazu erzogen, Macht auszuüben, mein Freund. Und selbst ohne Euer Erwachen oder dem Kontakt mit der langen Linie Euer Ahnen verfügt Kasra über ein Übermaß an eigener Macht. Er wird ein Rahn sein, ein Asrahn, und ein bemerkenswerter Mahj. Vielleicht der größte Mahj seit den frühen Tagen des Erwachten Imperiums. Das ist es doch, was Ihr wolltet, oder nicht?«

»Das war es.«

Kapitel 16

»Wir scheitern nicht, wenn wir fallen. Wir scheitern nur, wenn wir nicht versuchen, danach wieder auf die Füße zu kommen und den nächsten Schritt zu tun.«

Penoquin von Kaylish, Gelehrter der Zienni und Philosoph (325. Jahr des Erwachten Imperiums)

61. Tag im 496. Jahr der Shrīanischen Föderation

»Tut mir leid, dass ich so spät dran bin«, sagte Indris zu Mari, deren Anblick seine Herzen schneller schlagen und sein Gesicht heiß werden ließ. Und dann versuchte er, Shar, Ekko, Morne und Kyril anzulächeln, aber es war, als würde ihm sein Mund den Dienst versagen. »Was habe ich alles verpasst?«

Du Idiot … Er schloss die Augen. Etwas Banaleres konnte einem vermutlich gar nicht mehr einfallen. Dann schlug er sie hastig wieder auf, als Schritte auf ihn zueilten, und sah gerade noch, wie sich Mari auf ihn warf und ihre Lippen auf die seinen presste, die nun endlich zu wissen schienen, was sie zu tun hatten. Shar und Ekko folgten dichtauf. Die Augen und die Haut der Kriegssängerin der Seethe loderten. Indris schloss die Augen und küsste Mari; seine Fragen sparte er sich für später auf. Wie zum Beispiel, was der Witwenmacher und Sanojé, die Tyrannin von Massadesai, hier zu suchen hatten. *Es scheint viel passiert zu sein in meiner Abwesenheit.*

Morne und Kyril erteilten den Gefährten scharfe Befehle, die sich sofort in vier Einheiten von jeweils zehn Leuten anordneten. Die Kommandanten der Einheiten teilten Tamerlan unter sich auf, dann begannen sie mit einer systematischen Durchsuchung der Festung.

Indris trat auf Morne zu, fing jedoch an zu schwanken, da er sich schwindlig und müde fühlte. Es hatte ihn viel Energie gekostet, ohne die Hilfe eines Webtors durch die Ödnis zu tauchen. Seine Knie wurden weich, doch glücklicherweise verhinderten Mari, Shar und Ekko, dass er zu Boden stürzte. Hätte Gestaltwandlerin ihn nicht mit einem plötzlichen Energieschub versorgt, so hätte er vermutlich nicht die Kraft gehabt zu gehen.

»Indris?« Maris Gesicht war besorgt.

»Mir fehlt nichts, was eine Woche Schlaf nicht kurieren könnte«, murmelte er. Morne musterte ihn ebenfalls besorgt, aber Indris winkte ihn weiter. Falkenholz war ein bewährter Kämpfer, und Indris vertraute darauf, dass er ein verschlafenes Nest wie Tamerlan ohne Hilfe halten konnte.

»Dann lass uns dich von hier fortbringen. Du kannst uns morgen erzählen, wo du gewesen bist und warum alle glauben, du wärst tot.« Mari sah zu Belamandris und Morne. »Findet die Asrahnwitwe. Und, Morne, ein paar deiner Unsterblichen sollen bitte die Festung sichern, den Hafen und das Himmelsdock. Ich bezweifle, dass meine Großmutter Tamerlan verlassen würde, aber wir sollten kein Risiko eingehen.«

Der Witwenmacher und Sanojé starrten Indris an. Belamandris' Finger umklammerten den Griff seiner Schicksalsklinge, als wollte er gleich ziehen und losschlagen. Sanojés disentropische Färbung flackerte; ihre vielarmige skelettartige Erscheinung wurde sichtbar und verblasste wieder. Mari starrte ihren Bruder an und wiederholte ihren

Befehl in einem Ton, bei dem sich Indris nicht widersetzt hätte, wenn er ihm gegolten hätte. Belamandris und Sanojé flüsterten miteinander, dann gesellten sie sich zu einer Einheit der Unsterblichen Gefährten und stürzten los. Morne und seine eigenen Kommandanten verteilten ihre Aufgaben.

Indris nahm Maris Gesicht in seine Hände und legte die Stirn an ihre. Ihre Haut war warm und trocken, obwohl die Luft hier kalt und klamm war. Er sah in ihre Augen, die genauso blau waren wie in seiner Erinnerung, und fuhr mit den Händen durch ihr wirres blondes Haar. »Es tut mir mehr leid, als du dir vorstellen kannst, dass ich dir Kummer gemacht habe, aber …«

»Morgen. Du siehst furchtbar aus, und hier gibt es mehr als genug Veteranen, die Tamerlan sichern können.« Mari brachte ihn mit einem sanften Kuss zum Schweigen, der lange genug dauerte, dass Indris für einen Moment seine Erschöpfung vergessen konnte. Ihr Kuss wurde leidenschaftlicher, dann wich sie zurück, und ihre Lippen verzogen sich zu diesem Lächeln, das er so gut kannte. »Und auch dafür ist morgen noch Zeit.«

Ekko nahm Indris' Tasche, und Mari führte Indris in die Tiefen Tamerlans.

Gelegentlich war Kampfeslärm zu hören, während sie durch die Festung schritten. Indris bemerkte, wie unendlich alt dieser Ort war: Er war nicht von Avān gebaut worden, außer sie hatten sich nach den Entwürfen anderer Lebewesen gerichtet. Die Dimensionen waren falsch, der Architektur fehlte es an Symmetrie. Tamerlan war in Kurven und Bogen errichtet, als wäre es durch das Anbranden der Gezeiten, durch Strömungen und Wellen geformt worden. Es war verstörend, aus einer älteren Welt, in der es weniger Selbstbeherrschung und Gnade gegeben hatte als bei den alten Avān. Von Zeit zu Zeit blieb er stehen, und die anderen warfen ihm befremdete Blicke zu, während er den Stein berührte und fühlte, wie das *Ahm* durch diesen Ort floss. Wie Blut, das durch Adern strömte. Es gab ähnliche Orte im Goldenen Königreich von Manté, wenn auch viel von ihrer ursprünglichen Fassung im Laufe der Jahre verändert worden war. Die Seethe, die Avān und die Menschen hatten alle etwas zu diesen Orten hinzugefügt, die sie von den ursprünglichen Bauherren geerbt hatten: Eidelbon … Damarsan … Sorochel mit seinen hohen Türmen und tiefen Minen und den Sklavenbergwerken. Aber Tamerlan mit seinen hoch aufragenden Mauern aus spiegelglattem Stein entsprach noch mehr seiner ursprünglichen Konstruktion.

Mari führte Indris zu ihrem Zimmer, während Mornes Krieger – und diejenigen Nahdi, denen sie trauten – ihre Positionen in den Korridoren einnahmen. Es war ein freudloser Raum, und die schmalen Fensterschlitze ließen nur wenig Licht herein. Nirgendwo waren scharfe Winkel zu sehen, alles war in sanfte Kurven geglättet. Jegliche Symmetrie fehlte, was ein unterschwelliges Unbehagen auslöste. Wer in diesem Raum schlief – wie Mari –, wurde zweifellos von lauernden Ängsten und beunruhigenden Träumen geplagt.

Indris dankte seinen Freunden, als sie einer nach dem anderen gingen. Shar war die Letzte. Ihre Haut und ihre Augen leuchteten hell, ihr Lächeln war breit, und die Tränen in ihren Augen verliehen ihnen ein sogar noch lebhafteres Zitrin als sonst. Sie umarmte ihn stürmisch und flüsterte ihm ins Ohr: »*Hem ahn nahasé, thē inya.*« Dann schlug sie ihm ins Gesicht, zu fest, als dass es spielerisch gewesen wäre, und zu sanft, um wirklich wütend zu sein. »Aber tu mir das nie wieder an!«

»Ich habe dich auch vermisst«, sagte Indris, als Shar aus dem Zimmer floh und ihn mit Mari allein ließ.

Sie war hagerer, als er sie in Erinnerung hatte, und ihre Augen leuchteten hell in den Schatten, die sie umgaben. Ihr Haar hatte etwas von seinem Glanz verloren, und der Blick ihrer Augen war schärfer. Aber ihr Lächeln war das alte. Sie warfen ihre Rüstungen und Waffen ab, bis sie beide nur noch ihre Tuniken und Hosen trugen.

Mari krabbelte unter die Felle, die das Bett bedeckten. Indris gesellte sich zu ihr und nahm sie in die Arme. Vor Erschöpfung wurden ihm die Augenlider schwer, und er verlangsamte seine Atmung zu langen Atemzügen, verlangsamte seinen Herzschlag und beruhigte seinen Geist. Er lächelte mit geschlossenen Augen, als Mari ihren Kopf in seine Halsbeuge schmiegte, den Arm über seine Brust gelegt, ihr Atem leicht wie eine Feder …

Indris, seine Freunde und Mornes dienstältere Offiziere, alle von frischen Wunden gezeichnet, hatten sich im Wintergarten der Asrahnwitwe versammelt. Vor den Fenstern hing dichter weißer Nebel, und in den Kaminen loderten Feuer. Mornes jüngstem Nahdi war die Aufgabe übertragen worden, das Essen vorzubereiten und zu servieren, bis die Vertrauenswürdigkeit der Diener geprüft worden war. Unter den gutmütigen Sticheleien der älteren Kameraden trug der junge Nahdi Tabletts mit Speisen herein. Indris atmete den Duft von Tee und Kaffee ein, von frisch gebackenem Brot und herzhaftem Haferbrei, der mit Honig gesüßt war. Belamandris und Sanojé waren nicht da. Laut Morne hatten sich die beiden in den frühen Morgenstunden einer anderen Mannschaft angeschlossen; vor allem der Witwenmacher wollte mit Nadir wegen Mari abrechnen. Indris konnte sich nicht vorstellen, dass die Sache für Nadir ein gutes Ende nehmen würde.

Indris' Gedankengänge wurden von Mari unterbrochen,

die verlangte, auf den neuesten Stand gebracht zu werden, was die Besetzung Tamerlans betraf. Er verbarg sein Lächeln, während er ihr dabei zusah, wie sie den Raum kontrollierte.

»Es fehlt jede Spur von der Asrahnwitwe und ihren engsten Vertrauten«, berichtete Morne. »Es gab ein paar Scharmützel mit den Nahdi, die ihr noch die Treue halten, aber der Großteil verhält sich neutral.«

»Sie warten ab, wer gewinnt und ihren Lohn zahlen wird«, murmelte Kyril.

»Es gibt immer noch Widerstandsnester«, erklärte Tamiwa mit ihrem harten Akzent. Die Kommandantin war eine gedrungene, muskulöse Frau aus Jiom. Ihre Haut war so dunkel, dass sie einen Stich ins Bläuliche hatte. An den Seiten war ihr Kopf rasiert, und die Schläfen und der Schädel waren mit aufwendigen Stammesnarben verziert. Ein *Shotel*, ein Schwert, das so stark gekrümmt war, dass es beinahe einer Sichel glich, lehnte in einer alten Lederhülle an ihrem Stuhl. »Die Asrahnwitwe hat ihre Leute schlecht behandelt, aber viele von ihnen kämpfen weiter, aus Angst vor ihrer Rache. Und, wie Kyril schon sagte, die Nahdi werden ihr Geld wollen.«

»Sorgt dafür, dass sie die Finger von den Schätzen hier lassen und dass es zu keinen Gewalttätigkeiten gegenüber den Stadtbewohnern kommt«, sagte Mari. »Unter den Gefolgsleuten der Asrahnwitwe sind genug, für die *Sende* nicht mehr als ein Wort ist.«

Carmenya, eine weitere Kommandantin Mornes, nickte zustimmend. »Wir sind immer noch dabei, sie aufzustöbern. Viele haben es am Hafen versucht, einige auch am Himmelsdock. Soweit wir das beurteilen können, sind keine Schiffe entkommen. Es ist nur eine Frage der Zeit.«

»Akzeptiert die Kapitulationen der Leute«, schlug Mari vor. Die Offiziere der Unsterblichen Gefährten sahen sie ungläubig an.

»Es ist mein Ernst. Die Asrahnwitwe war eine bösartige und gehässige Frau. Viele haben ihr aus Furcht gehorcht, aber einige haben ihr auch begeistert gedient, und die halten sich noch immer versteckt und werden uns angreifen. Die Asrahnwitwe, Jhem, Nadir und vermutlich auch die Botschafterin sind bei ihnen. Wir werden alle Nahdi brauchen, die wir bekommen können, wenn wir die Machenschaften meines Vaters beenden und dem Amt des Asrahns wieder etwas Würde verleihen wollen.«

»Mari hat recht«, sagte Indris. »Von allen Rahns verfügt Corajidin über die größte Armee, und der Großteil der imperialistischen Sayfs steht hinter ihm. Narseh war schon immer seine Verbündete, und ihre schwere Infanterie ist die schlagkräftigste in ganz Shrīan. Martūm, Vahinehs Cousin, hat sich das Amt des Rahn-Erwählten der Selassin angeeignet und agiert in ihrer Abwesenheit als Amtsverweser. Dagegen können wir zum Beispiel etwas unternehmen, und wir können Corajidins Anhängerschaft etwas verringern. Wie geht es Vahineh?«

»Qesha-rē, die Wundärztin hier vor Ort, kümmert sich um sie«, erwiderte Mari. »Ich habe sie nicht oft gesehen, seit ich eingesperrt wurde, aber Qesha sagt, Vahineh ist halbwegs in Ordnung. Hast du es tatsächlich geschafft, ihr Erwachen abzubrechen, oder leidet sie noch immer darunter?«

»Ich weiß es nicht. Es ist jedenfalls ein gutes Zeichen, dass sie noch am Leben ist. Ich muss sie mir ansehen, um beurteilen zu können, wie viel Schaden ihr Geist genommen hat.«

Und ihr Körper und ihre Seele …

»Was ist mit den Sēq?«, fragte Morne. Er und Kyril saßen nebeneinander. Stapel mit Berichten lagen auf dem Tisch vor ihnen. Morne beugte sich vor und klopfte mit seinen kräftigen Fingern auf den Tisch, um seinen Worten Nachdruck zu verleihen. »Ohne ihre Unterstützung sind wir verloren, bevor wir auch nur anfangen. Wir haben gegen Hexen gekämpft, in Tanis, in Manté und noch an anderen Orten – aber immer nur, wenn wir Gelehrte oder unsere eigenen Hexen an der Seite hatten. Werden die Sēq Partei ergreifen?«

Indris schwieg zur Antwort, woraufhin Kyril zu fluchen begann. Indris trank seinen Tee aus und schnappte sich rasch einen Happen Essen. Er bemerkte die Seitenblicke, die ihm Mari zuwarf, und auch Shar und Ekko.

Während die anderen Leute ebenfalls zu essen begannen, erzählte Indris, was ihm seit dem Kampf mit den Hexen der Mahsojhin widerfahren war.

»Nach der Einstellung der Feindseligkeiten an der Mahsojhin – mehr war es nämlich nicht«, sagte Indris, »haben mich die Sēq in Gewahrsam genommen.« *Aber wie soll ich ihnen sagen, dass Anj zurückgekehrt ist? Diesen Fragen kann ich mich im Moment noch nicht stellen.* Er erzählte ihnen den Rest der Geschichte, berichtete von den Befragungen, den langen Tagen und noch längeren Nächten in Amarqa-im-Schnee. Vom Auftauchen des Herolds und der Misere der Rahns. Dann erzählte Mari ihre Geschichte, bei der sich Indris' Brust zusammenzog und Shar Mari in die Arme nahm, während Ekkos löwenhaftes Gesicht hart wie Stein wurde. Shar und Ekko, Morne und Kyril berichteten von den Ereignissen rund um Shrīan.

Indris setzte sich in seinen Stuhl und schloss das Summen der Stimmen aus, das Klappern der Teller und des Bestecks, um dann die Informationen zu ordnen, die man ihm gegeben hatte. Es waren nicht nur schlechte Nachrichten, und nichts hatte sich so stark verändert, als dass die Sēq – immer vorausgesetzt, sie hörten auf zu schmollen – es nicht bereinigen könnten. Es war genau die Art von Bedrohung, die der Orden brauchte, um sich aus dieser starren Selbstbetrachtung zu lösen, die Zadjinn diagnostiziert hatte und die er mit so üblen Mitteln hatte kurieren wollen. Die Verdrossenheit der Sēq der heutigen Welt gegenüber konnte nicht geheilt werden, solange es den Grund dafür noch gab: Daher musste man den Sēq ein Ziel in der Gegenwart geben. Die Sēq mussten aus der Vergangenheit lernen, ihre Gegenwart korrigieren und eine Richtung für die Zukunft finden, die nicht an den Gehorsam einer gleichgültigen Mahj gegenüber gekoppelt war, die zwischen den Welten der Lebenden und der Toten gefangen saß.

Corajidin war der Schlüssel. Der rücksichtslose Ehrgeiz dieses Mannes war eine der größten Bedrohungen, mit denen sich Shrīan je konfrontiert gesehen hatte. Und doch hatte Corajidin als Staatsmann, trotz all seiner Fehler, eine gespaltene Nation für seine Sache geeint, so falsch seine Ziele auch gewesen sein mochten. Seine Lügen über den angeblichen Angriff der Mantéaner auf Avānweh während des Neujahrsfestes, das Herbeirufen der Elementardämonen und die Gegenwart menschlicher Hexen, die kurz zuvor aus der Mahsojhin entkommen waren, waren ein Meisterstreich gewesen. Der Teshri hatte Corajidin beinahe angefleht, zu handeln und Kasraman, Belamandris, die Verbannten und ihre verbündeten Hexen einzusetzen, um eine Bedrohung abzuwehren, die sie selbst ins Leben gerufen hatten. Indris wusste aus Erfahrung, dass der Krieg, den man selbst begonnen hatte, am leichtesten zu beenden war. Auf die gleiche Weise hatte er selbst Throne ins Wanken gebracht und neue Herrscher gekrönt. Er hatte Nationen, Herrscher und Völker wie Spielsteine auf einem Tanjbrett behandelt, bis ihn seine Desillusionierung, was die Sēq und ihre Machenschaften betraf, zu einer anderen Lebensweise getrieben hatte.

Das waren die Tage gewesen, in denen er in Tausenderbegriffen gedacht hatte, oder in Begriffen von Zehntausenden.

Anj hat mir geholfen, das zu begreifen ... Indris kaute auf seiner Unterlippe und musterte seine Freunde: Ihre Tapferkeit, ihre Großherzigkeit und ihr Ehrgefühl waren der Grund, weswegen er weiterkämpfte. Denn sie zählten zu den Leuten, die sich um die Einzelwesen sorgten, aus denen die Massen, die Nationen bestanden. Heute war ihm klar, dass ein Einzelwesen mehr zählte als die Summe des Ganzen.

Eine von denen, die mehr als üblich gelitten hatten, war die Rahn Selassin, eine tapfere junge Frau, die im Gegensatz zu den anderen Rahns nicht auf das vorbereitet gewesen war, was ihr widerfahren war.

»Mari? Könntest du mich zu Vahineh bringen? Ich würde gern sehen, ob mein Abbruch erfolgreich war oder nicht.«

Und ob das, was ich für sie getan habe, auch Roshas, Siamaks und Nazarafines Leben retten könnte.

Vahineh war in ein bequemeres Quartier nicht weit von Maris Zimmer gebracht worden und stand unter permanenter Bewachung durch die Unsterblichen Gefährten.

Indris wanderte vorsichtig durch Vahinehs Geist und folgte den versengten Spuren, die das Erwachen in sie eingebrannt hatte. Tiefe seelische Wunden durchzogen Stufe um Stufe den ternären Schacht und rissen Teile des Geistes und Körpers mit sich. Indris sah nicht nur mit dem *Ahmsah*, sondern auch mit seinen ständig wachsenden *Psé*-Fähigkeiten. Indem er mithilfe beider Spektren blickte, bekam Indris eine weitere, vollständigere Übersicht: Er konnte die Gezeiten ihrer Seele sehen, ihre Gedanken hören, die verkohlten Pfade genauer untersuchen, um zu sehen, was verloren gegangen war. Indris verglich sie mit seinem eigenen Geist, in dem die serpentinenartigen Windungen seines Erwachens noch zu sehen waren, obwohl er geglaubt hatte, sie wären verschüttet worden, nachdem er sich Ariskander verweigert hatte.

Einige Teile von Vahinehs Geist waren unwiderruflich verloren.

Selbst die Ausgleichsbäder der Sēq konnten solche Verletzungen nicht mehr heilen.

Einige ihrer Erinnerungen, Leidenschaften, Vorlieben und Abneigungen waren zerstört worden. Aber ihre Seele und ihr Geist hatten Pfade um diese Schäden herum gefunden und beeinflussten damit die Art, wie Energie und Lebenssäfte sich ihren Weg durch Vahinehs Gehirn bahnten. Sie würde niemals wieder wie früher sein, aber sie würde überleben, wenn auch verändert; vielleicht hatte sie die Chance auf ein anderes, besseres Leben, sobald sie sich erholt hatte. Selbst ihre körperlichen Verletzungen waren größtenteils verheilt, nur noch schwache graue Flecken auf der Wange und dem rechten Kiefer waren zurückgeblieben.

»Sie wird gesund werden«, sagte Indris.

Mari und Qesha-rē, die alte Wundärztin der Nilvedic, strahlten vor Erleichterung.

»Der Abbruch hat funktioniert, und sie wird keinen weiteren Schaden nehmen. Ich glaube, mit etwas Zeit und der richtigen Behandlung wird auch die Narbe in ihrem Gesicht verschwinden.«

»Kannst du bei den anderen Rahns auch einen Abbruch durchführen?«, fragte Qesha-rē.

»Ich glaube schon, ja. Aber ich muss erst die Geheimnisse des Erwachens erforschen, bevor ich zurückgehe. Es ist ein shrīanischer Brauch; nichts, worauf ich wirklich vorbereitet bin. Unsere Erwachten Rahns sind der Schlüssel zu unserer Stärke, und wegen der Bedrohung durch das Eiserne Bündnis …«

»Die wir meinem Vater verdanken«, knurrte Mari.

»Durch Corajidins Pläne sind sie unmittelbar geworden, ja. Die Rahns werden jeden nur möglichen Vorteil für sich nutzen, um die Nation zu verteidigen. Die Sēq haben schon zuvor bei anderen Rahns einen Abbruch durchgeführt – die Frage ist eher, ob wir sie wieder Erwachen lassen können. Wenigstens weiß ich, wo ich zu suchen habe, wenn ich das Erwachen um den Schaden herumleiten will, den der Abbruch verursachen wird. Das ist der schwierige Teil: festzustellen, ob eine Person noch einmal Erwachen kann.«

Vahineh ergriff Indris' Hand. »Danke, für alles. Ich erinnere mich nicht an alles, und einige meiner Erinnerungen sind sehr verschwommen. Aber du hast mir die Chance gegeben, mich an Corajidin zu rächen für das, was er meiner Familie angetan hat. Vielleicht kann ich jetzt loslassen und meinen Frieden finden.«

Mari tätschelte behutsam und mit trauriger Miene Vahinehs Schulter. Dann machte sie ein Zeichen, dass sie Vahineh Qesha-rēs Obhut überlassen sollten.

Indris fühlte Maris Unbehagen, das nichts mit Vahinehs kühler Aussage über ihre Rache zu tun hatte. Bereits am Morgen war dieses Unbehagen in ihren leidenschaftlichen Umarmungen zu spüren gewesen. Er hatte es zunächst für ein Zeichen von Stress gehalten, doch Mari schien vor Unruhe beinahe zu sirren. In kameradschaftlichem Schweigen gingen die beiden nebeneinander her, bis sie die Stufen erreichten, die zur Herzenshalle führten. Hier würde der Lärm der Festung eine leise geführte Unterhaltung übertönen.

Indris nahm Mari bei der Hand und führte sie in die kühlen Schatten zwischen den meeresfarbenen Säulen.

»Was ist los?«, fragte Indris.

»Hmmm?«

»Du bist schon den ganzen Morgen nervös.«

»Vahineh wird …«

»Nein. Irgendetwas hat dich schon vorher beunruhigt. Sag es mir.«

Mari fuhr sich mit den Fingern durchs Haar und sah Indris in die Augen. Er wartete, dass sie sprach. Als sie es schließlich tat, sprudelten die Worte nur so aus ihr heraus. »Was ist eine Verschmelzung?«

»Wo hast du diesen Ausdruck gehört?« Indris sprach in ruhigem Ton, trotz der Woge des Zorns und der Bestürzung, die in ihm aufstieg.

»Die Botschafterin hat es erwähnt.« Mari ließ sich von seinem Versuch, die Fassung zu wahren, nicht täuschen. »Was ist los, Indris? Was hatte sie mit mir vor?«

Indris führte Mari durch die Herzenshalle, wo er einen Krug mit Wein und zwei tiefe Trinkschalen nahm. Sie gingen in einen der kleineren Speisesäle, der auf die Stadt unter ihnen hinunterblickte. Der Nebel hatte sich etwas gelichtet, doch noch immer fielen träge Schneeflocken auf die wachsenden Haufen von Schneematsch in den engen Gassen. Schwarze Rauchfahnen stiegen in den Himmel und wurden sofort vom Wind verweht. Boote schaukelten auf dem rauen Wasser, und sogar die Seevögel hatten Schutz vor dem Wetter gesucht. Indris schenkte Mari eine Schale Wein ein, dann füllte er die zweite auf. Für danach, wenn er ihr erzählt hatte, was er sagen musste.

»Mari, die Verschmelzung ist ein alter Begriff, der seit Jahrhunderten nicht mehr benutzt wird. Nicht mehr seit dem Goldenen Zeitalter des Erwachten Imperiums, als die Mahj und die Sēq sehr viel einflussreicher waren und wir das genossen, was viele als den Höhepunkt der Avānkultur verstehen.

Der Begriff entstand, weil die Gelehrten und die Mitglieder der Oberschicht sich selbst als die Erben Īas verstanden. Sie strebten danach, die natürliche Ordnung nachzuahmen und zu verbessern, indem sie Torque-Spindeln einsetzten. Einige der Rahns haben sogar versucht, ihre eigenen Kinder und Erben durch einen Verschmelzungsprozess zu schaffen; sie wollten die stärkstmöglichen Nachkommen haben. Kurz gesagt, eine Rasse von Überwesen, die jedoch von Leuten großgezogen und trainiert wurden, die so fehlerhaft waren wie wir alle. Unsere Ahnen haben die Iphyri in jenen Zeiten gemacht ... ebenso wie einige andere Schöpfungen, die weniger erfolgreich waren.

Die Geschichte erzählt, dass es Zeiten ohne Moral waren. Die Avān strebten danach, alle zu übertreffen, die vor ihnen gelebt hatten. Glücklicherweise gab es einen Konflikt, der zum Niedergang des Goldenen Zeitalters führte und zu einer Rückkehr zu einer praktischer orientierten, arkanen Wissenschaft.«

Mari hob die Schale an ihre Lippen und leerte den Wein in einem Zug. Dann griff sie nach der zweiten Schale und nahm einen Schluck, während Indris die erste wieder auffüllte. Mari setzte die Schale ab und legte ihre Hände flach auf den Tisch. Sie presste sie fester und fester auf die Tischoberfläche, bis das Zittern aufhörte. Ohne Indris anzusehen, fragte sie: »Und was ist mit den Leuten passiert, die man in die Torque-Spindeln gesteckt hat?«

»Das kommt darauf an«, erwiderte Indris vorsichtig. Aber Mari hatte auch jetzt, wie immer, ein Recht darauf, die Wahrheit zu erfahren. »Wir haben geglaubt, diese Zeiten lägen hinter uns, und die Gelehrten, die in die Sache verwickelt waren, wurden schwer bestraft. Die Stammväter und -mütter einer Verschmelzung sind meist gestorben, da sie von dem Prozess völlig verzehrt wurden. Andere lebten noch ein wenig länger, vor allem wenn sie über längere Zeit auseinandergenommen wurden, um viele neue Lebewesen zu schaffen. Noch andere, bei denen die Verschmelzung durchgeführt wurde, um eine kleinere Zahl von Nachkommen zu schaffen, lebten relativ normal weiter.«

»Aber das wäre bei mir nicht der Fall gewesen?«

»Vermutlich nicht.«

»Ich wäre gestorben, um eine Armee von … was? Von Wesen wie mir zu schaffen?«

»Denk darüber nach.« Indris legte seine Hände auf ihre, aber sie zog sie weg und umklammerte wieder ihre Weinschale. »Kannst du dir vorstellen, gegen eine Armee von Soldaten zu kämpfen, die auch nur halb so gut sind wie du? Stell dir vor, deine Fähigkeiten, deine Auffassungsgabe, deine Reflexe und Training und Intuition vermischt mit den Fähigkeiten einer räuberischen Bestie. Oder mit denen eines Soldaten, der sich in anderen Bereichen hervorgetan hat. Es wäre eine Kraft, die nicht zu unterschätzen ist. Noch dazu eine, die sofort einsatzbereit wäre, statt sie jahrelang großzuziehen und auszubilden.«

»Aber ich wäre gestorben«, flüsterte sie.

»Ja. Und die Welt, vor allem meine Welt, wäre wüst und einsam geworden.«

Mari trank eine zweite Schale Wein, dann schleuderte sie sie gegen das Fenster. Glas splitterte, und kalte Luft, vermischt mit Schnee, wehte herein. Eine Zeit lang war Mari damit beschäftigt, ihre Familie zu verfluchen, ihre Geschichte, Gegenwart und Zukunft und ihr ganzes ehrgeiziges Streben.

Indris reichte ihr eine neue gefüllte Schale. »Mari, ich will nicht, dass es Geheimnisse zwischen uns gibt.«

Sie nickte mit wachsamem Gesichtsausdruck. Er nahm ihre Hände in seine, und sie runzelte die Stirn, eindeutig besorgt.

»Als Femensetri mich geholt hat, damit ich den Sēq helfe, haben sie das Amer-Mahjin mehr oder weniger geleert. Jeder Gelehrte, der halbwegs bestehen konnte, war in den Kampf verwickelt … und auch die, die nicht bestehen konnten. Wir waren rund um die Mahsojhin aufgestellt, und die erste

Welle der Meister und Ritter war bereits in Kämpfe verwickelt. Wir waren weniger, als wir hätten sein sollen, aber es wäre ohnehin egal gewesen, wie viele dort vor Ort waren; sie hätte mich so oder so gefunden.«

»Femensetri?«

»Nein.« Indris holte tief Luft. »Anj.«

Mari zog langsam ihre Hände zurück. Sie sah ihn unter gesenkten Brauen hervor an, ihr Gesicht und die Stimme gefährlich ausdruckslos.

»Erzähl mir alles.«

Mari unterbrach ihn nicht und beschwerte sich auch nicht. Sie hörte sich alles an, was Indris zu sagen hatte, dann beugte sie sich vor, um ihn zu küssen.

»Wir haben dieses Jahr viel durchgemacht, du und ich«, sagte sie. »Teile von uns wurden neu geboren, und andere sind gestorben. Ich habe Vertrauen zu uns, Indris. Was noch wichtiger ist: Ich habe Vertrauen zu mir, was dich betrifft. Wenn Anj noch so etwas ist, mit dem wir fertigwerden müssen, dann werden wir gemeinsam mit ihr fertig.«

Mari schritt zur Tür und hielt dort inne. Sie wandte sich nicht um, als sie noch einmal sprach. »Aber wenn du dich dazu entschließt, zu ihr zurückzukehren, dann lass mich nicht im Ungewissen. Ich kann meine Gefühle für dich nicht auf die leichte Schulter nehmen, und ich werde dich nicht teilen. Ich liebe dich, Indris. Ich liebe dich länger, als ich zunächst zugeben wollte. Diese Worte können jetzt nicht mehr rückgängig gemacht werden. Aber die Welt wartet nicht auf uns. Ich habe hier etwas begonnen, das ich beenden muss. Ich habe meine Arbeit anderen überlassen, während du dich erholt hast, aber jetzt ist es Zeit, dass ich meine Großmutter aufspüre und töte. Ebenso wie Jhem, Nadir und die Botschafterin, wenn sie mir über den Weg laufen. Wenn du mit mir kommen willst, dann bewaffne dich. Es wird sehr wahrscheinlich gefährlich werden, und ich würde es gar nicht gern sehen, wenn deine hübsche Haut einen Kratzer abbekommt.«

Mari ließ ihn am Tisch zurück, die Tür geöffnet als Einladung, ihr zu folgen.

Ich liebe dich auch.

Vor Avānweh hatte er Anj sieben Jahre nicht gesehen, und in den letzten zwei Jahren war er davon ausgegangen, dass sie tot war. Es gab kein Zurück, keine Möglichkeit, Leben in die kalte Glut seiner Ehe zu hauchen, nicht wenn sein Herz für eine andere brannte. Aber Indris kannte Anj, und er wusste, dass Anj – oder was auch immer Anj nun geworden war – das anders sehen würde.

Indris erhob sich und machte sich auf den Weg zu Maris Zimmer, wo er seine Rüstung und seine anderen Habseligkeiten aufbewahrte. Nach all dieser Zeit, in der sie getrennt gewesen waren, kam es nicht infrage, die Frau, die er liebte, noch länger warten zu lassen.

Kapitel 17

»Wenn nicht jetzt, wann dann?«

Palatin Navaar von Oragon in seiner Ansprache im Ygranischen Parlament über Harmonie zwischen den Rassen (494. Jahr der Shrīanischen Föderation)

61. Tag im 496. Jahr der Shrīanischen Föderation

Ich liebe dich. Jetzt hatte Mari die Worte ausgesprochen.

Indris' Enthüllungen über Anj verkomplizierten alles. War ihr wohl bei dem Gedanken, dass Anj am Leben war? Nein. Die Seethe war seit seiner Kindheit ein wichtiger Teil von Indris' Leben gewesen. Sie waren zusammen von den Sēq großgezogen worden, waren ausgebildet worden, Kräftc zu handhaben, die Mari kaum begreifen konnte. Aber die Reise ihres Lebens hatte sie an unterschiedliche Orte geführt, und auf dieser Reise hatten sie sich stark verändert. *Die Gegenwart ist vorüber. Jetzt bin ich an der Reihe.*

Mari lachte, dann schlug sie die Hand vor den Mund. *Ich liebe dich.* Es war nicht das erste Mal, dass sie sich verliebt hatte. Aber es war das erste Mal, dass sie einen Partner gefunden hatte, von dem sie glaubte, dass sie gemeinsam mit ihm wachsen konnte, von dem sie lernen konnte, dem sie etwas beibringen und mit dem sie ein Leben als Gleichgestellte führen konnte. Sie blieb eine ganze Weile in ihrem Zimmer und widerstand der Versuchung, sich umzudrehen, um zu sehen, ob Indris ihr folgte. Ihre Waffen lagen noch immer nebeneinander auf dem Tisch, die geschwungenen Formen aus den Zeiten eines Imperiums, das schon lange im Grab ruhte. Und doch war es noch immer das Symbol der größten Krieger, die die Avān je gekannt hatten. Es gab nur wenige außer den Kriegsdichtern und den Sēq, die in der modernen Zeit ein *Amenesqa* trugen, und die meisten dieser Waffen – wie die Relikte aus dem Erwachten Imperium, die die Feyassin benutzten – waren jahrhundertealt und dennoch stark und scharf, als wären sie erst gestern geschmiedet worden.

Mari nahm ihre Waffen auf und machte einen kurzen Halt bei der Waffenkammer. Leonetto, Mornes hagerer Kommandant der Infanterie, nahm Mari noch vor den anderen Soldaten an die Reihe, inspizierte rasch ihre Ausrüstung und suchte ihr ein ledernes Gambeson, einen Schuppenpanzer, der bereits bessere Tage gesehen hatte, Schuppenpanzerhandschuhe und einen bronzebeschlagenen stählernen Armschutz. Leonetto half Mari, ihre Rüstung anzulegen, und prüfte ihre Bewegungsfreiheit, während er die Bänder und Schnüre festzog. Als sie ihm sagte, wohin sie gehen wollte, befahl Leonetto einem seiner Leutnants, die Aufsicht über die Waffenkammer zu übernehmen.

»Das ist ein Drecksjob«, murmelte Leonetto. »Bin froh, wenn ich hier rauskomme, bevor sich noch irgendjemand in die Finger schneidet.«

Die beiden gingen zusammen zu einem kleinen Innenhof, wo ein Garten vor sich hin kümmerte und Bäume wie vertrocknete Stöcke inmitten von geborstenem Stein und verfallenen Statuen aus dem Schnee aufragten. Shar und Ekko, Morne und Kyril und zwei Einheiten der Unsterblichen Gefährten warteten bereits. Indris kam hinter ihr hereingetrabt, bewaffnet und in Rüstung. Er trug ein Grinsen im Gesicht, das er krampfhaft zu unterdrücken versuchte, was ihn sehr jungenhaft aussehen ließ.

Einer der Minenleiter gesellte sich Augenblicke später zu ihnen. Er neigte den Kopf so oft, dass sich Mari schon fragte, wann er ihm einfach abfallen würde. Der Mann erklärte sich bereit, ihnen sowohl Tamerlans Tunnel zu zeigen, die von den Höhlen unterhalb der Festung bis zu den Minen führten, als auch jene Tunnel, die einfach nur als Schlupflöcher dienten.

»Was baut ihr hier ab?«, fragte Morne, als sie loszogen. Sein Nahdi zog die Hauben von den *Ilhen*-Fackeln. Der Aufseher schloss ein Tor auf und führte sie hindurch. Ein blasser Strahl glitt über den grob behauenen Stein.

»Schwarzes Steinsalz«, sagte der Mann mit seiner heiseren Stimme und rieb sich mit der schmutzigen Hand über die Glatze.

Indris murmelte leise vor sich hin.

»Etwas Eisen. Es gibt auch Silber in einer Mine weiter im Süden. Sogar eine Ader mit Hexenfeuer, obwohl die beinahe schon erschöpft ist …« Seine Stimme wurde unsicher und verlor sich, und er blickte ängstlich um sich.

»Die Asrahnwitwe kann dir nichts mehr tun«, erklärte Mari freundlich. »Ihre Befehle sind hier nicht mehr von Bedeutung.«

»Ich bitte um Verzeihung – und versteht mich nicht falsch, wir sind alle dankbar wie nur was für das, was Ihr getan habt. Aber solange ich den Kopf der Sayf Savajiin nicht auf einem Stock vor mir habe, werde ich immer Angst haben, dass sie zurückkommt.«

Der Aufseher führte sie tiefer hinein in den Bereich unterhalb Tamerlans. Obwohl die Festung von außen so schwarz war wie das Herz eines Verräters, war doch offensichtlich, wo der Stein für die Innenräume gewonnen worden war. Sie kamen durch große Kammern aus blauem und grünem Stein. Obwohl der Stein nicht geglättet war, handelte es sich zweifelsohne um das gleiche Material wie oben in der Festung. In der Ferne war das Donnern von Wasser zu hören. Während sie durch klamme und gewundene Gänge schritten, in denen sich Ekko und Morne häufig bücken mussten, versorgte sie der Aufseher mit Geschichten über Meeresungeheuer, die sich in den Höhlen verbargen und manchmal den Minenleuten auflauerten, die auf Nimmerwiedersehen verschwanden.

Auf ihrem Weg passierten sie Orte, an denen sich Indris sichtlich anspannte. Dort war der Stein von Adern mit schwarzem Steinsalz durchzogen. An einem dieser Orte, einem riesigen Hohlraum unterhalb des Bergs, hielt der Aufseher an. Es gab eine ganze Reihe von Gängen, die von hier wegführten und aus denen der Klang von Spitzhacken und Hämmern drang. Ein schwaches Licht flackerte in diesen Tunneln, aber einer von ihnen war auffallend dunkel.

»Lasst mich raten …«, murmelte Shar.

Indris lächelte den Aufseher an. »Danke, wir finden den Rückweg allein. Und ich glaube, du hast recht – wir gehen jetzt an einen Ort, an dem du wirklich lieber nicht sein solltest.«

Der Aufseher musste nicht weiter überredet werden. Er verbeugte sich hastig, dann wandte er sich wieder in die Richtung, aus der sie gekommen waren.

»Was ist das?« Shar sah besorgt drein. »Warum kommt mir das nur so vertraut vor?«

»Sorochel«, murmelte Indris. »Es fühlt sich an wie die Sklavenbergwerke von Sorochel. Wir sind in Bereichen der Höhlen, die ausgebohrt wurden, lange bevor die Avān geschaffen wurden oder die Menschen von den Sternen zu uns herabfielen.«

»Und ich schätze, du schlägst jetzt gleich vor, dass wir da reingehen?« Kyril nickte in Richtung des dunklen Tunnels. Indris sah hinüber und lächelte statt einer Antwort.

Mari und Indris gingen mit gezogenen Waffen voran. Indris hielt das Gelehrtenlicht vor sich. Der lange, sechseckige Laternenkopf, der einer Speerspitze glich, leuchtete in kaltem Glanz. Die Höhle war wie ein Muskel gestreift, und Steinbänder wölbten sich über ihren Köpfen. Die ganze Zeit über wurde Maris Sûnklinge immer wärmer, bis sie schließlich auf die Klinge hinabblickte und eine Linie aus hell leuchtendem Licht in ihrem Mittelpunkt brennen sah.

»Sûnklingen werden Helden aus einem bestimmten Grund gegeben, Mari.« Indris nickte zu ihrer Waffe hin. »In den frühen Tagen der großen Sûnschmiede waren sie die Einzigen neben den Sēq, die Waffen gegen Dämonen, Nomaden und andere übernatürliche Wesen anfertigen konnten. Derartige Kreaturen erlangten ihre Macht immer in den Nachtstunden oder im Mondlicht. Daher haben die Sûnschmiede Waffen hergestellt, die sich die Kraft der Sonne zunutze machen konnten.«

Mari hob skeptisch die Augenbraue. »Mein Schwert ist aus der Sonne gemacht?«

»Nun ja, nicht direkt aus der Sonne«, sagte Indris. »Aber die Sûnschmiede haben ihr Handwerk von den Elementarmeistern gelernt, die ihrerseits von noch älteren Mächten gelernt haben. Das Licht in deiner Klinge imitiert das Sonnenlicht, und die Gitterstruktur des Metalls setzt die Kraft frei, die dort gespeichert ist.«

»Warum brennt sie jetzt?« Ekko sah sich mit geweiteten Pupillen um und hielt seinen *Khopesh* angriffsbereit.

»Weil die Klinge, genau wie Gestaltwandlerin, besser als wir spürt, was hier lauert«, erwiderte Indris. »Alles an diesem Ort fühlt sich verdorben an. Ich glaube, hier unter uns gibt es einen Spalt. Wie unter dem Īajen-mar. Aber es ist Energie aus der Ödnis, die sich hier konzentriert. Die Bauweise Tamerlans erlaubt es der Ödnis, ihre Energie durch den Stein und in die Festung über uns dringen zu lassen. Jeder, der sich hier zu lange aufhält, würde verdorben werden.«

»Das würde erklären, warum die Asrahnwitwe ist, wer sie ist«, murmelte Mari. *Und warum ich mich hier nie wohlgefühlt habe.* »Jetzt ergeben die Dinge, die ich gesehen habe, mehr Sinn.« Mari erzählte ihren Freunden von dem Opfer am Meeresschrein und von dem albtraumhaften Wesen, das ihren Cousin Dhoury geholt hatte.

»Faruq ayo, Mari«, flüsterte Shar kopfschüttelnd. *»Parho iotha a bae shahat haylo.«*

»Ich spreche kein Seethe, aber ich vermute, du hast gerade nichts Nettes gesagt.«

Shar lächelte und schlug Mari leicht auf die Schulter. »Eigentlich nicht, nein.«

»Das ist nur fair«, sagte Mari. Sie sah sich um. »Mag ja sein, dass Schönheit nur oberflächlich ist, aber die Hässlichkeit und Verderbtheit von Tamerlan reicht bis ins Innerste. Indris, wie können wir diesen Ort zerstören?«

Indris lachte bitter. »Zerstören? Das werden wir nicht. An solchen Orten gibt es zu viele Fragen zu beantworten. Hier können wir nur sichergehen, dass er nicht wieder in die falschen Hände gerät. Aber dieses Wesen, von dem du erzählt hast, und der Meeresschrein … Es klang so, als wäre beides deiner Großmutter wichtig.«

»Wir haben den Schrein zweimal überprüft«, schaltete sich Leonetto ein. »Einmal bei Flut und einmal bei Ebbe. Wir haben niemanden entdeckt. Allerdings haben wir auch nichts von der Existenz dieser Tunnel gewusst.«

»Meine Großmutter befindet sich in gefährlicher Gesellschaft«, warnte Mari sie. »Seid auf der Hut.«

Gemeinsam marschierten Mari, Indris und ihre Gefährten weiter. Der Boden und die Wände wurden klamm, und in der Mitte des Durchgangs tröpfelte das Meerwasser in einem stetigen Rinnsal herab. Vorn war Licht zu sehen, und Morne gab Befehl, die Lampen zu verhüllen. Indris dämpfte das Feuer in seinem Gelehrtenlicht, doch Maris Sûnklinge leuchtete noch heller. Mari fing Indris' Blick auf und zuckte die Schultern. »Ich kann das verfluchte Ding nicht abstellen«, flüsterte sie. Sie steckte ihre Waffe mit einem leisen Fluch in die Scheide, doch ihre Hand ruhte fest auf dem Griff.

Mari bog um die Ecke und erblickte eine breite Höhle. Wasserpfützen hatten sich überall auf dem unebenen Boden gebildet, und der Stein war durch den Durchfluss des Meeres glatt poliert. Es gab mehrere bogenförmige Durchbrüche, die auf die Bucht hinausblickten, und Mari sah die Säulen des Meeresschreins durch ein von Korallen überwuchertes steinernes Gitterwerk. In den Ecken und Winkeln der Höhle befanden sich Felsplateaus, die höher lagen als die Flutgrenze. Es gab Stühle und Bettzeug, und die Wärme der Feuersteine lag noch in der Luft.

»Jemand war erst vor Kurzem noch hier«, sagte Ekko. Der Löwenmann sprang die Stufen hinauf und überprüfte die Plateaus, dicht gefolgt von Shar. Mari sah zu, wie sie Decken, Schalen und Teller untersuchten. Ekko kam an den Rand und beugte sich hinab, um zu berichten. »Ich schätze, hier haben sich etwa sechzig Personen versteckt.«

»Und sie sind noch nicht lange weg«, fügte Shar hinzu. »Das Wasser in der Urne ist immer noch heiß.«

»Wir gehen am besten zur Festung zurück«, schlug Mari vor. »Meine Großmutter und ihre Anhänger können nicht weit sein, und sie kennt die Wege um und durch Tamerlan besser als irgendjemand sonst. Sie ist gerissen, und sie wird Tamerlan nicht aufgeben, solange sie lebt.«

Der Innenhof in der Nähe des Meeresschreins war in Aufruhr. Das Klirren von Metall auf Metall, das Knarzen des

Leders und die Schreie der Verwundeten und Sterbenden durchschnitten die Luft. Mari atmete den Geruch des Kriegs: entleerte Blasen, Gedärme, Adern und aufgeschlitzte Bäuche.

Mittendrin ein Gewimmel aus Soldaten und Nahdi, die der Asrahnwitwe noch die Treue hielten. Sie griffen die Verteidiger auf den Stufen zum Hafen und dem nahe gelegenen Himmelsdock an. Andere Anhänger der Asrahnwitwe hielten die Tore zwischen dem Hof und dem Meeresschrein. Krieger der Unsterblichen Gefährten und diejenigen Nahdi, die der Asrahnwitwe abgeschworen hatten, versuchten sie abzudrängen.

Mari suchte in der Menge nach der Asrahnwitwe, Jhem und Nadir. Das Blitzen und Flattern von Seide verriet sie schließlich. Die Asrahnwitwe stand jenseits des Meeresschreins knietief im aufgewühlten Wasser und feuerte ihre Leute in einer Sprache an, die Mari nicht verstand. Sie war von grimmig dreinblickenden Meereshexen umgeben.

»Wir müssen hinüber zum Meeresschrein!«, rief Mari Indris über den Lärm hinweg zu.

Er nickte und positionierte sich neben ihr.

Belam tanzte in einem Regen aus Blut. Sanojé war bei ihm und schleuderte Bannzauber in die Menge. Belams Bewegungen, der Einsatz von Schild und Schicksalsklinge verschmolzen zu einer Kunstform. Er hielt keine Sekunde inne, sondern schien mühelos von einer Technik in die andere zu wechseln und wendete dabei Kombinationen an, die Mari noch nie zuvor gesehen hatte. Die *Otternzunge* wurde zur *Greifenklaue*, und sein hocherhobenes Schwert drehte sich und schwang hinab im *Tiefschlag des Falken*, um sich dann in den *Pferdeschnitter* zu verwandeln. Die Auswirkungen seines Schwerts waren verheerend, und den Schild setzte er genauso oft als Waffe wie zur Verteidigung ein. Überall, wohin er sich wandte, folgte ihm Sanojé in ihrer furchterregenden Erscheinung, eine sechsarmige, in Fetzen gehüllte Mumie. Sie schoss Pfeile aus mystischem Feuer ab und schleuderte vernichtende Luftblitze auf ihre Angreifer.

Mari und Indris glichen sich Belams und Sanojés Bewegungen an. Sie pirschten sich näher heran, und Maris Schwerter summten, während Indris seine mystischen Kräfte einsetzte. Ihre Sûnklinge leuchtete wie der Saum des Sonnenaufgangs. Indris' Schild war von Sonnenlicht umrandet; Gestaltwandlerin heulte vor Begeisterung laut auf. Mari und Indris, Belam und Sanojé kämpften gemeinsam: Sie attackierten und verteidigten, täuschten an, kamen zusammen und trennten sich wieder wie das Meer, das gegen die Felsen brandete.

Der letzte Verteidiger fiel vor dem Meeresschrein, und Indris riss mit einer Geste seiner Hand die Tore aus ihren Verankerungen. Während einer Kampfpause versuchte Mari, ihren Fortschritt abzuschätzen. Shar und Ekko kämpften neben Morne und Kyril. Ein Dreizack hatte Ekkos Oberschenkel durchbohrt und nagelte ihn fest. Der Tau-se brüllte vor Schmerz, selbst als Shar den Dreizack abbrach, um ihn zu befreien. Ekko stand aufrecht und entblößte seine Fänge zu einem entsetzlichen Knurren. Mit blutüberströmtem Bein nahm er sein Schwert auf und machte sich wieder ans Werk, ohne auch nur eine Spur langsamer zu werden.

»Ich brauche dich«, sagte Mari zu Indris, als sie vorwärtsstürzte, dicht gefolgt von Belam und Sanojé. Düstere Wolken hingen tief über dem stürmischen Ozean. Das Meer trotzte den Gezeiten und brandete über die Strandmauer. Jhem und Nadir beschützten die Asrahnwitwe, die noch immer ihre Schlachtrufe brüllte. Ihre Leibwache und die Meereshexen waren schwer zu überwältigen. Mari sagte über die Schulter: »Indris, Belam und Sanojé, folgt mir. Der Rest: Kümmert euch um die Wachen.«

Mari wartete nicht, um zu sehen, ob ihre Befehle befolgt wurden. Mit großen Schritten und leichten Fußes sprang sie über die nassen Steine. Indris und Sanojé woben Formeln und Zaubersprüche. Durchscheinende Felder und wirbelnde Fraktale tauchten um sie auf und lenkten Pfeile und die Angriffe der Meereshexen ab. Indris fluchte, als er die Wucht des Angriffs spürte, und verstärkte seine Verteidigung, um die Lücken zu füllen, die Sanojés Bannsprüche noch nicht erfasst hatten.

Das Meer hinter der Asrahnwitwe wurde immer bewegter. Graugrüne Tentakel wanden sich unter der schaumigen Oberfläche, und Mari begann zu würgen. Sie erinnerte sich daran, wie Dhoury in die Tiefen gezogen worden war, und ihr drehte sich der Magen um. Sie stieß einen Schlachtruf aus.

Die beiden Gruppen trafen aufeinander. Mari bog sich zur Seite, sodass Jhems Schlag an den Metallschuppen ihrer Rüstung abglitt. Sie drehte sich auf einem Fuß und schmetterte ihm den Ellbogen ins Gesicht, gefolgt von der Oberseite ihrer Faust, die den Griff ihres *Amenesqa* fest umklammert hielt. Jhems Maske wurde eingedrückt. Als seine Nase brach, ertönte ein Knirschen. Mari fühlte, wie sich Jhems Messer in ihre Seite bohrte: ein Blutrinnsal, ein scharfes Brennen. Sie wirbelte um Jhem herum und wehrte seine schlangenschnellen Schläge ab, während sie gleichzeitig zurückschlug. Jhems Messer trafen mehrfach ihr Ziel. Mari glitt zurück und zur Seite, um etwas Abstand zwischen sich und ihn zu bringen. Jhems Messer eigneten sich besser für den Nahkampf als ihre Schwerter. Sie griffen an, kamen sich näher und trennten sich wieder, während jeder nach einer Lücke in der Deckung des anderen suchte.

Jhem tauchte unter Maris Klinge hindurch. Zweimal schlug er zu: Schulter und Unterarm. Ihre Sûnklinge fiel klirrend zu Boden, und ihr Licht verblasste. Mari schlug ihm den

Knauf ihres *Amenesqa* ins Gesicht. Blut strömte aus seiner Maske, doch in seinen toten Augen lag keinerlei Ausdruck.

Die Klingen der Schwarzen Schlange schlugen erneut zu. Sie glitten von der Rüstung ab und stachen in ihren Bizeps, fanden einen Weg durch die Schuppen ihrer Rüstung und bohrten sich in ihren Bauch. Einige Schläge später fühlte Mari, wie ihr übel wurde. Ihre Reaktionen verlangsamten sich, ihr Blick wurde trübe. Gift!

Wieder trafen sie aufeinander. Mari schlüpfte zwischen Jhems Stichen hindurch und setzte ein Bein ein, um ihn ins Stolpern zu bringen, dann nutzte sie ihr Schwert als Hebel. Sie drehte sich, und ihr Schwert fuhr über Jhems Kehle. Sie schleuderte ihn mit halb abgetrenntem Kopf zu Boden. Mari sank auf die Knie und spürte, wie ihre Kräfte sie verließen.

»Nein!« Nadir neben der Asrahnwitwe brüllte auf. Er stürzte vor – und direkt in Belam hinein, der Nadir seinen Schild ins Gesicht schmetterte. Nadir taumelte rückwärts und stolperte über einen Toten. Belam pirschte vor, wurde jedoch von den Wachen der Asrahnwitwe aufgehalten, die mit kalten Augen ihre Reihen schlossen.

»Du musst weg von hier«, sagte Indris zu Mari. Er untersuchte sie rasch, während um sie herum Waffen auf Rüstungen trafen. Ihre Haut war klamm, die Kehle wie zugeschnürt. »Ich muss …«

»Erst wenn wir fertig sind!«, knurrte Mari. Sie steckte ihr Schwert in die Scheide und nahm ihre Sûnklinge, die hell aufloderte. »Hilf mir, die Sache zu Ende zu bringen, Indris. Sonst war alles umsonst.«

Indris legte seine Hände auf ihre Stirn und stimmte einen leisen Canto an. Mari konnte wieder scharf sehen, und ihre Kraft kehrte zurück. Sie erbrach Blut. »Ich habe dir etwa fünf Minuten verschafft. Bring es zu Ende, Mari.«

Die beiden stürmten auf die Asrahnwitwe, ihre Wachen

und die Hexen zu. Tentakel schlängelten sich aus dem Wasser. Mari würgte bei dem Gestank nach verrottetem Fleisch und atmete durch den Mund, um ihre Übelkeit zu lindern. Ihr wurde eiskalt, als sie hörte, wie die Tentakel zu stöhnen begannen. Eines erhob sich hoch in die Luft, und sie sah, dass jedes der Tentakel ein Gesicht hatte. Jede dieser verzerrten Fratzen sah anders aus, doch sie alle hatten bleiche, starrende Augen und Münder mit nadelspitzen Fängen. Wasser strömte aus ihren Mündern. Es spülte über sie hinweg und verbrannte ihre Haut vor Kälte. Sie stand reglos da, überwältigt von einem Gefühl der Orientierungslosigkeit und dem Bedürfnis, so lange zu schreien, bis ihre Kehle blutete.

»Jetzt siehst du es endlich!«, schrie die Asrahnwitwe. »Jetzt verstehst du, dass ich alles von ihr zurückbekomme, was ich der See gebe!«

Das Tentakel peitschte herab. Maris Sûnklinge fuhr in die Höhe und durchtrennte es. Versengte die Wunde, sodass sich das abgeschnittene Teil auf dem Boden schlängelte, ohne weiteren Schaden anzurichten. Das Wasser schäumte, als sich das Monster zu winden begann. Noch mehr Tentakel schlängelten sich aus dem Wasser. Sie wanden sich um Freund und Feind gleichermaßen und zerrten ihre schreienden Opfer ins Meer.

Die Kraft, die Indris Mari verliehen hatte, ließ nach, aber sie hatte ihren Rachefeldzug noch nicht beendet. Die Asrahnwitwe und die Meereshexen, die noch nicht von Indris oder Sanojé getötet worden waren, drängten das Ungeheuer weiter.

Etwas Dunkles tauchte auf den Wellenkämmen auf, ein stacheliger Rücken. Die Ausmaße waren so gewaltig, dass sie vor dem Anblick zurückschreckte.

»Nein!« Indris rammte das untere Ende seines Gelehrtenlichts hart auf den Boden. Stein zersplitterte, und das

Licht flammte in einer leuchtenden Kugel auf. Die Schatten schrumpften zu feinen Kratzern zusammen, und die Farben verblassten. Das Ungeheuer heulte auf, und seine lederartige Haut verdorrte.

Mari sprang vor. In wenigen Herzschlägen überwand sie die Entfernung zwischen sich und der Asrahnwitwe. Die alte Frau blickte Mari höhnisch an, während sich die Tentakel über ihr wanden. Sie peitschten vor – so gut etwas peitschen konnte, das so dick wie ein junger Baum war –, aber Mari war längst wieder woanders, als sie auf den Stein oder ins Wasser schmetterten. Das Lächeln der Asrahnwitwe gefror.

Der Hai von Tamerlan hatte keine Zeit mehr, ihren Prügel zu ziehen, bevor Maris erster Hieb ihren Arm am Ellbogen traf. Ihre Großmutter atmete scharf ein, doch ihr Atemzug wurde unterbrochen, als Maris Sûnklinge ihr die Kehle durchschnitt.

Der Körper der Asrahnwitwe fiel ins schäumende Meer. Die alte Frau war noch am Leben, als sich ein Tentakel um sie wand und sich die Saugnäpfe an ihr Fleisch hafteten. Obwohl ihr Mund weit aufgerissen war, gab die Asrahnwitwe keinen Laut von sich, während sie unter die Meeresoberfläche gezogen wurde.

Mari stand schwankend da, während ihre Kameraden auf das Ungeheuer vor ihnen starrten.

Ihre Sicht verschwamm. Der Schlag ihrer Herzen verlangsamte sich, und Mari stürzte ins eisige Wasser.

Kapitel 18

»Manchmal erwacht man und stellt fest, dass man auf einem bestimmten Weg schon zu weit gereist ist, um noch eine andere Richtung einschlagen zu können. Selbst wenn man weiß, dass andere Wege zu einem besseren Ziel führen könnten.«

Aus: Ehre und Ergebenheit *von Erebus fa Mahador, Leutnantsritter der Blütenwache*

61. Tag im 496. Jahr der Shrīanischen Föderation

Corajidin schritt durch das Lager und blinzelte im hellen Sonnenlicht. Er hatte nicht gut geschlafen, sein Kopf schwirrte von dem geheimnisvollen Geflüster seiner Ahnen.

Feyd schloss zu Corajidin auf und brachte ihn auf den neuesten Stand: Patrouillen, die nicht zurückgekehrt waren, und Blitzangriffe durch die Fenlinge des Marschlands, die ihre Leute verschleppten. Corajidin hatte die Schreie gehört und wusste nur zu gut, was sie bedeuteten. Die Fenlinge liebten den Geschmack lebenden Fleisches. Seelenhändler waren gesehen worden, die durch das Lager gestreift waren. In ihrem jahrhundertealten, mittlerweile völlig zerfetzten Putz sahen sie windgepeitscht und ausgezehrt aus. Die skelettartigen Überreste ihrer Windbarke hingen tief am Himmel und erinnerten an einen altersschwachen Aasgeier.

»Der Boden hier ist tückisch, und beinahe jedes Lebewesen da draußen würde uns nicht nur zu gern töten, sondern ist auch in der Lage dazu«, sagte Feyd. »Es ist ein übler Ort, um Krieg zu führen. Die Seelenhändler machen alle nervös. Keiner von uns weiß, wen sie im Moment seines Todes stehlen werden und wen nicht. Wir sollten sie fortschicken, Asrahn. Sie sind widerwärtig.«

»Was die Seelenhändler betrifft, stimme ich dir zu«, erwiderte Corajidin. *Aber die Botschafterin würde es mir übel nehmen, wenn ich sie vertreibe. Außerdem: Sind sie wirklich schlechter als die Moorpuppenspieler? Beide sind sie Parasiten, die im Tode schwelgen.* »Allerdings geht es hier um Belange von einer ganz anderen Größenordnung, und die Händler werden sich vielleicht noch als nützlich erweisen. Aber wir führen hier keinen Krieg, Feyd. Wir übernehmen die Kontrolle über Ressourcen, die für das Überleben Shrīans entscheidend sind. Ich werde Siamak eine Absichtserklärung schicken, die vom Magistrat und dem Wächtertribunal abgesegnet wurde. Unsere Handlungen sind alle nachvollziehbar, Feyd.«

»Bis auf die Tatsache, dass Ihr jeden Grundsatz des *Sende* brecht, indem Ihr Krieg gegen die Zivilisten von Fandra führt«, erwiderte Feyd. »Und dass Ihr Gefangene den Moorpuppenspielern überlasst, was gleichbedeutend ist mit einer Exekution, denn sie haben keine Verbrechen begangen.«

»Sie haben zu den Waffen gegriffen und ihren Asrahn attackiert, Feyd!« *Ich hätte nie geglaubt, dass du ein Gewissen hast, du abgefeimter alter Schlächter. Vielleicht sollten wir dein Schweigen durch deinen ewigen Schlaf im Schlamm erzwingen.* Corajidin lächelte jedoch und sah dem alten Mann in die Augen. »Wir werden unser Vorgehen mit den zuständigen Ämtern abstimmen. Wir werden unsere Handlungen hier noch legalisieren.«

Feyd sah nicht überzeugt aus, sagte jedoch nichts, bis sie bei der Windbarke ankamen. Tahj Shaheh war am Steuerpult und hatte die Disentropiespulen und Sturmräder in Gang gesetzt. Corajidin starrte auf die Spulen, die ihre Energie aus der umgebenden Luft bezogen und Gewichte antrieben, die sich in spinnwebfeinen Fäden drehten. Nix war ebenfalls da, gekleidet in die Farben der Marschen, und ein Stilett wirbelte zwischen seinen Fingern. Auch Kasraman, Wolfram und Kimiya waren in der Nähe; Wolframs einstiger Lehrling starrte Kasraman mit einem beinahe ehrfürchtigen Ausdruck an.

Corajidin machte seinen engsten Mitarbeitern ein Zeichen, ihm an Bord der Barke zu folgen. Zwei Kader ihrer besten Anlūki marschierten hinterdrein. Corajidin gab Befehl, das Fallreep hochzuziehen und in die Lüfte zu steigen. Ein verschwommener Umriss löste sich von der Galeere der Seelenhändler. Er näherte sich der Windbarke, und Corajidin erkannte vage menschliche Umrisse. Nomaden waren im Sonnenlicht unsichtbar, und Corajidin fragte sich, ob es an den Kräften der Rōmarq und seinem Erwachen lag, dass er Dinge sehen konnte, die anderen verborgen blieben.

Die Seelenhändler waren noch immer da, während die Botschafterin verschwunden blieb – und zwar schon viel zu lange. Normalerweise wäre er froh darum gewesen, aber ihr Verschwinden bereitete ihm mehr Sorgen, als ihre Gegenwart das jemals getan hatte. Ihre Andeutung über eine lange und fruchtbare Verbindung mit den Erebus hinterließ noch immer einen schlechten Geschmack in Corajidins Mund. Hatten auch seine Vorfahren mit den Seelenhändlern verkehrt? Nix hatte angedeutet, dass er Kontakt mit ihnen hatte, ebenso wie Nix' Vater Rayz. Rayz war ein Zeitgenosse von Corajidins Eltern gewesen. *Habe ich, ohne es zu wissen, die gleichen Pfade beschritten wie meine Ahnen?* Er war weit entfernt davon, wie der erste Erebus dem Streben nach Macht nachzugeben, ohne Rücksicht auf den Preis, den andere dafür zu bezahlen hatten. Ihm genügte es zu wissen, dass sein Weg in seinen Augen der richtige war. Aber er hatte einen Punkt erreicht, an dem der Preis für seinen Ehrgeiz den Nutzen, den er aus seinen Verbindungen gezogen hatte, überwog. Wie viel weiter waren andere aus seinem Geschlecht gegangen? Die Geschichte sah die Erebus als eine Gezeitenkraft, die für Generationen mit Heldenmut und Idealismus hereingeschwemmt kam, jedoch alles Gute, das sie vollbracht hatten, mit sich rissen, wenn das Wasser wieder abfloss. Sie überspülten alles und ließen die Überlebenden schwimmend oder ertrinkend zurück.

Ich bin der Sohn eines Geschlechts, das Mahji und Asrahns hervorgebracht hat. Wie könnte ich etwas anderes tun als das, was meiner Natur entspricht, oder anders sein, als mein Blut es mir befiehlt? Ich werde nicht nach weniger streben als meine Vorfahren.

Corajidin lehnte sich an die Reling und sah auf den verunstalteten Spiegel der Rōmarq hinab. Selbst aus dieser Höhe fühlte er die Macht des Ortes, seine Energie durchtränkte seine Glieder und hielt seine Krankheit in Schach. Er hatte weder gegessen noch getrunken, und doch war er weder hungrig noch durstig. Geschlafen hatte er mehr aus Gewohnheit denn aus Müdigkeit. Da unten zwischen dem Ried und den Gräsern, die in der Brise schwankten, wimmelte das Leben. Tümpel reflektierten den Himmel und das Licht wie Glasscherben, und Flüsse mit Fischen und regenbogenfarbenen Schlangen flossen langsam und träge dahin. Lebhafte Drachenschmetterlinge tanzten über den Blumen und schossen herab, um fette Käfer, Mäuse und andere Beute mit ihren Klauen zu fangen.

Der Boden veränderte sich, als sie näher an die Ruinen kamen, zu denen Kimiya sie führen wollte. Behauene Steine lagen wie gefleckte Gestalten unter der Wasseroberfläche mehrerer Ströme, die sich schon vor langer Zeit ein neues Bett gesucht hatten. Schiefe Säulen, die von dunklem Efeu und beharrlichen Kletterpflanzen überwachsen waren, warfen komplizierte Schattenmuster. Sie kamen immer näher, bis sie die Überreste von Mauern erkennen konnten, dann tauchten verfallene Kuppeln, hohe Mauern und schräge Türme zwischen riesigen Bäumen auf.

Tahj Shaheh steuerte die Barke in einem weiten Kreis, bis sie einen großen Innenhof fand, in dem von Kletterpflanzen überwachsene Bäume aus dem Pflaster aufragten. Vogelrufe, Zischen, Fauchen und das Jaulen der Moorteufel hallten durch die verlassene Stadt, vermengt mit anderen, tieferen und kehligeren Lauten, bei denen es Corajidin kalt den Rücken hinunterlief. Es roch nach nassem Laub und Mulch, nach Schimmel und modrigem Stein. Und dann lag da ein kupferartiger Hauch von frisch vergossenem Blut in der Luft.

Leute kamen aus den Schatten der umgebenden Bäume: die Dorfbewohner von Fandra, die er den Moorpuppenspielern überlassen hatte. Sie standen ganz still, mit Schlamm und Blut verschmiert, die Kleider zerrissen von ihren nächtlichen Streifzügen. Einer, ein junger Kerl, trat vor. Er sagte etwas in einer rasselnden Sprache zu Kimiya, die ebenso antwortete, mit Lauten, die keine Avānkehle hervorbringen konnte.

Kimiya wandte sich an Corajidin und sagte: »Mein Clan hat die Eindringlinge beseitigt. Fenlinge und einige Hyänen, außerdem einen alten Nāga-Krieger, der im Turm gehaust hat. Es ist besser, wenn ihr nicht versehentlich auf sie trefft.«

»Wir wären schon damit fertiggeworden«, behauptete ein Leutnant der Anlūki.

»Wenn ihr meint«, sagte Kimiya mit einem dünnen Lächeln. »Der Weg ist frei, Corajidin. Wir haben ihn so gut wie möglich gesichert.«

»Das klingt nicht gerade rasend beruhigend«, murmelte Nix.

Umgeben von den Anlūki, folgten Corajidin und sein

innerer Zirkel Kimiya durch die langen Schatten und das blendende Licht der Ruine. Der Marmor hatte seinen Glanz verloren, und die Kanten des Sandsteins waren porös geworden. Das Gras spross in kargen, trockenen Büscheln. Überall waren tiefe Pfützen, aber das schien Kimiya oder ihren Clan nicht im Geringsten zu stören, während sie hindurchplantschten.

Der Ort wirkte sehr alt, angefangen bei der Höhe der Bäume über die überwachsenen Gärten bis hin zu der uralten Architektur, die von der Natur bezwungen worden war.

Die Mauern und Türme standen noch, ebenso wie die Treppen, die einst zu Orten geführt hatten, die für die Einwohner nur zu Fuß erreichbar gewesen waren. Es waren Orte, von denen Corajidin gern mehr gewusst hätte. Kasraman, Wolfram und Elonie schritten wachsam durch die Ruinen, versuchten, alles um sie herum zu hören und zu sehen. Die Gegenwart der Seelenhändler war am Rande ihres Sichtfelds wahrnehmbar. Das Schiff glitt über ihnen dahin, leise, wachsam, lauernd. *Sie fühlen die Nähe des Todes. Werden von ihm angezogen. Beten ihn an.* Corajidins Haut kribbelte. Plötzlich fühlte er eine lauernde Bedrohung, etwas Wachsames, das die Gegenwart anderer in seinem Territorium übel nahm.

Eine schlangenhafte Gestalt, die den Oberkörper und Kopf eines Mannes hatte, schoss aus einem breiten Spalt in einer nahe gelegenen Mauer. Blitzschnell umschlang es einen der Krieger, der sein Schwert nicht mehr zum Einsatz bringen konnte. Das Ungeheuer durchtrennte die Kehle des Kriegers mit einem kleinen Messer, und die Schreie des Mannes verebbten zu einem Gurgeln.

Schnell wie eine Kobra stürzte der Nāga vor und biss einen anderen Anlūki ins Gesicht. Dann nahm er eine weitere Kriegerin und schleuderte sie in die Bäume, wo sich das Geräusch peitschender Äste mit dem Knacken brechender Knochen vermengte. Der Krieger, der gebissen worden war, trat einen Schritt vor und spuckte Blut. Dann brach er zusammen. Pfeile sirrten. Der Schwanz des Nāga peitschte über den nassen Stein. Wasser spritzte auf, diamantengleich, unpassend schön. Die verbleibenden Anlūki preschten paarweise vor, zwei der Bogenschützen blieben zurück. Kasraman, Wolfram und Elonie verteilten sich und begannen, ihre Bannsprüche zu wirken. Elonies Erscheinung manifestierte sich, während Kasraman und Wolfram sich stärker unter Kontrolle hatten. Kimiya stieß eine scharfe Warnung aus, dass sie keine Hexenkräfte einsetzen sollten. Die Hexer rangen mit ihren Instinkten, die sie dazu drängten, ihre Kräfte freizusetzen. Corajidin bellte ebenfalls seinen Befehl, und obwohl es länger dauerte, als es sollte, ließen die Hexer schließlich ihre Beschwörungen verblassen.

Der Torso und Schwanz des Nāga waren blutbedeckt, und das meiste davon war sein eigenes. Zwei weitere Anlūki waren zu Boden gegangen und wanden sich, die Haut von Bissspuren versehrt. Nix sprang vor und wieder zurück, seine Messer beinahe so schnell wie die des Nāga, und Tahj Shaheh kämpfte mit den fließenden, schwingenden Bewegungen von jemandem, der viel Zeit auf schwankenden Decks verbracht hatte. Das Rasseln eines weiteren Nāga ertönte von links und von rechts, dann das feuchte Schleifen von Schuppen auf Stein.

»Was ist los mit euch?« Corajidin starrte Kimiya und ihren Clan an.

»Wir sehen zu, wie Eure Krieger ›damit fertigwerden‹«, erwiderte sie.

»Wenn ich sterbe, dann sterben unsere Abmachungen mit mir!«

Ein mörderischer Ausdruck flammte in Kimiyas Gesicht auf. Sie rasselte etwas, das Corajidin nicht verstand, die anderen jedoch sehr wohl. Wie ein Mann drängten sie vor und hüpften leicht von einem Bein aufs andere, während sie sich dem Nāga näherten. Als sie näher kamen, teilten sie sich in drei Gruppen auf. Eine davon blieb zurück, während die anderen beiden in den Ruinen verschwanden.

Ein Gefühl von Macht durchströmte Corajidin; es war die uneingeschränkte Disentropie der Welt, die ihn umgab. Sie strömte durch seine Stiefel und durchdrang ihn. Er fühlte sich warm, seine Haut kribbelte, und er spürte, wie jedes Härchen auf seinem Körper vibrierte. Eine Lebenskraft, wie er sie seit Jahren nicht mehr gefühlt hatte, durchflutete ihn und heilte einige der Bruchstücke seines zerstörten Erwachens. Er zog seinen schweren *Shamshir* und stürzte vorwärts, den Mund zu einem zusammenhanglosen Schlachtruf geöffnet, angefeuert von den Begierden seiner kannibalischen Vorfahren. Er stürzte sich ins Schlachtengewühl und schlug mit mehr Begeisterung als tatsächlichem Können um sich, wobei er seiner eigenen Wache im Wege stand. Aber das war egal! Alles war egal, nur diese wilde Freude an der Stärke, die ihn durchströmte, zählte. Er benutzte seine Waffe mehr als Hackbeil denn als Schwert. Er war ein Schlächter, kein Duellant.

Blut floss, Metall klirrte, Stimmen schrien, und die ganze Zeit über schwebte er über dem Geschehen, erfüllt von der Macht der Zeitalter. Er konnte nicht getötet werden. Kimiya und ihr Clan rissen mit Zähnen und Klauen an dem Nāga. Einer von ihnen hatte den Arm gebrochen und schlaff herabhängen, biss und riss jedoch weiter an seinem Opfer. Ein Anlūki kam Corajidin versehentlich in die Quere, und Corajidin mähte ihn nieder. Nur vage war er sich des Ausdrucks von Verrat im Gesicht des Mannes bewusst, während der Körper blutüberströmt zur Seite kippte. Auf keinen Fall würde dieser Nāga den zukünftigen Mahj besiegen!

Corajidin hob seine Klinge, um den Kopf des Ungeheuers

abzutrennen. Er sah, wie es näher kam und wie die Klinge herabsauste, als würde sie über einen eigenen Willen verfügen.

Aber der Nāga stand nicht da, wo er stehen sollte.

Sein Schlag ging ins Leere …

Und er konnte nicht wegkrabbeln …

Und der Nāga klammerte sich an seine Kehle …

Als die Fänge seine Haut durchbohrten, fühlte es sich an, als würde Säure in seine Adern dringen. Er taumelte ins Zwielicht, laut heulend und gedemütigt. Als Letztes sah er Kasraman und den Ausdruck der Befriedigung in seinen eiskalten Augen.

Dann begann das Zittern. Immer wieder schlug sein Kopf auf den Stein, sein Körper krümmte sich, und das Zwielicht wurde zu vollständiger Dunkelheit.

Corajidins Kopf pochte. Sein Nacken schmerzte. Außerdem war es, als hätte jemand Lederbänder um seine Brust gewickelt, um ihm das Atmen zu erschweren.

Er erinnerte sich an den Ausdruck in den Augen seines Sohns. *Kasraman wäre glücklich, wenn ich hier draußen sterbe …* Feyd hatte gesagt, dass dieser Ort die Hexen in den Wahnsinn trieb.

Mit einem Stöhnen richtete sich Corajidin in eine sitzende Position auf. Vorsichtig öffnete er die Augen und erblickte Wolfram, der in der Nähe an eine Mauer gelehnt stand. Elonie kam herbei, um Corajidin zu stützen. Kimiya kauerte ebenfalls in der Nähe. Der Schlamm und das Blut, das ihre entblößte Haut verkrustete, wirkte wie eine zweite Kleidungsschicht und behagte ihr offensichtlich mehr als die Kleider, die sie zuvor getragen hatte.

»Ihr habt überlebt«, sagte Kimiya rundheraus. »Das ist selten. Eure Soldaten hatten weniger Glück.«

»Wie viele haben überlebt?«, fragte Corajidin. Seine Stimme war ein schwaches Krächzen, ihm brannte die Kehle.

»Vier von zehn sind noch am Leben«, sagte Wolfram müde. »Und von denen wird einer vermutlich die Nacht nicht überleben. Nix und Tahj Shaheh wurden verwundet, werden aber am Leben bleiben. Und zwei der Einwohner … die Moorpuppenspieler haben den Nāga in Stücke gerissen.«

»Sie haben ihn gefressen«, sagte Elonie ruhig und drückte Corajidin eine Schale Tee in die Hände. »Und wenn einer der ihren gefallen ist, ist der Puppenspieler von innen hervorgebrochen, als wäre der Körper eine überreife Frucht. Dann haben sie auch den Körper aufgefressen, und der Puppenspieler ist weggeschwommen.«

»Wir werden einen neuen Wirt finden«, sagte Kimiya abwesend und leckte an dem getrockneten Blut an ihren Händen. »So ist der Lauf der Welt.«

Corajidin nippte an seinem Tee. Er schmeckte noch schlimmer, als er roch, doch er beruhigte seine Kehle und linderte die Enge in seiner Brust, sodass er wieder leichter atmen konnte. Wolfram sah Corajidin nachdenklich an. Aus dem Augenwinkel nahm er eine Bewegung wahr, und als er sich umwandte, sah er, wie Kasraman die Lichtung betrat. Er sah Corajidin an, doch für seinen Vater dauerte es eine Spur zu lange, bis Kasraman lächelte. »Vater! Du bist wach. Wir haben uns schon gefragt, ob du es zu uns zurückschaffst.«

»Deine Sorge rührt mich.« Corajidin erhob sich und schüttelte die negativen Auswirkungen seiner Vergiftung ab. Energie strömte kribbelnd in seinen Körper und brachte ihn wieder in Ordnung. *Meine Einheit mit der Erebus-Präfektur hat sich nie so angefühlt!* Corajidin erinnerte sich an Wolframs Bemerkungen über die Mengen, die er vom Trank der Botschafterin zu sich genommen hatte; aber das hier war anders. Es fühlte sich natürlicher an und lebenserhaltender als der

Zaubertrank. Corajidin lächelte Kimiya an und wies auf die Ruine. »Würdest du uns jetzt zeigen, weswegen wir hergekommen sind?«

Die schlanke Frau sprang auf die Füße und trabte davon.

Stille senkte sich herab, während sie sich durch die Ruinen bewegten. Die Bewohner dieses Orts waren sich nun gewahr, dass ein größeres Raubtier gekommen war. Kimiya schlängelte sich durch eingesunkene Mauern, die von Kletterpflanzen zusammengehalten wurden, unter Torbögen hindurch, die so aussahen, als würden sie einstürzen, sobald sich der Wind drehte, und über Steinfliesen hinweg, die von der Zeit zersplittert waren. Corajidin erspähte einen gedrungenen Turm, dessen von Grünspan überzogene Bronzekuppel beinahe völlig unter dem vordrängenden Efeu verborgen lag. Sie kamen näher, und schließlich stand Corajidin in einem verwilderten Garten. Wespennester wuchsen aus den moosigen Mauern des Gartens, deren Öffnungen so groß waren, dass Corajidin seinen Daumen hätte hineinstecken können. Er war froh, dass die Insekten gerade Winterschlaf hielten. Das Gras reichte Corajidin bis zum Schenkel, und die Halme bogen sich unter ihrem Gewicht. Der Turm war vier Stockwerke hoch und von einer schlichten Bauweise. Die Mauern waren mit turmalinfarbenen Kacheln gefliest und schimmerten in einem leuchtenden Blau, lebhaftem Grün oder Rosa, je nach Lichteinfall. Ein Pfad führte zu einer verrosteten Tür, die schief in ihren zerstörten Angeln hing.

Corajidin, der zu aufgeregt war, um abzuwarten, stieg über die Schwelle. Er blieb mit seiner Robe hängen und zerriss in seiner Hast das Gewand. Kasraman, Wolfram und Elonie waren direkt hinter ihm, während Nix und Tahj Shaheh langsamer und deutlich weniger begeistert folgten. Kimiya schlenderte nebenher, summend, mit dem Gesicht zur Sonne. Der Seelenhändler an ihrer Seite war als länglicher, schemenhafter Umriss erkennbar. Die Türen kreischten in ihren Angeln, als die Anlūki sie aufstemmten. Ein gedämpfter Fluch ertönte, dann ein lautes Klirren, als die Türen auf den Steinboden fielen. Corajidin gab den Soldaten Befehl, die Stücke zu bewachen. Das Letzte, was er jetzt brauchen konnte, war, dass diese Kerle mit ihren plumpen Händen irgendetwas von Wert zerbrachen.

Nix übernahm die Führung und suchte nach den unzähligen Gefahren, die hier in dem Gebäude lauerten. Ein paarmal war er gezwungen, eine oder mehrere Hexen um Hilfe zu bitten, um eine Falle aufzulösen.

Corajidin versuchte sich vorzustellen, wie dieser Ort ausgesehen haben mochte, als Sedefke noch hier gelebt hatte. Verrottetes Holz und Fetzen von Leinwand war alles, was von einstigen Kunstwerken noch übrig war. Noch mehr Schutt, bei dem es sich vermutlich einmal um Tische und Stühle gehandelt hatte, Tontöpfe und anderer Zierrat auf Regalen, die im Lauf der Zeit in sich zusammengefallen waren. In jedem Stockwerk fanden sich Rätsel der Geschichte, und doch gab es nichts von Wert. Bald knirschte Corajidin vor Frustration mit den Zähnen. Kimiya blieb still, die Lippen zu einem Lächeln verzogen, das Corajidin ihr am liebsten aus dem Gesicht geschlagen hätte.

»Wo sind die Schätze, die du mir versprochen hast?« Corajidins Stimme war leise und drohend. »Ich sehe nur Abfall!«

»Ich habe Euch gesagt, ich würde Euch an den Ort bringen, an dem Sedefke gearbeitet hat«, erwiderte Kimiya ohne einen Hauch von Angst. »Ich habe nicht gesagt, dass nicht schon andere vor Euch hier gewesen sind.«

»Süßer Erebus!«, schrie Corajidin. »Es waren schon andere da? Was war hier?«

»Es waren andere da, und was hier gewesen ist, ist schon immer da gewesen.«

»Sind Schatzsucher gekommen und gescheitert?«, fragte Kasraman.

»Sie sind gekommen und gestorben.«

Alle blieben wie erstarrt stehen.

Kimiya schritt eine von Trümmern übersäte Treppe hoch. Corajidin musterte seine Umgebung mit neuen Augen: Die von den Jahren ausgebleichten Holzstücke hätten auch Knochen sein können, die zerbrochene Schale dort drüben ein Schädel. Anderer Schutt: Zähne oder verrostende Waffen oder Kleidung, die rund um ihre bedauernswerten Besitzer verrottete.

»Ich habe alle Fallen gefunden, Asrahn«, erklärte Nix rasch. »Jede materielle Falle würde nur ein Mal ausgelöst werden, mystische allerdings vielleicht auch öfter. Wir sind so sicher, wie wir unter den Umständen nur sein können.«

Corajidin nickte in Richtung der Treppe, und Nix und Elonie versuchten, so genau wie möglich in Kimiyas Fußstapfen zu bleiben. Die anderen folgten vorsichtig, wobei Tahj Shaheh bei jedem Knacken oder Knirschen leise Obszönitäten knurrte.

Sie durchsuchten alle Stockwerke, fanden jedoch nichts. Oben an der Treppe befand sich eine helle und neue Tür, obwohl die Wände, die sie umgaben, zu einer spiegelglatten Fläche zusammengeschmolzen waren und ein Teil der Mauer gegenüber fehlte, als hätte die Faust eines Riesen zugeschlagen.

»Keine Ahnung, wofür diese Falle gut sein soll«, sagte Nix kichernd. Er sah sich um und entfernte vorsichtig das Geröll um die Tür: geschwärzte Knochen, von denen die meisten in Stücke gerissen waren von der wilden Kraft, die sie getroffen hatte. Geschmolzene Metallklumpen, die einst vielleicht Waffen gewesen waren, aber wenig mehr. Er kauerte sich hin und betrachtete das komplexe Mosaik. Da war eine Kombination aus Farben, Wörtern und geometrischen Formen. Der Seelenhändler schwebte neben ihm und hatte sich weit vorgebeugt, offensichtlich neugierig. Oder erwartungsvoll. »Wie lange existiert dieses Gebäude bereits, was glaubt ihr?«

Die anderen Hexen und die einstige Piratin sahen sich um, dann sagte Kasraman: »Der Architektur nach mehr als tausend Jahre, schätze ich.«

Nix nickte und wies auf die Überreste, die er beiseitegeschoben hatte. »Soweit ich das beurteilen kann, gibt es hier zehn bis fünfzehn unterschiedliche Sorten von Überresten. Das, was wir auf der Treppe gesehen haben oder aus der Wand gesprengt wurde, gar nicht zu erwähnen.«

»Faszinierend«, knurrte Tahj Shaheh. »Aber ich denke, ich spreche für alle hier, wenn ich frage: Na und?«

»Die Antwort auf deine Frage lautet: Wenn dies hier eine offensichtliche Falle wäre, dann hätte sie irgendjemand mittlerweile geknackt. Wir müssen also die weniger offensichtlichen Möglichkeiten berücksichtigen und mehr wie die Person zu denken versuchen, die diese Falle einst konstruiert hat.«

»Sedefke?«, fragte Kasraman. Er klang fasziniert.

»Das ist nicht unwahrscheinlich«, erwiderte Nix. »Aber wir sollten alle einen Schritt zurücktreten, um irgendwelche Dummheiten zu vermeiden. Wie zum Beispiel die Falle auszulösen und uns selbst in die Luft zu jagen.«

Corajidin blieb, wo er war, während die anderen besprachen, was sie über Sedefke wussten. Corajidin hatte die Arbeit dieses Mannes sein ganzes Erwachsenenleben lang studiert. Er wusste, dass er Gelehrter und Soldat, Forscher und Erfinder, Lehrer und Schüler in einem gewesen war. Ein Mann der Gegensätze, der Stärke im Sammeln gegensätzlicher Kräfte gesucht hatte, um ein ausgewogeneres, stärkeres Ganzes zu bilden: ein Mann, der gehärtet und gestählt aus allen Erfahrungen hervorgegangen war. Alles in allem hatte Sedefke die Geschichte geschrieben und die Zukunft geschmiedet. Seit undenklichen Zeiten hatte er die Wege von Herrschern vorherbestimmt.

Bestimmt hatte er dafür gesorgt, dass nur derjenige sein Erbe antrat, der dessen auch würdig war.

Und das waren diejenigen, die Sedefke ausgebildet und aufgeklärt hatte: Gelehrte, die Mahjs und die Rahns der Avān. Nur wer von Īa akzeptiert worden war, wäre in der Lage, Sedefkes Vermächtnis in geeigneter Form zu nutzen. Nur wer Erwacht war und Geheimnisse kannte, die größer waren als das einzelne Lebewesen. So wie Sedefke. Er hatte Waffen erfunden, um sich zu verteidigen, aber auch um anzugreifen. Und was war ein Rahn anderes als der Beschützer seines Landes und seines Volkes?

Wenn ich vom Schicksal beauftragt, wenn ich der Dreifach Erwachte bin, dann werde ich doch sicher nicht hier sterben, nicht jetzt?

Corajidin trat einen Schritt vor. Der Seelenhändler schwebte an seine Seite wie Gestalt gewordener Dampf. Elonie sah Corajidin und stürzte an seine Seite, um ihn aufzuhalten. In diesem Bruchteil eines Augenblicks schleuderte Kasraman einen Schutzzauber und schrie den anderen zu, sie sollten sich hinwerfen.

Es war nicht unbedingt Feuer, eher eine unfassbare Hitze, die um ihn herum aufkochte. Erst war sie unsichtbar, dann flammte sie in einem leuchtenden Weiß mit einem leisen Hauch von Blau. Elonie blieb nicht mehr genug Zeit, um zu schreien, bevor sie zu Asche zerfiel. Für einen kurzen Moment wurde der Seelenhändler sichtbar, ein Negativ, dessen helle Bereiche schwarz und dessen Schatten weiß waren. Es war ein skelettartiger alter Mann in verrottender Kleidung mit langem grauem Haar und eingerissenen Nägeln. Er hielt einen kunstvollen Ring in seinen knochigen Händen, mit einem wirbelnden Trichter in der Mitte, der aussah wie ein Fadenspiel aus Licht. Das, was von Elonie noch übrig war, die mnemonische Entsprechung ihrer Seele, sah den Ring und öffnete den Mund zu einem Kreischen, als sie in den Wirbel gesogen wurde. Der Seelenhändler sah Corajidin an und entblößte seine angeschlagenen Zähne. Als er den Ring in seine Richtung hielt, begann Corajidin zu zittern.

Süßer Erebus, nein!

Die Hitze leckte über die Mauern und ließ sie bersten. Sie wölbten sich nach außen, als würden sie einen tiefen Atemzug nehmen. Kasramans hastig gewobene Schutzzauber durchliefen flackernd das gesamte Farbspektrum, während Schicht um Schicht verbrannte.

Corajidin fühlte die Hitze, spürte den Schmerz und verlor beinahe das Bewusstsein. Und doch strömte die Glut in ihn, durch ihn hindurch und wurde von ihm geerdet. Er schrie vor Schmerz, erwartete, dass sich seine Haut schälte, seine Knochen schwarz wurden …

Doch er blieb unverletzt. Er schlug mit der Hand gegen die Tür, und sie öffnete sich mit einem leisen Klicken.

Die Hitze ließ nach.

Der Seelenhändler verblasste zu einem schemenhaften Umriss und zog sich zurück, bis er nicht mehr von den umgebenden Mauern zu unterscheiden war.

Ilhen-Laternen im Raum glühten sanft und erhellten das Mosaik im Inneren der Kuppel: Es war eine der Schöpfungsgeschichten der Avān, die einst auf Castavān entstanden waren, der mythischen Insel ihrer Anfänge, die weit jenseits des Östlichen Grabens lag. Im reflektierten Licht der Kuppel sah Corajidin Unmengen von Büchern hinter Glas, außerdem Anlagen, Grafiken und Apparaturen, die er nur ansatzweise begriff.

Bis auf eine. Es handelte sich um einen kunstvollen, thronähnlichen Sitz, der aus einer Verbindung von Hexenfeuer und Jade, *Kirion* und *Serill* bestand. Seine komplexe Aufmachung und die runden Schriftzeichen waren aus Silber und hell glänzendem Gold gefertigt. Der Stuhl stand in einem kunstvoll gearbeiteten Pavillon, dessen Durchbrucharbeiten ein komplexes Muster aus Licht und Schatten woben. Corajidin stolperte atemlos vorwärts, die Augen weit aufgerissen.

»Vater?«, fragte Kasraman unsicher.

Corajidin hörte die Schritte seines Sohnes, als dieser näher kam. Als er hörte, wie Wolfram scharf die Luft einsog, lächelte er.

»Sedefke hat seine Arbeit an vielen Orten hinterlassen.« Corajidin wollte sich sofort auf den Stuhl setzen, zügelte jedoch mühsam seinen Überschwang. Er wandte sich Kimiya zu, die den Raum gleichgültig musterte. *Welche Wunder dein Volk gesehen haben muss, so abstoßend und missgebildet ihr auch sein mögt, angeschwemmt an die Gestade einer Zeit, die euch nicht hier haben will. Ich will euch nicht hier haben. Aber ihr habt euren Wert bewiesen, und ich werde alles aus euch herauspressen, was ich kann, bevor ich dich und die deinen vernichte.* Er stand da, ihm schwindelte vor Aufregung, und er sagte: »Kimiya und ihre Moorpuppenspieler haben uns als Zeichen ihres Vertrauens hierhergeführt. Mein Sohn, meine Freunde, lasst uns zurückblicken auf eine Zeit, als unsere Nation durch eine einzige Stimme geeint wurde. Erinnern wir uns, dass es hier begann. Mit uns. Mit der Macht eines verschwundenen Imperiums, das wir zu neuem Ruhm führen werden.

Und damit: mit dem Thron der Zerstörung, der alles und jeden vernichten wird, der sich mir in den Weg stellt.«

Kapitel 19

»Dass ich nicht auf derselben Straße reise wie du, bedeutet nicht, dass ich mich verirrt habe.«

Aus: Die dunklen Wege der Erleuchtung *von Yattoweh, Sēqmagnat, Lehrer und* Houreh *(231. Jahr des Erwachten Imperiums)*

61. Tag im 496. Jahr der Shrīanischen Föderation

Indris' linkes Auge loderte, und die Disentropie brachte die Schriftzeichen auf seinem Gelehrtenlicht zum Leuchten. Seine Schutzzauber durchliefen das gesamte Farbspektrum, während sie verbrannten – vielfältig gebrochene Prismen und Flächen der Macht, die unter den Bannsprüchen der Meereshexen verblassten. Er warf einen Blick zu Mari, die gerade in Richtung der Asrahnwitwe stürzte, konnte ihr jedoch nicht beistehen, solange die Hexen ihren Fokus nicht änderten und ihre Angriffe in Maris Richtung lenkten.

Er verbrannte eine der Hexen zu Asche. Die verbleibenden beiden Hexen gerieten in Panik und versuchten, ihre Zaubersprüche zu vereinen, doch das bewirkte nur, dass ihre eigenen Bannsprüche durch den Regenbogen rasten und wirkungslos verblassten. Erschrocken sahen sie an Indris vorbei, mit einem Ausdruck im Gesicht, als wären sie verraten worden. Dann wurden sie von einem Schnellfeuer aus lodernden Wurfscheiben getroffen, die sie in Stücke rissen.

Indris wirbelte herum und sah einen verhüllten Sēq,

der durch das Kampfgewühl näher kam. Der Gelehrte zog seine Kapuze zurück, und Indris blickte in Anjs grinsendes Gesicht. Von ihrem Schwert mit dem Oktopusknauf tropfte Blut und färbte das Salzwasser um ihre Füße. Die anderen Mitstreiter hielten Abstand zu ihnen und ließen die beiden im Auge des Sturms allein.

»Was machst du hier, Anj?«, fragte Indris misstrauisch. *Woher wusstest du, wo ich bin?*

»Zadjinn und die Dhar Gsenni haben mich geschickt«, erwiderte sie und säuberte mit einem Schlenkern ihres Handgelenks ihr Schwert. »Was für eine Überraschung, dich hier in Tamerlan zu treffen.«

»Eine Überraschung, wirklich«, murmelte er. Die *Serill*-Klinge seines Gelehrtenlichts brannte karneolfarben. Lüge. Er beschloss, sie auf die Probe zu stellen. Lieber Gewissheit, als mit dem Verdacht zu leben. »Ist es irgendein unheilvoller Auftrag der Dhar Gsenni, der dich hierhergeführt hat, oder hast du mich gesucht?«

»Wenn ich gewusst hätte, dass du hier bist, wäre ich schon früher zu dir gekommen.«

Das Licht leuchtete in blassem Bernstein. Sie sprach teilweise die Wahrheit. »Auf jeden Fall bin ich froh, dass du hier bist. Es ist längst überfällig, dass wir reden.«

»Bist du schon lange hier? Und jetzt ist nicht gerade der passende Moment zum Reden.«

»Bin gerade angekommen.« Wieder das karneolfarbene Feuer der Lüge.

Anj blickte Indris' Gelehrtenlicht stirnrunzelnd an, und ihr Lächeln verblasste. »So etwas habe ich noch nie gesehen. Was ist das?«

Erinnerungen an Monate der Unsicherheit stiegen in Indris auf. Die ölige Tönung von Anjs disentropischer Färbung. Ihr Handel mit den Dhar Gsenni. Ihre Abwesenheiten. Die vielen kleinen Zeichen, die den Eindruck erweckten, als würde irgendjemand Anjs Rolle spielen, statt wirklich Anj zu sein. *Es wird Zeit, dass ich mich der Wahrheit stelle …*

Er ließ die Laterne hell aufflammen und badete sie in Licht, enthüllte, was sich hinter der Fassade ihrer einstigen Gestalt verbarg.

»Nein!«, schrie Anj. Die Saphiraugen, das wilde Haar und das Gesicht der Frau, die er geliebt hatte, verschwanden. Ihre Soutane löste sich im gleißenden Licht auf und enthüllte das Wrack, das sich darunter verborgen hielt: ihre dunklen Lippen, die Haut mit dem Geflecht aus schwarzen Adern und der schwärende Stein auf ihrer Stirn.

»Oh …« Indris konnte ihren Namen nicht aussprechen. Tränen begannen ihm über das Gesicht zu laufen. Er gab die Kontrolle auf, und ihr Trugbild umgab sie wieder wie Wolken, die den Mond verdunkelten. Obwohl sich Indris dagegen wehrte, hatte Gestaltwandlerin ein klares Ziel vor Augen: Die Klinge summte vor Mordlust. Die Waffe durchbrach Indris' Selbstkontrolle und überflutete ihn mit Zorn und Macht. »Nein!« Indris hatte zwei Schritte vorwärts gemacht, zügelte sich jedoch wieder. Seine Beine zitterten, während er gegen einen Zwang ankämpfte, der viel stärker war als Roshas *Jahirojin* gegen die Erebus. Gestaltwandlerin war eine *Psédari*: Gegen sie anzukämpfen war für Indris, als würde er gegen einen Teil seines eigenen Geistes kämpfen.

»Ich wollte nicht, dass es so kommt«, sagte Anj. Sie trat näher, die Handflächen an den Seiten, ohne Notiz von den Kämpfen um sie herum zu nehmen. »Ich hätte es dir gesagt … ich hätte dir gezeigt …«

»Tu's nicht«, schluchzte Indris. Er zielte mit Gestaltwandlerin auf ihr Herz. »Bleib einfach weg. Im Namen der Liebe, die wir einst füreinander hatten, komm nicht näher.«

»Ich liebe dich immer noch, Indris«, erwiderte sie. Sie kam

noch näher. Eine Gestalt löste sich aus dem Schlachtengetümmel und sprang vor. Ekko griff sie mit seinem *Khopesh* an, und Anj schmetterte den riesigen Tau-se mit einem Rückhandschlag zu Boden. Er schlug hart auf dem Stein auf und blieb regungslos und mit verdrehten Augen liegen, während Blut aus seinem Mund sickerte. »Ich werde dich immer lieben. Meine Meister wollen dich treffen. Sie haben Pläne mit dir. Pläne mit uns beiden.«

»Deine Meister in der Ödnis? Ich habe sie gesehen. Was hat dich dazu gebracht, dein Selbst aufzugeben und zu dem zu werden, was auch immer du geworden bist?«

»Meine Suche nach dir!« Sie schlug sich mit der Faust gegen die Brust. »Immer, alles habe ich für dich getan! Unser wundervoller Vorkämpfer, der die tiefsten Geheimnisse meines Herzens kannte. Und als mich meine Kräfte verließen, als ich fast schon tot war, kam mir die Ödnis zu Hilfe wie niemand jemals zuvor. Noch nicht einmal Zadjinn und die Dhar Gsenni haben begriffen, was sie getan haben, als sie mich in diese Welt sandten. Obwohl auch sie Kontakt zur Ödnis haben wollten. Aber sie haben keine wirkliche Vorstellung davon, wer sie sind. Und diese Mächte wollen dich haben, Liebster.« Eine Hand ruhte auf dem Griff ihres Schwerts, die andere hielt sie einladend ausgestreckt. »Sie haben dich lange Zeit beobachtet. Sie haben die Antworten, die die Sēq dir nicht geben werden. Ich bin eine ihrer Botschafterinnen und wurde gesandt, um für sie zu sprechen.«

Indris warf einen Blick hinüber zu Morne, Kyril, Belam, Sanojé und den anderen Kriegern, die das Meeresungeheuer attackierten. Mari trieb leblos in der schäumenden Gischt. Indris machte einen Schritt in Richtung Mari, aber die Botschafterin stellte sich ihm in den Weg.

»Ich bin deine Frau, Indris. Nicht sie. Deine kleine Freundin scheint erst sterben zu müssen, damit du deine Lektion lernst. Das Gift, das ich Jhem gegeben habe, wird sie bald getötet haben.«

Indris sah die Botschafterin an, und wieder hatte er das Gefühl, ihm würden die Herzen brechen. Obwohl die Botschafterin wie seine verschollene Frau aussah, lebten sie beide nicht mehr in denselben Welten. Inoqua war das Reich des Wahnsinns, in dem die Erkenntnis durch eigenes Leid und das Leiden anderer gewonnen wurde. Ein Reich, in dem die Schichten der Vernunft, des Körpers und der Seele nach und nach gelöst wurden, um die schwer zu fassende Bedeutung der Existenz zu entdecken. Das waren die Wesen, die in der Ödnis schlummerten.

»Lieber tot«, flüsterte Indris, »als der Diener dieser Wesen.«

»Wirklich?«, fragte die Botschafterin. »Wir wurden dazu ausgebildet, objektiv zu sein. Meine Meister sind nicht böse. Du magst ihre Beweggründe nicht verstehen, aber das macht sie noch nicht böse. Nicht bösartiger als dich, wenn du ein Insekt tötest, das über dein Essen läuft. Es ist nur so, dass deine Beweggründe und deine Wahrnehmungen anders sind.«

»Ich werde nicht mit dir gehen.«

»Doch, du wirst, so oder so.«

Sie zog das Schwert und griff an. Gestaltwandlerin parierte den Schlag mit einem Knurren. Indris und die Botschafterin begannen zu kämpfen. Indris versuchte, sie zu umgehen, um näher an Mari heranzukommen, die kaum noch den Kopf über Wasser hatte. Die Botschafterin wehrte ihn ab. Nadir war wieder zur Besinnung gekommen und pirschte sich heran, das Gesicht versteinert vor Hass.

Mann und Frau schlugen aufeinander ein, doch keiner der beiden führte den tödlichen Schlag aus, wenn er die Gelegenheit dazu hatte. Als sich Nadir in den Kampf mischte, geriet Indris in Bedrängnis. Seine Verletzungen forderten ihren Tribut und verlangsamten seine Reaktionen, und in der Folge zog er sich weitere Verletzungen zu. Gestaltwandlerin durchflutete ihn mit Macht, und Indris sah und fühlte, wie seine Wunden verblassten und sich seine Muskeln erholten.

Belam lief zu Mari und zerrte sie aus dem Wasser. Nadir schrie auf und rannte hinüber, um ihn aufzuhalten.

»Lass mich gehen!«, drängte Indris, als ihre Klingen erneut aufeinandertrafen. »Mari braucht meine Hilfe!«

»Mari wird sterben!« Die Stimme der Botschafterin war kalt. »Du wirst sie bald vergessen haben.«

»Nein. Das werde ich nicht.«

Die Botschafterin schrie zornig auf und holte zu einem vernichtenden Schlag aus.

Indris parierte, und Gestaltwandlerin kreischte auf. Es war ein Laut, wie ihn Indris noch nie zuvor gehört hatte. Das Geräusch berstenden Metalls schrillte in Indris' Ohren. Ein Blitz durchfuhr seinen Geist, und Donner grollte durch seinen Körper. Gestaltwandlerin zerbrach in Stücke. Die Gewalt riss Indris von den Füßen und schleuderte ihn rückwärts auf den Boden, wo er benommen liegen blieb.

Er stöhnte und versuchte, seine schwachen und zitternden Gliedmaßen wieder unter Kontrolle zu bekommen, während die Botschafterin unsicher vorwärtswankte. Ihre eigene Klinge war am Griff abgebrochen. Sie beugte sich herab und ergriff Indris am Knöchel, während sie einen leisen, misstönenden Gesang anstimmte, ein Canto im Rhythmus und der Phrasierung eines Zauberspruchs. Die Luft um sie begann zu brodeln, während die Botschafterin eine Passage in die Ödnis öffnete.

Gestaltwandlerins Schmerzensschrei hallte noch durch Indris' Körper. Seine Glieder waren gelähmt. Blinzelnd sah er zu, wie Belam versuchte, seine Schwester mitsamt ihrer

Rüstung aus dem Wasser zu zerren. Die zusätzliche Kraft, die Indris ihr verliehen hatte, musste mittlerweile aufgebraucht sein. Indris stand kurz vor einem *Ahm*-Schlag. Während er fühlte, wie eine Seite seines Körpers taub wurde, klammerte er sich an seinen letzten zusammenhängenden Gedanken: *Mari braucht mich!*

Ohne weiteres bewusstes Nachdenken streckte Indris die Fühler seines Geistes aus, den Teil, der vor dem Rückprall von Gestaltwandlerins Zerstörung geschützt worden war. Er ergriff einen der Splitter, der von Gestaltwandlerin noch übrig war, und schleuderte ihn mit Kraft seines Geistes auf die Botschafterin.

Der Splitter drang tief in ihre Brust. Ein roter Fleck begann sich auszubreiten, und die Botschafterin taumelte. Hustete und spuckte Blut. Sie zog den langen Metallsplitter aus ihrer Brust und stürzte zu Boden.

Das Trugbild verschwand, und nun war nur noch die gefallene Seethe zu sehen. Keine Spur mehr von Anj, wie er sich noch an sie erinnerte. Sie lächelte mit blutigen Lippen und streckte den Arm aus, um seine Hand zu ergreifen.

Ein Tentakel wand sich um ihren Körper, hob sie hoch in die Luft und zerrte sie ins Wasser, als das Ungeheuer in die Tiefe floh.

Indris' Augen schlossen sich, und er stürzte in den Aufruhr seines Geistes.

Er trieb mit einem Wirbelwind durch leuchtend blaue Himmel, die sich um ihn drehten. Fragmente eines zerbrochenen Spiegels wirbelten mit ihm. Einige davon konnte er einfangen und platzierte sie wieder da, wo er meinte, dass sie hingehörten. Er sah sich selbst und seine fehlenden Stücke: Sein linkes Auge brannte wie die Sonne, die Haut drumherum platzte auf. Sein Kopf war von Wolken und Sonnenlicht gekrönt, während seine Füße so fest standen wie die Berge selbst. Ozeane brandeten gegen ihn, und Flüsse strömten an ihm hinab, aber es fehlten so viele Stücke, und einige der Spiegelfragmente zeigten gar keine Widerspiegelung, und die ganze Zeit über hörte er das tickende Metronom, das vom Vergehen der Welt kündete …

Eine Stimme am Rande seines Bewusstseins rief leise seinen Namen, beschwichtigte Schmerz und Angst und drehte Indris sanft weg vom Spiegel, sodass er sehen konnte, was …

Indris schoss in die Höhe und bereute es sofort. Er hatte das Gefühl, als würde sein Gehirn in seinem Schädel frei herumschwappen. Die Welt begann sich zu drehen, und er griff Halt suchend nach den Laken.

»Du bist wach«, rief Shar aus.

»Wenn du es sagst. Mari? Ich muss wissen, ob …«

»Es geht ihr gut.« Shar setzte ihre Sonesette ab und kam an Indris' Seite. Nachdem sie seine Temperatur und seinen Herzschlag geprüft hatte, ging sie zu einem Tischchen und schenkte etwas Tee in eine Schale. Sie reichte sie Indris und starrte ihn so lange an, bis er die widerliche Brühe ganz ausgetrunken hatte. »Die Wundärztin hatte viel zu tun, seit du nicht mehr bei uns warst. Maris Zustand war für eine Weile kritisch, aber jetzt ist sie wiederhergestellt. Sie war dauernd an deiner Seite und ist nur hin und wieder gegangen, um ein paar Stunden zu schlafen. Du hast sie gerade verpasst.«

»Wie lange?«

»Drei Tage.«

»So lang? Mist!« Langsam kehrte die Erinnerung an den Kampf zurück. »Wie geht es Ekko?« *Und wie viele andere haben für diesen Felsen mitten im Nirgendwo ihr Leben gelassen?* »Wie geht es dir?«

»Uuuh, du machst dir Sorgen um mich?« Shar grinste. »Mir geht's gut, ich habe in der Hauptsache Kratzer und

Prellungen abbekommen. Nichts, was die Zeit und dieses Gesöff, das sie hier Lotuswein nennen, nicht heilen würde. Ekkos Verletzungen waren schlimmer. Die Botschafterin hätte ihn beinahe umgebracht, aber die Ärztin sagt, er wird wieder gesund.«

»Ich bin froh. Ich hatte nicht erwartet, dass wir uns alle wiedersehen.«

Shar beugte sich vor und küsste ihn. »Es hätte viel schlimmer kommen können. Ich weiß nicht mal ansatzweise, was du durchgemacht hast, Indris, aber ich bin sehr froh, dass du hier bist. Meine nächste Frage lautet: Wohin geht es jetzt?«

»Muss es ein Wohin geben?«

»Es gibt immer ein Wohin.« Shar stieß sanft mit dem Kopf gegen Indris' Schulter. »Es gibt schlimmere Leute, mit denen man sich herumtreiben kann. Wir Seethe sind Künstlerseelen, ein Volk des Windes und des offenen Raums. Das sesshafte Leben liegt uns nicht.«

»Na, dann wird dir vermutlich gefallen, was als Nächstes kommt.«

Shar klatschte begeistert in die Hände, und ihre Haut und ihre Augen begannen zu leuchten. »Erzähl's mir!«

»Lass uns erst Mari und Ekko suchen gehen. Ich erzähle es besser euch allen gleichzeitig.«

Indris nahm seine Rüstung auf und hielt inne, als er Gestaltwandlerin sah: Der Griff und ein zerbrochenes Stück Klinge waren alles, was noch von ihr übrig war. Neben dem Griff war ein Beutel, den Indris mit gehobener Augenbraue musterte. Shar erklärte, dass die Scherben von Gestaltwandlerin darin wären, die sie gefunden und aufgesammelt hätten. Sie umarmte Indris und legte das Kinn auf seine Schulter.

»Für den Fall, dass du sie wieder zusammenfügen kannst.«

»Ich weiß nicht, Shar.« Indris schluckte schwer. Gestaltwandlerins Griff summte leise, beinahe zu leise, als dass man es hätte hören können, und ihr Verlangen nach Trost wühlte Indris' Geist auf. Er nahm den Griff mit dem Drachenkopf in die Hand und steckte ihn durch seine Schärpe. Selbst dieses wenige, was von seiner Waffe noch übrig war, gab ihm Trost. Dann nahm er sein Gelehrtenlicht, und ein vermindertes, aber vertrautes Gefühl durchflutete ihn, als Energie in ihn strömte. *Es ist nicht das Gleiche, aber für den Moment muss es reichen.* Indris küsste Shar auf die Stirn. »Danke. Lass uns unsere Freunde suchen gehen.«

Bald darauf fanden sie Ekko, der Richtung Herzenshalle humpelte. Indris umarmte seinen Freund und lachte, als Ekko mit ausdrucksloser Miene sein Angebot ablehnte, ihn zu stützen. Ein Avān oder ein Mensch mit einer derartigen Verletzung wäre den Großteil der Woche im Bett geblieben. Die Tau-se aber waren aus härterem Holz geschnitzt. Mari fanden sie, als sie gerade die Treppe herunterkam. Ihre Augen waren gerötet vom Weinen.

»Was kann ich tun?«, fragte Indris sanft, als sich Mari zu ihnen gesellte. Mari schniefte, lachte unsicher und wischte mit dem Daumen die Tränenspuren fort. Sie lehnte sich an Indris und schlang die Arme um ihn. »Jetzt gerade? Halt mich einfach fest. Was getan ist, ist getan, und jetzt muss Belam für sich entscheiden, was er tun wird.«

»Was ist passiert?«

»Wir haben offen über Vater, Kasra und uns selbst geredet.« Indris fühlte Maris warmen Atem an seinem Hals und die Feuchtigkeit erneuter Tränen, aber ihre Stimme war fest. »Ich habe ihm ein paar Dinge erzählt, die er nicht hören wollte. Wie Nadir und Ravenet uns angegriffen haben. Wie ich versucht habe, sie nicht zu töten, sie mir aber keine andere Wahl gelassen haben. Selbst einiges über das, was Nadir mir angetan hat, hier auf Tamerlan.«

Indris versteifte sich, und Mari sah mit einem aufrichtigen Lächeln zu ihm auf. Sie berührte seine Lippen mit ihrem Finger und sagte: »Nein! Nichts in der Art, obwohl er versucht hat, Gefühle wiederaufleben zu lassen, die nur er noch hatte. Die Wahrheit ist, dass ich ihm mehr wehgetan habe als er mir.«

»Du wirst nicht allein sein.« Indris hob ihr Kinn an, um sie zu küssen. »Kennt Belam jetzt die Wahrheit?«

Mari nickte. »Über Amnon und Avānweh und wie ich für dich empfinde.«

»Wie wir füreinander empfinden, meinst du«, sagte Indris. »Du bist alles, was ich brauche, Mari. Wir haben nur ein Leben, und ich habe vor, es mit dir zu leben.«

Mari nahm Indris' Kopf in beide Hände und küsste ihn leidenschaftlich. Dann legte sie ihre Stirn an seine und sagte: »Das ist genau das, was ich brauche.«

»Ich störe euch wirklich ungern«, sagte Shar grinsend, »aber, Indris, wolltest du uns nicht etwas von so überwältigender Wichtigkeit erzählen, dass ich in meiner Aufregung vermutlich mit dem Nächsten ins Bett steigen werde, der mir über den Weg läuft?«

Indris öffnete den Mund, um Shar zurechtzuweisen, unterließ es jedoch, als er ihr Grinsen sah. »Lasst uns an irgendeinen ruhigen Ort gehen.«

Als sie durch die Herzenshalle kamen, häuften sie dampfende Meeresfrüchte, würziges Gemüse, Soßen, Reis und warmes Fladenbrot auf Tabletts und fügten noch eine Reihe von Wasserkrügen und Wein hinzu. Sie wurden herzlich begrüßt von den Kriegern dort, von denen viele Bandagen trugen, behaglich vor den lodernden Kaminen lagerten und meist schon reichlich gezecht hatten. Morne und Kyril tanzten zu einer lebhaften Musik aus Fiedel, Flöten und Trommeln, während die Kommandanten in die Hände klatschten und mit den Füßen stampften.

Indris und seine Freunde fanden einen ruhigen Speiseraum und setzten sich zu einer Mahlzeit hin, die begleitet wurde von albernem Geschwätz, derben Witzen und gemeinsamem Singen. Indris kam es vor, als wäre es das erste Mal seit viel zu langer Zeit, dass er lachte oder dass er einen Moment erlebte, ohne von den Sēq beobachtet zu werden. Die Gesellschaft von Leuten, die er liebte, half ihm, die unbehagliche Lücke zu füllen, die nicht wirklich eine Leere war und die Gestaltwandlerin hinterlassen hatte: In den Tiefen seines Geistes fühlte er sie immer noch. Als die Teller leer waren und die Getränke wieder aufgefüllt, berichtete Indris den Freunden, was er von der Notlage der Rahns wusste und was er zu tun versprochen hatte, um ihnen zu helfen.

»Also läuft alles auf die Säulen aus Sand hinaus?«, fragte Mari. Sie streckte ihre langen Beine aus und legte sie über Indris'. Er hielt ihre Hand und genoss ihre Wärme.

»Nicht nur die Sache mit den Rahns, sondern auch deine eigene Geschichte. Und deine neuen Fähigkeiten.« Sie beugte sich vor und tippte ihm auf die Stirn.

»Es sieht ganz so aus«, erwiderte Indris.

»Indris«, Shars Miene war ernst, »hältst du das wirklich für eine gute Idee? Du hast gesagt, die Rahns werden mit dem Wasser des Lebens behandelt. Kannst du die Sache nicht den Sēq überlassen?«

»Vor allem, da sie alles getan haben, um dich und dein Vertrauen zu missbrauchen«, fügte Ekko hinzu.

»Nein«, erwiderte Indris. »Es geht hier ebenso sehr darum, Antworten auf meine eigenen Fragen zu bekommen, wie darum, den Rahns zu helfen. Wahrscheinlich sogar noch mehr. Ich habe etwas gesehen oder getan oder gehört, was irgendein Mistkerl für so gefährlich hielt, dass er es vor der Welt verstecken wollte. Die Sēq haben versucht, das Rätsel zu lösen, und sie sind spektakulär gescheitert. Ich muss es auf meine Weise tun. Und ich glaube, dass der Zeitpunkt gekommen ist aufzubrechen.«

Mari trank ihren Wein aus, dann sah sie zu Shar und Ekko.

Sowohl die Seethe als auch der Tau-se nickten zur Antwort auf ihre stumme Frage.

Sie lehnte sich zurück und zog leicht an Indris' Haaren, und ihr Gesicht erhellte sich, als sie das Lächeln sah, das sie so liebte.

»Wann brechen wir auf?«

»Wir kommen mit euch«, sagte Morne. Er griff nach seiner Axt, als wollte er gleich hier und jetzt losziehen.

Kyril lachte und schob die Axt außer Reichweite.

»Danke«, erwiderte Indris. »Aber du und die Unsterblichen Gefährten können mehr bewirken, wenn ihr die Rahns unterstützt. Corajidin hat noch mehr seiner Streitkräfte in die Rōmarq geschickt, um das zu beenden, was er in Amnon angefangen hat. Doch selbst als Asrahn kann er nicht einfach eine Armee losschicken, um eine fremde Präfektur zu besetzen. Es ist offensichtlich, dass er langfristige ehrgeizige Pläne hat, die wir verhindern müssen.«

»Wir brauchen eine verfluchte Ewigkeit, um von hier nach Beyjan zu kommen«, sagte Kyril. »Selbst wenn wir Pashrea entlang ganz nahe an der Spektralküste segeln, wird es nicht gerade ein Spaziergang werden, im Winter durch den Schlund zu navigieren. Und nach Selashan und über den Fluss durch Shrīan zu fahren würde zu lange dauern.«

»Es gibt Windbarken auf dem Himmelsdock hier. Mit genügend Platz für die Unsterblichen Gefährten«, sagte Indris. »Niemand wird euch daran hindern, sie zu nehmen. Lasst die *Sucher* den Winter über hier, und macht euch direkt auf den Weg nach Avānweh.«

Beide Männer nickten; die Gewohnheit, Befehle von Indris entgegenzunehmen, war tief verwurzelt.

»Ich werde Verbindung zu Femensetri aufnehmen, um sie wissen zu lassen, dass ihr auf dem Weg seid und dass Rahn Vahineh bei euch sein wird.«

»Wird sie das?«, fragte Morne.

»Vahineh muss zurück, damit die Föderalisten eine geschlossene Führung im Teshri bilden können. Wenn die Gefährten wieder in ihrer vollen Stärke in Avānweh sind, werdet ihr ein ernst zu nehmender Faktor sein.«

»Wenn wir fliegen, sind wir in einer Woche da«, sagte Kyril. Er runzelte die Stirn. »Solange wir nicht durch Stürme vom Weg abgebracht werden.«

»Sofern ihr nicht von der Landkarte geweht werdet, werdet ihr früh genug ankommen. Armeen bewegen sich nicht so schnell vorwärts, und ich bezweifle, dass Corajidin auch nur die geringste Kontrolle über die Rōmarq hat.« Indris rief sich ins Gedächtnis, was er über die Ritter der Marschen, ihre Fähigkeiten und ihre Wildheit wusste. »Ich kann mir nicht vorstellen, dass es ihm sonderlich gut geht. Außerdem braucht er Zeit, um herauszufinden, wie er die Dinge nutzen kann, die er dort findet.«

Indris küsste die beiden Männer und wünschte ihnen Glück, dann ging er zurück zu dem Zimmer, das er mit Mari teilte. Er war überrascht, Belamandris zu sehen, der dort auf ihn wartete. Die beiden Männer musterten sich aufmerksam; keiner war sich sicher, ob er den anderen in einem Kampf würde besiegen können. Nachdem das Adrenalin der Schlacht verschwunden war, fühlte Indris eine schmierige Färbung der Disentropie, die nur von salzgeschmiedetem Stahl stammen konnte. Indris' Blick wanderte zu dem Langmesser, das in Belamandris' Schärpe steckte, und der eleganten Form seiner Schicksalsklinge, während der Witwenmacher Gestaltwandlerins Drachenkopfgriff mit gehobener Augenbraue musterte.

Schließlich lächelte Belamandris zögernd und streckte die Hand aus.

»Mari sagte, wir müssen unseren Hass irgendwann überwinden«, sagte Belamandris. »Sie hat mir alles erzählt, und sie hat keinen Grund, mich anzulügen.«

»Und deine Reaktion auf all das ist …?«

»Dass mir das meiste von dem, was ich gehört habe, nicht gefällt«, gab Belamandris offen zu. »Aber was geschehen ist, ist geschehen. Ich weiß jetzt, dass du ein Mann von Ehre bist, und wenn ich das Gift meiner Erziehung ignoriere, dann muss ich zugeben, dass ich keinen Groll gegen dich hege. Es ist ein alter Zorn, den man am besten begräbt.«

»Ich verstehe«, murmelte Indris. Er blickte auf Belamandris' Hand, die, wenn schon nicht in bedingungsloser Freundschaft, so doch zumindest nicht als Kriegserklärung ausgestreckt war. »Bist du hier, um Mari zu sehen?«

»Ich bin hier, um dir die Hand zu geben. Und mein Schwert. Meine Schwester war für Monate verschwunden, und ihr Verschwinden war von meinem Vater veranlasst worden. Es entspricht seiner Art, zu denken und zu handeln, eine Haltung, die uns alle zerstören könnte. Mari glaubt, du bist der Einzige, der ihn aufhalten kann.«

»Und du?«

»Ich neige dazu, ihr zuzustimmen.«

Indris trat vor und ergriff Belamandris' ausgestreckte Hand. Anfangs war der Griff noch zögerlich, doch schließlich entspannten sich die beiden Männer trotz des ungewohnten Kontakts. Indris war froh, dass der Witwenmacher sie begleiten würde; mit den beiden Erebus-Geschwistern an seiner Seite war es leichter, sich dem Unbekannten zu stellen.

Die Tür öffnete sich, und Mari streckte den Kopf herein. Sie lächelte zögernd, während sie die beiden Männer betrachtete. Indris lächelte zurück, dann legte er Belamandris die Hand auf die Schulter.

»Such besser deine Siebensachen zusammen, und sag Auf Wiedersehen. Wir machen uns heute Nacht auf den Weg zu den Säulen aus Sand.«

Kapitel 20

»Diejenigen, die nie mit eigenen Augen sahen, wie sich die Ereignisse entwickelten, nehmen die Geschichte vielleicht durch eine trübere Linse wahr. Sie nivellieren die Höhen und Tiefen und schaffen einen verträglicheren Mittelweg. Doch die Geschichte soll uns nicht lehren, was wir lernen wollen. Sie lehrt uns das, was wir lernen müssen.«

Kemenchromis, Sēqmagnat und Erzgelehrter (1. Jahr der Shrīanischen Föderation)

64. Tag im 496. Jahr der Shrīanischen Föderation

Ein Schritt aus der Ödnis hinaus, und Mari fiel auf die Knie und übergab sich. Mit zitternder Hand wischte sie sich über den Mund. In der Toten Ebene war es zwar wärmer als in Tamerlan, aber nicht heiß. Feiner Sand glitt über die Dünen in Strömungen aus hellem Gold, und das Sonnenlicht ließ ihren Schatten scharf hervortreten.

Indris kam an Maris Seite und half ihr auf die Füße. Er nahm ihr Gesicht zwischen beide Hände. Sie wollte vor dem Feuer zurückweichen, das in seinem Drachenauge flackerte, fühlte, dass Indris in ihrem Kopf war und prüfte, ob ihr Geist noch immer stabil war. Das Gefühl war schnell vorüber. Er reichte ihr eine Flasche, und sie spülte sich den Mund aus und spuckte das Wasser in die durstige Wüste.

»Was sollte das?« Mari deutete auf ihren Kopf.

»Tut mir leid«, sagte er. »Wir müssen sichergehen, dass

keiner von euch irgendwelche blinden Passagiere aus der Ödnis mitbringt.«

»Kann das passieren?«

»Es geschieht viel zu oft. Wenn sie nicht auf deinem Rücken sitzen, finden sie einen Weg durch irgendwelche natürlichen Spalten. Vorrichtungen wie die Spottdrosseln helfen uns, aber wir müssen trotzdem vorsichtig sein.«

Mari sah zu, wie Indris und Sanojé durch ihre kleine Gruppe schritten und alle überprüften. Die beiden unterhielten sich leise, und Indris griff in seine Tasche und gab der tanisischen Hexe zwei Uhrwerkkugeln, die jener glichen, die er aktiviert hatte, bevor er sie alle durch die Ödnis gebracht hatte. Sanojé sah erst überrascht, dann dankbar drein, als Indris ihr zeigte, wie der Mechanismus funktionierte.

Schmerz durchzuckte Mari, als ihr klar wurde, wo sie sich befanden. Auf der nahe gelegenen Stufenpyramide war sie von Roshana verraten worden – woraufhin Hayden gestorben und Omen zerstört worden war. Mari schielte zu Belam hinüber, der in seine eigenen Erinnerungen versunken zu sein schien. Er fing ihren Blick auf, bagatellisierte den Moment jedoch nicht, indem er lächelte. Dies war kein Ort, an den sie sich mit Zuneigung oder Stolz erinnern würden.

»Da ist sie!« Indris trabte durch den Sand auf die halb begrabene *Wanderer* zu. Nach so langer Zeit in der Wüste hatte sich der Sand rund um sie aufgetürmt. Es würde Tage dauern, bis sie sie ausgegraben hätten. Indris und Shar kletterten an Bord. Die beiden inspizierten die Galeere, während sich Mari zu Belam, Sanojé und Ekko setzte.

»Die Ödnis«, sagte Belam statt eines Grußes. Er blickte gehetzt drein. »Ich hasse diesen verfluchten Ort.«

»Aus welchem Grund hast du dich an einem derartigen Ort aufgehalten?«, fragte Mari.

»Vaters Ehrgeiz kennt nur wenige Grenzen, Mari.« Belam

ließ Sand durch seine Finger rieseln. »Wir haben einen Teil des alten Webtornetzwerks in einer Halle des Qadir am Amaranjin gefunden, in Avānweh. Vater hat das Gebäude nicht besetzt, da es der Palast der Mahj ist, aber er hat keine Hemmungen, ihn zu benutzen, wenn er ihn braucht.«

Mari war entsetzt. »Warum habt ihr die Webtore benutzt?«

»Wir haben den Asrahn gewarnt, dass es unklug ist.« Sanojé schüttelte den Kopf. »Der Webweg wurde nicht grundlos aufgegeben, und wir – die Hexen – haben ihm gesagt, dass die Wesen, die dort in den Tiefen hausen, auf uns aufmerksam werden würden, wenn wir ihn benutzen. Wesen, die man besser in Frieden lässt.«

»Das erklärt immer noch nicht, warum ihr sie trotzdem benutzt habt.«

»Als Vater die Leute ausgegangen sind«, sagte Belam, »hat er beschlossen, seine Geiseln von weiter her zu holen. Wo es ein Webtor gab – und es haben mehr die Jahrhunderte überdauert, als ich geglaubt hätte –, haben wir sie für Raubzüge benutzt. Jedes Rollkommando hatte eine Hexe bei sich, die uns hindurch und wieder nach Hause führte, für den Fall, dass es am anderen Ende kein Tor gab.«

»Vater nimmt Geiseln?« Mari konnte ihren Abscheu nicht verbergen. Es ging gegen alle Grundsätze des *Sende*, ein Verstoß gegen die sozialen Regeln, die die Gesellschaft der Avān davon abhielten, wieder in ihre ungezügelte Wildheit zurückzufallen. »Warum habt ihr ihn nicht aufgehalten?«

»Er lässt sich nichts sagen.« Belam berichtete Mari alles, was vorgefallen war: Yashamins Wiedergeburt, wie ihr Vater die Hexen eingesetzt hatte, um Narseh und die Sayfs auszuspionieren, der offene Zweifel des Himmelslords und des Wächters des Wandels an den Ereignissen in Avānweh und wie ihr Vater es geschafft hatte, die Hexen wieder ins Spiel zu bringen.

»Kasraman ist jetzt Vaters Gewissen, und ich fürchte, unser Halbbruder spielt sein eigenes Spiel.«

»Und ist ihm um mehrere Züge voraus«, murmelte Sanojé.

Mari hörte sich den Bericht über die Untaten an, die die Ehre ihrer Familie für Jahre, wenn nicht sogar für Generationen besudeln würde. Während sie der fürchterlichen Litanei lauschte, sank ihr der Mut, bis sie Belam schließlich nur noch anflehen wollte, er solle aufhören. Als ein Stöhnen und Zischen von der *Wanderer* ertönte, war sie dankbar für die Ablenkung.

Sanojé starrte Indris verwundert an, der vor seinem im Sand versunkenen Schiff stand. Sandwolken erhoben sich von ihm, schneller, als die dürftige Brise hier das hätte bewerkstelligen können. Langsam erhob sich die *Wanderer* in die Lüfte, und der Sand strömte an ihrer abgewinkelten Tragfläche herab wie ein Wasserfall. »Wie macht er das?«, flüsterte sie.

»Er ist ein Gelehrter«, sagte Belam achselzuckend.

»Aber hier gibt es keine Disentropie!« Sanojé sprang auf die Füße, preschte über den Sand und verweilte in Indris' Schatten. Ihr Gesicht leuchtete in einem wahnsinnigen Grinsen. Mari, Belam und Ekko gesellten sich zu ihr. »Es ist, als wollte ein Stummer zu singen versuchen! Das ist unmöglich!«

Indris stand mit gespreizten Beinen da, die Füße bis zu den Knöcheln im Sand versunken. Schweiß rann ihm über die Stirn, und die Venen an seinem Hals traten hervor. Sein Blick war völlig auf die *Wanderer* konzentriert, das Gesicht verzerrt. Er hob die Handflächen, und die *Wanderer* stieg noch höher. Shar wirbelte vor Begeisterung im Sand herum und klatschte in die Hände.

Die letzten Sandreste, die die *Wanderer* bedeckten, rutschten in einer Wolke herab, und die Galeere erbebte und schwebte in der Luft. Indris keuchte auf und runzelte die Stirn, als sich das Schiff Richtung Boden senkte, nur um sich sofort wieder zu stabilisieren. Er stöhnte vor Anstrengung, sein Körper zitterte, und die *Wanderer* sank langsam zu Boden. Kurz vor dem Boden wurde die Belastung zu hoch. Indris fluchte und fiel auf die Knie, als die *Wanderer* auf ihrer kaputten Landestütze auftraf. Das Schiff hatte etwas Schlagseite, schien jedoch ansonsten heil zu sein.

Mari gab Indris, der mit gerötetem Gesicht und keuchend im Sand lag, Wasser zu trinken. Shar und Ekko verschwendeten keine Zeit und warfen sofort ihr Gepäck an Bord. Belam und Sanojé taten es ihnen nach, während die Hexe Indris die ganze Zeit über nicht aus den Augen ließ.

»Was ist passiert?«, fragte Mari leise. *Was sonst kannst du noch tun, von dem ich nichts weiß?*

»Sie ist schwerer, als sie aussieht.« Indris grinste, als er in den Sand zurückfiel und weiter nach Luft schnappte. »Ich konnte sie und das Gewicht des Sands nicht länger halten.«

»Nein, ich meine: Was ist mit dir passiert?« Sie stupste ihn mit der Stiefelspitze an. »Sanojé sagt, du hättest gar nicht imstande sein dürfen, das zu tun. Wenn ich das richtig verstanden habe, gibt es hier keine natürliche Energie. Hast du selbst denn so viel, dass du sie nicht mehr von anderswo beziehen musst?«

»Ha! Wenn es nur so wäre. Selbst mit Gestaltwandlerins Hilfe hätte ich kämpfen müssen, um die *Wanderer* so anzuheben.« Sein Gesicht verzerrte sich, als er an seinen Verlust dachte, und er legte die Handfläche auf die geborstene Seelenklinge. Mari hörte ein leises Schnurren. Indris blinzelte zu ihr hoch. »Ich bin im Laufe der Monate stärker geworden und habe mehr von dem verstanden, was sich da in meinem Kopf entwickelt.«

Was wird aus dir, Liebster? »Aber nicht stark genug, vermute ich?«

»Nicht einmal annähernd«, murmelte Indris. »Es muss einen Grund gegeben haben, warum die Sēq aufgehört haben, die Geistesdisziplinen zu unterrichten. Ich hoffe, ich habe in meinem Kopf keine Türen geöffnet, die ich besser geschlossen gehalten hätte. Aber für den Moment müssen wir vor allem hoch in die Luft und nach Osten reisen.«

»Hast du vor, uns den ganzen Weg mit deinem Gehirn zu tragen?«

Indris kam auf die Füße und ging an Bord der *Wanderer*. In seinem Gepäck befanden sich zwei Gefäße, die mit leuchtendem Wasser gefüllt waren. Wenn Strahlen dieses Lichts ihre Haut berührten, fühlte sie ein schwaches Kribbeln, eine warme, angenehme Berührung.

Indris nahm eines der Gefäße und sprang in den Sand zurück, dann bahnte er sich einen Weg am Schiff entlang. Mari gesellte sich zu ihm. Mit flinken Bewegungen entfernte Indris einen verbrannten goldenen Stab und ersetzte ihn durch das Gefäß. Er schnippte mit dem Fingernagel dagegen. »Das ist das Wasser des Lebens, Mari. Dieser Krug wird die Spulen für ein paar Tage antreiben. Sobald wir aus der Ebene raus sind, werden sich die Spulen wieder ganz normal aufladen; ich muss mir gar nicht das Gehirn rausbrennen.« Er rief Shar zu, sie solle die Sturmräder aktivieren. Sie ruckten, hielten wieder an. Zitterten. Stotterten. Dann begannen sie sich zu drehen, und die Platten wirbelten schneller und schneller.

Eineinhalb Tage lang flog die *Wanderer* die Orjini-Straße entlang, die dem Gebirgszug des Mar Ejir folgte. Indris blickte konzentriert auf die Felsformationen, an denen sie vorüberflogen. Mehrmals landeten sie, und er suchte den Felsen und die umgebende Wüste ab, nur um dann wieder an Bord zu klettern und Shar zu bitten weiterzufliegen.

Mari konnte auf dem Flug wenig tun außer reden, essen, schlafen und wieder mit Indris vertraut werden. Oder ihre Beziehung mit Belam bereinigen. Es war lange her, seit sie als Bruder und Schwester miteinander geredet hatten. Sanojé kam und ging, doch wenn sie bei ihnen war, enthüllte sie nach und nach sanftere Wesenszüge, als Mari ihr zunächst zugetraut hätte. Sie und Belam sorgten füreinander und machten abwechselnd ihre Lager, kochten oder bereiteten Tee.

»Du liebst sie«, sagte Mari an ihrem dritten gemeinsamen Morgen.

Belam lächelte und sah zu Sanojé hinüber, die bei Indris stand und ihm geduldig zuhörte, während er ihr von ihrer Suche erzählte. Was es auch war, es musste sich um ein Fachgebiet der Mystiker handeln.

»Und du liebst ihn«, sagte Belam. »Vater wäre so stolz auf uns beide. Seine goldenen Kriegsdichterkinder, die in eine verbannte Hexe und einen Gelehrten aus dem Hause Näsarat vernarrt sind.«

Mari kaute Brot und genoss die Schlichtheit ihres Reiselebens. »Ich hätte lieber mein ganzes Leben lang Tage wie diese hier, als auch nur eine weitere Minute unter der Fuchtel unserer intriganten Familie zu verbringen.«

»Obwohl es die Machenschaften unserer Familie waren, die uns hierhergeführt haben?«

»Na gut, vielleicht sind einige davon doch nicht so schlecht.«

»Schließt du da Indris' Pläne mit ein?«, fragte Belam. »Wonach sucht er?«

»Einen Ort, einen Mann und Antworten.« Mari behielt den Rest dessen, was Indris ihr enthüllt hatte, für sich. *Ich fürchte sie alle drei, Mari,* hatte er gesagt, *und noch mehr fürchte ich mich davor, wo ich euch da hinführe. Das ist der Grund, weshalb ich die* Wanderer *erst flugfähig gemacht habe: damit du und die anderen entkommen können, falls mir etwas zustößt. Es wäre nicht das erste Mal, dass ich wegen dem eingesperrt werde, was ich weiß. Oder was ich nicht weiß.* »Indris ist ein guter Mann, Belam. Er weiß, was er tut.«

Belam zuckte die Achseln und nahm Sanojé in die Arme, als sie mit gewässertem Wein und einer Schale mit geschnittenem Käse, getrockneten Aprikosen und Äpfeln zurückkehrte.

Mari ließ ihren Bruder und seine Geliebte allein und ging zu Indris hinüber, der sich bedenklich weit über die Galionsfigur, die die Gestalt eines Phönix hatte, hinauslehnte und nach unten starrte. Dort unten im Sand befand sich ein einzelner Mann in lumpiger schwarzer Kleidung. Mit langen Schritten und scheinbar mühelos lief er über die Ebene und sah nicht auf, als die *Wanderer* über ihn hinwegglitt.

»Was für eine Sorte Mann blickt nicht auf, wenn ein Schiff über ihn hinwegfliegt?«, fragte Indris.

»Ein Mann, der von dem Anblick gelangweilt ist?«

»Wir haben ihn und einige andere Orjini-Reisende im Laufe unserer Suche passiert«, sagte Indris. »Die anderen Orjini blicken auf und winken oder rufen, weil sie handeln wollen. Aber er? Er läuft einfach vor sich hin, immer in diesem Gebiet hier und immer vom Nirgendwo ins Nirgendwo, soweit ich das beurteilen kann. Das Einzige, was diesen Ort von anderen Stellen hier unterscheidet, sind die Überreste dieses Megalithen.«

»Wie kann man vom Nirgendwo ins Nirgendwo gehen?«

»Das ist genau der Punkt. Hier draußen gibt es etwas, das wir nicht sehen können.«

Indris ließ Shar die *Wanderer* weiter westlich landen, weit genug entfernt vom Kurs des Mannes, damit sie nicht als Bedrohung eingestuft werden konnten. Diesmal reagierte er. Er blieb stehen und wartete, auf seinen Stock gestützt. Indris sah zu seinem Waffengürtel und seiner Rüstung, ließ sie jedoch, wo sie waren. Er nahm sein Gelehrtenlicht und steckte Gestaltwandlerins Knauf durch seine Schärpe. Dann wandte er sich an seine Gefährten.

»Ich habe keine Ahnung, was mich da draußen erwartet. Ich wurde gewarnt, dass dieser Mann, wenn er der richtige ist, uralt ist und schon viele Namen hatte. In dem Fall ist er wahrscheinlich sehr gefährlich. Ich würde nicht schlechter von euch denken, wenn ihr lieber an Bord der *Wanderer* bleiben wollt, aber ich bezweifle, dass ihr mir in dem Punkt eine Wahl lassen werdet.«

»Du nimmst keine Waffen mit?«, fragte Shar.

»Ich schätze, sie würden mir nicht viel helfen«, sagte Indris. »Ich bin hier, um zu lernen, nicht um zu kämpfen.«

»Da haben wir weniger Skrupel.« Mari trat an Indris' Seite und nahm ihre Rüstung und Waffen auf. Shar und Ekko taten es ihr gleich. Belam und Sanojé flüsterten miteinander und gestikulierten wild. Schließlich zuckte Belam die Schultern: »Sieht so aus, als würden wir auch mitkommen.«

Mari schritt an Indris' Seite, während sie zu dem Mann hinübergingen, der dort geduldig wartete. Seine verschlissene schwarze Robe flatterte im Wind. Mari blieb dicht bei Indris, die Hand nahe am Griff ihrer Sûnklinge. Die anderen hatten sich aufgefächert. Als Veteranen aus vielen Kriegen näherten sie sich einem unbekannten Feind möglichst weiträumig.

Ihre Schatten wurden länger, während sie sich näherten.

Der Mann stand zwischen zwei hohen, aufrechten Steinen der megalithischen Anlage, deren Steine sich im Laufe der

Zeit fast alle geneigt hatten und nun ein dreieckiges Gitterwerk bildeten. Nur noch einige wenige standen gerade und senkrecht. Die Kanten der Steine waren abgeschliffen, und Maris Aufmerksamkeit wurde von den chaotischen Formen der Bildzeichen abgelenkt, die sich im Spiel von Licht und Schatten, von leerem Raum und erodiertem Stein bildeten. Was auch immer auf den Steinen eingemeißelt gewesen war, war mittlerweile abgewetzt und hatte nur schwache Erhebungen und Linien hinterlassen. Nichts anderes kennzeichnete den Ort: keine Mauern, keine Überreste einer Stadt oder eines Dorfs. Keine Bäume oder Quellen. Es war ein willkürlicher Ort, um irgendetwas zu bauen, und ein Platz, der so gut oder so schlecht war wie jeder andere auch für einen einsamen Wanderer, um auf Fremde zu warten.

In Maris Kopf gingen die Alarmglocken an, als sie näher kamen. *Wir sollten nicht hier sein …*

Der Reisende löste den fransigen *Taloub*, den er sich um Kopf und Gesicht geschlungen hatte. Sein langes flachsblondes Haar und der ungekämmte Bart sahen trocken und spröde aus. Seine von der Sonne gebräunten Schläfen und Wangen waren von bunten Stammestätowierungen der Orjini gezeichnet, aber Mari wusste nicht genug über die Orjini, um sagen zu können, zu welchem Stamm er gehörte. Der Fremde trug eine Sichel in der Schärpe und einen langen Stock, der sich bei näherem Hinsehen als geglätteter Ast entpuppte. Soweit Mari sehen konnte, trug er weder Waffen noch Rüstung.

Und welche Sorte Mann wanderte so unbekümmert durch die Tote Ebene? Die Stadt Ar Orjini lag mehr als einen Tagesmarsch weiter südlich. Die Berge waren die Heimat von Fenlingrudeln und Banditen, die auf der Straße und der sandigen Ebene auf Raubzug gingen. Selbst die Orjini, die in der Toten Ebene zu Hause waren, reisten in Gruppen. Und doch schien der Fremde keine Angst zu haben. Sein breites Lächeln war einladend und unbesorgt. Es machte Mari sehr nervös.

»Indris?« Mari ergriff seinen Arm, bevor sie noch näher kamen.

»Dieser Mann wirkt …«

»Seltsam?«, murmelte Indris. Der Fremde hob eine Augenbraue, und sein Lächeln wurde noch ein wenig breiter. »Ich habe auch das Gefühl, dass er gefährlich ist. Er hätte sicher einiges zu erzählen. Aber ich muss es wissen, Mari.«

»Was ist, wenn es schiefgeht?« *Und es sieht ganz danach aus,* dachte Mari.

»Dann wartet nicht auf mich«, sagte Indris. »Ich bin hierhergekommen, weil ich Antworten suche, aber ich weiß nicht, wie lange ich dafür brauchen werde.«

»Ich lasse dich nicht allein, Liebster.«

»Das wirst du aber vielleicht müssen. Die anderen brauchen dich. Die Leute werden sich unter deiner Führung sammeln, und genau das brauchen sie jetzt: jemanden, der ihnen hilft, sich der Dunkelheit entgegenzustellen, die dein Vater über sie bringt.«

»Indris, ich kann nicht …«

»Versprich es mir, Mari.« Indris beugte sich dicht zu ihr und flüsterte ihr ins Ohr. »Versprich mir, dass du die anderen mitnimmst und tun wirst, was nötig ist, um deinen Vater aufzuhalten. Du weißt, dass es das Richtige ist, und wir haben beide geschworen, unsere Pflicht zu tun, bis diese Sache ausgestanden ist.«

Mari dachte an ihr Gespräch vor dem Nanjidasé. Sie hatte ihm damals gesagt, sie wolle, dass man sich anders an sie erinnerte, als die Geschichte dies sonst von einem Erebus erwartete. *Unsere Zeit ist so oder so begrenzt. Aber ich muss daran glauben, dass ich etwas bewirken kann, solange ich hier bin.*

Denn: Was für einen Sinn hätte das alles sonst? Sie nickte ihm zu. *Versprochen.*

Indris dankte ihr und machte den anderen ein Zeichen zu bleiben, wo sie waren. Mari glitt leichtfüßig vor und blieb an Indris' Seite stehen, das Gewicht auf den Fußballen. Sie stand dicht genug, um ihn beschützen zu können, und weit genug entfernt, um kämpfen zu können, wenn es so weit kommen sollte.

»Du wirst hier nicht die *Stellung des Hirschs* einnehmen müssen, junge Frau«, sagte der Fremde. Seine Stimme klang rau, als würde er sie nicht oft benutzen. »Und auch dein Zug des *Säuselnden Winds* wird dir nicht weiterhelfen. Du fragst dich, ob ich Freund oder Feind bin? Eine sinnlose Übung. Nur ihr trefft derartige Unterscheidungen. Ihr gebt dem Nichts Substanz und haltet sie für wahr. Ich war nichts, bevor ihr kamt, ich bin auch jetzt nichts und werde nichts sein, wenn ihr wieder geht. Also bitte, bewahrt Ruhe.«

Maris Anspannung wuchs. Der Fremde war zu ruhig. Seine Haltung erinnerte sie an Bensaharēn, was ihrem alten Lehrer jedoch nicht gerecht wurde. Indris studierte den Mann genau, mit gerunzelter Stirn. Gestaltwandlerin murmelte leise vor sich hin, und der Fremde warf dem Drachengriff einen zärtlichen Blick zu.

»Dürfte ich nach deinem Namen fragen?«, bemerkte Indris.

»Es schadet nie, Fragen zu stellen …«

»… nur die Antworten können einem Schaden zufügen«, vollendete Indris den Satz. Der Fremde schwieg eine ganze Weile, bis Indris schließlich sagte: »Wirst du antworten?«

»Wenn die Zeit gekommen ist. Namen sind mächtig, selbst wenn man viele davon hat. Aber das weißt du, nicht wahr?«

»Ich fürchte, dass ich nicht die Zeit haben werde zu warten.«

»Im Gegenteil, Amonindris«, erwiderte der Mann. »Zeit ist ein Gut, von dem wir alle exakt so viel haben, wie wir benötigen.«

»Bei Erebus' Knochen!«, flüsterte Mari Indris zu. »Kannst du nicht einfach eine Antwort aus ihm rausprügeln? Ich meine, im Ernst, wer redet denn so?«

»So ziemlich jeder Lehrer, den ich jemals hatte«, murmelte Indris.

Mari dachte an ihre Jahre bei Bensaharēn und musste ihm zustimmen. Indris warf ihr einen Seitenblick zu und lächelte. »Davon abgesehen, bezweifle ich, dass dieser Mann irgendetwas von irgendeinem von uns zu befürchten hat.«

»Das käme auf einen Versuch an.« Aber Mari vertraute Indris und hielt sich zurück. Der Fremde stand locker da und wirkte wie eine lebendige Fortsetzung der Wüste und der Winde. *Sei wie das Wasser*, hatte Bensaharēn gesagt. *Lass deine Gestalt fließen, damit sie sich den Notwendigkeiten des Augenblicks angleicht. Sei das Wasser. Sei das Feuer. Aber bedenke immer, dass unser Kern an die Erde gebunden ist.* Mari musste sich eingestehen, dass Indris recht hatte: Dieser Fremde hatte nur sehr wenig von ihr oder ihrem Schwert zu befürchten. Sie zwang sich, sich zu entspannen.

Der Fremde nickte. »Du, Amonindris, musst darüber nachdenken, weshalb du hierhergekommen bist. Ich werde dir Gelegenheit geben, dich vorzubereiten. Wir werden weiterreden, wenn ich zurückkomme. Bis dahin entspanne dich, und genieße die Stille, ich bitte dich.«

»Wann wirst du zurück sein?«, fragte Mari.

»Was bedeutet wann?«, fragte der Fremde zurück. »Die Welt misst die Zeit nicht, warum solltest du es dann tun? Es genügt, wenn ich sage, ich werde wiederkehren, wenn Amonindris dafür bereit ist.«

Er wandte sich um, betrat den Megalithbau und war verschwunden. Er trat nicht auf der anderen Seite wieder hinaus. Mari betrat den kleinen Gang und suchte nach den Fußspuren des Fremden, aber er hatte nichts zurückgelassen, was der Wind nicht schon fortgeweht hätte. Auch verbarg er sich nicht zwischen den Felsen.

»Er ist fort«, sagte sie. »Ich habe keine Ahnung, wie er es angestellt hat, aber da ist keine Spur mehr von ihm.«

»Was wirst du tun, Indris?«, fragte Shar.

»Das, was er verlangt hat.« Indris klang leicht benommen. Er setzte sich in den Sand, mit dem Gesicht zum Megalithen, das Gelehrtenlicht auf dem Schoß. Zu Mari sagte er: »Ich werde jetzt darüber nachdenken, warum ich hierhergekommen bin. Ich habe den Eindruck, das Ganze ist nicht so einfach, wie ich gehofft hatte.«

Mari fuhr ihm durchs Haar und beugte sich herab, um ihn zu küssen. »Hast du wirklich geglaubt, es würde einfach werden?«

»Eigentlich nicht, nein. Ich sehe euch dann.« Indris schloss die Augen, vertiefte seine Atmung und wurde still wie die Steine vor ihm.

»Und jetzt?«, fragte Belam.

»Sieht so aus, als würden wir warten«, sagte Mari. »Und zusehen.«

Kapitel 21

»Nur wenige Machthaber begreifen, dass ihre Bestimmung und ihr Ziel das Dienen ist, nicht das Herrschen.«

Cennoväl der Drachenlord, Sēqmeister, Entdecker und Lehrer (115. Jahr der Shrīanischen Föderation)

65. Tag im 496. Jahr der Shrīanischen Föderation

»Ist das alles?«, fragte Corajidin und blickte enttäuscht auf das, was sie aus den Ruinen erbeutet hatten. Bis auf den Thron der Zerstörung, den Kasraman und Wolfram nicht hatten aktivieren können, hatten sie nur wenig von wirklichem militärischem Wert gefunden.

Ein behelfsmäßiges Lager war aufgebaut worden, und Pavillons beherbergten die Arbeiter, während diejenigen Gebäude, die bewohnbar gemacht werden konnten, zu Kommandostationen umfunktioniert wurden. Der Lärm der Pickel und Hämmer war durchdringend, und der Rauch der Kochfeuer hing als schmutzige düstere Wolke über ihnen im trüben Himmel. Die Verzögerungen nagten an ihm. Zwei Regentage, und der Boden war eine schlammige Brühe. Nix erstattete ihm jeden Tag Bericht über ihre Verluste. Zahlreiche Mauern waren eingestürzt, da sie durch die Arbeiten destabilisiert wurden, und hatten etliche seiner gefangenen Arbeiter getötet, außerdem einige seiner Soldaten. Beinahe hundert weitere waren in den Fallen gestorben, aber Nix konnte eben nicht überall sein. Oft lag es an der Gier der

Leute, die an Stellen gruben, die Nix noch nicht kontrolliert hatte; sie hofften, etwas Wertvolles zu finden, mit dem sie sich aus dem Staub machen konnten. Andere Male hatte Nix etwas übersehen, machte Fehler, für die er keine Entschuldigung hatte. Neben den Problemen mit den Ruinen war da noch die Rōmarq selbst, die sich Fremden gegenüber feindselig verhielt – obwohl Corajidin bezweifelte, dass sie ihren eigenen Bewohnern irgendwie gnädiger gesinnt war. Arbeiter und Soldaten starben an Spinnenbissen, an Skorpionstichen und Schlangen – Kreaturen, die Winterschlaf hätten halten sollen, dies aber nicht taten, sei es, weil es hier nicht in ihrer Natur lag oder weil sie über das Eindringen fremder Wesen in ihren Lebensraum erzürnt waren. Weitere dreißig waren von Nāga getötet worden. Nachts waren es die Fenlinge und Riedweiber, die die Leute verschleppten, um sie zu fressen oder noch Schlimmeres mit ihnen anzustellen. Und die Moorpuppenspieler waren eine ständig gegenwärtige Bedrohung. Als er Kimiya wegen der Angriffe zur Rede gestellt hatte, war ihre Antwort schlicht gewesen: »Sie sind nicht von meinem Clan.«

Corajidin lächelte, als die schmutzige und zerlumpte Frau zu ihm kam. Sie sah aus wie eine Puppe, die man über Generationen von Mutter zu Tochter weitergereicht hatte, ein Lieblingsspielzeug, das schon lange hätte weggeworfen werden sollen. Lächelnd trat sie näher, und er zuckte weder zusammen, noch wich er zurück.

»Danke für alles, was du und dein Clan für mich getan haben, Kimiya«, sagte Corajidin. »Obwohl wir nicht so viel entdeckt haben, wie wir uns gewünscht hätten – und auch das nur zu einem hohen Preis –, hast du deinen Teil der Abmachung eingehalten.«

»Und nun ist es an der Zeit, dass Ihr das Gleiche tut.«

»Lass uns diese Sache nicht überstürzen, nur weil …«

Kimiya öffnete den Mund und gab ein insektenhaftes Klackern ganz hinten in der Kehle von sich. Corajidin sah die feinen, chitinartigen Anhängsel, die sich auf der Unterseite ihrer Zunge bewegten. Nun wich er doch angeekelt zurück, als sie noch näher kam. Der Gestank nach Schlamm, Blut und Exkrementen, den sie verströmte, war überwältigend. Kimiya sah nach links und rechts, und Corajidin folgte ihrem Blick. Moorpuppenspieler kamen durch die Risse in den Mauern, dem Boden und der Decke gekrochen.

»Wir haben Euch gegeben, was Ihr wolltet«, sagte sie. »Jetzt ist es an Euch, Euer Versprechen zu erfüllen.«

»Wen wollt ihr?«, fragte er und verwünschte das Zittern in seiner Stimme.

»Die Körper einflussreicher Avān. Wir wollen diejenigen, die den größten Schaden anrichten können. Diejenigen, die sich noch immer mit Eurer Sache verbünden können, egal ob es dem Wirt nun gefällt oder nicht.« Kimiya trat zurück, aber die anderen Moorpuppenspieler blieben, wo sie waren. In Sprungweite. »Die Seelenhändler wollen in Eurer neuen Weltordnung Fuß fassen, aber wir würden ein derartiges Arrangement nicht gutheißen. Tatsächlich müssten wir Euch vielleicht eine Lehre erteilen, wenn Ihr Euch dazu entschließen solltet, diesen Kurs zu verfolgen. Habe ich mich klar ausgedrückt, Corajidin?«

»Ja«, murmelte er. »Du wirst sie bekommen.«

»Wann?«

»Ich kehre heute noch nach Avānweh zurück, um Vorbereitungen für den Winterhof zu treffen.«

»Dann werden wir mit Euch kommen«, erklärte Kimiya. »Wir sind ein ehrenhaftes Volk, Corajidin. Im Gegensatz zu den Seelenhändlern, die ihre Vereinbarungen abwerfen wie verweste Fleischfetzen. Wir beide sind gesichtslos, doch mein Volk genießt die Welt der Lebenden und alles, was sie zu bieten hat. Unser Geschmack ist nicht so kalt wie der der Toten. Und im Gegensatz zu Euch, Corajidin, werfen wir auch unsere Bande nicht so leicht über Bord oder vergessen ein Versprechen, das wir gegeben haben. Wir werden die nehmen, die Ihr uns gebt, diejenigen, die Ihr für unbequeme und wankelmütige Gegner haltet. Das werden wir tun. Und im Gegenzug werden wir Euren Leuten weiterhin zeigen, was hier verborgen liegt.«

Sie wandte sich um und ging, und die anderen Puppenspieler glitten auf demselben Weg fort, auf dem sie gekommen waren. Als er wieder allein war, brach Corajidin auf einem Stuhl zusammen, erfüllt von der unbehaglichen Erkenntnis, dass er soeben sehr dicht an seinem eigenen Ende vorbeigestreift war.

Sobald Corajidin aus dem Webtor trat, fühlte er sich zweimal so schwer und nur ein Viertel so stark wie in der Rōmarq. Er stöhnte unter der Erschöpfung, die beinahe augenblicklich einsetzte, und unter dem Schmerz, der durch seine Knie schoss, als er auf den Marmorboden krachte.

»Bringt ihn zum Qadir Erebus!«, rief Wolfram.

Er schlief schlecht; Traum und Wirklichkeit vermischten sich zu einem schwitzenden, übel riechenden Ganzen. Ein eisiger Wind heulte über das feuchte Gras der Ast am'a Jehour, so beißend und wild wie die Wölfe, nach denen die Ebene benannt war. Corajidins Banner mit ihren schwarzen und roten, sich aufbäumenden Hengsten flatterten unter einem senffarbenen, bewölkten Himmel wie auseinanderdriftende Rauchschwaden. Die Verlockung der Rōmarq war stark: Er wollte weglaufen, sich verstecken und sein Leben als Verbannter zu Ende leben, mit dieser überwältigenden Kraft, die ihn bis in die Fingerspitzen durchströmte, statt eines schmachvollen Todes zu sterben. Das Gewicht seiner Rüstung, die verbeult und blutbespritzt war, zog ihn nieder. Sein Arm schmerzte von den Fingerspitzen bis zum Handgelenk, und seine Hand, in der er sein schartiges Schwert hielt, fühlte sich taub an. Er war von seinen hageren Kriegern umgeben, während Hexen mit wilden Augen und flatternden Roben am Himmel über ihnen kreisten. Mit lauter Stimme riefen sie nach den Mächten, die in den Schatten zwischen den Welten hausten; Sayfs mit wahnsinnigem Blick, für immer an einen Moorpuppenspieler gebunden, führten ihre Streitkräfte in chaotischen Formationen, die wenig Sinn ergaben, außer zu verwirren, zu spalten und Schrecken zu verbreiten.

Über die vom Regen flach gedrückten Gräser hinweg sah er die Banner seiner Feinde, die in Flammen zu stehen schienen, als die Sonne durch einen Riss in den Wolken strömte: Lotusblüten in Silber und Weiß, Orange und Braun und Blau und Gold. Nebel strömte über die nahe gelegenen Hügel, in dem die geisterhaften Schemen lange gefallener Krieger zu sehen waren. Vorn schritt eine Gestalt in einem Panzer, dessen Schuppen aus Sternen geschmiedet schienen. Sein Schild schimmerte wie die Dämmerung selbst, und sein Schwert war ein leuchtender, gebogener Splitter aus Mondlicht. Belamandris und Mariam kämpften an seiner Seite und eine Unzahl anderer Nationen, und über ihren Köpfen sanken Himmelsjammer der Seethe anmutig aus den Wolken herab.

Die Gestalt hob den Kopf, und Drachenfeuer loderte in seinem Auge.

Corajidin kämpfte gegen die Leintücher an, die seine Glieder umklammert hielten. Er öffnete die Augen und blinzelte im hellen Licht alchemistischer Lampen, die in seinem Zimmer aufgestellt waren. Er wischte sich den Schweiß vom Gesicht. War sein Traum eine Vision oder eine Metapher? War Indris am Leben? Hatten ihn seine Kinder betrogen?

Er befreite sich aus den Laken, angelte nach seiner Robe und stand plötzlich Mēdēya gegenüber, die die ganze Zeit über in den Schatten gewartet hatte.

»Hattest du wieder Träume, Jidi?«, fragte sie. Licht umspielte ihre Wangen, die Nase und den Kiefer, ließ den Rest ihres Gesichts jedoch in Dunkelheit.

»Wie immer.«

Mēdēya hielt ihm eine Phiole mit dem Trank der Botschafterin entgegen. »Vielleicht würde es dir ja helfen, wenn du tust, was von dir verlangt wurde?«

»Wie kommt es, dass ich deine Stimme höre, aber die Worte der Botschafterin auf deiner Zunge tanzen? Ich bin vom Schicksal beauftragt, und das war ich bereits, bevor diese verfluchte Frau in unser Leben trat. Dass der Weg zu meinem Ziel, Vater eines Imperiums zu werden, sich vielleicht geändert hat, ist unbedeutend; mich kümmert nur das Ende, der Ausgang.«

»Das sagst du«, erklärte Mēdēya herausfordernd.

»Ich werde beweisen, dass ich zu Großem bestimmt bin.«

»Und wie wird sich dieser wundersame Beweis darstellen, der all deine vorangegangenen Misserfolge ad absurdum führt?«, stichelte Mēdēya.

Corajidin ballte zornig die Fäuste. Wieder hörte er die Worte der Botschafterin, selbst der Ton war völlig gleich.

»Die Botschafterin wird nicht ewig warten. Sie hat dir gegeben und wieder gegeben. Sie hat dich mit Verbündeten versorgt, die du noch nicht einmal …«

»Ich werde mich nicht mit den Seelenhändlern einlassen!«, knurrte Corajidin. *Kannst du mich hören, Botschafterin, wenn du dich schon hinter dem Gesicht meiner Frau versteckst?* »Die Moorpuppenspieler sind eine Sache, aber Nomaden führen uns auf gefährliche Pfade, auf denen wir praktisch nicht umkehren können.«

»Was ist mit den Versprechen, die du mir gegeben hast, Jidi?«, fragte Mēdēya. »Was ist mit Vahinehs Tod? Du hast eingewilligt, sie mir zu überlassen.«

»Lass mich in Frieden, Mēdēya!«, schrie er. Der Klang seiner Stimme dröhnte in seinem Kopf. Corajidin rieb sich die Schläfen und wich aus, als Mēdēya versuchte, ihn zu berühren. »Ich liefere heute Martūm den Moorpuppenspielern aus. Sobald das erledigt ist, gehört Vahineh dir.«

Corajidin stürmte ins Badezimmer. Er wies Mēdēyas Angebot zurück, ihm zu helfen, und schlug ihr die Tür vor der Nase zu. Rasch badete er und zog die majestätischsten Kleider an, die er hatte: schwarzer und roter Damast, der mit Rubinen und Hengstköpfen aus Rotgold bestickt war. Mehrere Schichten aus Seide und Zobelpelz an der Kapuze und den Ärmeln seiner Robe. Seine Waffen und die Rüstung hatte er im Feuer bei Sedefkes Turm verloren, daher ging er zu seiner privaten Waffenkammer und suchte sich ein *Shamshir* aus, das mehr Blendwerk als Waffe war. Er war versucht, eine Rüstung anzulegen, doch der Trank der Botschafterin gab ihm gerade genug Kraft, um zu gehen und zu reden, aber nicht viel mehr.

Corajidin hastete durch den Qadir, Mēdēya dicht hinter sich. Er schreckte Diener auf und brachte Wachen dazu, mit klirrenden Waffen Haltung anzunehmen, während er vorübereilte. In seiner Amtsstube nahm er Pinsel und Pergament und verfasste ein Sendschreiben, das alle Rahns und Sayfs am nächsten Morgen zur Stunde des Fuchses in den Tyr-Jahavān einbestellte. Es war eine gut gewählte Uhrzeit; sie gab den Mitgliedern der Oberschicht Zeit, sich um ihre morgendlichen Angelegenheiten zu kümmern, und erweckte nicht den Verdacht, dass Corajidin ihnen Schaden zufügen wollte, wie das bei einem Treffen am frühen Morgen der Fall gewesen wäre. Nach den Regeln des *Sende* hätte eine unhöflich gewählte Stunde Corajidins Missfallen bedeutet, Aufregung oder Unbehagen. Spät am Nachmittag oder am frühen Abend hätte eine Missachtung der Familie oder des sozialen Lebens zum Ausdruck gebracht, denn dies waren die Stunden, in denen gespeist oder ins Theater oder Konzert gegangen wurde oder man zu geheimen Verabredungen eilte. Traditionellerweise war die Morgenstunde des Fuchses die Zeit des Intellekts, der Planung und Zielsuche. Und bis zu einem gewissen Grad war es das ja auch, nur nicht so, wie irgendjemand sich das vorstellte.

Er verfasste einen zweiten Brief, den er einer sorgfältig ausgewählten Gruppe zukommen lassen wollte. Größtenteils handelte es sich um widerspenstige Leute, die ihm wegen des Goldes und persönlichen Einflusses folgten und nicht weil sie seine Überzeugung teilten. Es war eine persönliche Einladung in den Qadir Erebus zu einem nicht öffentlichen Treffen, um die unmittelbare Zukunft zu diskutieren. Für diejenigen, die sich Corajidin und der Sache der Imperialisten bedingungslos verschworen, wäre das Treffen damit beendet. Mit den Unzuverlässigeren der Kandidaten würde Corajidin seine Verpflichtungen Kimiya und ihrem Clan gegenüber erfüllen.

»Nix?«, fragte Corajidin. »Sprich mit Kimiya. Ich will, dass ein Moorpuppenspieler für jede der Personen bereitgestellt wird, die einen Brief erhält. Mach ihr klar, dass nicht alle Teilnehmer des Treffens gebunden werden, aber ich fange gerade erst an, meine Versprechen zu erfüllen.«

»Wie Ihr wünscht, Asrahn«, erwiderte Nix. Er überprüfte die Liste, und eines seiner Augen begann zu zucken. »Und was ist mit den Seelenhändlern? Werdet Ihr das Angebot auf sie ausdehnen?«

»Vergiss die Seelenhändler. Jede mögliche Allianz mit ihnen ist hiermit aufgelöst.«

»Darüber werden sie nicht erfreut sein, Asrahn.« Nix' Stimme war kälter, als die Höflichkeit gebot. »Ich kenne sie gut. Sie können sehr hartnäckig sein, wenn man sich über sie hinwegsetzt, und sie verfügen über geheimnisvollen Einfluss.«

»Meine Entscheidung ist endgültig. Jetzt geh.« Corajidin winkte ihn fort.

Nix verneigte sich und nahm das Sendschreiben an sich. Mēdēya saß in einem Stuhl Corajidin gegenüber.

»Welche Rahns und Sayfs sind noch in der Stadt?«, fragte Corajidin sie.

Mēdēya überprüfte ein Bündel Berichte auf ihrem Schreibtisch. »Beinahe alle Sayfs, bis auf die aus den ganz weit entfernten Städten. Rahn Narseh ist in ihrem Qadir, in ihrem Zustand sind ihre Handlungsmöglichkeiten begrenzt. Ihr Sohn ist hier, und deine fehlende Unterstützung, was die Krankheit seiner Mutter betrifft, hat ihn gegen dich aufgebracht. Sollte Narseh sterben, kannst du den Kadarins nicht mehr trauen.«

»Was ist mit den föderalistischen Rahns?«

»Rahn Nazarafine ist heute am frühen Nachmittag angekommen, ebenso Rahn Siamak.«

»Aber nicht die Näsarat?«

»Es wurde berichtet, dass sie heute Abend eintreffen wird, oder morgen irgendwann.«

»Du wolltest Beweise haben, Mēdēya? Morgen wird beinahe jedes Mitglied des Teshri, dem ich nicht traue, von einem Moorpuppenspieler gebunden werden. Sie werden für unterschiedliche Zwecke eingesetzt, je nach Zeit und Gelegenheit. Aber mit den Fraktionen, die versucht haben, die Macht im Teshri zu spalten, wird es auf jeden Fall vorbei sein.«

»Und diejenigen, die deinem Plan entkommen?«, fragte

Mēdēya. »Du kannst nicht jedes Mitglied des Teshri an einen Moorpuppenspieler binden. Was passiert, wenn sich die Neuigkeit wie ein Lauffeuer in ganz Shrīan verbreitet, dass du deine eigenen Adligen verraten hast?«

»Das wird es nicht«, sagte Corajidin entschieden. »Oberflächlich betrachtet wird es so aussehen, als hätten sich die Ratgeber mit mir auf eine Linie gebracht. Einige werden vielleicht den Verdacht haben, dass etwas nicht stimmt, aber was können sie schon tun? Im Gegensatz zu einem Nomaden kann ein Moorpuppenspieler nicht so leicht von seinem Wirt entfernt oder überhaupt erkannt werden. Kann sein, dass irgendwann ihre Natur durchbricht und sie in ihre wahnsinnige Barbarei zurückfallen. Sollten sie in diese Barbarei verfallen, werden wir ihnen einen Schubs in die richtige Richtung geben, sodass sie mehr oder weniger offen die Föderalisten ermorden. Sollte das geschehen, werde ich sie zu Verrätern erklären, und sie werden getötet. Aber ich werde nicht zulassen, dass sich mir jemand widersetzt, Mēdēya. Du eingeschlossen.«

»Und dann?«

»Dann werde ich in jeder Hinsicht Mahj sein, bis auf die offizielle Bezeichnung. Meine politischen Entscheidungen werden vom Teshri durchgewinkt werden. Und von da ist es nur noch ein kleiner Schritt über die Berge nach Pashrea und Mediin. Ich werde dafür sorgen, dass Ishuajan, der Qadir der Schattenherrscherin, vom Berghang stürzt.«

Martūm ließ sich für die Versammlung im Qadir Erebus entschuldigen, trotz wiederholter und drängender Aufforderungen. Mit kaum unterdrücktem Zorn befahl Corajidin Wolfram und vier Einheiten der Anlūki, ihn zum Qadir Selassin zu begleiten. Corajidins Hand ruhte auf dem Alabastergefäß, das den Moorpuppenspieler enthielt, und er versuchte sich den Ausdruck auf Martūms Gesicht vorzustellen, wenn er es öffnete.

Corajidin war überrascht, Kriegsdichter der Vayen-sûk – *Daishäri* der Lotusschule der Selassin – an den Toren des Qadir zu sehen, außerdem Soldaten der Lotuswache der Selassin mit dem Löwen- und Lotustotem des Hauses auf Helmen und Schilden. Martūm war als Rahn-Erbe nicht gerade beliebt, doch offensichtlich gab es welche, die der Position gegenüber loyal waren, wenn auch nicht dem Mann, der die Stellung innehatte. Die Wachen am Tor geleiteten den Wagen ins Innere des Qadir und schlossen die schweren Stahltore hinter ihnen, während sie einen langen, dunklen Engpass in den Innenhof durchfuhren. Als sie dort angekommen waren, wartete Corajidin darauf, dass Martūm endlich auftauchte. Nach zehn Minuten, in denen er immer wütender wurde und die Wachen der Selassin still und aufmerksam stehen blieben, gab Corajidin seinen Leuten scharfen Befehl, ihm zu folgen, und stieg die geschwungene Treppe ins Obergeschoss des Qadir hinauf.

Ohne weitere Einladung stieß Corajidin die Türen zur Lilienhalle auf. Der vornehme Raum war dämmrig, Wolken verbargen die Sonne, die sonst durch die Decke aus Kristallscheiben drang. Nur wenige *Ilhen*-Lampen waren entzündet und bildeten seltene und ferne Lichtkegel in dem lang gezogenen Raum. Seine Stiefelabsätze klackten über den Marmorboden, nur manchmal gedämpft durch einen großen Teppich, bis er unvermittelt in etwas Nasses trat. Die Wolken gaben die Sonne frei, und die Dunkelheit verschwand.

»Was in Erebus' Namen …?«, flüsterte er.

Er sah Blut an Boden und Wänden und Martūm, der auf dem Rücken lag. Seine Kehle war von einem Ohr zum anderen durchgeschnitten.

Bogensehnen sirrten. Soldaten tauchten aus ihren Verstecken auf, und die Anlūki gingen in Verteidigungshaltung. Immer mehr Krieger strömten zusammen, und Corajidin wurde fortgerissen und von Wolfram getrennt. Schnell verlor er den Angothischen Hexer aus den Augen, der Schutzzauber anstimmte und eine Mauer aus Bannsprüchen um sich herum errichtete.

Corajidin war wie betäubt durch den Lärm; er nahm seine Anlūki als Schild und stürzte in Richtung des nächstgelegenen Ausgangs. Hinter ihm ertönten Schreie, als das Alabastergefäß umstürzte und der Moorpuppenspieler sich befreite.

Zwei Einheiten der immer weniger werdenden Anlūki bildeten einen kämpfenden, verzweifelten Käfig aus Metall und Leder rund um Corajidin, und sie drängten ihn zur nächsten Tür. Als ein Kriegsdichter der Selassin seine Wange aufschlitzte, schrie Corajidin vor Schmerz auf. Er brach aus und überließ seiner Wache und Wolfram das Kämpfen. Rannte durch die Tür, schlug sie hinter sich zu und verbarrikadierte sie, damit ihm niemand folgen konnte.

Mit brennendem Gesicht und dem Geschmack seines eigenen Blutes im Mund stürzte Corajidin die Treppe hinauf. Er hörte den Lärm der Verfolger aus den darunterliegenden Korridoren. Rufe. Pfeifen. Türen, die zuschlugen. Er ließ den schrecklichen Lärm hinter sich und hoffte verzweifelt, dass der Qadir über einen Pfad verfügte, der ihn über die Berge und wieder in die Stadt zurückführen würde, wo er sich in seiner eigenen Festung verschanzen konnte.

Corajidin stolperte in einen abgelegenen Steingarten. Es war eine fein gearbeitete Anlage mit Laubsägearbeiten und marmornen Kuppeln, die schmale Plattformen aus rotem Stein überspannten, welche aus dem Berg ragten.

Eine Windbarke wartete am Ende eines langen, schmalen Felsplateaus. Schluchzend vor Erleichterung trabte er darauf zu, atemlos und geschwächt von der Anstrengung.

Er streckte die Hand aus, um das Tor zu öffnen, als er ein irrsinniges Kichern hörte. Corajidin zog sein Schwert und schrie auf, da ein plötzlicher Schmerz sein Handgelenk durchzuckte. Er schwang das Schwert und wollte eben zuschlagen, als er eine Blutfontäne an der Stelle sah, wo seine Hand hätte sein sollen. Die Hand hielt noch immer das Schwert umklammert, während beide zu Boden fielen. Der Schmerz war unfassbar. Jedes Ausatmen ein zusammenhangloses Quäken, das klang, als käme es von einem Tier, nicht von einem Rahn der Avān.

»Überraschung«, ertönte eine harte Stimme neben ihm. Corajidin zuckte zusammen. Er wandte den Kopf, um zu sehen, wer da gesprochen hatte. Erst konnte er nur eine Silhouette ausmachen, groß und dunkel und namenlos vor dem hellen und sorglosen Himmel. Dann fokussierte sich sein Blick, und er erkannte die Gesichtszüge von Näsarat fe Roshana. Ein Mann stand an ihrer Seite, blond und bescheiden; doch seine unschuldige Haltung wurde von dem Ausdruck in seinen Augen Lügen gestraft. *Ich erkenne einen waschechten Killer, wenn er vor mir steht.*

»Das muss nicht unbedingt in meinem Tod enden!«, sagte Corajidin zwischen zusammengebissenen Zähnen. Blut strömte aus dem Stumpf an seinem Handgelenk.

»Doch, das muss es«, erwiderte Roshana. Sie wischte das Blut von der Klinge ihres *Shamshir*. »Aber nicht ich werde diejenige sein, die dich tötet, sosehr du das auch verdient hättest.«

»Wer dann?«, zischte Corajidin. »Wenn du nicht den Mut dazu hast, wer dann? Dein Meuchelmörder, der sich da in deinem Schatten verbirgt?«

Roshana lächelte.

»Nein, ich werde dich töten.«

Corajidin zuckte zusammen und wandte sich in Richtung

der Stimme, die hinter ihm ertönt war. Vahinehs Dolch traf sein Auge, und die Klinge bahnte sich ihren Weg weiter über seine Wange und durchtrennte noch einen Teil seines Ohrs, als sein Kopf zurückfuhr. Halb blind und in Todesangst schleuderte Corajidin die kleinere Frau mit einem Schulterstoß zur Seite und rannte um sein Leben, den Weg zurück, den er gekommen war.

Vahineh folgte ihm. Sie stach ihm in den Rücken und riss ihm ganze Haarbüschel aus. Ihre Schreie ließen ihm das Blut in den Adern gefrieren. Tränen flossen ihm über die Wangen und vermischten sich mit dem Blut auf seinen Lippen.

Corajidin stolperte über den Pelzbesatz, der seine Robe umsäumte. Dann rutschte er in einer Blutlache aus. Auf einem Auge war er geblendet, und nun begann die ganze Welt in einem Nebel aus Tränen und Blut zu verschwimmen.

Er taumelte an die Kante des Himmelsdocks. Schwankte am Rand und ruderte mit den Armen, um sein Gleichgewicht wiederzufinden.

Vahineh holte auf und stach immer weiter mit ihrem schlanken Messer zu. Er schrie und packte Vahineh an den Haaren. Zog sie dicht zu sich heran, und sie taumelten, völlig außer Kontrolle. Dann stürzten beide in die kalte, leere Luft unter ihnen.

Kapitel 22

»Wissen ist die Erkenntnis, dass wir nichts wissen.«

Aus Prinzipien des Denkens, *Vierter Band der Zienni-Doktrinen*

Tag ? im 496. Jahr der Shrīanischen Föderation

Indris maß den Ablauf der Zeit, indem er Beobachtungen anstellte: Durst war der erste und führende Faktor, sein schleichendes Verlangen, das sich mit dem Wogen der Dünenschatten vermischte, das feine Stechen des wirbelnden Sands, Zeiträume aus Hitze und Licht und unerbittliche Blöcke aus Dunkelheit und Kälte. Manchmal war der Himmel von einem marmorierten Blau und schien unendlich weit entfernt zu sein, dann glitzerten kleine Feuerpunkte, die so nahe schienen, dass man sie berühren konnte. Und immer war da der Wind, der zwischen den Steinen hindurchfuhr, die Tonhöhe veränderte, langsamer und schneller wurde. Er schien eine Sprache zu sein und war doch losgelöst von ihr.

Mari, Shar oder Ekko brachten ihm Wasser und fütterten ihn, und sein Körper reagierte automatisch auf die grundlegenden Bedürfnisse. Indris war sich all dessen bewusst, was um ihn herum vor sich ging, und beobachtete die Ereignisse mit sachlicher Distanziertheit. Auseinandersetzungen, Gesang, Vorwürfe, Versöhnungen und, mehr als einmal, Kämpfe. Blitzartige Kämpfe in der Dunkelheit mit Bergfenlingen, Momentaufnahmen von Gesichtern, die vom Licht des Feuers erhellt wurden. Am Tag Kämpfe mit Banditen oder Orjini, die von ihren Stämmen verstoßen worden waren und allein den weglosen Sand durchwanderten. Nichts davon holte Indris aus seinen Betrachtungen. Nichts davon schreckte ihn genug auf, dass er von dem Berg seines Geistes heruntergestiegen wäre. Die ganze Zeit über wusste er, dass er beschützt wurde; ihm war bewusst, dass er von einigen der gefährlichsten Personen auf der Welt umgeben war.

»Warum bist du hier?« Die Stimme des Fremden war so sanft wie die Brise, ohne einen Hauch von Neugier. Indris hatte zugesehen, wie der Mann aus dem Megalithen hervorgetreten war, obwohl Mari und die anderen nicht auf seine Anwesenheit reagierten. Er glättete sorgfältig seine Robe, als er sich setzte, und balancierte seinen gebleichten Stab auf seinen Oberschenkeln. Indris horchte in sich hinein und kam zu dem Schluss, dass er seit sechs Tagen im Sand saß. Er blickte sich um, sah aber nirgendwo seine Freunde.

»Weil ich hier sein muss.«

»Nein.« Und damit erhob sich der Fremde aus dem Sand und schritt zwischen die Steine, wo er in dem Spiel aus gekrümmtem Licht und geraden Schatten verschwand. Indris dachte über die Frage nach und setzte sie als Wurzel im Baum der Möglichkeiten ein, von dem die Antwort wie eine Frucht baumelte. Indris überprüfte Permutation, Flexion, Bedeutung und Metapher, aber es gab keine Antwort, die besser gepasst hätte als die ehrliche, die er gegeben hatte.

Ein weiterer Tag verstrich. Indris sah Mari für einen langen Moment, mit starrenden Augen, Lippen, die sich bewegten, ihre Hände auf seinem Gesicht und in seinem Haar. Dann war auch sie verschwunden.

»Warum bist du hier?«, fragte der Fremde, als er wiederkam.

»Weil ich mich dazu entschieden habe.«

»Nein.« Der Fremde erhob sich und verschwand erneut zwischen den Steinen. Wieder setzte Indris die Frage als Wurzel ein und positionierte die Antwort ganz oben in die Zweige. Er suchte zwischen den Zweigen, Blättern und Ästchen, die beides verbanden, nach der richtigen Erkenntnis.

Nach einem weiteren Tag setzte sich der Fremde in den Sand, die Beine gekreuzt, den Stab über dem Schoß. Und wieder stellte er die Frage.

»Weil ich hier sein will.«

»Nein.«

Am nächsten Tag beschloss Indris, statt das Offensichtliche mit dem Offensichtlichen zu beantworten, alle drei Bäume der Möglichkeiten in seinem Geist aufzurufen. Er stellte sie nebeneinander und untersuchte sie, dann legte er den einen über den anderen, sodass ein Gewirr aus Ästen, Blättern und Alternativen entstand. Keine von ihnen war falsch, doch das Ganze war so uneinheitlich, dass es jeglicher Bedeutung entbehrte. Es war, als würde man versuchen, eine Stimme aus Hunderten herauszuhören oder sofort ein Wort auf einer ganzen Seite zu erkennen. Nur der Stamm und die Wurzeln waren klar und beständig. Es waren das Nachdenken, Spekulation und Erwartung, die die Frage komplex machten. Es gab nur wenig, was eine Person wirklich brauchte, viel, was sie wählte, und noch mehr, was sie wollte. Wenn derlei Dinge unwichtig waren, was blieb dann?

»Ich bin hier, weil ich bin.«

»Ja.« Der Mann lächelte friedlich, der Blick klar inmitten der Fältchen, die seine Augen umgaben. »Wer bist du?«

Die Worte des Herolds hallten in Indris' Kopf wider. »Das ist nicht so wichtig wie die Frage, wie ich bin oder was ich bin.« Indris sann über den Rest dessen nach, was der Herold gesagt hatte, und fügte hinzu: »Oder warum ich bin.«

Das Lächeln des Mannes wurde breiter, und er nickte unmerklich. »Und warum bist du?«

Die Worte waren in den Schwarzen Archiven in seinen Kopf gepflanzt worden, beinahe, als hätte der Herold gewusst, dass die Frage gestellt werden würde. »Ich bin die Ursache und die Wirkung von Fragen, Versprechen und Handlungen aus einer Zeit, an die sich nur noch wenige Lebende erinnern können. Ich bin, weil euch ein Licht versprochen wurde, um euch den Weg zu weisen.«

»Aber weißt du auch, was das bedeutet?«

»Nein.« Indris senkte demütig den Kopf und ließ seine Frustration aus seinen Gliedern und in den Sand unter sich strömen. Das Eingeständnis fühlte sich gut an.

»Ja.« Der Fremde sprach leise, das Wort beinahe ein Seufzen. Er erhob sich und streckte Indris die Hand entgegen. »Willkommen, Näsarat fa Amonindris, in Isenandar, der Großen Akademischen Bibliothek von Shrīan. Ich habe so lange auf dich gewartet, und ich bin froh, dass du gekommen bist.«

»Und du bist …?«

»Der, den du erwartet hast.«

»Du bist Ruf-Der-Gefahr, obwohl das nur einer von vielen Namen ist, die dir im Laufe der Jahrhunderte gegeben wurden. Vielleicht nennst du mir auch deine anderen Namen und erzählst mir, weswegen ich hergekommen bin.«

»Nur wenn du großes Pech hast.«

Indris hielt einen Moment inne, dann folgte er Ruf-Der-Gefahr durch die uralten Steine im Sand. Bei jedem Stein schien es, als würde er um eine Ecke biegen: Sobald Indris sie umrundete, hatte sich die Welt verändert, als wäre Isenandar rund um diese Biegungen gebaut oder als würden die Trugbilder, die es verborgen hatten, weggezogen werden.

Er blieb wie angewurzelt stehen. Das Himmelsgewölbe hier war leuchtender, als er es jemals zuvor gesehen hatte.

Die Sterne und die farbigen Wolken des Ahnenschleiers leuchteten viel klarer. Eln hing tief und prachtvoll am Himmel, eine leuchtende Kugel in Saphirblau, Smaragdgrün und Perlweiß. Das Weiß kreiste langsam, wolkengleich, und hin und wieder flammten Lichtblitze auf. Und der spiegelnde Boden reflektierte das Wunder über ihm, das genug Licht spendete, um Laternen überflüssig zu machen.

»Neugier und der ehrliche Hunger nach Wissen leuchten heller als jede Laterne.« Die Echos von Ruf-Der-Gefahrs Stimme schwebten träge durch die Stille. »Welche Notwendigkeit hätten wir für derartige Dinge? Wir schaffen uns das Licht unseres Wegs selbst.«

Säulen erstreckten sich in alle Richtungen und schienen den Himmel zu stützen oder den Boden, je nach Blickwinkel. Indris berührte eine davon, und seine Hand glitt hindurch. Licht schimmerte um seine Finger. Es fühlte sich an, als würde er seine Hand durch …

»Sand!« Das Licht traf auf die Silikatkörner, die winzigen Sternen gleich die Helligkeit in alle Richtungen zurückwarfen. Mit jedem Doppelschlag seiner Herzen wurde das Licht stärker. Worte flossen in den Säulen, dann Sätze, dann ganze Textseiten auf Hochavān, Seethe, Maladhoring und sogar die kreis-, nein kugelförmigen Schriftzeichen der Sprache der Zeitmeister. Es gab noch andere Buchstaben, die Indris nur erraten konnte.

Er wandte sich zu Ruf-Der-Gefahr, der die Hände ausbreitete und sein Gesicht hob, um liebevoll auf das Zeugnis des Wissens zu blicken, das sie umgab.

»Die Säulen aus Sand, Indris. Denn alles, was wir tun, alles, was wir träumen, und alles, was wir lernen, basiert auf Fundamenten, die sich verändern und unter unseren Füßen verschwinden können.« Ruf-Der-Gefahr blickte melancholisch drein. »Denk daran, mein Freund, dass von allen Wesen, die sich durch die Welt bewegen, wir – die wir sie aus Gründen verändern wollen, die uns gut und richtig erscheinen – die unvollkommensten und schwächsten sind. Nichts, keine Form, keine Substanz, keine Gestalt, keine Meinung – weder Liebe noch Freundschaft noch Hass – währt ewig.«

»Sind meine Freunde sicher?«, fragte Indris. Er wusste, dass sie seit Tagen draußen warteten, und Indris kam es sehr wahrscheinlich vor, dass er noch viele Tage in Isenandar bleiben würde.

»Ich habe sie hier hereingebracht«, sagte der Mann. Leise klackte sein Stab auf den Boden, während sie weitergingen. »Nachdem du erst der Weg und die Tür geworden bist, wäre es ungastlich gewesen, sie draußen zu lassen. Sie schlafen und träumen und erholen sich von dem Leid und dem Aufruhr, den sie durchlebt haben. Du kannst sie sehen, wann immer du willst.«

Indris nickte dankbar. »Weißt du, warum ich hergekommen bin?«

»Wegen der Musik.«

Indris öffnete den Mund, um etwas zu sagen, und schloss ihn dann wieder, während er über die Antwort des Mannes nachdachte. In *Der Abstieg vom Gipfel des Bergs* hatte Kobaqaru, ein Magnat der Zienni, gesagt, Wissen wäre Musik, die zum Herzen und dem Verstand zugleich spricht und lieber überredet, statt eine Reaktion zu erzwingen. Jedes Stück Wissen war eine eigene Komposition und würde diejenigen, die ihr lauschten, entweder hereinlocken oder sie wegschicken. Es gab kein Richtig oder Falsch, es gab nur Musik und das, was sie für eine Person bedeuten konnte.

»Alte Musik«, sagte Indris.

»Dann wirst du vielleicht deinen Augenblick vollendeter Schönheit finden.«

»Wie soll ich hier überhaupt irgendetwas finden?«

»Hier geschieht nichts, und man kann nichts tun. Was kommt, das kommt, wenn du bereit dafür bist.«

»Das ist keine große Hilfe.«

Der Mann zuckte die Schultern. »Zielsetzungen sind manchmal nur Zielscheiben für uns, die wir anvisieren. Allerdings lernen wir mehr, wenn wir das Ziel verfehlen.«

»Das ist nicht viel besser.«

»Lehrer liefern weder Fakten noch die Wahrheit. Aber ein Lehrer wird auf Fakten verweisen, während der Schüler oder die Schülerin die Wahrheiten selbst lernt.«

»Du wirst meine Frage nicht beantworten, oder?«

»Das habe ich schon.« Und mit einem Lächeln ging er fort.

Indris atmete tief ein, um seine Frustration zu unterdrücken. Über ihm glitzerten die Säulen aus Sand im Licht des Wissens. Die Schriftzeichen wanderten gleichmäßig von links nach rechts oder von oben nach unten, je nach Sprache. Er blickte auf seine Stiefel hinab und hatte den Eindruck, mitten im Ahnenschleier zu stehen. *Die ganze Zeit über bin ich zwischen Sternen gewandelt, ohne es zu ahnen.* Indris hob einen Stiefel, und die Stelle, wo gerade noch sein Fuß gewesen war, füllte sich mit leuchtenden Farben, die vom Himmel über ihm reflektiert wurden. Es war schwer, im Angesicht von solcher Schönheit nicht zu lächeln. Seine Anspannung ließ nach, und Formen und Gedanken bewegten sich freier.

Wieder allein, streckte sich Indris und betrachtete die scheinbar endlose Prozession aus Säulen, die ihn umgab. *Nimm, was du brauchst, und lass zurück, was du nicht brauchen kannst,* hatte Femensetri oft zu ihm gesagt, als er noch ihr Schüler war. *Würdest du das hier auch sagen,* Sahai?

Indris blickte an der Säule neben sich hinauf und verfolgte abwesend die Reihen der Zeichenfelder auf Maladhoring.

Die Struktur des Satzes war archaisch, und er brauchte ein paar Anläufe, bis er in der Sprache denken konnte, die er las …

Der sterbliche Geist vermag Konzepte bis zu einem gewissen Grad zu erfassen, und er ist imstande, Energie sicher innerhalb des Kontextes ihrer eigenen Erfahrung und Vorstellungskraft zu kanalisieren. Im Allgemeinen ist es die Angst davor, die Grenzen zum Unbekannten zu überschreiten, die zum Scheitern in den arkanen Wissenschaften führt. Denn die Mystiker befinden sich auf fremdem Gebiet, und ihnen fehlen die Grundlagen, um begreifen zu können.

Der Gebrauch von Analogien und Metaphern bildet lediglich den Rahmen innerhalb der Abstraktion, denn das eigentliche Ziel ist die Abstraktion selbst: Es geht um die Idee, Energie zu manipulieren, ohne durch den Gedanken eingeschränkt zu werden, was eine Person tun sollte. Es gibt nur das, was eine Person tun kann. Jede Person kann über das Recht, Macht einzusetzen, gemäß ihrer Moral und ihrer ethischen Grundsätze selbst urteilen. Aber bedenkt, dass Īa dies nicht tut.

Īa selbst hat eine Tiefe des Verstehens und eine Komplexität geistiger Prozesse, die die seiner Bewohner bei Weitem übersteigt – immer vorausgesetzt, man akzeptiert die Hypothese, dass Geist und Seele unauflösbar miteinander verbunden sind. Beweis hierfür ist die Fähigkeit der im Ahm *existierenden Geister, die Erinnerungen an ihr Leben zu bewahren, zu lernen und Wissen zu speichern. Wir können nur Erkenntnis gewinnen und die Bandbreite unserer wahren Fähigkeiten nutzbar machen, indem wir unseren Kontext und unser Bewusstsein erweitern.*

Um mehr zu sein, als wir sind, müssen wir vergessen, was wir tun können, und das erwecken, was in unserem Inneren schlummert: Wir müssen über unsere Grenzen hinausgehen und erkennen, was wir erreichen könnten, sobald wir unser Bedürfnis über-

winden, nur als das zu existieren, was wir im Augenblick sind, und nicht als das, was wir sein könnten …

Indris las die letzte Passage erneut, um sicherzugehen, dass er sie richtig übersetzt hatte. Er verfluchte den Mann, der ihn hierhergeführt hatte, erst leise, dann lauter.

Hier, in den Armen des Ahnenschleiers, die das Zentrum der Säulen aus Sand zu sein schienen, war ein Teil dessen, weswegen Indris hergekommen war.

»Erwachen«, flüsterte er. Die Energie in ihm begann sich zu regen. Strudel öffneten sich wie Blüten, die sich der Sonne zuwandten, und erfüllten Indris mit warmer Erwartung.

Indris las die Arbeiten brillanter Geister, bis sein Verstand nicht mehr aufnehmen konnte und seine Augen vor Müdigkeit brannten. Er tätschelte seinen knurrenden Magen. Der Ablauf der Zeit war nicht messbar, nur an den Signalen des Körpers, der seine Bedürfnisse anmeldete, und Indris wusste, dass er lange Zeit ohne Nahrung, Wasser oder Schlaf auskommen konnte. Er hatte keine Ahnung, wie lange er dem Wissen, das er suchte, schon nachspürte. Er wanderte von Säule zu Säule und wieder zurück, und jedes Mal wurde die Geschichte vollständiger.

Nachdem er den gleichen Absatz mit Schriftzeichen der Seethe zum fünften Mal gelesen hatte, musste er sich allerdings eingestehen, dass er nicht mehr erfahren würde. Ein Teil seiner Erschöpfung rührte von dem ständigen Wechsel her, ein Wechsel zwischen Gedankengängen oder auch unterschiedlichen Sprachen. Ganze Säulen waren in dem symbolhaften und verträumten Hazhi'shi beschriftet, einer Sprache, mit der er zu kämpfen hatte. Ein Wort konnte völlig unterschiedliche Bedeutungen haben, je nach Kontext, in dem es stand.

Die Bibliothek war mit Geheimnissen angefüllt und mit den Gespenstern seiner Vergangenheit. Manchmal hatte Indris das Gefühl, er würde beobachtet. Er hörte ein Flüstern zwischen den Sternen oder sah Schatten, die sich zwischen den Säulen bewegten. Er rief, aber niemand antwortete. Jetzt sah er ein Licht in der Ferne, und Indris bewegte sich darauf zu. Inmitten sanfter, mit Klee und Veilchen bewachsener Hügel ragte eine Stufenpyramide auf, die mit Hängegärten und Wasserspielen geschmückt war. Die Brunnen und Wasserfälle spielten eine zarte Melodie, die Indris sehr beruhigend fand. Er erforschte die Stufenpyramide und schritt von erhellten in abgedunkelte Räume, vom Skriptorium in den Speisesaal, weiter ins Observatorium und in die Räume für Lehrer und Schüler. Die meisten Zimmer waren leer, aber in manchen lagen noch die Habseligkeiten ihrer vorherigen Bewohner herum. Indris wanderte von Raum zu Raum und blätterte müßig durch Skizzenbücher, Tagebücher und halb fertige Schriftrollen. Tintenfässer mit vertrockneter Tinte standen neben Pinseln, von denen sich die Borsten lösten, als Indris sie berührte. Musikinstrumente. Werkzeuge von Tischlern, Schmieden und Juwelieren. Kleidung, die seit Jahrtausenden aus der Mode war, aus einer Zeit, als die Avān ein Imperium und eine Welt beherrscht hatten.

Isenandar war eine Stadt des Lernens gewesen, die nun zwischen den Falten von Raum und Zeit verborgen lag. Nun war sie leer, abgesehen vielleicht von den Nomaden, deren Existenz er aus dem Augenwinkel wahrnahm. Manchmal hörte er auch ihr jahrhundertealtes Flüstern. Indris fühlte die Gegenwart der Schüler überall um sich herum. Es war die konzentrierte Anwesenheit überwältigenden Intellekts und wachsender Macht. Im Gegensatz zur Toten Ebene, die außerhalb der Bibliothek lag, fühlte Indris Wirbel des *Ahm*, die ihn durchströmten. Gestaltwandlerin war still, verloren in ihren eigenen Gedanken, und er fühlte ihre warmen und tröstlichen Konturen.

Indris griff nach dem Beutel mit den Scherben der zerstörten Klinge. Eine von ihnen fühlte sich anders an als die anderen, und er zog sie heraus. Das Metall war schmierig und mit dunklem Blut gefärbt, das sich nicht abwischen ließ. Indris fuhr mit dem Finger über das getrocknete Blut und fühlte den disentropischen Makel, sogar noch Tage nachdem die Botschafterin getötet worden war. Er unterdrückte die aufsteigenden Tränen und verlor sich einen Moment lang in der Trauer darüber, was aus seiner Frau – denn er konnte noch immer nicht mit ihrem Namen an sie denken – geworden war.

Es war sicherer und gesünder zu glauben, dass seine Frau schon vor Jahren gestorben war, statt sie mit der Beauftragten der Ödnis in Zusammenhang zu bringen, die er auf Tamerlan getötet hatte. Gestaltwandlerin summte fragend; ein schwacher Strom tröstlicher Energie durchströmte Indris und half ihm, das Schuldgefühl zu beschwichtigen, das unberechtigterweise in ihm aufstieg. Er hatte seine Frau vor Jahren verloren. Jetzt liebte er eine andere.

Die Nachrichten in den Säulen verschwammen vor seinen Augen. Indris streckte sich und gähnte. Er war hungrig und müde, und er sehnte sich nach der Gesellschaft seiner Freunde. Es gab keine festgelegte Richtung in Isenandar, daher stellte er sich Mari in seinem Geist vor und begann zu gehen. Isenandar richtete sich um Indris' Vorstellungen herum aus. Er wusste, dass sich seine Beine bewegten, auf die gleiche Weise, wie er wusste, dass seine Herzen schlugen und er atmete, und doch war das Gefühl dieser ziellosen Bewegung verunsichernd.

Die *Wanderer* lag schräg auf ihrer beschädigten Landestütze bei einem großen Teich. Der von Sternschnuppen übersäte Himmel war hell, gefärbt von der Imitation einer

Morgendämmerung. Seine Gefährten saßen in einer Oase auf einem lockeren Polster aus Klee, umgeben von Veilchen, Palmen und Bäumen, an denen Feigen, Äpfel und Dattelpflaumen hingen. Mari erblickte ihn, schrie ihm einen Gruß zu und stürzte über das Gras auf ihn zu, um sich in seine Arme zu werfen. Sie küssten sich und gingen zusammen zurück zu ihrem behelfsmäßigen Lager.

»Ich kann mich nicht erinnern, wie wir hierhergekommen sind«, sagte Mari nervös und blickte zu dem reglosen Himmel empor. »Und ich habe auch keine Ahnung, wie lange wir schon hier sind.«

»Woran erinnerst du dich?«

»An dich, wie du im Sand gesessen hast, so bewegungslos wie ein verfluchter Stein«, brummte Mari, und sie klang ernsthaft wütend. Sie rammte ihm den Ellbogen in die Rippen, so fest, dass es beinahe wehtat. »Ich habe dich tagelang gefüttert und dir Wasser gegeben. Wir wurden von Fenlingen und einigen der Orjini angegriffen. Belam und Sanojé wollten dich an Bord der *Wanderer* zerren und wegfliegen, aber wir anderen haben beschlossen, dir Zeit zu lassen.«

»Wie lange?«

»Etwa neun Tage. Dann waren wir plötzlich hier, wo auch immer das ist.«

»Wo warst du?«, fragte Sanojé gereizt, als Indris und Mari zu den anderen traten. »Sind das die Säulen aus Sand? Hier gibt es gar nichts! Wie soll ich etwas lernen, wenn nichts da ist?«

Indris blieb still. Obwohl die *Ilhen*-Laternen der *Wanderer* die Sterne über und unter ihnen verblassen ließen, konnte er die lange Reihe von Säulen sehen, die sich weit jenseits der Oase erstreckten, alle in genau dem gleichen Abstand zueinander, ebenso wie die Bäume. Aber Mari, Shar, Ekko und Belamandris nickten und stimmten Sanojé zu. Neugierig geworden, ging Indris zu einem der Bäume und berührte ihn, nur um festzustellen, dass auch er aus Sand und dem Wissen der Bäume statt aus Holz gemacht war. Die Oase war genau das für seine Freunde, was sie brauchten: ein Ort der Ruhe und Sicherheit. Ihre vereinten Geister hatten ihn errichtet. Indris fokussierte seinen Geist, und vor seinen Augen wurden die Bäume länger, gerader und verwandelten sich wieder in die Säulen, die ihm mittlerweile vertraut waren.

»Es tut mir leid, dass ich euch nicht mehr erklären kann, aber ich habe noch nicht viele Antworten, was diesen Ort betrifft«, sagte Indris. »Habt ihr versucht, ihn auszukundschaften?«

»Wir waren nicht lange hier, glaube ich«, sagte Belamandris. »Lange genug, um ein Lager aufzuschlagen und unsere Wunden zu versorgen …«

»Und hungrig zu werden«, sagte Ekko. »Glücklicherweise gibt es Fische in dem Teich.«

Shar fuhr spielerisch mit den Fingern durch Ekkos Mähne, was er sich reglos und mit großen Pupillen gefallen ließ. »Mein armes Baby. Als er die ganzen Obstbäume sah, hat Ekko geglaubt, er würde verhungern!«

»Es scheint hier reichlich Essen und Wasser zu geben«, sagte Mari. »Aber wie lange werden wir noch bleiben? Morne und die Unsterblichen Gefährten werden längst bei den Sēq eingetroffen sein.«

»Wir sind hier nutzlos«, fügte Belamandris hinzu. »Wir müssen da hin, wo unser Vater ist, und ihn aufhalten. Kasra wird keine Skrupel haben, Vaters Ehrgeiz noch weiter anzustacheln, und die Botschafterin …« Er sah Indris entschuldigend an, der fühlte, wie sein Gesichtsausdruck hart geworden war, als die Erinnerung daran, was aus seiner Frau geworden war, wieder in ihm hochkam. »Tut mir leid. Ich habe nicht nachgedacht.«

»Es ist nicht deine Schuld. Sie war, was sie war, und daran können wir nichts ändern.«

»Jedenfalls«, sagte Sanojé, »können wir hier nicht länger warten. Wir sind schon neun Tage hier. Der Asrahn kann in neun Tagen eine Menge Schaden anrichten.«

Shar schlug vor, dass sie erst essen und später reden sollten. Sie packten aus, was von ihren Vorräten noch übrig war, und ergänzten sie mit Fisch und Früchten aus der Oase. Obwohl sie sich entspannt und locker unterhielten, wusste Indris, dass seine Freunde – Mari eingeschlossen – nicht hierbleiben wollten. Sanojé war am schlimmsten. Die kleine Hexe war unruhig, weil ihr hier die Verbindung mit dem *Ahm* fehlte und sie zeitweilig ihre Fähigkeiten verloren hatte. Nach ihrem Mahl nahm Indris Mari an der Hand und führte sie weg, damit sie allein reden konnten.

»Wir wollen nicht bleiben«, sagte Mari. »Aber ebenso wenig kannst du gehen. Was sollen wir tun?«

»Was glaubst du, was da draußen passiert?«, fragte Indris.

»Wahrscheinlich ziemlich schlimme Dinge.«

»Dinge, die du verhindern kannst?«

»Vermutlich.«

Indris kaute auf seiner Unterlippe und starrte die Frau an, die er liebte. *Ich bin so dicht dran an den Antworten, die wir brauchen …*

»In der Welt passiert mehr als das, was ich hier vollbringen kann«, gab er zu.

»Das ist wahr.« Mari nahm seine Hand und massierte sie. Ihre Daumen bearbeiteten seine Haut, und er entspannte sich. »Aber das, was du hier tust, ist wichtig. Für uns alle.«

»Alles, was wir tun können, um deinen Vater aufzuhalten, ist wichtig, Mari. Und dies ist kein Kampf, den irgendjemand allein gewinnen könnte.«

»Nicht einmal der große und mächtige Indris?« Mari

lächelte, und er entspannte sich. Sie trat näher an ihn heran und zog seine Hände um ihre Taille. Sie liebkoste seinen Hals, und er fühlte ihren warmen Atem, ihre Stimme, die über seine Haut vibrierte. »Nicht einmal das Drachenauge? Der Geisterbändiger?«

»Du hast den Diamantenfürsten vergessen«, murmelte Indris. Er küsste sie, und sein Verlangen erwachte. Plötzlich war seine Erschöpfung vergessen. Schwer atmend ließen sie voneinander ab.

»Wir müssen fort, Indris.« Maris Stimme war heiser. Es fühlte sich gut an, sie in den Armen zu halten – stark und warm und weich.

»Musst du jetzt schon los?«

»Ich denke, ein bisschen Zeit habe ich noch …«

Die beiden wühlten sich durch den Haufen hastig abgelegter Kleidung, und sie zogen sich wieder an, während sie einander ein schiefes Grinsen zuwarfen.

Als sie zu den anderen zurückgingen, fragte Indris Mari: »Wohin werdet ihr gehen?«

»Das kommt darauf an. Mit dem Wasser des Lebens bringen wir die *Wanderer* in die Höhe und Richtung Osten, aus der Toten Ebene hinaus. Dort wird Sanojé imstande sein, geistige Verbindung mit den anderen Hexen aufzunehmen und herauszufinden, was passiert ist. Wenn wir Glück haben, weiß Vater noch nichts von Belams Treuebruch. Es wird ihn umbringen, Indris. Vater liebt Belam so sehr …«

Indris hielt ihre Hand, während sie gingen, und sie besprachen die unterschiedlichen Möglichkeiten.

»Wenn sich die Sēq dazu entschlossen haben mitzumischen«, sagte Indris, »dann haben wir gute Chancen, deinen Vater aufzuhalten.«

»Wollen wir's hoffen, Liebster.« Mari schenkte ihm ein

kummervolles Lächeln. »Ich will nicht, dass mein Vater stirbt, aber wir dürfen nicht zulassen, dass er unserer Nation oder unseren Leuten noch mehr Schaden zufügt. Ich werde tun, was getan werden muss.«

Sie verabschiedeten sich mit Worten, Gesten und Liebkosungen, von denen sie würden zehren müssen, bis sie sich wiedersahen. Der Abschied von seinen anderen Freunden war ebenso herzzerreißend. Belamandris umarmte Indris und gab ein geflüstertes Versprechen: Er würde eher sterben, als zuzulassen, dass Mari ein Leid zustieß. Die beiden Männer nickten sich zu, und Indris wurde klar, dass sie Freunde sein könnten.

Indris stand beim Teich, als sich die *Wanderer* in die Lüfte erhob. Spiralförmig stieg sie nach oben und verschwand in einem Vorhang aus flackerndem Licht. Sobald sie fort waren, löste sich die Oase auf, die Bäume verwandelten sich in Säulen der Überlieferung, und Himmel und Boden spiegelten einander wider.

Ein tieferes Begreifen des Erwachens begann sich in Indris' Geist zu entfalten, und die Pfade, die Ariskander in Amnon eröffnet hatte, wurden mit jeder neuen Erkenntnis breiter.

Aber da war noch mehr.

Die Müdigkeit zerrte an Indris' Gliedern. Er machte sich von allen Gedanken frei, von dem Bedürfnis zu handeln, und gestattete Isenandar, sich neu zu formen, bis er bei dem Schlafsaal ankam. Hunderte von Balkons schwebten auf einer weitläufigen Stufenpyramide vor dem Hintergrund eines Sternenmeers. Der Duft von Lavendel und Vanille war beruhigend. Indris betrat den ersten Raum, den er sah, und brach auf dem Bett zusammen. Er bezweifelte, dass der vorherige Bewohner, der seit Jahrtausenden tot war, viel dagegen haben würde.

Während Indris döste, ertönte ein trauriges Lied: eines von

tiefer Einsamkeit und Reue. Das Lied zupfte an den Saiten einer Einsamkeit, die Indris in Amarqa kennengelernt hatte, ein Gefühl tiefer Isolation und Stille, das er gehasst hatte. Er lag still da und ließ zu, dass ihn die Traurigkeit durchflutete, wurde zu einem Teil von ihr, während er langsam in den Schlaf hinüberglitt.

Kapitel 23

»Wir sind, und wir handeln, oder wir tun es nicht. So einfach ist das Leben.«

Aus den Maximen der Nilvedic

78. Tag im 496. Jahr der Shrīanischen Föderation

Die *Wanderer* schwebte über den klaren, kalten Himmel ostwärts, über eine Hochebene im Mar Ejir. Schneefelder zogen sich durch Bergseen und Flüsse den Gebirgshang hinab. Riesige Berghirsche, Ziegen und Ponys grasten unter ihnen, und der Rauch von einem einsamen Gehöft stieg aus einem schiefen Kamin. Eine Fallenstellerin in zerlumpten Fellen blickte himmelwärts und winkte, als das Schiff vorüberflog.

»*Wie* lange waren wir weg?«, fragte Mari Sanojé ungläubig.

»Es ist sechzehn Tage her, seit wir in der Wüste angekommen sind«, bestätigte Sanojé. »Das ändert sich auch nicht, wenn du mich jetzt zum dritten Mal fragst.«

»Ich erinnere mich an drei Tage Suchen und neun Tage Warten, dass der Fremde eintrifft«, sagte Belam. »Ich kann mich nicht erinnern, dass wir noch einmal vier Tage in Isenandar gewartet haben.«

»Das kann keiner von uns, Belamandris«, sagte Ekko. »Aber die Welt hat sich weitergedreht, ohne sich darum zu kümmern, ob wir uns dessen bewusst waren oder nicht.«

Die Hexen waren am Rande der Hysterie gewesen, als Sanojé sie kontaktiert hatte.

Es dauerte ein paar Stunden, in denen Sanojé im Geiste mit unterschiedlichen Hexen kommunizierte, um einen umfassenden, wenn auch etwas manischen Bericht über die Ereignisse zu bekommen, die sich seit ihrer und Belams Abreise aus Avānweh zugetragen hatten.

»Die Nation ist in Aufruhr«, sagte die tanisische Hexe. »Elonie, die für uns einer Anführerin noch am nächsten kam, ist tot. Soweit ich verstanden habe, hat der Asrahn seinen Teil der Abmachung mit den Malegangern erfüllt, nachdem sie ihm die Schätze der Rōmarq gezeigt hatten. Es gab ein Massaker im Qadir Selassin …«

»Massaker?«, fragte Mari scharf. »Was ist passiert? Geht es Vahineh gut?«

»Lässt du mich ausreden?«, erwiderte Sanojé. »Offenbar gab es einen Kampf zwischen den Streitkräften des Asrahns und einigen Föderalisten. Außerdem wird eine Reihe von Leuten vermisst, weil es anschließend zu gewalttätigen Ausschreitungen in der Stadt gekommen ist. Eine Sache wurde bestätigt: dass die letzten Nachkommen der Selassins, Vahineh und Martūm, tot sind.«

Mari saß ernüchtert da, während die Hexe erzählte, was sie noch wusste: der plötzliche und dramatische Wechsel in der Gesinnung bei Leuten, die zuvor die politische Richtung des Asrahns nicht gerade enthusiastisch befürwortet hatten. Wie einige der Anhänger Corajidins die politischen Seiten gewechselt hatten, weil sie das Vertrauen verloren hatten. Dass andere Fraktionen ihre eigennützige Neutralität aufgegeben und eine Seite gewählt hatten, um nicht schutzlos in der Mitte zu stehen. Der Wächter des Wandels und der Kanzleimarschall hatten offiziell erklärt, dass sie sich in einem Zeitraum des Wandels befanden, aber die tonangebenden Fraktionen waren nicht einmal imstande, sich auf diesen Punkt zu einigen.

Nichts davon änderte etwas an der Tatsache, dass Vahineh tot war. Nach allem, was sie durchgemacht hatte, und nachdem sie aus Tamerlan entkommen war, war sie in ihrem eigenen Qadir gestorben! »Wie ist Vahineh gestorben, Sano?«, fragte Mari.

Sanojé grinste boshaft. »Sie hat versucht, den Asrahn zu töten. Schüttle nicht den Kopf; es ist wahr! Vahineh wurde tot aufgefunden mit einem Messer in der Hand, und überall an ihr hat das Blut deines Vaters geklebt. Offenbar wurden Wolfram und einige der Anlūki weggejagt, als sie gerade den Körper des Asrahns bargen, der neben Vahinehs Leiche lag. Niemand weiß, ob der Asrahn noch am Leben ist. Die Hexen tuscheln untereinander, dass er schwer verletzt ist und in die Rōmarq zurückgebracht wurde.«

Mari lehnte sich gegen die Reling und fühlte, wie die Trauer ihr die Brust zusammenschnürte. Vahineh tot, und das Schicksal ihres Vaters ungewiss. *Es war schon immer klar gewesen, dass es so enden muss, oder etwa nicht?* Aber das Wissen darum war etwas anderes, als es jetzt zu fühlen. *Bist du wirklich tot, Vater, oder wirst du dich wieder erheben, um die Nation heimzusuchen?*

»Sayf Näsaré fa Ajomandyan, der Himmelslord, wurde zum Wächter des Wandels ernannt«, fuhr Sanojé fort. »Aber die Opposition weigert sich, seine Autorität anzuerkennen, da er bekanntermaßen Sympathien für die Föderalisten hegt. Die Imperialisten verlangen eine Abstimmung über den neuen Wächter des Wandels.«

»Das ist Entscheidung des Magistrats«, sagte Belam. »Sie werden den alten Ajo in seiner Position bestätigen. Avānweh ist seine Stadt, und er wird für Frieden sorgen.«

»Wohin gehen wir jetzt?«, fragte Shar in die deprimierte Stille hinein. Da Indris nicht bei ihnen war, wandten sich sowohl Shar als auch Ekko Mari zu, damit sie entscheiden sollte. Belam und Sanojé behielten ihre Meinung für sich, aber Belam hatte geschworen, Mari zu helfen, und Sanojé stand zu Belam.

»Wir verfügen über keine Armeen«, sagte Mari. »Wenn wir allein handeln, werden wir nicht viel ausrichten. Lasst uns also irgendwo hingehen, wo wir unsere Kräfte sinnvoll einsetzen können. Lasst uns nach Avānweh fahren und dem Wächter des Wandels unsere Dienste anbieten.«

Shar kreiste mit der *Wanderer* über Avānweh, und das Schiff wurde von den stürmischen Bergwinden hin und her geworfen. Rauch stieg von den Gebäuden auf, und eine dicke Ascheschicht lag in den Knochengärten, in denen die pulverisierten Überreste der Toten aufbewahrt wurden. Auf den Straßen waren Farbpunkte zu sehen, Banner, die von Häusern gerissen und zertrampelt worden waren.

Der Hafen war beinahe leer, und am Himmel patrouillierten gepanzerte Greife und Windbarken unter der Flagge der Näsaré. Zwei Kader der Greifenreiter fingen die *Wanderer* ab, als sie sich näherte. Ihre Schatten flatterten über das Deck, während die riesigen Kreaturen über ihren Köpfen schwebten, und das Sonnenlicht glitzerte auf den Speerspitzen und Rüstungen der Reiter. Die Greife bildeten eine enge Formation, und der Reiter, der ihnen am nächsten war, deutete in die Richtung, in die die *Wanderer* fliegen sollte. Sie waren noch nicht weit gekommen, als ein weiterer Greifenkader von hoch über ihnen herabgesegelt kam. Mit lautem Flügelschlag verlangsamten sie ihren Sinkflug, bis sie neben und über dem Schiff flogen.

Mari unterdrückte einen Aufschrei, als zwei der Reiter ihre Beine über die Sättel schwangen und sich beinahe drei Meter tief auf das Deck der *Wanderer* fallen ließen. Die beiden landeten mit einem lauten Klirren ihrer Rüstungen und Waffen. Sie waren groß und schlank und in kurze Mäntel gehüllt, mit Gamaschen, die über die Hosen geschnallt waren. Beide trugen *Shamshire,* kurze Reflexbogen und schwere Speere mit beunruhigend langen Klingen. Die beiden Himmelsritter klappten die Adlervisiere ihrer Helme auf, und die Gefährten erkannten Neva und Yago. Die Greife schwangen sich ohne ihre Reiter wieder in die Lüfte und verschwanden außer Sicht.

»Die kommen schon klar!« Yago winkte ihnen lässig hinterher. »Sie sind froh, wenn sie uns nicht den ganzen verfluchten Tag lang herumtragen müssen. Um ehrlich zu sein, diese verdammten Sättel könnten auch bequemer sein.«

»Jammern, jammern, jammern«, sagte Neva und ahmte mit der Hand einen auf- und zuklappenden Mund nach. Obwohl ihr Lächeln herzlich war, sahen die Geschwister müde aus. Neva gab Shar und Ekko die Hand, ebenso wie Yago. Mari, Belam und Sanojé hingegen wurden weniger freundlich begrüßt. »Seid ihr gekommen, um euch zu stellen?«

»Pardon?«, fragte Belam. Seine Hand wanderte zum Griff seiner Klinge. Er lächelte Neva an, die ihn abweisend musterte. »Wir kommen in Frieden, wenn du das meinst.«

»Oh, danke auch!«, erwiderte Neva. »Aber nein, ich habe es genau so gemeint, wie ich es gesagt habe, und ich meine es immer noch. Der Wächtergeneral hat Befehl erlassen, alle Mitglieder des Hohen Hauses Erebus zu verhaften … unter anderen. Ich dachte, ihr wärt gekommen, um mir das Leben ein wenig leichter zu machen. Ihr werdet mir doch das Leben leichter machen, oder?«

»Neva, Yago«, sagte Shar. »Weder Mari noch Belam oder Sanojé sind hier, um sich gefangen nehmen zu lassen. Wir sind gekommen, um eurem Vater unsere Unterstützung anzubieten.«

»Ein bisschen spät«, erwiderte Yago. Sein Speer senkte sich geringfügig nach unten. Bedrohlich, aber noch nicht direkt in Angriffsstellung. »Findet ihr nicht?«

Ekko glitt nach vorn und stellte sich neben Mari. Er wirkte riesig und tödlich. Shar blieb beim Pilotensitz, aber Mari hatte keinen Zweifel, worauf sich die Kriegssängerin gerade konzentrierte. Mari warf einen Blick auf die anderen Greife, die dicht neben dem Schiff flogen und ihre Bewegungsfreiheit beeinträchtigten, dann musterte sie die beiden Windbarken mit ihren Bogenschützen, die sich der Prozession angeschlossen hatten.

Überraschend ruhig schnallte Mari ihren Waffengürtel ab und legte ihre beiden Schwerter aufs Deck, dann trat sie zurück. Belam erstickte beinahe vor Wut; er war zweifellos der Meinung, dass er erst Neva und Yago töten und dann vor den Streitkräften des Himmelslords fliehen konnte. Aber was sollte das für einen Sinn haben? *Wir sind gekommen, um unserem Land zu helfen. Wir sind noch weit davon entfernt, in einer Gefängniszelle zu landen, und wir haben viel zu unseren Gunsten zu sagen.*

Ekko tat es Mari nach. Er legte sein *Khopesh*, Bogen und Köcher aufs Deck. Shar machte Yago ein Zeichen, ihr die Waffen abzunehmen.

»Im Ernst?«, fragte Yago. »Ihr wollt uns dazu zwingen, euch alle zu verhaften?«

»Wir zwingen euch zu gar nichts; macht, was ihr für richtig haltet«, sagte Mari. »Wir sind keine Verbrecher. Vertraut mir, wenn ich sage, dass wir helfen können.«

»Du magst vielleicht dem ehemaligen Asrahn bei seinen letzten Verbrechen nicht geholfen haben.« Neva durchbohrte Belam und Sanojé mit ihrem Blick. »Aber dein Bruder und dieses Miststück können das nicht von sich behaupten.«

»Dann sollten wir das mit der Obrigkeit klären«, sagte

Mari. »Aber wir sind alle zusammen hierhergekommen, und wir werden alle zusammen als Freie wieder gehen.«

»Oder auch nicht«, konterte Yago.

Mari hoffte auf Ersteres.

Stunden verstrichen in dem unbarmherzigen Wandern eines Streifens Sonnenlicht, der durch das schmale Zellenfenster hereinfiel. Nur wenige Geräusche drangen zu ihnen durch, da die Gefängnisse in einem abgelegenen Teil der Stadt lagen, die man durch ein Labyrinth aus Tunneln und Hohlwegen erreichte. Von Zeit zu Zeit drang Kampflärm bis zu ihnen durch. Jedes Mal versteiften sich die Wachen kampfbereit, wurden jedoch nie gerufen.

»Wenn jemand kommt, um sich an uns zu rächen«, flüsterte Belam Mari zu, »sind wir nicht gerade in der besten Position, um uns zu verteidigen. Guter Plan, kleine Schwester.«

»Nächstes Mal, wenn wir in die Hauptstadt einfliegen, nachdem unser Vater gerade versucht hat, die Nation zu zerstören, darfst du entscheiden. Klingt das fair?«

»Klingt fair.«

Lange schon waren durch das kleine Fenster die Sterne und der erste bunte Dunst des Ahnenschleiers zu sehen, als Mari Schritte hörte, die sich ihrer Zelle näherten. Sie stupste die anderen wach, sodass alle standen, als Ajo, Neva und Yago den Kerker im Gefolge grimmig dreinblickender Himmelsritter betraten. Ajos Gesicht war dunkelrot vor Zorn. Er schritt vor den Gitterstäben ihrer Zelle auf und ab. Mari stand ganz still im Angesicht des Zorns, den der Himmelslord verströmte, und hoffte, ihr Bruder war schlau genug, den Mund zu halten.

»Glaubt ihr wirklich«, fragte Ajo, »dass ich Zeit habe, um mich um Leute wie euch zu kümmern?« Er wies auf Shar und Ekko. »Ich hege keinen Groll gegen euch beide, und es steht euch frei zu gehen … Nein! Keine Diskussionen. Ich will, dass ihr aus dieser Zelle verschwindet. Was die Erebus-Geschwister und die Hexe betrifft, so werden sie sich Anschuldigungen wegen Verbrechen gegen die Shrīanische Föderation stellen müssen.«

»Würde es Euch etwas ausmachen, mich aufzuklären, Sayf Näsaré?« Mari zwang sich zur Ruhe. »Sicher habe ich bereits bewiesen, dass ich nichts mit den Machenschaften meines Vaters zu tun habe?«

»Woher sollen wir wissen, wozu du imstande bist?« Neva kam dicht an die Gitterstäbe, und die beiden Frauen taxierten einander. »Du wurdest nicht mehr gesehen, seit du die Stadt mit den Rahns verlassen hast, und sie waren gezwungen, sich ihren Weg allein aus der Toten Ebene zu suchen! Uns wurde gesagt, dass du mit dem Witwenmacher, der Schwarzen Schlange und ihrem Sohn gegangen bist.«

»Ich bin mit ihnen gegangen«, gab Mari zu. Sie schwieg einen Moment lang, versunken in die schmerzhaften Erinnerungen ihrer Gefangenschaft. »Jhem und Nadir haben mich nach Tamerlan gebracht, wo ich seit Anfang des Jahres die Gefangene der Asrahnwitwe war.«

»Wie bequem«, entgegnete Yago, der gegen die gegenüberliegende Wand gelehnt stand.

»Nicht so bequem, wie du vielleicht glaubst«, gab Mari zurück.

»Und wir sollen dir das einfach so glauben?«, fragte Ajo.

Mari presste ihr Gesicht gegen die Stäbe und spuckte dem Himmelslord vor die Füße. »Als ich das letzte Mal hier war, habe ich geholfen, Euer Leben zu retten. Und Vahinehs. Davor habe ich mich meinem Vater in Amnon widersetzt und den Föderalisten geholfen, seine Pläne zu durchkreuzen. In der Toten Ebene habe ich mein Leben erneut aufs Spiel gesetzt, um Vahineh zu beschützen. Ich denke, ich muss Euereins gar nichts mehr beweisen, Himmelslord. Glaubt mir oder nicht, aber Eure Vorurteile haben bei der Frage nach meiner Unschuld nichts verloren.«

»Wir sollten sie ans Wächtertribunal übergeben, damit sie verurteilt und hingerichtet werden«, sagte Neva.

»Mariam spricht die Wahrheit, Sayf Näsaré«, brummte Ekko.

»Jedes Wort ist wahr. Ich habe an Mariams Seite gekämpft und gesehen, wie sie sich geopfert hat. Wir … wir haben gute Freunde verloren, aber Mariams Entschluss, das Richtige zu tun, ist niemals ins Wanken geraten.«

»Wir waren dort«, sagte Shar, »als Morne Falkenholz und die Unsterblichen Gefährten Mari halfen, die Herrschaft der Asrahnwitwe in Tamerlan zu beenden. Sie war seit Jahresbeginn als Gefangene ihrer Großmutter dort. Ihr tut Unrecht, wenn Ihr sie anklagt, nachdem sie so viel gegeben hat und nichts im Gegenzug wollte von einer Nation, die ihr auf ewig dankbar sein sollte.«

Ajo trat zurück, um sich mit Neva und Yago zu beraten. Sie sprachen mehrere Minuten lang, während Belam und Sanojé nervös in der Zelle auf und ab schritten. Während Mari nicht in die jüngsten Verbrechen ihres Vaters verstrickt gewesen war, konnten weder ihr Bruder noch seine Geliebte das Gleiche von sich behaupten. Obwohl sie nach Tamerlan gekommen waren, um Mari zu helfen, und ihre Dienste im Kampf gegen den Asrahn angeboten hatten, waren Ajos Anschuldigungen tatsächlich zutreffend. Ein Blick auf Belams angespannt lächelndes Gesicht und Sanojés zusammengekauerte Haltung verrieten Mari, dass sie wussten, dass es nicht gut um sie stand.

Mari verfolgte die Bewegung der Wache, als diese sich der Zellentür näherte. Sie machte Mari, Shar und Ekko ein Zeichen vorzutreten.

Belam schnaubte leise und wenig überrascht, und Sanojé blickte wie eine in die Enge getriebene Katze drein, aber keiner der beiden rührte sich. Mari stürzte zu ihrem Bruder zurück und umarmte ihn.

»Gib die Hoffnung nicht auf, Belam«, flüsterte sie. »Ich werde versuchen, euch zu retten. Kannst du mir irgendetwas sagen, das mir hilft, euch zu verteidigen?«

»Keiner der Leute, die wir entführt haben, ist tot, Mari«, flüsterte Belam ihr ins Ohr. »Ich habe Vater gesagt, dass wir sie in einigen verlassenen Villen in Maladhi versteckt hätten und dass einige auf seinen Befehl hin getötet worden wären. Er ist schon lange auf einem Pfad, auf dem ich ihm nicht mehr folgen konnte. Wir haben diese Geiseln auf einem Gehöft in den Bergen hinter dem Eliom-dei versteckt, wo sie sicher und hoffentlich außerhalb seiner Reichweite sind. Sie werden von Cousin Nima beschützt. Wenn die Leute das getan haben, was ich ihnen gesagt habe, werden sie alle sicher und gesund sein und genau da, wo ich sie zurückgelassen habe.«

Mari atmete erleichtert aus. »Wenn wir erst die Geiseln gefunden haben, haben wir noch einen weiten Weg vor uns, um deine Unschuld zu beweisen. Oder wenigstens einen Teil davon. Wünsch mir Glück.«

»Das ist vielleicht ein wenig eigennützig, aber … ja.« Die Zellentür schloss sich mit einem endgültigen Klirren hinter ihr.

Ajo führte sie hinaus. Als sie sich der Schwelle näherten, blieb Mari stehen. Die Soldaten um sie herum kamen zu einem klirrenden, undisziplinierten Halt, und einer von ihnen rannte in sie hinein. Er entschuldigte sich vielmals und zuckte zusammen, als Mari ihm leicht die Wange tätschelte.

»Du bist frei.« Nevas erbitterter Tonfall machte keinen Hehl aus ihrer Meinung. »Worauf wartest du noch?«

»Auf meine Waffen und auf die meiner Freunde, wenn du so nett wärst.«

»Ich glaube wirklich nicht, dass …«

»Bin ich eine Gefangene?«

»Nein, aber …«

»Werde ich irgendeines Verbrechens beschuldigt?«

Neva knirschte mit den Zähnen. »Nein.«

»Dann sind meine Forderungen berechtigt. Unsere Waffen. Jetzt. Sofort. Wenn du so freundlich wärst.« Mari schenkte ihr ein falsches Lächeln. »Oder auch wenn du nicht so freundlich wärst. Ich will, was mir gehört.«

Ajo machte ein Zeichen, und sie bekamen ihre Waffen zurück. Mari legte ihren Waffengürtel an und neigte den Kopf in Richtung Ajo, als dieser Mari mit einer Geste aufforderte, den Kerker zu verlassen. Der Himmelslord führte sie in die Straßen und in Richtung der unter ihnen liegenden Stadt Avānweh zurück.

Draußen war es kalt und dunkel, und der Wind trieb Abfall durch die Straßen. Die meisten Lichter in der Stadt waren gelöscht, ganze Abschnitte, die einst den Loyalisten gehört hatten, waren stockdunkel. Sie gingen verlassene Straßen entlang, trafen hin und wieder auf Gruppen von Kherifen in grünen Umhängen oder Nahdi in den Farben der unterschiedlichen verbündeten Fraktionen, die sich noch in Avānweh aufhielten. Schreie, der Klang schriller Hörner und Kampflärm hallten von den Treppen oberhalb und den Terrassen unter ihnen wider.

»Wie lange geht das schon so?«, fragte Mari.

»Seit der Tragödie im Tyr-Jahavān.« Yago klang niedergeschlagen.

»Und was hat mein Vater zu all dem zu sagen?«

»Nichts.« Nevas Zorn war beinahe mit Händen greifbar. »Dein Vater war seither nicht mehr hier. Wir wurden in letzter Zeit von so vielen betrogen, die wir für Freunde gehalten haben …« Sie lächelte grimmig. »Aber wenigstens dein Bruder kann für seine Verbrechen büßen.«

»Was hat Belam mit all dem zu tun? Er war in Tamerlan, als wir unsere Großmutter stürzten, und seither waren wir immer zusammen.«

»Wie auch immer, Mari«, sagte der Himmelslord, »Belamandris und die Hexe, Sanojé, haben Dutzende von Leuten auf Befehl eures Vaters entführt und ermordet. Sie müssen sich vor Gericht verantworten.«

Mari legte dem Himmelslord die Hand auf die Schulter. Er blieb stirnrunzelnd stehen, entspannte seine Gesichtszüge jedoch wieder, während er sie mit offener Neugier musterte. »Mein Bruder hat niemanden umgebracht.«

Neva schüttelte ungläubig den Kopf. »Du bist loyal, Mari. Und bitte, trotz allem, was du glauben magst, ich habe nichts gegen dich. Was allerdings dein Haus angeht, sieht die Sache anders aus. Den Erebus kann man nicht trauen, und dein hübscher Bruder ist ein Mörder. Er verhöhnt die edelsten Traditionen der *Daishäri*. Warum verteidigst du ihn? Als Kriegsdichterin solltest du noch wütender sein als ich selbst.«

»Danke, Neva. Jede Grobheit dir gegenüber war eine armselige Reaktion meinerseits.« *Ich habe gedacht, Roshana würde versuchen, dich mit Indris zu verheiraten …* »Aber sag mir eins. Gibt es ein Gehöft oder eine Villa in den Bergen hinter dem Qadir am Amaranjin? Irgendwo in der Einöde?«

Neva und Yago berieten sich einen Moment lang, sie riefen sogar andere der Himmelsritter hinzu. Ein paar Minuten später sagte Yago: »Ja. Offenbar gibt es mehrere in den Hochebenen und Tälern hinter der Stadt. Warum? Normalerweise benutzen sie die Leute aus den mittleren Kasten als Rückzugsmöglichkeit.«

»Es sind Orte, an denen man sicher einige Leute verstecken könnte, oder nicht? Ich vermute, dass diese Villen Zugang zu Wasser und vielleicht auch Stellen haben, wo sie jagen können, oder sogar Obstgärten, Flüsse und Teiche zum Fischen?«

»Natürlich«, stimmte Neva zu. »Es gibt auch ein paar Jagdhütten, die auf der anderen Seite verstreut liegen.«

»Sayf Näsaré?« Mari konnte ihre Erregung nicht verbergen. »Könnten wir ein paar Windskiffs oder vielleicht sogar ein Händlerschiff nehmen und diese Orte unter die Lupe nehmen?«

»Was hast du vor?«

»Bitte, tut mir den Gefallen. Wenn ich mich irre, habe ich mich eben zum Narren gemacht und Zeit verschwendet. Aber wenn ich recht habe, werdet Ihr Eure Meinung über meinen Bruder noch einmal überdenken.«

Es war kurz nach der Morgendämmerung, als Ekko und Shar auf das Gehöft wiesen, das am Rande einer Klippe schwebte und beinahe von einem Dickicht aus schneebeladenen Bäumen und der Gischt eines nahen Wasserfalls verborgen wurde. Die Berge stiegen hinter ihm an, und eine weite, schräg abfallende Ebene führte in ein breites Tal, das von einem einsamen See beherrscht wurde. Die Fenster waren mit Tüchern verhängt, doch dahinter drang Licht hervor.

Neva ließ das Händlerschiff weich landen. Die Disentropiespulen und Sturmräder knisterten und sandten blasse Lichtblitze in die Luft, die kalt war und nach Kiefern duftete. Leise seufzte der Wind in den Bäumen. Ein goldenes Rechteck erschien in der Hausmauer, als sich die Tür öffnete. Nima und eine Einheit seiner Anlūki, die allerdings alle nicht die Farben des Hauses Erebus trugen. Hinter ihnen waren Leute zu sehen, junge und alte und verängstigte, und sie alle waren bewaffnet.

Das Fallreep wurde heruntergelassen, und Neva und Yago führten ihre Leute zum Haus. Sie trugen die Fackeln hoch erhoben, damit ihre Farben und ihre Greifenwappen für alle erkennbar waren. Nima trat ihnen allein entgegen, die Waffe in der Scheide. Er sprach einige Minuten mit Neva und Yago, dann machte er den Himmelsrittern ein Zeichen, ihm zu folgen.

Ajomandyan gesellte sich zu Mari, die grobknochige Hand um den Greifenkopf seines Stocks geklammert. Der alte Sayf musterte Mari eine ganze Weile, ehe er seine Aufmerksamkeit wieder Neva und Yago zuwandte, die von dem Gehöft zurückkehrten.

Das Lächeln auf ihren Gesichtern sagte Mari alles, was sie wissen musste.

Neva und Yago warteten still, während die Himmelsritter den Geiseln halfen, die Belam und Nima vor Corajidins Zorn gerettet hatten. Die Leute, die an ihnen vorübergingen, waren guter Laune, gut genährt und versorgt. Sie senkten das Haupt vor Ajomandyan, der die Vorübergehenden zählte. Als alle Geiseln an Bord waren, verglichen Ajomandyan und Neva ihre Personenlisten. Belam hatte nicht gelogen, niemand fehlte.

»Mein Bruder hat die Wahrheit gesagt, Sayf Näsaré«, sagte Mari.

»Er muss trotzdem wegen der Entführungen zur Rechenschaft gezogen werden«, erklärte Ajomandyan. »Aber in Anbetracht der Risiken, die dein Bruder eingegangen ist, um diese Leute vor den Machenschaften eures Vaters zu retten, bin ich geneigt, Nachsicht walten zu lassen.«

»Vielleicht gibt es ja doch ein paar Erebus, denen man trauen kann?«, fragte Neva und schlug Mari mit der Hand auf die Schulter, als sie wieder an Bord des fliegenden Schiffes gingen.

Mari nahm Ajomandyan bei der Hand, als er sich umwandte, um seiner Enkelin zu folgen. »Danke, Sayf Näsaré. Mir bleibt nicht mehr viel Familie. Ich liebe meinen Bruder, und er ist ein guter Mann … wenn auch manchmal fehlgeleitet.«

»Im Moment, Mari, können wir alle guten Leute gebrauchen, die wir bekommen können.«

Er ging die Rampe hinauf, während sein Stock über das glatte Holz kratzte. »Und nenn mich Ajo, meine Liebe.«

Kapitel 24

»Mut und Feigheit sind Erzeugnisse der Notwendigkeit.«

Aus Wahrheiten *von Cennoväl dem Drachenlord, Sēqmeister, Forscher und Stratege*

79. Tag im 496. Jahr der Shrīanischen Föderation

Die Agonie kam und ging, im Takt mit dem Bewusstsein und den seltenen Momenten, in denen Corajidin imstande war, sich im Bett zu bewegen. Der Schmerz saß in seinem Gesicht, den Armen und dem Rücken wie ein unerwarteter Gast, der sich weigerte zu gehen. Der Tag verschwamm zur Nacht, dann wieder die bruchstückhafte Wahrnehmung von Tageslicht. Seine Welt bestand aus süßem Vergessen und unwillkommener Erkenntnis, unterbrochen durch das Auftauchen von Leuten, die über ihm aufragten. In Corajidins Mund war der Nachgeschmack von Lotusmilch. Der Trank der Botschafterin befeuerte seine Nerven, als würde man Nägel durch seine Venen treiben. Geisterhafte Bilder schwebten über ihm, Schwarz-Weiß-Gestalten mit Sargdeckeln statt Zähnen, die zerlumpten Putz trugen und hölzerne Reifen mit leuchtenden Wirbeln in der Mitte in den Händen hielten. Die Seelenhändler waren ständig an Corajidins Seite, Gestalten, die aus Schatten und den Erinnerungen an ihre Lebensjahre geformt waren, geduldig, still, wachsam. Unsichtbar für alle außer ihm.

»Was ist passiert?«, murmelte Corajidin mit tauben Lippen.

Die eine Hälfte des Raums lag im Dunkeln, die andere war von Schatten durchwoben. Er schauderte. Der Gestank nach Fäulnis und altem Schweiß war widerlich. Nichts war zu hören bis auf das Knarzen von Zeltseilen und das schwache Summen von Wind über Seide.

»Ruht Euch aus, mein Asrahn«, sagte Wolfram. Er stopfte die Decke unter Corajidins Kinn fest. Mit sicherer Hand untersuchte er Corajidins Gesicht, dann seinen Arm. Als Wolfram den Unterarm berührte, stöhnte Corajidin vor Schmerz.

»Mein Arm fühlt sich heiß an.« *Und zu schwer, um ihn zu heben.* »Mein Gesicht juckt, und mein Rücken fühlt sich an, als wäre er gebrandmarkt worden.«

»Ihr habt einige ernste Verletzungen erlitten und eine Infektion bekommen, aber das Schlimmste habt Ihr überstanden.« Wolframs Stimme war kaum mehr als ein Flüstern. Er hielt Corajidin ein Gefäß an die Lippen und drängte ihn, mehr Lotusmilch zu trinken. »Jetzt müsst Ihr Euch nur noch ausruhen und gesund werden.«

»Wo sind wir?«

Mēdēya legte Corajidins Hand gegen ihre warme Wange. »Nachdem Wolfram dich gefunden hat, haben wir dich in die Rōmarq gebracht.«

»Ich erinnere mich nicht.« Durch die Lotusmilch fühlte sich sein Kopf an, als wäre er mit Watte gefüllt, und seine Glieder waren herrlich warm und schwer.

Corajidin nahm eine leise Bewegung um sich her wahr, doch es fiel ihm schwer, die Augen offen zu halten. »Was ist passiert?«

»In Avānweh waren wir nicht mehr sicher, Jidi. Dein Plan hat größtenteils funktioniert. Die Moorpuppenspieler wurden an diejenigen gebunden, die an dir gezweifelt haben. Aber wir sind im Qadir Selassin in einen Hinterhalt geraten.«

»Wird er überleben?« Kasramans Stimme klang, als spreche er vom Grunde eines Brunnens.

»Er wird überleben«, erwiderte Wolfram. »Ich werde ihm die Prothesen heute Nacht anpassen, während er schläft.«

»Konnte man denn gar nichts machen wegen …?« Mēdēyas Stimme war besorgt.

»Wenn wir einen Heiler der Nilvedic gehabt hätten und Zugang zu den Ausgleichsbädern der Sēq oder ein Verjüngungsgestell, dann vielleicht schon.« Wolfram klang frustriert. »Ich habe getan, was ich konnte.«

»Danke, Wolfram«, sagte Mēdēya. »Du hast dem Asrahn das Leben gerettet.«

»So wie ich einst Thufans gerettet habe«, sagte der alte Hexer bitter.

»Aber für wie lange?«, sagte Kasraman. »Diesmal haben wir vielleicht alles verloren.«

»Dein Vater hat viele unter seinem Banner vereint«, gab Mēdēya zurück. »Die anderen zählen nicht. Lass sie quäken und drohen. Der Asrahn hat das Schicksal auf seiner Seite.«

»Wenn er Asrahn bleibt«, murmelte Kasraman. »Es wird einen Misstrauensantrag gegen Vater geben, gefolgt von einer Untersuchung der Ereignisse, die so öffentlich sein werden, dass wir sie nicht unter Gold begraben können.«

»Dies ist seine Bestimmung«, sagte Mēdēya scharf. »Es wurde vorhergesagt!«

»Wurde es das wirklich?«, fragte Wolfram. »Der Asrahn hat die Prophezeiungen der Weber immer nach seinem eigenen Geschmack interpretiert. Ich fürchte, jetzt im Moment sehen wir das wahre Gesicht der Prophezeiung.«

»Was haben sie gesagt?«, fragte Kasraman. »Vater hat nie Genaueres erzählt.«

»Ich war dabei, und ich habe ihre Worte gehört. *Du wirst Macht haben, nicht aber deine Kinder, denn du bist der Vorbote des Dreifach Erwachten Königs. Er wird alles, wonach du strebst, sowohl vollbringen als auch zerstören.* Es gab noch mehr, von dem sich viel bewahrheitet hat. Ich fürchte, wir sind auf einer Talfahrt, bei der es keine Rückkehr gibt, wenn sich der Rest des Orakels auch bewahrheitet.«

»Das ist kaum das großartige Schicksal, das er sich immer ausgemalt hat«, sagte Kasraman bitter. »Dieser Dreifach Erwachte wird nirgendwo erwähnt? Nichts und niemand, gegen den wir etwas unternehmen könnten?«

»Nein.«

»Warum redet ihr über mich? Was ist mit mir passiert?«, fragte Corajidin, doch die Worte waren nicht mehr als ein leises Murmeln in seinen Ohren, während er langsam wieder in die Dunkelheit glitt.

Corajidin erwachte in einem sonnendurchtränkten Pavillon. Er blinzelte ins gleißende Licht. Die rechte Seite seines Gesichts fühlte sich seltsam an, als würde sie einem anderen gehören. Der rechte Arm war in einer Schlinge und vom Ellbogen bis zu dem eingewickelten Stumpen, wo seine Finger sein sollten, einbandagiert. Trotz der andauernden Taubheit juckte die Haut entsetzlich.

Mēdēya wachte neben ihm. Sie strich ihm das Haar aus dem Gesicht, dann ging sie auf Zehenspitzen über die Teppiche zum Zelteingang und sagte zu jemandem, den Corajidin nicht sehen konnte, dass er wach war. Mēdēya kam mit Kasraman, Wolfram, Feyd und Tahj Shaheh an seine Seite zurück. Corajidins engste Vertraute blickten grimmig drein, als sie in einem Halbkreis sein Bett umstanden.

»Hast du Schmerzen, Jidi?«, fragte Mēdēya beflissen. »Brauchst du mehr Lotusmilch?«

»Im Moment geht es mir gut«, erwiderte Corajidin. Er wies auf die Bandagen auf seinem Gesicht und seinem Arm.

»Was ist mit mir passiert, und wie lange liege ich schon hier?«

»Woran erinnert Ihr Euch?«, fragte Wolfram.

»Wir sind zum Tyr-Jahavān gegangen …« Erinnerungen durchzuckten seinen Geist, unzusammenhängende Bruchstücke eines Puzzles, dessen Kanten nicht wirklich zusammenpassten: Gesichter tauchten auf und verschwanden wieder, Arme, die wie verrückt winkten. Schreie, Rufe, Heulen, Flüche und Verwünschungen. Der Geruch von Blut. Das Aufblitzen von Waffen, die Notwendigkeit zu fliehen. Kämpfen oder fliehen – fliehen. Ein Windskiff, das in der Luft schwebte, das Aufblitzen einer Klinge …

Corajidin schluchzte auf. Er sah auf den einbandagierten Armstumpf. Ab dem Ellbogen abwärts fühlte sich sein Arm an wie … »Wo ist meine Hand, Wolfram?« Corajidins Stimme steigerte sich zu einem Kreischen. »Wo, im Namen aller Toten, ist meine verfluchte Hand?«

»Asrahn, bitte …«

»Nein!« Wieder flackerte die Erinnerung auf. Martūm war tot und fort mit Schaden, aber seine Cousine … dieses verfluchte Weibsstück hatte Corajidin ihre Klinge ins Auge gejagt, hatte ihn verfolgt, auf ihn eingestochen, ihn aufgeschlitzt, während er versucht hatte wegzurennen, und dann war er ins Taumeln geraten und sie mit ihm … »Wo ist Vahineh?«, schrie er.

»Vahineh ist tot, Jidi!«, sagte Mēdēya. »Schade, dass es nicht durch meine Hand geschehen ist, aber das Ergebnis ist das gleiche.«

»Das ist nur ein geringer Trost für mich, Mēdēya!« Corajidin zitterte vor Zorn. »Geht. Ihr alle. Raus. Sofort.«

Corajidin kämpfte sich aus dem Bett. Er nahm ein Messer und schnitt die Bandagen an seinem rechten Arm auf. Als sich das Messer auf dem darunterliegenden Material verbog, zerrte Corajidin mit seiner linken Hand und den Zähnen an den Bandagen, bis er sie in Fetzen gerissen hatte. Er setzte sich schwerfällig wieder hin, mit offenem Mund.

Eine Handspanne unterhalb seines rechten Ellbogens war sein Arm von geschwärztem *Kirion* umhüllt. Wenn es sich nicht um eine groteske Prothese gehandelt hätte, hätte Corajidin die Kunstfertigkeit der zarten, arabesken Gravuren und die galoppierenden Pferde bewundert. Wo seine Faust gewesen war, befand sich ein Pferdekopf, punziert in Rotgold und geschwärztem Gold. Im dämmrigen Licht hätte man beinahe glauben können, es wäre eine geballte Faust – eine Faust, die Corajidin niemals würde öffnen können, ebenso wenig, wie der Mund des Pferdes nie irgendetwas greifen würde. Er hob diese lächerliche Nachbildung einer Gliedmaße und dachte, dass sie nicht so schwer war, wie sie aussah, bis er sie auf den Tisch hinabschmetterte und das Holz eindrückte. Mit einer Achtsamkeit, die an Wahnsinn grenzte, entfernte er die Bandagen vom Gesicht und enthüllte tiefrote Narben, ein fehlendes Augenlid und eine Kugel aus glänzendem *Kirion*, die je nach Lichteinfall rot, blau, grün oder lila schimmerte.

Corajidin fühlte sich an Thufan erinnert, seinen einstigen Assassinenmeister, der als Verräter gestorben war, wahnsinnig geworden durch den Tod seines Sohns und die Verletzungen, die ihm Indris beigebracht hatte. Roshana hatte Corajidins Hand genommen. Vahineh sein Augenlicht. Sie hatten Vergeltung geübt für den Tod ihrer Väter. Doch im Gegensatz zu Ariskander und Vashne hatte Corajidin überlebt.

Was gut war, denn tote Männer übten selten Rache, die von Bedeutung war.

Mit zusammengebissenen Zähnen kämpfte er sich in eine Tunika und eine formelle Robe, nachdem er elend an seinen Hosen gescheitert war. Er war versucht, nach Mēdēya zu rufen, damit sie ihm beim Ankleiden half, doch sein Gesicht brannte vor Scham über seine Gebrechlichkeit. Eine Schärpe kam überhaupt nicht infrage, daher schloss Corajidin seine Robe mit einem Gürtel. Der Spiegel zeigte die Wahrheit: Er war die abstoßende Farce des Mannes, der er einst gewesen war. Der Ärmel seiner Robe verdeckte seine amputierte Hand bis zu einem gewissen Grad, aber gegen den Anblick des Auges war nichts zu machen. Eine Augenklappe konnte den Schaden verdecken, würde aber auch zeigen, dass sich Corajidin schämte – und dafür war er zu stolz. Die Zerstörung seines Körpers, erst durch seine Krankheit, jetzt durch die Entstellung, kennzeichnete ihn als Überlebenden. Das war es, wovon er die Welt überzeugen musste, trotz der Tränen, die er von seinem verbleibenden Auge wischte.

Corajidin trat mit so viel Stolz aus seinem Pavillon, wie er aufbringen konnte. Mēdēya wartete draußen und stellte sich aufrechter hin, als er ins Tageslicht trat. Zu ihren Gunsten musste man sagen, dass sie nicht zurückzuckte, als er sie anstarrte. Corajidin schritt an ihr vorüber und ging in Richtung des Kommandopavillons. Es war der größte Pavillon im Lager, und er wimmelte vor Dienstälteren, ihren Adjutanten und Kurieren. Iphyri mit ihren Jhé-Erebon patrouillierten im Lager. Windbarken schwebten über ihnen in der Luft, die Bootskörper erleuchtet von Blitzen arkanen Lichts.

Corajidin bemerkte, wie einige seiner Offiziere auf seine Verletzungen reagierten. Meist waren es junge Offiziere, Verwandte der Sayfs, die nach einer Beförderung strebten. Feyd ließ den Blick für ein paar Sekunden auf Corajidin ruhen, doch seine Miene verriet nichts. Tahj Shaheh würdigte seine Verletzungen kaum eines Blickes, so beschäftigt war sie mit einem großen Stapel Berichten. Feyd deutete mit seinem abgenutzten Langmesser auf Punkte auf der Karte.

»Die Frauen der Hengste waren auf einer langen Patrouille

Richtung Süden unterwegs und haben Streitkräfte bemerkt, die durch die Wälder entlang der nördlichen Ausläufer des Mar Silin kommen. Sie haben keinen Kontakt aufgenommen. Soweit sie sagen konnten, handelt es sich um eine kleine Streitmacht. Berittene Krieger, die in den Wäldern bleiben, um ihr Vorrücken geheim zu halten. Die Frauen schätzen, dass es sich um fünfzig bis hundert handelt.«

»Pashreaner?« Die Erinnerung an einen Traum blitzte in Corajidins Geist auf: Er sah Nomaden, so wenig fassbar wie Nebel, in den geisterhaften Rüstungen des Erwachten Imperiums.

»Wir wissen nicht genug über pashreanische Streitkräfte, um das beurteilen zu können.«

»Schickt die Jhé-Erebon zurück«, murmelte Corajidin. »Sie sollen eine Hexe mitnehmen, damit wir sofort erfahren, was dort vor sich geht. Wir sind auf einen Angriff von Süden nicht vorbereitet.«

»Da ist noch mehr. Ich habe eine Hexe in Beyjan und eine andere in Amnon postiert, Spione, die sich unter Teymouds Händlern verbergen. Die Rōmarqim sind auf dem Vormarsch. Schwerere Einheiten reisen auf dem Südlichen Handelsweg und per Schiff den Anqorat hinauf. Leichtere Einheiten benutzen den Fandraweg von Beyjan. Sie werden zweifellos auf ihrem Weg weitere Einheiten von Rōmarqim aufsammeln, von Ifqe und den kleineren Städten. Ich erwarte, dass wir uns Armeen entgegenstellen müssen, die sich vom Fluss, den Straßen und dem Marschland selbst nähern werden.«

»Deine Empfehlung?«

»Asrahn, wir sind keine Experten im Kampf in Feuchtgebieten. Unsere Truppen tragen schwerere Rüstungen, und wir haben eine ansehnliche Kavallerie sowie die Iphyri. Ich würde vorschlagen, wir ziehen uns aus dem Marschland zurück und erwarten sie auf festem Boden, wo wir im Vorteil sind. Befestigt Fandra, und lasst eine mobile Truppe hier auf dem Gelände zurück. Wir können die Belagerungswaffen einsetzen, die die Akademie der Erfinder bereitgestellt hat, und wir können die Sturmkanonen auf den Windbarken als mobile Artillerie benutzen.«

»Nun gut. Aber ich werde die Rōmarq und ihre Schätze nicht einfach so aufgeben.« Corajidin berechnete im Kopf Geschwindigkeiten und Entfernungen. Eine Armee konnte sich immer nur so schnell bewegen wie seine langsamste Einheit. »Wie viel Zeit bleibt uns, bis der Feind eintrifft?«

»Zwanzig Tage«, mutmaßte Feyd. »Vielleicht auch weniger. Ich an ihrer Stelle würde leichte Infanterie vorausschicken, um uns so stark wie möglich unter Druck zu setzen. Außerdem würde ich versuchen, uns an der Arbeit in den Ruinen zu hindern, und alles, was ich kann, für meine eigenen Kriegszwecke an mich reißen. Womöglich sind sie sogar schon in der Nähe.«

»Mit wem werden wir es am wahrscheinlichsten zu tun bekommen?« Mēdēya studierte die Karte.

»Mit Sicherheit mit dem Hohen Haus Bey«, erwiderte Tahj Shaheh.

Die Korsarin trank einen Schluck von ihrem Kaffee, schnitt eine Grimasse und kippte den Kaffeesatz auf die zertrampelte Erde. »Berichte haben bestätigt, dass Siamak und sein Sohn Harish gerade in Avānweh sind. Sie haben einige schnelle Flugschiffe dort, die sie rechtzeitig herbringen können, wenn der Krawall losgeht. Indera, der Dichtermeister der Marmûn-sûk, hat den Oberbefehl über die Armeen, aber Generalsritter Maselane – Roshanas Waffenmeister – ist auf dem Weg, um sich ihnen anzuschließen, neben der Löwengarde, Roshanas Weißpferd-Kataphrakten und Bensaharēns Kriegsdichtern. Ich wäre nicht überrascht, wenn sich noch mehr dem Banner der Näsarat anschließen. Die Sûn sind zu weit weg, und wir haben alle nur möglichen Anhänger der Selassin, da niemand mehr übrig ist, der sie anführen könnte.«

»Deine eigenen Leute sollen das Kommando über die Windschiffe der Selassin und auch über die anderen Einheiten übernehmen«, befahl Corajidin. »Ich will jetzt niemanden wegen irgendwelcher Gewissensbisse verlieren.«

»Wie genau sind eure Informationen über Avānweh?«, fragte Mēdēya.

»Sie sind verlässlich. Nix ist dort geblieben«, sagte Kasraman, der gerade mit Wolfram und Ikedion eintraf. Der walrossähnliche Atreaner hatte nun den Oberbefehl über die Hexen. »Er benutzt die Ban Kherife, um so viele von Euren einflussreichen Gegnern wie nur möglich auszuschalten, und die *Huqdi,* die Streitkräfte der Erebus und die Seelenhändler, um ...«

»Ich dachte, ich hätte klargemacht, dass wir nicht mit den Seelenhändlern arbeiten!«, sagte Corajidin scharf. »Wir werden sie nicht behindern, aber wir geben ihnen keine Aufträge.«

»Nix steht durch seinen Vater Rayz mit ihnen in Verbindung.« Kasramans Lippen verzogen sich zu einem Lächeln, als er Corajidins Miene sah. »Je länger unsere Feinde in Kämpfe verstrickt und verwirrt werden und mit dem Chaos beschäftigt sind, das wir schaffen, desto weniger Zeit haben sie, etwas gegen uns zu unternehmen.«

»Sagt Nix, er soll alle Vereinbarungen mit ihnen aufheben, sonst wird er bald feststellen, dass er nicht mehr unter meinem Banner steht!« Corajidin ging hinüber, um auf die Karte zu deuten, sah den stumpfen Kopf seiner Prothese, und statt die andere Hand zu nehmen, pochte er mit dem Stumpf auf eine Stelle in der Nähe der Himmelsseen. »Haben wir immer noch Erebus-Streitkräfte in Avānweh?«

»Ja, haben wir«, sagte Feyd. »Sie sind gelandet, um eine Gefangennahme zu vermeiden, und erwarten Euren Befehl. Außerdem halten sich etwa tausend meiner Jiharim in den Bergen nördlich von Avānweh versteckt. Wir erwarten in wenigen Tagen die Ankunft von Rahn Narsehs schwerer Infanterie.«

»Diese Kräfte können eingesetzt werden, um Avānweh einzunehmen und zu halten.« Corajidin sah Zweifel in den Blicken seiner engsten Mitarbeiter.

»Unser Ziel ist noch immer das gleiche: ein Shrīan, das sich für den Krieg unter einem Führer vereint. Es war immer klar, dass dieser Konflikt unvermeidlich ist, und jetzt können wir kontrollieren, wann wir ihn austragen.«

»Wenn nötig, können die Hexen der Mahsojhin, Wolfram und ich Truppen durch die Ödnis befördern«, erbot sich Kasraman.

Wolfram schüttelte den Kopf. »Das ist aberwitzig. Wir haben die Ödnis sowieso schon viel zu oft benutzt, und die Wesen, die darin hausen ... Wesen, die lange Zeit geschlafen haben und die, bei der Gnade aller Geister, die mir heilig sind, noch hätten weiter schlafen können, bis ich in der Erde verrotte – sind sich unserer Gegenwart bewusst geworden. Belamandris und Sanojé haben gesagt ...«

»Beide sind verschwunden«, unterbrach ihn Kasraman.

»Wer weiß, wen Belamandris' Unzufriedenheit noch angesteckt hat?«, fragte Mēdēya. »Sind das die Stimmen, die du als vernünftige Argumente ins Feld führst, nicht durch die Ödnis zu reisen?«

»Mēdēya hat recht«, sagte Corajidin. »Wir haben keinerlei Nachricht von Belamandris oder von Mariam. Tamerlan schweigt, und auch die Botschafterin meldet sich nicht. Es gibt vieles, was wir nicht wissen, aber wir müssen handeln. Wolfram, wir werden durch die Ödnis reisen, wenn wir das müssen, und damit Schluss. Habe ich mich klar ausgedrückt?«

»Natürlich, Asrahn.«

»Sehr gut«, sagte Corajidin. »Wolfram und Ikedion, ihr werdet so viele Hexen nehmen, wie ihr braucht, um den Thron der Zerstörung hierherzuschaffen und ihn zum Funktionieren zu bringen. Das Gleiche gilt für alle anderen Waffen, die ihr gefunden habt. Außerdem will ich, dass alles, was ihr mitnehmen könnt, katalogisiert und fortgebracht wird. Sedefkes Schriften sind hier irgendwo in diesen Ruinen, ich weiß es! Findet sie, um jeden Preis. Und jetzt geht. Ich will, dass unsere neuen Waffen einsatzbereit sind, bevor die Fronten festgelegt werden.«

»Asrahn.« Wolfram humpelte davon, und sein Stab versank bei jedem Schritt in der durchweichten Erde. Ikedion watschelte hinterher. Corajidin deutete auf Tahj Shaheh.

»Bemanne die schnelleren, kleineren Windschiffe mit deinen besten Korsaren. Und nehmt eine Hexe an Bord jedes Schiffs. Sie sollen ein Auge auf das Vorrücken des Feindes haben, sowohl am Fluss als auch auf den Wegen. Schick Einheiten los, die das Marschland und die Flüsse patrouillieren. Die Rōmarqim haben keine Angst vor dem Marschland so wie wir. Also werden sie auch schneller reisen. Wir sollten uns nicht überrumpeln lassen, wenn sie früher eintreffen. Alle vier Stunden will ich einen Lagebericht. Ohne Ausnahme.«

Corajidin blickte stirnrunzelnd auf die Karte. Fandra war gut zu verteidigen: Von drei Seiten war es von Feuchtgebiet umgeben und konnte über den Fluss und zwei relativ schmale Straßen erreicht werden. Es gab nicht genug festen Grund und Boden für die Föderalisten und ihre Verbündeten, um eine effektive Belagerung aufzubauen. Ihr Belagerungsgerät musste auf dem Luftweg herbeigeschafft werden, und Tahj Shaheh konnte sie angreifen, lange bevor sie Fandra überhaupt erreichten. Siamaks Rōmarqim würden schnell vorrücken, egal auf welche Weise, und Corajidin bezweifelte, dass sie die Wege oder den Fluss benutzen würden, wenn sie erst einmal näher kamen. Generalsritter Maselane würde vermutlich alle verfügbaren Marschlandritter einsetzen, um so viel Schaden wie möglich anzurichten, bevor die Hauptstreitmacht eintraf. Sie mussten aufgehalten werden. Von Wesen, die das Marschland ebenso gut kannten wie sie selbst.

»Kasraman? Sprich mit Kimiya. Ich will, dass ihre Leute die Rōmarqim auf Schritt und Tritt angreifen. Verlangsamt ihren Vormarsch, dezimiert sie. Sie sollen tun, was auch immer ihr Volk tun kann.«

»Natürlich, Vater.« Kasraman kaute nachdenklich auf seiner Unterlippe. »Wir könnten noch weiter gehen. Die Maleganger herrschen über andere Wesen der Rōmarq. Über die Fenlinge, Riedweiber …«

»Ich habe mich mit Kimiyas Volk abgefunden, Sohn. Aber ich werde mich nicht mit den anderen Tieren einlassen, die in diesem schwärenden Loch hausen. Allianzen, die uns jetzt günstig vorkommen mögen, können sich später als sehr unbequem erweisen.«

»Wie du wünschst. Ich werde mit ihr reden.«

Kasraman schlenderte aus dem Zelt. Corajidin staunte über die Gelassenheit, mit der sein Erbe mit derartigen Ungeheuern verkehrte. *Welche Allianzen wirst du eingehen, wenn ich erst einmal nicht mehr bin, Kasraman?* Corajidins Vater und die Asrahnwitwe hätten so gehandelt: Sie hatten keine Skrupel gehabt, alles oder jeden zu benutzen, um ihre Ziele zu erreichen. Corajidin gestand sich selbst einen gewissen Grad an Rücksichtslosigkeit zu, seine Seele war nicht unbefleckt; seine eigenen Verbrechen machten es ihm schwer, andere zu verurteilen. Und doch gab es Grenzen, was die Allianzen betraf, die er und Thufan einst eingegangen waren. Sie waren nicht weniger blutig gewesen, nicht weniger grausam, wenn der Augenblick es erforderte, und doch waren sie … sauberer gewesen. Ihre Handlungen waren nachvollziehbarer gewesen als die der Kreaturen, mit denen Kasraman verkehrte. Feyd und Tahj Shaheh waren Leute, die Corajidin einordnen konnte, mit klaren und nachvollziehbaren Gedanken und Handlungen.

»Feyd?«, fragte Corajidin. »Eine der Hexen soll noch einmal versuchen, Kontakt mit Tamerlan aufzunehmen. Wenn sie keine Antwort bekommt, ruf so viele Soldaten wie erforderlich zusammen, und lass sie durch die Ödnis reisen, um herauszufinden, was passiert ist. Ich möchte Jhem und Nadir an meiner Seite haben, und auch Belamandris. Der Rat von weltlicheren Leuten wäre jetzt von Vorteil.«

»Wie Ihr wünscht, Asrahn.« Feyd blieb an Corajidins Seite und gab den Auftrag an einen seiner Jiharim weiter.

»Wenn du diesen Kampf erst beginnst, Jidi, werden die Bedingungen für den Handelsvertrag, den die Händler vorgeschlagen haben, schwerer auszuhandeln sein.« Mēdēya hob die Hände, um Corajidins Protest zuvorzukommen. »Ich bin auch deiner Meinung, Liebster. Wenn wir uns erst im Krieg befinden, wird der Handel tatsächlich zum Stillstand kommen. Wir sind diesen Weg zusammen gegangen, und ich glaube, dass die Avān wieder mit Stahl erobern sollten statt mit Gold. Aber wir dürfen nicht vergessen, dass mit Teymoud und seinen politischen Verbündeten nachher schwieriger zu verhandeln sein wird.«

»Feyd? Tahj Shaheh?« Die beiden Kommandanten sahen Corajidin an. »Sprecht offen. Könnt ihr unsere Feinde besiegen, wenn sie uns hier angreifen?«

»Nach allem, was wir über die Streitkräfte wissen, ja«, sagte Feyd.

Tahj Shaheh nickte.

»Dann kümmert es mich wenig, was Teymoud und seine Hausierer denken, sagen oder tun. Wir werden unsere Feinde zerschmettern, und die Bevölkerung Shrīans wird sich geschlossen hinter uns stellen, wenn wir südwärts ziehen, um Pashrea zu zerstören.« Corajidin blickte auf die Karte und lächelte. »In einem Punkt hat die Botschafterin recht: Es kann nur einen Mahj geben.«

Kapitel 25

»Reines Wissen ist nichts ohne den Intellekt und die Vorstellungskraft, die zu seiner Anwendung nötig sind. Und nichts ohne die Zurückhaltung, um von dieser Anwendung auch Abstand nehmen zu können.«

Aus Die Polemiken *von Sedefke, Erfinder, Forscher und Philosoph (264. Jahr des Erwachten Imperiums)*

Tag ? im 496. Jahr der Shrīanischen Föderation

Indris lag inmitten eines Sternenmeers. Die Säulen des Wissens ragten über ihm auf. Sie schienen sowohl schräg als auch gerade zu sein, ein bizarres Gebilde sich überschneidender Linien, das aus einer Kombination aus Architektur und Gedanken bestand.

»Hast du Zeit, dich auszuruhen?«, fragte Ruf-Der-Gefahr.

Indris gähnte. Die Signale von Hunger oder Müdigkeit waren das Einzige, was ihm noch so etwas wie ein Zeitgefühl vermittelte. »Ich glaube, ich verstehe das Prinzip des Erwachens mehr oder weniger, aber nur weil ich es durchlebt habe. Es ist nicht so schwer, meine Erfahrungen hier dem zuzuordnen, was ich erlebt habe.«

»Worauf wartest du dann?« Ruf-Der-Gefahr beugte sich über Indris und verdunkelte die Sterne über ihm. »Geh zum Haus der Unterweisung, und probier aus, was du gelernt hast! Erwache.«

Indris lachte gezwungen. *Das Pferd ist schon losgetrabt,*

und ich versuche im Sattel zu bleiben, so gut ich kann. »Nicht so schnell. Das Erwachen eines Gelehrten sollte nicht auf die leichte Schulter genommen werden. Ich bin hier, um zu lernen, damit ich die Rahns retten kann.«

»Erwachte Rahns sind irrelevant«, sagte sein Gegenüber entschieden. »Erwachte Gelehrte sind relevant. Die Pfade des Erwachens machen einen Gelehrten bedeutend mächtiger, als er normalerweise wäre. Mächtiger als jeden Rahn.«

»Du redest wie jemand, den ich kenne«, erwiderte Indris nachdenklich. »Das Leben von Leuten, die mir wichtig sind, Rahns, die zumindest versuchen, das Richtige zu tun, sind für mich durchaus relevant. Zu viele Rahns mussten sterben, und es werden noch viel mehr sterben, wenn ich die Antwort nicht finde.« Indris setzte sich auf. Er fuhr sich mit den Fingern durch sein wirres Haar und rieb sich übers Gesicht, um die Trägheit zu vertreiben. »Weißt du, was ich hier nicht finden kann? Die Teile der Esoterischen Doktrinen, die ich für mich brauche.«

»Das *Mah-Psésahen* wurde aufgegeben«, sagte Ruf-Der-Gefahr. »Es ist gefährlich. Unbesonnen. Es öffnet Türen im Geist, die man besser geschlossen lässt. Alle, die es praktizierten, sind gefallen, ohne Ausnahme. Es ist das Tor zum Wahnsinn.«

»Sedefke meinte, Macht an sich wäre niemals böse oder falsch. Es ist unser Gebrauch und unsere Motivation, die sie dazu machen. Ich habe hier viele Dinge gelernt, die nicht länger von den Sēq gelehrt werden. Translokationsformeln für einen Ortswechsel, ohne die Ödnis zu durchqueren, die Baupläne für Torque-Spindeln und die Theorie, die hinter den Schicksalsmaschinen steht. Heiltechniken, die wir für alle bis auf die Gelehrten der Nilvedic verloren glaubten. Kampfzauber, Schlachtenformeln ... Eine ganze Schule hat sich damit beschäftigt, wie man die durch die ternären Schächte fließenden Energieströme kartiert und wiederkartiert. Wie konnte das *Mah-Psésahen* verloren gehen, bei all diesem Wissen, das hier gehortet wird?«

»Nicht alle Gelehrten verfügen über die Stärke, alle Dinge zu lernen, Amonindris.« Ruf-Der-Gefahr stützte sich schwer auf seinen Stab. »Oder sie kontrollieren zu können. Für manche ist es ein permanenter Kampf, bei dem jede Enthüllung eine Offenbarung ist. Andere erlangen das Wissen zu leicht, die Mühe wird nicht als das anerkannt, was sie ist, und ihnen fehlt der Respekt vor der Macht, über die sie verfügen. Diejenigen, die nach dem *Mah-Psésahen* griffen, waren verdorben. Sie strebten nur nach der Macht selbst, ohne an die Konsequenzen zu denken. Doch die Natur stellt immer wieder ein Gleichgewicht her, und nichts auf der Welt wird umsonst gegeben.«

»Aber Sedefke …«

»Ah, Sedefke!« Ruf-Der-Gefahrs Stimme war bitter. Er umklammerte den Stab in seinen Händen so fest, dass das Holz zu knarzen begann, und ein wahnsinniger Ausdruck huschte über sein Gesicht. Erinnerungen an seine anderen Gesichter verwischten sein gegenwärtiges. »Der große und weise Sedefke, der all die Geheimnisse gelüftet hat! Er, der Zugang zu aller Macht der Welt hatte und doch nie nach einer Gegenleistung gefragt hat. Wer tut so etwas? Ist es noch niemandem in den Sinn gekommen, die naheliegendsten Fragen zu stellen, was diesen Mann betrifft?«

Indris erhob sich und entzündete sein Gelehrtenlicht. Die Sterne um sie verblassten in ihrem grellen Leuchten, und die Schatten der Säulen tauchten alles, was hinter ihnen lag, in Dunkelheit.

Ruf-Der-Gefahr starrte Indris mit großen Augen an. Sein Gesicht war gerötet, das Weiß in seinen Augen leuchtete hell. Als Indris in sein *Ahmsah* tauchte, war er für einen Moment von der disentropischen Färbung des anderen geblendet. Es war ein Chaos aus flackernder Energie, aus Spiralen und wilden geometrischen Formen. Sie tanzten und hüpften wie Papierschiffchen, die man in die Stromschnellen wirft. Da war Macht, wahnsinnige Macht: ein Staudamm, dessen Wände schon lange hätten bersten sollen. Indris sah die leuchtenden Formeln, die die Färbung des Mannes in Zaum hielten. In diesem Moment erkannte Indris die wahren Gesichter des Mannes, die er im Laufe langer Jahre getragen hatte, und jedes Gesicht hatte einen anderen Namen, war jedoch mit der einen mächtigen Seele verankert.

»Es war die Suche nach der Wahrheit seines Wesens, die mich in den Wahnsinn getrieben hat, weißt du.« Die Worte sprudelten nur so aus Ruf-Der-Gefahr hervor. »Die ersten der Avān haben erzählt, sie hätten ihn gesehen, als sie Erwachten. Aber wie, wenn sie doch die Ersten waren? Was kam vor den Ersten? Die Letzten von etwas anderem? Die Erinnerung einer Erinnerung?«

»Warte, ich …«

»Immer war Sedefke derjenige, der alles wusste. Der alles tat und alle führte. In den frühen Jahren nahmen wir die Wunder, zu denen er uns führte, als selbstverständlich. Unser Geist öffnete sich, als wäre er eine Blüte, und wir nahmen das Wissen in uns auf, als wäre es Sonnenlicht und Regen. Wir liebten ihn ebenso sehr, wie wir fürchteten, ihn zu verlieren, alles zu verlieren, das er uns gezeigt hatte. Aber wenn man an der Oberfläche kratzte? Oh, wenn man an der Oberfläche kratzte, sah man die Brüche in der Geschichte. Doch da waren wir schon zu weit gereist und hatten zu viel gesehen. Wir hatten die Stimmen in unseren Träumen gehört und ihren Versprechungen gelauscht, und …«

»Wer bist du?«, flüsterte Indris.

»Ich bin die Gefahr, die ruft«, flüsterte der andere zurück, während er langsam verblasste. Sein Gesicht war nicht mehr als eine bleiche weiße Fläche im grellen Licht von Indris' Laterne. »Die Gefahr, die es schon immer gab und die es immer geben wird. Ich bin der Irrtum, die Lektion, die Warnung, und ich bin der Beobachter. Der Gefangene und der Kerkermeister. Der Dreifach Gezeichnete des Unheils, das sich offenbart.«

»Wer bist du?«, schrie Indris. Er trat vor und schwenkte die Laterne dichter vor dem Gesicht des Mannes. Hunderte von Gesichtern flackerten, Karten in einem Kartenspiel, das jemand in die Luft geworfen hatte. Indris konnte keine Ordnung, keine Reihenfolge ausmachen, nur eine Prozession von Identitäten, die sich durch die Geschichte zogen. Er streckte die Hand aus, um ihn zu berühren.

Indris' Gelehrtenlicht erlosch. Die Sterne um ihn herum verblassten. Die Säulen des Wissens schrumpften, wurden erst schwarz und verschwanden dann, als das letzte der Lichter erlosch.

Die Stimme von Ruf-Der-Gefahr, die nun wieder normaler klang als zuvor, hallte von allen Seiten wider. »Wir alle tragen Masken, Amonindris. Manche haben sie freiwillig gewählt. Uns aber werden sie durch den Willen anderer aufgezwungen, da die Welt vielleicht noch zu jung und nicht bereit ist, ihre Vorurteile zu hinterfragen und die harte Wirklichkeit zu akzeptieren.

Mit dem Wissen kommt die Erwartung, und auf die Erwartung folgt das Handeln, und das Handeln darf erst erfolgen, wenn sie zur passendsten und nutzbringendsten Reaktion führt. Bist du sicher, dass die Reaktion auf das, was du hier findest, tatsächlich nutzbringend ist? Aber am wichtigsten ist die Frage: Wie kannst du sicher sein, dass du das erfahren kannst, was du erfahren willst, und noch immer derselbe bleibst?«

»Ich tue, was ich tue, weil ich es muss.«

»Du tust, was du tust, weil du dafür geschaffen wurdest.«

Indris' Gelehrtenlicht flammte wieder auf, als die Sterne am Himmel zu funkeln begannen. Die Säulen aus Sand schimmerten im Licht glühender, fließender Weisheit. Doch von Ruf-Der-Gefahr fehlte jede Spur.

Indris arbeitete bis zur Erschöpfung. Er nahm das Wissen in sich auf wie ein Schwamm, verwarf alte Denkmuster zugunsten von besseren, effektiveren. Speicherte Dutzende neuer Formeln in seinem Kopf ab und machte sich ausgiebige Notizen über das Gelernte. Das Erwachen war nur der Anfang. Es war wie die Dämmerung, die eine Welt erhellte, die viel größer war, als die Nacht glauben machen wollte. Als ihn die Erschöpfung überwältigte, schlief er ein, wo er lag, nicht gewillt, auch nur einen Augenblick länger in Isenandar zu bleiben als nötig. Indris hoffte, dass er sich das Anschwellen des Geflüsters um sich herum nur einbildete. Und auch das kaum wahrnehmbare Spiel von Licht und Schatten, das an Gestalten von Lebewesen erinnerte. Waren sie die tragischen Erinnerungen jener, die hier studiert hatten? Oder waren sie die Manifestationen von Ruf-Der-Gefahrs zerstörtem Geist?

Es war leichter geworden, durch die Säulen zu navigieren, und damit hatte er auch leichteren Zugang zu dem gesuchten Wissen. Sedefkes Arbeiten über das Erwachen waren als Bezugssystem geschrieben, die Details lagen unter anderen Arbeiten verborgen. Indris vermutete, man wollte sichergehen, dass jemand, der sich an diesem Prozess versuchte, die Grundlagen und Konsequenzen der Macht auch verstand, auf die er Zugriff bekam. Dann wurde das Bezugssystem sichtbar: Es basierte auf Theorien über Wirklichkeit und Substanz und war mit weiteren Theorien über die Existenz Ias in seiner physischen, mentalen und spirituellen Form gefüllt.

Indris bemerkte, dass er nun schneller und schneller begriff. Er hatte Ruf-Der-Gefahr nicht belogen, als er gesagt hatte, er würde schneller begreifen, weil das Saatgut des Erwachens in ihn gepflanzt worden war. Die Verbindungen zwischen Körper, Geist und Seele ermöglichten es Indris, dieses theoretische Wissen über das Erwachen mit seinen eigenen Erfahrungen in Einklang zu bringen: der Teil von ihm, der aus den Mineralen der Erde, der Energie des Feuers, dem Wasser als Kanal lebenswichtiger Ressourcen und dem Atem des Lebens bestand. Der Verstand umhüllte dieses Konstrukt, während die Seele alles durchdrang und den einen mit den vielen verband.

Eine Reihe von Geschlechtern war in den Torque-Spindeln geschaffen worden, die eine größere geistige Übereinstimmung mit dem *Ahm* und dem Bewusstsein der Welt haben sollten. Fünfzehn Sippen waren vor den anderen in den Torque-Spindeln von Avānis gemacht worden, auf der Insel Castavān, wo das Wasser des Lebens aus einem kleinen unterirdischen Gezeitentümpel entsprang. Fünfzehn Sippen, nicht zwölf, wie man Indris gelehrt hatte. Sedefke hatte berichtet, wie er jede der großen Sippen an ihren jeweiligen Totemgeist angepasst hatte, von denen jeder eine Facette von Īas Bewusstsein darstellte. Er und seine Sippe hatten den Seethe gezeigt, wie man eine derartige Leistung vollbrachte. Von ihnen allen war der Phönix der bemerkenswerteste Geist. Er umfasste die Konzepte der Erneuerung, Zeit, Wiederauferstehung und Unsterblichkeit – das Totem der Näsarat.

Die Worte von Ruf-Der-Gefahr über Sedefke waren in Sand geschrieben: *Wir sahen, wie die Windmeister kamen, meine Sippe und ich. In jenen Tagen waren nur wenige von uns nicht mit dem Geist der Welt verbunden …*

Wer auch immer Sedefke war, er hatte die Anführer der

zwölf einflussreichsten Sippen der Avān Erwachen lassen. Er hatte Mystiker ausgebildet, durch deren Körper bereits das *Ahm* strömte. Das Wasser des Lebens zu trinken war wie eine Vereinigung, nicht wie ein Auslöser. Wenn ein Mystiker niemals wieder das Wasser trinken würde, würde sein Zustand des Erwachens dennoch andauern, denn das Fließen des *Ahm* erhielt es aufrecht. Erst nach dem Fall des Erwachten Imperiums und der darauffolgenden Gelehrtenkriege wurden die Rahns nicht länger als Mystiker ausgebildet; das Zeitalter der Mahjirahns war vorüber. Der Suret verfügte über das Gerüst von Sedefkes Wissen, doch ihm fehlten die Schlüsselelemente, um es ganz zu begreifen. Ein Erwachen unter seiner Anleitung war effektiv, aber bruchstückhaft. Man verstand das Wesen und die Anordnung der Energie nicht, man begriff nicht, was die Wirbel veranlasste, sich in einer bestimmten Reihenfolge zu bilden und die Energie zu stärken. Als die ersten Rahns krank wurden, hielt man sie mit hohen Dosen vom Wasser des Lebens am Leben. Vermutlich war es dem Suret erst in den Sinn gekommen, dass er den Prozess des Erwachens nicht vollständig verstanden hatte, als es zu spät war. Denn dann war Sedefke verschwunden gewesen, ebenso wie Isenandar und die großen Mahjirahns, und die letzte Mahj war eine verschlossene Seele.

»Kannst du sie retten?«, fragte Ruf-Der-Gefahr.

Indris fluchte, und seine Hand fuhr an Gestaltwandlerins Griff. Er zog sie reflexartig und erinnerte sich erst dann wieder, dass die Klinge eine Handbreit unterhalb des Griffs zersplittert war. Ruf-Der-Gefahr betrachtete das Drachenkopfschwert mit schräg geneigtem Kopf und sagte: »Eine Zeit lang hattest du bereits einen Zustand erreicht, in dem du sie nicht mehr brauchtest. Deine Seele sollte jetzt deine Waffe sein.«

Indris schob Gestaltwandlerins Griff wieder in seine Schärpe. »Wo warst du?«

»Hier.«

»Das hilft mir nicht weiter.«

»Ich habe zugesehen.«

»Das ist seltsam und beunruhigend.«

»Du bist der Erste, der hier eingetreten ist, seit die Hexen und Gelehrten während der Gelehrtenkriege versucht haben, gewaltsam hier einzudringen.« Ruf-Der-Gefahr hielt seinen Stab zwischen den verschränkten Armen. »An jenem Tag habe ich die Strömungen des *Ahm* in Isenandar eingesperrt und sie vor den Blicken engstirniger Geister verborgen. So wurde die Tote Ebene zu dem, was sie heute ist. Ich habe geschworen, dass keine Hexe und kein Gelehrter jemals wieder imstande sein würde, sich einen Weg durch das zu erzwingen, was ich geschaffen habe.

Obwohl ich dein Kommen seit Langem erwartet habe, habe ich mich erst dazu entschlossen, dir Zutritt zu gewähren, als du den Krieger der Ödnis besiegt hast. Du verfügst über gewaltige Macht, Amonindris, deine Furcht aber …«

»Warum nennst du mich so?« *Er hat meinen Kampf mit der Botschafterin gesehen?*

»Weil es dein Name ist.«

»Mein Name ist Indris.«

»Wenn du willst.« Der Mann zuckte die Schultern. »Allerdings ist das so, als würde Ia behaupten, es wäre nur am Leben, wenn das Gesicht des Planeten von der Sonne beschienen wird. Du verfügst über enorme Kräfte, und deine Angst vor diesen Kräften weckt eine Hoffnung in mir, die ich allerdings erst noch bestätigt sehen will.«

»Hoffnung worauf?«

Es fühlte sich an, als würden Finger in Indris' Kopf herumwühlen, während sie Fassaden beiseiteschoben, um die dahinterliegende Wahrheit zu enthüllen. Indris aktivierte seine mentale Abwehr, doch das Gefühl hielt an. Der

Schmerz wuchs, bis er das Gefühl hatte, sein Gehirn würde gegen seinen Schädel gedrückt. Druck baute sich auf, und seine metapsychischen Fähigkeiten gerieten außer Kontrolle. Indris fiel auf die Knie. Hitze entflammte in seinem Auge, und er begrüßte sie, doch sie wurde von Ruf-Der-Gefahr im Keim erstickt. Der Schmerz war so stark, dass er sich übergab.

»Ich hoffe, dass du uns damit nicht alle zerstören wirst«, sagte Ruf-Der-Gefahr. »Du bist nicht wie die anderen, die vor dir kamen. Letzten Endes würde dich deine Kraft eher umbringen, als dass du zuließest, dass sie diejenigen verletzt, die du liebst.«

Indris stöhnte und rollte sich auf die Seite, als der Schmerz nachließ. Er wischte sich die Tränen aus den Augen, dann spülte er sich den Mund mit Wasser aus seiner Trinkflasche aus. »War das nötig?«

»Ich musste die Wahrheit wissen.«

»Du hättest fragen können.«

»Du hättest lügen können.«

»Du hast es doch sicher schon zuvor gewusst, oder nicht?«, fragte Indris. »Warum sonst hättest du mich hier reingelassen?«

»Ich habe es nicht gewusst. Ich habe dir den Zutritt aus reiner Neugier erlaubt. In der Hauptsache.«

»Jetzt weißt du, warum ich mir nicht gestatten werde zu Erwachen.«

Indris erhob sich und breitete die Arme aus, um die Sandsäulen mit einer Geste zu umfassen. »Wissen, Sandkorn um Sandkorn. Es kann geformt werden, doch jegliche Form, die diese Sandkörner bilden, ist in sich unbeständig. Jedes Korn wird ewig existieren. Es kann für unterschiedliche Zwecke eingesetzt werden, aber es ist sehr selten, dass die gleiche Form zweimal gebildet wird. Darauf hoffe ich! Ich hoffe, die

Sēq werden sich daran erinnern, dass sie irgendwann entstanden sind, um den Weg zu weisen, nicht um der Weg zu sein. Dass Shrīans Führer erkennen, wie empfindlich das Gefüge der Zivilisation wirklich ist, und sie pflegen, statt sie zu zerstören. Und ich hoffe, dass der Tag niemals kommen wird, an dem ich mich dazu gezwungen sehe, ein großes Unrecht zu wählen, das einmal, in einem einzelnen, losgelösten Moment in der Zeit, das Richtige schien. Denn die Geschichte lehrt uns wieder und wieder, dass der Augenblick flüchtig ist. Immer kommt es irgendwann zu einem Wandel. Und wenn alles vorüber ist, ist unser großes Unrecht immer noch ein großes Unrecht.«

»Ich kenne Unrecht«, sagte Ruf-Der-Gefahr. »Fehlentscheidungen, nach denen du nie wieder schlafen wirst aus Furcht vor deinen Albträumen. Schuld ist etwas, das wir beide gemeinsam haben. Das ist der Grund, weshalb wir hier und jetzt an diesem Ort sind.«

»Ja. Ich werde von ihr getrieben. Deshalb kann ich die möglichen Folgen meiner Handlungen nicht ignorieren.«

»Und während du von ihr getrieben wirst, wirst du deine eigenen Entscheidungen immer in Zweifel ziehen und überdenken.«

»Besser, als sich nur einmal zu entscheiden und die falsche Entscheidung zu treffen.«

Ruf-Der-Gefahr lachte, zögerlich zunächst, doch als sich die Schleusen öffneten, wurde das Lachen tiefer, voller. Indris lächelte, als er den anderen Mann lachen hörte. Er sah, wie der Wahnsinn aus seinem Blick verschwand und von etwas anderem ersetzt wurde, das, wenn schon nicht friedlich, so doch wenigstens nicht mehr so gehetzt war. Er ging zu Indris und umarmte ihn. »Danke. Es ist sehr, sehr lange her, seit ich einen Anlass zum Lachen hatte. Oder zur Hoffnung.«

»Ich glaube, meine Zeit hier ist beinahe vorüber.« Indris

sah auf die Sterne, die ihn umgaben, auf die Säulen des Wissens, bei denen er anderenfalls ein ganzes Leben hätte vertrödeln können. *Andere brauchen mich.*

»Ja«, sagte der Mann traurig. Indris hob die Braue und fragte sich, ob er gerade seine Frage beantwortet oder seine Gedanken gelesen hatte oder beides.

»Indris, ich wurde im *Mah-Psésahen* ausgebildet. Es wurde nur an wenigen Orten unterrichtet, und jeder dieser Orte ist heute verdammt. Ich flehe dich an, verfolge diesen Weg nicht weiter. Ich habe gesehen, was sich da in deinem Geist entfaltet. Statt die Weisheit anderer zurate zu ziehen, solltest du lieber auf dich selbst hören. Wenn du diesen Fähigkeiten, die in dir schlummern, erlaubst zu wachsen, so wirst du sie weise benutzen, das weiß ich. Aber suche nicht die Weisheit anderer. Geh deinen eigenen Weg. Dann, vielleicht, wirst du nicht dieselben Fehler begehen wie ich einst und auch nicht das Leid verursachen, das ich ausgelöst habe, oder zu einem Abtrünnigen werden wie ich. Sedefke hatte recht, dir zu vertrauen.«

»Ich erinnere mich an nichts davon«, murmelte Indris. »Die Erinnerung an die Grate wurde mir genommen.«

»Ich weiß nicht, was euch beide verband, aber ich kann erkennen, was er mit deinem Geist angestellt hat. Mir wurden die gleichen Techniken beigebracht, um mich selbst – und andere – vor dem Schlimmsten in mir zu schützen. Aber nimm dich in Acht. Die Sēq planen ihre Spielzüge lange im Voraus. Sie wussten, dass die Abgesandten der Ödnis kommen würden, und während es so aussieht, als würden sie ein paar Spielsteine verlieren, haben sie doch in Wirklichkeit das gesamte Spielbrett sehr klar vor Augen und wissen, was sie erreichen wollen.«

»Ich kenne das, ja.«

»Dann solltest du wissen, dass du vielleicht keine Wahl

hast, wenn es darum geht, wie viel Macht du einsetzen musst«, erwiderte Ruf-Der-Gefahr. »Letztendlich wurde dein Leben ohne deine Zustimmung geplant, so wie meines auch.«

Ruf-Der-Gefahr ging fort, und sein Stab berührte die Sterne zu seinen Füßen.

Indris rief der entschwindenden Gestalt nach: »Werden wir uns wiedersehen?«

»Bevor alles endet.«

Indris sah zu, wie er in den Schatten in der Ferne verschwand. Mit einem letzten liebevollen Blick auf den größten Wissensvorrat der Welt sammelte Indris seine wenigen Habseligkeiten zusammen und ging in Richtung der Tore von Isenandar. Jedes Mal wenn er um eine Säule herumgeschritten war, wurde die Bibliothek weniger materiell. Die Sterne in Boden und Decke verschwanden als Erstes. Dann folgten die massiven Säulen. Der harte Boden wurde erst weich, dann sandig. Indris schritt an zwei schräg stehenden Felsen vorbei, dann stand er in der windigen Weite der Toten Ebene.

Er wandte sich um. Der Eingang zu Isenandar war immer noch da, sichtbar für ihn, da er wusste, worauf er achten musste. Eine offene Einladung, sollte Indris je zurückkehren müssen. Er war sich nicht sicher, ob das ein gutes oder schlechtes Vorzeichen war.

Indris streckte die Fühler seines Geistes auf der Suche nach Femensetri aus und fand sie in Amarqa, zusammen mit Mari und ihren Freunden. Statt eine Reise durch die Ödnis zu riskieren, wandte Indris die uralten Formeln an, die er erst vor Kurzem gelernt hatte; es war eine sauberere Art, große Entfernungen auf Īa zu überbrücken. Komplexe Formeln entfalteten sich in Indris' Geist und gaben ihm die nötigen Informationen bezüglich der Kraft, die notwendig war, um die Entfernung zwischen dem, was er vorher immer in Begriffen wie »Hier« und »Dort« gesehen hatte, zu krümmen. Er beugte das *Ahm,* und ein Eckpunkt in der Struktur der Welt öffnete sich, als Hier und Dort eins wurden.

Mit einem Lächeln trat Indris hindurch, hinein nach Avānweh, wo diejenigen auf ihn warteten, die er liebte.

Kapitel 26

»Wir wählen unsere Familie nicht. Wir wählen, was wir an ihnen akzeptieren, und hoffen, dass sie uns akzeptieren. Wir tun für sie, was wir können, wenn sie uns am meisten brauchen.«

Aus Die Rückkehr vom Schrein der Eitelkeiten *von Pah Näsarat fa Nehrun (496. Jahr des Erwachten Imperiums)*

79. Tag im 496. Jahr der Shrīanischen Föderation

Mari lehnte sich gegen die Wand im Wintergarten des Qadir Näsarat. Die Glastüren und durchbrochenen Fensterläden waren zum Schutz vor dem Wind geschlossen worden, doch durch die Ritzen sickerte noch Licht herein. Kleine Gestelle mit Feuersteinen hatten den Raum beinahe schon unangenehm aufgeheizt. Sie saßen so hoch über der Talsenke von Avānweh, dass kein Laut von den Straßen zu ihnen heraufdrang. Der Raum roch nach warmer Wolle und Möbelwachs.

Alle Blicke ruhten auf den Rahns, die zusammengekauert unter riesigen Seidendecken saßen. Sie sahen noch schlechter aus, seit Mari sie das letzte Mal gesehen hatte. Sie fühlte sich an ihren Vater erinnert und an die Art, wie er sich verändert hatte, während die Krankheit fortgeschritten war. Aber die Verschlimmerung der Krankheit von einem Tag auf den nächsten beobachten zu müssen war erschreckend. Roshana und Siamak waren besorgniserregend dünn und schienen nur noch aus Knochen, Muskeln und aschfarbener Haut zu bestehen, die zu straff über den Knochen saß. Um Nazarafine stand es am schlimmsten. Ihre Haut hing schlaff herab, wo vorher üppige Kurven gewesen waren. Ihre Wangen waren schlaff, die Augen lagen tief in den Höhlen. Ohne die Hilfe ihres Neffen und Erben Osman konnte sie kaum stehen. Mari hoffte nur, der Mann war aus härterem Holz geschnitzt, als es schien.

Die anderen Erben standen neben ihren Rahns: Siamaks Tochter Umna, die die Größe und eindrucksvolle Präsenz ihres Vaters und die feinen Gesichtszüge ihrer Mutter geerbt hatte, und Roshanas Bruder Tajaddin, der das Gewand eines Gelehrten trug und die Haltung eines Asketen hatte.

»Unsere Spione in Corajidins Lager haben berichtet, dass Vahinehs tapferer Mordversuch leider gescheitert ist.« Ziaire klopfte nachdenklich mit ihrem Fächer auf die Handfläche. »Entschuldige, Mari, aber ich spreche nur aus, was wir alle fühlen.«

Mari winkte ab. Ihr Vater hatte sich schon so oft gefährlich dicht am Rande der Seelenquelle bewegt, dass sich Mari schon fragte, ob ihn überhaupt etwas töten konnte. Sie hielt es für durchaus möglich, dass er ein Instrument des Schicksals war und so lange am Leben bleiben würde, bis er seine Rolle in dem Drama gespielt hatte.

»Was geschehen ist, ist geschehen«, sagte Ajo.

»Hat Indris mit dir gesprochen, Mari?«, fragte Rosha.

»Nur kurz. Femensetri und die anderen Sēqmeister haben ihn gleich nach seiner Ankunft mitgenommen. Wir hatten nicht die Gelegenheit, viel zu reden.«

»Er wäre nicht zurückgekommen, wenn er keine Lösung gefunden hätte«, sagte Rosha hoffnungsvoll.

»Aber ob es die Lösung ist, die wir gern hätten, steht auf einem anderen Blatt.« Nazarafines Stimme war schwach. Sie sah sich mit glasigem Blick im Raum um und tätschelte

Osmans Hand. »Ich hatte ein erfülltes Leben, und meine Familie ist bei mir. Wenn das das Ende sein soll, dann bin ich zufrieden damit.«

»Tante, hör auf!« Osmans Augen waren groß und voll Tränen. »Wir brauchen dich noch.«

»Stimmt es, dass Anj-el-din Corajidin geholfen hat?« Ziaire lenkte die Aufmerksamkeit von dem schniefenden Osman ab. »Dass sie eine Gefallene war, eine Dienerin der Ödnis?«

»Das hat Belam gesagt.« Mari berichtete, was Belam ihr von der Verstrickung der Botschafterin mit dem Hause Erebus erzählt hatte. »Wir waren dabei, als Indris sie getötet hat.«

»Das muss hart für ihn gewesen sein«, sagte Ziaire nachdenklich. »Nachdem er so lange gesucht hatte …«

»Wir haben nicht darüber gesprochen.« Maris Stimme und der Blick, den sie Ziaire zuwarf, waren hart. »Zweifellos wird er es uns wissen lassen, wenn er darüber reden will.«

»Indris hat getan, was nötig war, ohne Rücksicht auf den Preis, den er dafür zu bezahlen hatte. Er hat ehrenvoll gehandelt.« Bensaharēn lehnte sich zurück und schlug die Beine übereinander, während er an seinem Tee nippte. Er sah aus wie ein Bankier oder ein wohlhabender Kaufmann, nicht wie der größte Kriegsdichter Shrīans. Mari lächelte. Als sie Bensaharēns Gemahl getroffen hatte, hatte sie ihn für einen Händler mit dem Gebaren eines Soldaten gehalten.

Indris trat ein, Femensetri dicht hinter ihm. Er ging mit warmem Lächeln zu Mari hinüber und küsste sie. Sein Mund schmeckte nach Minze. Sie schmiegte sich in seine Arme, und Femensetri verdrehte die Augen, verzichtete jedoch auf einen Kommentar. Stattdessen schenkte sich die Sturmbringerin eine Tasse Schwarztee ein und gab einen Schuss Wein hinzu, bevor sie sich in der Mitte des Raums aufstellte.

»Die gute Nachricht ist, wir können eure Leben retten«, sagte Femensetri ohne weitere Einleitung. »Wir können euer Erwachen beenden, und Indris kann euch erneut Erwachen lassen …«

»Wenn ihr euch dazu entschließen solltet«, warf Indris ein.

»Ja, wenn ihr euch dazu entschließen solltet.« Femensetris Ton war gereizt. »Der Prozess ist nicht ungefährlich. Keiner von euch ist in guter Verfassung, und ein Abbruch ist selbst unter idealen Bedingungen schwierig. Wir können euch erst wieder Erwachen lassen, wenn es euch besser geht.«

»Warum haben die Sēq das nicht schon vorher getan?«, fragte Ajo. »Ihr habt seit Jahrhunderten das Erwachen der Rahns veranlasst. Was hat sich geändert?«

»Darf ich?«, fragte Indris.

Femensetri nickte ihm zu.

»Das Erwachen war schon immer eine Mischung aus Routine und Ritual. Meist wählt ein Erwachter Rahn einen Erben und verschmilzt nach seinem Tod mit dieser Person. Ihr müsst verstehen, dass in so einem Fall normalerweise zuvor Jahre, wenn nicht sogar Jahrzehnte der Vertrautheit zwischen dem Rahn und seinem Erben aufgebaut werden konnten. Beinahe immer Erwacht ein Familienmitglied, es gibt also meist viele Ähnlichkeiten. Der Vorgänger begleitet den Erben durch den Wandel und bleibt bei ihm. Das Leben ist eine konstante Quelle des Wissens.

Wenn ein neuer Rahn – wie Siamak – Erwacht, folgen die Sēq einem althergebrachten Prozess, der vielfach wiederholt worden ist. Es ist wie der Unterschied zwischen einem Maler, der Kunst schafft, und einer Person, die ein Kunstwerk kopiert. Der Fälscher verfügt nicht über die Fähigkeiten, etwas Neues zu erschaffen, ist jedoch Experte der Nachahmung. Als die Rahns das Wasser des Lebens nicht mehr nahmen, wurde das ursprüngliche Gemälde, die komplexen Verbindungen zwischen Körper, Geist und Seele, beschädigt. Die Sēq wissen nicht, wie sie ihre Spuren um die beschädigten Stellen herum führen und ein Gemälde erschaffen sollen, das dem Original ähnelt, wenn es auch nie ganz gleich sein kann.«

»Und du kannst es?«, fragte Rosha hustend.

»Ich kann, und ich werde«, entgegnete Indris.

Die Erleichterung im Raum war beinahe mit Händen greifbar. Mari merkte, wie sie selbst lächeln musste, als sie die anderen sah, die vor Erleichterung lachten oder schluchzten. Doch sie spürte auch Indris' Unruhe.

Er wartete, bis der Lärm abebbte, bevor er behutsam fortfuhr: »Ihr solltet begreifen, dass das Erwachen nie für Personen gedacht war, die keine mystische Ausbildung durchlaufen haben. In den Tagen des Erwachten Imperiums war jeder Mahj und jeder Rahn ein Produkt der Sēq; sie verbrachten einen Großteil ihres Lebens damit zu lernen, wie man diese Macht verstehen, nutzbar machen und kanalisieren kann. Ihr habt diese Ausbildung nicht durchlaufen, und ohne ein lebenslanges Lernen werdet ihr sie auch nicht bekommen.«

»Was meinst du damit?«, fragte Umna.

»Ich meine damit, dass ein Erwachter Rahn, der nicht zum Mystiker ausgebildet wurde, sein Leben lang vom Wasser des Lebens abhängig sein wird. Er muss es regelmäßig nehmen, um die Art von Krankheit zu vermeiden, unter der die Rahns nun leiden. Und selbst dann ist ihr erneutes Erwachen nicht ohne Risiko.«

»Was bedeutet, wir sind auf ewig von den Sēq abhängig«, schloss Rosha. »Die bewiesen haben, dass sie dazu imstande sind, derartige Tatsachen geheim zu halten, wenn das ihren eigenen Zwecken dient.«

»Ja«, sagte Indris schlicht, und die anderen schwiegen.

»Wir verlieren also entweder unsere Macht«, sagte Siamak schließlich, »oder wir behalten sie, aber unsere Gesundheit liegt in den Händen der Sēq?«

»Ja«, erwiderte Indris offen.

Es folgte eine aggressive Stille. Femensetri stand unerschrocken da und bot weder Erklärungen noch eine Entschuldigung. Wie sie da in ihrer abgetragenen Soutane stand, wirkte sie wie die Gestalt gewordene, unerbittliche Natur der Sēq: Sie waren ewig, sie waren teils vertraut, und doch verstand man sie nie ganz.

»Indris, du hast uns so viel Stoff zum Nachdenken gegeben, und ich danke dir für deine Aufrichtigkeit.« In der Stille schrak Mari beim plötzlichen Klang von Nazarafines Stimme zusammen. »Wenn du es schaffst, dass es mir wieder gut geht, so ist das für mich der größte Segen, den du mir geben kannst. Ich werde gesund werden, und dann werde ich mich zu gegebener Zeit entscheiden, ob ich erneut Erwachen will oder nicht. Ich muss erst darüber nachdenken, ob ich für den Rest meines Lebens Hund und Herr in einem sein möchte. Aber ich kann meine Präfektur beinahe ebenso gut regieren, ohne Erwacht zu sein, wenn das nötig ist. Vielleicht würde es mir sogar guttun, nur mit meinen eigenen Erinnerungen zu leben, statt die Erfahrungen von Generationen in meinem Kopf zu haben.«

»Wo nichts jemals neu erscheint …«, fügte Rosha leise hinzu. Sie sah Siamak an, der kurz nickte.

Mari küsste Indris auf die Wange, und er wandte sich ihr ganz zu und nahm sie fest in die Arme. »Ich weiß«, sagte Mari. »Sie brauchen dich.«

»Ich brauche dich.«

»Später.« Sie klopfte ihm leicht auf die Brust und glättete die Falten seiner braunen Robe, sodass er, wenn schon nicht salonfähig, so doch zumindest nicht ganz wie ein Landstreicher aussah.

»Komm zu mir, wenn du fertig bist. Es muss viel mit den Anführern Shrīans besprochen werden, und außer unseren Freunden weiß niemand im Teshri, dass du oder die Sēq wieder in Avānweh sind.«

Indris küsste sie, aber ihre Umarmung war viel zu kurz. Mari ließ ihn ziehen, und er machte den Rahns ein Zeichen, ihm zu den königlichen Gemächern zu folgen, um ihren Abbruch durchzuführen. Sie fühlte Stolz in sich aufsteigen, Stolz auf das, was er getan hatte und was er tun würde für die Leute, die zu schützen er geschworen hatte.

Tu es, Liebster. Rette die Rahns, damit wir wenigstens ein Fünkchen Hoffnung haben, die Niedertracht meines Vaters zu überleben.

Zwei Stunden verstrichen ohne eine Nachricht von Indris. Noch mehr Verbündete der Föderalisten waren im Laufe der letzten halben Stunde eingetroffen, und mittlerweile war der Wintergarten des Qadir Näsarat zum Bersten voll. Tajaddin öffnete die Flügeltüren, um den Zugang zum größeren Salon zu ermöglichen. Die Ranghöchsten der Föderalistenfraktion waren gekommen, ebenso die Führer von Parteien, die der Überzeugung waren, dass die Zukunft sicherer wäre, wenn sie sich zusammentaten. Dutzende von Personen liefen umher, und das Durcheinander aus Farben und Stimmen war so groß, dass die Leute sich dicht zueinander beugen mussten, um sich überhaupt verständlich zu machen. Es gab der Versammlung einen irreführenden Anschein von Vertraulichkeit.

Stühle und Sofas waren in einem Halbkreis aufgestellt worden, der auf die Erben der Rahns und die Anführer der politischen Parteien blickte. Ziaires Gegenwart als Anführerin der Friedensfraktion war nicht überraschend; sie finanzierte ihr Streben nach Harmonie manchmal durch ihre Kenntnis von irgendwelchen Geheimnissen und Skandalen. Ironischerweise hatte der Einheitskreis keinen nennenswerten Anführer und wurde von vier Leuten repräsentiert, die mehr miteinander stritten, als dass sie einer Meinung gewesen wären. Mari überraschte am meisten die Anwesenheit des aufwendig gekleideten Teymoud. Als er gefragt wurde, warum das Handelskonsortium gekommen war, erklärte der Händlersayf, dass er keine Zukunft mit einem Asrahn sah, der die Märkte zerstörte, statt mit ihnen gemeinsam zu arbeiten und zu profitieren.

»Mein Bruder und Dichtermeister Indera marschieren gegen Corajidin«, sagte Umna. »Wir kennen die Rōmarq zwar besser als jeder andere, aber wir sind immer noch hoffnungslos in der Unterzahl! Der Asrahn ist mit Soldaten und Hexen in unsere Präfektur einmarschiert, und die Alchemisten und Erfinder haben ihm Waffen gebaut, denen wir nichts entgegenzusetzen haben.«

»Der Konflikt wird erst in einer ganzen Reihe von Tagen ausgetragen werden, aber wir müssen uns genau überlegen, was wir sagen und tun«, erklärte Danyūn, der Geheimdienstleiter der Näsarat. »Nix und seine Ban Kherife sind in der Stadt aktiv. Ich vermute, er hat eine Hexe bei sich und befindet sich in ständigem Kontakt mit der Hauptstreitkraft in Fandra.«

»Nix ist ein skrupelloser kleiner Psychopath«, sagte Ziaire. »Wahrscheinlich ist er untergetaucht, aber er wird Kontakte zu Chanqs Verbrecherorganisation haben. Meine *Houreh* werden ihn aufspüren.«

»Wir müssen ihn bald finden«, sagte Belam. »Nix kann für einen so kleinen Mann ein ziemlich großes Blutbad anrichten. Er hat es zum Neujahrsfest mit seinen Elementardämonen getan, und er wird es wieder tun. Wir sollten seine Gefangennahme allerdings zeitlich genau planen, um meinen Vater nicht zu alarmieren.«

»Ich kann euch dabei helfen«, bot Sanojé an. »Ich kenne Nix und kann einen Suchzauber anwenden, um ihn aufzuspüren.«

»Fällt es dir sehr leicht, den Mann zu betrügen, dem du vorher gedient hast?«, stichelte Umna. »Du wechselst deine Meister schneller als andere ihre Bettwäsche.«

Sanojés Augen wurden gefährlich schmal, doch es war eher Belams tödliche Haltung und die Art, wie er auf Schicksalsklinges Griff herumtrommelte, die Mari nervös machten.

Umna lächelte süffisant. »Ich spreche nur aus, was wir alle denken.« Sie zuckte die Achseln. »Aber es sieht so aus, als wäre es dir gelungen, die anderen mit deinen …«

Ajo schlug mit seinem Stab auf den Boden. »Das reicht, Umna! Bist du der Asrahn, dass du dich nicht mehr an die Regeln des *Sende* hältst? Pah Belamandris und Pah Sanojé gehören der königlichen Kaste an; die Tatsache, dass du eine Rahn-Erwählte bist, gibt dir noch nicht das Recht, ihnen respektlos zu begegnen.«

»Der Witwenmacher und Sanojé waren es, die die Gefangenen vor Corajidin gerettet haben«, fügte Morne hinzu. Kyril neben ihm stimmte zu. »Sie haben die Rettungsmannschaft zu dem Gebäude geführt, wo die Geiseln zu ihrer eigenen Sicherheit versteckt gehalten wurden. Sie waren gut versorgt worden und in der Lage, sich notfalls selbst zu verteidigen. Ich respektiere die beiden mittlerweile so, wie ich auch Mariam respektiere.«

»Beurteile sie nicht nach den Handlungen ihres Vaters«, sagte Ziaire. Das Lächeln, mit dem sie Belam bedachte, war so strahlend, dass sich Sanojés Nackenhaare sträubten. »Belamandris, Mari und Sanojé haben alles riskiert, als sie sich an unsere Seite stellten. Zolle ihnen die Anerkennung, die ihnen gebührt.«

Umna blickte mürrisch drein. »Ich lasse es für den Moment gut sein, wenn das der allgemeine Wunsch ist. Aber ich bin noch nicht überzeugt von unseren neuen Verbündeten. Und jetzt zu unserer zahlenmäßigen Unterlegenheit. Es ist mein Bruder, der gegen den Asrahn in den Kampf zieht. Meine Ländereien werden bedroht. Der Teshri hat nichts unternommen, um Corajidins grobes Fehlverhalten zu verurteilen, und jetzt stehen wir am Rande eines Kriegs!«

»Wir haben einen Vorteil, mit dem Corajidin nicht rechnet.« Kembes Stimme war ein tiefes, samtiges Brummen. Der Patriarch der Tau-se hatte sich erhoben. »Die Sēq sind gekommen, um uns zu helfen, und sie werden eine wertvolle Gegenkraft gegen Corajidins Mystiker bilden. Uns stehen Morne Falkenholz und die Unsterblichen Gefährten zur Seite, und Indris ist von den Toten zurückgekehrt. Ich bin sicher, dass Letzteres Corajidin aufscheuchen wird.«

»Aber haben wir die Sēq tatsächlich?«, fragte Neva. »Oder haben wir nur Indris?«

Stimmen erhoben sich, es wurde laut diskutiert. Die Neuigkeiten über die Doppelzüngigkeit der Sēq, was den momentanen Zustand der Rahns betraf, hatten sich rasch verbreitet. Das Vertrauen zu dem exilierten Orden war noch weiter gesunken. Obwohl manche vielleicht Indris und seinem Ruf vertrauten, erinnerten sich viele im Teshri an die jüngsten Ereignisse, und sie wollten lieber nichts mit den Mystikern zu tun haben.

Es gab nur wenige Punkte, auf die man sich einigen konnte. Die Erben wurden größtenteils ignoriert; man hielt sie für zu jung und unerfahren, um irgendetwas von Bedeutung zu der Diskussion hinzuzufügen. Tajaddin wurde wegen seiner Abstammung und seiner Ausbildung bei den

Zienni eine gewisse Achtung entgegengebracht. Ziaire und Ajo waren die Berge, um die sich die Wolken versammelten und in deren Schatten Teymoud seine Macht entfaltete. Karten wurden entrollt, Entfernungen, Versorgungslinien und Reisezeiten berechnet. Militärische Stärken und Schwächen wurden verglichen und das Format der Waffenmeister diskutiert, Maselanes militärisches Genie über Feyds unorthodoxes Vorgehen und Tahj Shahehs Überfalltaktik gestellt, die ihr als Korsarin des Marmormeers gute Dienste geleistet hatte. Rahn Narsehs Möglichkeiten wurden diskutiert und herabgesetzt: Die Marschallsritterin war wegen ihrer Krankheit schon so lange verschwunden, dass man annahm, sie wäre bettlägerig oder bereits tot.

Belam und Sanojé kamen an Maris Seite. Ihr Bruder schüttelte den Kopf. »Sie haben Angst, scheinen aber nicht zu wissen, wovor sie sich am meisten fürchten sollen.«

»Also fürchten sie sich vor allem«, sagte Sanojé.

»Sie brauchen jemanden, der sie führt, Mari.« Belam sah zu Ajo und Ziaire hinüber. »Diese beiden sind außergewöhnlich, das ist wahr, aber sie sind keine Rahns. Sie können nicht für den gleichen Zusammenhalt sorgen wie Roshana, Siamak oder Nazarafine.«

»Was ist mit Indris?«, fragte Sanojé.

»Er würde das niemals machen«, erwiderte Mari. »Er wird Rat geben, Vorschläge machen und sich selbst in Gefahr bringen, aber er wird nicht die Macht an sich reißen.«

»Ich frage mich, ob das überhaupt eine Rolle spielt?« Belam klang melancholisch. »Die Erebus haben die größte Armee in Shrīan. Die Hälfte davon ist in Fandra, die andere Hälfte in und um Avānweh. Vater hat alle zusammengetrommelt, die ihm Gefolgschaft geschworen haben, außerdem stehen ihm die Hexen und die Allianzen zur Verfügung, die Kasra mit diesen Ungeheuern in der Rōmarq geschlossen hat. Wir sind so oder so zahlenmäßig völlig unterlegen.«

»Komm mit«, sagte Mari. Sie fragte einen Soldaten der Näsarat nach dem Weg und wurde von diesem zu den königlichen Gemächern geleitet. Es war ein kurzer Weg den Korridor hinab und durch Türen hindurch, die von feindseligen, aber stummen Wachen bewacht wurden. Dann standen sie in einem kunstvollen runden Wintergarten, über dem sich eine Kuppel aus getöntem Glas wölbte. Mehr als ein Dutzend Türen, die blau emailliert und mit Gold verziert waren, führten von hier in unterschiedliche Räume. Jede von ihnen war mit dem Phönix der Näsarat gezeichnet. Nur an einer von ihnen stand eine Tau-se-Wache, der Oberstritter Mauntro gerade Befehle erteilte. Der Löwenmann erblickte Mari und lächelte.

»Wie kann ich Euch zu Diensten sein, Pah Mariam?« Seine tiefe Stimme war beinahe ein Schnurren.

»Wir suchen nach Indris. Ist er hier?«

Mauntro zögerte kaum merklich, dann bat er Mari und die anderen, ihm zu folgen. Er führte sie durch eine bewachte Tür in eine Suite. In einem großen Schlafzimmer, wo Rosha friedlich schlief, hatte sich Indris in einem Sessel eingerollt, das Kinn auf dem Arm, und atmete tief und gleichmäßig. Shar und Ekko standen mit Femensetri bei ihm, deren sanfter Ausdruck sich verhärtete, als sie Mari erblickte.

»Was willst du, Mädchen?«, flüsterte die Sturmbringerin in scharfem Ton.

»Wir brauchen Euch da drin«, sagte Mari und wies mit dem Daumen in Richtung Wintergarten. »Jeder zieht an einem anderen Strang. Ajo und Ziaire tun, was sie können, aber …«

»Es geht den Bach runter mit ihnen«, schloss Belam.

Mari ging zu Indris hinüber. Er war bleich und hatte Ringe

unter den Augen. Eine leichte Falte hatte sich auf seiner Stirn gebildet, die, die er manchmal hatte, wenn er schlief und an Dinge dachte, von denen er fürchtete, dass sie das Tageslicht erblicken könnten. Sie hatten ein- oder zweimal darüber gesprochen. Eine seiner langfingrigen Hände hatte sich um Gestaltwandlerins Griff geschlossen. Mari blickte auf und sah Femensetri fragend an.

»Er hat getan, was nötig war«, sagte Femensetri. »Die Stärke und Kontrolle, die nötig sind, um das Erwachen dreier sterbender Rahns abzubrechen und sie auf den Weg der Heilung zu schicken … ich habe so etwas noch nie gesehen. Als er mit Siamak fertig war, kam er hier herein, um nach Rosha zu sehen, und ist eingeschlafen.«

»Indris hat alles allein gemacht? Konntet Ihr ihm nicht helfen?«

Femensetri blickte auf Indris mit einem Ausdruck hinab, in dem sich blanke Bewunderung und Zuneigung spiegelte. »Die Wahrheit ist, Mari, ich konnte es nicht. Ich habe nicht das Mitgefühl, über das er verfügt. Ich hätte den Abbruch vornehmen können, aber es wäre ein sehr nüchternes Vorgehen gewesen; ich hätte ihnen bei dem Prozess mehr als nur ihr Erwachen genommen, wie ein Chirurg, der faules Fleisch herausschneidet. Indris nimmt Anteil an den Leuten. Ich habe ihn oft deswegen ausgescholten, weil es ihn aufgehalten hat, aber …«

»Jetzt seid Ihr Euch nicht mehr so sicher?«

»Nein.« Femensetris Miene wurde hart. »Ich bin mir relativ sicher, dass es ihn daran gehindert hat, der Sēq zu werden, den wir aus ihm machen wollten. Aber es hat ihn zu dem Sēq gemacht, den andere wiederum brauchen. Was war besser? Das wird nur die Zeit zeigen. Und wenn Sedefke das so will, werden wir alle überleben, um die Antwort zu erfahren.«

»Was ist mit diesem erneuten Erwachen? Hat er Euch wenigstens gezeigt, wie man es macht?«

Femensetri schnaubte. »Wenn dem nur so wäre. Ich habe ihn so lange gepiesackt, bis er mir die Verknüpfungen von Körper, Geist und Seele dargestellt hat. Er hat ein Bild gewoben, das mir gezeigt hat, wie es funktioniert. Ich habe gesehen, wo die Kraftquellen abgeleitet, geführt, verankert und die Leiter der Existenz hinaufgeschoben werden. Er hat mir die Formel gezeigt, mit der man unvereinbare Elemente miteinander vermischt, hat erklärt, in welche Richtungen die Kräfte wirken und wie man die Elemente zueinander in Beziehung setzt, damit das Ganze größer ist als die Summe der einzelnen Teile. Indris hat mir das alles gezeigt.«

»Warum klingt Ihr dann so frustriert?«

»Weil ich es nicht verstanden habe.« Sie lachte selbstironisch. »Heute musste ich erkennen, wie weit mein bester Schüler ohne mich gekommen ist.«

»Das passiert«, sagte Mari. »Das ist es, was jeder Lehrer von seinem Schüler will und alle Eltern von ihren Kindern: dass sie besser sind als diejenigen, die vor ihnen waren. Aber jetzt solltet Ihr Euch erst einmal um die Leute im Qadir kümmern, die ohne Eure und Indris' Hilfe im Moment nicht weiterkommen.«

Femensetri sah Mari an, und ihre Lippen verzogen sich zu etwas, das man beinahe ein Lächeln hätte nennen können. »Ich glaube, ich weiß, was er in dir sieht, Mädchen.«

»Vielleicht hört Ihr dann ja irgendwann auf, unserem Glück im Weg zu stehen?«, fragte Mari honigsüß. »Im Moment brauchen wir Euch allerdings als die ruppige Leuteschinderin, die die Leute zu hassen und fürchten gelernt haben.«

»Das lässt sich einrichten.«

Gemeinsam zogen sie Indris auf die Füße. Mari und Shar boten ihm ihre Schultern an und führten Indris halb, halb trugen sie ihn den Korridor hinab. Er war wach, wenn auch benommen, als sie im Wintergarten ankamen. Femensetri war so, wie Mari erwartet hatte: eine Naturgewalt. Sie schritt in die Mitte des Raums und bohrte ihren Stab in den Boden. Ihre Gegenwart, mit Indris an ihrer Seite, sorgte auch ohne Worte für sofortige Stille. Mari, Belam, Shar, Ekko und Sanojé standen hinter Femensetri. Die Botschaft war klar.

»Ajo? Ziaire? Macht es euch etwas aus, wenn ich ein bisschen übernehme?«, fragte Femensetri.

»Nicht im Geringsten.« Der Himmelslord lächelte. Auch Ziaire nickte zustimmend, mit erleichterter Miene.

»Was, wenn es uns etwas ausmacht?«, sagte Osman. »Die Sēq waren …«

»Ein schlechter Zeitpunkt, um alte Geschichten aufzuwärmen, Junge.« Femensetri betrachtete den Mann, bis er errötete. Dann musterte sie Umna mit hochgezogener Augenbraue. »Hast du irgendetwas zu sagen? Nein? Dachte ich mir. Jetzt hört mir zu, ihr alle. In letzter Zeit hat sich viel verändert. Und wenig davon zum Besseren. Aber wir sind hier, und wir sind bereit zu helfen, wenn ihr bereit seid, eure Meinungsverschiedenheiten erst einmal ruhen zu lassen.«

»Aber die Rahns …«, ertönte eine Stimme aus der Menge.

»Sind am Leben und werden sich erholen. Aber im Moment könnt ihr nicht auf sie zählen. Ihr müsst selbst handeln. Corajidin würde wollen, dass ihr blind einem Anführer folgt: ihm selbst. Aber die Shrīanische Föderation wurde gegründet, um auf die Stimmen vieler zu hören, nicht um einer einzelnen Person die absolute Macht über das Schicksal aller anderen zu geben. Es ist eure Pflicht zu handeln!«

»Corajidins Armee ist gewaltig, Sturmbringerin«, bemerkte

Teymoud nervös. »Und unsere Streitkräfte sind zahlenmäßig unterlegen.«

»Wir haben keine Generäle«, rief eine andere Stimme.

»Ihr habt Generalsritter Maselane im Feld«, konterte Femensetri. »Er ist einer der besten lebenden militärischen Geister. Und bei ihm sind Indera, der Dichtermeister der Marmûn-sûk, und Harish, der Waffenmeister der Rōmarq. Ihr habt mich; ich habe Armeen kommandiert, noch bevor es Shrīan überhaupt gegeben hat, selbst bevor das Erwachte Imperium existierte.« Sie breitete die Arme aus und zeigte auf Mari. »Ihr habt Mari, die Königin der Schwerter, Kommandantin der Feyassin, die Heldin von Amnon und Dutzender anderer Schlachten. Ihren Bruder, Belamandris den Witwenmacher und Kommandanten der Anlūki. Sie haben beide ihrem Vater die Stirn geboten. Und bei ihnen ist Pah Sanojé, eine Hexe von furchterregendem Ruf. Shar. Ekko. Meisterkämpfer, die sich in einen Kampf stürzen, weil es richtig ist, nicht weil sie einem Rahn folgen!

Morne Falkenholz und seine Unsterblichen Gefährten sind hier, in Avānweh, und werden uns helfen. Kriegsdichter der verbündeten Schulen, Elitewachen. Und Sēqritter warten einsatzbereit in den Wäldern südlich von Fandra.« Sie stupste Indris mit dem Finger an, dessen Kopf hochschnellte, als wäre er ein alter Mann, der gegen den Schlaf ankämpfte. »Und ihr habt ihn. Braucht ihr wirklich noch irgendetwas anderes?«

Der Ton der Unterhaltungen veränderte sich. Es gab weniger Diskussionen, mehr Übereinstimmungen. Ideen wurden aufgenommen und verändert, statt sofort niedergeschlagen zu werden, bevor sie reifen konnten. Mari sah ein Lächeln in den Gesichtern der Leute und Gesten, die nun entschieden wirkten, nicht abwehrend wie zuvor.

Femensetri kam an Maris Seite. »War es das, was du wolltest?«

»Es ist ein Anfang.« Mari machte Shar und Ekko ein Zeichen, damit sie Indris zu Bett brachten; er schlief beinahe im Stehen. »Aber wir brauchen noch mehr, wenn wir überleben wollen.«

»Das wirst du bekommen.«

»Dann zeigt mir, warum die Sēq unsere Herrscher so lange führen konnten. Sorgt dafür, dass ich an Euch glaube und dass ich daran glaube, dass wir gewinnen können.«

Kapitel 27

»Hoffnung und Erwartung sind nicht dasselbe, wenn auch beide zur Enttäuschung führen. Lebe den Moment, und akzeptiere die Dinge so, wie sie sind, nicht, wie du sie gern hättest.«
Aus den Maximen der Nilvedic

80. Tag im 496. Jahr der Shrīanischen Föderation

Corajidin hielt Mēdēya in seinen Armen, während er die Kriegsvorbereitungen beobachtete. Unter ihm wurden die äußeren Bezirke des Lagers mit uhrwerkmäßiger Effizienz abgebaut. In dem einen Moment standen die Zelte noch, im nächsten sanken sie in sich zusammen und wurden als Bündel in Karren verstaut. Mehr als drei Viertel der verbleibenden Infanterie war mobilisiert worden, um Fandra zu besetzen, außerdem ein Drittel der Stoßtruppen der Iphyri. Die Kavallerie der Erebus blieb im Kommandolager zurück. Die elegante militärische Elite stand herum und nippte an Bechern mit warmem Wein, während der Boden unter den Tritten der Infanterie erzitterte. Die Mannschaften der Windschiffe befanden sich in sicherer Position in den Lüften und beobachteten das Geschehen von oben. Wagen ächzten auf den aufgewühlten Pfaden südwärts, Richtung Fandra, während die Mannschaftsführer Befehle brüllten und die Soldaten abwechselnd stöhnten und fluchten. Der frische Wind zerstreute den Rauch der Feuer im Lager und ließ ahnen, dass der Winter vor der Tür stand.

»Es riecht nach Schnee.« Mēdēya zog die Nase kraus. Ihre Wangen und die Stirn waren vom Wind gerötet, und sie stampfte mit den Füßen, die in langen Schaffellstiefeln steckten, um sich warm zu halten.

»Drei Kilometer sind schon auf dem flachen Feld eine weite Entfernung, Jidi, aber im Marschland werden wir noch langsamer vorrücken. Der Abstand zu unserer Verstärkung ist zu groß.«

»Wir werden lange vor seinem Eintreffen über die Aufstellung unseres Feindes Bescheid wissen«, sagte Feyd vom Eingang des Kommandozelts aus. Er betrachtete einen Stapel Berichte in seiner Hand, erteilte seinen Offizieren Befehle und streckte sich. »Mēdēya hat recht, das Vorrücken der Kavallerie wird länger dauern als gewöhnlich. Ich habe sie tagelang übungshalber laufen lassen, damit sie die beste Route herausfinden und ihr Vorrücken zeitlich planen können. Wir sind vorbereitet. Weitere zweihundert Männer von der schweren Kavallerie sind näher positioniert, in einer kleinen Schlucht im Osten. Man wird sie erst sehen, wenn sie herauskommen.«

»Ich will einen klaren Sieg. Alle, die noch zweifeln, sollen sehen, dass wir für den nächsten Schritt bereit sind, Feyd.« Corajidin nahm eine dampfende Tasse entgegen, eine Mischung aus Tee und Wein. »Die Rōmarq birgt zwar viele Schätze, aber vor allem ist sie von strategischem Wert für uns, weil sie in der Nähe des Mondtors und des Aschfeldpasses liegt, der uns über das Mar Silin bringt. Von Fandra aus marschieren wir in Richtung Süden, überqueren die Mondberge an ihrem niedrigsten Punkt und nähern uns Mediin von Westen her.«

Feyd nahm eine Schnur mit Ahnenperlen und küsste das kleine Medaillon, um Unheil abzuwehren. »Wir wissen nicht genug über Pashrea. Wir kennen nur die Legenden, und die sind düster genug.«

Mēdēya nahm Corajidins Tee und trank aus seiner Schale. Er beugte sich vor und küsste sie auf den Kopf. Ihr Haar roch anders. Nicht nach Aloe vera und Henna, das Yashamin geliebt hatte; es war etwas leicht Abstoßendes, ein süßer und blumiger Geruch. Die Art von Duft, die man normalerweise auflegte, um Fäulnisgeruch zu überdecken.

Corajidin winkte, damit man ihm eine zweite Teeschale brachte.

»Wir werden auf den Frühling warten müssen«, sagte Mēdēya. Sie blickte nachdenklich nach Süden. Der höchste Gipfel so weit westlich war Tehvari – die Nachtklinge –, der nur als schwacher Umriss am Horizont zu erkennen war. Mēdēya sah Corajidin herausfordernd an. »Es sei denn, du hast vor, im Winter nach Süden in den Krieg zu ziehen? Natürlich wäre das auch durchführbar, und da die Botschafterin will, dass wir Pashrea angreifen …«

»Unsere Soldaten kämpfen nicht gut im Schnee, während es den Nomaden vermutlich nichts ausmacht«, konterte Feyd. »Vielleicht könnten wir uns ja erst einmal auf die bevorstehende Schlacht konzentrieren, bevor wir mit der Planung der nächsten anfangen?«

»Feyd hat recht«, sagte Tahj Shaheh, die gerade mit windzerzaustem Haar eintraf. Sie blies sich in die Hände, um sie zu wärmen. »Ich bin im Winter die Spektralküste entlanggesegelt, sowohl in der Luft als auch zu Wasser. Einmal bin ich sogar über die Wälder zwischen Jafir und den Bergen geflogen. Es gibt wenig Futter für das Vieh, wenn die Nächte länger werden und die Temperaturen sinken. Vermutlich werden mehr in die Reihen der Nomaden überwechseln, als Ihr geplant habt, bevor Ihr Mediin auch nur erreicht.«

Corajidin akzeptierte ihre Meinung. Die Schlacht bei Fandra würde die unterschiedlichen Parteien unter seinem Banner vereinen, entweder weil sie ohnehin mit seiner politischen Richtung übereinstimmten oder weil sie zu viel Angst haben würden, um Widerstand zu leisten. Er brauchte die Wintermonate, um seine Autorität zu festigen und den Teshri nach seinen Vorstellungen zu gestalten. Fandra war groß genug, um die Infanterie und die Kavallerie bis zum Frühling zu beherbergen. Die anderen Häuser und Familien würden sich hier versammeln, bevor es wieder wärmer wurde und sich der Schnee in die Berge zurückzog. Ganz egal, was die Botschafterin wollte oder nicht wollte, und ungeachtet des Drucks, den sie auf ihn ausübte, dass er seine Schulden zurückzahlen solle: Der Krieg gegen Pashrea musste warten, bis der Winter vorüber war. Corajidin hätte es vorgezogen, im Norden zuzuschlagen, um Tanis in den Schoß der Nation zurückzuholen, aber die Botschafterin hatte ihre Wünsche sehr klargemacht: Sie wollte die Schattenherrscherin beseitigt haben, und der Orden der Sēq sollte der Vergangenheit angehören. Der Gedanke, gegen Pashrea in den Krieg zu ziehen, verunsicherte Corajidin. Er sah zwar ein, dass es nötig war; aber gegen Nomaden und Gelehrte zu kämpfen war eine ganz andere Form von Krieg, eine, auf die man sich sorgfältig vorbereiten musste. Zu diesem Zweck konnte er die Erfinder und die Alchemisten gut gebrauchen, ebenso wie die Hexen. Seit Neujahr horteten sie Hexenwaffen, Zaubersprüche, um Dämonen herbeizurufen und Nomaden zu binden, und salzgeschmiedeten Stahl aus Tamerlan.

Aber wie hoch würde die Zahl der Todesopfer sein? Wer wäre überhaupt noch übrig in Shrīan, wenn die Avān ihren rechtmäßigen Platz als Führer der Welt einnahmen? Über wen würde Corajidin als Mahj herrschen, wenn sich beinahe eine ganze Generation opfern musste, um ihn an die Macht zu bringen? Und wie lange würde das Eiserne Bündnis warten, wenn es Shrīan erst als leichtes Angriffsziel einstufte?

All das war riskant, aber natürlich war es immer eine

Herausforderung, auf dem Pfad seiner Bestimmung zu bleiben und trotz aller Schwierigkeiten daran festzuhalten. Er befand sich an einem Scheideweg, das wusste Corajidin. Er nippte an seinem Tee, während er an seine Erfolge zurückdachte, um Trost und Kraft aus der Erinnerung zu schöpfen. Er blickte hinaus über die Rōmarq, sah das Leben in den Pflanzen und im Wasser schimmern, in den Soldaten, den Tieren. Sein Verbundenheitsritual war ein weiteres Erwachen gewesen. Und hatten ihn seine tödlichen Verletzungen in Avānweh und sein Wiedererwachen hier in der Rōmarq nicht zum Dreifach Erwachten gemacht?

Bisher war alles so eingetroffen, wie die Orakel es vorausgesagt hatten, obwohl sie weder seinen Beinahetod noch seine Verstümmelung erwähnt hatten. Der Preis, den er zu zahlen hatte, war bitter gewesen, aber seine Lage hatte auch Vorteile: Er entzog sich damit der Botschafterin. Zweifellos misstraute sie ihm bereits und hatte Yashamin bewusst als Spionin zurückgebracht, um sich in Corajidins Herz und Verstand einzuschleichen.

Die schöne Mēdēya … War sie ein Gefängnis, in dem Yashamin vor sich hin siechte, oder ein Palast, der ihr von der Botschafterin geschenkt worden war und der ihr einen anderen Blick auf die Welt eröffnete? Bei jeder Gelegenheit sprach Mēdēya im Sinne der Botschafterin. Sie klang wie das Echo ihrer Forderungen, wenn auch in süßeren Tönen. Manchmal, wenn Mēdēya Corajidin anblickte, fragte er sich, ob da nicht Spuren der Botschafterin in ihr schlummerten, die Mēdēya die Worte in den Mund legten. Ein Spion, verborgen in einem Haus, das er noch immer liebte, wenn auch seine Architektur nicht mehr ganz richtig zu sein schien.

»Wirst du tun, was die Botschafterin vorgeschlagen hat, Jidi?«, fragte Mēdēya wie aufs Stichwort. »Wirst du so bald wie möglich gegen Pashrea in den Krieg ziehen?«

Corajidin nahm sie in die Arme. Er ließ sein Kinn auf ihrem Kopf ruhen und kämpfte mit der Versuchung, sie hier und jetzt zu erwürgen. Was würden die anderen tun? Er war der Asrahn. Er konnte jede seiner Handlungen im Nachhinein legalisieren, ganz egal, wie ruchlos sie war. Er streichelte mit der Prothese über ihren Rücken, während er die verbliebene Hand zur Faust ballte. »Die Botschafterin hat nicht gesagt, dass ich im Winter angreifen soll. Hast du denn mit ihr darüber gesprochen?«

Mēdēya schwieg einen langen Moment. Corajidin war sich nicht sicher, ob sie noch atmete. Als sie wieder sprach, klang sie verwirrt. »Nein, sie hat nichts zu mir gesagt. Vielleicht habe ich ja zufällig etwas mitgehört?«

»Vielleicht.«

Während draußen der Schnee fiel, wärmte sich Corajidin vor einem kleinen Ofen, der mithilfe des *Ahm* brannte. Er war erst vor Kurzem von den Erfindern gebaut worden. Kasraman ruhte schlammverkrustet und erschöpft auf einer Couch in der Nähe, eine Schale mit gewürztem Kaffee in der Hand. Mēdēya saß mit gekreuzten Beinen auf dem Bett und kaute müßig auf einem Tuschepinsel herum, während sie die Berichte der unterschiedlichen Truppen mit Anmerkungen versah oder leise vor sich hin fluchte. Eine Hexe in roter Robe kniete auf einem Polster, die Augen verdreht und in die Betrachtung von Bildern versunken, die nur sie sehen konnte.

»Welche Fortschritte macht ihr mit dem Thron der Zerstörung?«, fragte Corajidin die Hexe, die die Verbindung zwischen ihm und Wolfram aufrechterhielt.

»Es ist schwieriger als gedacht, ihn zu bewegen, mein Asrahn.« Die Hexe sprach mit ihrer eigenen Stimme, aber in Wolframs Tonfall. »Wir können nicht ungestört arbeiten.

Täglich werden wir von Fenlingen, Riedweibern und Moorpuppenspielern angegriffen. Wir haben eine Handvoll Hexen und mehr als zwei Dutzend Soldaten bei Nāga-Attacken verloren. Die natürlichen Energien hier vor Ort ziehen die Ungeheuer der Rōmarq magnetisch an.«

»Wie geht es dir? Und Ikedion?«

Eine kurze Pause folgte, ehe der Hexer antwortete. »Es ist eine Herausforderung. Wir haben mit dem Wahnsinn zu kämpfen, wenn wir zu lange bleiben. Ich vermute, die Mystiker, die in vergangenen Zeiten hier hausten, hatten eine bessere Lösung, als ständig Rauschmittel zu nehmen, aber Ikedion und mir bleibt keine andere Wahl. Asrahn, je länger wir hierbleiben, desto schwieriger wird es für uns zu arbeiten.«

Corajidin klopfte ungeduldig mit dem Fuß auf den Boden. »Mēdēya? Welche Waffen wurden bis jetzt von den Ruinen nach Fandra gebracht?«

Mēdēya musste nicht erst in den Berichten nachsehen. »Nicht annähernd so viele, wie wir gehofft hatten. Und es ist nichts darunter, was man als Belagerungsgerät bezeichnen könnte. Weniger als fünfzig Ingot-Rüstungen aus Hexenfeuer in halbwegs vernünftigem Zustand. Etwa hundert Schwerter aus Hexenfeuer und *Kirion*, außerdem Speere und Langmesser. Ungefähr zwanzig Sturmgewehre, von denen nur die Hälfte funktioniert. Und dreißig Feuergeistlanzen, die die Erfinder und Alchemisten einsatzfähig machen wollen; ihre Energiequellen sind versiegt oder teils beschädigt. Außerdem haben wir Schwarzes Steinsalz gefunden und salzgeschmiedeten Stahl, den wir im Winter zu Waffen verarbeiten können.«

»Dieser Ort war angeblich Sedefkes großes Labor!«, knurrte Corajidin. »Wo sind die ganzen Dinge, mit denen ich gerechnet habe – die mir versprochen wurden?«

»Gut möglich, dass es tatsächlich das Labor war«, erwiderte die Hexe in Wolframs Tonfall. »Was wir gefunden haben, entspricht in etwa dem, was man an einem gut ausgerüsteten Standort in einem isoliert gelegenen Qadir erwarten würde. Der Reichtum hier besteht nicht in der Waffenherstellung oder einer anderen Industrieform, sondern im Wissen.«

»Und, hast du viel davon entdeckt?«

»Der Qadir und die umgebenden Gebäude sind sehr weitläufig, Asrahn. Wir stoßen jeden Tag auf neue und interessante Quellen. Aber die meisten sind durch Fallen gesichert, und wir haben nicht mehr so viele Hexen übrig, um schnellere Fortschritte zu machen – diejenigen, die hier sind, leiden noch mehr unter der *Ahm*-Manie als Ikedion oder ich. Angeblich liegt irgendwo in den Ruinen eine Waffenkammer in einem Keller verborgen. Während wir hier reden, arbeiten wir an der Ausgrabung fünf unterschiedlicher Ruinen. Bitte verliert nicht den Mut, Asrahn.«

»Diese Fallen, von denen du sprichst. Zerstören die Fallen den Inhalt?«

»Soweit wir wissen, nein.«

»Dann werde ich mehr Gefangene aus Fandra zu euch schicken, damit ihr sie als Auslöser einsetzen könnt, um die Dinge zu beschleunigen.« Corajidin fühlte, dass Kasraman und Mēdēya ihn ansahen, doch sie behielten ihre Gedanken für sich.

»Wenn ihr die Fallen ausgelöst habt, nutzt die gewonnene Zeit klug, und holt heraus, was ihr könnt.«

Eine weitere, diesmal etwas längere Pause folgte, ehe Wolfram antwortete. »Wie Ihr wünscht, mein Asrahn.« Es war nicht nötig, dass Wolfram im Zimmer war, damit Corajidin den stummen Vorwurf heraushörte.

»Ich werde dir das Kanonenfutter in den nächsten Stunden hinüberschicken lassen«, sagte Corajidin. »Arbeitet schneller, Wolfram. Ich will, dass alles Brauchbare so rasch wie möglich weggeschafft wird. Ende.«

Die Hexe sackte in sich zusammen, und ihre Augen fokussierten sich wieder. Sie war blass, die Stirn schweißüberströmt. Corajidin befahl ihr, Kontakt zu den Hexen aufzunehmen, die mit Tahj Shahehs Korsaren im Marschland waren. Ihre Berichte waren vergleichsweise uninteressant; die Feinde bewegten sich mustergültig und mit optimaler Geschwindigkeit vorwärts. Von Nix gab es keine Nachrichten. Seine letzte Meldung lautete, dass sich die Ratgeber, die an die Moorpuppenspieler gebunden waren, an Ort und Stelle befanden und sich im Moment gut benahmen.

»Kasraman, warum machen uns die Puppenspieler Ärger?«, fragte Corajidin. »Man hat mir versichert, dass sie sich nach meinen Wünschen richten würden.«

»Wie bei den Hohen Häusern und den Hundert Familien auch gibt es mehr als eine Stimme unter den Malegangern.« Kasraman klang so erschöpft, wie er aussah. »Diejenigen, die zu Kimiya gehören, halten sich an die Vereinbarung. Aber diejenigen, mit denen wir nicht verhandelt haben, werden sich ihrer Natur entsprechend verhalten, und die ist mörderisch und territorial.«

»Und die Fenlinge? Die Riedweiber?«

»Wir haben ihnen keine Opfer gebracht, deshalb sind sie ziemlich feindselig.«

Kasraman trank seinen Kaffee aus und schenkte sich nach. Er wirkte nun etwas wacher. »Es gibt eine Reihe unterschiedlicher Wesen in der Rōmarq, die wir nur flüchtig kennen. Die Nāga beispielsweise. Und neben diesen Ureinwohnern haben wir es mit den Rōmarqim zu tun; sie werden jeden töten, der die Uniform der Erebus trägt. Es gibt abtrünnige Seethe, die hiergeblieben sind, nachdem Far-ad-din entmachtet wurde, Banditen, Freibeuter, Wegelagerer und Grabräuber. Wir werden von allen Seiten durch Wesen bedrängt, die uns tot sehen oder zumindest vertreiben wollen.«

»Und wie kommst du mit dem Wahnsinn zurecht, den der Aufenthalt in der Rōmarq bei euch auslöst?«

»Es ist in Ordnung, Vater.« Kasraman lächelte. »Du kannst dich auf mich verlassen. Ich werde alles tun, was nötig ist. Was wir hier machen, sichert die Zukunft unseres Hauses. Kimiya wird tun, was ich ihr befehle, und Ikedion hat sich ebenfalls unserer Sache verschworen. Er befolgt meine Anweisungen buchstabengetreu.«

Und genau das ist der Haken, mein ehrgeiziger Sohn. Kimiya tut, was du ihr sagst. Und die Hexen sind ebenfalls deine Kreaturen, da du Macht über Ikedion hast. Du hast deine Absichten deutlicher enthüllt, als du ahnst. Aber denk daran, ich werde es sein, der dein Erwachen einleitet. Es wird dir nichts helfen, wenn du mich betrügst.

Laut sagte Corajidin: »Gibt es noch mehr Orte, an denen wir Ausgrabungen vornehmen können? Irgendwelche Stellen, die weniger problematisch sind?«

»Wir haben eine weitere Handvoll entdeckt, nicht weit entfernt von hier. Aber die Botschafterin hat mich gewarnt, dass es Bereiche in der Rōmarq gibt, die man besser meidet«, sagte Mēdēya. »Orte, die selbst die Ureinwohner meiden.«

»Und wann hat sie dir das gesagt?« Corajidins Stimme war neutral.

Kasraman musterte Mēdēya abschätzend.

»Ich ... es war ... kurz nachdem wir angekommen sind, glaube ich.« Wieder klang Mēdēya unbestimmt, wann genau sie mit der Botschafterin gesprochen hatte.

»Oder vielleicht auch in Avānweh, als sie von der Verschmelzung gesprochen hat und dass sie Mariam ...«

»Genug von dem Thema, Liebes.« Corajidin fühlte, wie sich seine Brust zusammenzog. Mēdēyas Miene war verschlossen, ihre Gedanken anderswo. *Bist das nur du da drin, Yashamin? Oder teilt die Botschafterin unser Lager? Sind es auch ihre dunkleren Leidenschaften, die wir erforschen?* Der Gedanke, dass sein Körper mit dem ihren verschmolz, während die Botschafterin durch Mēdēyas Augen zusah, jagte ihm einen Schauer über den Rücken.

Als Mēdēya ihn jetzt ansah, erkannte er lediglich Liebe in ihrem Blick, aber Corajidin wusste nur zu gut, wie leicht es war, eine Lüge zu verbergen. Kasramans Loyalitäten waren ihm ebenfalls ein Rätsel. War er mehr als sein Sohn, oder nicht?

Corajidin fragte sich, an welchem Punkt die Loyalität seines Sohns und seiner Frau endete.

Und was er mit ihnen anstellen würde, wenn das geschah.

Kapitel 28

»Die Grundlage des Kriegs ist die Täuschung, gehüllt in erträgliche Wahrheiten.«

Aus Das Wesen des Konflikts *von Kohar san Ankher, Feldmarschall von Manté, Dritte Dynastie der Ebenholzmasken (3. Jahr der Shrīanischen Föderation)*

83. Tag im 496. Jahr der Shrīanischen Föderation

Die Verbündeten trafen sich im nebelverhüllten Lotushaus von Avānweh. Ihre Zusammenkünfte fanden immer an unterschiedlichen Orten rund um Avānweh statt, und stets erst dann, wenn Indris, Mari, Shar und Ekko die Umgebung sorgfältig überprüft hatten. Wie bei den anderen Treffen sandte Sanojé erst einen Suchzauber nach Nix aus; eine weitere Vorsichtsmaßnahme, um sicherzugehen, dass er nicht in der Nähe war, wenn sich die verbündeten Mitglieder des Teshri trafen.

Das Lotushaus, ein kunstvolles Gebäude aus Alabaster und rotem Stein, war teils aus den Felswänden einer tiefen Schlucht zwischen dem Sternenkronen- und dem Weltenblutberg herausgehauen, teils an die gewölbten Wände angebaut. Dunkles Gras schwankte unter den schweren Regentropfen, und die Gedenksäulen im Garten der Steine waren feucht und glitschig. Das Regenwasser sammelte sich und strömte mit Schnee vermischt die lange Treppe zu den terrassenförmig angelegten Straßen der Stadt hinab. Der frostige Niederschlag machte das Reisen gefährlich, und zufällige Passanten gab es nicht.

Indris lehnte an einer Wand zwischen zwei Fenstern und verfolgte die Debatte der Ratgeber. Streifen fahlen Lichts schimmerten bleich auf den silbernen Schalen und dem Besteck. Der Duft nach Haferbrei und Honig, Pfannkuchen und frisch gebackenem Fladenbrot hing schwer in der Luft, und der Geruch nach Tee und Kaffee vervollständigte den wohligen Eindruck, sich in der Familienküche aufzuhalten. Durch die Mahlzeiten, die die Treffen begleiteten, wirkte das Bündnis weniger formell, das Augenmerk lag nicht in der Hauptsache auf der politischen Tagesordnung, sondern konzentrierte sich mehr auf die Leute, aus denen die Föderation bestand.

Er teilte seine Aufmerksamkeit auf zwischen den Worten, die ihm zu Ohren kamen, und den Worten, die durch die Köpfe der Teilnehmer strömten. Die Gedanken der Ratgeber bewegten sich schnell und heftig, lenkten ihn aber nicht so ab wie die starke Anziehung des Weltenblutbergs Iajen-mar. Innerhalb des Bergs befand sich eine der reichsten Quellen mit dem Wasser des Lebens. Das Erwachen, das Indris hatte aufhalten, aber nicht vollständig stoppen können, wollte dem Ruf verzweifelt antworten und versuchte, sich von den Schichten aus mentalen und spirituellen Bannzaubern zu befreien. Indris war dicht davor nachzugeben. Sein unterbrochenes Erwachen kannte die Pfade in Indris' Körper, die es bereits zurückgelegt hatte: In Isenandar hatte er seine physische Gestalt aufgegeben, um genug über das Erwachen lernen zu können und die Rahns zu retten. Die Energiekanäle in ihm veränderten ihre Bahn und wurden stärker. Aber das Erwachen machte nicht bei seinem Körper halt. Wie Wasser, das durch die Risse in einer Mauer dringt, sickerte und strömte es und sammelte sich. Es versuchte, nach oben zu steigen und seinen Geist zu durchdringen, und von dort seine Seele. Indris umklammerte Gestaltwandlerins Griff und zog so viel Entschlossenheit aus der Berührung, wie er konnte. Die Waffe summte leise, ein Echo dessen, was sie einst gewesen war.

Ratgeber Teymoud in seinen kostbaren Seidengewändern trommelte mit den Fingern auf dem Tisch herum, sodass die vielen Ringe an seinen Fingern im Licht blitzten.

»Wir sind noch immer in der Unterzahl, ganz egal, welche Entscheidungen wir durch den Teshri bringen. Jetzt sogar noch mehr, da etliche Ratgeber plötzlich ihre Meinung geändert haben und unsere Reformen nicht mehr unterstützen, sondern stattdessen Corajidins Standpunkt übernommen haben. Unsere einstigen Verbündeten hindern nun sowohl Staat als auch Krone am Handeln.«

»Jetzt, da wir zurückgekommen sind«, sagte Rosha, »werden wir dafür sorgen, dass das Oberhaus des Teshri ein paar Entscheidungen trifft. Einiges können wir unternehmen, ohne dass das Unterhaus ein Veto einlegen kann.«

»Der Misstrauensantrag wird nicht durchgehen.« Ajo lächelte Neva dankbar zu, die gerade von ihrer Patrouille über Stadt und Umgebung zurückgekehrt war und ihm einen Becher Kaffee reichte. Sie beugte sich vor und flüsterte Ajo etwas ins Ohr, woraufhin sich ihr Großvater versteifte. Er flüsterte zurück, und sie gesellte sich wieder zu ihrem Bruder im Hintergrund des Raums. Indris behagte ihre angespannte Haltung gar nicht.

Ajo räusperte sich. »Dürfte ich vorschlagen, dass das Oberhaus den Antrag einreicht und ihn unterstützt, die Abstimmung jedoch aufschiebt, bis wir besser repräsentiert sind?«

»Ihr solltet Euch lieber auf die Frage konzentrieren, was aus Euren ehemaligen Verbündeten geworden ist«, schlug

Belamandris vor. »Und sie beseitigen. Das würde die Waagschale zu Euren Gunsten neigen.«

»Was meinst du damit?«, fragte Siamak. Der große Mann hatte seine vorherige Lebenskraft beinahe wiedererlangt. Osman, Nazarafines Erbe, saß neben ihm. Nazarafine hütete noch immer das Bett, und ihr Zustand hatte sich weiter verschlechtert. Es hatte sich herausgestellt, dass Osman praktisch nutzlos war: Ihm fehlte es völlig an gesundem Menschenverstand. Doch seine Stimme als Nazarafines Erbe konnte noch immer helfen, Entscheidungen im Teshri durchzubringen – immer vorausgesetzt, man sagte ihm, wie er zu stimmen hatte.

»Der Asrahn hat sich mit den Malegangern eingelassen.« Sanojé versuchte gar nicht erst, ihre Worte zu beschönigen. »Ich habe gehört, wie Pah Kasraman mit dieser Frau verhandelt hat, die einst Kimiya war. Und ich war Zeuge seiner frühen Experimente; er wollte die Maleganger an Mitglieder des Teshri binden. Sie hatten vor, die von Corajidin gewünschten Änderungen zu erzwingen. Ich bin nicht sicher, ob er seinen Plan umgesetzt hat.«

»Es würde zumindest einige Richtungswechsel erklären, die wir in jüngster Zeit erlebt haben«, sagte Ajo. »Und warum der Teshri seit Kurzem jede Abstimmung blockiert hat, die nicht im Sinne der imperialistischen Politik war.«

»Bei Sedefkes Eiern!«, krächzte Femensetri, und ihr Seelenstein flammte auf. »Maleganger? Hier? *Faruq ayo!* Wie konntet ihr das zulassen?«

Belamandris runzelte die Stirn. »Wir sprechen hier von einem Mann, der Nomaden eingesetzt hat, um einen Angriff des Eisernen Bündnisses vorzutäuschen. Der Nix von den Maladhi erlaubt hat, Elementardämonen auf die Stadt loszulassen. Mein Vater kennt den Preis der Macht. Mein Halbbruder Kasraman ist sogar noch schlauer und deutlich ehrgeiziger.«

»Belam hat recht«, gab Mari widerwillig zu. »Es wird nicht reichen, sich mit meinem Vater zu befassen. Wir müssen die Köpfe all seiner Schlangen gleichzeitig abschlagen und ein derartiges Machtvakuum hinterlassen, dass seine übrigen Anhänger nicht mehr wissen, wie sie sich verhalten sollen.«

»Sie werden übereinander herfallen und um die Führerschaft kämpfen«, stimmte Belamandris zu. »Das ist die Art von Leuten, mit denen sich Vater umgibt. Nix. Tahj Shaheh. Feyd … Jhem und Nadir, den wir gefangen genommen haben. Sie sind skrupellos, und sie sind noch viel tödlicher, wenn sie ihr Eigeninteresse im Auge haben.«

»All das können wir zu unserem Vorteil nutzen«, sagte Indris. Er verfluchte sich, dass er das Wort ergriffen hatte, als er bemerkte, wie sich eine respektvolle Stille über den Raum senkte. So ging es nun schon, seit er die Rahns gerettet hatte. Sie alle wandten sich ihm zu, als wäre er der Anführer, der er niemals hatte sein wollen.

»Die Leute sehen im Allgemeinen das, was sie zu sehen erwarten, und das beeinflusst die Gedanken, die Ursachen und Wirkungen. Dinge, die normal erscheinen, haben eine beruhigende Wirkung. Wir müssen dafür sorgen, dass Corajidins innerer Kreis die Arbeit für uns macht. Und zu diesem Zweck müssen wir erreichen, dass sie das sehen, was sie sehen sollen.«

»Wie willst du das anstellen?«, fragte Neva.

»Warum erzählst du uns nicht, was du Ajo gesagt hast? Dann beantworte ich deine Frage.«

Neva und Yago sahen zu ihrem Großvater, der ihnen mit einem Wink seines Stabs zu sprechen gestattete. Neva trat vor und musste feststellen, dass sie plötzlich allein stand. Sie blickte über die Schulter zurück zu Yago, der mit entschuldigender Miene zurückgeblieben war.

»Wir haben die Patrouille heute weiter ausgedehnt«, sagte

sie. »Da draußen sind viele Jiharim, die ihre Lager in den Gebirgspässen nördlich und östlich von Avānweh aufgeschlagen haben. Sie sind ganz in der Nähe der Handelsrouten im Norden, auf kleinen Pfaden und Wegen, wo sie sich mit frischem Wasser und Wild versorgen können. Heute Morgen haben wir Windfregatten gesehen, die unter der Flagge der Kadarin flogen und schwere Infanterie und Bogenschützen abgeladen haben.«

»Eine Invasion?«, fragte Osman mit zitternder Stimme.

»Bei der Liebe deiner Ahnen, bleib locker, Junge.« Femensetri warf dem Mann einen vernichtenden Blick zu. »Dann lebst du länger oder genießt wenigstens die Zeit, die dir noch bleibt.«

»Vater hat die größte Armee in Shrīan«, erklärte Mari. »Und jetzt stehen ihm auch noch die Streitkräfte zur Verfügung, die er Martūm, Narseh und den Sayfs abgerungen hat. Von den Nahdi gar nicht zu reden, die er sich leisten kann: Sowohl die Freien als auch die Kriegspartei unterstützen ihn. Er kann seine Kräfte aufteilen und hat noch immer mehr Krieger im Feld als wir.«

»Wir nehmen uns besser eine Bedrohung nach der anderen vor, in Ordnung?«, fragte Indris. »Neva, von wie vielen Angreifern sprechen wir hier?«

Neva und Yago berieten sich ein paar Augenblicke, ehe sie antwortete: »Etwa vierhundert von den Jiharim. Vielleicht zweihundert Soldaten der Kadarin, die die schwere Infanterie stellen, und weitere zweihundert Bogenschützen.«

»Das sind nicht genug für eine Invasion«, sagte Femensetri. »Sie scheinen damit zu rechnen, dass ihnen jemand innerhalb von Avānweh zu Hilfe kommt.«

»Die Ban Kherife?«, überlegte Padishin. »Wir glauben, dass sie unter Nix' Kommando stehen und in Corajidins Auftrag handeln. Es gibt auch noch Soldaten der Erebus, die untergetaucht sind, als Corajidin geflohen ist, außerdem die *Huqdi* und andere Verbrecher, die die Stadt heimsuchen. Karim und seine Freunde bei den Malefacti haben die unteren und mittleren Kasten fest im Griff.«

»Das ist eine gute Gelegenheit, um uns noch ein Problem vom Hals zu schaffen«, fügte Kiraj hinzu. »Unter Corajidins Herrschaft ist das Verbrechen aufgeblüht. Der Flüsterer unter der Brücke hat viele der Straßenbanden und kleinen Verbrecher unter sich vereint. Er hat die Malefacti zu einer Bedrohung aufgebaut, mit der wir so bald wie möglich fertigwerden müssen.«

»Welche Streitkräfte stehen uns in der Stadt zur Verfügung?«, fragte Mari.

Morne hatte den Posten des Generals in Avānweh übernommen. »Wir haben die siebzig Feyassin, die wir in den Dienst zurückbeordern können; sie sind Mari unterstellt. Nima hat beinahe fünfzig Anlūki unter Belams Kommando mitgebracht. Kembe verfügt über vierhundert Tau-se, die den Näsarat als Nahdi dienen werden, so wie damals in Amnon: Damit vermeiden sie, als fremde und feindliche Streitmacht angesehen zu werden. Die Sûn haben hundert Sûnwachen und weitere fünfzig Kriegsdichter der Saidanisûk. Und nicht zuletzt verfügen wir über hundertfünfzehn der Unsterblichen Gefährten, alles Veteranen.«

»Ich habe fünfzig Schüler der Gram hier«, fügte Bensaharēn mit einem Lächeln hinzu. »Sie sind gestern eingetroffen, an Bord des Händlerschiffs meines Mannes. Dichtermeister Tarhin von der Vayen-sûk wird sich uns ebenfalls anschließen und weitere fünfzig seiner *Daishäri* mitbringen.«

»Meine *Houreh* sind mit wichtigen Kunden in der Stadt verteilt«, sagte Ziaire. »Sie sind zwar keine Soldaten, aber sie wurden dazu ausgebildet, sich zu behaupten, wenn es nötig ist. Außerdem stehen ihnen andere Mittel zur Verfügung, um dafür zu sorgen, dass sich die Leute dort aufhalten, wo sie sein sollen. Am wichtigsten ist aber: Wir denken, dass wir die Orte kennen, an denen die Ban Kherife und ihre Helfershelfer verkehren. Ich kann euch diese Informationen noch vor Sonnenuntergang beschaffen.«

»Wir haben außerdem meine Himmelsritter und die lokalen Kherife«, schloss Ajo. »Das wären dann weitere zweihundert.«

»Das sind mehr als tausend von Shrīans gefährlichsten Kriegern«, sagte Mari. »Damit lässt sich viel machen, wenn man es schlau anstellt.«

Es war keine riesige Streitmacht, aber die Ratgeber entspannten sich alle sichtlich, als sie die Aufzählung hörten. Die meisten Krieger in ihren Diensten waren Elitekämpfer und wurden von Verherrlichten Namen kommandiert. Das Gespräch wandte sich der Aufstellung und Größe ihrer Streitkräfte im Süden zu, und die Stimmen wurden optimistischer. Nachdem er nicht mehr im Zentrum der Aufmerksamkeit stand, schlenderte Indris zu Shar und Ekko hinüber. Mari, Belamandris und Sanojé gesellten sich zu ihnen.

»Wann wirst du es ihnen vorschlagen?«, flüsterte Indris Mari zu.

»Bald. Sie müssen Vertrauen zu dem haben, was sie tun. Gib ihnen ein wenig Zeit, damit sie lernen, ihre Ressourcen wertzuschätzen.«

»Bist du dir sicher, Mari?«, fragte Belamandris.

»Natürlich ist sie sicher.« Shar stieß Belamandris mit der Hüfte an. Der Witwenmacher sah überrascht drein, dann lächelte er die Kriegssängerin an. Selbst Sanojé riskierte ein Grinsen, und ihre kleine Hand schlüpfte in Belamandris' größere.

»Mari weiß, was sie tut«, sagte Indris. »Ich wünschte, ich hätte selbst daran gedacht. Ich habe vor, ihr zu folgen.«

»Und ich würde Amonindris mein Leben anvertrauen, Witwenmacher«, brummte Ekko. »Er lässt nicht zu, dass irgendjemand sinnlos stirbt. Nicht wenn er ihn retten kann.«

»Wir warten noch auf eine weitere Stimme …« Indris suchte Femensetris Blick. Sie stand zwischen den Ratgebern, die die möglichen Vorgehensweisen diskutierten. Die neu gebildeten politischen Fraktionen arbeiteten zwar mittlerweile zusammen, aber sie hatten sich noch immer auf kein gemeinsames Vorgehen einigen können. Indris, Femensetri und Ojin-mar hatten bereits erwartet, dass es noch einen weiteren Anstoß brauchte, um die Räte zusammenzubringen.

»Jetzt kommt's«, sagte Indris.

»Ich habe euch noch etwas zu sagen.« Die Stimme der Sturmbringerin erhob sich über den Lärm der Unterhaltungen hinweg. Sie setzte eine zerknirschte Miene auf, die beinahe bescheiden wirkte, aber auch nicht so übertrieben war, dass sie unaufrichtig schien. »Ich habe mich mit dem Suret beraten. Die Sēq und der Teshri sind zwar nicht wirklich auf einer Linie, aber wir sind bereit, euch einige Meister, Inquisitoren und Scharfrichter zur Verfügung zu stellen. Wir werden nicht als Sēq dienen; wir würden praktisch als *Daimahjin* im Dienste der Hohen Häuser und derjenigen Hundert Familien stehen, die uns ein Abkommen anbieten.«

Für einen langen Atemzug wurde es ganz still im Raum. Die Ratgeber sahen Femensetri an, dann wechselten sie ungläubige Blicke. Kurz darauf erfüllten Fragen, Angebote und Weigerungen den Raum. Die Sēq bewegten sich auf dünnem Eis, das Vertrauen zu ihnen war längst noch nicht wiederhergestellt. Femensetri fügte hinzu, dass die Sēq außerdem Soldaten ins Feld schicken könnten, die selbst die Hexen der Mahsojhin abschrecken würden.

»Jetzt?«, fragte Indris.

»Jetzt«, sagte Mari.

Er gab ihr einen langen Kuss, nahm sie bei der Hand und schritt Seite an Seite mit Mari und ihren Freunden nach vorn, um sich vor die Ratgeber des Teshri zu stellen.

Indris wartete geduldig, bis die Unterhaltungen nach und nach verstummten.

»Ich stimme euch zu: Wir könnten möglicherweise einen konventionellen Krieg gegen Corajidin gewinnen«, begann Mari. Die Erregung der Ratgeber presste sich gegen Indris' mentale Schilde. Es fühlte sich an, als würde jemand sein Gehirn in den Händen halten und zudrücken. Er konzentrierte sich, um die Situation besser kontrollieren zu können. »Aber wir sollten nicht zu den Bedingungen meines Vaters kämpfen«, fuhr sie fort.

»Was schlägst du vor?«, fragte Siamak. »Bei allem Respekt, es sind meine Leute, die unter der Lage zu leiden haben.«

»Und das bedaure ich mehr, als Ihr Euch vorstellen könnt. Wir müssen dem Volk von Shrīan zeigen, dass sie keine Spielsteine auf einem Brett sind, die man herumschieben oder einfach so, aus einer Laune heraus, opfern kann. Wir können diesen Krieg schnell gewinnen, und wir können ihn leise gewinnen, ohne viele Leben aufs Spiel zu setzen.«

»Was schlägst du vor?« Ajo hob die Brauen. »Wir haben Armeen im Feld, die auf Fandra vorrücken, während wir hier reden.«

»Aber sie sind noch Tage entfernt«, konterte Belamandris.

»Wir müssen uns nicht an eine bestimmte, vorgegebene Vorgehensweise halten«, sagte Mari. »Wir können die Richtung ändern und damit Leben retten.«

»Und welche Richtung sollten wir deiner Meinung nach einschlagen?«, fragte Rosha angespannt. »Wir müssen Corajidin aufhalten.«

»Und das werden wir auch«, erwiderte Mari. »Durch die

sinnvollsten legalen Mittel, die uns zur Verfügung stehen. Durch eine kleine Gruppe von Leuten, die einen gezielten Angriff durchführen und ihn und seine Hauptbefehlshaber isolieren und gefangen nehmen werden.«

»Wir könnten die Aktion durch Roshas *Jahirojin* legalisieren«, schlug Ziaire vor.

Das Interesse im Raum war schlagartig geweckt.

»Sie hat damals in Amnon ein *Jahirojin* gegen das Hohe Haus Erebus verkündet. Das macht ihr Vorgehen gegen Corajidin rechtskräftig. Es wäre eine gezielte Aktion, und die Armeen müssten nicht in die Sache mit hineingezogen werden, solange wir nicht scheitern.«

»Und wieder läuft es letzten Endes auf einen Konflikt zwischen unseren beiden Häusern hinaus«, flüsterte Indris Mari ins Ohr. »Versprich mir, dass wir niemals der Anlass zu einem derartigen Hass werden, in Ordnung?«

»Gesetzlich ist das *Jahirojin* stark mit dem *Ajamensût* verknüpft«, erwiderte Kiraj. »Ich denke, die Umstände sind für den Kanzleimarschall klar genug, ebenso für den Marschall der Kherife und mich, um einen Krieg der Langen Messer zwischen den Näsarat und den Erebus zu bewilligen. Ich sehe keine Notwendigkeit, dass erst ein Antrag eingereicht werden muss. Vorausgesetzt, Rahn Roshana ist bereit, zu …«

»Wie schnell können wir loslegen?« In Roshas Stimme schwang leiser Wahnsinn mit.

Mari flüsterte Indris zu: »Wenn es nach mir ginge, gäbe es überhaupt keinen Konflikt zwischen uns.«

»Dann ändere ihre Meinung. Ich glaube, sie werden auf dich hören.«

Indris nagte an seiner Unterlippe, während die Ratgeber diskutierten, auf welchem Wege sie die Traditionen am besten wahren und den bevorstehenden Konflikt begrenzen könnten. Maris Plan war kühn, aber vernünftig. In der Geschichte würde dieser Konflikt nicht als das erinnert werden, was er gewesen war. Wer würde in der Zukunft noch erzählen, dass Corajidin mit seinen Verbündeten in die Rōmarq einmarschiert war? Dass die Bey zu den Waffen gegriffen hatten, um sich zu verteidigen, und dabei von einer ganzen Reihe von Häusern und Familien unterstützt worden waren? Und dass die Kadarins und die Jiharim auf Avānweh zumarschiert waren, wo sie die vereinten Kräfte des Teshri erwartetet hatten? Die Geschichte würde, wie so oft, eine andere Version der Ereignisse erzählen: Näsarat im Kampf gegen die Erebus.

»Diesmal soll man sich in der Zukunft daran erinnern, dass es ein Zusammenhalt vieler war, der zum Sieg geführt hat«, sagte Mari. »Und dass der Konflikt nicht unter dem Banner zweier Häuser ausgetragen wurde, die sich bereits seit Jahrtausenden an die Kehlen gehen. Kein *Jahirojin*. Kein *Ajamensût*. Shrīan muss die Angelegenheit geschlossen regeln, als Nation. Und diejenigen, die uns dabei zusehen, müssen das auch genauso wahrnehmen.«

»Eben hast du noch gesagt, wir bräuchten eine Lösung, die nicht so viele in Gefahr bringt.« Rosha klang ernüchtert. »Schlägst du nun doch vor, dass wir in den Krieg ziehen?«

»Rosha hat recht, Mari.« Ajo ließ das Kinn auf seinem Stock ruhen. Seine Miene war bekümmert. »Es gibt nicht unendlich viele Lösungswege für diese Sache.«

»Das ist wahr, aber ihr überseht dabei eine Möglichkeit. Wir stellen eine kleine Einheit zusammen, bestehend aus Kriegern der Häuser und Familien. Mit Unterstützung der Sēq werden sie Corajidins Stellung infiltrieren und ihn und so viele seiner ranghöchsten Offiziere gefangen nehmen, wie sie können. Dann bringen sie die Gefangenen hierher zurück, damit ihnen der Prozess gemacht werden kann. Sollen sie vom Wächtertribunal und vom Teshri – was von ihm noch übrig ist – nach dem Gesetz verurteilt werden.«

»Was von ihm noch übrig ist?«, fragte Siamak.

»Belam hat bereits gesagt, dass sich unser Vater mit den Malegangern eingelassen hat.«

Maris Abscheu war aus ihrer gepressten Stimme deutlich herauszuhören. »Und Sanojé hat gesagt, er wollte den Teshri mit ihnen unterwandern. Es ist verflucht offensichtlich, dass wir herausfinden müssen, wer von ihnen gebunden wurde. Wir müssen den Teshri wieder unter Kontrolle bringen.«

»Unser Vater hat das getan«, fügte Belam hinzu. Seine Finger schlossen sich um den Griff seiner Schicksalsklinge. »Mari und ich sollten es also wieder in Ordnung bringen.«

»Nein«, sagte Indris. »Ihr müsst dabei sein, man muss euch sehen, aber wir alle müssen die Sache in Ordnung bringen.«

Es gab keine Debatte deswegen, eher eine Flut von Zustimmungen. Maris Plan nahm Gestalt an. Die Verbündeten im Teshri schätzten ihre Stärken und Schwächen, ihre Verbindlichkeiten und Loyalitäten ab. Gemeinsam besprachen sie die Verteidigung Avānwehs. Es wurde überlegt, wie sie die Ban Kherife neutralisieren und sich in aller Stille den Kräften entgegenstellen sollten, die sich mit dem Asrahn verbündet hatten. Wie sie mit der Infiltration des Teshri durch die Maleganger umgehen sollten. Ziaire koordinierte den Informationsfluss, stellte Fragen, machte Einwände.

Die Ratgeber splitteten sich in Grüppchen auf, von denen sich eine um Rosha und Ajo scharte, die sich um die Verteidigung Avānwehs kümmerten, eine andere umgab Siamak, der an einer Strategie arbeitete, wie er Corajidin aus der Rōmarq entfernen konnte. Osman spazierte ziellos zwischen den Gruppen umher und rang mehr die Hände, als dass er sprach.

Nachdem er festgestellt hatte, dass sich die Ratgeber in die richtige Richtung bewegten, distanzierte sich Indris von dem Trubel und suchte sich ein ruhiges Plätzchen am Rande des Geschehens. Die Sonne stand hoch über den Bergen, und die alten Uhren schlugen elfmal. Die Stunde der Wespe – das Totemtier des Hohen Hauses Bey. Irgendwie erschien das passend, wenn man bedachte, wie die Ereignisse in der Rōmarq dazu geführt hatten, die Ratgeber für eine gemeinsame Sache zu vereinen. Indris goss sich eine Schale Tee ein. Essen war ebenfalls bereitgestellt worden, Streifen von gegrilltem Fisch, Reis und gedünstetes Gemüse. Er stellte sich eine kleine Mahlzeit zusammen und setzte sich in die Sonne, den Kopf gegen die Wand gelehnt. Seine Hand wanderte zu Gestaltwandlerins Griff hinab. Sie schnurrte leise, eine sanfte Vibration auf seiner Handfläche. Indris durchforschte seinen Geist, während seine mentale Abschirmung von den Gedanken der Anwesenden im Raum bestürmt wurde, von dem süßen, machtvollen Lied Īas und von der Kraft seines Erwachens, das den Ruf der Welt hörte.

Indris' Körper, Geist und Seele drängten nach Einheit, nach der endgültigen Verschmelzung mit der Welt. Die Energie in ihm begann sich erwartungsvoll zu winden.

Kapitel 29

»Selbstzweifel können nicht nur für dich selbst, sondern auch für andere ein Gift sein.«

Aus Prinzipien des Denkens, *Vierter Band der Zienni-Doktrinen*

83. Tag im 496. Jahr der Shrīanischen Föderation

Die Uhren schlugen die zwölf Schläge der Stunde der Spinne. Der Morgen war vorüber. Mari stand bei Roshana, Ajo und Ziaire. Die drei hatten mit den Ratgebern verhandelt, damit diese ihrem Vorgehen zustimmten. Die Ratgeber übernahmen die Bürde der Verantwortung zu gleichen Teilen. Am anderen Ende des Tisches beherrschte Siamak die Runde. Diejenigen, die das Vorgehen in der Rōmarq planten, sprachen leise, mit bestimmten Gesten und ernsten Mienen. Mari war wider Willen beeindruckt. So sollte der Teshri immer funktionieren.

Sie sah sich um und erblickte Indris auf einem dick gepolsterten Stuhl, eine leere Teeschale in der Hand. Sein Gelehrtenlicht pulsierte in einem stetigen Rhythmus und tauchte seine zerzausten Haare in einen seltsamen Schimmer. Seine Stirn war gerunzelt, die Lippen eine blasse Linie in seinem Gesicht.

Mari entschuldigte sich und ging zu ihm hinüber, während sie Shar und Ekko ein Zeichen machte, ihr zu folgen.

»Kann ich etwas tun, um dir zu helfen?«, fragte sie ohne weitere Einleitung.

»Nein, aber danke für das Angebot.« Indris' Stimme war ausdruckslos. »Bin übermüdet, glaube ich. Haben sich die Ratgeber geeinigt, wie sie vorgehen wollen?«

»Es scheint so«, brummte Ekko. »Offensichtlich wird diese Mission, bei der Corajidin von seiner Operationsbasis weggeholt wird … ereignisreich.«

»Also haben wir uns natürlich als Freiwillige gemeldet«, erklärte Shar fröhlich. Sie fuhr Indris durch die Haare. »Es kann nie ereignisreich genug sein, oder?«

»Bestimmt nicht«, erwiderte Ekko.

»Ganz meine Meinung.« Shar nickte lebhaft. »Und das Beste daran ist, Indris darf auch mitspielen!«

»Wie wundervoll«, murmelte Indris. »Seltsam, dass ich das so gar nicht habe kommen sehen.«

Mari runzelte bei Indris' teilnahmslosem Tonfall die Stirn. Sie beobachtete, wie sich seine Hand beinahe panisch um Gestaltwandlerins Griff klammerte. Ekko nahm Indris die Schale aus der Hand und schenkte ihm Tee nach. Indris nahm ihn mit einem dankbaren Lächeln entgegen.

»Also, wer macht was?«, fragte Indris.

»Was dich betrifft, bin ich nicht ganz sicher«, erwiderte Mari. »Irgendetwas schrecklich Schlaues, unwahrscheinlich Gefährliches und ein klein wenig Wahnsinniges? Was mich betrifft, könnte ich mir gar nichts vorstellen, was sicherer wäre. Belam, Sanojé, Ajo und andere Krieger werden die Moorpuppenspieler entlarven und versuchen, sie zu töten, ohne die netten Sayfs umzubringen, in denen sie stecken. Und dann werden sie die Okkupation der Stadt stoppen, bevor sie überhaupt angefangen hat.«

»Also, nicht sonderlich viel Arbeit für einen Tag, was?« Shar grinste.

»Was kann schon schiefgehen?«, fragte Mari leichthin.

»Wann?«

»Ajo wird eine Sitzung des Teshri einberufen, um über den Misstrauensantrag gegen meinen Vater abzustimmen. Daher werden sich alle versammeln, die die Sache meines Vaters offen oder heimlich unterstützen; so haben wir sie alle zur gleichen Zeit am gleichen Ort. Zur Stunde des Pferdes.«

»Das scheint passend.«

»Indris' Aufgabe ist viel leichter«, sagte Shar heiter. »Die Sēq werden kleine Einheiten von Elitekämpfern zu Angriffszielen in der Rōmarq translozieren, pop pop, pop pop pop.« Sie schnippte bei jedem Laut mit den Fingern. »Es wird Corajidin in den Wahnsinn treiben. Er wird sich fragen, wie wir uns so schnell bewegen können, ohne entdeckt zu werden. Die Einheiten werden Schlüsselstellungen angreifen und so viel Schaden wie nur möglich anrichten. Dann ziehen sie sich in die Marschen zurück. In der Zwischenzeit werden Indris, Morne und einige andere Angriffstruppen kommandieren, die Fandra einnehmen und Corajidin gefangen nehmen sollen. Das wird spaßig!«

»Ich werde einigen der Sēq die Translokationsformel beibringen, die ich bei den Säulen aus Sand gelernt habe. Dann können sie sich fortbewegen und den Ort wechseln, ohne durch die Ödnis zu reisen«, erklärte Indris. »Ich gehe davon aus, dass mein Ziel Corajidins Gefechtsstand sein wird?«

Shar nickte.

Indris wirkte gleichgültig, als er sagte: »Ich werde Sanojé heute Nachmittag bitten, mich ihren Suchzauberspruch zu lehren, damit ich herausfinden kann, wo er steckt. Und dann werde ich Siamak fragen, was er sonst noch von mir braucht.«

Indris wirkte erschöpft und unkonzentriert. Mari fasste sein Kinn mit der Hand und starrte ihm in die Augen. Sie glänzten wie im Fieber, und sein Drachenauge war orangebraun gefärbt und mit gelben Punkten gesprenkelt. Das andere Auge leuchtete ebenfalls heller. Es wirkte, als würde ein Feuer im Hintergrund brennen. Er war fiebrig, seine Haut feucht und klamm.

»Dir geht es nicht gut, Indris.« Mari sprach leise. »Ich frage dich noch einmal. Was kann ich tun, um dir zu helfen?«

»Mari, es gibt nichts, was du tun könntest, außer dir keine Sorgen zu machen.« Indris gab sich gar nicht erst Mühe zu lächeln, um die Gleichgültigkeit in seiner Stimme zu überspielen. »Das ist der Preis, den ich gerade für alles zahle, was in letzter Zeit passiert ist. Amnon, mein gescheitertes Erwachen, die Schlacht zu Neujahr, meine Zeit in Amarqa-im-Schnee, die Säulen aus Sand …«

»Ich kenne dich gut genug, um zu merken, wenn du mir nicht die ganze Wahrheit erzählst.«

»Ich erzähle dir die …«

»Nein, tust du nicht.« Sie kniete sich neben ihn. »Indris, es stehen Leben auf dem Spiel. Das deiner Freunde inbegriffen.«

»Was willst du hören, Mari?«

»Die Wahrheit. Die ganze.«

Indris raufte sich mit verzweifelter Miene die Haare. Das Licht in seinen Augen begann zu glimmen und sandte Lichtblitze über seine Haut. Shar und Ekko richteten sich auf, doch auch sie wussten nicht, was sie tun sollten.

»Also gut«, sagte Indris. »Wenn man das Erwachen begreifen will, muss man sich ihm öffnen. Ich habe das, was mit mir passiert ist, als Karte benutzt, um zu verstehen, wie das Erwachen die Elemente der physischen Existenz mit Geist und Seele verschmilzt. Für etwas, das so gewaltig wie Īa ist, ist das ein ganz natürlicher Vorgang. Für einen Sterblichen allerdings, selbst wenn er zum Gelehrten ausgebildet wurde, ist es schwieriger. Īa erkennt keine Grenzen an, es ist ebenso kompromisslos wie die Natur. Vor langer Zeit haben die Sēq die Grundlagen des Erwachens in meinen Geist gepflanzt – das ist normal, es macht uns das *Ahm* bewusst und lehrt uns, auf unterschiedliche Weise zu denken, wenn wir es uns zunutze machen wollen. Dies wird im Laufe der Jahre noch durch Studium und Gebrauch verstärkt. Als Ariskander versuchte, mich Erwachen zu lassen, ermöglichte er damit diesen Grundlagen, die ich Jahre zuvor bekommen habe, das Tageslicht zu sehen. Meine Gaben haben erkannt, was sie sein könnten, zu was sie werden könnten. Aber ich habe es gestoppt, oder zumindest habe ich das geglaubt. Doch bei den Säulen aus Sand habe ich aufgeweckt, was da noch geschlummert hat.« Er sah seine Freunde an. »Ich glaube, ich bin dabei, vollständig zu Erwachen, wie die ersten Generationen von Rahns. Ich kann nichts dagegen tun. Es geschieht so, wie meine Natur das will, und es erschreckt mich zu Tode.«

»*Ahni sayhe fae enka!*«, flüsterte Shar und legte ihre Hand auf seine.

»Kannst du es noch einmal aufhalten?«

»Ich habe es versucht, aber langsam verliere ich den Kampf. Dass ich so nahe beim Iajen-mar und der Quelle des Wassers des Lebens bin, macht es auch nicht gerade besser.«

»In der Rōmarq wird es noch schlimmer werden, oder nicht?«, fragte Shar. Die Seethe klärte Mari über das Wesen der Rōmarq auf: dass sie reich war an natürlichen Quellen der Disentropie, die das Wasser des Lebens so mächtig machte.

»Dann kannst du nicht gehen«, sagte Mari. »Was passiert, wenn du mittendrin zusammenbrichst? Du wirst alle, die bei dir sind, dem Untergang weihen. Ich werde es Femensetri erzählen.«

»Nein!«, sagte Indris. »Die Sēq würden euch sofort im Stich lassen, wenn sie wüssten, dass ein Gelehrter vollständig Erwacht ist. Sie würden zusehen, wie ihr euch gegenseitig umbringt, und dann mich einsetzen als … Nein. Ich bin in keiner nennenswerten Gefahr. Wenn Gestaltwandlerin nicht zerstört wäre …«

»Danke, Anj«, murmelte Mari.

»Hätte ich Gestaltwandlerin, könnte ich mich leichter kontrollieren. Wenigstens helfen mir die Splitter und der Knauf ein wenig. Ich kann stärkere Barrieren um meinen Geist herum errichten, genug, damit wir unsere Aufgabe heute Nacht erledigen können. Aber wir müssen eine Entscheidung treffen, was ich längerfristig tun soll, und zwar schnell.«

»Wir?«

»Ich kann wohl kaum eine Wahl wie diese ohne dich treffen, oder?«

Mari wollte schon antworten, als Femensetri sich näherte. Sie verstummte. Die Sturmbringerin klopfte mit ihrem Stab auf den Boden und spuckte aus. Dann machte sie Indris ein Zeichen, ihr zu folgen: Die Sēq waren eingetroffen, und es gab Gelehrtenangelegenheiten zu bereden.

Mari nahm ihn in die Arme und küsste ihn lange. Als sie sich wieder trennten, meinte sie: »Muss ich es sagen?« *Ich liebe dich.* Er grinste sie an und nahm sie noch einmal in die Arme. »Ich weiß es. Aber ich kann es gar nicht oft genug hören, und die Worte fühlen sich gut an. Ich liebe dich auch.«

»Versprochen?«

»Immer.«

Hin- und hergerissen sah Mari zu, wie Indris ging. Shars Arme, die sie umfingen, konnten ihr die Sorge auch nicht nehmen, dass Indris vielleicht vor einer Herausforderung stand, mit der er nicht fertigwerden würde. *Er hat seinen Weg gewählt, so wie ich den meinen gewählt habe. Und wir beide haben noch eine Rolle zu spielen, bevor dieses Drama zu Ende ist.*

Die Stunde des Pferdes rückte näher, und im Tyr-Jahavān hatten sich die Ratgeber und viele Einwohner der Stadt versammelt. Die Verbündeten nahmen ihre gewohnten Plätze ein, einige saßen zusammen, andere waren getrennt. Doch sie ließen sich nicht anmerken, dass sie ein gemeinsames Ziel verfolgten. Jetzt, da Mari wusste, wonach sie Ausschau halten musste, bemerkte sie deutlich, welche Ratgeber ein unangenehmes, beinahe feindseliges Schweigen wahrten. Sie antworteten nur, wenn sie angesprochen wurden, beteiligten sich aber nicht an irgendwelchen sozialen Interaktionen. Es war, als hätten sie vergessen, wie man angemessen auf seine Umgebung reagierte.

Femensetri, die in die verblichenen Erdtöne der *Daimahjin* gekleidet war, saß auf der gegenüberliegenden Seite der Kammer. Mari sah, dass sich ober- und unterhalb der zeremoniellen Wachen, die die Ratgeber beschützten, einige von Bensaharēns Schülern versammelt hatten, außerdem Krieger der Saidani-sûk und Anlūki. Majorsritter Qamran von der aufgelösten Feyassintruppe stand neben Nima von den Anlūki. Er wirkte entspannt und tödlich. Mari wurde von Erregung gepackt, wenn sie daran dachte, was sie gleich tun würden. Es stand in so krassem Gegensatz zu ihren Gefühlen damals in Amnon, als sie bereit gewesen war zu sterben.

Rosha, Siamak und Ajo trafen als letzte der Räte ein. Belam ging verhüllt hinter Neva und Yago her. Die drei schritten durch den Raum und durchquerten ohne Eile die kleineren Gruppen der Verbündeten, bis sie Mari und Sanojé erreichten und sich neben sie setzten.

»Wir werden hier gleich eine nette kleine Party veranstalten«, sagte Belam. »Unsere Streitkräfte sind in Position, sowohl hier als auch in der Stadt. Die Tau-se und die Sûnwache beobachten die Straßen, die von den Bergen herführen. Die Kherife haben die Geheimpolizei im Blick. Meine Anlūki und die Schüler der Gram haben ihre Plätze eingenommen. Sie sind ganz in der Nähe der verdächtigen Räte. Die meisten der Unsterblichen Gefährten und der Himmelsritter sind mit den *Houreh* losgezogen, um sich um die anderen potenziell feindseligen Kräfte in der Stadt zu kümmern. Sie werden losschlagen, sobald wir hier fertig sind.«

»Wenn man schon eine Party schmeißt, sollte man immer die interessanteren Leute einladen«, sann Yago. »Nicht dass es langweilig wird.«

»Versuch es mal in Tanis«, sagte Sanojé.

»Danke, lieber nicht.« Neva schüttelte den Kopf. Die Greifenreiterin streckte ihre langen Beine aus. »Obwohl es Zeiten gibt – wenn auch selten –, in denen ich denke, es wäre hübsch, sich zur Abwechslung mal gelangweilt zu fühlen.«

Yago gab seiner Schwester einen freundschaftlichen Stoß mit der Schulter. »Du würdest wahnsinnig werden, wenn du nichts zu tun hättest. Tatsächlich bist du ein verfluchter Albtraum, wenn du dich langweilst. Die ganze Aufregung hier macht dich wenigstens halbwegs erträglich.«

»Oh, sieh mal!« Neva deutete auf eine Lücke zwischen den Säulen des Tyr-Jahavān, wo tief unter ihnen die Stadt zu sehen war. »Da drüben ist jemand, der dich ruft.«

Yago lachte und machte eine obszöne Geste in Richtung seiner Schwester. Mari lächelte. Wenn sich der Wert einer Person an der Gesellschaft bemessen ließ, in der sie sich befand, dann konnte sie sich glücklich schätzen. *Was stellt sich mein Vater vor, wie will er über ein Volk herrschen, wenn er sich mit den niedrigsten Wesen umgibt, die er finden kann?* Sie wandte den Kopf, um ihren Bruder zu betrachten. Er war aus dem Schatten ihres Vaters hervorgetreten, um in der Sonne zu leuchten. *Sicherlich sieht Vater doch sich selbst reflektiert in denen, die ihm dienen. Fragt er sich nicht, woran es liegt, dass er in den Leuten nichts anderes als Furcht erwecken kann?*

»Wie willst du die Räte retten, die an einen Moorpuppenspieler gebunden wurden?«, fragte Mari Sanojé leise.

»Ich weiß nicht, ob wir sie überhaupt retten können«, flüsterte die Hexe nervös zurück. »Wir werden versuchen, sie zu zwingen, ihre Wirte zu verlassen. Das wird schmerzhaft für die Opfer werden, aber hoffentlich nicht tödlich. Ich habe das schon ein paarmal mit ähnlichen Parasiten gemacht, wenn wir durch die Ödnis gereist sind.«

»Haben sie überlebt, die Leute, denen du geholfen hast?«, fragte Neva.

»Nicht so oft, wie wir gehofft hatten«, sagte Belam grimmig.

»Meine Zaubersprüche und das Canto der Sturmbringerin werden die Maleganger hoffentlich dazu bringen, sich zurückzuziehen, um ihr eigenes Leben zu retten«, sagte Sanojé. »Sie sind schlau, aber unberechenbar. Wenn wir die Maleganger nicht zwingen können, die Körper zu verlassen, dann werden wir keine andere Wahl haben, als sie zu töten. Sie würden sonst gebunden bleiben, Sklaven gewalttätiger Wesen, die so viel Schaden anrichten wie nur möglich, bevor sie sterben.«

»Klingt nach einer Menge Spaß.« Yago klang mürrisch.

»Nicht im Geringsten.«

Die Türen zum Tyr-Jahavān schlossen sich mit einem endgültig klingenden Schlag.

Die *Neyudin* – die zeremoniellen Wachen der Räte – nahmen ihre Positionen an den Ausgängen ein. Ihre großen Speere und sechseckigen Schilde hielten sie in Paradeaufstellung. Die geflochtenen Bärte waren mit Silberdraht umwickelt. Sie gehörten praktisch zum Inventar des Tyr-Jahavān, allerdings waren sie weniger begabt als die Feyassin, die einst den Asrahn beschützt hatten, bevor ihr Vater die Truppe aufgelöst hatte. Mari erinnerte sich nicht mehr, wann zuletzt von den

Neyudin verlangt worden war, dass sie Blut vergießen sollten. Jedenfalls nicht, seit sie auf der Welt war. Heute würden sie die Gelegenheit haben, in die Geschichte einzugehen und zu beweisen, dass sie mehr waren als nur eine Einrichtung, die längst von der Zeit überholt war.

Ajo schritt in die Mitte des Saals, und Padishin schlug sein *Dionesqa* auf den Boden, damit Ruhe einkehrte. Ajo dankte dem Kanzleimarschall, dann verneigte er sich vor Rosha und Siamak. Osman schwitzte. Er sah aus, als wäre er völlig fehl am Platz. Mit nur ganz leicht theatralischem Stirnrunzeln blickte Ajo zu der Stelle, wo der Asrahn sitzen sollte. Er hob seinen Stock und wies auf den leeren Sitz, bis die Stille nach und nach unbehaglich wurde.

»Ich habe schon zuvor eine Petition beim Teshri eingereicht, dass darüber debattiert werden soll, ob es nicht ein Fehler war, Erebus fa Corajidin ins höchste Amt Shrīans zu wählen«, sagte Ajo. Von den Räten kam keine Antwort. Jeder wusste, warum die Sitzung einberufen worden war. »Immer mehr von uns zweifeln in diesen schwierigen Zeiten an den Fähigkeiten des Asrahns, das Land zu regieren. Shrīan steht an einem Abgrund, und wir haben einen Asrahn, der offensichtlich plant, uns hinunterzustoßen.« Zustimmung, Applaus, ein paar spöttische Zwischenrufe und unbehagliches Füßescharren. Oder auch die fehlende Reaktion von den Räten, die ihre Stimme hätten erheben müssen, um Corajidin zu verteidigen.

»So sieht die momentane Lage aus«, fuhr der Himmelslord fort. »Mitglieder unserer Gesellschaft wurden auf Corajidins Befehl hin verschleppt – was eine unbestreitbare Tatsache ist –, Ban Kherife missbrauchen ihre Macht, Botschafter haben fluchtartig das Land verlassen, weil sie um ihr Leben fürchten. Der Asrahn hat all seine Befugnisse überschritten, indem er die Präfektur eines anderen Rahns ohne die Zustimmung des Magistrats besetzt hat. Unser Asrahn ist damit beschäftigt, einen unrechtmäßigen Krieg zu führen, statt das Land zu regieren, dem zu dienen er geschworen hat.«

»Wir kennen die Geschichte, Ajo.« Padishin lächelte, um seinen Worten die Schärfe zu nehmen. »Stell den Antrag einfach noch einmal, und fertig.«

Der Himmelslord akzeptierte das leise Gelächter im Raum mit einer gutmütigen Geste. »Wie du wünschst, Kanzleimarschall. Als Sayf Avānweh, Wächter des Wandels und Mitglied des Teshri am Shrīan, stelle ich einen Misstrauensantrag gegen Erebus fa Corajidins Führerschaft.«

»Ich sekundiere.« Siamaks Stimme hallte durch den Tyr-Jahavān. Keiner in der Kammer, der seine Sinne beisammenhatte, hätte ihm dieses Recht verweigert.

»Da wir den ganzen Prozess schon einmal durchlaufen haben«, sagte Padishin, »bitte ich um eine offene Abstimmung, um die Sache abzukürzen.« Vereinzelt gab es überraschtes Gemurmel, aber keinen Widerstand. Padishin hatte das Recht, Transparenz im Abstimmungsprozess zu fordern. »Diejenigen, die dem Antrag auf eine Amtsenthebung Corajidins zustimmen, sollen bitte die Hand heben.«

Mari zählte rasch durch. In Anbetracht der politischen Stimmung im Land nahm nicht jeder Rat an der Versammlung teil, und es gab keine Möglichkeit, schriftlich abzustimmen. Von den siebzig anwesenden Räten, plus die Mitglieder des Magistrats, stimmten siebenundzwanzig für den Antrag. Einige von ihnen, von denen Mari erwartet hatte, dass sie durch Moorpuppenspieler gebunden waren, stimmten ebenfalls dafür.

Padishin wartete, ob sich noch mehr Hände hoben. Er nannte die Zahl der Stimmen laut, und die Schriftführer notierten es in ihren Protokollen.

Padishin räusperte sich, und Mari spannte sich an. Femensetri und Sanojé hatten gesagt, sie würden sofort reagieren, sobald sich die potenziellen Ziele selbst enttarnten.

»Diejenigen, die gegen eine Amtsenthebung Corajidins stimmen, heben bitte die Hand.«

Hände schossen beinahe zeitgleich in die Luft, während sich andere langsamer hoben, als wäre der Rat nicht völlig überzeugt von seiner Entscheidung. *Jetzt haben wir euch.*

Femensetri und Sanojé erhoben sich, ebenso wie eine Handvoll anderer Leute in den kürzeren Roben und Mänteln der mittleren Kasten.

Sanojé stimmte ihren Bannspruch an, doch ihre Erscheinung – ein sechsarmiges altes Weib, das aus den Überresten zerschmetterter Knochen zu bestehen schien – blieb verschwommen, als ob sie zu verhindern versuchte, dass sie sich manifestierte. Femensetri summte ihren Canto, und ihr Seelenstein verwandelte sich in einen schwarzen Wirbel auf ihrer Stirn. Die Stimmen anderer Gelehrter stimmten mit ein. Mari fühlte, wie sich die Luft um sie her verdichtete und sich schwer auf ihre Haut, ihre Haare legte.

Wenige Augenblicke später waren die Körper der Ratgeber, die gegen den Antrag gestimmt hatten, von einem trüben Lichthof umgeben. Die Formeln und Zaubersprüche leuchteten in den Körpern der Wirte auf und enthüllten die bleiche Phantomgestalt der Moorpuppenspieler. Tentakelartige Gebilde schimmerten durch die Körper der Räte, und man konnte erkennen, wo die parasitären Moorpuppenspieler ihre Ranken durch die Köpfe, Oberkörper und Gliedmaßen geschlungen hatten. Nicht nur die Räte, auch deren Leibwachen waren befallen, was die Zahl der Gegner unerwartet hoch machte.

Mari preschte vorwärts, Belam, Neva und Yago an ihrer Seite. Überall in der Kammer schwangen die verbündeten Krieger ihre verhüllten Schwerter wie Keulen; Ziel war es, den Gegner bewusstlos zu schlagen, nicht ihn zu töten.

Die *Neyudin* senkten ihre Speere und blieben ganz ruhig im Angesicht der Gefahr. Sie formierten sich zu Einheiten und marschierten vorwärts, bis Padishin einer Einheit befahl, die Rahns und verbündeten Sayfs aus der Kammer zu eskortieren und sie um jeden Preis zu beschützen. Die anderen sollten die Türen halten. Die Zeremonienwache blickte verwirrt drein, doch sie waren darauf trainiert zu gehorchen.

Mari rannte leichtfüßig vorwärts. Sie hatte ihre Sûnklinge gezogen, die hell in der einen Hand loderte, in der anderen hielt sie ihre Schwertscheide. Sie fiel auf die Knie und schlitterte weiter, als ein Gegner sie attackierte. Mari schlug dem Mann heftig in den Unterleib, während sie unter seinem Schlag hindurchschlüpfte. Als sie wieder auf die Füße kam, wirbelte sie herum und sah, dass ihr Gegner kaum beeindruckt war; dabei hätte ihn der Schmerz außer Gefecht setzen sollen. Mari blickte zu ihren Kameraden und sah, dass sie alle ähnliche Probleme hatten. Die von den Moorpuppenspielern Besessenen waren stärker und schneller als zuvor; auch reagierten sie nicht auf Verletzungen. Trotz ausgekugelter Schultern, verrenkter Gliedmaßen oder anderer Wunden verhielten sich ihre Feinde völlig unbeirrt.

Über ihr im Tyr-Jahavān herrschte Chaos. Ratgeber brüllten in Panik, während sie versuchten, im Schutz der *Neyudin* zu entkommen. Einen ebenfalls lautstarken Gegensatz dazu bildeten die Schlachtrufe der Krieger und die Gesänge der Gelehrten, deren Haut und Augen hell brannten. Der Boden war befleckt vom Blut der Krieger, die ein Blutvergießen hatten vermeiden wollen. Die Moorpuppenspieler brachen ihren Gegnern die Knochen oder zerrissen deren Kehlen. Femensetris Cantos und Sanojés Zaubersprüche hatten versagt; es war unmöglich, ihre Feinde zu unterwerfen.

»Tötet sie!«, schrie Mari. Ohne zu zögern, zogen die Krieger die Waffen. Belam glitt wie ein Tänzer durch das Gedränge, und jede seiner Bewegungen war präzise und wunderschön. Neva bewegte sich leichtfüßig, ihr Speer wirbelte, schlug zu, parierte, während ihr Bruder Yago ihr Netz aus Stahl vervollständigte. Auch Padishin stürzte sich ins Schlachtengewühl. Er setzte sein zweihändiges *Dionesqa* mit der Gewandtheit jahrelanger Kampferfahrung ein. Kiraj an seiner Seite kämpfte ebenfalls mit präzisen, sachlichen Bewegungen.

Femensetri und Sanojé standen inmitten des Tumults. Die Sturmbringerin hatte ihre Robe abgeworfen: Darunter kam ein mit saphirfarbenen Schuppen besetzter Handschuh zum Vorschein, der ihren rechten Arm von den Fingern bis zur Schulter umhüllte. Blauweiß gleißende Blitze zuckten über die Schuppen. Auch in ihrem Haar flammten Blitze, und sie schien von Sturmwolken umwirbelt zu werden. Sie griff in die Luft und zog einen riesigen Speer aus dem Nirgendwo. Dann schleuderte die Sturmbringerin Blitze und ließ ihre Feinde in einem schaurigen Totentanz verglühen. Sanojé zitierte brennende Schlangen herbei, die ihre Angriffsziele zermalmten.

Doch auch ihre Feinde forderten ihren Blutzoll. Kiraj fiel unter der Wucht eines Schlages. Padishin wurde umzingelt, zu Boden geschlagen und zu Tode getrampelt, als er seinem Freund zu Hilfe eilen wollte. Neva bekam einen heftigen Schlag ab, und ihr Körper schlitterte über den blutüberströmten Boden. Yago schrie auf, und sein Speer bewegte sich so schnell, dass er nur als verschwommener Umriss zu erkennen war, während er sich den Weg zu seiner Schwester freikämpfte. Dann brach sein Rücken mit einem hörbaren Knacken, als einer der feindlichen Räte nach ihm trat. Yago stürzte zu Boden, über seine reglose Schwester.

»Bensa!«, schrie Mari. Bensaharēn der Wassertänzer war blutüberströmt, eines seiner Augen zugeschwollen. Irgendjemand hatte ihm büschelweise Haare ausgerissen. Er schwang sein blutgetränktes *Amenesqa* mit Kraft und Schnelligkeit, doch seine Gegner, die über die Stärke der Moorpuppenspieler verfügten, waren nicht leicht zu bezwingen. Sogar mit fehlenden Gliedmaßen kämpften sie noch weiter. Der Dichtermeister bewegte sich gewandt und schien in die Leerräume zwischen seinen Angreifern zu fließen. Noch immer wurde auf ihn eingeschlagen, doch er wehrte sich mit Klinge, Fäusten und Füßen. Dennoch wurde er zurückgetrieben und kam dem offenen Raum zwischen den Säulen des Tyr-Jahavān und der darunterliegenden Stadt näher und näher.

Mari trennte einem ihrer Gegner den Kopf ab. Dem nächsten schlug sie beide Arme ab. Sie kämpfte sich den Weg zu Bensaharēn frei. Bei jedem Schritt durchtrennte und versengte ihre Sûnklinge Fleisch, während sie langsam die Entfernung überbrückte.

Die Sturmbringerin schleuderte Blitze. Sanojé dirigierte ihre brennenden Schlangen auf ihre Ziele zu, und Belam und Nima kämpften wie Besessene. Obwohl der Boden von Toten und Verwundeten übersät war, gewährten die Moorpuppenspieler keine Gnade und baten auch nicht darum. Der Kampf hatte sich mittlerweile in einen Kahlschlag verwandelt, während sich das Blatt ganz langsam zugunsten von Mari und ihren Gefährten wendete.

Bensaharēn war zum Rand des Tyr-Jahavān zurückgedrängt worden. Ein Ratgeber, dann noch einer und noch einer warfen sich auf den Wassertänzer. Bensaharēn wurde noch weiter an den Rand gedrängt; seine Technik zerriss Mari in ihrer Schönheit das Herz, denn sie wusste, sie würde ihn nicht retten können. Er brüllte trotzig auf und bleckte die Zähne. Mari war nur noch eine Armlänge entfernt, als der Druck der andrängenden Körper zu viel wurde.

Der Wassertänzer, ihr Lehrer, und die Handvoll Ratgeber,

die ihn angriffen, taumelten über den Rand des Tyr-Jahavān. Mari warf sich nach vorn und ergriff die Hand des Dichtermeisters. Für einen Moment klammerten sie sich aneinander fest. Sie wurde Richtung Rand gezogen, ließ ihn aber nicht los.

»Ich werde dich nicht fallen lassen!«, schrie Mari.

Bensaharēn hackte einem seiner Angreifer den Kopf ab, doch das reichte nicht. Er lächelte Mari an. »Sag Valaji, dass ich ihn liebe und dass ich froh bin, ihn geheiratet zu haben. Ich werde auf ihn warten.« Mit wohlüberlegter Sorgfalt ließ er Maris Hand los.

Mitsamt seinen Angreifern, die sich noch an ihn klammerten, segelte Bensaharēn durch den dunkler werdenden Himmel in die Wiege von Avānweh Hunderte von Metern unterhalb.

Mit Tränen in den Augen und harter Stimme erteilte Mari Befehle. Belam und Nima waren mit den überlebenden Anlūki in die Stadt gezogen in der Hoffnung, sie könnten helfen, den Frieden zu wahren. Sie schienen von dem Gedanken besessen zu sein, Corajidins Fehler zu korrigieren.

Die befallenen Räte waren bezwungen worden. Der Boden des Tyr-Jahavān war mit Toten, Sterbenden und Verwundeten übersät. Heiler waren herbeigerufen worden, und Femensetri, Sanojé und die anderen setzten ihre Kräfte ein, um zu retten, wen sie konnten.

Ajo kam zu Mari herüber mit einem schmerzerfüllten Ausdruck im Gesicht, während er die Gelehrten anstarrte, die bei seinen Enkelkindern knieten. Sie waren nicht tot, aber auch nicht weit entfernt davon. »Mari, wir können nicht …«

»Fahrt mit der Abstimmung fort, Ajo«, schnappte Mari. Sie blickte auf ihre Hände hinab, auf das getrocknete Blut auf und unter ihren Nägeln. *Es ist so leicht, sich die Hände blu-*

tig zu machen, und so viel schwieriger, es wieder abzubekommen. »Dafür sind wir hergekommen. Der Tod all dieser Leute soll nicht umsonst gewesen sein.«

Der Himmelslord nickte stumm. Er wandte sich an seine Kollegen, die noch benommen, aber aufmerksam waren. Die Verbündeten im Teshri hatten größtenteils gerettet werden können. Mari hörte nicht, was sie sprachen, und nahm kaum wahr, wie sich die Hände hoben – diesmal alle. Sie wischte sich mit ihren blutigen Daumen die Tränen aus den Augen.

Der Boden war blutverschmiert, und die Verwundeten schrien vor Schmerzen. Heiler summten oder sangen Zaubersprüche, und der harte Marmor musste für die Verletzten statt weicher Betten herhalten. *Das ist der Preis der Freiheit.* Sie wünschte sich, es wäre anders gekommen – sie hatte es versucht, aber dies war ein Weg, den man bis zum Ende gehen musste, oder man beschritt ihn gar nicht erst. *Das bedeutet es, wenn die wenigen die vielen beschützen.*

Kapitel 30

»Enttäuschung und ihr Schatten, der Zorn, werden oft aus Ernüchterung geboren. Ernüchterung jedoch wird aus unseren eigenen Erwartungen geboren.«
Aus den Maximen der Nilvedic

83. Tag im 496. Jahr der Shrīanischen Föderation

Corajidin saß zusammengekauert am Eingang zu seinem geschäftigen Kommandopavillon. Sein Handgelenk, Auge und Rücken taten ihm weh. Schneeflocken peitschten vom senffarbenen Himmel herab, und die Nachmittagssonne tauchte den schlammigen Boden des Lagers in fahles Licht. Er war dankbar, dass der Boden über Nacht hart gefroren war, sodass der Gestank des Lagers gedämpft wurde.

Er zerknüllte die Schriftrolle in seiner Hand, dann ließ er sie in den Schlamm zu seinen Füßen fallen. Narseh war tot, eine Verbündete weniger. Erebus allein wusste, was ihr Erbe tun würde; seine Nachricht war reichlich unverbindlich gewesen.

Werde ich nun für alle meine erinnerten und vergessenen Sünden bezahlen? Es wäre typisch für die Welt, dass sie mir so viel oder noch mehr nimmt, wie sie mir gegeben hat. Bald wird es vorüber sein, so oder so, und vielleicht werde ich dann eine Art von Frieden finden.

»Was denkst du, Jidi?«, fragte Mēdēya.

»An Anfang und Ende …« Er sah seine Frau an. Yashamin

war so dicht unter der Oberfläche erkennbar. *Wie viel von dir ist Yashamin, wie viel Mēdēya und wie viel die Stimme der Botschafterin?* »Ich habe dir deine Anmut gestohlen, Liebste. Ist es zu spät, sie dir zurückzugeben?«

»Du stiehlst die Anmut allem, was du berührst.« Beim Klang der rauen Stimme machten Corajidins Herzen einen Satz, und Mēdēya sprang erschrocken zurück. Die Botschafterin stand verhüllt neben Corajidin. Doch die Robe war nicht länger ein von Silber durchsetztes Grau. Jetzt bestand ihre Kleidung aus einer düsteren Mischung dunkler Farbtöne. Auch ihr Schwert war anders, es war eine lange, gebogene Waffe mit einer verzierten Glocke in Form eines Oktopus, dessen Tentakel einen verschlungenen Korb bildeten. »Wir haben dafür gesorgt, dass Ihr zu dem werdet, der Ihr heute seid. Und dass Ihr zu genau diesem Zeitpunkt an genau diesem Ort sein werdet, um nach unseren Wünschen zu handeln. Zweifelt niemals daran, dass Ihr tatsächlich ein Beauftragter des Schicksals seid, Corajidin. Tröstet Euch damit, dass beinahe alles, was Ihr tut, einem bestimmten Zweck dient.«

»Wo warst du?«, flüsterte Mēdēya. Corajidin registrierte mit Unbehagen Mēdēyas erleichterten Tonfall.

»Indris hat mich getötet.« Die Stimme der Botschafterin war kalt.

»Indris lebt?«, keuchte Corajidin. »Wie lange weißt du das schon?«

»Du warst tot?«, unterbrach ihn Mēdēya teilnahmsvoll. Corajidin starrte seine Frau böse an.

»Eine Weile. Ich hing in der Dunkelheit, ertrunken im Willen meiner Meister, während ich für mein Versagen bestraft wurde. Aber sie sind noch nicht fertig mit mir. Die Meister sind nie fertig.« Die Botschafterin blickte auf Corajidins Prothese. Sie hob den Kopf, um in die *Kirion*-Kugel zu starren, die sein fehlendes Auge ersetzte. Ihr Lächeln war kalt. »Es scheint, ich bin nicht die Einzige, die irgendjemand umbringen wollte. Wenigstens erledigt Indris solche Dinge sorgfältiger. Er tötet sogar mit Liebe. Ein Stich, direkt ins Herz.«

»Man sollte meinen, das ändert deine Meinung bezüglich der Frage, ob er leben oder sterben soll?«

Die Botschafterin legte den Kopf schräg und sah ihn mit einem Ausdruck an, den Corajidin für Verwirrung hielt. »Warum? Er hat sich selbst und diejenigen verteidigt, die er liebt. Das ist eine der Eigenschaften, die ich so anziehend an ihm finde. Weder mein eigenes noch das Verlangen meiner Meister nach Indris hat sich verändert. Er wird in seine Rolle hineinwachsen.«

»Und meine Tochter?«

»Das ist etwas völlig anderes. Sie hat mir etwas genommen, das ich wiederhaben will. Und zwar über ihre Leiche. Ihr habt sie an eine Sache verloren, Corajidin, die sie mehr liebt als die Eure. Und Euren goldenen Witwenmacher ebenfalls, der doch so vielversprechend war. Tamerlan ist gefallen. Die Asrahnwitwe wurde von der See verschlungen. Jhem erschlagen, durch Maris Hand, und Nadir gefangen.«

Hätte ich gewusst, was Belamandris im Begriff war zu tun, hätte ich ihn aufgehalten? »Woher weißt du das?«, flüsterte Corajidin. Ein alter Schmerz flammte in seiner Brust auf, während seine Herzen vor Kummer einen Schlag aussetzten.

»Ich war dabei.«

»Und da gab es nichts, was die große Botschafterin der Ödnis hätte tun können, um es zu verhindern?«

Die Botschafterin presste ihre Hand gegen Corajidins Brust. Seine Herzen begannen, unsteter zu schlagen, und sein Puls war ein unregelmäßiges Hämmern. »Tun? Mein Mann hat mein wahres Gesicht in Tamerlan gesehen, er hat gesehen, was aus mir geworden ist, und hat mich getötet.

Würdet Ihr gern die Erfahrung meines Todes teilen, meine Erleuchtung und meine Wiederauferstehung?«

Corajidin konnte nur mit Mühe atmen. Seine Herzen schlugen so schnell, dass sein Körper bebte, und seine Haut wurde fiebrig heiß. Er brachte kein Wort heraus, daher schüttelte er nur rasch den Kopf. Die Botschafterin presste weiter. Sein Puls klang wie das Schwirren von Kolibriflügeln in seinen Ohren. Sein Sichtfeld wurde trüb. Er fiel auf die Knie, in den Dreck, dann auf die Seite, wo er sich zu einer Kugel zusammenrollte. Sobald der Kontakt unterbrochen war, verlangsamte sich der Schlag seiner Herzen wieder. Corajidin brauchte mehrere Minuten, bis er wieder bei Atem war, während ihn die Botschafterin mit ihrem Blick durchbohrte.

»Nein? Das dachte ich mir«, murmelte sie. Die Botschafterin blickte auf die letzten Belagerungsgeräte, die an Bord einer Windgaleere herangeschafft wurden. Soldaten mit geröteten Gesichtern kämpften mit dem Gewicht. Die Sturmkanone bewegte sich aufwärts. Sie war so schwer, dass sie kaum im Wind schwankte. Feyd stand in sicherer Entfernung zwischen seinen Offizieren, und nur Baquio befand sich beinahe unmittelbar unterhalb seiner Schöpfung, als könnte er das Gerät allein durch seine Handbewegungen, ermunternde Zurufe und kraft seines Willens nach oben hieven. Am anderen Ende des Lagers überwachte Prahna das Verladen ihrer wertvollen Fracht: verschlossene Kisten, die mit Feuerwasser, Medizin, Energiekristallen für die Feuergeistlanzen, Sprengpulver und anderen Dingen bestückt waren, die auf ihrer Reise nach Fandra besser nicht beschädigt werden sollten.

»Ihr werdet Indris aus einer befestigten Stellung heraus bekämpfen?« Die Botschafterin zuckte die Schultern. »Ich vermute, Euer Waffenmeister weiß, was er tut.«

»Natürlich weiß er, was er tut!«, schnappte Corajidin.

In die darauffolgende, unbehagliche Stille hinein fragte er: »Warum? Was würdest du denn vorschlagen?«

»Flieht oder ergebt Euch.« Die Botschafterin lächelte nicht. »Ich würde mich ihm nicht stellen wollen. Mein Mann ist klug, Corajidin. Klüger als jede Person, die Ihr jemals getroffen habt. Er ist in den Reihen der Sēq aufgestiegen, weil er die unwahrscheinlichsten Lösungen für komplexe, praktisch aussichtslose Situationen geliefert hat. Er wird Euch glauben machen, dass Ihr am Gewinnen seid, bis der Moment kommt, an dem er Euch zu erkennen erlaubt, dass Ihr nicht nur geschlagen seid, sondern auch noch das falsche Spiel gespielt habt.«

Besorgt schritt Corajidin über das Gelände zu Feyd hinüber. Der Waffenmeister verneigte sich vor Corajidin und tat so, als wäre die Botschafterin gar nicht anwesend. Ein Bericht über ihre Fortschritte erfolgte sofort und detailliert, genau so, wie Corajidin es erwartet hatte. Fandra war besetzt und die verbleibenden Einwohner waren eingekerkert worden, sodass sie die Neuigkeit vom Aufmarsch der Erebus oder der neuen Waffen nicht weiterverbreiten konnten. Die Streitkräfte, die sich von Süden her näherten, hatten ihr Marschtempo beibehalten. Laut Feyd war die Taktik und Koordination der feindlichen Befehlshaber makellos. Wenn sie auf dem Schlachtfeld ebenso diszipliniert blieben, konnten die Erebus und ihre Verbündeten froh um Fandras Schutz sein. Und auch um die Verstärkung durch die Hexen und die Waffen der Erfinder und der Alchemisten.

»Habt Ihr irgendwelche Nachrichten aus den Ruinen?«, fragte die Botschafterin.

»Seit einigen Stunden nicht mehr«, erwiderte Feyd.

»Vielleicht solltest du nachhaken, wie weit sie sind«, schlug Corajidin vor.

»Wie Ihr wünscht.« Der Waffenmeister rief nach einer der

Hexen, die für die Kommunikation zuständig war. »Welche Nachrichten haben wir aus den Ruinen?«, fragte Feyd sie.

»Nichts mehr seit heute Mittag«, erwiderte sie. »Ikedion wollte das Senden der Nachrichten einschränken, da die Zaubersprüche die lokale Fauna in Aufruhr versetzen. Hier geschieht das Gleiche: Bestimmte Wesen werden von der Macht angezogen, die wie benutzen. Wir haben einen Dhol bemerkt, der sich dem Lager bis auf einen Kilometer Abstand genähert hat. Zwölf Hexen und beinahe vierzig Soldaten hat es gebraucht, bis wir ihn getötet hatten.«

»Kontaktiere Ikedion jetzt«, sagte Corajidin. Die Hexe flüsterte ihren Zauberspruch, und ihre Augen verdrehten sich, sodass nur noch das Weiße zu sehen war. Eine Minute später rollten die Augen der Hexe wieder in ihre natürliche Stellung zurück, und sie blickte ihn stirnrunzelnd an.

»Ich bekomme keine Antwort, Asrahn.«

»Keine Hexen, mit denen du sprechen kannst?«

»Nein, Asrahn. Niemand.«

Corajidin erteilte scharfen Befehl, dass sofort das nächste verfügbare Schiff bereit gemacht werden sollte, um zu den Ruinen zu fliegen. »Wo ist Kasraman? Oder Wolfram? Sie müssen da rauskommen und mir Bericht erstatten.«

»Pah Kasraman ist in Fandra und überwacht die Aufstellung der letzten Belagerungsgeräte«, sagte Feyd. »Und Wolfram war bei Ikedion in den Ruinen.«

»Ihr könnt Euren Leuten bei den Ruinen zum Abschied eine Kusshand zuwerfen«, stichelte die Botschafterin.

»Oh, zum ...« Corajidin knirschte mit den Zähnen. Er erinnerte sich an die Worte der Botschafterin. War es Indris? War er bereits so nahe? »Was ist mit Tahj Shaheh?«

»Sie ist bei der Himmelsflotte, Asrahn«, erwiderte Feyd. »Ich kann den Hexen sagen, dass sie sie zurückbeordern sollen.«

»Nein. Sie soll Wolframs Position auskundschaften und mir dann sofort Bericht erstatten.«

Er deutete auf Feyd. »Beschleunige die Installation der Belagerungsgeräte rund um Fandra. Ich will, dass die Stadt so verteidigungsbereit wie möglich ist, und zwar schnell.«

»Wie Ihr wünscht, Asrahn.« Feyd wandte sich um und rief seinen Offizieren zu, sie sollten ihm ins Kommandozelt folgen. Die Botschafterin lachte rasselnd. Corajidin warf ihr einen vernichtenden Blick zu.

»Du solltest dich ausruhen, Jidi«, sagte Mēdēya fest. »Du bist noch nicht ganz wiederhergestellt.«

»Mir geht es gut genug.«

»Nein, eben nicht. Du kannst nicht kämpfen, du bist halb blind, und die Verletzungen auf deinem Rücken sind auch noch nicht vollständig verheilt.« Mēdēya legte ihre Hände auf seine Brust. »Die Energie in der Rōmarq heilt dich zwar schneller, als ich das für möglich gehalten hätte, aber …«

»So sehr, dass Ihr noch nicht einmal meinen Trank braucht«, fügte die Botschafterin hinzu. »Vielleicht solltet Ihr Euch ganz hier niederlassen und im Morast leben? Ich bin sicher, Eure Sünden würden sich vor dieser Kulisse hier ganz wohlfühlen.«

Corajidin legte die Hand auf seinen Messergriff, was eine ungewohnte Geste für ihn war mit der linken Hand. »Botschafterin, falls es deiner Erinnerung entfallen sein sollte: All dies tue ich, um mein Volk zu vereinen, damit ich meine Schulden bei dir abbezahlen kann. Du solltest froh sein, dass ich die Stärke habe, deinen Willen auszuführen. Und, Mēdēya, mir geht es gut genug. Ich habe nicht vor, mich an den Kämpfen zu beteiligen.« *Wie sollte ich schon von Nutzen sein? Und inwiefern ändert das etwas an meinem Traum, dass ich Indris auf der Ebene Ast am'a Jehour entgegentrete? Ich habe nicht gesehen, wie dieses Treffen endet.*

Die Botschafterin blickte lächelnd auf Corajidins Prothese. »Ich kann Euch wieder ganz machen, Corajidin. Ihr müsst mich nur darum bitten.«

»Eine weitere Schuld?« Seine klobige künstliche Gliedmaße rückte ins Zentrum von Corajidins Aufmerksamkeit. Er zog den Ärmel seiner Robe herunter, um die Prothese zu verbergen. Als er wieder aufsah, war die Botschafterin verschwunden. Ihr kaltes Kichern schien aus dem Nirgendwo zu kommen, bis er den Kopf wandte. Sie war an die Stelle geschlüpft, wo sein toter Winkel war. *Aber da warst du ja schon immer, nicht?* »Ich weiß nicht, ob ich reich genug bin, um dich zu bezahlen.«

»Irgendetwas hast du immer zu geben, Corajidin.«

Corajidin schritt durchs Lager, verfolgt von dem Angebot der Botschafterin, ihn wieder ganz zu machen. Obwohl er ihr Angebot abgelehnt hatte, wusste er, dass er nicht ehrlich gewesen war. Mēdēya ging neben ihm, und ihre pelzgesäumte Robe schleifte durch den Schlamm. Sie hatte nicht gesprochen, seit sie die Botschafterin im Kommandopavillon zurückgelassen hatten, und das Gewicht ihres Schweigens wurde mit jedem Schritt schwerer.

»Was?« Corajidin wandte sich ihr zu, als sie ihren Pavillon betraten. »Wenn du mir etwas sagen willst, dann sag es!«

Mēdēyas Blick ruhte auf Corajidins Hand. »Jidi, wenn die Botschafterin dich …«

»Gibt es irgendetwas, was diese Frau sagen könnte, dem du nicht zustimmen würdest?«

Sie sah perplex drein und streckte die Hand aus, um seine Prothese zu berühren. »Du bist mein Ehemann. Und du bist der mächtigste Mann Shrīans.« Ihre Miene wurde grimmig. »Du verdienst etwas Besseres als diesen kalten Klumpen. An dieser Stelle sollte eine warme Hand sitzen!«

»Der Botschafterin kann man nicht trauen, das habe ich durch bittere Erfahrung gelernt. Es gibt immer einen Preis zu zahlen für ihre Hilfe, Mēdēya. Und der Preis scheint im Moment der Bedrängnis immer angemessen zu sein, aber der Glanz auf ihren Gaben lässt schnell nach, und die Tiefe des Lochs, das man sich selbst gegraben hat, wird einem nur zu bewusst. Ich kann kaum sehen, was mich umgibt, weil meine Schulden bei ihr und ihren Meistern meinen Blick verdunkeln.«

»War meine Wiederauferstehung auch so ein beflecktes Geschenk?« Mēdēyas Stimme war scharf. »Habe ich dir nicht alles gegeben? Ich, die ich dir geholfen habe, den Krieg gegen Far-ad-din zu planen? War ich es nicht, die dir geholfen hat, deine zweite Frau zu töten, sodass wir zusammen sein konnten? Und war ich es nicht, die durch Vahinehs Hand gestorben ist, weil du ihren Vater getötet hast? Du schuldest mir so viel, Erebus fa Corajidin!« Tränen standen in ihren Augen und zitterten auf ihren langen Wimpern. »Du hast mich von der Seelenquelle zurückgezerrt, hast mich zu einer Nomadin gemacht in einem Land, das meine Existenz nicht duldet. Ich verberge mich im Körper einer anderen Frau und spreche mit ihrer Stimme, während du in ihre Augen blickst und uns beide …«

»Genug!«, schrie er. Seine Hände zitterten, und sein Kopf begann zu schmerzen. »Bitte, es reicht. Ich habe dich geliebt … ich liebe dich. Mehr als jede andere Frau, die ich gekannt habe. Ich sehe dich, Yashamin, in Mēdēya. Du bist es, die ich liebe, nicht den Körper. Aber in dir ist mehr als nur Yashamin. In dir ist etwas, das mit der Stimme der Botschafterin spricht.«

»Da bin nur ich, Jidi. Nur Yashamin. Wenn du die Stimme der Botschafterin zu hören glaubst, dann liegt es daran, dass ich einer Meinung mit ihr bin. Sie hat dir viel gegeben, und es ist nur gerecht, wenn sie eine Gegenleistung verlangt. Wir haben von anderen das Gleiche gefordert, und unsere Hände sind alles andere als sauber.

Ob ich denke, dass du ihr erlauben solltest, dich zu heilen? Ja! Ich will nicht für den Rest deines Lebens von dieser grauenhaften Nachbildung einer Hand berührt werden. Ob ich denke, dass deine Tochter ein undankbares Miststück ist, die ihr Haus verraten hat, und dass wir den bestmöglichen Nutzen aus ihr ziehen sollten, damit sie ihre Schuld ihrer Familie gegenüber begleicht? Ja! Steck sie in die Torque-Spindel! Mach sie zu einem Teil des Verschmelzungsprozesses! Die Welt gehört uns, es ist das Recht des Stärkeren, Liebster. Einst war dir das klar. Spar dir die Zweifel, die du mir gegenüber, uns gegenüber, über Recht und Unrecht hegst. Führe dein Volk auf den Weg, auf den es gebracht werden muss. Du bist ein Avān, und du wurdest geboren, um die Welt zu beherrschen.«

Corajidin sank auf sein Sofa. Wäre der Raum dunkler gewesen, er hätte geschworen, die Person vor ihm sei Yashamin mit ihrem Temperament. Der Tonfall, der Klang ihrer Stimme, ihre Betonung, ihre Worte, all das war Yashamin.

Er untersuchte das kalte Ding, das seine Hand ersetzen sollte. *Für den Rest deines Lebens* … imstande zu sein, wieder richtig zu sehen, statt im Halbdunkeln zu vegetieren. Näsarat fa Roshana entgegentreten und ihr zeigen zu können, dass sie keine Macht über ihn hatte. Er konnte noch immer zurückbekommen, was ihm genommen worden war.

Mēdēya hatte sich zu seinen Füßen eingerollt, den Kopf in seinem Schoß. Ihre Haltung erinnerte so stark an Yashamin. Ihre Hände bewegten sich sicher, mit jahrelanger Erfahrung, über seinen Körper. »Tu es für mich, Jidi. Ich habe den Körper verloren, in dem ich geboren wurde, und bin in dieser Gestalt zurückgekehrt, an die ich mich immer noch gewöhnen muss. Aber dein Körper gehört dir. Mach ihn wieder ganz, für mich. Ich will deine wirklichen Hände auf meinem Körper fühlen, ich will, dass du mich mit deinen eigenen Augen anblickst. Bitte, Jidi.«

»Finde die Botschafterin, Mēdēya«, flüsterte Corajidin. »Lass uns hören, was ihr Preis ist, bevor ich Nein sage und es den Rest meines Lebens bereue.«

Mēdēya küsste ihn. Corajidin sträubte sich zu Beginn, doch die Bewegung ihrer Hände, ihrer Lippen und ihrer Zunge und ihre leidenschaftlichen Worte brachen seinen Widerstand. Doch noch hielt er einen Teil von sich zurück. Der Zweifel lauerte weiter in ihm. Das war etwas, was nur die Zeit, Erfolg und das Verschwinden der Botschafterin aus seinem Leben beschwichtigen konnte. Mēdēya löste sich von ihm. »Es wird nicht lange dauern, Jidi!« Sie rannte aus dem Pavillon.

Corajidin schritt über die Teppiche hinüber zu seinem Schreibtisch. Der Teppich gab unter seinen Schritten nach und verströmte einen schwach muffigen Geruch. Als er sich setzte, fühlte er, wie auch der Stuhl ein wenig einsank. Corajidin ging die Schriftrollen und Protokolle durch, die ihn über die bisherigen Kriegsbemühungen in Kenntnis setzten. Er blickte auf die Romane und Reihen, die er aus Erebesq mitgebracht hatte. Und auf eine Kopie seines ersten Buches, *Unser offenbartes Schicksal*. Es war ein patriotisches Werk, das er verfasst hatte, als er noch jünger und sein Kopf mehr mit den Flausen der Jugend als mit tatsächlicher Erfahrung gefüllt gewesen war. Daneben lag ein in Leder gebundenes Folio, dessen Seiten weniger vergilbt waren und das den Titel *Der Weg in die Zukunft* trug. Es sollte eine reifere Erzählung über die Größe der Avān werden und über die Vorteile eines militärischen und ökonomischen Imperialismus. Er öffnete das Folio, das aus wenig mehr als einer Seite mit dogmatischem Gefasel bestand, und blickte dann auf leere Seiten, die er längst hätte füllen sollen.

Sollen, wollen, können. »Es muss genügen«, murmelte er.

Dann wurde das Dach seines Pavillons von einem Kugelblitz erhellt.

Das Knistern und Zischen von Disentropiespulen und Sturmrädern erklang, und die Decke seines Pavillons wurde von dem Gewicht des Schiffes nach unten gedrückt, als es darüber hinwegflog. Von dem wenigen, was Corajidin durch den Eingang des Pavillons erkennen konnte, flog es seitwärts, mit schwankendem Heck. Er rannte gerade rechtzeitig hinaus, um zu sehen, wie das Fahrzeug in der Luft zur Seite kippte, dann pflügte es eine tiefe Furche durch den aufgeweichten Boden und wurde schließlich von Zeltseilen und meterlangen, flatternden Stoffen aufgehalten. Soldaten umstellten das Schiff mit gezogenen Waffen.

Wolfram taumelte an die Reling, gestützt von übel mitgenommenen Soldaten. Alle zusammen stürzten sie von Bord des Schiffs in den Schlamm. Der Angothische Hexer hielt sich den Kopf, dann krümmte er sich zusammen und übergab sich.

»Was ist passiert?«, schrie Corajidin. Noch mehr Soldaten waren hinzugekommen. Eine Einheit begab sich an Bord des Windskiffs, und wenige Augenblicke später hörten die flackernden Blitze auf, und die Räder und Spulen drehten sich langsamer und wurden still. Zwei der Soldaten schleppten den blutüberströmten Kadaver Ikedions vom Schiff. Ein Blick genügte, um über das Schicksal des Mannes Bescheid zu wissen: Niemand überlebte es, wenn er so viel Blut verlor. Corajidin ging zu dem schwankenden Wolfram. »Was ist passiert?«

»Die Rōmarqim«, zischte Wolfram. »Einer ihrer vorgerückten Kriegertrupps. Sie sind völlig lautlos aus dem Moor gekommen und haben so viel Schaden angerichtet, wie sie nur konnten. Dann sind sie wieder verschwunden, bevor wir wirklich Widerstand leisten konnten.«

»Es war von vornherein klar, dass das passieren kann«, sagte Feyd. »Die Armeen sind immer noch zu weit weg, um uns schaden zu können. Diese Scharmützel sollen uns ablenken. Aber ich schlage vor, Asrahn, dass wir Euch so schnell wie möglich nach Fandra bringen.«

Corajidin packte Wolframs Hemd. »Sag mir, dass du die Schätze aus der Rōmarq herausholen konntest! Sag mir, dass das keine Zeitverschwendung war und womöglich alles verloren ist!«

»Der Thron der Zerstörung war bereits auf dem Weg nach Fandra, Asrahn«, sagte Wolfram. »Wir haben so viel wie nur möglich vorausgeschickt. Es ist nicht alles verloren.«

»Aber ein Teil?«

»Nichts, was wir nicht wiederbeschaffen könnten, wenn wir erst gesiegt haben, und nichts, was unseren Feinden irgendeinen Vorteil im bevorstehenden Krieg verschaffen würde.«

Corajidin starrte in die Nacht hinaus. Besser, kein Risiko einzugehen. »Feyd? Sag Tahj Shaheh, sie soll ihre Patrouillen ausdehnen und die Ausgrabungsstellen zurückerobern. Das Marschgesindel wird in seine Schlammhütten zurückgeflohen sein. Tahj Shaheh soll ohne jede Rücksicht angreifen, wenn sie die Gelegenheit dazu hat. Sie soll jeden Widerstand niederschlagen, aber keine unnötigen Risiken eingehen. Soldaten können ersetzt werden, aber ich werde nicht dulden, dass wir auch nur ein einziges Schiff verlieren. Besorgt mir ein Schiff und eine Mannschaft. Ich will nach Fandra, um die letzten Vorbereitungen zu überwachen. Und irgendjemand soll die Tunnel zum Webtor zum Einsturz bringen. Ich will nicht, dass der Feind sie benutzt, und wir können die

Trümmer später beseitigen, wenn wir sie wieder passieren wollen.«

Indris steckt hinter all dem. Soll er kommen. Diesmal bin ich im Vorteil, und ich werde dafür sorgen, dass er dem tödlichen Schuss nicht ausweichen kann.

Kapitel 31

»Ich bin, wer ich bin, weil dies alles ist, was ich zu sein vermag.«
Mahj Näsarat fe Malde-ran, Schattenherrscherin und letzte Monarchin des Erwachten Imperiums

83. Tag im 496. Jahr der Shrīanischen Föderation

Die Bäume boten Indris und seinen Gefährten Schutz vor dem Wind. Der Boden im Norden des Waldes war bleich vom Frost. Eine trügerische Dämmerung erhellte den Horizont und ließ den Rest der Welt noch düsterer erscheinen. Die Krieger hatten sich um kleine Gestelle mit Feuersteinen geschart und sich fest in ihre Roben gehüllt.

Mit dem Sehvermögen eines Erwachten blickte Indris über die Weite der Rōmarq hinweg, voll Staunen über die Energiefontänen, die von dort in die Höhe schossen. Geisterhafte Säulen, die wirkten wie die Phantomruinen einer Stadt und die niemand sonst sehen konnte. An anderen Stellen sprudelte das *Ahm* in die Höhe und spann einen anmutigen Bogen in der Luft, als wäre es ein phosphoreszierender Regenbogen, um dann zur Erde zurückzufallen. Alles um ihn herum wurde durch das *Ahm* erleuchtet: Die Blätter der Bäume wirkten wie getöntes, hinterleuchtetes Glas, der Schnee wie glitzernder Diamantstaub. Die Energie der Leute um ihn herum flackerte auf und verblasste wieder, im Takt mit ihrem Herzschlag. Ihre Stimmen wurden vom Wind herangetragen, klangvoll und bedeutungsschwer …

»Indris.« Chaiya wandte sich ihm zu, eine jadegetönte, schwarz umrissene Gestalt. »Du bist Erwacht, ob dir das nun gefällt oder nicht.«

»Ich weiß.« Indris fühlte seine neu gewonnene Macht, sie hatte sich wie eine Schlange um seine Wirbelsäule gerollt und seine Energiezentren in Gang gesetzt. Er sah sie und die anderen Nomaden an, die zwischen den Bäumen trieben und durch sie hindurchdrifteten. Freunde, die entweder schon lange tot oder erst vor Kurzem gestorben waren. Einige kannte er gar nicht. »Jetzt, da mir die Augen geöffnet wurden, wünsche ich mir das auch zum Teil. Aber ich verwandle mich in etwas, das ich nicht sein kann, und ich glaube nicht, dass ich es aufhalten kann.«

»Wahrscheinlich nicht«, sagte Ariskander. Er hatte die Gestalt angenommen, die er in der Blüte seines Lebens gehabt hatte: schlank, stark und hoheitsvoll. »Aber so war es vorherbestimmt.«

»Warum bist du gekommen?«, fragte Indris. »Es ist nicht nötig, dass die Nomaden in die Sache verwickelt werden.«

»Es sind Seelenhändler in der Nähe«, sagte Chaiya grimmig. »Verräter an ihrem eigenen Volk. Wir werden uns für euch um sie kümmern – ihr könnt also sicher sein, dass die Seelen eurer Toten heute nicht von ihnen gestohlen werden. Eine Flut der Schatten erhebt sich in der Seelenquelle, und die Toten haben große Furcht davor. Wir hätten gern einige Antworten von denen, die unserer Meinung nach mehr wissen.«

»Was glaubst du, was passiert da drüben?« Shars Frage riss Indris zurück in die Gegenwart. Die Kommandanten ihrer Streitkräfte waren bei ihr. Die Nomaden blieben, wo sie waren, und überlagerten das Bild der Welt. Leise, wachsam und unsichtbar für alle bis auf ihn.

»Corajidin wird wissen, dass die Rōmarqim angreifen«,

sagte Morne, der gerade Hand in Hand mit Kyril hinzukam. »Es ist eine logische Vorgehensweise, und Corajidins Generäle werden das auch so sehen. Hätte es keine Vergeltungsschläge gegeben, so hätte das ihren Verdacht erregt. Letzte Nacht sollte er das Gefühl bekommen, dass er noch alles unter Kontrolle hat. Unsere verbündeten Streitkräfte haben sich bei der Anqoratbrücke und einige Tagesmärsche entfernt auf der Straße nach Fandra gesammelt. Er beobachtet unsere Streitkräfte und sollte zuversichtlich sein, dass er uns schlagen kann.«

»Können wir dafür sorgen, dass er bleibt, wo er ist?«, fragte Ekko.

»Stadtgrenzen zu durchbrechen ist selbst unter optimalen Bedingungen nicht leicht«, erwiderte Kyril. »Aber es ist ebenso hart, aus einer befestigten Stellung auszubrechen, wie in sie hineinzukommen. Das wird er schon bald feststellen.«

Indris nickte zustimmend. »Sobald er und seine Offiziere in Gewahrsam sind, wird das Kommando an Leute fallen, die weniger daran interessiert sind, für Corajidins Sache zu sterben.«

»Und die Schätze, die er aus der Rōmarq gestohlen hat?« Ojin-mar sah überraschend weltlich aus in seiner verwitterten erdfarbenen Kleidung. Er und Er-Der-Sieht hatten zu dem Dutzend Leuten gehört, die in der Lage gewesen waren, die Translokationsformel in der kurzen Zeit zu begreifen, die ihnen zur Verfügung stand. »Wir müssen die Schätze sicherstellen, die er aus der Rōmarq gestohlen hat.«

»Und sie ihrem rechtmäßigen Hüter, Rahn Siamak, zurückgeben«, sagte Shar.

»Die Sēq werden …«

»Shar hat recht, Ojin-mar«, konterte Indris. »Die Sēq sind noch weit davon entfernt, irgendetwas fordern zu können.

Wenn ihr mit Siamaks Spielzeug spielen wollt, dann bittet ihr ihn am besten nett darum.«

»Und die Geiseln?«, fragte Morne. »Soweit wir gehört haben, sind immer noch Zivilisten in Fandra.«

Indris sah Ojin-mar und Er-Der-Sieht an. Der Stammesangehörige hatte sich gegen die Kälte eingemummt, und nur seine blassen Augen waren zwischen den Falten seines *Taloub* sichtbar. Indris wies mit dem Kinn in Richtung Wald. »Wie viele Geisterritter der Sēq habt ihr aus Amarqa mitgebracht?«

»Dreiundzwanzig haben wir ausgesucht, in unterschiedlichen Simulacra«, erwiderte Er-Der-Sieht. »Sie sind alle von unterschiedlicher Größe, Krähen und Falken, Füchse, Wölfe und Bergkatzen, Ritter und bewehrte Kriegspferde. Außerdem haben wir zwanzig Iku und etwa genauso viele Katsé. Die Iku und die Katsé wurden im Schutz der Dunkelheit in die Rōmarq gesandt, und sie haben die ganze Nacht über Patrouillen registriert, allerdings ohne Kontakt aufzunehmen, wie befohlen. Wir haben eine ganz gute Vorstellung von der Truppengröße, Wachwechsel, Zu- und Ausgängen. Sie sind bereit, gegen Fandra zu marschieren, wenn wir es sind.«

»Schick die kleineren Geisterritter hinein, und lass sie die Geiseln aufspüren«, sagte Indris. »Wenn sie die Gelegenheit dazu haben, sollen sie die Geiseln befreien und sie Richtung Norden führen, aus der Stadt heraus. Wenn sie sie nicht befreien können, ohne uns zu verraten, sollen die Geisterritter die Stellung halten, bis wir eintreffen. Wenn sie erst in der Rōmarq sind, bezweifle ich, dass viele von Corajidins Kriegern scharf auf eine Verfolgungsjagd sind.«

»Können wir alle unsere Ziele zeitgleich angreifen?«, fragte Kyril. »Wir verlassen uns auf die Ablenkung.«

»Ojin-mar? Er-Der-Sieht? Sind eure Gelehrten bereit?«,

fragte Indris. Beide Meister nickten. Indris versuchte, sich zu entspannen. Kyril hatte recht: Eine gute zeitliche Koordinierung würde entscheidend sein. »Die Sēqritter werden die Angriffe koordinieren, und wir werden untereinander in Verbindung bleiben. Jeder von ihnen wird kleine Einheiten von Elitekämpfern aus den Häusern und Familien anführen und für so viel Unruhe wie möglich an Corajidins Ausgrabungsstätten sorgen.«

Ojin-mar sagte: »Da er weiß, dass er noch Tage hat, ehe unsere Armee eintrifft, erwarten wir, dass Corajidin die Wachen an seinen Ausgrabungsstätten verstärkt, um bis zur letzten Minute so viele Gräber wie nur möglich zu plündern. Das wird seine Verteidigungsmöglichkeiten in Fandra reduzieren. Er-Der-Sieht und ich werden unsere eigenen Windschiffe hinter Illusionen verbergen und Fandra überwachen. Wenn es hässlich wird, sind wir bereit.«

»Könnt ihr die Unsichtbarkeitszauber um die Flotte aufrechterhalten?«

»Die Entfernung ist kurz genug«, sagte Ojin-mar. »Wenn alles nach Plan verläuft, werden sie uns nicht sehen. Aber wenn wir kämpfen müssen, werden wir nicht in der Lage sein, die Illusionen lange aufrechtzuerhalten. Wir werden auf Kampfformeln und Schutzzauber konzentriert sein.«

»Wenn wir kämpfen müssen«, sagte Shar grinsend, »müsst ihr nicht mehr unsichtbar sein.«

»Bei der Sache kann man nur gewinnen, so oder so«, brummte Ekko.

»Ich denke, da hast du recht.« Shar nickte feierlich.

»Ich werde die Truppe anführen, die Corajidin gefangen nehmen soll«, sagte Indris. »Morne und Kyril, ihr werdet die Angriffstruppen anführen. Wenn ihr erst drinnen seid, werdet ihr und die anderen Unsterblichen die Kontrolle über die Belagerungsgeräte übernehmen und die Stellung halten.

Bitte vermeidet es zu töten, wenn ihr könnt. Wer führt sonst noch eure Gruppen an?«

»Leonetto und Tamiwa«, sagte Morne, ohne zu zögern.

Indris blickte auf die Gestalten, die ihn umgaben, sowohl die Lebenden als auch die Toten. »Geht zu euren Gruppen zurück, und beendet eure Vorbereitungen. Die Luftmannschaften zu den Windschiffen, die Angriffstruppen zu ihren Kommandanten. Beschützt eure Gelehrten! Sie sind es, die euch hineinbringen, die Verwundeten heilen und euch im Notfall auch wieder herausbringen. Und bitte, keine Heldentaten! Dass ihr hier seid, zeugt schon genug von eurem Format. Ihr müsst nichts mehr beweisen.«

Er ging mit den anderen ein Stück in den Wald hinein. Sie kamen auf eine Lichtung, wo die Unsterblichen Gefährten ihre Waffen schärften, ihre Rüstungen versorgten und das Lager abbauten. Krieger bahnten sich ihren Weg zu den Sammelpunkten: drei Windfregatten in einem nahe gelegenen Feld und ein größerer Zerstörer und zwei Korsarenschiffe, die tiefer im Wald verborgen lagen. Andere Mitglieder der Häuser und Familien versammelten sich bei ihren Gelehrten.

Shar und Ekko gesellten sich zu Indris, der sein Gelehrtenlicht aufnahm. Er vermisste Gestaltwandlerin jetzt schon; er war es gewöhnt, ihre Form und ihr Gewicht während eines Kampfes zu spüren. Und doch würde ihm sein Licht ebenfalls als Waffe dienen können und als Schwerpunkt für seine Disentropie. Da sein Erwachen immer ausgeprägter wurde, strömte die Energie durch seinen Körper wie niemals zuvor und machte ihn ruhelos.

Die Nomaden versammelten sich, unzählige Gestalten, die für die Augen der anderen unsichtbar waren. »Wir sind bei dir, Indris«, sagte Ariskander. Hayden, Omen, Chaiya, Vashne, Daniush … und eine Menge anderer nickten zustimmend.

Indris akzeptierte ihr Angebot stillschweigend. Er sah zu Shar und Ekko, die schon gerüstet und bewaffnet bereitstanden. »Ihr müsst das nicht tun. Ihr habt schon genug getan, und Shrīan ist noch nicht einmal euer Land. Ich will nicht miterleben, wie ihr getötet werdet, und es besteht durchaus die Möglichkeit, dass keiner von uns heil aus der Sache herauskommt.«

»Das sagst du die ganze Zeit«, erklärte Shar. »Aber wenn ich mich schon zu den Windgeistern gesellen soll, bin ich in meinen letzten Momenten lieber bei denen, die ich liebe. Außerdem sind wir schon viel zu weit zusammen gekommen, um uns hier zu trennen. Ich wünschte nur, Hayden und Omen wären hier.«

Die beiden Nomaden lächelten. *Sie sind hier, Shar.* Doch Indris schwieg; es hätte ihr vielleicht wehgetan, wenn er es ausgesprochen hätte.

Zwei Einheiten Krieger gesellten sich zu ihnen: Kriegsdichter der Rōmarqim mit ihren *Shamshirs*, Riedsandalen und langen Pferdeschwänzen; Schüler der Gram in mit Phönixen bestickten Roben und Rüstung; Anlūki in ihrem Schwarz und Rot; die Krieger der Sûn in goldenen Rüstungen; und der Löwe und der Lotus der Selassin.

»Bereit?«, fragte Indris.

»Jederzeit«, erwiderte Ekko.

Shar nickte, und ihre Haut und die Augen flackerten hell, während sie sich auf das vorbereitete, was sie erwartete. Die anderen Krieger bewegten sich nervös, nickten aber dennoch. Seine Mannschaft bildete einen Kreis, der mit gezogenen Waffen nach außen blickte, mit Indris in der Mitte.

Indris stellte Augenkontakt mit den Anführern der anderen Mannschaften her und sandte den Sēqgelehrten in Gedanken das Signal.

Jetzt.

Indris bildete eine Raumfalte. Eine Regenbogenbrücke entflammte in einem Sturm aus Farben. Sie überspannte einen Raum aus einfarbigen Streifen: dimensionslos, lautlos, gefühllos. Ohne Luft, eisig und schwindelerregend.

Sie machten einen Schritt vor und wurden mitgerissen, von hier …

… auf das Dach der Gouverneursvilla in Fandra. Staub wirbelte in kleinen Spiralen auf. Die Luft roch verbrannt. Die Translokation war nicht so anstrengend gewesen, wie Indris befürchtet hatte, und sowohl Gestaltwandlerin als auch das Gelehrtenlicht versorgten ihn mit neuer Energie. Sie strömte in die sich weitenden Kanäle seines Seins, und was dort zuvor kleine Rinnsale gewesen waren, verwandelte sich in Flüsse.

Indris stieß auf eine Barriere: Schichten aus Bannsprüchen und die zügellose disentropische Färbung der Hexen, die die Zaubersprüche schleuderten. Indris tastete sich vorsichtig im Geiste vor und entdeckte nicht nur Bannsprüche, sondern auch arkane Belagerungswaffen und Werke der Erfinder und Alchemisten. Da waren Präsenzen, die über die anderen hinausragten, machtvolle Individuen, die wie Steine in einer starken Strömung aufragten, außerdem eine Vorrichtung, die geradezu nach militärischem Gebrauch schrie. In den Anwesenden, ebenso wie in der eigenartigen Vorrichtung, loderte die ungezähmte, unreine Energie der Rōmarq. Indris' vorsichtiger Einsatz der Disentropie hatte ein Gefühl der Euphorie in ihm erweckt, und er fragte sich, was die anderen wohl fühlen mochten, die längere Zeit davon durchflutet worden waren. Gestaltwandlerin schnurrte. *Ich werde aufpassen müssen, dass ich mich nicht gehen lasse.*

Indris versammelte seine Leute eng um sich. »Corajidin ist unser Ziel. Alles andere, was sich ergibt, ist nur ein Bonus. Habe ich mich klar ausgedrückt?«

Die Mannschaft nickte. Stimmen erklangen in Indris' Kopf: Die anderen Sēq berichteten von erfolgreich durchgeführten Translokationen und rückten zum Angriff vor. Ojinmar und Er-Der-Sieht waren angekommen und schwebten unsichtbar über der Stadt, in unmittelbarer Nähe von Corajidins Himmelsflotte. So weit, so gut.

Vom Dach der Villa aus hatte Indris einen guten Blick über Fandra. Die Stadt bestand aus Foren, die durch gewundene Straßen untereinander verbunden waren, und weiten Kanälen, auf denen die Schatten kleiner Boote am Ufer schaukelten. Die Stadt war nicht ausreichend erleuchtet, doch das Licht der Laternen hüllte die Teile der Stadt in Dunst, die von den Erebus-Streitkräften besetzt waren. Windschiffe waren in Parks und Foren gelandet – überhaupt auf allen nur möglichen Plätzen, die groß genug waren, um sie unterzubringen. Die größeren Militärfahrzeuge, Fregatten, einige Zerstörer und ein riesiges Großkampfschiff hingen schwer am Himmel, und die Lichter ihrer Disentropiespulen und die Sturmräder erleuchteten die Dächer der Stadt unter ihnen. Ein heruntergekommenes Schiff, das mehr wie ein Aasgeier als ein Fahrzeug wirkte und von Blut und Schatten in der Höhe gehalten wurde, ließ ihn erschauern. In Richtung dieses Schiffs führten Ariskander und Chaiya die Nomaden. Die Nomaden strömten durch die Straßen der Stadt wie jadefarbener Nebel. Sie passierten ahnungslose Wachen auf Patrouille, darunter Hexen aus der Mahsojhin in roten Roben, die schwankende Laternen trugen.

Indris blickte auf Fandras Mauern. Es gab zwei große Tore und eine Reihe kleinerer sowie ein großes Flusstor mit dicken Eisenstäben. Ein kleinerer Teil der Soldaten patrouillierte auf den Mauern, der Großteil jedoch hatte sich um Kohlebecken geschart, die Speere und Bogen gegen die Festungsmauern gelehnt. Was für einen Anlass gab es auch zur Vorsicht? Ihr Feind war noch Tagesmärsche entfernt.

Eine Bewegung erregte seine Aufmerksamkeit. Eine kleine Gruppe schwarz gekleideter Krieger pirschte sich an die Wachen und die kunstvoll gearbeitete Sturmkanone heran, die sie bemannten. Ein kurzes Handgemenge, ein Flirren, und dann waren nur noch die schwarz gekleideten Krieger zu sehen – die Unsterblichen Gefährten. Indris sah zu, während sich der Vorgang noch zweimal wiederholte, und der Zyniker in ihm war sich bewusst, dass es nur eine Frage der Zeit war, bis irgendjemand bemerkte, was vor sich ging.

Indris sandte den Geisterrittern der Sēq, die sich bereits in der Stadt befanden, eine Nachricht. *Sind die Gefangenen in Sicherheit?*

Beinahe. Wir verlassen Fandra jetzt, General, ohne entdeckt worden zu sein. Braucht ihr unsere Hilfe?

Im Moment nicht, danke. Sobald die Gefangenen aus der Stadt sind, kehrt ihr mit den restlichen Geisterrittern zu den Toren zurück. Da sind noch Hexen und arkane Maschinen, mit denen wir uns befassen müssen, und ich werde vielleicht auch noch Hilfe brauchen.

Rufe drangen aus der Stadt. Hörner schmetterten, und Pfiffe durchschnitten die Nacht. Mannschaften gingen an Bord der Windschiffe, und die Piloten bereiteten ihre Fahrzeuge für den Start vor. Laute Stimmen berichteten, dass die Ausgrabungsstätten angegriffen wurden. Innerhalb weniger Minute flogen zwei der Windfregatten – Selassin, den Löwengalionsfiguren nach – und eine Reihe kleinerer Windboote in hoher Geschwindigkeit Richtung Norden.

Indris fühlte die Strömungen des *Ahm*, die aufgewirbelt wurden, als die Hexen in Fandra ihre Bannsprüche woben. Die Farbe und Form der Verwerfungen des *Ahm* zeugten von Kommunikationszaubern, aber auch von Schutz- und Spähzaubern. Es gab so viel Disentropie, dass Indris Mühe hatte, die Kontrolle aufrechtzuerhalten: Der Drang, seine Kräfte freizusetzen, um zu sehen, wie mächtig genau sein Erwachen in seinem Körper, Geist und Seele geworden war, war beinahe überwältigend. Sein Gelehrtenlicht pulsierte im Takt mit seinem Herzschlag, und Gestaltwandlerin knurrte voll Verlangen, entfesselt zu werden.

Indris legte seine Hand auf Gestaltwandlerins Griff und stellte fest, dass sie ungewöhnlich warm brannte.

Während Mornes Mannschaft beschäftigt war, beorderte Indris seine eigenen Leute über das Dach. Shar und Ekko gingen als Erste, zusammen mit einigen der Anlūki und einem Rōmarqim, der früher in Fandra gelebt hatte. Die vier hielten sich in den Schatten und tauchten nur auf, um die Wachen auszuschalten. Leise Schreie ertönten in der Dunkelheit, und bei jedem biss Indris die Zähne zusammen, voll Angst, dass Alarm ausgelöst werden würde. Sie waren dichter davor, als ihm lieb war, als eine der Wachen sich als Hexer entpuppte. Indris fühlte, wie der Hexer Energie sammelte, um einen Zauberspruch zu weben. Er sprang vor und dehnte seine disentropische Färbung aus, und die Macht seiner Aura verwirrte die der Wache und brachte den Zauberspruch lange genug zum Verstummen, dass Indris den Hexer in einen Würgegriff nehmen konnte. Mit einem Seufzer der Erleichterung ließ er den Bewusstlosen zu Boden gleiten.

Die Mannschaft näherte sich der Tür, die ins Gebäude führte.

Indris legte die Hand auf die Klinke, als Alarmrufe die Nacht durchschnitten. Geschrei und Kampflärm folgten. Indris warf einen Blick zu den Mauern und sah Mornes Unsterbliche, die in ein Handgemenge mit Erebus-Soldaten verwickelt waren. Mornes Truppe behauptete sich, und ihr Gelehrter aktivierte schichtenweise Schlachtenzauber, um für zusätzlichen Schutz zu sorgen. Indris fühlte das Ziehen des *Ahm*, das durch die Formeln des Gelehrten aktiviert wurde, so wie auch die Hexen von Fandra es spüren würden.

Seid ihr in der Nähe?, fragte Indris die Geisterritter der Sēq in Gedanken. *Morne und die Unsterblichen brauchen Hilfe.*

Wir sind unterwegs, General.

Augenblicke später sah Indris die Gestalten von Falken und Krähen, die sich hinter Fandras Mauern erhoben. Sie flogen schneller, als ihre Flügel aus *Kirion* und Hexenfeuer schlugen, und zwischen ihren Federn schimmerte mondfarbenes Licht. Das kleine Tor im Norden der Stadt dröhnte, einmal, zweimal. Soldaten der Erebus rannten dagegen. Es verbog sich. Noch ein Schlag, und die Tür barst nach innen, als ein riesiger metallener Hengst in die Stadt donnerte. Seine Augen loderten wie Lampen, und seine Hufe sprühten Funken. Der Ritter in Rüstung, der auf seinem Rücken saß, schlug mit einem gigantischen Hammer zu, der alles niedermachte, was er traf. Andere Gestalten drangen vor, Füchse, Wölfe und Bergkatzen. Riesige Ritter mit Rüstungen und Helmen in Form von Schakalköpfen, Raubvögeln und Dämonen aus den Legenden. Die Iku mit ihren Krähengesichtern und die fuchsartigen Katsé hatten die Waffen gezogen und rannten mit ihnen. Die Iku krächzten, und die Katsé gaben ihr hohes, kläffendes Gebell von sich, während sie durch die Stadt stürmten. Die Geisterritter stimmten ihr Canto an, der wie ein unheimlicher Grabgesang klang.

»So viel zum Überraschungsangriff«, stellte Shar fest.

»Das Überraschungsmoment wurde schon immer überbewertet«, erwiderte Ekko. »Außerdem, irgendwann hätten sie uns ja entdecken müssen.«

»Uns läuft die Zeit davon. Folgt mir.« Indris öffnete die Tür und rannte die Treppen hinab, sein Trupp dicht hinter ihm. Auf ihrem Weg durch den Gouverneursflügel trafen sie auf Soldaten. Wo auch immer möglich, überwältigte Indris' Mannschaft sie, wo nicht, töteten sie notfalls auch. Auf beiden Seiten floss Blut. Während sie von Zimmer zu Zimmer eilten, wurde der Druck der Gegner stärker. Schwerter klirrten. Schilde krachten aufeinander. Rüstungen brachen. Die Sterbenden schrien. Noch immer drängte Indris vorwärts, und seine Mannschaft arbeitete geschlossen wie ein Mann.

Indris' dreizehn reduzierten sich auf zehn. Die zehn wurden zu sieben. Diejenigen Krieger, die zu verletzt waren, um weiterzumachen, blieben zurück und deckten ihnen den Rücken. Diejenigen, die starben, wurden zurückgelassen, in der Hoffnung, dass ihre Leichen geborgen werden konnten, sobald die Schlacht vorüber war. Shar und Ekko standen Schulter an Schulter mit Indris, ihre Waffen ein schimmerndes Netz aus *Serill* und Stahl. Ekko brüllte, und Shar sang und weckte Terror in den Herzen ihrer Gegner, während sie gleichzeitig ihre Gefährten bestärkte. Beide Krieger waren von Schnittwunden übersät, das Schulterstück von Shars *Serill*-Rüstung war abgesplittert und zeigte lange Risse. Ekkos Mähne war blutüberströmt, die Schicksalsmünzen trübe vom Blut.

Eine Hexe in der Erscheinung eines Riesen mit Stierkopf stürzte durch eine Tür, Anlūki und andere Erebus-Krieger an der Seite. Sie wurden von einem flammenden Tintenfisch mit seltsamen Proportionen unterstützt, dessen peitschende Tentakel hart wie Stahl waren. Indris sang ein hastiges Canto und schuf Schichten aus Abwehrzaubern, die er in Isenandar gelernt hatte. Vielfarbige Glasflächen drehten sich und Lichtfraktale schwirrten zwischen ihnen, um die Energien zu absorbieren, die die Hexen schleuderten. Indris formte winzige Lichtpunkte, die wuchsen, wie Gold glänzten und sich schließlich in fingerlange Wespen verwandelten. Die

Wespen umschwärmten die Hexen und die Anlūki, während sich seine eigene, verwundete Truppe in den Kampf stürzte. Indris zog die größere seiner beiden Pistolen und feuerte Bolzen um Bolzen ab. Nachdem er seine gesamte Munition verschossen hatte, zog er die kleinere Waffe und feuerte, bis auch diese leer war.

Er sprang mit seinem Gelehrtenlicht vorwärts, und der Kopf aus *Serill* leuchtete sternenhell. Seite an Seite mit seiner Mannschaft schlug Indris zu, bis sie die Anlūki und die Hexen niedergerungen hatten. Im Tode verwandelte sich eine der Hexen in eine Frau, die vielleicht einmal eine Lehrerin gewesen war. Der andere Hexer verwandelte sich in einen plumpen und dickleibigen Mann zurück, dessen Haut so gedehnt war, dass sie zum Zerreißen gespannt wirkte.

Die Doppeltüren vor ihnen schlugen zu. Erebus-Soldaten wandten sich um, um sich der neuen Gefahr zu stellen, die Gesichter vor Furcht verzerrt.

Ekko und Shar griffen an. Klingen wirbelten und tanzten in einem furiosen Schlagabtausch. Shar setzte ihre Stimme als Waffe ein; eine Reihe von Rufen überwältigte ihren Gegner, bis dieser auf die Knie fiel, und sie schlug ihn bewusstlos. Ekko knurrte, als er seinen Feind hoch über den Kopf hob und ihn dann zu Boden warf, sodass dieser benommen liegen blieb.

Dann wandte sich der Löwenmann mit entblößten Fängen den Türen zu. Indris fühlte das Anschwellen der Energie, als ein mächtiger Zauberspruch gegen die Türen geschleudert wurde.

»Ekko!«, brüllte Indris. »Nicht …«

Der Löwenmann trat mit aller Kraft gegen die Türen.

Und brüllte in Agonie.

Blitze flammten auf und schleuderten den zappelnden Tau-se in die Luft. Ein Wirbel erschien über ihm und wurde schneller und schneller. Ekko schrumpfte in sich zusammen und vertrocknete. Indris fühlte das Zerren des bösartigen Banns und hüllte Schicht um Schicht aus Schutzzaubern um Ekko, um sich selbst und um die, die von seiner Truppe noch übrig waren. Pflanzen rollten sich ein und vertrockneten. Teppiche alterten und verrotteten. Die Farbe blätterte von den Wänden, und die Luft wurde abgestanden und modrig. Die äußeren Schichten von Indris' Zaubersprüchen flackerten durch das Lichtspektrum und verpufften. Die mittleren Schichten unterlagen langsamer, aber sie unterlagen. Die inneren Schichten hielten, blau und violett gefärbt von den Schäden, die sie davongetragen hatten. Als sich der Wirbel ausgetobt hatte, sah der Raum aus, als wäre er seit über einem Jahrhundert nicht mehr bewohnt worden, abgesehen von den Bereichen, die Indris' Zaubersprüche hatten abschirmen können.

Ekko fiel mit einem trockenen, spröden Laut zu Boden. Shar stürzte schreiend vor. Indris bewegte sich langsamer, mit wachen Sinnen vorwärts. Gestaltwandlerin hatte ihren Weg in Indris' Hand gefunden und war eigenartig still. Ekko lag gekrümmt und ausgezehrt da. Sein Fell war weiß geworden und fiel büschelweise aus, wenn Shar es berührte. Die Lederschnüre seiner Rüstung waren zerfallen, der Stahl verrostet. Indris griff hinab, um Shar zu berühren, doch sie schlug seine Hand weg. Er konnte ihr nicht in die Augen sehen, wegen des Schmerzes, der darin stand.

Das Geräusch metallener Schritte drang zu ihm. Indris sah Dutzende von Erebus-Soldaten: Anlūki, enorme Iphyri, die zerlumpten Berg-Jiharim, und ebenso viele Hexen betraten den Raum. Die Türen, an denen Ekko getötet worden war, klirrten. Sägespäne und Farbe fielen ab, und die Angeln quietschten, als die Türen sich langsam öffneten.

»Es ist vorbei, mein Gemahl«, sagte die Botschafterin.

Indris' Kopf schwirrte. Er fühlte eine Hohlheit in der Brust und umklammerte sein Gelehrtenlicht auf der Suche nach Halt fester.

Hinter der Botschafterin stand ein stark veränderter Corajidin, dessen rechtes Auge eine glänzende Kugel aus *Kirion* inmitten eines tiefen Narbennetzes war, die rechte Hand eine Prothese in Form eines Pferdekopfs. Indris sah das Artefakt, auf dem Corajidin saß, und Verzweiflung packte ihn. Der Thron der Zerstörung! *Wenn er weiß, wie man ihn benutzt, kann er innerhalb weniger Augenblicke alles und jeden rund um Fandra töten.*

Neben dem Thron standen Wolfram, Kasraman und eine schöne junge Frau, die vermutlich Mēdēya war. In den Schatten lauerte ein halbes Dutzend ausgemergelter Geister in zerlumptem grauem Putz, der vor Jahrhunderten modern gewesen war. Einige trugen Kronen, in Erinnerung an ihre Position im Leben. Sie alle hatten sich mit matt gewordenen Juwelen und Tand an Hals, Fingern und Ohren geschmückt – und jeder von ihnen trug einen Ring in der Hand, in dessen Mitte sich ein Netz aus Licht langsam drehte. *Seelenhändler, vermute ich?*

Die Botschafterin kam näher. »Wirst du dich bei mir entschuldigen, Indris?«

Er richtete sich auf. »Ich entschuldige mich, dass ich dich nicht getötet habe, falls du das meinst. Es war ein Fehler, der mir nicht noch einmal unterlaufen wird.«

Ihr Gesicht verzerrte sich vor Zorn. »Als mein Ehemann …«

»Wir sind nicht Mann und Frau«, sagte Indris. »Die Frau, die ich geliebt habe, ist tot.«

»Ich bin hier, Indris!« Doch im Schein des Gelehrtenlichts gelang es ihr nicht, Anjs Gesichtszüge anzunehmen. »Ich bin es!«

»Für mich bist du tot.«

Die Botschafterin schlug Indris so fest ins Gesicht, dass seine Zähne wackelten und seine Knie nachgaben. *Sie ist so stark!* In seinen Ohren rauschte es, und er schmeckte Blut von seiner aufgesprungenen Lippe. Die Botschafterin beugte ihr Gesicht ganz nahe an seines und zischte: »Du wirst meine Opfer noch zu schätzen lernen. Selbst als die Meister mich in Stücke rissen und mich nach ihren Vorstellungen neu gestalteten, war es meine Liebe für dich, die mich an dem festhalten ließ, was ich war. Wage es nicht, mir das zu nehmen. In den Punkten, die zählen, bin ich immer noch die gleiche Anj: die Frau, die du genug geliebt hast, um den Sēq die Stirn zu bieten. Liebe mich wieder, und du wirst Gelegenheit bekommen, mit deinem Widerstand etwas zu erreichen, das bis in alle Ewigkeit fortbesteht.«

Indris stieß einen seiner Zähne versuchsweise mit der Zunge an. »Ich glaube, das ist das Erbärmlichste, was ich je gehört habe.«

Die Botschafterin schlug erneut zu, doch diesmal traf ihre Hand das Gelehrtenlicht. Ein Knistern ertönte, dann ein Krachen, und der Geruch nach verbranntem Fleisch und verrottendem Tang stieg auf. Die Botschafterin schrie in einer Mischung aus Schmerz und Überraschung.

»Ich bin wegen Corajidin hier«, sagte Indris. Er ließ zu, dass sein linkes Auge hell zu brennen begann. Die Streitkräfte der Erebus, die ihn umstanden, begannen nervös zu flüstern. »Ihr wisst, wer ich bin. Ihr habt gehört, wozu ich imstande bin. Niemand sonst muss hier und jetzt sterben, wenn ihr euch ergebt und mir Corajidin ausliefert.«

Der Betroffene lachte bitter auf. »Sie haben mir und meiner Vision Treue geschworen. Welche Gnade würde der Teshri ihnen gegenüber walten lassen? Keine! Hör also mit diesem Imponiergehabe auf, und lass deine Waffen fallen.

Dann zeige ich euch gegenüber vielleicht die Nachsicht, die der Teshri mir gegenüber niemals hätte.«

»Indris gehört mir«, sagte die Botschafterin. »Egal was Ihr wollt, Corajidin. Ich werde meinen Mann mit mir nehmen. Meine Meister werden schon eine Verwendungsmöglichkeit für ihn finden, egal ob lebend oder tot.«

Shar, die reglos am Boden kniete, stieß einen markerschütternden Schrei aus, der das Glas in den Fenstern zersplittern und die Wände vibrieren ließ. Die Streitkräfte der Erebus schlugen sich die Hände über die Ohren. Corajidins Kopf wurde gegen den Thron zurückgeschleudert, doch die Luft vor Wolfram, Kasraman und Mēdēya glitzerte – passive Schutzzauber, die Indris zuvor nicht wahrgenommen hatte. Gut zu wissen.

Die Botschafterin taumelte zurück und wischte sich zornig grünes Blut von Nase und Ohren. Shar erhob sich vom Boden, das Schwert nicht mehr als ein schemenhafter Umriss, als es über die Kehle der Botschafterin blitzte. Es hinterließ einen schwachen Kratzer, aus dem schwarzes Blut sickerte. Die Botschafterin legte den Kopf schräg und starrte ihre Gegnerin an.

Shar griff erneut an, doch die Botschafterin glitt zur Seite und schlug der Seethe mit dem Handrücken ins Gesicht. Shar flog wie eine Stoffpuppe durchs Zimmer und krachte gegen die Wand. Holz splitterte. Risse durchzogen den Putz. Sie rutschte mit verrenkten Gliedern zu Boden, und Blut sickerte ihr aus Nase und Mund.

»Da hast du dein kleines Miststück!«, knirschte die Botschafterin. »Und es ist nichts, verglichen mit dem, was ich mit Mari anstellen werde, wenn ich sie erst in die Finger bekomme.«

»Das war ein Fehler«, flüsterte Indris.

Es wurde ganz still im Raum.

Kummer und Zorn, Schuld und Verbitterung drohten, ihn zu ersticken. Er translozierte die Letzten seiner Mannschaft aus der Villa auf die Decks der verbündeten Windschiffe, die unsichtbar über Fandra schwebten.

Dann spann er Abwehrzauber um Shar und Ekko, um sicherzugehen, dass ihre Körper keinen weiteren Schaden nehmen würden.

Jetzt gibt es nur noch mich und meine Gegner. Und nichts mehr, was mich zurückhalten würde.

Die Botschafterin zog ihr Schwert mit dem schaurigen Tentakelknauf. Das Gelehrtenlicht flammte auf. Gestaltwandlerin sandte Vibrationen Indris' Arm hinauf. Bilder blitzten in seinem Geist auf und enthüllten Zahlen in multidimensionalen Formeln, die Indris nicht für möglich gehalten hätte. Sein Drachenauge brannte heißer. Die Schlange, die sich um Indris' Rückgrat geschlungen hatte, erwachte zum Leben. Er blickte auf die reglosen Gestalten von Shar und Ekko. Hass und Vergeltung waren in greifbarer Nähe, wie tief hängende Früchte, verführerisch, vermutlich befriedigend. Indris rührte sie nicht an. Kummer, ja. Schmerz, ja. Liebe, ja. Gewissen. Ehre. Gerechtigkeit. Pflicht. Dies waren die Dinge, die ihn vorwärtstrieben. Die ausgedehnten Pfade in seinem Körper, in Geist und Seele kanalisierten größere Energiemengen, als Indris jemals zuvor wahrgenommen hatte. Sein rechtes Auge, das bisher geschlummert hatte, begann ebenfalls zu glimmen. Die Luft flimmerte, als die von Indris ausgehende Hitze immer stärker wurde, und er fühlte, wie sich der Drache in ihm aus dem Schlummer erhob und die Schwingen ausbreitete.

Die Erebus-Soldaten rannten in Panik aus dem Raum. Die Hexen der Mahsojhin manifestierten sich in ihren Erscheinungen und woben Bannsprüche, so schnell sie konnten.

Die Erscheinung einer aufgedunsenen, schattenhaften

Spinne erschauerte und verschwand dann. Die dazugehörige Hexe hatte keine Zeit mehr zu schreien, bevor sie verglühte. Ihre Asche wirbelte durch die erhitzte Luft, dann kam die Asche anderer hinzu.

»Flieht oder sterbt!« Indris stieß mit dem Gelehrtenlicht auf den Boden. Ein Donnerschlag ertönte, und winzige Glassplitter flogen durch die Luft. Der Boden schwankte unter seinen Füßen. Die Wände ächzten, als sie sich zusammenzogen. Die Hexen brauchten keine weitere Aufforderung, sie flohen.

Die Tore waren geöffnet worden, und die Rōmarq wurde von Energie überschwemmt. Gestaltwandlerin und sein Gelehrtenlicht summten leise, während sie das *Ahm* in das Gefäß strömen ließen, zu dem Indris geworden war. Das Gelehrtenlicht brannte heller, und Gestaltwandlerins Summen nahm einen deutlich ekstatischen Unterton an.

Er war das Auge eines Mahlstroms. Die Botschafterin wob ihre Zaubersprüche, die seltsam gefärbt waren, in den Farben von Korallen und der dunklen See. Sie errichtete Schicht um Schicht, die jedoch sofort von Indris' Canto niedergerissen wurden. Wolfram fügte seine Kräfte hinzu, und der große Schatten mit dem Ziegenkopf, der Schwarze König aus den Wäldern, manifestierte sich. Cantos und Zaubersprüche warfen Blasen in der Luft und bedrängten die Villa, in der sie sich befanden. Ein Teil der Decke stürzte ein, zu Staub zermalmt von der Kriegsformel der Botschafterin. Die Mauern barsten nach außen, als sie von Wellen der Macht getroffen wurden, und suchten sich den Weg des geringsten Widerstands, wenn unaufhaltsame, unnachgiebige Kräfte aufeinandertrafen.

Corajidin, dessen Augen sich im Wahnsinn verdreht hatten, umklammerte die Armlehnen des Throns. Indris durchbohrte ihn mit einem Canto. Corajidins Körper bäumte sich auf. Die Versuchung, ihn hier und jetzt zu töten und die ganze Sache zu beenden, war sehr stark. Ein tödliches Canto vibrierte in seiner Kehle und wurde wieder von dem Gedanken erstickt, was Mari davon halten würde.

Die möglichen Folgen dämpften seinen Zorn. Er legte dem Drachen wieder Fesseln an, und obwohl er um sich peitschte, hielt Indris ihn fest.

Mit ruhigerem Blick sah Indris die wahre Gestalt der Botschafterin: die Dunkelheit und Tiefe um sie und die Nabelschnur, die ihre Seele mit ihren grausigen und wachsamen Meistern verband. Sie sahen durch ihre Augen und hörten mit ihren Ohren; und sie würden sich an das erinnern, was sie gesehen hatten. Auch Corajidin lag wie ein offenes Buch vor ihm: eine gebrochene und armselig geflickte Gestalt, ein Wrack, das unter der eigenen Fäulnis und dem Gewicht seines Hasses zusammenbrach – und doch zu unersättlich war, um aufhören zu können. In Mēdēya erkannte er Yashamin, die hinter dem gestohlenen Körper einer Frau hervorlugte und sich eifersüchtig ans Leben klammerte, an eine Welt aus Selbstsucht und Ehrgeiz, Sinnlichkeit und Macht. Und Wolfram, der die Erscheinung des Schwarzen Königs der Wälder trug, einer, der wahrhaft an die alten Mächte glaubte, dessen Glaube zwar erschüttert war, jedoch keine Alternative kannte. Und doch war er vielleicht der Einzige, der die alten, unschuldigeren Tage vermisste.

Indris wandte seine Aufmerksamkeit den kalten Geistern zu, die in den Ecken und Winkeln lauerten. Die Seelenhändler waren genau so, wie sie schienen: grimme Schnitter der Toten, Seelendiebe. Sie gehörten nicht hierher. Ein Canto zerschmetterte ihre Ringe und befreite die Seelen, die dort gefangen waren. Die befreiten Seelen sangen vor Freude, ein Gesang, der düsterer wurde, während sie ihre Fänger umzingelten.

Indris stimmte einen Bassgesang an und sandte die Seelenhändler kreischend und zerschmettert zur Seelenquelle. Ihre einstigen Gefangenen hetzten sie wie Treibhunde.

Indris und Kasraman wechselten einen langen Blick. Der Erbe der Erebus verbarg seine wahre Natur hinter mächtigen Zaubersprüchen und herausragender Selbstkontrolle.

Er stand unmittelbar vor dem Licht der Wahrheit, und die wenigen Lichtstrahlen, die ihn berührten, gaben den Blick frei auf seine Macht und seine verborgene Erscheinung.

Kasraman war vielleicht, in mancherlei Hinsicht, Indris' getrübtes Spiegelbild. Indris sah Visionen dessen, wozu Kasraman imstande war: aufgerissene Erde, brennende Städte, Inseln, die im Meer versanken, und andere, die neu geboren wurden, riesige Armeen, die Schreie derer, die den Geschmack der Freiheit vergessen hatten, als sie das Knie vor einem dunklen und furchtbaren Mahj beugten, der sie bis in alle Ewigkeit beherrschen würde …

»Nein!«, flüsterte Indris. »Dazu werde ich nicht werden!«

Indris dämmte seine Macht ein. Das Erwachen testete seine Entschlossenheit und trotzte seinem Willen. Es hatte Wurzeln in ihm geschlagen, und der Drache hatte einen flüchtigen Blick auf Indris' Geist und Seele erhascht. Die Einheit rief ihn, die Myriaden von Stimmen der Welt riefen ihm zu, die Stärke der wilden Tiere, die Beharrlichkeit uralter Bäume, der langsame und bedächtige Geist von …

»Tötet ihn!« In Kasramans Stimme lag Panik. »In Erebus' Namen, tötet ihn, sofort!«

»Er erkennt die Wahrheit zu spät«, murmelte Indris.

Die Botschafterin hob ihr Schwert und schlug zu. Dunkle Tränen befleckten ihr Gesicht. Reflexartig hob Indris Gestaltwandlerin. Ihr Schnurren verwandelte sich in ein tiefes, klangvolles Summen. Indris' Geist suchte sich ihren Weg durch die Waffe und manifestierte sich als schlanke Klinge aus Sternenlicht, das in flackerndem Dunst gefangen war. Er parierte den Schlag der Botschafterin, und ihr Schwert brauste wie die Brandung. Sie starrte ihn an, starrte auf die Geistklinge, zu der Gestaltwandlerin geworden war. Furcht lag in ihrer Miene, als sie zurücksprang. Aus dem Augenwinkel sah Indris die gekrümmten Gestalten von Ekko und Shar, die noch immer reglos am Boden lagen. Seine Schutzzauber, mit denen er sie umgeben hatte, waren trübe geworden, beinahe verbraucht. Indris unterdrückte einen Aufschrei der Erleichterung, als Shar ein blutüberströmtes Auge öffnete, eine Grimasse schnitt und den Kopf schüttelte. *Nein.*

Eine Windbö wirbelte auf, als ein Windzerstörer der Näsarat herabsank, dessen Backbord-Sturmkanonen auf die Gouverneursvilla gerichtet waren. Dahinter waren die Umrisse anderer Windschiffe unter dem Kommando von Ojin-mar und Er-Der-Sieht zu sehen. Die Gelehrten, die Geisterritter, die Nomaden, Mornes Soldaten – alle sammelten sie sich um die Villa. Beobachteten. Warteten.

Vibrierend vor Macht, richtete sich Indris auf. Er dämpfte das Licht seiner Laterne, und mit großer Willensanstrengung ließ er Gestaltwandlerins Klinge erlöschen. Er zitterte von der Anstrengung der letzten Minuten, sein Kopf dröhnte, und er sah Lichtblitze durch sein Sichtfeld zucken. Er fühlte, wie ein Geistessturm einsetzte – oder, schlimmer noch, ein *Ahm*-Schlag, aber er stand aufrecht, so gut er konnte. Indris senkte den Blick zu Corajidin, der wieder bei Sinnen war und ohne eine Spur von Reue die Zähne fletschte.

»Rahn Erebus fa Corajidin, kraft der Befugnisse, die mir der Wächter des Wandels und der Teshri am Shrīan verliehen haben, und kraft des vereinten Willens der Hohen Häuser und Hundert Familien verhafte ich Euch wegen Verrates, Königsmordes und Mordes.«

»Der Teshri hat dir keine Macht über mich gegeben,

Junge!«, sagte Corajidin. Er umklammerte noch einmal die Armlehnen des Thrones.

»Es ist vorbei, Corajidin. Zwingt mich nicht, Euch zu töten.«

»Das würdest du nicht tun!«, höhnte er. »Nicht wenn du nicht die fehlgeleitete Liebe meiner Tochter verlieren willst.«

Die Botschafterin flüsterte Kasraman etwas zu. Die beiden traten, gemeinsam mit Wolfram, von Corajidin zurück. Der alte Angothische Hexer starrte seinen Asrahn hoffnungslos an, während seine Hände seinen brüchigen Stab umklammerten. Indris sah, wie er sich umblickte auf der Suche nach einem Ausweg.

»Ich würde das nicht tun, wenn ich du wäre«, warnte ihn Indris.

»Aber wir sind nicht du, nicht wahr?«, sagte die Botschafterin. »Niemand kann sein wie du.«

»Der Teshri wird euch einen gerechten Prozess machen.«

»Kannst du das versprechen, Indris?«, fragte Kasraman. »Oder werde ich mit meinem Vater und seinen gescheiterten, ehrgeizigen Plänen in einen Topf geworfen werden?«

»Das muss das Wächtertribunal entscheiden«, erwiderte Indris. »Ihr seid umzingelt. Ergebt euch, bevor noch mehr Blut vergossen wird.«

»Lieber nicht.« Kasraman lächelte weltgewandt. »Solange ich nicht weiß, ob mich Seidenlaken oder salzgeschmiedete Fesseln erwarten, ist das keine wirkliche Option.«

Etwas, das kein wirklicher Zauberspruch war, aber auch kein Canto, stieg vom *Ahm* auf. Indris griff danach und versuchte, es zu unterbrechen, doch es entglitt ihm. Es war, als würde er versuchen, einen glitschigen Fisch zu fassen. Die Gestalten der Botschafterin, Kasramans und Wolframs verloren an Tiefe, dann verblassten sie ganz. Die Luft schnappte mit einem kleinen Donnerschlag an die Stellen zurück, wo sie gestanden waren. Indris schleuderte ihnen einen Suchzauber hinterher, aber auch der fand keinen Halt.

Corajidin sah erst schockiert, dann wütend aus. Er senkte konzentriert den Kopf, die Stirn gerunzelt. Seine linke Hand umklammerte die Lehne des Throns der Zerstörung mit einem tödlichen Griff.

Nichts geschah.

Corajidin versuchte es erneut, die Augen vor Panik geweitet. Dann kam die Enttäuschung.

Und dann die Erkenntnis. Er kämpfte gegen sein Versagen an, hämmerte mit der Prothese gegen den Sitz, und sein Kopf schwankte hin und her in ohnmächtiger Wut. Tränen traten ihm in sein verbleibendes Auge, doch er unterdrückte sie, und nur ein leises Schluchzen war zu hören. Er breitete die Arme aus, um Mēdēya zu empfangen, die mit einem Ausdruck des Mitleids und der Liebe zu ihm kam und sich in seine Arme schmiegte.

Der einstige Asrahn und Möchtegern-Mahj hörte auf zu schluchzen. Er nahm zusammen, was ihm noch an Würde geblieben war, und saß aufrecht auf seinem Thron, ein Herr über nichts.

Kapitel 32

Wir bekommen nur selten den glücklichen Ausgang in unserem Leben, den wir verdient zu haben glauben. Deshalb bewahren wir ihn für unsere Geschichten auf, denn das wahre Leben ist weniger versöhnlich als die Fiktion.

Nasri von den Elay-At, shrīanischer Dramaturg (495. Jahr der Shrīanischen Föderation)

85. Tag im 496. Jahr der Shrīanischen Föderation

Mari hüllte sich fester in ihre Robe, während sie versuchte, auf der kalten Bronzekugel das Gleichgewicht zu halten, die als Sitze für die Mächtigen im Tyr-Jahavān galten. Sie ließ sich von den Stimmen im Teshri berieseln. Sie hatte nichts zu sagen und fühlte sich abwechselnd betäubt von Zwiespalt und Kummer oder aufgerieben von nervöser Spannung. Die meisten Sitze im Teshri waren leer, da viele der Sayfs noch keine zwei Tage zuvor im gleichen Raum getötet worden waren. Andere, die sich mit ihrem Vater verschworen hatten, waren gefangen genommen worden und warteten auf ihre Verurteilung. Einige blieben noch verschwunden, da sie um ihr Leben fürchteten.

Du kannst hoch aufsteigen, doch ebenso tief kannst du auch wieder stürzen: eine Lektion, die von ihrem Haus im Laufe der Generationen gelernt, vergessen und wieder gelernt worden war.

Die Uhren schlugen die volle Stunde, doch Mari machte

sich nicht die Mühe, die Schläge zu zählen. Mit jeder verstrichenen Stunde rückte der Moment der Bekanntmachung näher, welches Schicksal ihren Vater erwartete. Nach dem Tod des Wächters des Wandels, Kiraj, hatte das Wächtertribunal eine Notsitzung einberufen, um einen Ersatz zu wählen. Nach einer Stunde Beratung war die Wahl auf die konservative Generalswächterin Yauri gefallen, die Tochter von Sayf Emshara. Ihr Vater war von einem Moorpuppenspieler besessen gewesen und während der Säuberungsaktion getötet worden. Jetzt musste sich die junge Frau mit den Beerdigungsriten für ihren Vater auseinandersetzen, mit ihrem Aufstieg zur Sayf und die zusätzliche Verantwortung als Wächterin des Wandels übernehmen.

Rosha vertrat die Krone: eine vorhersehbare Wahl, da sie das Gegenteil dessen vertrat, wofür Corajidin gestanden hatte. Die Räte des Teshri verteilten sich um Rosha und ihre engsten Ratgeber Siamak, Ajo und Ziaire. Die vier teilten sich die Bürde der Macht in der Übergangsregierung. Osman sagte nur wenig; Nazarafines Rahn-Erwählter sah aus, als würde er jedes Mal bewusstlos vor Nervosität, wenn er nach seiner Meinung gefragt wurde. Es gab ernsthafte Zweifel, ob Nazarafine überleben würde, und Mari hatte das grimmige Geflüster gehört, die Zweifel an Osmans Befähigung. Corajidins Absetzung und das Ende des Hohen Hauses Selassin hatte gefährliche Präzedenzfälle geschaffen.

Die noch verbleibenden Sayfs redeten und demonstrierten ihren Wert, in der Hoffnung, bemerkt zu werden und in den Rang eines Hohen Hauses aufzusteigen. Die Selassin waren ausgelöscht worden, das Schicksal der Erebus unklar. Eine derartige Gelegenheit hatte es seit dem Sturz des Erwachten Imperiums nicht mehr gegeben. Auf ähnliche Weise argumentierten die einflussreichsten Mitglieder der mittleren

Kasten, die ihrerseits versuchten, in die Elitekaste und die Hundert Familien aufzusteigen.

Bei der selbstsicheren Art, mit der Rosha den Teshri leitete, bezweifelte Mari, dass es überhaupt zu einer Wahl des Asrahns kam. Sie ging eher davon aus, dass Rosha die Rolle einfach übernehmen würde, als unbestrittene Monarchin Shrīans, so wie Corajidin die Position für sich erhofft hatte. Das Thema des Erwachens kursierte im gesamten Tyr-Jahavān. Es gab keine Erwachten Rahns mehr in Shrīan, und diejenigen, bei denen ein Abbruch vorgenommen worden war, hatten noch einen weiten Weg vor sich, bis sie sich erholt hatten und erneut Erwachen konnten. Dass Indris die Rahns erneut Erwachen lassen konnte, war eine Hoffnung, an die sich alle klammerten und die Wunder gewirkt hatte, was die Meinung über die Nützlichkeit der Sēq betraf. Ihre Macht über den Teshri war wiederhergestellt: Wie Abhängige der Schwarzen Lotusblüte begehrten diejenigen, die nach Macht strebten, das Erwachen. Es war eine tief verwurzelte Haltung, die mit uralten Mächten und Prestige verknüpft war; selbst diejenigen, die von ihrer Abhängigkeit kuriert worden waren, hungerten nach mehr.

Femensetri stand hinter der sitzenden Rosha, und ihr Versuch, irgendwie demütig aufzutreten, wirkte wie eine schlecht sitzende Robe. Die Sturmbringerin war eingeladen worden, um dem Teshri informell beizuwohnen, doch die alte Gelehrte stellte sicher, dass ihre Stimme bei jeder Wendung der Debatte gehört wurde. Zwar waren die Sēq die Wächter des Erwachens, das der Teshri begehrte, doch die Räte hatten die bittere Lektion in Sachen Ehrlichkeit nicht vergessen, die die Sēq ihnen erst vor Kurzem erteilt hatten. Zu Femensetris offensichtlichem Ärger hatte Rosha mit einem Köder vor den Anführern der Zienni und der Nilvedic herumgewedelt und ihnen ein politisches Amt in Aussicht gestellt. Außerdem hatte sie Sanojé als Vertreterin der Hexen gewonnen, obwohl ihr Name noch immer mit einem Stigma behaftet war: Sanojés Ruf als Verbannte und ihre Verbindung zu Corajidin trübten noch ihre jüngsten Bemühungen um Gerechtigkeit. Baquio von der Erfinderakademie und Prahna von der Alchemistengesellschaft waren auch Sitze im Teshri angeboten worden.

Femensetri blickte finster drein, als Baquio mit seinen Verträgen herumwedelte, die er mit Staat und Krone abgeschlossen hatte, und daraus zitierte. Es war von fortlaufender Unterstützung die Rede und von Handelsfreiheit, obwohl Femensetri harte Beschränkungen gefordert hatte. Teymoud machte die Sache für die Sturmbringerin noch schlimmer, als er die Gewinne aufzählte, die man erzielen konnte, wenn man die Produkte der Alchemisten und Erfinder auf den Markt brachte. Selbst mit einem inhaftierten Corajidin blieb die Verlockung des Goldes bestehen.

Je mehr Veränderungen die Leute erdulden mussten, desto mehr hielten sie an bekannten Größen fest, um Trost und Sicherheit daraus zu ziehen. Mari biss die Zähne zusammen und überließ den Teshri seinen Aufgaben. Sie rannte die Stufen hinunter, aus dem Kronentor hinaus und den windigen Königsweg entlang zur Gondelstation. Mari trug eine schlichte anthrazitfarbene Robe über dem Rot und Silber der Familie ihrer Mutter, der Dahrain. Sie hatte die Kapuze übergezogen, und die Robe verbarg die geschwungene Form ihrer Sûnklinge und ihres *Amenesqa*. Mari gelang es daher, unerkannt einzusteigen und dann still in der schwankenden Gondel zu sitzen, während sich Schneeflocken an den Luken sammelten. Die Gondel zitterte und ächzte, als sie die Station erreichte, dann war Mari draußen und streifte durch die stillen Straßen. In der Luft lag der Geruch nach Eukalyptus und ein Hauch von Schnee aus den Bergen. Nanjidasés Türen standen offen; Bewerber für Posten bei den reformierten Feyassin, die keinen Platz innerhalb der Festung gefunden hatten, hatten sich um Kohlebecken geschart. Mari lächelte vor sich hin. So hatte sie auch einmal auf die Chance gewartet, etwas Bedeutendes mit ihrem Leben anzustellen. Die Chance, etwas anderes zu sein als eine Pah Erebus oder ein Spielstein im großen Spiel der unterschiedlichen Geschlechter. Einige der Hoffnungsvollen blickten auf, als Mari vorüberschritt, aber sie ging weiter. Dies war nicht mehr ihr Zuhause. Nanjidasé und die Feyassin, unterstützt von den überlebenden Anlūki, waren in Belams Händen und somit gut aufgehoben.

Der Behandlungsraum und das Hospiz der Nilvedic waren klein und schmiegten sich in einen Spalt im Berg, geschützt von einem Bestand aus Feigenbäumen.

Die Statuen einer Frau und eines Mannes in fließenden Roben, die Hände geöffnet und mit Wasserschalen in den Handflächen als Zeichen des Friedens und der Gastfreundschaft, flankierten die Türen, die niemals geschlossen waren. Zwei Gelehrte der Nilvedic knieten bei der Tür mit Tonschalen neben sich. Alle beide hatten eine lange *Kahi*-Flöte über den Knien liegen, was sie als *See'jen* auswies, Angehörige des Flötenordens: Kriegsgelehrte der Nilvedic und reisende Heiler. Beide waren kahl geschoren, abgesehen von den langen Zöpfen an ihren Hinterköpfen. Auf ihre Stirn waren die hochavānischen Schriftzeichen *shion* und *vah* gepinselt, die Inbegriffe des Heilens. Mari leerte den Inhalt ihrer Börse in die Schalen, und die *See'jen* verneigten sich, als sie vorüberging.

Innerhalb des Hospizes gingen und redeten die Leute nur leise; die Stimmen waren nicht lauter als das Rascheln der Roben, die über die Fußböden schleiften. Mari suchte sich ihren Weg zu dem kleinen, gut ausgeleuchteten und sauberen Raum, in dem Shar lag. Vasen voller bunter Lotusblüten schmückten den Raum und verbreiteten einen berauschenden Duft.

Shars Gesicht, Schulter und rechter Arm waren von Blutergüssen und erst kürzlich abgeheilten Schürfwunden gefleckt. Ihre Haut war mit Symbolen bemalt, und eine lange Schnur mit Perlen, Samenhülsen und Blütenknospen war um ihr Handgelenk geschlungen, eine weitere locker um ihren Hals gewunden. Indris sah auf, ein Buch im Schoß, lächelte und machte Mari ein Zeichen einzutreten.

»Wie geht es ihr?«, flüsterte Mari.

»Ich bin nicht taub, Frau«, krächzte Shar. Sie versuchte zu lächeln, was jedoch angesichts blauschwarzer Haut und geschwollener Lippen eher einem schaurigen Grinsen glich. »Es würde mir besser gehen, wenn die Leute aufhören würden, ständig um mich herumzuschwirren.«

»Sie ist zänkisch«, sagte Indris. »Und sie erholt sich. Gebrochenes Schlüsselbein, gebrochene Schulter und Rippen …«

»Ich hab's kapiert, Indris. Ich bin erledigt.« Shar sah Mari mit ihren verschwollenen Augen an. »Hallo, Schöne. Kann ich dich dazu überreden, mir zur Flucht zu verhelfen?«

»Aber sie wird wieder gesund.« Die Erleichterung in Indris' Stimme war nicht zu überhören. Er zog einen Stuhl neben seinen, damit Mari sich setzen konnte. Dann küsste er sie sanft, während seine Hand von ihrem Rücken zu ihrer Taille, dann zu ihrer Hüfte glitt und schließlich auf ihrem Oberschenkel ruhte, als sie sich niederließ. Es fühlte sich gut an. »Die Wundheiler gehen davon aus, dass Shar noch etwa eine weitere Woche hierbleiben muss. Selbst bei all ihren Fähigkeiten war es haarscharf.«

»Ich habe gehört, du hast mich besucht, Mari«, sagte Shar. »Du musst ziemlich langweilig gewesen sein, ich kann mich nämlich gar nicht mehr daran erinnern.«

»Ja. Dafür warst du umso faszinierender, wie du da herumgelegen bist wie ein Holzscheit. Indris und ich, Morne und Kyril und Belam und Sano haben uns die Wache aufgeteilt, du warst praktisch keine Minute allein.« Aber nicht Ekko. Von allen Gesichtern auf dieser Welt war es seines, das Shar am liebsten gesehen hätte. Hayden. Omen. Ekko. Der Preis, den die wenigen in Blut bezahlt hatten zum Wohle der vielen, war wirklich hoch gewesen.

Shar holte tief und zitternd Luft und fluchte, als sie der Schmerz überwältigte. Indris stützte sie, sodass sie ihre Medizin nehmen konnte. Dann glättete er die Laken um Shar, als sie sich wieder zurücklegte. Die drei saßen beisammen und redeten den ganzen Morgen über, bis Qesha-rē sie hinausscheuchte. Es war Zeit, dass ihre Patientin sich ausruhte und ihre Sorgen vergaß, bis sie wieder genug Kraft hatte, um sich ihnen zu stellen. Mari freute sich, die Heilerin zu sehen, die hier mehr in ihrem Element war als in Tamerlan.

Mari nahm Indris bei der Hand und führte ihn auf die Straße hinaus. Strahlen späten Nachmittagslichts durchbrachen die Wolken und bewegten sich über das gesprenkelte Wasser der Himmelsseen. Die Berge hatten weiße Spitzen, die mit den sanft dahintreibenden Wolken verschmolzen. Mari lehnte ihren Kopf an Indris' Schulter, und er legte den Arm um sie.

»Es wird nicht von Dauer sein«, sagte sie.

»Was wird nicht von Dauer sein?«

»Alles«, sagte sie. »Alles ist so … vergänglich. Fühlt man sich so, wenn beinahe alles, was man gekannt hat, verschwunden ist? Ich kann nicht anders, ich muss daran denken, was wir gesehen haben, was wir getan haben, und ich frage mich, ob das, wofür wir gekämpft haben, wirklich das ist, was wir gewollt haben.«

Indris presste die Lippen auf ihr Haar. »Manchmal ist es

schwer, das Gute oder überhaupt den Sinn in all dem zu finden. Wenn die Nacht hereinbricht, und es gibt nur noch dich und deine Gedanken – deine Schuld, deine Zweifel, deine Erinnerungen, Hoffnungen und Träume –, dann siehst du am klarsten. Denn dann lenkt dich nichts mehr ab. Und in diesen Momenten erkennst du, dass du keine teuren Dinge brauchst oder falsche Freunde oder vorgetäuschte Liebe.« Einen langen Atemzug hielt er inne. »Und neue Dinge kommen und füllen den leeren Raum.«

»Wie neue Freunde?«

»Nein, Liebste. Niemals neue Freunde.« Er berührte ihre Brust oberhalb ihrer Herzen. »Sie sind immer da, und es gibt immer Platz für sie. Wir müssen nur sichergehen, dass es der richtige Platz ist.«

»Schließt das Anj mit ein?«

Indris sah ihr in die Augen. »Sie und die Botschafterin sind zwei völlig unterschiedliche Personen. Ich werde dich nicht anlügen, Mari. Ja, die Anj, die ich geheiratet habe, wird immer einen Platz in meinem Herzen haben. Stört dich das?«

»Ja, das tut es.« Als sie seine besorgte Miene sah, klopfte sie ihm leicht auf die Wange. »Aber ich verstehe es, und mit der Zeit werde ich lernen, es zu akzeptieren. Die Tatsache, dass sie irgendwo da draußen ist mit Kasra und Wolfram, macht mir Angst. Bei dir, ja selbst bei Kasra hat mir diese Macht, über die ihr verfügt, niemals Angst gemacht. Ich respektiere sie, ich bewundere sie, aber ich habe keine Angst. Doch die Botschafterin lässt mir das Blut in den Adern gefrieren.«

»Mir auch.« Er hielt sie fest umarmt, um sie vor einer eisigen Windböe zu schützen, und hielt sie auch noch fest, als der Wind wieder nachgelassen hatte. »Aber gibt es irgendetwas, was ich für dich tun kann? Tut mir leid, ich war abwesend und abgelenkt. Die Sache in Fandra, Shar, Ekko … Ich habe dich nicht so unterstützt, wie ich das hätte tun sollen.«

»Wir hatten beide unsere Sorgen.« Mari streichelte Indris' Wange, und ihr Lächeln fühlte sich tröstlich an. »Ich liebe dich, Indris.«

»Und ich liebe dich. Wer hätte gedacht, dass wir eines Tages hier sitzen würden, um es auszusprechen?«

»Ich habe nie daran gezweifelt.«

»Niemals?«

»Na ja, manchmal. Ein wenig. Aber dann habe ich mich wieder daran erinnert, dass ich in das allmächtige Drachenauge Indris verliebt bin.« Mari hielt inne, als sie seine Miene sah. »Tut mir leid, Indris. Ich habe es nicht böse gemeint; ich habe nur so dahergeredet.«

Indris lächelte halbherzig, und Mari sah, dass beide Augen nun diese orange-gelbliche Färbung hatten, als würde ein Feuer hinter der Iris brennen. Er nahm ihre Hand, und gemeinsam bummelten sie durch die beinahe leeren Straßen. Die Frage, was sonst noch mit ihm bei den Säulen aus Sand geschehen war und in Fandra, stand zwischen ihnen. Doch Mari ließ das Schweigen andauern, während sie allein waren mit dem Klang des Windes und dem Rascheln des Laubes.

»Und was machen wir jetzt?« Mari unterbrach die Stille schließlich mit ihrer Frage, die nur halb im Spaß gemeint war. »Wir wurden nicht zerstört. Wir sind nicht gestorben. Aber ich glaube nicht, dass wir noch an die Orte passen, die wir kennen.«

»Ich liebe, wer und was wir sind, Mari. Und mehr brauche ich nicht.« Indris deutete auf die Berge. »Egal wo wir sind. Jenseits dieser Berge, jenseits der Meere gibt es Orte, die so wunderschön und friedlich sind, dass man sie gar nicht mehr verlassen will. Ich habe ein kleines Haus an einem Strand im Norden von Tanis, der über das Große Salz blickt. Dort gibt es Obstplantagen und Zuckerrohrfelder, die sich scheinbar endlos ausdehnen. In den Sommernächten sieht man Blitze über den Himmel zucken, und nach einem heißen Tag fällt der Regen und verwandelt sich in Dampf, sobald er die Erde berührt. Es ist zu heiß, um Kleider zu tragen, und du liegst nackt auf den Polstern, während die Meeresbrise den Schweiß auf deiner Haut trocknet und du hörst, wie sich die Wellen am nahen Strand brechen.«

Mari hielt den Atem an, so berauschend war die Vorstellung. Indris hatte so viel von der Welt gesehen und sie so wenig. Die Pflicht der Gesellschaft gegenüber hatte sie völlig in Anspruch genommen, aber wie Indris einmal gefragt hatte: Was war mit ihrer Pflicht sich selbst gegenüber? Große Teile ihrer Welt waren zerstört worden; es war an der Zeit, die Stücke aufzusammeln, die ihr gefallen hatten, und eine neue Welt daraus zu bauen. »Erzähl mir mehr.«

»Ich habe dir von den Nomadentänzern und den Symphonien von Memnon erzählt«, sagte er nachdenklich. »Und von den Villen in Oragon, von denen aus du aufs Marmormeer hinausblickst und siehst, wie die alten *Ilhen*-Lampen des Blütenimperiums noch immer unterhalb der Wasseroberfläche leuchten und wie Glühwürmchen flackern. In Darmatia wandern die Zherbaherden frei umher. Tausende der schönsten Pferde der Welt donnern über ein Meer aus smaragdgrünen Gräsern, weich und hell wie Nebel im Sturm, mit schimmernden Hörnern. In Eidelbon, der Hauptstadt von Manté, die sie die Stadt der Masken nennen, stehen Relikte der Sterngeborenen, Türme, die sich zwischen Stufenpyramiden erheben und in denen Tausende von Tempeldämonen aus Lapislazuli, Jade und Onyx aufbewahrt werden. Jahrelang haben die Türme der Sternengeborenen leise gesummt, und Teile von ihnen bewegten sich mit dem Sonnenlicht. Manchmal leuchteten nachts Lichter auf, obwohl niemand versteht, wie oder warum.

Das ist die Welt, die wir besuchen könnten, Mari. Ich habe

einen Teil davon gesehen, und es gibt Orte, die ich liebe und verabscheue. Aber beim Reisen kommt es vor allem auf die Gesellschaft an und auf die Dinge, die du mit nach Hause bringen wirst – nicht auf das, was du mit dir nimmst, wenn du aufbrichst.«

Mari nahm das alles in sich auf, und sie spürte, wie ihr Fernweh erwachte. Aber ihr Leben gehörte ihr noch nicht ganz. *Nicht auf das, was du mit dir nimmst, wenn du aufbrichst …* wie die Bürde ihres Hauses und dessen unsichere Zukunft. Die Verbrechen ihres Vaters, die Schuld und der Schmerz, den er verursacht hatte, und das Bedürfnis, auf irgendeine Weise die Leute zu entschädigen, die die Erebus verletzt hatten. War die Strafe, die ihr Vater zu zahlen hatte, genug, um einen Schlussstrich ziehen zu können? Oder würde Mari immer das Gefühl haben, dass sie eine Schuld der Nation gegenüber hatte, die Corajidin gespalten, und eine Verantwortung für die Leben, die er zerstört hatte?

»Ist es wirklich so leicht, was glaubst du?«, fragte sie. *Bitte sag Ja.*

»Wir können es uns manchmal schwerer machen als nötig«, erwiderte Indris.

»Aber wir müssen nicht.«

»Das klingt unglaublich. Ja, ich würde liebend gern die Welt mit dir sehen. Aber, Indris?« Mari hielt abrupt inne, und Indris blieb ruckartig stehen. »Weißt du, was mit meinem Vater geschehen wird? Mit Belam? Mit meinem Haus?« *Was wäre genug, um ihre Bande zu durchtrennen?*

Das Lächeln auf seinem Gesicht erlosch. Dass er sich erst sammeln musste, bevor er ihr antwortete, ließ Maris Sorge erneut erwachen. Sie wusste, ihr Vater hatte schreckliche Dinge getan … aber er war immer noch ihr Vater. Erst mit Beginn seiner Krankheit war Corajidin vom rechten Weg abgekommen, das Schreckgespenst seines Todes hatte ihn gefährlich verzweifelt gemacht. Hungrig nach Macht, nach Ruhm, nach Rettung. »Du kannst nicht die Bürde von Taten auf dich nehmen, die du nicht begangen hast«, sagte Indris. »Mari, es ist kein Zeichen von Schwäche, loszulassen oder einen Fuß vor den anderen zu setzen und weiterzugehen.«

Weitergehen. War es so leicht, wie sich zu erinnern, ohne die dazugehörigen Gefühle erneut aufleben zu lassen, weil die Zeit für den nötigen Abstand gesorgt hatte?

»Indris, sag es mir.«

»Mari, ich hatte nichts zu tun mit …«

»Sag es mir. Jetzt.«

»Zunächst einmal wird dein Vater vermutlich wegen Verrats angeklagt werden«, sagte Indris sanft. Er legte seine Hände auf Maris Schultern und sah ihr in die Augen. Seine Worte kamen ruhig, aber unerbittlich. »Ich gehe davon aus, dass sie die Anklage wegen Königsmord aufrechterhalten, außerdem die Anklagen wegen mehrfachen Mordes und Verschwörung. Dein Vater ist aufs Ganze gegangen, Mari, und hat sich dabei vollständig über das *Sende* hinweggesetzt und über das Gesetz. Die Leute werden das nicht vergessen, und der Teshri und der Magistrat werden an Corajidin ein Exempel statuieren wollen, damit niemand auch nur darüber nachdenkt, in seine Fußstapfen zu treten.«

»Sie werden ihn töten, nicht wahr?« Sie war überrascht, wie ruhig sie klang. *Das hatte ich erwartet. Ich musste nur hören, wie es von jemandem laut ausgesprochen wird, der mir gegenüber immer ehrlich gewesen ist.*

»Sie werden ihn töten.« Indris blieb stehen, mit abwesendem Blick, während er seine nächsten Worte abwägte.

Bevor Mari anfangen konnte, ihm das abzuringen, was als Nächstes kam, sprach Indris es aus. »Nach allem, was ich von der Stimmung im Wächtertribunal und im Teshri weiß, und nach der herrschenden Nervosität dem Eisernen Bündnis gegenüber zu schließen, werden die Wächter des Wandels ziemlich sicher die härteste Strafe wählen.«

»Indris, sie werden ihn töten!«, sagte Mari außer sich. »Was können sie denn noch Schlimmeres tun?«

»Nach den Gesetzen des Erwachten Imperiums können die Wächter des Wandels sich mit dem Magistrat darauf einigen, Corajidin in einen Grabesspiegel zu sperren, in ein Gefängnis, aus dem er niemals entkommen kann.«

Grabesspiegel? Warum klang das so vertraut? »Ein Gefängnis? Du hast gesagt, sie werden ihn töten.«

»Grabesspiegel sind ewige Gefängnisse für die Seele, Mari. Sie gleichen dem Angothischen Seelenkäfig, in den dein Vater Ariskander gesperrt hat. Wir haben einen Grabesspiegel in der Rōmarq geborgen, bevor dein Vater die Gelegenheit hatte, ihn gegen jemand anderen einzusetzen. Er ist hier, im Besitz der Sēq.«

»Wie machen sie es?« Ihr Mund war trocken, und sie hatte das Gefühl, sich gleich übergeben zu müssen. Der Gedanke, dass ihr Vater bis in alle Ewigkeit dahinsiechen würde, war etwas ganz anderes als die Vorstellung, ihn stranguliert zu sehen, ein sauberer Tod, der es seiner Seele erlaubte, zur Seelenquelle zu reisen, während sein Körper zu Staub zerfiel.

»Er wird an einen Stuhl oder ein Gestell gefesselt und vor den Grabesspiegel gebracht werden. Ein Gelehrter – nicht ich, auf keinen Fall – wird seinem Erwachen ein Ende setzen. Der Spiegel wird seine Seele einsaugen, so wie die Ringe der Seelenhändler das tun. Aber für ihn wird es kein Entrinnen geben. Niemals.«

Mari lachte hysterisch auf, dann schlug sie die Hand über den Mund. Sie wollte sich setzen, doch als sie saß, wollte sie wieder stehen. Sie wollte rennen oder kämpfen. Stattdessen entschied sie sich für Tränen.

»Wird er irgendetwas spüren?« Es war wichtig, dass er nichts mitbekam.

»Ich weiß es nicht, Mari. Es gibt keine Möglichkeit, das herauszufinden.«

Wolken zogen vor die Sonne, verdunkelten die Stadt und ließen die Farben verblassen. Die Kuppeln verloren ihren Glanz, und der Schnee verwandelte sich in schmutziges Grau. Das zuvor so prachtvoll leuchtende Laub auf den Straßen wurde zu Abfall. Zwischen einem stockenden Atemzug und dem nächsten war die Stadt wieder in Sonne getaucht und leuchtete. Wie die Dinge sich doch innerhalb eines Augenblicks verändern konnten. Wie so eine simple Sache wie Wolken vor der Sonne die Welt so anders erscheinen lassen konnte.

Ihr Vater hatte sie für eine Verräterin gehalten, und ihm gegenüber war sie das auch. Mit der Erkenntnis, dass er für immer aus ihrem Leben verschwinden würde – ohne irgendeine Möglichkeit, dass sie sich bei der Seelenquelle, inmitten der Liebe ihrer Ahnen versöhnen konnten –, drückte sie die Unmittelbarkeit seines Todes nieder.

»Indris, kann ich dich später bei der *Wanderer* treffen?«

»Natürlich. Viel Glück.« Er musste Mari nicht erst fragen, wohin sie ging.

Sie küsste ihn, dann lief sie, so schnell sie konnte, in Richtung des Kerkers, in dem ihr Vater gefangen gehalten wurde. Mari rannte weitläufige Treppen hinauf, über Brücken, die sich über schwindelerregende Tiefen spannten, und Wege entlang, auf denen ihr der kalte Wind im Gesicht brannte. Sie erinnerte sich noch an den Weg zum Kerker, da sie selbst ja vor nicht allzu langer Zeit dort zu Gast gewesen war.

Obwohl Mari und ihr Vater ihre Meinungsverschiedenheiten gehabt hatten, hatte Mari nie aufgehört, ihn zu lieben. Belam hatte ihr erzählt, dass ihr Vater ihm erlaubt hatte, nach Tamerlan zu gehen und Mari aus den Fängen der Asrahnwitwe zu befreien. So viel war passiert, und es war so schnell geschehen, dass sie nicht die Chance gehabt hatten, sich zusammenzusetzen und als Vater und Tochter zu reden. Sie erinnerte sich an ihr Wiedersehen in Amnon und wie er seine Geheimnisse mit ihr geteilt hatte. Was er ihr damals erzählt hatte, hatte Mari zwar erst zum Handeln veranlasst; aber Tatsache war, dass er sie genug geliebt hatte, um seine Herzen zu öffnen. Und Mari würde den Kerker nicht verlassen, bis er es wieder getan hatte. Wenn sie Glück hatte, wäre sie vielleicht sogar in der Lage, ihm zu helfen, dass er sich zumindest ein wenig daran erinnern konnte, wer er einst gewesen war: der Vater, den sie geliebt hatte, bevor sein drohender Tod und sein Ehrgeiz ihn blind gemacht hatten.

Als sie schließlich beim Kerker ankam, lag die Stadt in tiefe Schatten gehüllt. Atemlos betätigte Mari die alte Türglocke, dann noch einmal, als nicht sofort eine Reaktion erfolgte. Sie bearbeitete die Tür mit Füßen und Fäusten und schrie, um die Aufmerksamkeit der Wache zu erregen. Schließlich ertönten das Rasseln von Schlüsseln und das Scharren von Türriegeln, die zurückgezogen wurden. Die Tür öffnete sich, und vor Mari stand ein Mann mittleren Alters in dem grünen Mantel und *Taloub* eines Kherifen. Er hielt einen mit Nieten beschlagenen Hammer in der Hand und sah so aus, als wüsste er auch, wie man ihn benutzt.

»Kann ich dir helfen?«, fragte er, deutlich verärgert.

»Mein Name ist Pah Erebus fe Mariam«, sagte sie. Besser, das gleich zu klären und keine Zeit mit Diskussionen zu verlieren. »Ich bin gekommen, um meinen Vater zu besuchen. Soweit ich weiß, wird er hier festgehalten.«

Der Kherife verneigte sich, als er Maris Namen hörte, und versteckte den Hammer hinter seinem Rücken. Mari unterbrach seine wortreiche Entschuldigung und ging an ihm vorbei in den Kerker. Es war dämmrig hier drinnen und still. Mari sah keine anderen Wachen, was sie seltsam fand. Sie wartete, aber die Wache bewegte sich nicht von der Tür weg.

»Würdest du mich bitte zu meinem Vater bringen?«, fragte Mari. *Ich kann ihn nicht retten, aber ich kann retten, was von uns noch übrig ist. Bitte beeil dich, verflucht!* Sie zwang sich zu der Nachahmung eines Lächelns, von dem sie hoffte, dass es nicht so unecht aussah, wie es sich anfühlte.

»Ich weiß nicht recht, wie ich Euch das sagen soll, Pah Mariam«, sagte die Wache.

Allein diese Worte waren wie ein Schlag in die Magengrube. Sie wollte den Rest nicht hören, aber er redete weiter. »Rahn Corajidin ist nicht mehr hier. Er wurde vor drei Stunden weggebracht.«

»Wohin?«

»Ich weiß es nicht, Pah.«

»Wer war es?«

»Es waren … Elitesoldaten des Wächtertribunals«, stammelte der Mann. Schlimmer als die Geheimpolizei und härter als Stahl. Der militante Arm des Gesetzes. »Sie kamen mit dem Wächtermarschall und haben Euren Vater mitgenommen.«

Mari nickte steif. Sie konzentrierte sich auf ihre Schritte, als sie den Kerker verließ, und marschierte wie ein Automat die Straße entlang. Sie war nicht sicher, wann sie zu weinen begonnen hatte. Sie weinte immer noch, als sie das Nanjidasé erreichte. Die Anwärter waren für heute gegangen, aber die Feyassin und die Anlūki kannten Mari alle. Sie sahen sie mit freundlichen Mienen an, während sie hineinging, um Belam zu suchen.

Ihr Bruder begrüßte sie mit einem Lächeln, das bei dem Ausdruck in ihren Augen erlosch. Mari ging an ihm vorbei, und mit ruhigeren Händen, als sie für möglich gehalten hätte, schenkte sie ihm und sich zwei Becher randvoll mit Wein ein. So gut sie konnte, erzählte Mari Belam, was sie vom Schicksal ihres Vaters wusste. Er ließ sich entsetzt auf einen Stuhl fallen. Sie tranken ihren Wein aus, schenkten sich nach.

Dann lachten und weinten Bruder und Schwester abwechselnd oder waren still, während sie sich bemühten, sich an das Beste in dem Mann zu erinnern, den sie niemals wiedersehen würden.

Kapitel 33

Das Unvermeidliche ist still. Es ist das Fehlen eines schlagenden Herzens, das Atemholen, das niemals erfolgt, oder der Schrei um Hilfe, der niemals gehört wird.

Zamhon, Vater auf dem Berg der Gnostischen Assassinen Ishahayan und Assassinenmeister im Hohen Hause Näsarat (259. Jahr der Shrīanischen Föderation)

86. Tag im 496. Jahr der Shrīanischen Föderation

Corajidin starrte finster auf die Knöchel seiner linken Hand, die von getrocknetem Schorf bedeckt waren, und seine verbeulte Prothese. Beide hatten Schaden genommen, während er seine Anfälle ohnmächtiger Wut an den modrigen Wänden der Zelle ausgetobt hatte. Die Zelle war länger, als sie breit oder tief war: Mittlerweile kannte er die fünf mal fünf Schritte seiner Behausung auswendig. Es gab kein natürliches Licht, nur ein paar schmutzige *Ilhen*-Lampen, die für einen gelbsüchtigen Halbdämmer sorgten. Auch Mobiliar war keines vorhanden, noch nicht einmal ein Mülleimer.

Seine neue Zelle war noch etwas schlimmer als diejenige, aus der sie ihn am Tag zuvor hierhergeholt hatten. Stumme Wächter hatten ihm eine Lederkapuze über den Kopf gezogen, hatten ihn mithilfe eines Mantels gefesselt, bei dem ihm die Hände auf dem Rücken gebunden waren, und ihn grob hinausgezerrt. Bald darauf hatten sie ihn in irgendein Beförderungsmittel geworfen. In Anbetracht des Gestanks nach Tierkot und Urin hatte Corajidin bezweifelt, dass es ursprünglich zum Transport von Leuten gedacht gewesen war. Die Soldaten hatten seine Beine zusammengeschoben, sodass er gekrümmt wie ein Embryo kauerte, dann hatten sie die Türen zugeworfen, und er hatte das laute Klirren von Riegeln gehört. Sein Körper war während der Fahrt von Krämpfen geschüttelt worden, und er hatte sich übergeben. Das war ein weiterer Geruch, mit dem er fertigwerden musste, und mit dem sauren Geschmack in seinem Mund. Er hatte zweimal unabsichtlich Wasser gelassen, als das Gefährt über eine Unebenheit geholpert war, und Corajidin wertete es als eine seiner wenigen Segnungen, dass er nicht auch noch seine Eingeweide entleert hatte.

Die heilenden Effekte der Rōmarq hatten beinahe sofort nachgelassen, als er in Avānweh angekommen war. Wenn er an den plötzlichen gewaltsamen Rückfall in seine Krankheit und die jüngsten Verletzungen dachte, die ihm Roshana und Vahineh zugefügt hatten, fragte sich Corajidin ohnehin, ob er lange genug überleben würde, um bei seinem Gerichtsverfahren dabei zu sein. Er konnte sich die besten Wächter in ganz Shrīan leisten. Selbst ein Advokat, der ihn hasste, konnte dazu überredet werden, sich Mühe zu geben, wenn er dafür genug Geld bekam, um den Rest seines Lebens in Reichtum zu verbringen. Es war schon immer Corajidins Taktik gewesen, den Hebel des Eigennutzes bei einem anderen zu finden und ihn so zu betätigen, dass er ihm selbst am meisten nützte.

Sein Mund verzog sich, während er auf und ab schritt. Er war keiner Verbrechen beschuldigt worden, und diese erniedrigende Behandlung verstieß gegen alle Regeln des *Sende*. Aber wie ging er am besten mit der Situation um? Ein Hauch von Reue, das Eingeständnis, dass er von den Mächten der Finsternis beeinflusst worden war, und eine Spende an Staat und Krone als Reparationszahlung?

Vielleicht wäre auch ein Appell an Roshana, Nazarafine und Siamak hilfreich, dass sie an die Stabilität der Nation denken und von Corajidins Erfahrungen profitieren sollten? Wenn es ihm gelang, von seiner Zelle aus eine Nachricht an die Außenwelt zu schicken, könnte er seine Verteidigung besser vorbereiten. Er konnte dafür sorgen, dass die richtigen Leute ein Interesse daran hatten, in Corajidins Sinne zu handeln. Besser wäre es noch, die Wache zu bestechen, damit sie Corajidin zur Flucht verhalf. Wenn er erst einmal in Freiheit wäre, könnte er sich zurückziehen, seine Kräfte sammeln und auf dem Pfad seines Schicksals weiter voranschreiten.

Doch es kamen keine Wachen. Er verlor jegliches Zeitgefühl, und die Wände seiner Zelle rückten mit jedem Schlag seiner Herzen enger zusammen. Qualvolle Schmerzen durchströmten seinen Körper, so unaufhaltsam wie sein Blut. Er sehnte sich nach dem Trank der Botschafterin, nur einen Schluck, um den Schmerz zumindest für ein Weilchen zu dämpfen. Corajidin lag im Fieberschweiß, in seinem Erbrochenen und seinen Exkrementen. Er schlang die Arme um sich und fühlte, wie der Schüttelfrost seinen Körper übermannte. Wolfram hatte ihm gesagt, dass es Straßenkrümmungen auf dem Weg in die Zukunft gab, und für Corajidin war der Gedanke, jetzt zu sterben, schlicht untragbar. Er war der Dreifach Erwachte, und er würde sein Volk in ein neues Zeitalter der Imperien führen. Jetzt zu sterben war mehr als untragbar: Es war unmöglich. *Meine Bestimmung wird mich vor Fehlschlägen des Schicksals schützen. Alles, was ich brauche, ist die Chance, meine Arbeit fortzusetzen.*

Und um diese Chance zu bekommen, brauchte er Hilfe, und es gab nur einen Ort, von dem eine derartige Hilfe kommen konnte. Mit trockenen Lippen sang er den Namen der Botschafterin und lauschte auf ihr Kommen. Sie, seine dunkle Retterin. Sie, der er so viel schuldete, dass er es niemals würde zurückzahlen können, wenn er jetzt starb.

Sie hat dich zum Sterben zurückgelassen, sagte er sich selbst.

Nein! Sie ist verschwunden, um Kasraman zu retten, widersprach er.

Kasraman hat dich ebenfalls zum Sterben zurückgelassen. Jeder kann ersetzt werden, Corajidin. Die Welt bringt so selten etwas Einzigartiges hervor. Das Konzept der Seltenheit, des Wertes der Einzigartigkeit, ist der eitle Gedanke eines zivilisierten Geistes.

Ich brauche nur noch eine einzige Chance, das ist alles. Ich werde nicht wieder versagen.

Der Schlaf kam und ging. Seine Augenlider schlossen sich, öffneten sich wieder, als er aus dem Schlummer aufschreckte. Und immer war da das gleiche düstere Licht, das die Augenblicke festfror, sodass die Zeit zur Illusion wurde. Weder Essen noch Wasser wurde ihm gebracht. Nichts, um die Monotonie seiner klaustrophobischen kleinen Welt zu durchbrechen. Wieder schlief er ein, und seine Fieberträume waren angefüllt mit den Bassstimmen aus der Tiefe, begleitet von schnatterndem Sopran, schrillem Pfeifen und heulenden Flöten. Tentakel tauchten aus den Tiefen auf. Sie schlangen sich um ihn, warfen ihn hin und her.

Riesige Augen sahen ihn und blickten in ihn hinein. Nahmen ihm seine Fassade, entblätterten ihn von seinem Irrglauben und legten ihn völlig offen, zeigten sein Scheitern …

Er kämpfte sich in den wachen Zustand zurück. Ein Schatten ragte über ihm auf, und Corajidin schrie. Er krabbelte mit gekrümmten Fingern zurück, unfähig, sie durchzubiegen, bis sein Rücken und Kopf gegen die Wand prallten. Es war nicht genug Platz, um den nötigen Abstand zwischen sich und die Silhouette zu bringen, die so viel Raum in Corajidins kleiner Zelle beanspruchte.

»Ich verspreche, ich werde es jetzt besser machen!« Corajidin hörte die Verzweiflung in seiner eigenen Stimme. Die Silhouette legte den Kopf schräg, beugte sich vor und streckte die Hand aus. »Bitte, Botschafterin, ich werde tun, was auch immer du von mir verlangst! Ich töte, wen auch immer du willst! Ich werde die Throne der Welt ins Wanken bringen und dir die Zwölf Steine von Avānisse geben. Die Schlüssel zu Castavān. Ich werde die ursprüngliche Torque-Spindel finden, und wir werden eine Verschmelzung durchführen, wie sie noch nie vorgenommen wurde. Nur noch eine Chance.« Und Corajidin verneigte sich vor der dunklen Gestalt, so gut er konnte. »Hol mich hier raus, ich werde dich nicht enttäuschen. Ich werde dir und deinen Meistern zu Diensten sein.«

Licht flackerte um ihn herum auf, und Corajidin hielt seine gekrümmte Hand hoch, um die Augen zu beschirmen.

»Ich werde Euch hier herausholen, Corajidin«, sagte die Stimme. Aber es war die falsche. Corajidin blinzelte. Sein Blick wurde scharf, und er sah eine gedrungene Frau vor sich stehen, das Haar zurückgebunden zu einem strengen Zopf. Ihre Gesichtszüge waren kantig und hart. Die graue Robe, die sie über ihrer weißen Jacke und den schwarzen Hosen trug, war mit der goldenen Waage der Gerechtigkeit bestickt und verkündete ihren Rang.

»Ihr erinnert Euch an mich, nicht wahr?« Die Lippen der neuen Wächterin des Wandels waren ein dünner Strich in ihrem Gesicht, die Augen ein Abgrund, der kein Mitleid kannte. »Habt keine Sorge; Euer Wunsch wird erfüllt werden. Ihr werdet den Leuten zu Diensten sein, an denen Ihr versagt habt.«

Yauri verließ den Raum, und bewehrte Kherife platzten herein und packten Corajidin mit groben Händen, um ihn aus der Zelle zu zerren. Er versuchte, sie mit Füßen zu treten. Er versuchte zu kämpfen. Doch selbst seine Hilferufe, seine Schreie der Empörung klangen schwach. Seine Hand fuhr wirkungslos durch die Luft; die Beine waren außerstande, sein Gewicht zu tragen. Die Kherife banden Corajidin in einem Bronzestuhl mit hoher Rückenlehne fest. Seine Hand- und Fußgelenke wurden gefesselt. Sie verbanden ihm die Augen, dann fesselten sie seinen Kopf an die Rückenlehne.

Der Stuhl wurde hochgehoben und Corajidin fortgetragen. Er schrie nach der Botschafterin, bis er heiser war. Als ihm das nichts half, schrie Corajidin nach Kasraman, dass er ihn befreien solle. Nach Wolfram. Er verlangte zu wissen, wohin er gebracht wurde, aber als Antwort hörte er nur die schweren Schritte seiner Wachen auf Stein.

Furcht überwältigte ihn. Corajidin hatte keine Ahnung, wie lange er getragen wurde, von woher oder wohin. Sein Puls raste, und seine Brust begann zu schmerzen. Gallenflüssigkeit drohte wieder aufzusteigen, doch in ihm war nichts mehr übrig, das er hätte von sich geben können.

Der Stuhl wurde ruckartig abgesetzt und die Augenbinde entfernt. Corajidins Blick wurde scharf, und er erkannte die versammelten Reihen des Teshri, die alle in ihre formellen Staatsroben gekleidet waren. Er sah viele, die er verhöhnt hatte: Roshana, Siamak, Ajomandyan, Ziaire, Teymoud … Femensetri! Die Sturmbringerin sah so grimmig aus wie der Tod, wie sie da in ihrer abgetragenen schwarzen Soutane stand, mit ihrem Gelehrtenstab, dessen Spitze in eine flammende jadefarbene Sichel mündete. Andere erkannte er nicht, und viele, die unter seinem Einfluss gestanden hatten, fehlten. Corajidin kämpfte vergeblich gegen seine Fesseln an.

Yauri ging zu Roshana, Siamak und Nazarafine hinüber, die aussah, als würde sie ohne den Halt ihres stämmigen Neffen Osman zusammenbrechen. Mit einer formellen Feierlichkeit, die Corajidin das Blut in den Adern gefrieren ließ, überreichte die Wächterin des Wandels Rosha eine Schriftrolle. Rosha brach das Siegel, nahm einen Pinsel auf und schrieb etwas darauf. Dann wurde die Schriftrolle an Siamak weitergereicht, der ebenfalls ohne Zögern unterschrieb, und weiter an Nazarafine, die langsam schrieb, mit zitternder Hand.

»Was ist das?« Corajidin zuckte zusammen, als er seine eigene, schwache Stimme hörte. Er leckte sich über die Lippen und wiederholte die Frage, nur geringfügig lauter.

Roshana antwortete ihm. »Der Teshri am Shrīan hat sich mit der neuen Wächterin des Wandels, dem Marschall der Kherife und der Gelehrtenmarschallin in einer Sitzung beraten …«

»Die Position des Gelehrtenmarschalls wurde abgeschafft. Die Sēq wurden aus Shrīan verbannt!«

»Wir haben sie wieder eingeführt und die einstige Gelehrtenmarschallin eingeladen, ihre Stellung wieder zu übernehmen, bis wir Wahlen abhalten können.«

»Dazu habt ihr nicht die Befugnis!«

»Mir wurde die Autorität in dem Moment übertragen, als Ihr unsere verfluchte Nation in Stücke geschlagen habt!«, donnerte Rosha. Sie breitete die Arme aus und umfasste mit ihrer Geste alle Mitglieder des Teshri. »Ironischerweise wart Ihr selbst es, der uns den Weg gewiesen hat. Wir haben die Befugnis, alle zusammen. Und gemeinsam haben wir die Gesetze überprüft und darüber debattiert, was mit Euch geschehen soll.«

Ihre Stimme war glasklar. Als sie sich jetzt erhob, ragte sie über Corajidin auf. Er blickte höhnisch zu ihr auf.

»Was habt ihr entschieden? Wer hat den Mut, mich zu töten?« Corajidin verdrehte die Augen nach links und rechts und beobachtete, wie manche der Ratgeber unbehaglich mit den Füßen scharrten. *So ist es recht! Einige von euch stehen immer noch in meiner Schuld. Es wird Zeit, dass ihr die Hand leckt, die euch gefüttert hat, ihr Hunde.* »Wer wird die gelbe Seide um meinen Hals knüpfen und das Leben aus mir würgen?

Wer will meinen Blutfluch auf sich laden? Du, Roshana? Das wäre passend. Oder habt ihr erkannt, dass ich euch lebend mehr nützen kann als tot? Dass, wenn ich aus eurer Sicht vielleicht auch die falschen Entscheidungen getroffen habe, ich doch über die Erfahrung und den Einfluss verfüge, den ihr braucht.«

Seine raue Stimme hallte von den steinernen Wänden der Kammer wider. Einige aus dem Teshri steckten die Köpfe zusammen, um sich zu beraten. Dann noch ein paar mehr. Corajidin lächelte. *So fängt es immer an.*

Mit sorgfältig neutral gehaltenem Gesichtsausdruck starrte Roshana auf Corajidin herab.

»Aller Reichtum Īas wird Euch nicht vor dem Schicksal retten, das Ihr Euch selbst zuzuschreiben habt. Ich, Asrahn-Erwählte Näsarat fe Roshana, verurteile im Namen des Teshri am Shrīan den ehemaligen Rahn Erebus fa Corajidin zum Tode für seine Verbrechen. Euch wird Königsmord, Verrat, Verschwörung und mehrfacher Mord zur Last gelegt.«

Roshana wedelte mit der Schriftrolle. »Da ist noch mehr, aber offen gestanden bin ich es leid, weiter über all Eure Vergehen zu reden. Habt Ihr irgendetwas zu sagen?«

Corajidin blickte nach links und rechts und erkannte, dass die Unterstützung, die er in den Gesichtern gesehen zu haben glaubte, verschwunden war. Steinerne, kalte Mienen starrten ihn an. »Wo ist mein Anwalt? Ich fordere einen gerechten Prozess! Und Zeit, um ihn vorzubereiten. So verlangt es das Gesetz.«

»Ein Prozess würde die Annahme voraussetzen, dass Ihr unschuldig sein könntet«, sagte Nazarafine. »Mit den Beweisen, die gegen Euch zusammengetragen wurden, bestand nie ein Zweifel an Eurer Schuld.«

»Ihr werdet heute sterben, Corajidin«, sagte Roshana. »Hier und jetzt.«

»Wer hat euch die Beweise vorgelegt?« Corajidins Atem kam stoßweise. *Ich werde sterben!* »Ich will mit meinen Kindern sprechen!« War Belamandris hier? Mariam? Er musste ihnen so viel sagen, das nicht bis zu ihrer Wiedervereinigung an der Seelenquelle warten konnte – immer vorausgesetzt, er gelangte bis dorthin und wurde nicht vorher von den Mächten der Ödnis hinuntergezerrt.

»Mari und Belamandris sind ohne Euch besser dran.« Roshana machte ein Zeichen, und die Kherife zerrten zwei Körper herein. Mēdēya und Nadir. Corajidin unterdrückte seinen Kummer, als er Yashamin-Mēdēya tot auf dem Boden liegen sah. Ihr zweites Leben war vorüber, bevor es gelebt worden war. Beide Leichen hatten gelbe Seidenstränge um die Kehlen geschlungen, und ihre strangulierten Gesichter waren dunkel und verzerrt. *Und ich werde der Nächste sein …*

»Ich werde dich an der Seelenquelle wiedersehen, meine Liebste«, murmelte Corajidin. Aber Yashamin-Mēdēya starrte ihn nur mit glanzlosen Augen an. »Wir werden wieder zusammen sein.«

»Nein, das werdet ihr nicht«, sagte Roshana. Sie beugte sich vor und flüsterte Corajidin ins Ohr: »Was Ihr meinem Vater angetan habt, den ich liebte, das werde ich Euch antun, den ich verachte!«

Corajidins Stuhl wurde herumgedreht, und er stand einer großen rechteckigen Form gegenüber, die mit Stoff verhüllt war. Da seine Gedanken noch abgelenkt waren, traf ihn der schreckliche Schlag völlig unvorbereitet. Es war mehr als körperlich, mehr als geistig, mehr als seelisch, und doch umfasste es alle drei Bereiche: Es war, als wäre jemand mit einem Rasiermesser in ihn eingedrungen und würde Teile seiner Erinnerung herausschneiden. Einen Teil seiner Sinne. Dann wieder. Und wieder. Scharfer, zielgerichteter Schmerz, der sein Auge zum Tränen brachte. Jede unsichtbare Wunde ließ ihn aufkeuchen, und er fühlte, wie Teile seines Selbst verschwanden.

»Wir trennen Euch von Eurem Erwachen und lassen Euch taub, stumm und blind für die Kräfte der Welt zurück, die Ihr kennenlernen durftet.«

Femensetris Stab summte, und Lichtfraktale bildeten sich und wurden größer und heller, bis Corajidin sein Auge schließen musste. Er hörte ihre Stimme ganz nahe bei seinem Ohr. »Und nun überlassen wir Euch einem Schicksal, das Ihr mehr verdient habt als jeder einzelne Eurer Feinde, den Ihr vernichtet habt, Corajidin. Mögen andere sich an diesen Tag erinnern und es sich lange überlegen, bevor sie in Eure Fußstapfen treten.«

Corajidin hörte, wie die Ratgeber gingen. Die Türen schlossen sich.

Das Rascheln von Stoff ertönte, als die Vorhänge von der rechteckigen Form vor ihm gezogen wurden, und Eiseskälte spülte über ihn hinweg.

Stille. Das Licht verblasste.

Behutsam öffnete er sein Auge. Er blickte auf den kunstvollen alten Spiegel vor ihm. Das Glas zeigte keinerlei Reflexion, es war so dunkel wie der Ozean. Der Rahmen verströmte perlmutternes Licht. Es dehnte sich aus, in Spiralen und Bogen kam es ihm näher, und als es ihn berührte, war es kalt wie Eis.

Corajidin schrie. Die Schreie wurden immer lauter, als die trägen Fühler aus dem Grabesspiegel sich in seinen Körper versenkten. Sie wanden und krümmten sich und zerbrachen die Verankerung zwischen dem Körperlichen und dem Geistigen. Seine Essenz wurde dem Körper entrissen und zu dem Glas geleitet.

Corajidin schwebte wie ein Mann, der in einem Glasbehältnis ertrunken war, doch er war sich seines Zustands grausam bewusst. Er sah seinen eigenen zusammengesackten, zerstörten Körper im Stuhl. Ein erbärmliches Etwas, jetzt, da ihm das Leben fehlte, das ihn zuvor beseelt hatte. Eine Hülle aus gealtertem, verfallenem Fleisch. Er schlug mit den Fäusten gegen das Glas, aber da war kein Laut zu hören.

Ohne Puls, ohne Wärme, ohne Stimme trieb er im Leeren – allein, still und machtlos für immer.

Kapitel 34

Die Wahrheit, wie die Liebe, sollte niemals verborgen werden. Und doch ist die Wahrheit, wie auch die Liebe, am schwierigsten zu finden.

Aus Der Zustand der Gnade *von Sedefke, Erfinder, Forscher und Philosoph (823. Jahr des Erwachten Imperiums)*

87. Tag im 496. Jahr der Shrīanischen Föderation

Indris löste sich vorsichtig aus Maris Umarmung. Sie protestierte trunken und verschlafen und tastete mit der Hand nach der fehlenden Wärme. Ihre Hand suchte herum, bis sie ihre weiche, dicke Schaffelldecke berührte. Mit einem verträumten Seufzer zog sie sie bis zum Hals hinauf. Indris saß auf der Bettkante im blaugrauen Licht. Sanft fuhr er ihr durch das wirre blonde Haar, beugte sich vor und küsste sie.

Schnell und leise zog er sich an. Aus reiner Gewohnheit griff er nach seinem Waffengürtel, dann legte er ihn wieder zurück auf das Gestell. Stattdessen steckte er Gestaltwandlerins geschwungenen Griff durch die Schärpe an seiner Taille und nahm sein Gelehrtenlicht zur Hand. So leise er konnte, ging Indris auf das Oberdeck der *Wanderer*. Dort hielt er inne und staunte von Neuem über die Wunder, die die Welt zu bieten hatte. Die Nacht war so hell, dass sie ihn beinahe blendete. Elns weiß umwölkte Kugel schien als leuchtender Opal auf einem Untergrund aus schwarzem Samt, der mit glänzenden Juwelen übersät war. Der Ahnenschleier schimmerte in der Dunkelheit, und sein Saphirauge durchbohrte Indris, als könnte es ihn von der Weite des Himmels aus sehen. Avānweh war mit dem regenbogenfarbenen Dunst der Seelen durchzogen, die hier lebten: die unbeständigen Funken der Leute, die ebenso prächtig wie fehlerhaft waren; das ruhige und fest verankerte Bewusstsein der Bäume und Blumen; die vielen nachtaktiven Tiere, die hier und dort durch die Dunkelheit schossen. Und die Berge selbst leuchteten in Farben und Texturen, für die er keine Namen hatte außer Frieden, Stärke, Tiefe. Von ihnen allen leuchtete Iajen-mar am hellsten. Er war von pulsierenden Energielinien durchzogen, die Adern der Welt, in denen das Wasser des Lebens floss.

Indris hörte, wie die Welt seinen Namen flüsterte, ein Sirenengesang, der Wunder versprach und Macht und Geheimnisse andeutete, die Indris geistig kaum erfassen konnte. Alles, was er tun musste, war loslassen … aber er war diesen Weg schon so weit gegangen, hatte sich schon so weit in etwas verwandelt, das ihn erschreckte, dass er keine Eile hatte, sein Ziel zu erreichen. Wer wusste schon, ob er und der Rest der Welt es nicht noch bereuen sollten, wenn er es tatsächlich erreichte.

Das Klirren von Metall erregte seine Aufmerksamkeit. Eine Krähe saß auf der Reling. Das Glühen des Geistergefäßes, das sich im Inneren der Gestalt befand, durchdrang die metallenen Federn und ließ das bernsteinfarbene, runde Auge leuchten.

Indris blickte das Ding stirnrunzelnd an und erkannte die nebelhafte Gestalt des Geisterritters der Sēq, der sich darin befand.

»Am Spionieren? Im Ernst?«, fragte Indris. »Wie lange dauert es, bis sie hier ist?«

»Nicht lange«, krächzte Femensetri. Das Simulacrum der

Krähe neigte entschuldigend den Kopf, dann flog es in die Nacht davon.

Femensetris disentropische Färbung war eine leuchtende Korona aus Energie, die sie umfloss. Indris schloss sein drittes Auge und blickte seine einstige *Sahai* mit seinen richtigen Augen an. »Dachte nicht, dass es viel gäbe, das dich von Maris Seite weglocken könnte.«

»Sie schläft und wird morgen einen mörderischen Kater haben. Corajidins Tod und die Art, wie er starb, waren für sie und Belamandris schwer.«

»Also, wohin gehst du zu dieser Nachtstunde?«

»Ich dachte, ich nutze die Gelegenheit, um ein paar Dinge zu regeln, bevor wir Shrīan verlassen.«

»Du wirst also deine Pflichten ignorieren und das Land in Trümmern zurücklassen?«

Indris bewegte drohend den Zeigefinger. »Ich werde nicht zulassen, dass Ihr mich reizt. Ich habe gut an Shrīan gehandelt, an den Hohen Häusern und den Hundert Familien und den Sēq. Jetzt muss ich mich um mich selbst kümmern.«

»Hör dich nur an!« Femensetri lachte, klar, weich und ohne den spöttischen Unterton, den sie normalerweise anschlug. Sie stützte sich auf ihren Stab und blickte in die Nacht hinaus. »Du hast deine Sache gut gemacht, Indris. Und du verdienst tatsächlich die Chance, das zu tun, was du tun musst. Und glücklich zu sein. Ich werde mich nicht für das entschuldigen, was wir getan haben. Es genügt zu sagen, wir hatten weiter reichende Sorgen. Wir haben sie immer noch. Müssten wir das Ganze noch einmal tun, würde ich genau das Gleiche machen.«

»Ich auch«, erwiderte Indris. »Das ist der Grund, weshalb ich niemals zu den Sēq zurückkehren werde. Und warum ich all diese Schriftrollen und Angebote, die auf meinem Schreibtisch liegen, noch nicht einmal aufmachen werde.«

»Hast du auch nur eine Ahnung, was dir da angeboten wird?« Femensetri musterte Indris mit einem Blick, der an Neid grenzte. »Du hast dem Teshri und den Sēq einen flüchtigen Einblick in das gegeben, wozu du imstande bist. Indris, viele von uns würden dir folgen.«

»Ich weiß. Und das ist ein Teil des Problems. Die Rahns hatten mich schon gebeten, sie erneut Erwachen zu lassen, aber sie sind noch nicht so weit. Es wird noch eine Weile dauern, glaube ich. Für den Moment werden sie sich auf ihre eigenen Erfahrungen und Instinkte verlassen müssen, so wie alle anderen Herrscher auch. Die Welt wird sich auch ohne Mari und mich in Frieden weiterdrehen, aber wenn sich die Dinge zum Schlechteren wenden, dann werde ich es wissen. Ihr habt immer gesagt, meine Liebe sei meine Schwäche. Wenn es hier Probleme gibt, dann werdet Ihr begreifen, wie sehr Ihr Euch in dem Punkt getäuscht habt.«

»Kasraman ist irgendwo da draußen, Indris.« Femensetris Stimme war hart. »Und Wolfram. Und Anj …«

»Anj ist tot, *Sahai*. Die Botschafterin ist es, die Ihr fürchten solltet, mehr noch für das, was wir nicht wissen, als für das, was wir wissen. Corajidin war an sie gebunden, aber sie hat ihn im Stich gelassen, um Kasraman zur Flucht zu verhelfen. Morne hat gesagt, dass er andere Wesen getroffen hat, die sich ebenfalls Botschafter genannt haben und im Dienste der Dynastie der Elfenbeinmasken in Eidelbon standen. Die Sēq sollten sich Hilfe holen, um herauszufinden, welche Gefahr sie darstellen.«

»Wohin gehst du, wenn du uns in diesem Schlamassel zurücklässt?«

»Mari will irgendwohin, wo es warm ist.«

»Das überrascht mich nicht, nach ihren Erfahrungen in Tamerlan«, schnaubte Femensetri. »Aber du wirst nicht ins Warme gehen. Du wirst dich nach Amarqa translozieren, stimmt's? Du wirst diese verfluchte Kammer öffnen. Ich habe dem Suret gesagt, dass es ein Fehler wäre, dich da reinzulassen. Manche von denen sind so blind, sie sehen nicht, was du bist. Andere weigern sich, es zu sehen.«

»Aber Ihr nicht?«

»Niemals!« Femensetri sah grimmig drein. »Andere teilen meine Ansicht, dass du die Antwort auf eine Menge unserer Fragen bist.«

»Davon weiß ich nichts. Aber es wird Zeit, dass ich herausfinde, wer ich bin.«

Femensetri legte Indris eine Hand auf die Schulter. Die Sanftheit dieser Geste machte Indris besorgt. »Ich weiß nicht, ob jemals der richtige Zeitpunkt kommen würde, um zu entdecken, was du jetzt erfahren wirst. Es genügt, wenn ich sage, dass es einen Grund gegeben hat, warum es von so wenigen für so lange Zeit geheim gehalten wurde.«

Indris schluckte seine Fragen hinunter und spürte, wie ein Gefühl der Beklommenheit in ihm aufstieg. »Passt mir gut auf die Stadt auf, während ich weg bin. Ich habe nicht so hart gekämpft, damit Ihr es noch weiter in Stücke hauen könnt.«

»Es ist bereits ganz schön kaputt, aber wir werden uns Mühe geben.«

Zahlen durchströmten seinen Geist in einander überlagernden, multidimensionalen Formeln. Er konzentrierte sich auf den Ort, wo sich die Schwarzen Archive befanden, verband die Energien, die ihn umgaben, mit dem gesuchten Ort und brachte sie im Geiste zusammen. Eine Regenbogenbrücke spannte sich über das einfarbige Nichts. Er trat einen Schritt vor … durchquerte die stille, luftlose Abwesenheit dazwischen … Eisige Schneeflocken stachen ihm ins Gesicht. Geisterritter in ihren von Raureif überzogenen Simulacra wandten Indris ihre Blicke zu, machten jedoch keinerlei Anstalten, ihn aufzuhalten.

Es dauerte nur wenige Augenblicke, bis er die Rätseltür geöffnet hatte. Die Stücke fielen in sich zusammen wie Spielzeugklötze. Indris schritt durch das Archiv. Uralte Artefakte reagierten, als er vorüberging: Schriftrollen und Bücher begannen zu glühen, Waffen flackerten unter ihren dünnen Staubschichten, Schriftzüge an den Wänden enthüllten zweite und dritte Schichten mit Schriftzeichen. Ganz auf sein Ziel konzentriert, öffnete er die Tür zum Zentralarchiv, stieg die Stufen hinauf und stand dann vor der Kammer aus *Serill*, auf der sein Name stand. Das Schloss hatte sich wieder zurückgestellt, aber Indris beantwortete die Fragen eine nach der anderen.

Die letzte Frage über das Erwachen war nun ein Teil von ihm. Es war keine Frage, die er mit Worten hätte beantworten können; er musste es zeigen. Indris baute nach und nach die Barrieren ab, die er errichtet hatte, und erlaubte der Frage, ihn zu prüfen. Bei jeder Barriere, die Indris fallen ließ, drang die Frage tiefer in ihn. Sie verschmolz mit der metaphysischen Schlange, die sich um sein Rückgrat wand. Sie füllte seinen Körper, stieg in seinen Geist auf, dann sickerte sie wie warmes Wasser durch seine Seele. Indris schloss die Augen, überwältigt von dem Gefühl des Friedens, das ihn durchdrang. Er wusste nicht, wie lange er da gestanden hatte, als das Gefühl langsam verblasste. Als er die Augen wieder öffnete, begann sich die Tür der Kammer zusammenzufalten, wieder und wieder, bis nichts mehr von ihr übrig war.

Drinnen schien ein sanftes Licht auf ein facettiertes Kristallei, das über einen halben Meter lang war. Das Ei war von glitzernden Regenbogenstreifen überzogen, die in Kreisen und Bogen, in geraden Linien und Wellen umherwirbelten. Er betrachtete die Lichtmuster genauer und erkannte, dass sie aus Tausenden kleiner Schriftzeichen bestanden. Indris erkannte Hochavān, Maladhoring, die Schriftzeichen der

Zeitmeister, Hazhi und drei weitere Sprachen, von denen er vermutete, dass sie zu den Sprachen der anderen Elementarmeister gehörten. Die letzte Buchstabenfolge machte ihn schwindlig. Die Buchstaben wanden sich umeinander und durchdrangen sich, und die Zusammensetzung und Bewegung ihrer Formen waren sprunghaft und unberechenbar.

Das Kristallei war ein Verschmelzungskern von der Art, wie sie in den alten Torque-Spindeln hergestellt worden waren. Indris suchte in seiner Erinnerung nach dem, was er über Verschmelzungen gelernt hatte: ungleichartige Lebewesen waren zusammengebracht worden, um neues Leben zu erschaffen oder zu formen. Nur in Großen Verschmelzungen waren Verschmelzungskerne verwendet worden. In diesen Prozessen waren die ungleichartigen Elemente vieler Lebewesen eingesetzt worden, um etwas Mächtiges und Einzigartiges zu erschaffen. Das, was geschaffen worden war, wuchs über Monate in dem Kristallei heran und verschmolz die unterschiedlichen Elemente zu einem einheitlichen Ganzen. Die meisten Großen Verschmelzungen waren gescheitert, und diejenigen, die den Prozess überlebt hatten, waren meist wahnsinnig geworden und gestorben.

Wer ist da drin? Und was hat das mit mir zu tun?

Die Kammer war ansonsten leer, bis auf eine Jadescheibe, die mit Schriftzeichen in unterschiedlichen Sprachen beschriftet war. Als Indris nach der Scheibe griff, streifte sein Arm den Verschmelzungskern. Er gab einen kristallenen Ton von sich, und ein Name setzte sich auf seiner Oberfläche zusammen.

Ia fa Näsarat fe Malde-ran yai Sedefke fa Amonindris. Indris, Sohn von Sedefke und Malde-ran, Sohn der Näsarat, Sohn der Welt …

Sprachlos taumelte Indris zurück, als sich das Kristallei in zwei Hälften teilte. Innen war es blau und golden gefärbt und von einem Mosaik aus glänzenden Steinen gesäumt, die in den Farben von Rubinen und Saphiren, von Bernstein und Diamanten funkelten. Indris versuchte vergeblich, seine Atmung zu kontrollieren, als er den leeren Raum in der Mitte des Verschmelzungskerns sah, der die Form eines Fötus hatte.

»Und jetzt weißt du es«, sagte der Herold.

Indris sprang auf den Herold zu und stieß ihn zurück. Er zeigte auf das Kristallei. »Nein! Das bin nicht ich! Ich wurde geboren, nicht …«

»Gemacht?«, sagte der Herold sanft. »Wurde denn das, was geboren wird, nicht auch gemacht, ein Wunder aus einzelnen Elementen, die sich zusammenfügen, um neues Leben zu schaffen? In deinem Fall haben deine Eltern versucht, jegliche Zufälligkeit zu vermeiden und der Welt das zu geben, was sie brauchte.«

Stumm sank Indris auf den Boden und umklammerte den Kopf mit den Händen. Die Antwort auf die Frage, warum man es ihm nie erzählt hatte, war offensichtlich. Wie erklärt man das einem Kind? Indris lachte bitter. Wie sagt man es einem Erwachsenen?

»Du bist nicht anders als zuvor, als du es noch nicht wusstest, Indris.« Die vielen Stimmen des Herolds, die übereinandergelagert schienen, klangen sanft.

»Die Kinder der Verschmelzungen waren alle mit großen Fehlern behaftet«, erwiderte Indris. Er blickte auf seine Hände und dachte an die Dinge, die er mit ihnen getan hatte. »Und jetzt ist einer Erwacht! Bei den Zähnen der Ahnen, ich habe mich beinahe dem Einheitsritual unterzogen! Kinder aus Verschmelzungen waren alle wahnsinnig, machthungrig und tragisch. Und sie alle sind so gestorben, wie sie gelebt haben – durch Gewalt. Sie wurden getötet wie tollwütige Tiere.«

»Aber du bist anders. Von allen Kindern aus Verschmelzungen bist du der Einzige, der von jemandem geschaffen wurde, der ins Herz der Schöpfung blicken konnte. Sie haben den Geist Ias verstanden, haben seine Schlaflieder gehört, ihn umsorgt und beschützt. Selbst Malde-rans Große Häresie geschah aus verzweifelter Liebe und dem Bedürfnis heraus, ihr Volk zu beschützen. Was dann passiert ist, hatte sie nie geplant. Du solltest begreifen, dass es beim Erwachen um Verstehen, Fürsorge und Mitgefühl geht. Die Macht, die das Erwachen schenkt, war nie dazu gedacht, jemanden zu verletzen.«

»Ich verstehe das Wesen der Macht gut genug, um zu wissen, dass es nur so gutartig ist wie die Person, der sie anvertraut wurde.«

»Aber du fürchtest sie«, sagte der Herold. »Du respektierst sie. Du hast nie für deine eigenen Ziele nach Macht gestrebt oder nach Macht an sich.«

»Das ist eine Lüge. Du warst hier bei mir, als ich die Entscheidung getroffen habe zu Erwachen, nur damit ich diese verfluchte Kammer öffnen kann. Mehr kann man nicht nach seinen eigenen Zielen streben.«

»Und nach allem, was du hier erfahren hast, hast du dich trotzdem von einer unfassbaren Macht abgewandt. Du bist das, was uns Sedefke und Malde-ran versprochen haben. Ein Licht, dem wir alle folgen können.« Indris warf einen Blick auf sein Gelehrtenlicht. Der Herold bemerkte es. »Ja! Von all den Dingen, die du hättest machen können, hast du etwas geschaffen, das die Wahrheit zeigt. Du musst Vertrauen in dich haben, Indris. Zu wissen, was du bist und warum und wie du bist, ist eine Sache. Aber du selbst bestimmst, wer du bist.«

Tue ich das? Oder werden Wahnsinn und Machthunger mich formen? Indris war übel. »Wie soll ich auf das alles reagieren?«

»Wie auch immer es dir angemessen erscheint. Wer sonst sollte für dich reagieren?«

Halbwahrheiten, Ereignisse und Unterhaltungen ergaben plötzlich einen Sinn. Indris richtete seinen Blick nach innen, auf die Mauern des Labyrinths der Erinnerungen, das rund um den Kern seines Geistes errichtet war, eine Barrikade vor den Erinnerungen, an die er nicht herankam. Selbst nachdem er Erwacht war, waren die Schatten des Labyrinths verwirrend und verwiesen auf einen Geist, der viel größer war als sein eigener. Hatte Sedefke das getan?

Sedefke ... Vater. Malde-ran ... Mutter. Einer war seit Jahrhunderten verschwunden, die andere seit Jahrhunderten tot, aber nicht in ihrem Grab. Die größte Ketzerin der Avān. Die letzte – und gegenwärtige – Mahj. Und Indris war ihr Erbe. Kein Wunder, dass die Sēq ihn unbedingt hatten kontrollieren wollen und dass Ariskander versucht hatte, Indris zu seinem Erben zu machen. Es wäre ein leichter Schritt gewesen vom Rahn zum Asrahn und dann zum ... Er ließ den Gedanken fallen.

Indris erhob sich unsicher auf die Füße. Seine Reflexion kräuselte sich in der Maske des Herolds. Er griff in die Kammer hinein und zog die Scheibe heraus: ein weiteres Rätsel, das nach Antworten verlangte. Den Verschmelzungskern ließ er an Ort und Stelle. Die Tür zur Kammer baute sich wieder auf und hinterließ keinerlei Hinweise, dass Indris jemals dort gewesen war.

»Was wirst du jetzt mit deinem Wissen anfangen?«, fragte der Herold.

»Es gibt viele, die versuchen werden, dich zum Mahj zu machen. Andere, wie die Seelenhändler, würden es genießen, dir deine Geheimnisse und deine Kräfte zu entreißen.«

»Ich weiß es nicht«, sagte Indris. Es gab zu viele Geheimnisse. Was hatte er sonst noch gesehen, dass seine Erinnerungen so radikal weggesperrt worden waren? In welcher Gefahr schwebten er und die, die ihm nahestanden? »Ich werde es nicht überall herumposaunen, wenn es das ist, was du hören willst.«

»Das ist eine weise Entscheidung, würde ich sagen. Wohin wirst du gehen?«

Indris dachte an Mari, die zusammengerollt in ihrem Bett lag, und ihre Worte.

»Irgendwohin, wo es warm ist, wo die Sonne scheint und ich nicht viel anhaben und weniger nachdenken und mir weniger Sorgen machen muss.«

Sekunden später hatte er sich zur Manufaktur transloziert, wo die fertige *Feldlerche* wartete. Er startete die Spulen und Räder und steuerte das Schiff aus der Manufaktur und in den Nachthimmel hinaus. Als er genügend an Höhe gewonnen hatte, faltete Indris den Raum und ging dahin zurück, wo er sich seine Ursprünge selbst aussuchen konnte.

Der späte Nachmittag zeigte sich von seiner sonnigen Seite, als sich Familie und Freunde beim Lotushaus über dem Garten der Steine versammelten, um sich von den geheiligten Toten zu verabschieden. Schnee glitzerte wie Diamanten auf einer weißen Decke im Tal, und der Klang von Hörnern und Flöten, Sonesette und Gesang hallte in einem herzzerreißenden Lobgesang wider. Jede Träne war eine Ehrung. Jedes Lächeln, Lachen, jede Umarmung und jeder Kuss ehrte diejenigen, die nun nicht länger litten, sondern in Frieden bei denjenigen ruhten, die lange vor ihnen gegangen waren.

Den ganzen Morgen über hatte der Totenmeister die Rituale überwacht. Indris und Mari gehörten zu denen, die Zeugnis abgelegt hatten. Sie hatten den Bernstein für die Totenmasken geschmolzen und die Namen ihrer Toten auf Jadesplittern eingraviert. Alle bis auf Ekkos Überreste waren für ihre Heimreise in Alabastergefäße gelegt worden, um dann wie Pflanzen in Aschefelder eingesetzt zu werden. Ekko war gebadet und sein Fell gebürstet worden. Die Schicksalsmünzen waren aus seiner Mähne entfernt und durch bunte Perlen und Münzen ersetzt worden, die von der Größe seines Herzens, seiner Ehre, seinem Mut und seinen Taten zeugten. Kembe, der Patriarch des Tau-se-Rudels, hatte geschworen, dass er Ekko zu seinen Leuten zurückbringen würde mit all dem Ruhm und der Feierlichkeit, die eines Helden würdig war. Indris hielt den Seidenbeutel mit Ekkos Schicksalsmünzen in der Hand, ein Geschenk von Kembe an diejenigen, mit denen Ekko seine letzten Tage verbracht hatte.

Indris hielt Mari in den Armen und dachte an alle, die sie verloren hatten: Ekko, Hayden, Omen. Bensaharēn. Auch Nazarafine hatte den Kampf gegen ihre Krankheit verloren. Sie war in der Morgendämmerung gestorben und hatte Osman ihr Erbe überlassen. Ariskander. Vahineh und ihre Familie, das Hohe Haus Selassin, gab es nicht mehr. Die lange Liste der toten Ratgeber im Teshri und die Krieger, die auf beiden Seiten für Ideale gekämpft hatten. Die Unschuldigen, die in Zeiten gelebt hatten, die es niemals hätte geben dürfen, und die ohne guten Grund gestorben waren. Das *Sende* hätte sie schützen sollen; die Kriegerkaste und die höheren Kasten hatten geschworen, dafür zu sorgen, dass das *Sende* beachtet wurde. So wenige hatten so viele im Stich gelassen. Und doch waren den Leuten die Augen geöffnet worden, und sie hatten begonnen, Fragen zu stellen. Die Welt würde nicht mehr die gleiche sein.

Mari musste sich mit einer Mischung aus Kummer und Schuldgefühlen herumschlagen, sowohl wegen des Verlustes ihres Vaters als auch wegen ihrer toten Freunde. Egal was Corajidin auch getan hatte, Mari hatte alles versucht, um den Vater zu retten, den sie liebte. Wie sie selbst in ihrem Rausch unter Tränen zugegeben hatte, im fahlen Morgenlicht, war dieser Mann schon vor langer Zeit gestorben. Der Corajidin, der gestorben war, war jemand, den sie kaum kannte. Was das betraf, teilten sie und Indris einen gemeinsamen Verlust.

Doch es gab auch Anlass zur Freude. Neva und Yago hatten ihre Betten verlassen dürfen, sie waren kraft Femensetris Willen von der Schwelle des Todes zurückgehalten worden, bis Heiler ihnen helfen konnten, wenn sie auch noch ziemlich mitgenommen waren. Ajo wachte mit grimmiger Miene über sie. Belamandris und Sanojé standen beisammen, doch nun sprachen viele Leute mit ihnen und lächelten, legten die Hände an Stirn, Lippen und Herzen aus Dankbarkeit für das, was sie getan hatten. Morne und Kyril standen Hand in Hand, zerschlagen und mit blauen Flecken, aber am Leben.

Rosha und Siamak, Ziaire und Teymoud und ihre Verbündeten im Teshri unterhielten sich leise miteinander. Rosha hatte Indris mehr als einmal Zeichen gemacht, dass er sich zu ihnen gesellen sollte, aber er hob nur seinen Becher zum Gruß, lächelte und blieb, wo er war. Auch Femensetri hatte versucht, Indris' Aufmerksamkeit zu gewinnen, aber er hatte den Kontakt vermieden. Er war unsicher, was er ihr sagen sollte, jetzt, da er die Wahrheit und die Zusammenhänge kannte.

Shar stand noch auf wackligen Beinen, und ihre kummervollen Augen waren von einem leuchtenden Orange. Sie hatte versucht zu singen, um mit ihrem Verlust fertigzuwerden, aber zum Schluss hatte ihre Stimme sie im Stich gelassen, und sie hatte die Worte zu einem Lied geflüstert, das nur sie allein kannte. Indris und Mari weinten beide, als sie Shar in die Arme nahmen und sie zu einem Sofa führten.

»Ich glaube, Ekko würde wollen, dass du das hier bekommst.« Indris drückte Shars Finger um den Beutel mit den Schicksalsmünzen. Einen stillen Moment lang hielt Shar ihn ans Gesicht, dann lachte sie und wischte sich die Augen trocken. »Er würde nicht wollen, dass wir traurig sind, oder?«, fragte sie. »Er ist so gestorben, wie er es gewollt hätte. Im Dienst für andere, mit Freunden an seiner Seite.«

»Tränen sind keine Schande, Shar.« Indris beugte sich herab und küsste sie auf die Stirn. »Ich glaube, Ekko würde es verstehen. Er weiß, wer du bist, und liebt dich dafür. So wie ich.«

Shar warf ihre Arme um Indris' Hals und hielt ihn fest. Sie sah Indris und Mari mit leiser Traurigkeit an. »Ihr geht fort, nicht?«

»Ja«, sagte Indris. Shar blickte ihn bestürzt an bei dem Bekenntnis. Mari stupste Indris mit der Hüfte an und nickte ihm zu, damit er weitersprach. »Aber wir werden nicht für immer fort sein. Und ich habe noch ein weiteres Geschenk für dich, das uns das Gefühl geben wird, wir wären ein bisschen näher beisammen.«

Indris und Mari halfen der verwirrten Shar auf die Füße. Sie verließen das Lotushaus und stiegen in einen Wagen. Indris flüsterte dem Fahrer eine Adresse zu, und den Rest der Fahrt widerstand er Shars stürmischer Frage, die sie beinahe minütlich wiederholte, wohin sie denn nun fuhren. Irgendwann hielt sich Mari die Ohren zu, und als das auch nichts half, rang sie mit Shar in dem Versuch, ihr den Mund zuzuhalten. Die beiden Frauen lachten, während sie von dem Wagen hin und her geschleudert wurden, bis Shar Mari in die Hand biss. Mari sah ziemlich empört aus, lächelte dann aber, als Shar Maris Arme nahm, sich an sie schmiegte und Mari in eine Umarmung zwang, der diese nicht widerstand.

Endlich hielt der Wagen, und die drei stiegen aus. Indris gab dem Fahrer eine Handvoll Silberringe, was mehr Geld war, als dieser in einem Jahr verdiente, und schickte den dankbaren Mann fort. Sie standen an den Toren zum Königlichen Himmelsdock, hoch oben im Sternenkronengebirge. Die Luft war kalt und frisch, Pinienbäume und kunstvoll gearbeitete, aus Alabaster gefertigte Paneele schützten die Besucher vor dem Wind. Die *Wanderer* ruhte auf einer nahe gelegenen Plattform.

»Ihr brecht jetzt auf?« Shar schnappte nach Luft. »Nein! Warum bleibt ihr nicht noch ein paar Tage?«

»Wir können nicht«, sagte Mari. »Der Teshri treibt uns in den Wahnsinn mit seinen Angeboten. Ich weiß, sie meinen es freundlich, aber wenn ich nicht bald in Frieden gelassen werde, werde ich im wahrsten Sinne des Wortes irgendjemanden erdolchen.«

»Im wahrsten Sinne des Wortes?«, fragte Indris.

»Willst du es ausprobieren?«

»Nein danke.«

Indris nahm Shars Hand und führte sie über eine kleine Brücke, durch einen Wassergarten, der mehr aus Eis denn aus Wasser bestand, und über kleinere Plattformen des Himmelsdocks.

In der Mitte einer Plattform befand sich die *Feldlerche*. Shar klatschte in die Hände, als sie das Schiff sah, und bewunderte die anmutigen, von Vögeln und Seethe inspirierten Linien und Formen. Sie fuhr mit den Händen über die Metallfedern und stellte sich auf die Zehenspitzen, um einen Blick in die Pilotenkanzel zu werfen.

»Du hast es geschafft!« Shar grinste breit. Sie kam zurück und umarmte ihn. »Ich bin so froh, dass du sie endlich gebaut hast. Danke, dass du sie mir noch gezeigt hast.«

»Wie auch nicht?«, sagte Indris. Er griff in seine Robe und holte den Windschlüssel heraus, um ihn Shar zu geben. »Sie gehört dir.«

Shar sah erst Indris, dann Mari, dann wieder Indris an. Ihre Augen wurden groß, und vor Überraschung stand ihr der Mund offen. Dann presste sie den Schlüssel an die Brust und drehte vor Freude eine wacklige Pirouette. Indris entfernte eine kleine Tafel, die an der Seite des Schiffs befestigt war. Darunter stand der Name des Windschiffs auf Seethe: *Shar-fer-rayn*. Die Feldlerche der Morgendämmerung.

»Sie war immer für dich gedacht«, sagte Indris. Er fühlte Traurigkeit in sich aufsteigen, jetzt, da ihr Abschied so unmittelbar bevorstand. »Jahrelang waren wir Gefährten, Freunde, und, wenn wir beide es brauchten, auch Liebhaber. Wenn die Dunkelheit übermächtig wurde, hat mich deine Helligkeit immer vor dem Schlimmsten in mir bewahrt. Du verdienst es zu fliegen, Shar. Für alles, was du getan hast, und für alles, was du mir bedeutest, bitte akzeptiere sie.«

»Oh …« Shar überdeckte erst Indris mit Küssen, dann Mari.

Sie blieben noch eine Weile im Windschutz zusammen und verloren sich in ihren Erinnerungen an das Erlebte. Indris holte eine Flasche Wein und Becher aus der *Wanderer*. Sie tranken und lachten gemeinsam über Omens entrückte Eigenartigkeiten, waren stolz auf Ekkos grenzenlosen Mut und lächelten über Haydens bäuerliches Benehmen und seine väterliche Sorge. Als der letzte Becher geleert war, zerschlugen sie die Flasche und die Porzellanbecher.

»Kann ich euch besuchen kommen?«, fragte Shar.

»Natürlich!«, erwiderte Mari. »Du bist Teil der Familie, Shar.«

»Ich liebe euch alle beide, wisst ihr«, sagte Shar. »Mehr als irgendjemanden sonst.«

»Und wir lieben dich«, sagte Indris. »Das ist kein Abschied für immer.«

Shar trat zurück, als Indris und Mari an Bord der *Wanderer* gingen. Indris ging zur Pilotenkanzel und setzte die Disentropiespulen in Gang. Die Windgaleere erwachte summend zum Leben. Die Sturmräder begannen sich zu drehen und knackten und knisterten, und die *Wanderer* stieg in die Lüfte auf. Indris umkreiste das Himmelsdock, wo Shar wie verrückt zum Abschied winkte. Er lächelte und nahm Kurs nach Norden, irgendwohin, wo es warm war.

Indris beobachtete Mari, die am Strand entlanglief. Es war ein sonniger Tag, die Wellen brandeten ans Ufer, und das Meer war mit Schaumkronen gesprenkelt. Es war der erste Wintertag, aber an den nördlichen Stränden von Tanis war es wärmer als in Shrīan; und sie waren weit entfernt von dem eisigen Ozean, der Tamerlan umgab.

Er hatte Mari erzählt, was mit ihm geschehen war: von seinem Erwachen und seinem flüchtigen Einblick in die Einheit. Alles, was er über seinen Ursprung wusste. Indris hatte versucht, ihre Reaktion abzuschätzen, aber Maris Gesicht war vollkommen ausdruckslos geblieben. Sie hatte Indris gesagt, sie würde spazieren gehen. In ihren Worten lag keinerlei Einladung, und Indris machte keine Anstalten, sich aufzudrängen.

Es war viel für sie gewesen, zusätzlich zu dem Kummer, an dem sie trug. Da war weder Feindseligkeit noch Zorn oder ein Urteil in ihrer Haltung gewesen. Nur die Art von Stille, wie sie von einem Schock verursacht wurde und von der Notwendigkeit, über eine Reaktion erst nachdenken zu müssen. Indris wusste nicht, was er tun würde, wenn sie sich dazu entschloss, nach Shrīan zurückzukehren. Das waren Sorgen, die er zurückstellte, bis sie real waren und nicht nur eingebildet. Aber bei dem Gedanken, sie zu verlieren, zog sich seine Brust schmerzhaft zusammen.

Indris ging zurück ins Haus und entzündete die Feuersteine, um der Luft ihren kalten Stachel zu nehmen. Er entfernte die Hauben von den *Ilhen*-Lampen, sodass die

Holzböden und Steinmauern in einen verträumten Pergamentschimmer getaucht wurden. Sein Haus war ein schlichter Bau aus Sandstein und Holz. Die Wände bestanden fast ausschließlich aus mit Läden versehenen Fenstern, um die Brise durchs Haus strömen zu lassen. Ein zentraler Raum diente als Herzenshalle, dann gab es noch drei Schlafzimmer, ein Bad, Atelier und eine Waffenkammer, die schon lange leer stand. Es war eine Weile her, seit Indris hier gewesen war, und noch viel länger, seit er Gäste gehabt hatte. Im hinteren Teil des Hauses befand sich ein großer Raum mit einer Veranda, die über Zuckerrohrfelder blickte; in der Ferne war eine Obstplantage zu sehen. Der Wind kräuselte das Gras, und Wolken im Süden kündigten einen Sturm an.

Er ging zur Waffenkammer. An einer Wand war ein leeres Waffengestell angebracht, an einer anderen ein Regal für Rüstungen. In der Mitte befand sich ein Podest. Indris musterte den großen Raum mit gehobenen Augenbrauen. Wie viel Krieg konnte ein Mann machen?

Mit sicheren Handbewegungen hing er seine Sturmpistolen und sein Drachenzahnmesser auf. Das Gelehrtenlicht wurde schwächer, als er es an den hölzernen Haken hängte, bis es kaum mehr als ein schwaches Flackern war und die Schriftzeichen auf dem Stab sich trübten. Er nahm Gestaltwandlerin aus seiner Schärpe, und die Waffe schnurrte laut, wie immer seit Fandra, als sie aufgestiegen war und sich in eine Geistklinge verwandelt hatte. *Noch so etwas, von dem ich keine Ahnung habe, wie ich es angestellt habe. Oder habe ich es gewusst, und Gestaltwandlerin hat mir geholfen, mich zu erinnern?* Indris war versucht, die Waffe zu entzünden, um die geisterhafte Klinge aus Sternenlicht zu sehen, aber er tat es nicht. Stattdessen legte er sie auf das Podest, wo sie leise summte.

»Wir sind einen weiten Weg gegangen, du und ich«, flüsterte Indris ihr zu. »Und ich habe den Verdacht, wir müssen noch viel weiter gehen, bis wir unser Ziel erreicht haben. Aber für den Moment muss ich ohne den Tod an meiner Seite gehen, und sei es auch nur für eine kleine Weile.«

Indris verließ die Kammer und schloss die Tür hinter sich. Er ging zur Vorderseite des Hauses, die Stufen hinab und setzte sich in den Sand. Mari ging am Ufer entlang und bückte sich hin und wieder, um Muscheln aufzuheben. Sie strich sich das Haar aus dem Gesicht und winkte Indris zu. Nach einem weiteren langen, stillen Moment hatte Mari ihn erreicht und setzte sich neben ihn in den Sand. Sie berührte ihn nicht, aber sie war auch nicht weit entfernt von ihm. Sie sprachen nicht, während sie beide hinausstarrten auf das Große Salz, eine weite, wellige Ebene, grenzenlos vom Strand bis zum Horizont.

»Was ist da draußen?« Mari legte ihr Kinn auf die Knie, und ihre Finger malten Muster in den Sand.

»Fragen. Antworten«, sagte Indris. »Und die Vergangenheit.«

»Drachen?«

»Absolut.«

»Aber wir brauchen im Moment nichts davon, oder?«

Indris wandte den Blick vom Horizont ab und sah die Frau an, der seine Herzen gehörten und die direkt neben ihm saß. Er lächelte sie an. Sie lächelte zurück und rückte ein bisschen näher.

»Nein«, sagte Indris aufrichtig. »Im Moment haben wir alles, was wir brauchen.«

Selbst wenn es nur für eine Weile ist.

Handelnde Figuren

Indris Avān. Pahmahjin Näsarat fa Amonindris, ehemaliger Ritter des Gelehrtenordens der Sēq. Lebt jetzt als *Daimahjin,* als Söldner und Kriegsmagier. Befehligte einst die Nahdi-Kompanie der Unsterblichen Gefährten. Auch bekannt unter dem Namen Drachenauge, Geisterbändiger und Diamantenfürst. Trägt das Seelenschwert Gestaltwandlerin.

Ekko Tau-se. Ehemaliger Oberstritter der Ersten Kompanie der Löwengarde. Befehligte die Expedition, die Far-raddin nach seiner Flucht aufspüren sollte. Danach entschied er sich für ein Leben als *Kombe* und reist jetzt mit Indris.

Hayden Goode *Mensch. Verstorben. Wurde von den Streitkräften der Erebus in der Toten Ebene getötet.*

Sassomon-Omen *Nomade. Wurde beim Zusammenbruch des Erwachten Imperiums zum Geisterritter. Der ehemalige Künstler und Philosoph kämpfte als Infanterist bei den Unsterblichen Gefährten. Wurde von den Streitkräften der Erebus in der Toten Ebene getötet.*

Shar-fer-rayn Seethe. Kriegssängerin der Rayn-ma-Truppe und scheinbar das letzte überlebende Mitglied ihrer Familie. Traf Indris in den Sklavenbergwerken Sorochels, aus denen sie gemeinsam flohen. Reist nun mit Indris.

Hohes Haus Näsarat

Ariskander *Avān. Verstorben. Einstiger Rahn der Näsarat-Präfektur und Präfekt von Narsis. Von Corajidin ermordet.*

Nehrun Avān. Pah Näsarat, einst Ariskanders Rahn-Erwählter, nun jedoch im Schrein der Eitelkeiten eingekerkert.

Roshana Avān. Föderalistin. Rahn Näsarat der Näsarat-Präfektur und Präfektin von Narsis

Tajaddin Avān. Pah Näsarat und Ariskanders drittes Kind

Anani *Verstorben. Tau-se. Löwengarde. Von Soldaten der Erebus getötet.*

Baniq *Verstorben. Mensch. Gnostischer Assassine. Von Soldaten der Erebus getötet.*

Bensaharēn Avān. Dichtermeister der Näsé-sûk, der Phönixschule in Narsis. Dichtermeister des Hohen Hauses Näsarat. Auch Sayf Näsarin, entfernter Cousin des Hohen Hauses Näsarat. Der Wassertänzer genannt. Trägt das *Amenesqa* »Regen«.

Danyūn Mensch. Mitglied der Ishahayan und Geheimdienstleiter im Hohen Haus Näsarat

Maselane Mensch. Sayf der Familie Ashour und Waffenmeister des Hohen Hauses Näsarat. Auch Generalsritter der Phönixarmeen der Näsarat

Mauntro Tau-se. Majorsritter der Löwengarde

Hohes Haus Erebus

Basyrandin *Verstorben. Avān. Imperialist. Corajidins Vater und vierfach gewählter Asrahn von Shrīan*

Belamandris Avān. Imperialist. Pah Erebus, der Witwenmacher genannt, und Anführer der Anlūki. Corajidins zweiter Sohn. Wurde von Corajidins zweiter Frau Farha von den

Dahrain geboren. Kriegsdichter der Erebon-sûk. Trägt das *Amenesqa* »Schicksalsklinge«.

Corajidin Avān. Imperialist. Rahn Erebus von der Erebus-Präfektur und Präfekt von Erebesq

Dhoury Avān. Keine Parteienzugehörigkeit. Entfernter Cousin von Mariam und Belamandris. Lebt auf Tamerlan.

Kasraman Avān. Imperialist. Pah Erebus und Corajidins Rahn-Erwählter. Von Wolfram zum Angothischen Hexer ausgebildet. Sohn von Corajidins erster Frau Laleh von den Ars-Izrel

Khurshad Avān. Imperialistin. Witwe von Basyrandin, Corajidins Mutter und Asrahnwitwe. Khurshad ist gegenwärtig die Sayf Tamerlan.

Mariam Avān. Föderalistin. Pah Erebus, die Königin der Schwerter genannt. Einstiges Mitglied der Feyassin. Wurde von Corajidins zweiter Frau Farha von den Dahrain geboren.

Mēdēya Avān. Imperialistin. Corajidins vierte Frau, deren Körper Yashamins Geist beherbergt. Eine Frau von unbekannter Abstammung, einst eine Bewohnerin Avānwehs

Nima Avān. Imperialist. Corajidins Neffe und Krieger der Anlūki

Yashamin *Verstorben. Avān. Corajidins dritte Frau und einstige* Nemhoureh *des Perlenhauses*

Armal *Verstorben. Avān. Imperialist. Thufans Sohn*

Brede *Verstorben. Mensch. Einst eine Bibliothekarin der Sēq, die von den Angothischen Hexen gefangen genommen wurde. Wolframs einstiger Lehrling*

Elonie Mensch. Hexe im Dienste des Hohen Hauses Erebus, die aus der Mahsojhin befreit wurde.

Feyd Verbannter. Avān. Imperialist. Kommandant der Jiharim. Corajidins Waffenmeister

Ikedion Mensch. Ein aus Atrea stammender Hexer im

Dienste des Hohen Hauses Erebus, der aus der Mahsojhin befreit wurde.

Jhem Verbannter. Avān. Imperialist. Sayf Delfineh und Corajidins Assassinenmeister. Bekannt als die Schwarze Schlange.

Kimiya Verbannte. Avān. Imperialistin. Jüngste Tochter von Jhem und Wolframs Lehrling

Nadir Verbannter. Avān. Imperialist. Sohn und ältestes Kind von Jhem. Vor seiner Verbannung war Nadir Maris Liebhaber und einstiger Schüler der Näsé-sûk.

Nix Verbannter. Avān. Imperialist. Sayf Maladhi und Sohn Rayz', des Eisernen Netzes

Ravenet *Verstorben. Verbannte. Avān. Imperialistin. Älteste Tochter Jhems. Von Mariam getötet.*

Sanojé Verbannte. Avān. Imperialistin. Pah Chepherundi. Eine tanisische Hexe

Tahj Shaheh Verbannte. Avān. Imperialistin. Korsarin des Marmormeers und Tochter Hatoubs, des verstorbenen Sayf Näs-Sayyin. Corajidins Himmelsmeisterin und Flottenmeisterin

Thufan *Verstorben. Avān. Imperialist. Sayf Charamin und Corajidins Kherife-General und Geheimdienstleiter. Präfekt von Jafke. Von Soldaten der Erebus getötet.*

Wolfram Mensch. Angothischer Hexer, Corajidins Geschichtenmeister und Rajir. Trat ursprünglich in den Dienst von Corajidins Großvater, Rahn Erebus fa Qarnassus. Corajidins Freund und Ratgeber. Kasramans Lehrer in den arkanen Künsten

Yotep Avān. Krieger der Anlūki

Hohes Haus Selassin

Daniush *Verstorben. Avān. Pah Selassin und Vashnes Rahn-Erwählter. Von Corajidin ermordet.*

Martūm Avān. Der Rahn-Erwählte der Selassin und Vashnes Cousin

Vahineh Avān. Rahn Selassin und Vashnes einzige Tochter. Drittes Kind von Vashne und Afareen

Vashne *Verstorben. Avān. Rahn Selassin und Asrahn von Shrīan. Präfektin von Qeme. Von Corajidin ermordet.*

Hohes Haus Sûn

Navid *Verstorben. Avān. Pah Sûn und Nazarafines Neffe. Kriegsdichter der Saidani-sûk, der Schule der Vier Klingen. Navid kommandierte Nazarafines Sûnwache.*

Nazarafine Avān. Föderalistin. Rahn Sûn von den Sûninseln und ehemalige Volkssprecherin. Präfektin von Qom Riyadh

Osman Avān. Föderalist. Pah Sûn, Rahn-Erwählter der Sûninseln und ältester Bruder von Navid und Riam. Kriegsdichter der Saidani-sûk, der Schule der Vier Klingen, und Absolvent der Zienni

Qamran Avān. Ehemaliger Majorsritter der Feyassin

Hohes Haus Kadarin

Anankil Avān. Föderalist. Pah Kadarin und Narsehs Erbe. Generalsritter der Yourdin, der schweren Eliteinfanterie der Kadarin

Narseh Avān. Imperialistin. Rahn Kadarin und Marschallsritterin von Shrīan. Präfektin von Kadariat

Hohes Haus Bey

Harish Avān. Föderalist. Pah Bey und Siamaks ältester Sohn. Karia von Ifqe, Waffenmeister des Hohen Hauses Bey und Kommandant der Marmûn, der Elitekämpfer der Rōmarq und der Bey-Präfektur

Siamak Avān. Föderalist. Rahn Bey von der Bey-Präfektur und Präfekt von Beyjan und Amnon

Umna Avān. Föderalistin. Pah Bey, Siamaks älteste Tochter und Rahn-Erwählte

Indera Avān. Föderalist. Dichtermeister der Marmûn-sûk und Dichtermeister des Hohen Hauses Bey

(Ehemals) Hohes Haus von Din-ma (Die Seethe Din-ma-Truppe)

Anj-el-din Seethe. Pah Näsarat. Far-ad-dins Tochter und Indris' einst vermisste Frau, nun zurückgekehrt.

Far-ad-din Verbannter. Seethe. Rahn Din-ma. Seines Amtes enthoben während der Schlacht am Bernsteinsee. Einstiger Präfekt von Amnon

Die Hundert Familien

Ajomandyan Avān. Föderalist. Sayf Näsaré und Präfekt von Avānweh. Wird auch der Himmelslord genannt.

Bijan Avān. Föderalist. Ein Verbündeter von Vashne und Ariskander

Cesare Avān. Föderalist. Sayf Ashion und Volkssprecher

Chanq Avān. Imperialist. Sayf Joroccan und zutiefst verstrickt ins organisierte Verbrechen. Einer von Corajidins Anhängern

Asrahnwitwe Avān. Imperialistin. Sayf Khurshad von

den Savajiin, Corajidins Mutter und Frau des verstorbenen Basyrandin. Herrscherin von Tamerlan. Wird auch der »Hai von Tamerlan« genannt.

Eladdin Avān. Imperialist. Sohn der Asrahnwitwe und ein Kriegsdichter der Erebon-sûk. Wird die Klapperschlange genannt.

Hadi Avān. Imperialist. Ein Anhänger Corajidins

Karim Avān. Ein Händlersayf mit engen Beziehungen zu den Malefacti, den verschiedenen Gruppen des organisierten Verbrechens in und um Shrīan

Kiraj Mensch. Neutral, aber meist im Bunde mit den Föderalisten. Sayf Masadhe und Präfekt von Masadhe. Wächtermarschall von Shrīan. Ein Verbündeter von Vashne und Ariskander

Neva Avān. Föderalistin. Ajomandyans Enkelin und Erbin. Kommandantin der Himmelsritter von Avānweh. Tritt im Fliegenden Zirkus der Näsaré auf.

Rayz Verstorben? Verbannter. Imperialist. Ehemals Sayf Maladhi und einstiger Assassinenmeister des Hohen Hauses Erebus

Teymoud Avān. Imperialist. Sayf Saidani und Magnat der Händlerzunft. Einst ein Anhänger Corajidins.

Yago Avān. Föderalist. Ajomandyans Enkel. Einer der ranghöchsten Offiziere der Himmelsritter von Avānweh. Tritt im Fliegenden Zirkus der Näsaré auf.

Zendi Avān. Imperialist. Sayf Bajadeh. Betreibt Bordelle in Konkurrenz zum Perlenhaus. Ein Anhänger Corajidins

Ziaire Avān. Föderalistin. Sayf Manshira und Oberhaupt des Amajoram in Avānweh. Eine der gefeiertsten *Nemhoureh* des Perlenhauses. Anführerin der neu gebildeten Friedensfraktion innerhalb des Teshri

Die Sēq

Ahwe Avān. Magnat der Sēq. Einer der größten unter den Sēq und einer der ersten Schüler Sedefkes. Half, die Gelehrtenorden zu gründen.

Aumh Y'arrow-te-yi. Sēqmeisterin und Mitglied des Suret

Cennoväl Avān. Sēqmeister. Auch bekannt als der Drachenlord. Der einzige Gelehrte neben Indris und Anj-el-din, der zu den Graten gereist und wieder zurückgekehrt ist.

Femensetri Avān. Sēqmeisterin und Gelehrtenmarschallin von Shrīan. Einst Indris' Lehrerin. Auch bekannt als die Sturmbringerin. Mitglied des Suret. Half, die Gelehrtenorden zu gründen.

Er-Der-Sieht Avān. Sēqmeister und Mitglied des Suret. Ein Stammesangehöriger der Orjini

Kemenchromis Avān. Sēqmeister-Magnat und Erzgelehrter. Zwillingsbruder von Femensetri. Geschichtenmeister und Rajir der Schattenherrscherin. Oberhaupt des Suret. Half, die Gelehrtenorden zu gründen.

Ojin-mar Mensch. Sēqinquisitor und Mitglied des Suret

Sedefke Avān. Gründer des Gelehrtenordens der Sēq, der den Prozess der Seelenverbindung mit dem Bewusstsein Īas entdeckte, auch als das Erwachen bekannt.

Taqrit Avān. Sēqinquisitor und einer der Acht. Kindheitsfreund von Indris und Anj-el-din

Yattoweh Avān. Einst Sedefkes erster und größter Schüler. Half, die unterschiedlichen Gelehrtenorden zu gründen.

Zadjinn Avān. Sēqmeister und Mitglied des Hohen Hauses Erebus. Mitglied des Suret

Andere

Baquio Mensch. Meistererfinder aus Ygran und Dekan der Erfinderakademie
Carmenya Avān. In Ygran geboren. Eine Kommandantin der Unsterblichen Gefährten
Ruf-Der-Gefahr Wächter von Isenandar
Delfyne Avān. Dichtermeisterin der Wehklage, auch bekannt unter dem Namen Erebon-sûk oder die Hengstschule in Zam'Haja. Ältere Schwester von Maroc
Kembe Tau-se. Patriarch der Tau-se-Stämme und Protektor von Taumarqan
Kyril Mensch. In Darmatia geborener Kommandant der Unsterblichen Gefährten. Mit Morne Falkenholz verheiratet.
Leonetto Mensch. In Imrea geborener Kommandant der Unsterblichen Gefährten
Morne Falkenholz Mensch. General der Nahdi-Kompanie der Unsterblichen Gefährten und langjähriger Freund und Gefährte von Indris. Mit Kyril verheiratet.
Navaar Avān/Mensch. Palatin von Oragon
Prahna Avān. Tanisischer Meisteralchemist der Alchemistengesellschaft
Qesha-rē Avān. In Pashrea geborene Gelehrte und Wundärztin aus dem Orden der Nilvedic
Tamiwa Mensch. In Jiom geborene Kommandantin der Unsterblichen Gefährten
Die Botschafterin Ehemals bekannt unter dem Namen Anj-el-din, Tochter Far-ad-dins und Indris' vermisste Frau. Jetzt eine Abgesandte der Ödnis, mit Corajidin im Bunde
Der Herold Ratgeber des Suret in Amarqa-im-Schnee
Tyen-to-wo Der Lachende Windgeist der Seethe

Glossar

Ahm Auch Disentropie genannt; die Energie, die von allen lebenden Dingen erzeugt wird. Seine machtvollste Quelle ist das Qua, das gedachte Zentrum aller Schöpfung.

Ahmsah Die Sammlung disentropischer Effekte, die die Gelehrten lernen. Dazu gehören die unterschiedlichen arkanen Formeln sowie eine besondere Form der Wahrnehmung, die es den Gelehrten ermöglicht, entropische und disentropische Effekte zu sehen.

Ahmtesh Der fließende Raum des *Ahm*, der alle Dinge miteinander verbindet. Hier wohnt das körperlose *Kaj*. Dieser Ort ist nur für *Pséjhah* oder *Psé*-Meister zugänglich und ermöglicht eine rein geistige Kommunikation über weite Entfernungen.

Ahoujai Medaillons, Amulette oder Schmuck aus salzgeschmiedetem Stahl und dem Sand ausgebrannter Mandalas. Wird als Schutz vor den Auswirkungen des *Ahmsah* eingesetzt.

Aipsé Der Zustand des Nichtdenkens, der den Kriegsdichtern gelehrt wird.

Aj Kleinkrieg, Konflikt oder Fehde

Ajam Größerer Konflikt

Ajamensût Krieg der Langen Messer

Amenankher Der Lange Schatten. Ein abwertender Name für Amer-Mahjin, den ihr das Volk von Avānweh nach den Gelehrtenkriegen gegeben hat.

Amenesqa Ein Wort aus dem Hochavān, das »lange Welle« bedeutet. Von amen (lang) und esqa (Welle). Die traditionelle Waffe der Avān in den Zeiten des Blütenimperiums und des Erwachten Imperiums. Es ist ein langes gebogenes Schwert, das wie ein lang gezogenes, abgeflachtes »S« vom Knauf bis zur Spitze der Klinge geformt ist. Die Waffe hat ein langes Heft und kann entweder einhändig oder zweihändig eingesetzt werden.

Amer-Mahjin Die Tiefe der Erleuchteten, die Tiefe der Magi oder die Tiefe der Weisen; die Höhlenfestung der Sēq, die in den Weltenblutberg gebaut ist.

Ashinahdi Ein Krieger aus der elitären oder königlichen Kaste, der die Bande zu seinem Hohen Haus oder seiner Familie durchtrennt hat, um einen Weg einzuschlagen, der ansonsten mit den Interessen des Familienverbands in Konflikt geraten könnte. Eine Person wird im Allgemeinen nur nach einer großen Beschämung oder Beleidigung der Familie zum Ashinahdi. Die Trennung von der Familie befreit den Familienverband von den Konsequenzen der Handlungen des Ashinahdi.

Asrahn Der höchste Rahn in der Rangordnung Shrīans. Er wird bei der Antrittsabstimmung ernannt, die alle fünf Jahre in Avānweh stattfindet.

Assassinenmeister Kommandant der Assassinen, der einem Hohen Haus oder einer Familie zugeordnet ist. In seiner Position übernimmt er auch die Aufgaben eines Geheimdienstleiters.

Avāndhim Die erste Generation der Avān, die in den Torque-Spindeln von Avānisse geschaffen wurde, auf der Insel Castavān.

Avānweh Die politische Hauptstadt der Shrīanischen Föderation. Unter der Herrschaft von Sayf Ajomandyan von den Näsaré

Canto Eine gesungene Gelehrtenformel. Wird eingesetzt, um einen arkanen Effekt zu erzielen.
Dai Ein Krieger
Daikajé Reisende Kriegerasketen, Denker und Mönche der unterschiedlichen philosophischen Orden im südöstlichen Ia
Daimahjin Ein Kriegsmagier, der nicht mehr Mitglied des Ordens ist, der ihn ausgebildet hat. Diese Leute wurden aus dem Dienst entlassen und haben die Freiheit, ihre Fähigkeiten geeigneten Auftraggebern zur Verfügung zu stellen. Allerdings ist es ihnen verboten, ihr erlerntes Wissen weiterzugeben. Die meisten sind äußerst gesuchte Nahdi.
Daishäri Die Sekten der Kriegsdichter, ihre Traditionen, Erbe und Verhaltensregeln eingeschlossen.
Daul Schmerzverstärker und Stoßwaffe, die von Inquisitoren der Sēq bevorzugt wird.
Dhar Gsenni Von dem hochavānischen Ausdruck »Zum Wohle aller«. Die Dhar Gsenni sind eine uralte Sekte von *Ilhennim*, die innerhalb des Sēqordens arbeiten.
Dichtermeister Der Leiter einer Dichtermeisterakademie, in der die alte Kunst der Kriegsdichter gelehrt wird
Dilemmabox Eine komplexe metaphysische Rätselbox, die benutzt wird, um Elementardämonen und andere Geister zu binden.
Disentropie Die Macht der Schöpfung, die von den Gelehrten durch die Formeln des *Ahmsah* beeinflusst wird. Auch Hexer machen sich die Disentropie mit ihren eigenen arkanen Mitteln zunutze. Der Einsatz von Disentropie verursacht den schnellen Verfall der Materialien, mit denen sie in Kontakt kommt, lebende Körper eingeschlossen. Für die Konstruktion von Gerätschaften, die von Disentropie angetrieben werden, benutzt man im Allgemeinen Metalle mit langsamerer Verfallszeit.

Ebrim Nomaden, die ein Simulacrum oder künstliches Scheinbild benutzen, um mit der Welt in Kontakt zu treten.
Einheit Der Prozess, bei dem ein Erwachter Rahn durch seine Präfektur reist und sich mit dem Bewusstsein Īas verbindet. Eine erfolgreiche Einheit gibt dem Erwachten Rahn die Fähigkeit, auf die gewaltigen natürlichen Kräfte Īas zuzugreifen, sie sich nutzbar zu machen und wirksam einzusetzen.
Ephael Die reinsten der Nomaden, die als reine Geister existieren
Ephim Nomaden, die eine Symbiose mit einem Wirt eingehen
Erebon-sûk Die Hengstschule der Kriegsdichterei der Erebus-Präfektur. Momentan unter der Leitung von Meister Delfyne von den Zam'Haja
Erscheinung Erschreckende illusionäre Manifestationen, die rund um die Gestalt einer Hexe auftauchen, wenn sie ihre Kräfte einsetzt.
Erwachen Der Prozess, der einen Rahn mit dem Bewusstsein und Geist Īas verbindet. Außerdem bekommt dieser so die Möglichkeit, sich in die ungebrochene Linie der lebendigen Erinnerung seiner Ahnen einzureihen. Ein Erwachter Rahn ist in der Lage, in seiner Präfektur das Wetter zu beeinflussen, über weite Entfernungen zu hören und zu sehen, das Wachstum der Feldfrüchte zu beschleunigen und durch die Augen von Vögeln und anderen Tieren zu sehen. Der Prozess wird durch das Trinken des Wassers des Lebens beim Verbundenheitsritual gefestigt und stabilisiert sowie durch den Vorgang der Einheit.
Eshim Nomaden, die von anderen gegen deren Willen Besitz ergreifen; im Gegensatz zu den Ephim, die in Symbiose mit einem Wirt leben, oder Ebrim wie Sassomon-Omen, die ein künstliches Simulacrum annehmen, um mit der Welt

in Kontakt zu treten; oder Ephael, die keinerlei Verbindung mit einem Wirt eingehen.

Esoterische Doktrinen Unterschiedliche Schulen, die sich damit auseinandersetzen, wie die *Ilhennim* natürliche Energie wahrnehmen und sie für übernatürliche Zwecke nutzen.

Extrinsischer Grundsatz Eine Methode der Mystik innerhalb der Esoterischen Doktrinen, die äußere Kräfte als Leitung einsetzt. Die Methode lässt sich in der Anwendung nur schwer beschränken und kontrollieren und ist nicht so zuverlässig wie der Intrinsische Grundsatz.

Flottenmeister Ranghöchster Seeoffizier eines Hohen Hauses oder einer Familie

Formeln Die Berechnungen, die Gelehrte benutzen, um einen arkanen Effekt in ihrer Umwelt zu erzielen.

Geheimdienstleiter Befehlshaber der Agenten, die für ein Hohes Haus oder eine Familie arbeiten. Kommen oft zum Einsatz, wenn ein Haus oder eine Familie keine Assassinen dauerhaft eingestellt hat.

Geschichtenmeister Ein Mystiker, der in einem Hohen Haus oder einer Familie als Ratgeber eines Mahj, eines Rahns oder Sayfs ernannt wurde. Traditionellerweise waren Geschichtenmeister Mitglieder des Sēqordens, aber auch Gelehrte der Zienni oder Nilvedic oder Hexen können die Aufgabe übernehmen.

Gnostische Assassine Eine Gruppe hoch qualifizierter Assassinen aus dem Mar am'a Din, des Gebirgszugs, der Shrīan von Pashrea trennt. Sehr gefragt als Meuchelmörder. Die Lehre der Gnostischen Assassinen umfasst eine Reihe körperlicher, geistiger und anderer Disziplinen, die sie zu hervorragenden Spionen und Mördern machen. Auch bekannt als die Ishahayan.

Gram Auch die Näsé-sûk oder Phönixschule der Kriegsdichter genannt, von Narsis in der Näsarat-Präfektur.

Momentan unter der Leitung von Meister Bensaharēn von den Näsarin

Habron-sûk Die Reiherschule der Kriegsdichter in Avānweh. Momentan unter der Herrschaft von Meister Nirén

Hexe/Hexer Die erste Gruppe der *Ilhennim*. Mystiker, die in der Lage sind, sich ein breites Spektrum an natürlichen Kräften für übernatürliche Zwecke nutzbar zu machen. Diese Kräfte sind jedoch gefährlicher und weniger vorhersagbar als die der Gelehrten. Die ersten Gelehrtenorden wurden von Hexen und Hexern ins Leben gerufen.

Hexenfeuer Ein natürliches Eisenerz, das über die mineralischen Eigenschaften verfügt, die Disentropie effektiver zu kanalisieren, ohne während dieses Prozesses zerstört zu werden. Wird oft mit *Kirion* vermengt, um seine Wirksamkeit zu erhöhen, oder auch mit anderen Metallen.

Houreh Gewandte Gesellschafter, die der Unterhaltung dienen

Huqdi Von dem Begriff »Straßenhund« aus dem Hochavān. Die *Huqdi* sind grundsätzlich gemeine Meuchelmörder, Freibeuter und Glücksritter, manchmal Kriminelle, ohne das Berufsethos eines Nahdi.

Ilhennim Die Erleuchteten. Ein allgemeiner Begriff, der die unterschiedlichen Arten von Mystikern beschreiben soll.

Intrinsischer Grundsatz Innerhalb der Esoterischen Doktrinen die Art, wie Macht von innen kanalisiert, fokussiert und eingesetzt wird. Basiert auf den wiederholbaren, vorhersagbaren Effekten der Formeln.

Isenandar Die Säulen aus Sand. Einst die größte Akademie der Gelehrten

Ishahayan Gnostische Assassine

Jhah Ausdruck aus dem Hochavān für Meister

Jhi Das Stigma, das die mächtigsten unter den Mystikern kennzeichnet. Ein körperliches Phänomen, das unter den stärksten der alten Gelehrten und Hexen aufgetreten sein soll.

Jombe Krieger der Tau-se, der sich dafür entschieden hat, ohne die Protektion und die Richtlinien seines Stammes zu reisen. Gewöhnlich Ausgestoßene, die ein Ehrenverbrechen begangen haben, auf der Suche nach Wiedergutmachung.

Jûresqa Wort aus dem Hochavān, das »kurze Welle« bedeutet. Von jûr (kurz) und esqa (Welle). Ein Begriff für das gebogene Kurzschwert der Pashreaner und Shrīaner

Kaj Hochavān für »Seele«

Kaj-Eingeweihter Ein Gelehrter, der eine Folge komplexer spiritueller Disziplinen gemeistert hat. Ein *Kaj*-Eingeweihter kann mit Nomaden sprechen und ist auch in der Lage, Nomaden wahrzunehmen, die sich nicht mithilfe eines physischen Körpers manifestieren oder ein Simulacrum bewohnen.

Kajari Geistklinge. Wird von einigen Sēqmeistern benutzt, die den Grad der Erkenntnis und Macht erreicht haben, um eine derartige Waffe schaffen zu können. Eine *Kajari* hat keine materiell existierende Klinge; die Klinge wird erst als geistige Manifestation des Gelehrten geschaffen.

Kaj-jhah Ein Sēq oder anderer *Ilhennim*, der gestorben und ins Leben zurückgekehrt ist und noch die Erinnerung in sich trägt, wie man die Leiter des Bewusstseins hinaufklettert und auf das *Ahm* einwirkt.

Kanbōjé »Das fallende Bäumchen« ist ein Zweihänder-Streithammer. Gewöhnlich ist er aus Holz oder Eisen gefertigt und mit dicken Stacheln übersät.

Karia Die Elitestreitkraft von Mediin, zu der sowohl lebende als auch nomadische Kriegsdichter, Kriegsmagier und andere Soldaten gehören.

Katechismus Der Rat der Hexen, repräsentiert durch die höhergestellten Mütter und Väter der unterschiedlichen Hexenzirkel. Der Katechismus arbeitet eng mit der herrschenden Klasse des Goldenen Königreichs von Manté zusammen und soll bedeutenden Einfluss auf die Politik der Menschennationen des Eisernen Bündnisses haben.
Kherife Gesetzesvollstrecker
Khopesh Das lange Sichelschwert der Tau-se
Kirion Ein seltenes Metall, das aus Meteoren eingeschmolzen wird, auch Sternenstahl genannt. Normalerweise ist es schwarz, durchzogen von einer Regenbogenfärbung, wenn es dem Sonnenlicht ausgesetzt ist.
Klingenmeister Ein Waffenausbilder, einem Dichtermeister in Fähigkeiten und Übung untergeordnet.
Kriegsdichter Die vermutlich gefährlichsten Waffenmeister der Welt. Ein Kriegsdichter wird an unterschiedlichsten Waffen und in diversen Kampfstrategien ausgebildet. Auch der waffenlose Kampf und die Militärgeschichte und -philosophie sind Teil der Lehre. Er erlernt zusätzlich die schöpferische Kunst des Schreibens und der Dichtung, der Malerei und der Bildhauerei, um damit die Gewalttätigkeit seines Kernunterrichts auszugleichen und ein Verständnis für den Wert des Lebens zu entwickeln. Ein Kriegsdichter lebt nach dem Grundsatz: »Ein Einzelner kämpft, damit die vielen es nicht müssen.« Nach ihrer Ausbildung werden sie als Leibwächter eingestellt oder als Vorkämpfer und militärische Anführer der Hohen Häuser, der Familien und der unterschiedlichen großen Syndikate wie die Händlergilde, das Bankiershaus und das Perlenhaus. Die Feyassin, die Leibwache des Mahj (oder des Asrahns im Falle der Shrīanischen Föderation), bestehen vollständig aus Kriegsdichtern der unterschiedlichen Schulen.

Krysesqa Hochavān für »schnelle Welle«. Von krys (schnell) und esqa (Welle). Bezeichnet das gebogene Langmesser der Pashreaner und Shrīaner.
Magistrat Organ aus ranghohen Beamten, das die Gesamtinteressen von Krone und Staat vertritt und von den unterschiedlichen Marschallsfunktionären geleitet wird. Der Magistrat ist ein neutrales Organ mit einer Reihe von Ressorts, die das Allgemeinwohl repräsentieren sollen. Jedes dieser Ämter wird von einem Dienstälteren verwaltet. Beispiele der unterschiedlichen Ressorts im Magistrat sind Erziehung, Recht, Militär, Finanzen, Handel etc.
Mahj Ein Erwachter Herrscher, für gewöhnlich ein voll ausgebildeter Gelehrter der Sēq. Die letzte Mahj war Mahj Näsarat fe Malde-ran, nun bekannt als Schattenherrscherin in Mediin.
Mahjin Titel oder Ehrenname eines *Ilhennim*
Mahjirahn Ein Rahn, der auch ausgebildeter Mystiker ist. Während des Erwachten Imperiums gab es eine Reihe von Mahjirahn; auch der Mahj war ein ausgebildeter Gelehrter, gewöhnlich aus dem Orden der Sēq.
Mahrahn Ein in einem Hexenzirkel ausgebildeter Hexer, der Rahn eines Hohen Hauses ist. Wurde beinahe ein Synonym für Mahjirahn.
Mahsayf Ein in einem Hexenzirkel ausgebildeter Hexer, der Oberhaupt einer Familie ist. Als die Hohen Häuser entstanden, nannte man sie auch Mahrahn.
Mahsojhin Die große Hexenuniversität in Avānweh. Wurde von den Sēq am Ende der Gelehrtenkriege geschlossen und von Corajidin wieder geöffnet.
Majordomus Ein Majordomus kümmert sich um alle finanziellen, kaufmännischen und anderen verwalterischen Pflichten in einem Hohen Haus oder einer Familie. Sehr oft beinhaltet dieser Posten auch die Funktion des Schriftfüh-

rers eines Rahns oder Sayfs. Manchmal umfasst die Position auch die Pflichten eines Rajirs.

Maladhoring Die arkane Sprache der Elementarmeister

Marmûn Die Elitekrieger der Rōmarq und Bey-Präfektur. Die meisten sind Absolventen der Marmûn-sûk.

Marmûn-sûk Die Falkenschule der Kriegsdichter in den Marschen, aus der Bey-Präfektur. Momentan unter der Führung von Meister Indera

Marschallsfunktionär Die dienstältesten Funktionäre im Magistrat. Einige sind Beauftragte von den Hundert Familien oder den Hohen Häusern, doch viele repräsentieren die Händlerkaste, die Kriegerkaste oder die Eigentumskaste, zu der Handwerker, Bauern und andere Berufe gehören.

Menschen Auch die Sternengeborenen genannt. Die Menschen sind die treibende Kraft hinter dem Eisernen Bündnis. Einst waren sie die Vasallen der Seethe, dann der Avān. Die Menschen führten den Aufstand an, der das Ende des Erwachten Imperiums einleitete.

Moorpuppenspieler Auch Maleganger genannt. Eine parasitäre Spezies aus der Ödnis, die ihren Wirt beinahe tötet und dann die Kontrolle über ihn übernimmt. Maleganger haben, ähnlich wie Bienen, ein gemeinsames Bewusstsein: Was einer weiß, wissen alle anderen auch.

Nahdi Leitet sich von dem Ausdruck »Eiserner Hund« aus dem Hochavān ab. Ein Nahdi bezeichnet einen Söldner oder unabhängigen Soldaten, der an kein Hohes Haus und keine Familie angeschlossen ist. Nahdi handeln normalerweise nach einem strengen professionellen Ehrenkodex.

Näsé-sûk Auch unter dem Namen Gram bekannt

Nayu-Eingeweihter Ein Gelehrter, der eine Reihe komplexer körperlicher Disziplinen gemeistert hat

Nemhoureh Goldgefährtin des Perlenhauses. Eine wertvolle Kurtisane und Unterhalterin, die sich nur von der

Oberschicht und den wohlhabendsten Mitgliedern der Gesellschaft engagieren lässt

Nilvedic Ein Gelehrtenorden, der berühmt ist für seine Heiler, Kräuterkenner und Alchemisten. Die Mitglieder tragen dunkelgelbe Roben; der Orden ist nicht militant.

Nomaden Der Ausdruck der Avān für die Untoten

Ödnis Die abgründigsten und bösartigsten Tiefen und Bereiche des *Ahmtesh*. Die Quelle dunkler Begierden und Träume und Wohnsitz uralter Lebewesen aus der Alten Welt. Ein Ort, an dem man alles Gute über sich selbst vergisst und nur noch die dunkle, bittere Melancholie wahrnimmt, die sich in den verborgensten Tiefen der Seele sammelt.

Pah Ausdruck aus dem Hochavān für das Kind eines Rahns

Pah Avān Die ranghöchsten Mitglieder der Avān in einem Land, in dem es keine Erwachten Rahns gibt

Präfekt Der ernannte Herrscher einer Stadt. Ein Präfekt ist immer ein Rahn oder Sayf, wenn der Titel vererbt wird. Wird ein Hohes Haus oder eine Familie verbannt oder auf andere Art von ihrem Posten abgezogen, wird ein neuer Präfekt von einem anderen Haus oder einer anderen Familie ernannt.

Psé Hochavān für »Geist«

Psé-Eingeweihter Ein Gelehrter, der eine Reihe komplexer mentaler Disziplinen gemeistert hat

Pséd Ein Studiengebiet innerhalb der Esoterischen Doktrinen, bei dem der Mentalismus im Zentrum steht. Angeblich wurde es in der verschollenen Universität von Khenempûr gelehrt.

Psédari Hochavān für »Seelenklinge«. Von psé (Seele bzw. Geist) und dari (Klinge). Wird von einigen Sēqrittern und Sēqmeistern eingesetzt, die die Fähigkeiten und die Disziplin haben, eine derartige Waffe zu schmieden. Sie kann nur von der Person benutzt werden, die sie geschaffen hat.

Pséja Die Verbindung der Seelen. Wird von Mystikern eingesetzt, um gemeinsam zu arbeiten und die Wirksamkeit zu maximieren.

Qadir Ein Palast

Qua Wird auch als »Die Quelle« bezeichnet.

Quelle, die Zentraler Punkt und Ausgangspunkt des fließenden *Ahm*. Gelehrte haben die Theorie aufgestellt, dass dies das Zentrum aller Welten und der Mittelpunkt von Ort und Zeit ist. Einige Gelehrte haben postuliert, dass die Quelle kein Punkt, sondern eine lange Achse ist, um die eine beinahe unendliche Zahl von Welten existiert.

Rahn Anführer eines der Hohen Häuser. Ein Mitglied der Königlichen Kaste

Rajir Engster Ratgeber eines Rahn oder Sayf. Gewöhnlich ein Dichtermeister, Waffenmeister, Geheimdienstleiter oder anderer ranghöherer Offizier in einem Haushalt

Säulen aus Sand Siehe *Isenandar*

Sahai Hochavān für »Lehrer«

Saidani-sûk Die Kriegsdichterakademie der Vier Klingen der Sûn-Präfektur. Momentan unter der Herrschaft von Meister Jarrah

Sayf Oberhaupt einer der Hundert Familien. Ein Mitglied der Elitekaste

Seelenhändler Nomaden, manchmal aber auch Lebende, die die Seelen der Toten stehlen, um sie weiterzuverkaufen

Sende Die Sammlung aus Grundsätzen, Codes, Regeln und Verhaltensweisen, die die Avān benutzen, um ihre sozialen Interaktionen zu regulieren

Sēq Gelehrtenorden, der eine Kombination aus körperlichen, mentalen und spirituellen Disziplinen lehrt

Serill Das aus Drachenfeuer gebrannte Glas der Seethe.

Serill ist leichter und härter als Stahl und kann in beinahe jede Form geschmiedet werden. Oft ist *Serill* farbig; bei den Seethe für das Herstellen von Rüstungen und Waffen sehr beliebt.

Shamshir Die typische Waffe der Avān. Es handelt sich um eine lange, einschneidige, gebogene Waffe mit einem Griff, der lang genug ist, um ihn ein- oder zweihändig zu gebrauchen.

Shan Der inoffizielle Titel für die Oberhäupter einflussreicher Stämme oder Clans. Normalerweise wird er vom Bergvolk aus dem Mar Jihara, dem Mar Ejir, dem Mar Silin, dem Mar am'a Din und dem Mar Shalon benutzt. Manchmal verwenden ihn auch wohlhabende Familien mit einer militärischen Tradition.

Sternengeborene Menschen

Sûk Eine Schule

Sût Hochavān für »Messer«

Teshri Die Führer der Regierung, Repräsentanten der Krone und des Staates. Ein Mitglied des Teshri ist Sayf oder Rahn, allerdings können auch ranghohe Mitglieder einflussreicher Vereinigungen ernannt werden, wie die Oberhäupter des Perlenhauses, des Bankiershauses, der Händlergilde, der Alchemistengilde etc.

Vayen-sûk Die Lotusschule der Kriegsdichter aus Myr in der Selassin-Präfektur. Momentan unter der Herrschaft von Meister Tarshin

Verherrlichter Name Berühmte Leute, die sich einen Namen, ein Beiwort oder anderen Titel als Folge ihrer Handlungen erworben haben

Verschmelzung Ein Prozess, durch den neue Individuen oder eine kleine Gruppe mächtiger Wesen geschaffen werden, indem die Essenz eines oder mehrerer Lebewesen in einer Torque-Spindel extrahiert wird

Verschmelzungskern Ein Austragungskristall. Lebensnotwendig für das Produkt einer Verschmelzung, um heranreifen zu können. Simuliert den Mutterleib und ermöglicht es, aus unterschiedlichen Elementen neues Leben zu erschaffen.

Wächter Ein gesetzlich festgelegter Sachwalter. Arbeitet normalerweise mit den Kherife zusammen, den Gesetzesvollstreckern.

Waffenmeister Ranghöchster militärischer Offizier und Stratege in einem Hohen Haus oder einer Familie

Wasser des Lebens Auch bekannt als das Weltenblut. Das Wasser des Lebens ist eine seltene und lebensnotwendige Wasserquelle, die sehr viel Disentropie enthält, da sie durch Regionen geflossen ist, wo die Grenze zwischen der physischen Welt von Īa und dem *Ahmtesh* sehr dünn ist.

Wehklage Auch bekannt unter dem Namen Erebon-sûk

Zauberspruch Die Methode, mit der Hexen einen arkanen Effekt erzielen

Zienni Ein Gelehrtenorden, der sich auf die mentalen Disziplinen und die Philosophie konzentriert. Sie sind fähige Experten des unbewaffneten Kampfs, vermeiden aber gewalttätige Auseinandersetzungen. Tragen graue Roben und werden auch der Wanderorden genannt.

Kulturen

Avān Eine Rasse, die von den Seethe in Torque-Spindeln erschaffen wurde: eine Mischung aus Seethe, Menschen und Raubtieren. Die Avān wurden ursprünglich während des Blütenimperiums als Friedenshüter eingesetzt, erhoben sich jedoch gegen die Seethe. Die Avān befreiten die Menschheit daraufhin allerdings nicht aus ihrer Knechtschaft, sondern benutzten die Menschen im darauffolgenden Millennium erneut als Vasallen. Dann wurde das Erwachte Imperium durch eine Revolte der Menschen gestürzt.

Drachen Eine der Natürlichen Meisterspezies, auch als Feuermeister bekannt. Sie selbst nennen sich die Hazhi. In der modernen Welt werden sie nur selten gesichtet, denn sie verschlummern einen Großteil der Zeit im Großen Traumzustand; nur ein geringer Anteil der Population befindet sich jeweils im Wachzustand.

Fenlinge Eine Spezies, die von den Seethe in den Torque-Spindeln geschaffen wurde. Die Fenlinge sind eine Verschmelzung aus großen, Werkzeuge benutzenden Ratten und den Avān. Sie sind Aasfresser, die sich nur selten mit Nichtfenlingen einlassen, und sind außerdem für ihren Kannibalismus und das Übertragen ansteckender Krankheiten berüchtigt.

Feyhe Eine der Natürlichen Meisterspezies, auch als Meeresmeister bekannt

Herū Eine der Natürlichen Meisterspezies, auch als Erdmeister bekannt

Iku Gehören zu den Spezies des Bambusvolkes. Eine uralte und rätselhafte Rasse vogelähnlicher Humanoider mit starken Bindungen zum Orden der Sēq. Man sieht sie nur selten außerhalb ihrer Rückzugsgebiete in den Bergen. Für gewöhnlich halten die Leute ihre Aufmachung für eine Verkleidung. Meist sind die Iku *Daikajé*, reisende Kriegsphilosophen und Lehrer. Manchmal werden sie mit schlechten Omen assoziiert.

Katsé Gehören zu den Spezies des Bambusvolkes. Werden auch das Fuchsvolk genannt; eine fuchsartige Rasse, die in den Wäldern und Bergen Īas lebt. Die Katsé sind für ihre Gerissenheit und ihre Schwindlernatur bekannt.

Menschen Auch die Sternengeborenen genannt. Bevölkerungsreichste Gruppe auf Īa. Einst dienten sie im Blütenimperium den Seethe als Vasallen, später dann auch im Erwachten Imperium der Avān. Heute sind die Menschen unabhängig. Die größte Menschenfraktion im südöstlichen Īa ist das Eiserne Bündnis: Es besteht aus Atrea, Jiom, Imre, Manté, Ondea und Angoth. Die Menschen leben in beinahe jeder Nation.

Nomaden Die Unsterblichen oder Untoten. Im Allgemeinen haben sie keine physische Form, sie müssen sich eine Hülle suchen, wenn sie mit der physischen Welt in Kontakt treten wollen. Die Avān, die ihre Ahnen verehren, betrachten die Nomaden als Ketzer.

Rōm Auch Zeitmeister genannt. Die Rōm gingen den Natürlichen Meisterspezies voraus. Das Haiyt-Imperium der Zeitmeister ist nur wenig dokumentiert.

Seethe Eine der Natürlichen Meisterspezies, auch Windmeister genannt. Gründer des Blütenimperiums. Eigentlich sind sie unsterblich, können jedoch an Krankheiten oder durch Gewalteinwirkung zugrunde gehen. Wenn die Seethe ausgewachsen sind, durchlaufen sie eine physiologische

Verwandlung: Ihre Knochen werden dünner, und ihnen wachsen Flügel. Die Älteren unter den Seethe sind flugfähig. Sie leben und reisen in großen Familienverbänden, die sich Truppen nennen. Man trifft sie in vielen Städten im südöstlichen Īa an, obwohl die meisten in den schwebenden Himmelsreichen wohnen, die, von den Winden getrieben, um die Welt schweben.

Tau-se Das Löwenvolk aus der Taumarq wurde ursprünglich in den Torque-Spindeln durch eine Mischung aus Menschen und Löwen geschaffen. Sie leben in einem als Stämme organisierten Patriarchat, allerdings sind es die Frauen, die die Geschäfte und Haushalte führen. Die Tau-se sind sehr gefragt als Söldner.

Y'arrow-te-yi Eine zurückgezogene Spezies, die von den Erdelementaren abstammen soll

Danksagung

Das Schreiben dieser drei Bände hat mich in den vergangenen Jahren beinahe vollständig gefordert. Es war eine unglaubliche und lehrreiche Erfahrung, die viel Freude bereitet, aber auch einige Opfer gekostet hat.

Für meine Familie und all meine Freunde, die so viel Geduld mit mir hatten und sich mit meinen seltenen Besuchen und meiner ungeselligen Art arrangierten: Danke, dass ihr für mich da wart und verstanden habt, wie wichtig mir dieses Projekt war.

Für John Jarrold, der mir immer mit seinem Rat und seiner Erfahrung zur Seite stand und der sich so leidenschaftlich für meine Arbeit interessierte. Ich freue mich auf die Zusammenarbeit beim nächsten Roman.

David Pomerico und das 47North Author Team: Ihr habt wieder und wieder bewiesen, dass ihr an mich und meine Romanreihe glaubt.

Hinter den Kulissen fällt so viel Arbeit an, und ihr alle habt dazu beigetragen, dass es so glatt lief, wie ich es mir nur erhoffen konnte.

Für meine Lektorin Juliet Ulman, die mich stets leitete und jedes Detail aufmerksam begleitete.

An Matt Patin: Ich weiß, wie schwierig eine Redaktion sein kann. Danke für die viele Arbeit; meine Leser hatten so sicher mehr Freude an meinem Roman. Und auch meinen Korrektoren Elaine Caughlan und Chrystal Nelson danke ich für ihre Professionalität und Sorgfalt.

Für Stephan Martiniere, der ein fantastisches Cover für meine Geschichten gestaltet hat.

Danke euch allen.

JIOM
SIEDENDE UNTIEFE
BERNSTEINGOLF
EBENHOLZKÜSTE
IMRE
ATREA
MANTÉ
BRONZEGEWÄSSER
DARMATIEN
SMARAGDKÜSTE
WESTLICHER GRABEN
NACHTWASSERBUCHT
ONDEA
WEIßMEER
SHRĪANISCHE FÖDERATION
UNSTERBLICHES IMPERIUM
EISERNES BÜNDNIS
NEUTRALE NATIONEN
ANGOTH

KAYLISH
GROẞES SALZ
N
SÜDÖSTLICHES ĪA
495. JAHR DER SHRIANISCHEN FÖDERATION
SEIDENKÜSTE
LANDUNGSBUCHT
TANIS
SALZINSELN
ÖSTLICHER GRABEN
MARMORMEER
SONNENWIEGE
SHRĪAN
BOMARQ
AJ ORJINI
PASHREA
GOLF VON PASHREA
ND
SPEKTRALKÜSTE
KAASGARD
SÜDMEER

MASRIPUR
SILBERHAFEN
ESHMIR
QAMAS
MIEDA
IRABIYAT
MAR JIHARA
ORAGON
NARSIS
MARMORMEER
FALADIN
NÄS-SAYYIN
TYR
SAYN
DALOUR
MEMNON
AMNON
NÄSARAT
BEYJAN
ANQORAT
SHRĪAN
RŌMARY
IFQE
DAR-SEE AT
AMARYA
BEY
FANDRA
MEDIIN
ARS IZREL
MAR AM'A DIN
MAR SILIN
QAHAVEL
JAFIR
MEYJ
PASHREA
GOLF VON
HAMUN
ARS MAHJEE
JARGIS
DER
SCHLUND
SPEKTRALKÜSTE

N
ON
DARIN
TAUMARQAN
KADARIAT
TAURI
SONNENWIEGE
WEH
MYR
SELASHAN
QOREL
SELASSIN
ASHION
SHALAYEM
MAR EJIR
INI
QUM RIYADH
MALAHDI
M'HAJA
DELFINEH
REBUS
SAIDANI
SÛNINSELN
EREBESQ
DAHRAIN
ARS-FARAIN
AZRA
HREA
TAMERLAN
100Km